NORA ROBERTS
Töchter des Windes

Von Nora Roberts bei Blanvalet bereits erschienen:

Mitten in der Nacht · Das Leuchten des Himmels · Ein Haus zum Träumen · Im Sturm der Erinnerung · Im Schatten der Wälder · Die letzte Zeugin · Ein dunkles Geschenk · Die Stunde der Schuld (geb. Ausgabe)

Die Irland-Trilogie: Töchter des Feuers · Töchter des Windes · Töchter der See
Die Templeton-Trilogie: So hoch wie der Himmel · So hell wie der Mond · So fern wie ein Traum
Die Sturm-Trilogie: Insel des Sturms · Nächte des Sturms · Kinder des Sturms
Die Insel-Trilogie: Im Licht der Sterne · Im Licht der Sonne · Im Licht des Mondes
Die Zeit-Trilogie: Zeit der Träume · Zeit der Hoffnung · Zeit des Glücks
Die Ring-Trilogie: Grün wie die Hoffnung · Blau wie das Glück · Rot wie die Liebe
Die Nacht-Trilogie: Abendstern · Nachtflamme · Morgenlied
Die Blüten-Trilogie: Rosenzauber · Lilienträume · Fliedernächte
Die Sterntrilogie: Sternenregen · Sternenfunken · Sternenstaub

Entdecken Sie auch J. D. Robb, die andere Seite der Nora Roberts:

Rendezvous mit einem Mörder · Tödliche Küsse · Eine mörderische Hochzeit · Bis in den Tod · Der Kuss des Killers · Mord ist ihre Leidenschaft · Liebesnacht mit einem Mörder · Der Tod ist mein · Ein feuriger Verehrer · Spiel mit dem Mörder · Sündige Rache · Symphonie des Todes · Das Lächeln des Killers · Einladung zum Mord · Tödliche Unschuld · Der Hauch des Bösen · Das Herz des Mörders · Im Tod vereint · Tanz mit dem Tod · In den Armen der Nacht · Stich ins Herz · Stirb, Schätzchen, stirb · In Liebe und Tod · Sanft kommt der Tod · Mörderische Sehnsucht · Ein sündiges Alibi · Im Namen des Todes · Tödliche Verehrung · Süßer Ruf des Todes · Sündiges Spiel · Mörderische Hingabe · Verrat aus Leidenschaft · In Rache entflammt · Tödlicher Ruhm · Verführerische Täuschung · Aus süßer Berechnung · Zum Tod verführt · Das Böse im Herzen · So tödlich wie die Liebe · Geliebt von einem Feind · Mörderspiele. Drei Fälle für Eve Dallas

Nora Roberts ist J. D. Robb:
Ein gefährliches Geschenk

Nora Roberts

Töchter des Windes

Roman

Deutsch von Uta Hege

blanvalet

Die Originalausgabe erschien 1995
unter dem Titel »Born in Ice« bei Jove Books, The Berkley
Publishing Group, a division of Penguin Putnam Inc., New York

FSC www.fsc.org
MIX
Papier aus verantwortungsvollen Quellen
FSC® C014496

Verlagsgruppe Random House FSC® N001967

10. Auflage
Neuveröffentlichung Januar 2015 bei Blanvalet Verlag,
einem Unternehmen der Verlagsgruppe Random House GmbH,
Neumarkter Str. 28, 81673 München

Published by arrangement with Eleanor Wilder.
Dieses Werk wurde vermittelt durch die Literarische Agentur
Thomas Schlück GmbH, Hannover.
Umschlaggestaltung: © Johannes Wiebel | punchdesign,
unter Verwendung von Motiven von Shutterstock.com
LH · Herstellung: wag
Druck und Einband: GGP Media GmbH, Pößneck
Printed in Germany
ISBN: 978-3-442-38413-6

www.blanvalet.de

Liebe Leserin,

Irland hat in meinem Herzen einen besonderen Platz. Die hügeligen grünen Felder unter dem bleiernen Himmel, das graue Zickzack der steinernen Mauern, die, wenn auch halb verfallene, so doch majestätische Ruine einer Burg, die höchstwahrscheinlich von diesen verdammten Anhängern Cromwells geplündert worden ist. Ich liebe die Art, in der manchmal die Sonne golden durch den Regen scheint, und ich liebe es, daß überall in den Gärten und auf den Feldern wild wuchernde, üppig blühende Pflanzen zu sehen sind. Es ist ein Land steiler Klippen und dämmriger, rauchiger Pubs. Ein Land der Magie, der Legenden, aber auch des tief empfundenen Leids. Schönheit findet sich dort selbst in der Luft.

Und in diesem überwältigenden Land ist der Westen die überwältigendste Region.

Dort ist die häufigste Ursache für einen Verkehrsstau ein Bauer, der seine Kühe auf eins seiner Felder treibt. Dort weiß man nie, wohin einen die gewundene, von Hecken wilder Fuchsien gesäumte Landstraße führen wird. Dort glitzert der Shannon wie ein silbriges Band, und die See rollt mit lautem Donnergrollen an den Strand.

Aber noch wunderbarer als die irische Landschaft sind die Iren selbst. Es ist ein Land der Dichter und der Krieger und der Träumer, aber zugleich ist es ein Land, das Fremde mit offenen Armen empfängt. Die irische Gastfreundschaft ist von schlichter Freundlichkeit geprägt. In Irland erfährt man, was das Wort Willkommen heißt.

Töchter des Windes, die Geschichte von Brianna Concannon, soll ein Spiegel dieses unvergleichlichen Großmuts des Geistes, der Einfachheit einer offenen Tür und der Kraft der Liebe sein. Also kommen Sie, setzen Sie sich eine Weile vor den Kamin und tun Sie einen Tropfen Whiskey in Ihren Tee. Legen Sie die Füße hoch, vergessen Sie Ihre Sorgen und tauchen Sie in meine Geschichte ein.

Nora Roberts

All meinen Vorfahren, die über das schäumende Meer gekommen sind.

Ich war ein wilder Wanderer, viele Jahre lang.

The Wild Rover

Prolog

Der wilde Wind peitschte fluchend über den Atlantik und trommelte mit den Fäusten auf die Felder der westlichen Grafschaften ein. Harter, nadelspitzer Regen schlug auf den Boden und schnitt den Menschen ins Fleisch. Blumen, die vom Frühjahr bis zum Herbst in leuchtender Blüte gestanden hatten, wurden schwarz unter dem tödlichen Frost.

In den Cottages und Pubs versammelten sich die Menschen um die Kamine und sprachen von ihren Farmen, ihren zu flickenden Dächern und ihren Lieben in Deutschland oder Amerika, wobei es keine Bedeutung hatte, ob jemand erst am Vortag oder bereits vor zwanzig Jahren ausgewandert war. Irland verlor seine Menschen, genau wie es seine Sprache verlor.

Hin und wieder sprach man auch von den »Unruhen«, dem endlosen Krieg im Norden. Aber Belfast war nicht nur, was die Kilometer betraf, sondern auch gefühlsmäßig weit von Kilmilhil entfernt. Die Menschen machten sich größere Sorgen um ihre Ernten, ihre Tiere, die Hochzeiten und die Totenwachen, zu denen man in diesem Winter zusammenkam.

Ein paar Meilen außerhalb des Dorfes, in einer von Backhitze und -düften erwärmten Küche, stand Brianna Concannon und sah durch das Fenster in ihren den Attacken des eisigen Regens ausgesetzten Garten hinaus.

»Ich fürchte, die Akelei verliere ich. Und den Fingerhut auch.« Der Gedanke brach ihr das Herz. Eilig hatte sie so viele Pflanzen wie möglich ausgegraben und sorgsam in dem überfüllten kleinen Schuppen hinter dem Haus verstaut, aber das Unwetter war so schnell gekommen, daß kaum Zeit gewesen war.

»Dann pflanzt du im Frühjahr eben neue Blumen.« Maggie sah Brianna nachdenklich von der Seite an. Brie sorgte sich um ihre Blumen wie eine Mutter um ihr Kind. Seufzend rieb sich Maggie den gewölbten Bauch. Es überraschte sie immer noch, daß sie und nicht ihre häusliche Schwester verheiratet und schwanger war. »Und ich bin sicher, daß es dir einen Riesenspaß machen wird.«

»Das glaube ich auch. Was mir fehlt, ist ein Gewächshaus. Ich habe mir schon Prospekte angesehen. Ich denke, es wäre möglich.« Und wenn sie gut haushaltete, hätte sie bis zum Frühjahr vielleicht sogar genug Geld dafür gespart. Während sie ihren bescheidenen Tagträumen von in einem Glashaus gedeihenden Pflanzen nachhing, zog sie ein Blech Preiselbeermuffins aus dem Ofen und stellte es auf den Tisch. Die Preiselbeeren hatte ihr Maggie von einem Markt in Dublin mitgebracht. »Die nimmst du mit nach Hause.«

»Und ob.« Grinsend nahm Maggie eins der Muffins und warf es von einer Hand in die andere, damit es ein wenig abkühlte, ehe sie einen gierigen Bissen nahm. »Das heißt, erst mal esse ich mich hier so richtig satt. Ich sage dir, Rogan wiegt jeden einzelnen Happen ab, den ich seiner Meinung nach essen darf.«

»Er ist eben auf deine und auf die Gesundheit des Babys bedacht.«

»Allerdings. Und außerdem fragt er sich offensichtlich, wieviel von mir das Baby ist und wieviel Fett.«

Brianna sah ihre Schwester an. Maggie wirkte wohlgerundet und weich, und außerdem strahlte sie nun, da sie sich dem letzten Drittel ihrer Schwangerschaft näherte, eine rosige Zufriedenheit aus, die einen auffälligen Kontrast bildete zu dem

Brianna besser bekannten Bündel aus Energie und Nervosität.

Sie ist so glücklich, dachte Brianna. Sie liebt ihren Mann und weiß, daß diese Liebe erwidert wird. »Du hast tatsächlich ganz schön zugelegt, Margaret Mary«, sagte sie, woraufhin ein belustigtes Blitzen in Maggies Augen trat.

»Ich veranstalte einen Wettbewerb mit einer von Murphys Kühen, und ich sage dir, ich gehe aus diesem Wettstreit als Siegerin hervor.« Sie schluckte den letzten Bissen ihres Muffins hinunter und streckte schamlos die Hand nach dem nächsten aus. »In ein paar Wochen sehe ich vor lauter Bauch bestimmt noch nicht mal mehr das Ende meines Glasbläserrohrs. Aber was soll's? Dann steige ich eben auf Bunsenbrenner um.«

»Du könntest auch einfach ein bißchen Urlaub machen«, meinte Brianna. »Ich weiß, daß Rogan meint, du hättest bereits genug für seine Galerien hergestellt.«

»Und was mache ich dann, außer an Langeweile einzugehen? Ich habe eine Idee für ein ganz besonderes Stück für die neue Galerie hier in Clare.«

»Die nicht vor dem Frühjahr eröffnet wird.«

»Bis dahin hat Rogan seine Drohung bestimmt längst wahr gemacht und mich ans Bett gefesselt, damit ich nicht mehr in mein Atelier gehen kann.« Sie seufzte, aber Brianna nahm an, daß sie die Drohung, die Rogans subtil beherrschende Art verriet, gar nicht so schrecklich fand. Vielleicht wurde Maggie in ihrem Alter tatsächlich noch weich? »Aber ich möchte arbeiten, solange ich kann«, fügte Maggie hinzu. »Und außerdem ist es schön, zu Hause zu sein, vor allem, wenn ein solches Wetter ist. Ich nehme an, im Augenblick stehen deine Gästezimmer leer?«

»Für nächste Woche hat sich ein Ami angesagt.« Brianna füllte die beiden Teebecher ein zweites Mal, und dann setzte sie sich zu ihrer Schwester an den Tisch. Der Hund, der geduldig neben ihrem Stuhl gewartet hatte, legte ihr seinen großen Kopf in den Schoß.

»Ein Ami? Nur einer? Ein Mann?«

»Mmmm.« Brianna strich Concobar sanft über das Fell. »Ein Schriftsteller. Er hat ein Zimmer mit Vollpension bestellt. Er sagt, daß er noch nicht weiß, wie lange er bleiben wird, aber er hat schon mal für einen Monat bezahlt.«

»Einen ganzen Monat? In dieser Jahreszeit?« Amüsiert beobachtete Maggie, wie der Wind an den Fensterläden rüttelte. Es war ein Wetter, das nicht gerade einladend zu nennen war. »Tja, schließlich heißt es ja, daß Künstler Exzentriker sind. Was schreibt er denn so, wenn ich fragen darf?«

»Krimis. Ich habe sogar ein paar gelesen. Sie sind wirklich gut. Er hat schon Preise dafür bekommen, und einige seiner Geschichten wurden verfilmt.«

»Ein erfolgreicher amerikanischer Schriftsteller, der sich mitten im tiefsten Winter in einer Privatpension in Clare vergräbt. Ich höre schon jetzt die Leute im Pub reden ...«

Maggie leckte sich die restlichen Krumen ihres Muffins von den Fingern und betrachtete ihre Schwester mit dem Blick der Künstlerin. Brianna war der Liebreiz in Person, rosig und golden mit samtiger Haut und einer wohlgeformten schlanken Figur. Sie hatte ein klassisches, ovales Gesicht, einen weichen, ungeschminkten und oft allzu ernsten Mund, hellgrüne, verträumte Augen, geschmeidige Glieder und dichtes, glattes Haar, das sich oft den strengen Nadeln entwand.

Außerdem hatte sie ein weiches Herz und war trotz der regelmäßigen Kontakte mit den Gästen ihrer Pension bezüglich dessen, was in der Welt außerhalb ihres Gartens geschah, erschreckend naiv.

»Ich weiß nicht, ob es mir gefällt, daß du hier wochenlang mit einem Mann alleine bist.«

»Ich bin oft mit irgendwelchen Gästen allein. Davon lebe ich.«

»Aber bisher hast du noch nie im Winter einen einzelnen Gast gehabt. Ich weiß nicht, wann wir wieder nach Dublin fahren, und ...«

»Du bist doch wohl nicht als mein Kindermädchen hier«, stellte Brianna mit einem amüsierten Lächeln fest. »Maggie, ich bin eine erwachsene Frau. Eine erwachsene Geschäftsfrau sogar, und ich denke, daß ich durchaus auf mich selbst aufpassen kann.«

»Du bist immer viel zu sehr damit beschäftigt, dich um andere zu kümmern statt um dich selbst.«

»Fang nicht schon wieder mit Mutter an«, Brianna preßte die Lippen zusammen. »Ich tue kaum noch etwas für sie, seit sie mit Lottie in ihr eigenes Haus gezogen ist.«

»Ich weiß genau, was du alles für sie tust«, schoß Maggie zurück. »Du springst, sobald sie auch nur Piep sagt, hörst dir ihre ewigen Beschwerden an, zerrst sie jedesmal, wenn sie sich einbildet, von einer neuen tödlichen Krankheit befallen zu sein, zu irgendeinem Arzt.« Maggie hob erschrocken die Hand. Sie war wütend auf sich, weil sie wieder einmal den alten Zorn und die alten Schuldgefühle empfand. »Aber darum geht es im Augenblick nicht. Dieser Mann ...«

»Grayson Thane«, half Brianna, mehr als dankbar, daß nicht länger von ihrer Mutter die Rede war. »Ein allseits geachteter amerikanischer Autor, der es auf ein ruhiges Zimmer in einer gut geführten Pension und nicht auf die Wirtin abgesehen hat.« Sie nippte vorsichtig an ihrem Tee. »Er wird mein Gewächshaus bezahlen, was will ich also mehr?«

1. Kapitel

Auch wenn Brianna im Blackthorn Cottage hin und wieder inmitten der schlimmsten Winterstürme einen oder zwei Gäste beherbergte, war normalerweise im Januar nicht viel los, so daß sie oft allein zu Hause saß. Sie hatte nichts gegen die Einsamkeit, und auch das Heulen des Windes und der bleierne Himmel, aus dem sich Tag für Tag Regen und Eis über ihren Garten ergoß, machten ihr nichts aus. Im Gegenteil, fand sie doch in diesen Tagen endlich Zeit zum Pläneschmieden.

Doch sie freute sich über jeden Reisenden, ob er nun angemeldet oder unerwartet kam. Vom geschäftlichen Standpunkt her waren die Pfund und Pennies das Entscheidende, aber darüber hinaus freute sich Brianna immer, wenn sie die Gelegenheit bekam, jemanden zu umsorgen und ihm ein vorübergehendes Zuhause zu schaffen für die Zeit, in der er oder sie bei ihr war.

In den Jahren, nachdem ihr Vater gestorben und ihre Mutter ausgezogen war, hatte sie aus dem Haus das Heim gemacht, nach dem sie sich als Kind immer gesehnt hatte, mit einem gemütlichen Kamin, Spitzengardinen und dem Duft von frischem Gebäck, der aus der Küche in die umliegenden Räume zog. Im Grunde war es Maggie gewesen oder Maggies Kunst, die es Brianna ermöglicht hatte, langsam zu expandieren, bis aus dem Haus eine Pension geworden war. Aber das Gebäude gehörte ihr. Ihr Vater hatte verstanden, wie sehr sie an ihrem Zuhause hing, wie wichtig es für sie war. Und sie hegte ihr Erbe wie ein Kind.

Vielleicht lag es am Wetter, daß sie an ihren Vater dachte. Es war ein Tag wie dieser gewesen, an dem er gestorben war. Hin und wieder, wenn sie alleine war, entdeckte sie immer noch kleine Kammern der Trauer in ihrem Herzen, in denen sie gute und schlechte Erinnerungen an ihre Kindheit barg.

Ich brauche Beschäftigung, sagte sie sich und wandte sich vom Fenster ab, ehe sie allzusehr ins Grübeln kam.

Da es in Strömen regnete, beschloß sie, den Gang ins Dorf zu verschieben und statt dessen eine Arbeit anzugehen, die sie bereits viel zu lange vor sich hergeschoben hatte, ohne genau zu wissen, warum. Sie erwartete niemanden, und der einzige angemeldete Gast käme nicht vor Ende der Woche an. Also schleppte Brianna Besen, Eimer, Putzlappen und einen leeren Karton auf den Dachboden hinauf.

Sie reinigte ihn mit derselben Regelmäßigkeit wie alle anderen Räumlichkeiten, doch die herumstehenden Kisten und Kästen hatte sie bei ihren Putzaktionen immer ignoriert. Aber jetzt war es soweit, sagte sie sich und öffnete die Tür. Dieses Mal sähe sie nicht über die Kisten hinweg. Und sie würde nicht zulassen, daß ihre Sentimentalität sie davon abhielt, die verbliebenen Erinnerungsstücke ebenso durchzusehen wie die Wäsche in ihrem Kleiderschrank.

Wäre der Raum erst einmal entrümpelt, würde sie sparen, bis ein Umbau möglich war. Sie stützte sich auf den Besen und träumte von einem gemütlichen Zimmer unter dem Dach. Mit einem dieser neuen Dachfenster und vielleicht einer Gaube. Ein sanfter, gelber Anstrich brächte die Sonne herein. Der Boden würde geschliffen und versiegelt und mit einem ihrer Knüpfteppiche geschmückt.

Sie sah es bereits vor sich – das hübsche, mit einer farbenfrohen Tagesdecke versehene Bett, einen Korbsessel, einen kleinen Schreibtisch und …

Brianna schüttelte lachend den Kopf. Sie überflügelte sich mal wieder selbst.

»Was bin ich doch für eine elende Träumerin, Con«, murmelte sie und strich dem Hund liebevoll über den Kopf. »Dabei bräuchte ich im Augenblick eher Muskeln und Skrupellosigkeit.«

Erst sähe sie sich die Kisten an. Es war wirklich an der Zeit, daß sie alte Papiere und alte Kleider dem Feuer übergab.

Dreißig Minuten später hatte sie mehrere ordentliche Kleiderstapel neben sich. Einen brächte sie zur Altkleidersammlung, ein anderer wäre noch für Putzlumpen gut. Die Luft war von schwachem Lavendelduft erfüllt. Das Leinenkleidchen, das sie in den Händen hielt, war mit winzigen Knöpfen und schmalen Spitzenbordüren verziert. Die Handarbeit unserer Großmutter, dachte Brianna und lächelte. »Er hat tatsächlich alles aufgehoben«, murmelte sie. Ihre Mutter hätte niemals derart sentimentale Gedanken in bezug auf zukünftige Generationen gehegt. »Das haben bestimmt Maggie und ich angehabt. Und Dad hat es für unsere Kinder verstaut.«

Der Gedanke versetzte ihr einen kaum merklichen, weil vertrauten Stich. Sie hatte kein Baby, das sanft in einer Wiege schlief, kein weiches Bündel, das darauf wartete, daß sie es in den Armen hielt, es fütterte und ihm ihre Liebe gab. Aber Maggie, dachte sie, fände bestimmt Gefallen an dem Kleidchen. Vorsichtig faltete sie es zusammen und legte es wieder in den Karton zurück.

Der nächste Karton war bis zum Rand mit Papieren gefüllt, stellte sie seufzend fest. Ehe sie sie entsorgen könnte, war es wohl erforderlich, daß sie sie las oder zumindest überflog. Ihr Vater hatte seine gesamte Korrespondenz ebenso wie zahlreiche Zeitungsausschnitte aufbewahrt. Seine neuen Geschäftsideen, hätte er sicher gesagt.

Immer hatte er neue Dinge im Sinn gehabt. Sie legte verschiedene von ihm ausgeschnittene Artikel über Erfindungen, Forstwirtschaft, das Zimmererhandwerk und die Eröffnung eines Einzelhandelsgeschäfts fort. Nirgendwo jedoch war

Landwirtschaft erwähnt, stellte sie lächelnd fest. Er hatte einfach nie Talent zum Bauern gehabt. Sie fand Briefe von Verwandten, von Firmen in Amerika, Australien und Kanada, an die er geschrieben hatte, und den Kaufvertrag für den alten Kleinlaster, den er gefahren hatte, als sie noch ein Kind gewesen war. Beim Anblick eines der Dokumente jedoch runzelte sie verwirrt die Stirn. Es sah wie eine Aktie aus. Triquarter Mining, in Wales. Dem Datum nach hatte er die Aktie offenbar nur wenige Wochen vor seinem Tod gekauft.

Triquarter Mining? Da hast du wohl mal wieder in irgendein tolles Geschäft investiert, Dad, dachte sie, obwohl uns kaum je genug Haushaltsgeld zur Verfügung stand. Nun, sie müßte an diese Triquarter-Gesellschaft schreiben und sehen, ob sich die Aktie vielleicht wieder verkaufen ließ. Obgleich sie sicher kaum mehr wert war als das Papier. Mit seinen Geschäften hatte Tom Concannon nie Glück gehabt.

Sie grub tiefer und amüsierte sich mit Briefen von Cousins und Cousinen, Onkel und Tanten. Sie hatten ihn geliebt. Alle hatten ihn geliebt. Fast alle, verbesserte sie sich, denn ihre Mutter fiel ihr ein.

Sie schob den Gedanken so schnell beiseite, wie er gekommen war, und nahm drei mit einem verblichenen roten Band zusammengehaltene Briefe aus dem Karton. Sie kamen aus New York, aber das überraschte sie nicht. Die Concannons hatten eine ganze Reihe von Freunden und Verwandten in Amerika. Doch der Name war ihr fremd. Amanda Dougherty.

Brianna faltete den ersten Brief auseinander und überflog die ordentliche, sicher in einer Klosterschule erlernte Schrift. Mit einem Mal stockte ihr der Atem, und sie las den Brief ein zweites Mal.

Mein geliebter Tommy,
ich habe gesagt, ich würde Dir nicht schreiben. Vielleicht schicke ich den Brief auch gar nicht ab, aber ich muß we-

nigstens so tun, als hätten wir noch Kontakt. Ich bin erst seit einem Tag wieder in New York, und schon bist Du so weit von mir entfernt, wodurch unsere gemeinsame Zeit um so kostbarer für mich wird. Ich habe gebeichtet und Buße getan, doch in meinem Herzen weiß ich, daß nichts, was wir getan haben, Sünde war. Eines Tages, wenn Gott uns wohlgesonnen ist, finden wir einen Weg, um zusammen zu sein. Doch falls das nicht passiert, möchte ich, daß Du weißt, daß ich jeden Moment, der uns gegeben war, hüte wie einen Schatz. Ich weiß, es ist meine Pflicht, Dir zu sagen, daß Du das Sakrament Deiner Ehe ehren und Dich weiter um die beiden Babys, die Du so sehr liebst, kümmern mußt. Und das tue ich auch. Aber, so selbstsüchtig es auch sein mag, bitte ich Dich trotzdem, daß Du ab und zu, wenn Clare im Frühlingsglanz erstrahlt und sich das Licht der Sonne im Wasser des Shannon bricht, an mich denkst. Ich hoffe, daß Dir die Liebe, in der Du mir während der wenigen, kurzen Wochen verbunden warst, in Erinnerung bleiben wird. Ich liebe Dich ...

Immer Deine
Amanda

Liebesbriefe, dachte sie verwirrt. An ihren Vater. Geschrieben – sie starrte auf das Datum –, als sie kaum geboren war.

Ihr wurde kalt. Wie sollte eine Frau, eine erwachsene Frau von achtundzwanzig Jahren, darauf reagieren, wenn sie erfuhr, daß ihr Vater eine Frau geliebt hatte, die nicht seine Ehefrau gewesen war? Ihr Vater, mit seinem fröhlichen Lachen und seinen sinnlosen Plänen. Diese Worte waren einzig für seine Augen bestimmt gewesen. Aber sie zu ignorieren war ein Ding der Unmöglichkeit.

Mit klopfendem Herzen öffnete Brianna den zweiten Brief.

Mein geliebter Tommy,
ich habe Deinen Brief so oft gelesen, daß ich noch mit geschlossenen Augen jedes der Worte vor mir sehen kann. Der Gedanke, daß Du so unglücklich bist, bricht mir das Herz. Auch ich sehe oft aufs Meer hinaus und stelle mir vor, wie Du über das Wasser hinweg in meine Richtung blickst. Es gibt so vieles, was ich Dir sagen möchte, aber ich fürchte, daß dadurch Dein Elend nur noch größer wird. Wenn Du Deiner Frau nicht in Liebe verbunden bist, dann sei es in Pflicht. Ich brauche Dir nicht zu sagen, daß Deine Sorge in erster Linie Deinen Kindern gelten muß. Ich weiß und habe es die ganze Zeit gewußt, daß ihnen in Deinem Herzen und Deinen Gedanken der erste Platz gebührt. Gott segne Dich dafür, Tommy, daß Du auch an mich denkst. Und dafür, daß mir durch Dich ein solches Geschenk zuteil geworden ist. Ich dachte, mein Leben würde leer sein ohne Dich, aber von nun an ist es für alle Zeiten reich und erfüllt. Jetzt liebe ich Dich noch mehr als in dem Moment, in dem ich von Dir gegangen bin. Trauere nicht, wenn Du an mich denkst. Aber denk an mich.

Immer Deine
Amanda.

Liebe, dachte Brianna, und hinter ihren Augen stiegen heiße Tränen auf. Diese Worte verrieten soviel Liebe, obwohl so wenig gesagt worden war. Wer war sie gewesen, diese Amanda? Wie hatten sich die beiden kennengelernt? Und wie oft hatte ihr Vater wohl an diese Frau gedacht? Wie oft hatte er sich wohl nach ihr gesehnt?

Brianna wischte sich eine Träne aus dem Gesicht und öffnete den letzten Brief.

Mein Lieber,
ich habe gebetet und gebetet, ehe ich diesen Brief anfing. Ich habe die Heilige Mutter Gottes gebeten, mir zu zeigen, was richtig ist. Was Dir gegenüber fair ist, weiß ich nicht. Ich kann nur hoffen, daß Dich das, was ich Dir sagen werde, mit Freude und nicht mit Trauer erfüllen wird.
Ich erinnere mich noch genau an unsere gemeinsamen Stunden in meinem Zimmer in dem Gasthaus, durch dessen Fenster man auf den Shannon sah. Wie süß und sanft Du warst, wie geblendet wir beide von der Liebe waren. Zum ersten und gewiß auch zum letzten Mal in meinem Leben wurde mir eine solch tiefe, bedingungslose Liebe zuteil, und so bin ich dankbar, daß mir, obgleich uns ein Zusammensein niemals vergönnt sein wird, eine derart wertvolle Erinnerung an diese Liebe gegeben wird. Ich trage Dein Kind unter meinem Herzen, Tommy. Bitte sei glücklich für mich. Ich bin nicht allein, und ich fürchte mich nicht. Vielleicht sollte ich mich schämen, als unverheiratete Frau vom Mann einer anderen schwanger geworden zu sein. Vielleicht verspüre ich irgendwann einmal diese Scham, aber im Augenblick empfinde ich nichts als Glück.
Ich weiß es bereits seit mehreren Wochen, aber hatte bisher einfach nicht den Mut, es Dir zu sagen. Nun, da ich die ersten Bewegungen des von uns gezeugten Lebens spüre, finde ich ihn. Muß ich Dir erst sagen, wie sehr dieses Kind geliebt werden wird? Ich sehe mich bereits mit unserem Baby im Arm. Bitte, mein Liebster, laß um unseres Kindes willen keine Trauer und keine Schuldgefühle in Dein Herz. Und um unseres Kindes willen gehe ich fort von hier. Obwohl ich jeden Tag und jede Nacht an Dich denken werde, ist dies mein letzter Brief. Ich werde Dich immer lieben, und jedesmal, wenn ich das Leben betrachten werde, das von uns in jenen magischen Stunden am Shannon gezeugt worden ist, liebe ich Dich mehr.

Gib, was immer Du für mich empfandest, an Deine Kinder weiter. Und sei glücklich. Ich bitte Dich darum.

Immer Deine
Amanda.

Ein Kind. Schluchzend hielt Brianna die Hand vor den Mund. Eine Schwester. Ein Bruder vielleicht. Großer Gott. Irgendwo lebte ein Mensch, der durch Blutsbande mit ihr verbunden war. Der kaum jünger war als sie. Der vielleicht dieselbe Haarfarbe, dieselben Gesichtszüge hatte wie sie.

Was konnte sie tun? Was hätte ihr Vater tun können vor all der Zeit? Hatte er nach der Frau und seinem Baby gesucht? Hatte er versucht zu vergessen, daß es die beiden gab?

Nein. Vorsichtig strich Brianna die Briefe glatt. Er hatte nicht versucht zu vergessen. Er hatte ihre Briefe all die Jahre aufbewahrt. Sie schloß die Augen und saß reglos da. Und, dachte sie, er hatte seine Amanda geliebt. Bis in den Tod.

Sie mußte nachdenken, ehe sie Maggie von ihrem Fund berichtete. Und am besten konnte sie denken, wenn sie beschäftigt war. Sie ertrug den Anblick des Dachbodens nicht mehr, aber es gab genug andere Dinge zu tun. Sie schrubbte und wienerte und buk. Die schlichte Behaglichkeit dieser Tätigkeiten, das Vergnügen, das sie bei den wohligen Düften empfand, taten ihr gut. Sie gab Torf ins Feuer, braute Tee und setzte sich mit ihren Skizzen für das Gewächshaus vor den Kamin.

Mit der Zeit würde sie wissen, was das richtige war, sagte sie sich. Nach mehr als fünfundzwanzig Jahren täten ein paar Tage des Überlegens niemandem weh. Wenn diese Verzögerung zum Teil in einer gewissen Feigheit begründet war, in dem Bedürfnis, dem unvermeidlichen Gefühlsausbruch ihrer Schwester noch eine Weile aus dem Weg zu gehen, dann gestand sie sich das gerne ein.

Brianna hatte noch nie behauptet, eine besonders mutige Frau zu sein.

In der ihr eigenen praktischen Art verfaßte sie einen höflichen, geschäftsmäßigen Brief an Triquarter Mining in Wales. Sie brächte ihn am nächsten Morgen zur Post, denn dann müßte sie, ob es nun regnete oder ob die Sonne schien, sowieso ins Dorf.

Als sie abends das Feuer löschte, um ins Bett zu gehen, war sie dankbar, daß Maggie offenbar zu beschäftigt gewesen war, um bei ihr hereinzusehen. Noch einen Tag, vielleicht zwei, sagte sich Brianna, dann würde sie ihrer Schwester die Briefe zeigen.

Aber heute abend würde sie sich entspannen und an nichts mehr denken, was in irgendeiner Weise belastend war. Sie würde sich ein wenig verwöhnen, das hatte sie sich verdient, vor allem, da ihr Rücken von der übertriebenen Schrubberei zu schmerzen begann. Ein langes Bad mit ein paar der Schaumperlen, die Maggie ihr aus Paris mitgebracht hatte, eine Tasse Tee, ein Buch. Sie würde die große Wanne oben benutzen und so tun, als wäre sie in ihrem eigenen Hause Gast. Statt in ihrem schmalen Bett in dem Zimmer neben der Küche schliefe sie in aller Pracht in dem Raum, den sie insgeheim als das Brautgemach bezeichnete.

»Heute abend sind wir König und Königin, Con«, erklärte sie dem Hund, während sie großzügig Schaumperlen unter das aus dem Hahn strömende Wasser schüttete. »Wir essen im Bett und lesen dazu ein Buch von unserem zukünftigen Gast. Einem bedeutenden Amerikaner«, fügte sie hinzu, und Con wedelte zufrieden mit dem Schwanz.

Sie glitt aus ihren Kleidern, stieg in das heiße, duftende Wasser und stieß einen wohligen Seufzer aus. Eine Liebesgeschichte wäre passender, dachte sie, als sie den Thriller mit dem Titel *Das Erbe des Heliotrops* in die Hände nahm. Trotzdem lehnte sie sich gemütlich zurück und versank in der Geschichte einer von der Vergangenheit gequälten und in der Gegenwart gefährdeten Frau.

Die Geschichte fesselte sie so sehr, daß sie das Buch, als das Wasser kalt wurde, in eine Hand nahm und, während sie sich mit der anderen Hand abtrocknete, weiterlas. Zitternd streifte sie sich ein langes Flanellnachthemd über den Kopf und zog die Nadeln aus ihrem Haar. Nur aus jahrelanger Gewohnheit heraus legte sie das Buch lange genug zur Seite, um das Bad zu reinigen. Aber auf das Abendessen verzichtete sie, kuschelte sich statt dessen ins Bett und zog sich die Decke bis zum Kinn.

Sie hörte kaum, wie der Wind an den Fenstern zerrte und der Regen gegen die Scheiben schlug. Grayson Thanes Geschichte hatte Brianna in die schwüle Hitze eines Südstaatensommers versetzt, wo sie auf der verzweifelten Flucht vor einem Mörder war.

Mitternacht war längst vorüber, und schließlich siegte die Müdigkeit. Das Buch in der Hand, den schnarchenden Hund neben dem Bett und das furchtsame Geheul des Windes im Ohr, schlief sie ein. Und träumte – wie sollte es anders sein – von kaltem Grauen und nackter Angst.

Grayson Thane war ein impulsiver Mensch. Aber er war sich dieser Schwäche bewußt, und so nahm er die dadurch entstehenden Katastrophen im allgemeinen ebenso gelassen wie die Triumphe hin. Im Augenblick war er gezwungen zuzugeben, daß der Impuls, mitten im Winter, in einem der schlimmsten Unwetter, das er je erlebt hatte, von Dublin nach Clare zu fahren, ein Fehler gewesen war.

Aber zugleich sah er die Tour als Abenteuer an. Und Abenteuer hatte er schon immer geliebt.

Kurz hinter Limerick hatte er eine Reifenpanne gehabt, und bis diese behoben war, hatte er sich trotz des Regenmantels, den er eine Woche zuvor in London erstanden hatte, wie eine ertrunkene Ratte gefühlt.

Zweimal hatte er sich verfahren und war schmale, gewundene Straßen entlang gekrochen, die kaum breiter waren als die Gräben, die man zu ihren Seiten sah. Im Verlauf seiner Nachforschungen hatte er gelesen, wenn man sich in Irland verfuhr, würde einem erst der ganze Charme des Landes offenbart.

Ganz glauben konnte er das nicht.

Er hatte Hunger, war bis auf die Haut durchnäßt und fürchtete, sein Benzin reiche vielleicht nicht, bis er an irgendeine Örtlichkeit käme, die auch nur im entferntesten an einen Gasthof oder gar ein Dorf erinnerte.

Vor seinem geistigen Auge tauchte die Landkarte auf. Sich Bilder vergegenwärtigen zu können war ein angeborenes Talent, und ohne große Mühe rief er sich jede Linie der Karte, die ihm von seiner Wirtin geschickt worden war, ins Gedächtnis zurück.

Das Problem bestand darin, daß es stockfinster war, daß der Regen wie ein reißender Fluß über die Windschutzscheibe schoß und daß der Sturm seinen Mercedes auf diesem gottverlassenen Abziehbild einer Straße herumwarf, als wäre er ein Blechspielzeug.

Er wünschte sich verzweifelt eine Tasse Kaffee.

Als sich die Straße gabelte, bog Gray nach dem Zufallsprinzip nach links. Wenn er nicht innerhalb der nächsten zehn Minuten die Pension oder etwas Ähnliches fände, würde er in dem verdammten Auto schlafen und morgen früh weitersuchen. Für heute nacht jedenfalls hatte er genug.

Schade, daß er nichts von der Umgebung sah. Die finstere Trostlosigkeit des Sturms weckte das Gefühl in ihm, daß diese Landschaft genau seinen Wünschen entsprach. Sein nächster Thriller würde hier spielen, im irischen Westen, zwischen den Klippen, gegen die drohend der Atlantik schlug, und den hügeligen Feldern, in deren Senken beschauliche Dörfer kauerten. Vielleicht entdeckte er genau in diesem Augenblick auch schon seinen erschöpften, der Welt müden Helden, der inmitten eines Unwetters in dieser unwirtlichen Region strandete.

Er kniff die Augen zusammen und spähte in die Dunkelheit. Sah er da tatsächlich ein Licht? Bei Gott, er hoffte es. Er kam an einem heftig schwankenden Schild vorbei, wendete den Wagen, richtete die Scheinwerfer auf die Schrift und grinste.

Er hatte tatsächlich das Blackthorn Cottage erreicht. Auf seinen Orientierungssinn war also doch Verlaß. Er hoffte, seine Wirtin erwies sich als die Personifizierung der legendären irischen Gastfreundschaft – schließlich kam er zwei Tage zu früh. Und dann auch noch nachts um zwei.

Gray suchte nach einer Einfahrt, aber außer regennassen Hecken sah er nichts. Mit einem Schulterzucken stellte er das Auto an der Straße ab. Alles, was er für diese Nacht benötigte, befand sich in einem Rucksack auf dem Beifahrersitz. Er schnappte ihn, ließ den Wagen, wo er war, und trat in den Sturm hinaus.

Wie eine zornige Furie schlug ihm der Wind ins Gesicht. Er schwankte, wäre um ein Haar in die tropfnasse Fuchsienhecke gestürzt und stolperte, mehr durch Glück als mit Absicht, gegen das Gartentor. Er öffnete es, trat hindurch und warf sich dagegen, damit es sich wieder schloß. Er wünschte, vom Haus wäre mehr als der bloße Umriß zu sehen, aber abgesehen von einer einzigen Lampe in einem der oberen Räume waren alle Lichter gelöscht, so daß das Gebäude völlig im Dunkeln lag.

Das Licht der Lampe kam ihm wie das Signalfeuer eines Leuchtturms vor, und wieder träumte er von Kaffee.

Er klopfte an, doch niemand kam. Durch das Tosen des Windes hindurch würde man es wahrscheinlich noch nicht einmal hören, wenn er mit einem Rammbock gegen die Tür stieße. In weniger als zehn Sekunden hatte er beschlossen, daß es das beste wäre, er träte einfach ein.

Immer noch sah er nichts, sondern war auf Empfindungen beschränkt. In seinem Rücken toste der Sturm, während aus dem Inneren des Hauses heimelige Wärme drang. Außerdem nahm er wohlige Düfte wahr – Zitrone, Möbelpolitur, Lavendel und Rosmarin. Vielleicht stellte die alte irische Wirtin ihr eigenes Potpourri her? Vielleicht würde sie ja wach und bereitete ihm noch eine heiße Mahlzeit zu?

Plötzlich drang ein dunkles, wildes Knurren an sein Ohr. Er spannte sich an, hob den Kopf und sah sich mit zusammengekniffenen Augen um. Dann waren seine Gedanken während eines verblüffenden Augenblicks wie ausgelöscht.

Im nachhinein kam ihm die Szene vollkommen unwirklich vor, wie aus einem Buch. Einem seiner eigenen vielleicht. Die schöne Frau, das lange, weiße, sich blähende Nachthemd, das Haar, das sich wie feuriges Gold über ihre Schultern ergoß. Ihr bleiches Gesicht im flackernden Licht der Kerze, die sie hielt. Der Hund, dessen Halsband sie mit der anderen Hand umklammerte und der ihr bis zur Hüfte reichte, sah aus wie ein Wolf.

Sie stand reglos am oberen Treppenabsatz und starrte mit großen Augen auf ihn herab. Sie hätte aus Marmor sein können oder aus Eis. Auf jeden Fall war sie makellos.

Dann zerrte der Hund an seinem Halsband, und mit einer Bewegung, die ihr Nachthemd wogen ließ, zog sie ihn zurück.

»Sie lassen den Regen rein«, sagte sie mit einer Stimme, die ebenso märchenhaft wie ihr Aussehen war. Sanft, melodiös, mit dem singenden, irischen Rhythmus, dessentwegen er gekommen war.

»Tut mir leid.« Er tastete nach der Tür und warf sie ins Schloß, so daß das Tosen des Sturms nur noch als Hintergrundgeräusch auszumachen war.

Das Herz klopfte ihr bis zum Hals. Das Geräusch der Tür und Cons Reaktion hatten sie aus einem furchterregenden Alptraum aufgeschreckt. Und nun stand sie da und starrte auf einen schwarz gekleideten, formlosen Mann hinab, dessen Gesicht in der Dunkelheit nicht zu erkennen war. Als er nähertrat, hielt sie Con mit zitternder Hand am Halsband zurück.

Jetzt sah sie ein langes, schmales Gesicht. Das Gesicht eines Dichters mit großen, neugierigen Augen und einem ernsten Mund. Das Gesicht eines Piraten, durch die vorstehenden Wangenknochen markant und durch die feuchten, langen, hellen Locken wieder sanft gemacht.

Es war dumm, sich zu fürchten, schalt sie sich. Schließlich war er ein ganz normaler Mann.

»Haben Sie sich verirrt?« fragte sie.

»Nein.« Er sah sie mit einem freundlichen Lächeln an. »Ich bin gerade angekommen. Dies ist doch das Blackthorn Cottage, oder nicht?«

»Allerdings.«

»Ich bin Grayson Thane. Ich bin etwas früher gekommen, aber Miss Concannon erwartet mich.«

»Oh.« Brianna murmelte etwas, das Gray nicht verstand, aber es hatte die Wirkung, daß sich der Hund zu entspannen schien. »Ich habe Sie erst am Freitag erwartet, Mr. Thane. Aber trotzdem heiße ich Sie herzlich willkommen.« Den Hund neben sich und die flackernde Kerze in der Hand, kam sie die Treppe herunter. »Ich bin Brianna Concannon«, sagte sie und reichte ihm die Hand.

Er starrte sie einen Moment lang sprachlos an. Er hatte eine nette, rundliche Frau mit einem grauen Knoten erwartet statt dieses zauberhaften Geschöpfs. »Ich habe Sie aufgeweckt«, brachte er schließlich dümmlich heraus.

»Normalerweise bringen wir die Nächte hier schlafend zu, das stimmt. Aber kommen Sie doch und setzen sich vor den Kamin.« Sie ging ins Wohnzimmer, machte Licht, stellte die Kerze ab, blies sie aus, drehte sich zu ihm um und nahm ihm den nassen Mantel ab. »Was für eine furchtbare Nacht, um unterwegs zu sein.«

»Das habe ich ebenfalls festgestellt.«

Ohne den Regenmantel sah er eindeutig weniger unförmig aus. Er war schlank und drahtig und kleiner als in Briannas furchtsamer Phantasie. Wie ein Boxer, dachte sie, und lächelte über sich selbst. Der Mann war kein Dichter, kein Pirat und kein Boxer, sondern Schriftsteller und obendrein ihr Gast. »Wärmen Sie sich erst einmal auf, Mr. Thane. Ich mache Ihnen schnell einen Tee. Oder möchten Sie vielleicht lieber ...« Sie hatte ihm anbieten wollen, sich erst einmal das Zimmer anzusehen, doch nun fiel ihr ein, daß sie selbst in eben diesem Zimmer schlief.

»Ich träume seit einer Stunde von einer Tasse Kaffee. Falls es Ihnen also keine allzu großen Umstände macht ...«

»Kein Problem. Machen Sie es sich doch solange bequem.«

Es war eine zu hübsche Szene, um allein zu sein. »Ich komme einfach mit in die Küche. Ich habe sowieso schon ein schlechtes Gewissen, weil ich Sie um diese Zeit aus dem Bett aufgescheucht habe.« Er hielt Con die Hand hin, die dieser interessiert beschnupperte. »Was für ein Hund. Eine Minute lang dachte ich allen Ernstes, er wäre ein Wolf.«

»Wolfshund wäre die richtige Bezeichnung.« Sie dachte bereits über die Bewirtung ihres Gastes nach. »Sie können gerne mit in die Küche kommen, wenn es Ihnen dort besser gefällt. Sie haben sicher Hunger, nicht wahr?«

Er rieb Cons Schädel und grinste auf sie herab. »Miss Concannon, ich glaube, ich habe mich schon jetzt in Sie verliebt.«

Sie errötete. »Nun, wenn Sie Ihr Herz bereits für einen Teller Suppe verschenken, scheinen Sie ein großzügiger Mensch zu sein.«

»Nach allem, was mir über Ihre Kochkünste zu Ohren gekommen ist, ist dies wohl ein angemessener Preis.«

»Oh?« Sie führte ihn in die Küche und hängte seinen tropfnassen Mantel an einen Haken neben der Hintertür.

»Eine Freundin einer Cousine meiner Verlegerin hat, ich glaube letztes Jahr, bei Ihnen gewohnt, und sie sagt, daß die

Wirtin des Blackthorn Cottages wie ein Engel kocht.« Allerdings hatte ihm niemand erzählt, daß auch ihr Aussehen das eines Engels war.

»Was für ein nettes Kompliment.« Brianna stellte den Wasserkessel auf und gab ein wenig Suppe in einen Topf. »Ich fürchte, daß ich Ihnen heute nacht nur ein paar einfache Sachen anbieten kann, Mr. Thane, aber wenigstens gehen Sie nicht hungrig zu Bett.« Sie nahm ein Brot aus einer Dose und schnitt dicke Scheiben ab. »Waren Sie heute lange unterwegs?«

»Ich bin erst ziemlich spät aus Dublin losgefahren. Eigentlich hatte ich noch einen Tag dort bleiben wollen, aber dann hat mich die Reiselust gepackt.« Lächelnd nahm er das Brot, das sie auf den Tisch gelegt hatte, und biß herzhaft hinein. »Es war an der Zeit weiterzuziehen. Führen Sie die Pension ganz allein?«

»Ja. Und ich fürchte, daß es um diese Jahreszeit nicht allzuviel Gesellschaft für Sie geben wird.«

»Ich bin nicht gekommen, um Gesellschaft zu haben«, sagte er und sah zu, wie sie Kaffeepulver in den Filter gab. Langsam wurde die Küche von einem himmlischen Duft erfüllt.

»Sie sagten, Sie wollten hier arbeiten. Es muß wunderbar sein, wenn man Geschichten erzählen kann.«

»Manchmal schon.«

»Ihre Geschichten gefallen mir.« Sie nahm eine dunkelblaue Töpferschale aus dem Schrank und füllte die Suppe hinein.

Er sah sie mit hochgezogenen Brauen an. Normalerweise wurde er von den Leuten immer mit Dutzenden von Fragen bombardiert. Wie schreiben Sie, woher bekommen Sie Ihre Ideen – was ihm die verhaßteste Frage war –, wie finden Sie einen Verleger? Und auf die Fragen folgte normalerweise unweigerlich die Information, daß der Frager ebenfalls eine Geschichte wußte, die sich sicher veröffentlichen ließ.

Aber sie sagte nur diesen einen Satz, und Gray merkte, daß er abermals das Gesicht zu einem Lächeln verzog. »Vielen Dank. Manchmal gefallen sie mir auch.« Er beugte sich vor und atmete den Duft der Suppe ein. »Riecht aber nicht unbedingt wie eine einfache Sache, finde ich.«

»Es ist eine schlichte Gemüsesuppe mit etwas Rindfleisch drin. Ich kann Ihnen auch gern ein Sandwich machen, wenn Ihnen nicht nach Suppe zumute ist.«

»Nein, nein, die Suppe ist wunderbar.« Er kostete und seufzte genießerisch. »Phantastisch.« Er hob den Kopf und sah sie wieder an. Wirkte ihre Haut wohl immer so rosig und weich? überlegte er. Oder lag es vielleicht einfach an ihrer Schläfrigkeit? »Eigentlich sollte es mir leid tun, daß ich Sie geweckt habe«, sagte er und schob sich einen zweiten Löffel Suppe in den Mund. »Aber das hier macht es mir schwer.«

»Eine gute Pension steht einem Reisenden immer offen, Mr. Thane.« Sie stellte ihm seinen Kaffee hin und winkte dem Hund, der sich sofort von seinem Platz neben dem Tisch erhob. »Nehmen Sie sich ruhig noch Suppe nach, wenn Sie wollen. Ich richte nur schnell Ihr Zimmer her.«

Sie ging hinaus und eilte die Treppe hinauf. Sie müßte die Bettwäsche wechseln und die Handtücher im Bad, denn es kam nicht in Frage, daß er ein anderes Zimmer bekam. Als ihr einziger Gast hatte er ein Anrecht auf das Beste, was es gab.

Sie arbeitete schnell und klopfte gerade die Kissen in den spitzenbedeckten Hüllen auf, als sie hinter sich ein Geräusch vernahm.

Ihre erste Reaktion war Bestürzung, ihn in der Tür stehen zu sehen. Ihre zweite Reaktion war Resignation. Schließlich war es ihr Zuhause. Schließlich hatte sie das Recht, dort zu schlafen, wo es ihr gefiel.

»Ich habe mir einen schönen Abend gegönnt«, setzte sie an und zupfte die Tagesdecke zurecht.

Seltsam, daß eine Frau, die eine so simple Arbeit wie Bettenmachen erledigte, so unverschämt sexy aussehen konnte, dachte er. Offenbar war er müder, als er es sich selbst eingestand.

»Anscheinend habe ich Sie auf mehr als eine Art aus dem Bett geworfen. Es wäre allerdings nicht nötig gewesen, extra meinetwegen umzuziehen.«

»Dies ist das Zimmer, für das Sie bezahlen. Es ist warm. Ich habe den Kamin angemacht, und außerdem haben Sie Ihr eigenes Bad. Falls Sie ...«

Sie unterbrach sich, denn plötzlich trat er hinter sie. Das Prickeln in ihrem Rücken ließ sie erstarren, aber er griff nur nach dem Buch, das auf dem Nachttisch lag.

Brianna räusperte sich und trat einen Schritt zurück. »Ich bin über der Lektüre eingeschlafen«, setzte sie an, doch dann riß sie bestürzt die Augen auf. »Ich wollte damit nicht sagen, daß es mich gelangweilt hat. Ich ...« Sie merkte, daß er lächelte. Nein, er grinste – und unweigerlich verzog sie ebenfalls den Mund. »Ich habe Alpträume davon bekommen.«

»Vielen Dank.«

Sie entspannte sich wieder und schlug automatisch einladend die Tagesdecke zurück. »Und als Sie plötzlich in der Tür standen, habe ich mir das Schlimmste vorgestellt. Ich war mir sicher, der Mörder wäre bei mir aufgetaucht. Ich habe mir sogar eingebildet, ich sähe das blutige Messer in Ihrer Hand.«

»Und, wer ist der Mörder?«

Sie zog überrascht die Brauen hoch. »Ich weiß es nicht, aber ich habe einen gewissen Verdacht. Sie haben eine clevere Art, die Gefühle der Leser zu beeinflussen, Mr. Thane.«

»Gray«, sagte er und reichte ihr das Buch. »Schließlich teilen wir, wenn auch auf eine etwas unkonventionelle Art, heute nacht ein Bett.« Noch ehe sie etwas erwidern konnte, nahm er ihre Hand und hob sie an seinen Mund. »Danke für die Suppe.«

»Gern geschehen«, sagte sie verwirrt, und: »Schlafen Sie gut.«

Das täte er zweifellos. Brianna hatte kaum die Tür hinter sich zugezogen, als er seine Kleider abstreifte und sich nackt unter die Decke schob. Die Luft war von einem schwachen Fliederduft und von einem Geruch erfüllt, der ihn an eine Sommerwiese erinnerte und der ihm bereits aus Briannas Haaren in die Nase gestiegen war.

Lächelnd schlief er ein.

2. Kapitel

Es regnete immer noch. Das erste, was Gray bemerkte, als er am nächsten Morgen die Augen öffnete, war die Düsterheit, die keine Tageszeit erkennen ließ. Die alte Uhr auf dem steinernen Kaminsims stand auf Viertel nach neun, doch er war optimistisch genug anzunehmen, daß es nicht Abend, sondern Morgen war.

Letzte Nacht hatte er sich den Raum nicht genauer angesehen. Die Müdigkeit und der hübsche Anblick von Brianna Concannon, wie sie sein Bett machte, hatten sein Hirn umnebelt. Also unterzog er sein Zimmer jetzt einer eingehenden Musterung, während er noch gemütlich unter der kuschlig warmen Decke lag. Die Tapeten an den Wänden erweckten den Eindruck, als rankten sich winzige Veilchen und Rosenknospen vom Boden zur Decke hinauf. Das Feuer, das inzwischen verloschen war, hatte in einem steinernen Kamin geflackert, und in einer bemalten Kiste daneben wurden Torfbriketts aufbewahrt.

Der antike, robuste Schreibtisch war auf Hochglanz poliert, und auf seiner Platte standen eine Messinglampe, ein altes Tintenfaß und eine Glasschüssel, die ein duftendes Potpourri enthielt. Auf dem Ankleidetisch, über dem ein Spiegel hing, stand eine Vase mit getrockneten Blumen, und der kleine Beistelltisch wurde von zwei blaßrosa bezogenen Sesseln flankiert. Auf dem Boden lag ein geflochtener Teppich, der die gedämpften Töne des Raums und der Wildblumendrucke an den Wänden wiedergab.

Gray lehnte sich gähnend gegen das Kopfbrett seines Betts. Er brauchte keine Gemütlichkeit, wenn er arbeitete, aber er schätzte sie durchaus. Alles in allem fand er, hatte er gut gewählt.

Er dachte daran, sich noch einmal auf die Seite zu rollen und weiterzuschlafen. Er hatte die Käfigtür noch nicht hinter sich zugemacht – eine Analogie, die er häufig verwendete, wenn er von seiner schriftstellerischen Arbeit sprach. Kühle, verregnete Vormittage waren überall auf der Welt dazu bestimmt, daß man sie im Bett verbrachte. Aber dann dachte er an seine Wirtin, die hübsche Brianna mit dem rosigen Gesicht, und die Neugier auf sie veranlaßte ihn, die Füße eilig auf den kalten Boden zu stellen und aufzustehen.

Wenigstens ist das Wasser heiß, dachte er, als er, noch nicht ganz wach, unter der Dusche stand. Und die Seife duftete leicht nach Pinienwald. Auf seinen zahllosen Reisen hatte er schon etliche Male eiskalt geduscht. Die schlichte Gemütlichkeit dieses Badezimmers und die weißen, zart bestickten Handtücher jedoch sorgten dafür, daß er innerhalb kürzester Zeit bester Stimmung war. Obgleich er in fast jeder Umgebung, egal, ob in einem Zelt in der Wüste von Arizona oder in einem schwülstigen Hotel an der Riviera, zu Hause war. Gray bildete sich gern ein, daß er die Schauplätze der Handlungen seiner Romane an seine Bedürfnisse anzupassen verstand – es sei denn, natürlich, seine Bedürfnisse änderten sich.

Während der kommenden Monate, dachte er, wäre diese gemütliche Pension in Irland genau das richtige für ihn. Vor allem, da die Wirtin von überraschendem Liebreiz war. Schönheit war immer ein Plus.

Er sah keine Veranlassung, sich zu rasieren und zog sich Jeans und ein zerrissenes Sweatshirt an. Da der Wind nachgelassen hatte, würde er im Anschluß an das Frühstück ein bißchen spazierengehen, um sich die nähere Umgebung anzusehen.

Aber zunächst einmal nähme er ein gemütliches Frühstück ein.

Es überraschte ihn nicht, daß er sie in der Küche fand. Der Raum – der aufgeheizte Ofen, die hellen Wände, die sauberen und aufgeräumten Arbeitsflächen – wirkte wie für sie gemacht.

Heute morgen hatte sie ihr Haar hochgesteckt, wahrscheinlich, weil sie den Knoten auf ihrem Kopf praktischer fand. Und vielleicht war er das auch, dachte Gray, obwohl das Praktische durch die Strähnen, die sich gelöst hatten und sanft um ihren Hals und ihre Wangen flatterten, etwas ungemein Verführerisches bekam.

Doch es war wohl nicht unbedingt von Vorteil, wenn er derartige Gedanken mit seiner Wirtin verband.

Sie buk irgend etwas, und der Duft, der ihm in die Nase stieg, sorgte dafür, daß ihm das Wasser im Mund zusammenlief. Sicher war es der Duft des Essens und nicht der Anblick der Frau in der züchtigen weißen Schürze, der ihn schlucken ließ.

In diesem Augenblick drehte sie sich um. Sie hielt eine riesige Schüssel im Arm und rührte mit einem Holzlöffel darin herum. Als sie ihn sah, blinzelte sie überrascht, doch dann setzte sie ein beinahe schüchternes Lächeln auf. »Guten Morgen. Sie möchten sicher frühstücken.«

»Ich nehme an, was da so verlockend riecht.«

»Nein, das tun Sie nicht.« Mit einer Geschicklichkeit, die er unweigerlich bewunderte, goß sie den Inhalt der Schüssel in eine Backform. »Es ist ein Kuchen für den Nachmittagstee. Außerdem ist er noch nicht fertig«, sagte sie.

»Apfel.« Er schnupperte. »Zimt.«

»Sie haben eine gute Nase. Meinen Sie, daß Sie mit einem irischen Frühstück fertig werden, oder hätten Sie lieber etwas Leichteres?«

»An etwas Leichtes hatte ich nicht unbedingt gedacht.«

»Also gut, dann. Das Eßzimmer liegt hinter dieser Tür. Ich bringe Ihnen Kaffee und Brötchen, damit Sie nicht verhungern, bis der Rest fertig ist.«

»Kann ich vielleicht hier in der Küche essen?« Er lehnte sich gegen den Türrahmen und setzte sein charmantestes Lächeln auf. »Oder stört es Sie, wenn man Sie beim Kochen beobachtet?« Oder wenn man sie selbst beobachtete, dachte er.

»Nicht im geringsten.« Einige ihrer Gäste frühstückten gern in der Küche, obgleich der Großteil von ihnen sich lieber bedienen ließ. Sie schenkte ihm den bereits aufgebrühten Kaffee ein. »Sie trinken ihn schwarz, nicht wahr?«

»Stimmt genau.« Immer noch stehend und ohne den Blick von ihr abzuwenden, nippte er daran. »Sind Sie in diesem Haus aufgewachsen?«

»Ja.« Sie legte fette Würstchen in die Pfanne.

»Es wirkt mehr wie ein Zuhause als wie eine Pension.«

»Das soll es auch. Wissen Sie, wir hatten eine Farm, aber das Land haben wir größtenteils verkauft, so daß uns heute nur noch das Haus und das kleine Cottage weiter unten gehören. Hin und wieder leben dort meine Schwester und ihr Mann.«

»Hin und wieder?«

»Er hat ein Haus in Dublin, wo auch eine seiner Galerien ist. Sie ist Künstlerin.«

»Oh, was für eine Künstlerin, wenn man fragen darf?«

Lächelnd fuhr sie mit dem Kochen fort. Die meisten Menschen verbanden mit dem Begriff Künstlerin automatisch Malerei, worüber Maggie immer wütend war. »Sie ist Glasbläserin. Das da ist zum Beispiel von ihr.« Brianna wies auf die Schale auf dem Küchentisch. Mit den miteinander verschmelzenden Pastelltönen und dem glatt geschwungenen Rand sah das Gefäß wie eine von sanftem Regen gebleichte Blüte aus.

»Beeindruckend.« Neugierig trat er näher an die Schale

heran und fuhr mit einem Finger über den gewellten Rand. »Concannon«, murmelte er und lachte still in sich hinein. »Verdammt, M. M. Concannon, die irische Sensation.«

Briannas Augen blitzten freudig auf. »Nennt man sie wirklich so? Oh, das wird ihr gefallen.« Stolz mischte sich in ihre Stimme, als sie sagte: »Und Sie haben ihre Arbeit erkannt.«

»Zumindest hätte ich sie erkennen sollen. Schließlich habe ich selbst gerade vor zwei Wochen in London eine – tja, was? –, ich schätze, es ist eine Skulptur – von ihr gekauft. Worldwide Galleries.«

»Rogans Galerie. Rogan ist ihr Ehemann.«

»Wie praktisch.« Er ging zum Herd und schenkte sich eine zweite Tasse Kaffee ein. Die Würstchen in der Pfanne verströmten einen verführerischen Duft. »Ein erstaunliches Stück. Schneeweißes Glas mit einem Funken Feuer drin. Ich fand, es sah aus wie die Festung der Einsamkeit.« Als er ihrem verständnislosen Blick begegnete, lachte er. »Ich nehme an, daß Sie kein Fan amerikanischer Comics sind. Supermans privates Heiligtum, in der Arktis, glaube ich.«

»Das wird ihr gefallen. Maggie hat eine Vorliebe für private Heiligtümer.« Unbewußt schob sie eine lose Strähne hinter die Nadeln zurück. Sie zitterte ein wenig, was wohl an der unverhohlenen und auf beunruhigende Weise intimen Musterung lag, der er sie unterzog. Sicher war es der Schriftsteller in ihm, der sie so eingehend maß, sagte sie sich und warf Kartoffeln in das spritzende Fett.

»Im Augenblick richten sie eine Galerie hier in Clare ein«, fuhr sie fort. »Die Eröffnung findet im Frühjahr statt. Hier, nehmen Sie sich schon mal etwas Porridge, solange der Rest noch kocht.«

Porridge. Das war einfach perfekt. Ein verregneter Morgen in einem irischen Cottage und eine dicke braune Schüssel Porridge. Lächelnd setzte er sich an den Tisch.

»Schreiben Sie ein Buch, das in Irland spielt?« Sie blickte

über ihre Schulter zu ihm hin. »Ich hoffe, die Frage stört Sie nicht.«

»Keineswegs. Genau das habe ich vor. Verregnete Felder, hoch aufragende Klippen, Einsamkeit.« Er zuckte mit den Schultern. »Saubere, kleine Dörfer. Aber vor allem geht es um die Leidenschaft und Ambitionen, die hinter dieser Postkartenidylle verborgen sind.«

Jetzt lachte sie, während sie den Schinken wendete. »Ich weiß nicht, ob das Ausmaß der Leidenschaften und Ambitionen der Menschen hier für Sie ausreichend ist, Mr. Thane.«

»Gray.«

»Ja, Gray.« Sie nahm ein Ei und zerbrach es mit einer Hand, so daß das Innere in die Pfanne troff. »Nun, ich selbst habe letztes Jahr einen leidenschaftlichen Wutanfall bekommen, als eine von Murphys Kühen durch den Zaun brach und meine Rosen zertrampelte. Und soweit ich mich erinnere, gab es vor nicht allzulanger Zeit vor O'Malleys Pub zwischen Tommy Duggin und Joe Ryan eine wüste Schlägerei.«

»Ging es dabei vielleicht um eine Frau?«

»Nein, um ein Fußballspiel im Fernsehen. Aber es hieß, die beiden wären zu dem Zeitpunkt betrunken gewesen und hätten sich, als sie wieder nüchtern waren, sofort versöhnt.«

»Nun, Fiktion ist sowieso auf nichts als Lügen aufgebaut.«

»Ist sie nicht.« Sie stellte einen Teller vor ihn auf den Tisch und sah ihn mit ihren sanften, ernsten grünen Augen an. »Es ist eine andere Art von Wahrheit. Während Sie schreiben, ist es Ihre Wahrheit, oder nicht?«

Ihre Sichtweise überraschte ihn, und beinahe verlegen sagte er: »Ja. Ja, genau.«

Zufrieden wandte sie sich wieder dem Ofen zu, wo sie Würstchen, Schinken, Eier und Kartoffelpfannkuchen auf eine Platte zu häufen begann. »Sie werden bestimmt die Sensation des gesamten Dorfes sein. Wissen Sie, wir Iren sind ganz versessen auf Schriftsteller jeder Art.«

»Ich bin nicht Yeats.«

Sie lächelte zufrieden, als er ordentliche Portionen auf seinen Teller lud. »Aber das wollten Sie doch auch gar nicht, nehme ich an.«

Während er in seine erste Scheibe Schinken biß, blickte er auf. Wie hatte sie ihn nur so schnell durchschaut? fragte er sich. Ihn, der stolz war auf die Aura des Geheimnisvollen, die ihn umgab – ihn, der als Mann ohne Vergangenheit und Zukunft galt.

Ehe er etwas erwidern konnte, flog die Küchentür auf, und ein Wirbelwind aus Regen und Frau kam hereingefegt. »Irgend so ein Idiot hat seinen Wagen genau vor deinem Haus mitten auf der Straße abgestellt, Brie.« Maggie unterbrach sich, zog die tropfnasse Mütze vom Kopf und bedachte Gray mit einem argwöhnischen Blick.

»Ich bekenne mich schuldig«, sagte er und hob die Hand. »Ich habe einfach nicht mehr an den Wagen gedacht. Aber ich fahre ihn sofort an den Straßenrand.«

»Jetzt brauchen Sie sich auch nicht mehr zu beeilen.« Sie bedeutete ihm, wieder Platz zu nehmen, und zog ihren Mantel aus. »Frühstücken Sie erst mal zu Ende. Ich habe Zeit. Sie müssen der schreibende Amerikaner sein.«

»Doppelt schuldig«, sagte er. »Und Sie müssen M. M. Concannon sein.«

»Allerdings.«

»Meine Schwester Maggie«, sagte Brianna, während sie Tee in zwei Becher goß. »Grayson Thane.«

Mit einem Seufzer der Erleichterung warf sich Maggie auf einen Stuhl. Das Baby entfachte mit seinen Tritten in ihrem Inneren einen zweiten Sturm. »Ein bißchen früh, oder?«

»Ich habe meine Pläne geändert.« Sie war eine herbere Version von Brianna, dachte Gray. Rötere Haare, grünere Augen – ein schärferer Blick. »Ihre Schwester war so freundlich, mich deshalb nicht im Garten übernachten zu lassen.«

»Oh, sie hat einfach ein zu weiches Herz, unsere Brie.« Maggie nahm sich eine Scheibe Schinken von der Platte. »Apfelkuchen?« fragte sie und schnupperte.

»Für den Nachmittagstee.« Brianna holte eine Kuchenform aus dem Ofen und stellte eine zweite hinein. »Du und Rogan seid herzlich dazu eingeladen, wenn ihr wollt.«

»Vielleicht kommen wir vorbei.« Sie nahm sich ein Brötchen und nagte daran herum. »Wie ich hörte, haben Sie die Absicht, eine Weile zu bleiben?« sagte sie, an Gray gewandt.

»Maggie, ich habe dir schon x-mal gesagt, daß du meine Gäste nicht immer so ausfragen sollst. Ich habe ein paar Brötchen mehr gebacken, falls du welche mitnehmen willst.«

»Ich gehe noch nicht. Rogan hängt mal wieder stundenlang am Telefon. Eigentlich wollte ich ins Dorf, um Brot zu holen.«

»Ich habe mehr als genug.«

Maggie lachte und biß erneut in ihr Brötchen. »Das hatte ich gehofft.« Dann wandte sie sich abermals an Gray. »Sie backt genug für das ganze Dorf.«

»Das künstlerische Talent scheint bei Ihnen in der Familie zu liegen«, sagte Gray in leichtem Ton. Er häufte sich Erdbeermarmelade auf ein Stück Brot und schob dann das Glas Maggie hin. »Sie sind eine Künstlerin im Umgang mit Glas, und Brianna ist eine Künstlerin, wenn es ums Kochen geht.« Schamlos betrachtete er den Kuchen, der zum Abkühlen auf dem Ofen stand. »Wann wird bei Ihnen der Tee serviert?«

Maggie grinste ihn an. »Ich glaube, Sie gefallen mir.«

»Ich glaube, Sie mir auch.« Er stand auf. »Und jetzt fahre ich den Wagen an die Seite.«

»Stellen Sie ihn doch einfach in der Einfahrt ab.«

Er war ehrlich verwirrt. »In was für einer Einfahrt?«

»Auf dem schmalen Weg direkt neben dem Haus. Brauchen Sie jemanden, der Ihnen mit Ihrem Gepäck behilflich ist?«

»Nein, ich komme schon zurecht. Freut mich, Sie kennengelernt zu haben, Maggie.«

»Freut mich ebenfalls.« Maggie leckte sich die Finger ab und wartete, bis sich die Tür hinter ihm schloß. »Er sieht besser aus als auf den Fotos hinten auf seinen Büchern.«

»Allerdings.«

»Man sollte nicht meinen, daß ein Schriftsteller eine solche Figur haben kann – so stark und muskulös.«

Brianna wußte, daß Maggie auf eine Reaktion wartete, und so wandte sie ihr weiterhin den Rücken zu. »Stimmt, er scheint gar nicht schlecht gebaut zu sein. Obwohl man nicht meinen sollte, daß eine im sechsten Monat schwangere, verheiratete Frau der Figur eines fremden Mannes überhaupt Beachtung schenkt.«

Maggie stieß ein verächtliches Schnauben aus. »Man sollte meinen, daß jede Frau ihm Beachtung schenkt. Und falls du es noch nicht getan hast, gehst du am besten mal zu einem Augenarzt.«

»Ich sehe hervorragend, vielen Dank. Aber warst du nicht diejenige, die sich Sorgen gemacht hat bei dem Gedanken, daß ich mit ihm ganz alleine bin?«

»Das war, bevor ich beschloß, daß er mir gefällt.«

Mit einem leisen Seufzer sah Brianna in Richtung Küchentür. Da sie ihren Gast jeden Moment zurückerwartete, befeuchtete sie ihre Lippen, beschäftigte ihre Hände, indem sie den Tisch abzuräumen begann, und holte tapfer Luft. »Maggie, ich wäre froh, wenn du später noch einmal vorbeikommen könntest. Es gibt da etwas, was ich mit dir besprechen muß.«

»Dann besprich es doch jetzt mit mir.«

»Das kann ich nicht.« Abermals blickte sie in Richtung der Küchentür. »Dazu muß ich mit dir alleine sein. Es ist wichtig.«

»Du bist ja ganz durcheinander.«

»Ich weiß nicht, ob ich durcheinander bin.«

»Hat er dir etwas angetan? Der Ami, meine ich?« Trotz ihrer beachtlichen Leibesfülle sprang Maggie kampfbereit von ihrem Stuhl.

»Nein, nein. Es hat nichts mit ihm zu tun.« Brianna stemmte die Hände in die Hüften und sah ihre Schwester an. »Du hast eben noch gesagt, daß du ihn magst.«

»Nicht, wenn er dich derart durcheinanderbringt.«

»Das tut er nicht. Aber was soll's, um ihn geht es nicht. Kommst du also nachher noch mal vorbei, wenn ich sicher bin, daß er sich eingerichtet hat?«

»Natürlich komme ich.« Maggie legte Brianna die Hand auf die Schulter und bedachte sie mit einem besorgten Blick. »Möchtest du, daß Rogan ebenfalls kommt?«

»Wenn er Zeit hat, ja.« Brianna dachte, daß er Maggie in ihrem Zustand vielleicht eine Hilfe wäre. »Ja, bitte frag ihn, ob er mitkommen kann.«

»Dann also vor dem Nachmittagstee – sagen wir, zwei, drei Uhr?«

»Das wäre gut. Nimm die Brötchen mit, Maggie, und ein Brot. Ich hab jetzt zu tun. Ich möchte Mr. Thane beim Einräumen seiner Sachen behilflich sein.«

Es gab nichts, was Brianna mehr fürchtete als Auseinandersetzungen, zornige Worte und Bitterkeit. Sie war in einem Haus aufgewachsen, in dem die Luft ständig von diesen Dingen zu flimmern schien. Ständig hatten irgendwelche Ressentiments zu fürchterlichen Krächen, irgendwelche Enttäuschungen zu wilden Schreiereien geführt. Um sich abzuschirmen, hatte sie selbst immer versucht, ihre eigenen Gefühle unter Kontrolle zu halten, hatte sie sich so weit wie möglich von den Tobsuchtsanfällen und Zornesausbrüchen entfernt, mit denen ihre Schwester das Elend der Eltern abgewehrt hatte.

Wie oft hatte sie sich gewünscht, sie würde eines Morgens wach, um festzustellen, daß ihre Eltern beschlossen hatten, die Kirche und die Tradition zu ignorieren und endlich getrennter Wege zu gehen. Aber noch öfter, allzu oft, hatte sie gebetet, daß ein Wunder geschähe. Das Wunder, daß ihre Eltern einander wiederentdecken würden und daß der Funke der leidenschaftlichen Liebe neu entzündet würde, der so viele Jahre zuvor das Bindeglied zwischen den beiden gewesen war.

Inzwischen verstand sie allerdings zumindest teilweise, weshalb dieses Wunder nicht eingetreten war. Amanda. Der Grund für die dauerhafte Entfremdung hatte einen Namen gehabt. Amanda Dougherty.

Hatte ihre Mutter es gewußt? Hatte sie gewußt, daß der Ehemann, den sie nach einer Weile verachtet hatte, eine andere geliebt hatte als sie? Wußte sie, daß ein inzwischen erwachsenes Kind das Ergebnis dieser verwegenen, verbotenen Liebe war?

Diese Frage könnte sie niemals stellen, dachte sie. Die furchtbare Szene, die das Ergebnis dieser Frage wäre, ertrüge sie einfach nicht.

Schließlich hatte sie bereits den Großteil des Tages in Furcht vor dem Gespräch mit ihrer Schwester verbracht. Sie kannte Maggie genau, und sie wußte, ihre Reaktion auf diese schmerzliche Desillusionierung wäre Verletztheit und Zorn.

Sie hatte das Gespräch so lange wie möglich hinausgezögert. Sie war feige, und sie schämte sich dafür, aber dann sagte sie sich, daß sie einfach Zeit gebraucht hatte, um sich selbst über ihre Gefühle klar zu werden, ehe sie in der Lage wäre, Maggie eine Stütze zu sein.

Um sich ein wenig abzulenken, half sie Gray beim Auspacken und beantwortete seine zahllosen Fragen über die umliegenden Dörfer und die Dinge, die es in der näheren Umgebung zu sehen gab. Als sie schließlich auf Ennis zu sprechen kamen, brachte sie kaum noch einen Ton heraus. Seine geistige Energie schien unerschöpflich zu sein. Sie erinnerte sie an einen Schlangenmenschen, den sie einmal auf einem Jahrmarkt gesehen hatte. Er hatte sich auf eine Weise verrenkt, die ihr unmöglich erschienen war, nur um wieder aufzuspringen und sofort in eine neue, noch verrenktere Position zu gehen.

Um sich zu entspannen, schrubbte sie gründlich den Küchenboden.

Es war kaum zwei, als Con fröhlich zu bellen begann. Der Tee zog, ihr Apfelkuchen war glasiert, und die kleinen Sandwiches, die sie gemacht hatte, waren als ordentliche Dreiecke auf einer Platte drapiert. Brianna rang die Hände, doch dann öffnete sie ihrer Schwester und ihrem Schwager die Küchentür.

»Seid ihr etwa zu Fuß gekommen?«

»Sweeney behauptet, ich bräuchte Bewegung.« Maggies Wangen wiesen eine frische Röte auf, und während sie schnupperte, sah sie ihre Schwester mit blitzenden Augen an. »Nach dem Tee brauche ich sie bestimmt.«

»Sie ist ein richtiger Gierschlund geworden.« Rogan hängte seinen und Maggies Mantel auf einen Haken neben der Tür. Obgleich er eine alte Hose und robuste Halbschuhe trug, war ihm das, was seine Frau als das Dublinsche an ihm bezeichnete, deutlich anzusehen. Ob er eine schwarze Krawatte oder Lumpen trug, er war doch immer von einer auffälligen, dunklen Eleganz. »Was für ein Glück, daß du uns zum Tee eingeladen hast, Brianna. Sie hat unsere gesamte Speisekammer leergeräumt.«

»Nun, zu essen gibt's hier genug. Setzt euch schon mal an den Kamin, dann bringe ich die Sachen rein.«

»Wir sind doch keine Gäste«, protestierte Maggie. »Die Küche reicht vollkommen aus.«

»Ich stehe den ganzen Tag in der Küche herum.« Was eine lahme Ausrede war, denn in keinem Raum fühlte sie sich wohler als dort. Aber sie wollte, brauchte die Förmlichkeit des Wohnzimmers für das unvermeidliche Gespräch. »Außerdem habe ich den Kamin schon angemacht.«

»Ich nehme das Tablett«, bot Rogan an.

Sie hatten sich kaum gesetzt, als Maggie bereits nach einem Stück Kuchen griff.

»Nimm lieber ein Sandwich«, wies Rogan sie an.

»Er behandelt mich wie ein kleines Kind und nicht wie eine Frau, die ein Kind unter dem Herzen trägt.« Aber trotzdem nahm sie zuerst ein Brot. »Ich habe Rogan von deinem attraktiven Ami erzählt. Langes, goldblondes Haar, kräftig, muskulös, große, braune Augen. Kommt er etwa nicht zum Tee?«

»Für den normalen Nachmittagstee ist es wohl noch ein bißchen früh«, stellte Rogan fest und wandte sich Brianna zu. »Ich habe seine Bücher gelesen. Er schafft es auf eine äußerst clevere Art, den Leser auf die Folter zu spannen.«

»Ich weiß.« Sie lächelte. »Letzte Nacht habe ich in einem seiner Bücher gelesen, bis mir die Augen zugefallen sind. Er macht eine Spazierfahrt, um sich Ennis und die Umgebung anzusehen. Er war so freundlich, einen Brief für mich mitzunehmen.« Oft war es einfacher, dachte Brianna, wenn man den Weg durch die Hintertür nahm. »Ich habe ein paar Papiere gefunden, als ich gestern auf dem Dachboden war.«

»Haben wir die Sache nicht schon mal gemeinsam durchgesehen?« fragte Maggie.

»Ja, aber dabei haben wir einen Großteil von Dads Kisten nicht angerührt. Solange Mutter noch hier lebte, schien es uns das beste, so zu tun, als wären sie nicht da.«

»Sie hätte die ganze Zeit vor sich hingetobt.« Maggie runzelte die Stirn. »Aber du hättest seine Papiere nicht allein durchsehen sollen, Brie.«

»Es hat mir nichts ausgemacht. Ich habe mir überlegt, daß ich den Boden vielleicht in ein weiteres Gästezimmer umwandeln will.«

»Noch mehr Gäste.« Maggie rollte die Augen himmelwärts. »Du hast doch auch so im Frühjahr und Sommer mehr als genug zu tun.«

»Ich habe gern Menschen im Haus.« Es war ein alter Streit, denn während sie sich gern mit Gästen umgab, sah Maggie die Gesellschaft anderer Menschen meistens als unerwünschte Störung an. »Außerdem war es einfach höchste Zeit, sich die Dinge mal anzusehen. Es waren auch noch alte Kleider da, von denen die meisten nicht mehr zu verwenden sind. Aber das hier war auch dabei.« Sie stand auf, holte einen kleinen Karton und zog das weiße Spitzenkleid heraus. »Ich bin sicher, das hat Granny gemacht. Und Dad hat es bestimmt aufgehoben, damit es mal eines seiner Enkelkinder bekommt.«

»Oh.« Maggies Blick, ihr Mund und ihre Stimme wurden weich, und vorsichtig nahm sie das Kleidchen in die Hand. »Wie winzig es ist«, murmelte sie, und während sie über das Leinen strich, spürte sie das Kind in ihrem Bauch.

»Ich dachte, deine Familie hätte vielleicht auch ein Taufkleid zurückgelegt, Rogan, aber …«

»Wir nehmen das hier. Danke, Brie.« Ein Blick ins Gesicht seiner Frau, und er hatte seine Entscheidung gefällt. »Hier, Margaret Mary.«

Maggie nahm das Taschentuch, das er ihr hinhielt, und tupfte sich die Augen ab. »In den Büchern steht, daß das an den Hormonen liegt. Irgendwie habe ich im Augenblick ziemlich nah am Wasser gebaut.«

»Ich hebe das Kleid für dich auf.« Vorsichtig legte Brianna das winzige Kleidungsstück in den Karton zurück, ehe sie ihrer Schwester die Aktie gab. »Das hier habe ich ebenfalls gefunden. Offenbar hat Dad sie kurz vor seinem Tod gekauft.«

Ein Blick auf das Papier genügte, und Maggie stieß einen abgrundtiefen Seufzer aus. »Wohl wieder irgend so ein verrückter Plan, um reich zu werden.« Der Anblick der Aktie machte sie fast ebenso sentimental wie das Kleid. »Das sieht ihm ähnlich. Er war also plötzlich am Bergbau interessiert, ja?«

»Nun, alles andere hatte er ja vorher schon ausprobiert.«

Rogan runzelte die Stirn. »Soll ich mich vielleicht mal erkundigen, was für eine Gesellschaft das ist?«

»Ich habe ihnen bereits geschrieben. Mr. Thane hat den Brief für mich mit zur Post genommen. Obwohl ich annehme, daß nichts dabei rauskommen wird.« Mit seinen hochfliegenden Plänen hatte Tom Concannon nie Glück gehabt. »Aber du könntest das Papier für mich aufheben, bis ich eine Antwort bekomme.«

»Es sind immerhin zehntausend Anteile«, stellte Rogan fest.

Maggie und Brianna lächelten einander zu. »Wenn sie mehr wert sind als das Papier, dann ist das Dads größter Erfolg.« Maggie zuckte mit den Schultern und schob sich ein Stück Kuchen in den Mund. »Er hat ständig irgendwelche neuen Geschäfte aufgezogen oder in irgendwelche Unternehmen investiert. Er hatte immer große Träume, Rogan, und ein großes Herz.«

Briannas Lächeln schwand. »Ich habe noch etwas gefunden. Etwas, was ich euch unbedingt zeigen muß. Briefe.«

»Er war ein wunderbarer Briefeschreiber.«

»Nein«, unterbrach Brianna, ehe Maggie eine ihrer Geschichten zum besten gab. Tu es jetzt, befahl sie sich. Tu es schnell. »Die Briefe waren nicht von ihm, sondern an ihn adressiert. Insgesamt drei Stück, und ich denke, es ist das beste, wenn du sie selber liest.«

Maggie begegnete Briannas undurchdringlichem Blick. Sie wußte, dieser Blick verriet ihre innere Abwehr gegen alles Unangenehme, von Kopfweh bis hin zu einem schwesterlichen Wutanfall. »Also gut.«

Schweigend legte Brianna die Briefe in Maggies Hand.

Maggie brauchte nur auf den Absender auf dem ersten Umschlag zu sehen, damit sich ihr Herzschlag beschleunigte. Trotzdem zog sie entschlossen das Blatt Papier daraus hervor.

Brianna hörte, wie Maggie nach Luft rang, und sah, daß sie

hilfesuchend Rogans Hand ergriff. Wie sehr sie sich verändert hatte, dachte Brianna. Noch vor einem Jahr hätte Maggie jede tröstende Hand zur Seite geschoben, und nun suchte sie sie sogar.

»Amanda.« Maggies Stimme verriet, wie nahe sie den Tränen war. »Den Namen hatte er auf den Lippen, als er starb. An seinem Lieblingsplatz über den Klippen bei Loop Head. Immer wenn wir dort hingefahren sind, hat er seinen Scherz gemacht, daß wir ein Schiff nach New York nehmen würden, um dort in einem Pub ein Bier zu trinken.« Jetzt liefen ihr die Tränen die Wangen hinab. »In New York. Und in New York war Amanda.«

»Er hat ihren Namen gesagt.« Brianna hielt sich die Hand vor den Mund, und beinahe hätte sie wie in ihrer Kindheit an den Nägeln gekaut. »Jetzt erinnere ich mich wieder. Du hast so etwas bereits auf seiner Totenwache erwähnt. Hat er sonst noch was gesagt, hat er dir irgendwas von ihr erzählt?«

»Nein, nur ihren Namen.« Zornig wischte sich Maggie die Tränen aus dem Gesicht. »Er hat nichts erzählt, kein Wort. Er hat sie geliebt, aber er hat nichts getan, um mit ihr zusammen zu sein.«

»Was hätte er denn tun können?« fragte Brianna. »Maggie ...«

»Irgendwas.« Abermals brach Maggie in Tränen aus, und abermals wischte sie sie zornig fort. »Irgendwas. Gütiger Jesus, er hat sein Leben in der Hölle verbracht. Warum? Weil die Kirche sagt, daß alles andere eine Sünde ist? Dabei hatte er doch sowieso gesündigt, oder? Er hatte Ehebruch begangen. Werfe ich ihm das etwa vor? Nein, das kann ich nicht, wenn ich daran denke, wie elend es hier zu Hause war. Aber bei Gott, hätte er nicht einfach seinem Herzen folgen können? Warum hat er nie den Mut dazu gehabt?«

»Er ist unseretwegen geblieben.« Briannas Stimme klang beherrscht. »Du weißt, daß er unseretwegen geblieben ist.«

»Soll ich ihm deshalb vielleicht dankbar sein?«

»Willst du ihm etwa Vorwürfe machen, weil er dich geliebt hat?« fragte Rogan mit ruhiger Stimme. »Oder ihn verurteilen, weil es außer für dich auch noch für einen anderen Menschen Platz in seinem Herzen gab?«

Maggies Augen blitzten zornig auf, aber ihre Bitterkeit wich einer ungeahnten Traurigkeit. »Nein, das will ich nicht. Aber es ist nicht richtig, daß es außer der Erinnerung nichts mehr für ihn gegeben haben soll.«

»Lies die anderen Briefe, Maggie.«

»Das werde ich. Du warst kaum geboren, als diese Briefe geschrieben wurden«, sagte sie, während sie den zweiten Umschlag öffnete.

»Ich weiß.«

»Offenbar hat sie ihn sehr geliebt. Ihre Briefe zeugen von einer großen Zärtlichkeit. Und es ist ja wohl nicht zuviel verlangt, wenn sich ein Mann nach etwas Zärtlichkeit und Liebe sehnt.« In Erwartung irgendeiner Reaktion sah Maggie Brianna an, doch außer der für ihre jüngere Schwester typischen Distanziertheit sah sie nichts. Während Brianna ihr gefaßt und kühl gegenübersaß, öffnete sie seufzend den dritten Brief. »Ich wünschte nur, er ...« Ihre Stimme brach. »Oh, mein Gott. Ein Baby.« Instinktiv legte sie die Hand auf den Bauch. »Sie war schwanger.«

»Irgendwo lebt ein Bruder oder eine Schwester von uns. Ich weiß einfach nicht, was wir machen sollen.«

Vor Schock und Entsetzen sprang Maggie so eilig von ihrem Stuhl, daß das Teegeschirr zu klappern begann. »Was wir machen sollen? All das ist doch vor einer Ewigkeit passiert, oder? Vor achtundzwanzig Jahren, um genau zu sein.«

Brianna wollte zu ihrer Schwester gehen, aber Rogan hielt sie sanft zurück. »Laß sie«, murmelte er. »Wenn sie sich erst mal ausgetobt hat, wird es ihr hinterher besser gehen.«

»Welches Recht hatte sie, ihm zu erzählen, daß sie ein Kind

von ihm erwartet, nur, um hinterher einfach fortzugehen?« fragte Maggie. »Welches Recht hatte er, zuzulassen, daß sie einfach ging? Und jetzt meinst du, daß wir dafür zuständig sind? Es ist kein armes, verlassenes, vaterloses Kind, um das es hier geht, Brianna, sondern ein erwachsener Mensch. Was hat dieser Mensch mit uns zu tun?«

»Er hat denselben Vater wie wir, Maggie. Er ist mit uns verwandt.«

»Oh, ja, mit der Concannon-Sippe. Gott steh uns bei.« Von ihrem Elend überwältigt, lehnte sie sich an den Kaminsims und starrte blind in die Flammen. »War er denn wirklich so schwach?«

»Wir wissen nicht, was er getan hat oder was er hätte tun können. Vielleicht erfahren wir es nie.« Brianna atmete vorsichtig ein. »Wenn Mutter es gewußt hätte ...«

Maggie stieß ein kurzes, verbittertes Lachen aus. »Sie wußte es nicht. Meinst du etwa, sie hätte eine solche Waffe nicht benutzt, um ihn fertigzumachen? Schließlich hat sie, weiß Gott, ja auch jede andere seiner Schwächen schamlos ausgenutzt.«

»Dann besteht ja wohl auch keine Veranlassung, es ihr jetzt zu sagen, oder?«

Langsam wandte sich Maggie ihrer Schwester zu. »Du willst es ihr verschweigen?«

»Allerdings. Welchen Sinn macht es, ihr jetzt noch weh zu tun?«

Maggie kniff die Lippen zusammen, so daß ihr Mund nur noch als dünner Strich zu sehen war. »Meinst du, es täte ihr tatsächlich weh?«

»Bist du so sicher, daß es das nicht tun würde?«

Maggies Zorn legte sich ebenso schnell, wie er aufgeflackert war. »Ich weiß es nicht. Woher soll ich es wissen? Ich habe das Gefühl, als wären die beiden vollkommen Fremde für mich.«

»Er hat dich geliebt, Maggie.« Rogan stand auf und trat neben sie. »Das weißt du ganz genau.«

»Ja.« Sie lehnte sich an seine Brust. »Aber was ich für ihn empfinde, das weiß ich nicht mehr.«

»Ich denke, wir sollten versuchen, diese Amanda Dougherty ausfindig zu machen«, setzte Brianna an, »und ...«

»Ich kann einfach nicht denken.« Maggie machte die Augen zu. In ihrem Inneren herrschte ein solches Wirrwarr der Gefühle, daß sie nicht mehr wußte, was falsch und was richtig war. »Ich muß darüber nachdenken, Brie. Die Sache hat so lange geruht, da kommt es auf ein paar Tage mehr oder weniger auch nicht an.«

»Es tut mir leid, Maggie.«

»Belaste dich nicht auch noch mit dieser Angelegenheit.« Etwas von der alten Bissigkeit kehrte in Maggies Stimme zurück. »Du hast dir mit Mutter schon genug aufgehalst. Gib mir ein paar Tage Zeit, Brie, dann beschließen wir gemeinsam, was in dieser Sache getan werden soll.«

»In Ordnung.«

»Ich würde die Briefe gern mitnehmen, wenn es geht.«

»Natürlich.«

Maggie trat vor ihre Schwester und strich ihr sanft über das Gesicht. »Er hat dich auch geliebt, Brie.«

»Auf seine Art.«

»Auf jede Art. Du warst sein Engel, seine kühle Rose. Keine Angst. Wir finden einen Weg, das zu tun, was das beste ist.«

Es machte Gray nichts aus, daß der bleierne Regen seine Schleusen erneut zu öffnen begann. Er stand auf der Brustwehr einer Burgruine, von der aus man auf einen träge dahinfließenden Fluß hinuntersah. In den Spalten zwischen den Steinen pfiff und stöhnte der Wind. Er hatte das Gefühl, als wäre er allein, nicht nur an diesem Ort, sondern in diesem Land, auf der Welt.

Es war, dachte er, der perfekte Ort für einen Mord.

Das Opfer würde hierhergelockt, würde alte, gewundene Steintreppen hinaufgejagt, würde hilflos immer weiter fliehen, und ganz oben würde die letzte Hoffnung zunichte gemacht. Es gäbe keine Rettung mehr.

Hier, wo altes Blut vergossen worden war, wo es so tief in die Steine und die Erde eingedrungen war, käme es abermals zu einem Mord. Nicht für Gott, nicht für das Vaterland, sondern aus Lust.

Gray kannte seinen Schurken bereits, sah ihn bereits vor sich, wie er die blitzende Klinge seines Messers in sein Opfer stach. Er kannte auch das Opfer, sein Entsetzen, seinen Schmerz. Der Held und die Frau, die er liebte, standen so deutlich vor ihm wie der langsam strömende Fluß, der am Fuße der Burgruine dahinfloß.

Und er wußte, bald würde es Zeit, daß er sie auch mit Worten erstehen ließ. Es gab nichts, was ihm am Schreiben besser gefiel, als seinen Menschen Leben einzuhauchen, Atem, Fleisch und Blut. Ihre Hintergründe zu entdecken, ihre verborgenen Ängste, jede Drehung und Wendung ihrer Vergangenheit.

Was vielleicht daran lag, daß er selbst keine Vergangenheit besaß. Schicht für Schicht hatte er sich selbst geschaffen, ebenso geschickt und akribisch genau, wie er die Charaktere in seinen Büchern schuf. Grayson Thane war der, der er beschlossen hatte zu sein, und sein Talent zum Geschichtenerzählen hatte ihm die Möglichkeit gegeben, auf stilvolle Weise der Mensch zu werden, als der er sich gefiel.

Er hätte sich nie als bescheiden bezeichnet, aber gleichzeitig hielt er sich für nichts weiter als einen fähigen Schriftsteller, als einen Menschen, dessen Talent im Geschichtenerfinden lag. Er schrieb in erster Linie, weil es ihm Vergnügen bereitete, und betrachtete es als glücklichen Zufall, daß er mit seinem Stil bei vielen Menschen irgendeinen Nerv zu treffen schien.

Brianna hatte recht gehabt. Er verspürte nicht den Wunsch, ein zweiter Yeats zu sein. Ein guter Schriftsteller zu sein bedeutete, auf eine Weise davon leben zu können, die seinen Vorstellungen entsprach. Als großer Schriftsteller hingegen hätte er Verantwortung, und es würden Erwartungen in ihn gesetzt, was nicht unbedingt seinen Wünschen entsprach. Und was Gray nicht wünschte, ignorierte er geflissentlich.

Aber es gab Momente wie diesen, in denen er sich fragte, wie es wäre, Wurzeln zu haben, Vorfahren, eine innige Verbundenheit mit einer Familie oder einem Land. Die Menschen, die diese Burg gebaut hatten, die heute noch stand, diejenigen, die hier gekämpft hatten und gestorben waren – was hatten sie gefühlt? Welche Wünsche hatten sie gehegt? Und weshalb hing die Erinnerung an Kämpfe, die vor so langer Zeit ausgefochten waren, noch heute, klar wie die tödliche Melodie gekreuzter Klingen, in der Luft?

Er hatte Irland wegen seiner Geschichte aufgesucht, wegen seines besonderen Menschenschlags, dessen Erinnerungen weit in die Vergangenheit reichten und der tief in diesem Land verwurzelt war. Eines Menschenschlags, dessen typische und – wie er sich eingestand – überaus anziehende Vertreterin Brianna Concannon war.

Es war ein eigenartiger und interessanter Glückstreffer, daß sie der Heldin seiner zukünftigen Geschichte so ähnelte.

Rein äußerlich war sie perfekt. Sie war von einer weichen, strahlenden Schönheit, von schlichter Eleganz und ruhiger Höflichkeit. Aber unter der Hülle verbarg sie eine Distanziertheit und eine Traurigkeit, die er als krassen Gegensatz zu ihrer offenen Gastfreundschaft empfand. Sie war eine vielschichtige Frau, dachte er und hielt sein Gesicht dem Regen hin. Und nichts gefiel ihm besser an einem Menschen als eben diese unergründliche Vielschichtigkeit. Weshalb hatte sie einen so traurigen Blick, weshalb nur war sie von so kühler Höflichkeit?

Dieses Rätsel zu lösen würde sicher interessant.

3. Kapitel

Als er zurückkam, dachte er, sie wäre nicht da. Wie ein auf einen bestimmten Geruch abgerichteter Hund wandte sich Gray automatisch sofort der Küche zu, doch der Klang ihrer Stimme – sanft, ruhig und eisig zugleich – hielt ihn davon ab weiterzugehen. Ohne auch nur einen einzigen Gedanken darauf zu verwenden, daß es unhöflich war, wenn man an fremden Türen lauschte, wandte er sich nach links und trat verstohlen an die halb geöffnete Wohnzimmertür.

Er sah sie am Telefon stehen. Das Zerren ihrer Hand an der Schnur war eine Geste, die Zorn oder Nervosität verriet. Ihr Gesicht war ihm abgewandt, aber ihr steifer Rücken und die starren Schultern waren deutliche Zeichen dafür, wie angespannt sie war.

»Ich bin gerade erst reingekommen, Mutter. Ich mußte ein paar Sachen aus dem Dorf holen. Ich habe einen Gast.«

Es gab eine Pause, in der Gray beobachtete, wie Brianna sich heftig die Schläfe rieb.

»Ja, ich weiß. Es tut mir leid, daß es dich aufregt. Ich komme morgen vorbei. Ich kann ...«

Sie brach ab, denn offenbar äußerte die Person am anderen Ende der Leitung irgendeinen bösen Kommentar. Am liebsten wäre Gray in den Raum gestürzt und hätte seiner Gastgeberin tröstend die verspannten Schultern massiert.

»Morgen bringe ich dich, wohin du willst. Ich habe nicht gesagt, daß ich zu beschäftigt bin und daß es dir nicht gut geht, tut mir leid. Ich werde morgen mit dir einkaufen fahren, ja, kein Problem. Morgen früh, versprochen. Aber jetzt muß ich auflegen. Ich habe noch einen Kuchen im Ofen. Wenn du willst, bringe ich dir ein paar Stücke mit. Morgen, Mutter, ich verspreche es.« Sie murmelte einen Abschiedsgruß, legte den Hörer auf die Gabel und drehte sich um. Die Erschöpfung und der Überdruß in ihrem Gesicht verwandelten sich, als sie Gray erblickte, in blankes Entsetzen, und innerhalb von Sekunden wurde sie puterrot. »Sie bewegen sich ziemlich leise«, sagte sie mit einer Spur von Verärgerung im Ton. »Ich habe gar nicht gehört, daß Sie hereingekommen sind.«

»Ich wollte nicht stören.« Er schämte sich nicht im mindesten, weil er ihr Gespräch belauscht hatte oder weil er Zeuge ihrer Verwirrung geworden war. »Lebt Ihre Mutter irgendwo in der Nähe?«

»Nicht weit von hier.« Ihr schneidender Ton verriet den Zorn, der in ihr aufzuwallen begann. Er hatte ein persönliches Gespräch belauscht und hielt es noch nicht einmal für erforderlich, sich für diese Ungehörigkeit zu entschuldigen. »Ich hole Ihnen Ihren Tee.«

»Das eilt nicht. Wie ich hörte, haben Sie noch einen Kuchen im Ofen.«

Sie sah ihn reglos an. »Das war eine Lüge. Im übrigen steht Ihnen mein Haus offen, mein Privatleben jedoch nicht.«

Er nickte. »Auch wenn es keine besonders lobenswerte Angewohnheit ist, spioniere ich den Menschen gern hinterher. Sie sind aufgeregt, Brianna. Vielleicht sollten Sie selbst eine Tasse Tee trinken, damit es Ihnen wieder besser geht.«

»Ich habe bereits Tee getrunken, vielen Dank.« Mit immer noch starren Schultern ging sie durch den Raum und wollte gerade an ihm vorbei, als er sie mit einer sanften Berührung ihres Armes daran hinderte. Sein Blick verriet Neugier – worüber sie sich ärgerte – und Mitgefühl – was ihr ebenso ungelegen kam.

»Die meisten Schriftsteller haben ein ebenso offenes Ohr wie ein guter Barkeeper.«

Sie zog sich unmerklich von ihm zurück. »Ich habe noch nie verstanden, weshalb manche Menschen es als notwendig erachten, ihre persönlichen Probleme mit dem Mann zu erörtern, der ihnen ihr Bier serviert. Ich bringe Ihnen den Tee ins Wohnzimmer. In der Küche wäre Gesellschaft augenblicklich störend für mich – ich habe zuviel zu tun.«

Gray fuhr sich mit der Zunge über die Zähne, als sie entschlossenen Schrittes das Wohnzimmer verließ. Nur selten, so mußte er sich eingestehen, hatte ihn jemand derart unverblümt in seine Schranken verwiesen wie diese Frau.

Brianna konnte es dem Amerikaner nicht verübeln, daß er neugierig war. Schließlich war sie selbst auch nicht frei davon. Es gefiel ihr, etwas über die Menschen in Erfahrung zu bringen, die sie bei sich beherbergte, und sie hörte gern zu, wenn jemand über sein Leben oder seine Familie sprach. Vielleicht war es unfair, aber über ihre eigene Familie sprach sie lieber nicht. In der Rolle der Zuhörerin fühlte sie sich wohler, da sie ihr sicherer erschien.

Sie machte ihm keine Szene wegen seiner Ungehörigkeit, denn die Erfahrung hatte sie gelehrt, daß sich ein Problem nie durch Zornesausbrüche lösen ließ. Geduld, gute Manieren und ein ruhiger Ton waren wesentlich wirksamere Waffen gegen einen Streit. Sie hatten ihr während des Abendessens geholfen, und am Ende der Mahlzeit hatte sie den Eindruck gehabt, daß sie wieder die Wirtin und Gray wieder zahlender Gast in ihrem Zuhause war. Seine beiläufige Einladung, mit ihr in den Pub zu gehen, hatte sie ebenso beiläufig abgelehnt. Statt dessen hatte sie eine angenehme Stunde mit dem Schluß seines Buches zugebracht.

Nun, nachdem das Frühstück serviert und der Abwasch erledigt war, bereitete sie sich auf die Fahrt zu ihrer Mutter vor. Maggie würde bestimmt böse, wenn sie erführe, daß Brianna wieder einmal einen ganzen Vormittag für Maeve opferte. Aber ihre Schwester verstand einfach nicht, daß es einfacher und auf die Dauer weniger nervenaufreibend war, wenn sie das Bedürfnis ihrer Mutter nach Aufmerksamkeit von Zeit zu Zeit befriedigte. Wenn sie die Überwindung außer acht ließ, die es sie kostete, waren es schließlich nur ein paar Stunden ihres Lebens, die sie ihr gab.

Vor kaum einem Jahr noch, ehe Maggies Erfolg den Kauf eines eigenen Hauses und die Bezahlung einer Gesellschafterin für Maeve ermöglicht hatte, hatte Brianna vierundzwanzig Stunden am Tag nach der Pfeife ihrer Mutter getanzt, ihre eingebildeten Krankheiten kuriert und sich endlose Beschwerden über die eigenen zahllosen Fehler angehört.

Und sich in regelmäßigen Abständen daran erinnern lassen müssen, daß sie von Maeve nur aus Pflichtgefühl auf die Welt gebracht worden war.

Was Maggie nicht verstehen konnte und was Brianna immer noch Schuldgefühle vermittelte, war ihre Bereitschaft, jeden Preis für das Glück zu bezahlen, die alleinige Herrin von Blackthorn Cottage zu sein.

Heute schien endlich einmal wieder die Sonne, und die sanfte Brise enthielt einen ersten Hinweis darauf, daß irgendwann in weiter Ferne der Frühling kam. Das Wissen, daß das milde Wetter nicht von Dauer wäre, machte die strahlende Helligkeit und die weiche Luft noch kostbarer für sie, und um beides richtig zu genießen, kurbelte sie die Scheiben ihres alten Fiats herunter und ließ sich den Wind um die Nase wehen. Sobald ihre Mutter eingestiegen war, müßte sie die Fenster allerdings wieder schließen und die kaum funktionstüchtige Heizung anstellen, das war klar.

Sie warf einen fast neidlosen Blick auf den hübschen kleinen Mercedes, der von Gray nach seiner Ankunft in Irland gemietet worden war. Er wirkte so zuverlässig, so formvollendet und elegant. Er paßte hervorragend zu seinem Fahrer, dachte sie, und einen Augenblick überlegte sie, wie es wohl war, wenn man hinter dem Lenkrad eines solchen Wagens saß.

Beinahe entschuldigend tätschelte sie das Steuer ihres Fiats und drehte entschlossen den Schlüssel im Zündschloß herum. Der Motor gurgelte, ächzte und hustete wie ein alter Mann.

»Also bitte, so habe ich es ja nicht gemeint«, murmelte sie und drehte den Schlüssel ein zweites Mal herum. »Nun komm schon, mein Schatz, spring an. Sie haßt es, wenn ich zu spät komme.«

Aber der Motor stieß lediglich ein heiseres Stottern aus, ehe er mit einem Stöhnen erstarb. Resigniert stieg Brianna wieder aus und machte die Kühlerhaube auf. Ihr Fiat hatte das Temperament einer zänkischen alten Frau. Meistens allerdings gelang es ihr, ihn durch ein paar Streicheleinheiten oder durch leichtes Klopfen mit den Werkzeugen aus ihrem Kofferraum dazu zu bewegen, daß er es doch noch einmal tat.

Sie zerrte gerade den Werkzeugkasten hervor, als Gray durch die Haustür geschlendert kam.

»Schwierigkeiten mit dem Wagen?« rief er.

»Er ist ein bißchen launisch.« Brianna warf ihre Haare über die Schulter zurück und schob die Ärmel ihres Pullovers hoch. »Braucht einfach ein bißchen Aufmerksamkeit.«

Die Daumen in den Taschen seiner Jeans, trat er neben sie und warf einen Blick in den Motorraum. Sein Benehmen war nicht unbedingt großspurig – aber fast. »Soll ich mal gucken?« fragte er.

Sie sah ihn an. Er hatte sich immer noch nicht rasiert, doch statt ungepflegt und schlampig sah er mit den Stoppeln und mit seinem zu einem Pferdeschwanz zurückgebundenen goldenen Haar wie ein amerikanischer Rockstar aus. Bei dem Gedanken lächelte sie.

»Kennen Sie sich mit Autos aus oder bieten Sie mir Ihre Hilfe nur an, weil Sie ein Mann sind und weil Sie denken, daß es sich so gehört?«

Er zog die Brauen hoch, und seine Mundwinkel zuckten, als er ihr die Werkzeugkiste aus den Händen nahm. Er mußte zugeben, er war erleichtert, daß sie ihm offenbar nicht mehr böse war.

»Treten Sie zurück, junge Frau«, sagte er in der gedehnten Sprechweise eines Mannes, der aus dem amerikanischen Süden kam. »Und zerbrechen Sie sich nicht Ihr hübsches Köpfchen, sondern überlassen Sie das lieber einem Mann.«

Sie war ehrlich beeindruckt. »Sie klingen genau, wie ich mir vorstelle, daß Buck in Ihrem Buch geklungen haben muß.«

»Sie haben ein gutes Gehör.« Grinsend beugte er sich über den Motorraum. »Er war ein aufgeblasenes rotnackiges Arschloch, finden Sie nicht?«

»Mmm.« Sie war sich nicht sicher, ob es höflich wäre, wenn sie zustimmte, auch wenn es diesen Buck gar nicht wirklich gab. »Normalerweise liegt es am Vergaser«, setzte sie an. »Murphy hat mir versprochen, ihn auszutauschen, wenn er mal ein paar Stunden übrig hat.«

Kopf und Schultern unter der Kühlerhaube, drehte Gray sich mit einem spöttischen Grinsen zu ihr um. »Soweit ich sehe, ist Murphy im Augenblick nicht hier.«

Sie mußte zugeben, daß er das nicht war. Brianna biß sich auf die Lippe und sah Gray bei seiner Arbeit zu. Sie wußte sein Angebot zu schätzen, gewiß. Aber der Mann war Schriftsteller und kein Mechaniker, und auch wenn er in guter Absicht handelte, konnte sie es sich nicht leisten, daß vielleicht irgendein Teil ihres Autos zu Schaden kam.

»Normalerweise brauche ich nur die Klappe da zu öffnen« – um ihm zu zeigen, was sie meinte, lehnte sie sich neben Gray in den Motorraum – »und dann steige ich ein und lasse den Wagen an.«

Wieder sah er sie an, doch dieses Mal streifte sein Mund beinahe ihr Gesicht. Sie duftete so frisch und sauber wie der Morgen, und unter seinem Blick riß sie errötend die Augen auf. Vielleicht hätte er über ihre offenbar ungeplante Reaktion auf ihn gelächelt, aber dazu war er selbst viel zu verwirrt.

»Dieses Mal ist es nicht der Vergaser«, sagte er und fragte sich, was sie wohl täte, wenn er seine Lippen an die Stelle pressen würde, an der das Pulsieren ihrer Halsschlagader zu sehen war.

»Nein?« Sie stand wie angewurzelt da. Seine Augen weisen goldene Sprenkel auf, dachte sie, genau wie sein Haar. Sie sah ihn an, und selbst das Atmen fiel ihr schwer. »Normalerweise ist er es immer.«

Er bewegte sich, bis er mit dem Arm über ihre Schulter strich. Vor Verwirrung verdunkelten sich ihre Augen wie das Meer, wenn der Himmel wolkenverhangen war. »Dieses Mal sind es die Batteriekabel. Sie sind korrodiert.«

»Es war ein ... feuchter Winter.«

Wenn er sich nur noch ein wenig bewegte, lägen seine Lippen auf ihrem Mund. Bei diesem Gedanken machte ihr Magen einen Satz. Sie war sich sicher – der Kuß wäre ebenso rauh wie der Mann. Ob er wohl so küßte wie der Held in seinem Buch? Mit scharfen Zähnen und einer bohrenden Zunge? Ganz leidenschaftliche Forderung und wilder Drang, während seine Hände ...

O Gott. Ihre Erstarrung löste sich, und obgleich er sich nicht bewegte, ja, noch nicht einmal blinzelte, fuhr sie zurück, als hätte sie sich an ihm verbrannt.

Er folgte ihr, und sie schrie leise auf.

Sie standen dicht an dicht im Sonnenschein.

Was würde er jetzt tun? überlegte sie. Was würde *sie* jetzt tun?

Er war sich nicht sicher, weshalb er dem Impuls, sie zu küssen, widerstand. Vielleicht war es ihre unmerkliche Furcht. Vielleicht war es aber auch der Schock zu entdecken, daß er dieselbe Furcht empfand, wie einen kleinen, harten Ball, der genau in seiner Magengrube lag.

Schließlich trat er den entscheidenden Schritt zurück.

»Ich werde sie reinigen«, sagte er. »Und dann versuchen wir es noch einmal.«

Sie faltete die Hände in ihrem Schoß. »Danke. Ich gehe solange rein und rufe meine Mutter an, um ihr zu sagen, daß es ein bißchen später wird.«

»Brianna.« Er wartete, bis sie stehenblieb und sich umdrehte, um ihn anzusehen. »Sie haben ein unglaublich anziehendes Gesicht.«

Sie war unsicher, wie sie sein Kompliment verstehen sollte. Sie nickte zögernd. »Vielen Dank. Ihr Gesicht gefällt mir auch.«

Er legte den Kopf auf die Seite und sah sie fragend an. »Wie vorsichtig wollen Sie eigentlich sein?«

Sie brauchte einen Augenblick, ehe sie die Bedeutung der Frage verstand, und dann dauerte es noch einen Moment, ehe sie ihre Stimme wiederfand. »Sehr«, stieß sie krächzend hervor. »Ich glaube, sehr.«

Gray beobachtete, wie sie im Haus verschwand, und dann wandte er sich wieder dem Wagen zu. »Das hatte ich befürchtet«, murmelte er.

Sobald sie losgefahren war – der Motor des Fiat müßte wirklich gründlich überholt werden –, machte sich Gray zu einem langen Spaziergang über die Felder auf. Er sagte sich, daß es ihm um die Atmosphäre der Umgebung, um Nachforschungen, um Vorbereitungen für seine Arbeit ging, doch leider kannte er sich gut genug, um zu wissen, daß der Gang der Versuch einer Verdrängung seiner Reaktion auf Brianna war.

Einer vollkommen normalen Reaktion, sagte er sich. Schließlich war sie eine wunderschöne Frau. Es war lange her, daß er zum letzten Mal mit einer Frau zusammen gewesen war, und wenn seine Libido jetzt erwachte, dann war das nur normal.

Es hatte eine Frau gegeben, eine Angestellte seines englischen Verlags, die er durchaus begehrenswert gefunden hatte. Kurze Zeit. Aber er hatte angenommen, daß ihr Interesse eher der Förderung ihrer Karriere galt als einer echten Beziehung mit ihm, und es war ihm erschreckend leicht gefallen, dafür zu sorgen, daß ihre Bekanntschaft oberflächlich blieb.

Er vermutete, daß er inzwischen einfach abgestumpft war. Abwehr und Mißtrauen gegenüber anderen Menschen waren eben der Preis für das Vergnügen und den Stolz, die er aufgrund seines Erfolges empfand. Was ihn nur selten belastete. Wie sollte es auch, wenn Vertrauen in andere noch nie seine Stärke gewesen war? Es war besser, glaubte er, wenn man die Welt sah, wie sie war, und nicht, wie sie einem gefiel. Die Leidenschaft hob er sich besser für seine Bücher auf.

Und vielleicht sollte er seine Reaktion auf Brianna, statt sie zu verdrängen, dergestalt nutzen, daß er die Frau als Prototypen für seine Heldin nahm. Die liebliche, ernste und gefaßte Frau mit dem geheimnisvollen Blick, unter deren Oberfläche Eis mit schwelendem Feuer rang.

Was ging in ihr vor? Wovon träumte, was fürchtete sie? Diese Fragen würde er beantworten, wenn er aus seiner Phantasie und aus Worten eine neue Frau erschuf.

Verspürte sie in bezug auf die überraschend erfolgreiche Schwester so etwas wie Eifersucht? Hegte sie gegen die fordernde Mutter irgendeinen Groll? Gab es einen Mann, den sie begehrte und der ihr Verlangen erwiderte?

Erst wenn er die Antworten auf diese Fragen hätte, hätte er Brianna Concannon wirklich entdeckt.

Und erst dann könnte er seine Geschichte erzählen, vorher nicht.

Während er über die Felder stapfte, lächelte er über sich selbst. Er redete sich ein, daß er diese Dinge wissen müßte, weil er sie wissen wollte. Er hatte noch nie Skrupel gehabt, wenn es um das Ausspionieren der geheimsten Gedanken und

Erfahrungen eines anderen Menschen ging. Und ebensowenig hatte er jemals Schuldgefühle verspürt, weil er seine eigenen Gedanken und Erfahrungen sorgsam vor anderen verbarg.

Er blieb stehen und drehte sich langsam um die eigene Achse, um sich die Umgebung anzusehen. Das hier war ein Ort, an dem sich ein Mensch verlieren konnte, dachte er. So weit das Auge reichte, waren wogende, grüne, durch graue Steinmauern geteilte und mit wohlgenährten Kühen gesprenkelte Felder zu sehen. Der Morgen war so hell und klar, daß in der Ferne das Blitzen der Fensterscheiben einiger Cottages und das Flattern der Kleidungsstücke auf den Wäscheleinen zu erkennen war.

Über ihm wölbte sich der Himmel in einem strahlenden Postkartenblau, doch ganz im Westen zogen schon wieder die ersten Wolken auf, deren purpurne Färbung ein erneutes Unwetter verhieß.

Hier, in dieser Welt aus reinem Zuckerguß, roch er Gras und Kühe, das Salz des Meeres und den schwachen Duft des Rauchs, der aus dem Kamin eines Cottages stieg. Der Wind sang in den Gräsern, die Schwänze der Kühe schwangen leise zischend hin und her, und ein Vogel feierte mit seinem fröhlichen Gesang den Tag.

Er hatte beinahe Schuldgefühle, weil er, wenn auch nur in seiner Phantasie, an einem solchen Ort Mord und Totschlag geschehen ließ. Beinahe.

Er hatte sechs Monate Zeit. Sechs Monate, ehe sein nächstes Buch fällig war und er so gut gelaunt wie möglich die nächste Runde von Lesungen und Pressegesprächen begann. Sechs Monate, um die Story zu entwickeln, die in seinem Kopf bereits Gestalt annahm. Sechs Monate, um diesen kleinen Flecken Erde zu genießen, und die Menschen, von denen er bevölkert war.

Dann würde er weiterziehen, wie er bereits von Dutzenden anderer Orte und von Hunderten anderer Menschen weitergezogen war. Das ständige Weiterziehen beherrschte er bis zur Perfektion.

Gray schwang sich über eine Mauer und überquerte das nächste Feld.

Der Steinkreis, dem er sich plötzlich gegenübersah, beflügelte seine Phantasie. Er hatte schon größere Monumente gesehen, hatte im Schatten von Stonehenge gestanden und seine Kraft gespürt. Dieser Kreis hatte einen Durchmesser von vielleicht drei Metern, und der höchste Stein, der Königsstein, war kaum größer als ein Mann. Aber daß er den Kreis gerade hier, inmitten grasender, desinteressierter Kühe entdeckte, erschien ihm wunderbar.

Wer hatte ihn errichtet und weshalb? Fasziniert umrundete Gray zunächst den äußeren Kreis. Nur zwei der Querblöcke waren noch an ihren Plätzen, die anderen waren in irgendeiner lang vergangenen Nacht herabgestürzt. Zumindest hoffte er, daß es Nacht und daß die Luft von einem Krachen erfüllt gewesen war, das an das Brüllen eines Gottes erinnerte.

Er legte eine Hand auf den Königsstein. Unter der von der Sonne gewärmten Oberfläche spürte er eine erregende Eisigkeit. Ob er diesen Steinkreis verwenden könnte, überlegte er? Gäbe es in seinem Buch wohl Platz für diesen von uralter, doch unvergänglicher Magie erfüllten Ort?

Geschähe hier vielleicht ein Mord? Er trat in den Kreis und dachte, irgendein Opfer wäre angebracht. Ein unergründliches Ritual, bei dem sich literweise Blut über das frische grüne Gras ergoß und schwarze Flecken auf den Steinen hinterließ.

Oder vielleicht käme es hier zu einer Liebesnacht. Zu einem verzweifelten und gierigen Ineinander-Verschlingen von Gliedern – auf dem kühlen, feuchten Gras und unter einem vollen, weißen Mond. Die Steine stünden Wache, während sich das Paar in seinem Verlangen nacheinander verlor.

Obgleich er beide Szenen mit der gleichen Klarheit vor sich

sah, war letztere mehr nach seinem Geschmack, vor allem, da er niemand anderen als Brianna mit aufgefächertem Haar und ausgestreckten Armen im Gras liegen sah. Ihre Haut wäre weich wie Wasser und weiß wie Milch.

Ihre schmalen Hüften würden sich ihrem Geliebten entgegenrecken, während sie den schlanken Rücken bog. Und wenn er in sie eindrang, würde sie schreien und ihre kurzen, sauber gefeilten Nägel in seinem Fleisch vergraben. Ihr Körper würde sich aufbäumen wie ein wilder Hengst, immer schneller, immer heißer, immer leidenschaftlicher, bis ...

»Guten Morgen.«

»Großer Gott.« Gray machte einen Satz. Sein Atem ging stoßweise, und sein Mund kam ihm vollkommen ausgetrocknet vor. Später, versprach er sich, später wäre die Erinnerung an diese Szene sicher durchaus amüsant, doch im Augenblick kämpfte er sich mühsam aus seinen erotischen Phantasien in die Gegenwart zurück, in der ein dunkelhaariger, auffallend gutaussehender Mann in groben, robusten Kleidern, die ihn als Farmer auswiesen, näherkam. Er mochte um die Dreißig sein, dachte Gray, einer der Iren mit kobaltblauen Augen und pechschwarzem Haar. Die Augen blickten freundlich, wenn auch leicht amüsiert.

Hinter ihm tollte fröhlich hechelnd Briannas Hund herum, der, als er Gray erkannte, in den Steinkreis gesprungen kam.

»Ein interessanter Fleck«, sagte der Mann in dem melodiösen Tonfall, der den Menschen in den westlichen Grafschaften zu eigen war.

»So etwas hatte ich hier nicht erwartet.« Gray strich Con über den Kopf und trat aus dem Kreis heraus. »Er ist auf keiner meiner Touristenkarten drauf.«

»Nein, das ist er nicht. Wissen Sie, er ist unser ganz privates Heiligtum, aber hin und wieder teilen wir ihn gern mit anderen. Sie müssen Bries Ami sein.« Er reichte Gray eine große, vom Arbeiten rauhe Hand. »Ich bin Murphy Muldoon.«

»Der mit den in Rosen herumtrampelnden Kühen.«

Murphy zuckte zusammen, als hätte man ihm einen Schlag versetzt. »Himmel, das verzeiht sie mir bestimmt nie. Dabei habe ich jeden einzelnen Busch ersetzt. Man sollte meinen, die Kühe hätten nicht ihre Rosen, sondern ihr Erstgeborenes erwischt.« Er blickte auf Con, als erhoffe er sich Unterstützung von ihm. Der Hund jedoch legte den Kopf auf die Seite und schwieg. »Haben Sie sich im Blackthorn Cottage schon eingelebt?«

»Allerdings. Und jetzt versuche ich, ein Gefühl für meine Umgebung zu entwickeln.« Gray sah sich um. »Ich schätze, daß ich auf Ihr Land geraten bin.«

»Heutzutage erschießen wir Leute nur noch selten dafür, daß sie unbefugt unser Land betreten«, sagte Murphy in lockerem Ton.

»Freut mich zu hören.« Noch einmal musterte Gray den anderen Mann. Er strahlte etwas Solides aus, dachte er, und zugleich war er von freundlicher Offenheit. »Gestern abend war ich in O'Malleys Pub. Ich habe ein Bier mit einem Mann namens Rooney getrunken.«

»Sie meinen, Sie haben ihm eins ausgegeben.« Murphy grinste.

»Zwei.« Gray grinste ebenfalls. »Aber er hat sie sich ehrlich verdient, denn als Gegenleistung hat er mich mit dem neuesten Dorfklatsch versorgt.«

»Von dem wahrscheinlich sogar ein Teil der Wahrheit entspricht.« Murphy nahm sich eine Zigarette und hielt Gray die Packung hin.

Gray schüttelte den Kopf und vergrub die Hände in den Taschen seiner Jeans. Er rauchte nur, wenn er schrieb. »Ich glaube, Ihr Name wurde ebenfalls erwähnt.«

»Das bezweifle ich nicht.«

»Was dem jungen Murphy fehlt«, ahmte Gray Rooney derart täuschend nach, daß Murphy wiehernd zu lachen begann,

»sind eine gute Frau und kräftige Söhne, die mit ihm auf die Felder gehen. Aber er hat es auf Perfektion abgesehen, unser Murphy, und so verbringt er seine Nächte allein in einem kalten Bett.«

»Und das von Rooney, der fast jeden Abend im Pub verbringt und sich ständig beschwert, seine Frau triebe ihn in den Suff.«

»Das hat er ebenfalls erwähnt«, leitete Gray möglichst unauffällig die für ihn interessanteste Frage ein. »Und außerdem sagte er, da Ihnen Maggie von diesem feinen Pinkel aus Dublin vor der Nase weggeschnappt worden wäre, machten Sie sicher über kurz oder lang ihrer jüngeren Schwester den Hof.«

»Brie?« Murphy schüttelte vehement den Kopf. »Das wäre, als hätte ich es auf meine kleine Schwester abgesehen.« Er lächelte immer noch, aber zugleich bedachte er Gray mit einem prüfenden Blick. »War es das, was Sie wissen wollten, Mr. Thane?«

»Ja, das war es, was ich wissen wollte. Aber bitte nennen Sie mich doch Gray.«

»Dann lassen Sie mich Ihnen sagen, daß Ihnen nichts im Wege steht. Aber sehen Sie sich vor. Ich habe in bezug auf meine Schwestern einen ausgeprägten Beschützerinstinkt.« Zufrieden, daß er sich klar ausgedrückt hatte, nahm Murphy einen weiteren tiefen Zug. »Wenn Sie wollen, trinken Sie doch noch eine Tasse Tee bei mir.«

»Vielen Dank für das Angebot, aber ich glaube, ich komme lieber später einmal darauf zurück. Ich habe heute noch einiges zu erledigen.«

»Tja, dann halte ich Sie wohl besser nicht länger auf. Ihre Bücher gefallen mir«, sagte er auf eine derart beiläufige Art, daß Gray die Bemerkung als doppeltes Kompliment empfand. »In Galway gibt es einen sehr guten Buchladen, der Ihnen bestimmt gefallen würde. Vielleicht kommen Sie ja mal hin.«

»Ganz bestimmt sogar.«

»Dann viel Spaß. Grüßen Sie Brianna von mir. Und vielleicht könnten Sie beiläufig erwähnen, daß ich kein einziges Brötchen mehr in meiner Speisekammer habe.« Abermals grinste er. »Wenn sie das hört, bekommt sie bestimmt Mitleid mit mir.«

Er pfiff nach dem Hund und ging mit dem leichten Schritt eines Mannes, der über seine eigenen Felder spaziert, davon.

Es war bereits Nachmittag, als Brianna erschöpft, durchnäßt und angespannt nach Hause kam. Glücklicherweise war die einzige Spur von Gray eine eilig hingekritzelte Nachricht auf dem Küchentisch.

Maggie hat angerufen. Murphy hat keine Brötchen mehr.

Eine eigenartige Nachricht, dachte sie. Weshalb sollte Maggie anrufen, um zu sagen, daß Murphy Brötchen wollte? Seufzend legte Brianna den Zettel auf den Tisch zurück. Automatisch setzte sie Teewasser auf und legte alles für die Zubereitung des Freilandhuhns, das sie auf dem Markt gefunden hatte, zurecht.

Dann seufzte sie abermals. Sie setzte sich auf einen Stuhl, kreuzte die Arme auf dem Tisch und legte den Kopf darauf. Sie weinte nicht. Tränen halfen nicht und änderten nichts daran, daß dies einer von Maeves schlimmen Tagen gewesen war und sie sich der Boshaftigkeit, den Beschwerden und Vorwürfen ihrer Mutter hilflos ausgeliefert fühlte. Vielleicht ertrug sie die schlechten Tage inzwischen schwerer, weil es, seit Maeve ihr eigenes, kleines Häuschen besaß, beinahe ebenso viele gute Tage gab.

Maeve liebte ihr neues Heim, ob sie es nun zugab oder nicht. Und ebenso liebte sie Lottie Sullivan, die pensionierte Krankenschwester, die von Brianna und Maggie für sie als Gesellschafterin eingestellt worden war. Auch wenn es selbst dem Teufel nicht gelänge, Maeve dazu zu bewegen, daß sie sich oder jemand anderem diese schlichte Wahrheit jemals eingestand. Sie hatte die größtmögliche Zufriedenheit erreicht, zu der sie, soweit Brianna sah, fähig war.

Aber Maeve vergaß niemals, daß Maggie diejenige war, die ihr dieses Leben ermöglichte, ein Gedanke, der ihr unerträglich war.

Dies war einer der Tage gewesen, an denen Maeve sich für ihr vermeintliches Elend an ihrer jüngeren Tochter gerächt hatte, indem sie einfach an allem etwas auszusetzen fand. Dies und der Gedanke an die Briefe dieser Amanda an ihren Dad hatten dazu geführt, daß Brianna mit ihrer Kraft am Ende war.

Sie schloß die Augen und gab sich einen Moment lang bescheidenen Wünschen hin. Sie wünschte, ihre Mutter könnte glücklich sein. Sie wünschte, Maeve fände die Freude und das Vergnügen wieder, von denen sie in ihrer Jugend erfüllt gewesen war. Sie wünschte, oh, vor allen Dingen wünschte sie, sie könnte ihre Mutter ehrlichen Herzens lieben statt mit wachsender Verzweiflung und aus kaltem Pflichtgefühl heraus.

Und sie wünschte sich eine Familie, wünschte sich Liebe und Stimmen und Gelächter in ihrem Heim. Sie wünschte sich nicht nur vorübergehende Gäste, die kamen und gingen, wie es ihnen gefiel, sondern etwas Beständiges.

Aber, dachte Brianna, wenn jeder Wunsch ein Penny wäre, wäre ich eine reiche Frau. Sie schob ihren Stuhl zurück, denn die Müdigkeit und die Depression verflogen am ehesten, wenn sie beschäftigt war.

Gray bekäme zum Abendessen ein feines, mit Kräuterbrot gefülltes Hühnchen in einer sämigen Sauce serviert.

Und Murphy, der liebe Murphy, würde nicht mehr lange ohne Brötchen sein.

4. Kapitel

Innerhalb weniger Tage hatte sich Brianna an Grays Routine gewöhnt und ihren Tagesablauf darauf eingestellt. Er aß gerne und ließ kaum eine Mahlzeit aus – obgleich sie feststellen mußte, daß er sich kaum je an ihren Zeitplan hielt. Sobald er die Küche belagerte, wußte sie, daß er mal wieder hungrig war, und egal, wieviel Uhr es dann war, machte sie ihm eine Kleinigkeit zurecht. Sie mußte zugeben, daß es ihr gefiel, wie sehr er ihre Kochkunst genoß.

Häufig war er zu Streifzügen in der Umgebung unterwegs. Wenn er fragte, gab sie ihm Richtungsanweisungen oder schlug ihm irgendwelche Sehenswürdigkeiten vor. Normalerweise jedoch machte er sich einfach mit einer Karte, einem Notizblock und einer Kamera bewaffnet auf den Weg.

Wenn er unterwegs war, räumte sie sein Zimmer auf. Und indem sie seine Sachen ordnete, erfuhr sie eine Menge über ihn. Brianna entdeckte, daß Grayson Thane in bezug auf Dinge, die ihr gehörten, recht ordentlich war. Ihre guten Gästehandtücher lagen nie in feuchten Haufen auf dem Boden herum, auf ihren Möbeln waren niemals nasse Ringe von vergessenen Gläsern oder Tassen zu sehen. Doch was seine eigenen Besitztümer betraf, war er von einer gewissen Nachlässigkeit. Zwar kratzte er den Schlamm von seinen Stiefeln, bevor er ihr Haus betrat, aber offenbar unterzog er das teure Leder niemals irgendeiner Reinigung oder gar einer Politur.

Also tat sie es für ihn.

Seine Kleider trugen die Etiketten teurer Geschäfte auf der

ganzen Welt, aber sie waren nie gebügelt und wurden achtlos über eine Stuhllehne geworfen oder krumm und schief in den Schrank gehängt.

Mit der Zeit nahm sie sich seiner Wäsche an, und sie mußte sich eingestehen, daß es ihr Vergnügen bereitete, an sonnigen Tagen seine Hemden neben ihren Kleidern auf der Wäscheleine hängen zu sehen.

Er hatte keine Fotos von Freunden oder Verwandten aufgestellt und unternahm auch sonst nicht den geringsten Versuch, dem Raum, den er bewohnte, eine persönliche Note zu verleihen. Allerdings hatte er kistenweise Bücher dabei – Thriller, Horrorromane, Spionage- und Liebesgeschichten, Klassiker, Sachbücher über polizeiliche Ermittlungsmethoden, Waffen und Morde aller Art, über Psychologie, Mythologie, Hexerei, Automechanik – beim Anblick dieses Buchs lächelte sie – und so diverse Themen wie Architektur oder Zoologie.

Offenbar war er einfach an allem interessiert.

Sie wußte, daß er ein begeisterter Kaffeetrinker war, aber daß er auch Tee nicht verachtete, wenn sie ihn nur lange genug ziehen ließ. Er liebte Süßigkeiten in jeder Form und sprühte vor Energie.

Er war neugierig – es gab keine Frage, die er nicht stellen würde, wenn ihm danach war –, aber zugleich besaß er eine angeborene Freundlichkeit, die es einem schwer machte, ihm deshalb böse zu sein. Er bot ihr regelmäßig seine Hilfe an, erledigte kleinere Einkäufe für sie, und außerdem gab er Con stets von seinem Essen ab, wenn er dachte, daß sie es nicht sah.

Alles in allem hatten sie sich gut miteinander arrangiert – durch ihn hatte sie Gesellschaft, ein Einkommen und die Arbeit, die ihr gefiel, während sie ihm ein vorübergehendes, geordnetes Zuhause gab. Aber aus irgendeinem Grund konnte sie sich nie wirklich entspannen, wenn er in der Nähe war. Den einen kurzen Augenblick knisternder Anziehung zwischen ihnen beiden hatte er nie wieder erwähnt, aber sie empfand in seiner Gegenwart immer noch eine ungewohnte Nervosität. Wenn sie in ein Zimmer kam und ihm unerwartet gegenüberstand, machte ihr Herz einen Satz, und wenn er seine goldenen Augen in ihre Richtung wandte, nur, um sie anzusehen, wurde ihr siedend heiß.

Sie gab sich selbst die Schuld daran. Es war lange, lange her, daß sie in einen Mann verliebt gewesen war. Nachdem Rory McAvery gegangen und sie mit einer Narbe am Herzen und einem Loch in ihrem Leben zurückgeblieben war, hatte sie sich niemals wieder derart zu einem Mann hingezogen gefühlt.

Da sie diese Art der Zuneigung ausgerechnet gegenüber einem Gast empfand, hatte sie beschlossen, daß es ihre Pflicht war, ihre Gefühle weder sich noch ihm jemals einzugestehen. Doch während sie die Tagesdecke auf seinem Bett glattstrich und die Kissen ausschüttelte, fragte sie sich unweigerlich, auf was für einem Streifzug er sich wohl heute befand.

Er war nicht weit. Gray hatte am Morgen beschlossen, zu Fuß zu gehen, und war die schmale Straße unter einem bedrohlich düsteren Himmel hinunterspaziert. Er hatte ein paar Farmgebäude und einen Unterstand, der neben einem Traktor einige Heuballen barg, passiert. Wahrscheinlich gehörten all diese Dinge zu Murphys Besitz, dachte er und fragte sich, wie es wohl war, ein Farmer zu sein.

Land zu besitzen, dafür verantwortlich zu sein. Zu pflügen, zu säen, zu düngen und zu sehen, wie alles wuchs. Den Himmel im Auge zu behalten und die Luft zu prüfen, um zu erkennen, ob es wohl einen Wetterumschwung gäbe.

Kein Leben für Grayson Thane, dachte er, aber gleichzeitig konnte er sich vorstellen, daß es Menschen gab, denen ein solches Dasein gefiel. Die Art, in der Murphy Muldoon über das Feld gegangen war, hatte seinen Besitzerstolz gezeigt – es war der Gang eines Mannes gewesen, der wußte, daß er sich auf seinem eigenen Grund und Boden befand.

Aber Land – oder sonst irgend etwas – zu besitzen, hieß, daß man gebunden war. Er müßte Murphy fragen, wie er das sah.

Von seinem Standort aus konnte Gray das gesamte Tal und die dahinter liegenden Hügel überblicken. Aus der Ferne drang das schnelle, fröhliche Bellen eines Hundes an sein Ohr. Con vielleicht, auf der Suche nach Abenteuern, ehe es nach Hause ging, wo er den Kopf in Briannas Schoß vergrub.

Um dieses Privileg beneidete er den Hund.

Gray verzog das Gesicht und schob die Hände in die Taschen seiner Jeans. Er hatte sich schwer zusammenreißen müssen, damit er mit diesen Händen nicht plötzlich einfach die Taille seiner auf so subtile Weise verführerischen Wirtin umfing.

Er sagte sich, daß sie ihre züchtigen Schürzen und ihren Knoten mit den sich lösenden Haarsträhnen wohl kaum in der Absicht trug, daß er ihrem Charme erlag. Und doch erlag er ihm. Ebenso wirbelte sie, eingehüllt in den Duft von Wildblumen und Klee, wohl kaum im Haus herum, damit er die Beherrschung verlor. Und dennoch litt er tausend Qualen, sobald er sie nur sah.

Außer der körperlichen Anziehungskraft – die bereits schwer genug zu ignorieren war – war da noch ihre geheimnisvolle Traurigkeit, die er faszinierend fand. Noch immer war er weit davon entfernt, ihre freundliche Distanziertheit zu überwinden und zu erfahren, aufgrund welcher Sorgen ihr Blick oft so verschleiert war.

Nicht, daß er die Absicht hatte, sich einzumischen, versicherte er sich. Er war einfach neugierig, mehr nicht. Aufgrund seines ehrlichen Interesses und seines mitfühlenden Wesens war er ein Mann, der schnell Freunde fand. Aber enge

Freunde, Freunde, die man über die Jahre hinweg behielt, um die man sich Sorgen machte, die man vermißte, wenn man nicht zu Hause war, gab es nicht in seinem Lebensplan.

Grayson Thane reiste immer mit leichtem Gepäck, und er reiste oft.

Beim Anblick des kleinen Cottages mit der leuchtend gestrichenen Eingangstür blieb er stehen. An der Südseite befand sich ein Anbau, der ebenso groß wie das ursprüngliche Gebäude war. Die während der Bauarbeiten abgetragene Erde war zu einem Schlammhügel aufgeworfen, der sicher jedem Fünfjährigen eine große Freude war.

Das kleine Cottage weiter unten an der Straße, überlegte er, in dem Briannas Schwester lebte, wenn sie zu Hause war? Er beschloß, daß es bestimmt Maggie gewesen war, die die Tür so grellrot gestrichen hatte, und ging durch das Gartentor, um sich ein wenig umzusehen.

Während der nächsten paar Minuten vergnügte er sich, indem er den Anbau betrachtete. Wer auch immer hier am Werk war, wußte, was er tat. Der Rahmen war robust, und alles war aus allerbestem Material. Sie bauen bestimmt für das Baby an, überlegte er, während er langsam nach hinten ging, wo er ein weiteres kleines Gebäude sah.

Ihre Werkstatt, dachte er. Froh über diese neue Entdeckung, sprang er von dem Holzsteg, über den man von der Baustelle kam, ging eilig über das taunasse Gras und spähte durch eins der Fenster in das Atelier. Die Öfen, Arbeitstische und Werkzeuge weckten seine Neugier und beflügelten seine Phantasie. Auf zahllosen Regalen lagen halb fertige Kunstwerke herum. Ohne zu zögern öffnete er die Tür.

»Wollen Sie, daß ich Ihnen die Finger breche?«

Er drehte sich um. Maggie stand in der Hintertür des Cottages, eine dampfende Tasse in der Hand. Sie trug einen schlabberigen Pullover, eine abgewetzte Kordhose und runzelte erbost die Stirn. Gray grinste sie fröhlich an.

»Nicht unbedingt. Ist das der Ort, an dem Sie arbeiten?«

»Allerdings. Wie springen Sie mit jemandem um, der ungebeten in Ihr Arbeitszimmer platzt?«

»Ich habe kein Arbeitszimmer. Wie wär's mit einer Besichtigungstour?«

Sie stieß einen Fluch und einen Seufzer aus. »Sie sind ziemlich dreist, finden Sie nicht? Aber gut, schließlich habe ich sonst gerade nichts zu tun. Haut der Kerl einfach ab und weckt mich noch nicht mal auf«, beschwerte sie sich, während sie über den Rasen kam. »Statt dessen legt er mir einen popeligen Zettel auf den Küchentisch, auf dem steht, daß ich vernünftig frühstücken und die Beine hochlegen soll.«

»Und, sind Sie der Anweisung gefolgt?«

»Ich hätte es vielleicht getan, wenn ich nicht zufällig gehört hätte, daß jemand über mein Grundstück stapft.«

»Tut mir leid.« Aber immer noch grinste er. »Wann soll das Baby denn kommen, wenn man fragen darf?«

»Im Frühjahr.« Es reichte, daß er das Baby erwähnte, und unweigerlich wurde ihre Miene sanft. »Ich habe also noch wochenlang Zeit, und wenn der Kerl mich weiter so verhätschelt, sehe ich mich gezwungen, einen Mord zu begehen. Tja, wenn Sie nun schon mal hier sind, kommen Sie rein.«

»Gastfreundschaft scheint bei Ihnen in der Familie zu liegen.«

»Tut sie nicht.« Jetzt lächelte sie. »Brianna hat die ganze Nettigkeit abgekriegt. Hören Sie«, sagte sie beim Öffnen der Tür, »fassen Sie ja nichts an, sonst mache ich meine Drohung wahr und breche Ihnen Ihre zarten Fingerchen.«

»Sehr wohl, Ma'am. Phantastisch.« Sobald er die Werkstatt betreten hatte, begann er seine Entdeckungstour, trat an die Arbeitsbänke, sah in die Regale und kroch regelrecht in die Öfen hinein. »Sie haben in Venedig gelernt, nicht wahr?«

»Habe ich.«

»Und was hat überhaupt Ihr Interesse an der Glasbläserei

geweckt? Gott, ich hasse es, wenn man mir derartige Fragen stellt. Nehmen Sie's mir nicht übel.« Er lachte über sich selbst und sah sich die Glasmacherpfeifen an. Vorsichtig schaute er sich nach ihr um. »Ich bin größer als Sie.«

Sie nickte. »Dafür bin ich gemeiner.« Aber wenigstens nahm sie eine der Zangen und gab sie ihm.

Er wog sie in der Hand und schwenkte sie herum. »Großartige Mordwaffe.«

»Das merke ich mir für das nächste Mal, wenn mich jemand bei der Arbeit stört.«

»Also, wie gehen Sie bei Ihrer Arbeit vor?« Er warf einen Blick auf den Berg Zeichnungen, der auf einem der Tische lag. »Sie haben eine Idee und skizzieren sie?«

»Meistens.« Sie nippte an ihrem Tee und unterzog ihn einer eingehenden Musterung. Wenn sie ehrlich war, sehnte sie sich beim Anblick seiner geschmeidigen, lockeren Gestalt nach ihrem Skizzenblock. »Und, Lust auf eine kleine Demonstration?«

»Jederzeit. Obwohl es hier bestimmt ziemlich heiß wird, wenn der Ofen brennt. Also, hier schmelzen Sie Ihr Glas, und dann?«

»Dann suche ich mein Arbeitsmaterial zusammen«, setzte sie an, und während der nächsten dreißig Minuten erklärte sie jeden einzelnen Arbeitsschritt, der erforderlich war, bis man ein mundgeblasenes Gefäß erhielt.

Dieser Mann ist voller Fragen, dachte sie. Faszinierende Fragen, gestand sie ein, Fragen, die einen dazu brachten, über die Erklärung der Technik hinauszugehen und die künstlerischen Vorstellungen zu erörtern, die man mit der Arbeit verband. Normalerweise hätte sie sich wohl auf eine kurze Führung durch ihre Werkstatt beschränkt, aber seine Begeisterung riß sie einfach mit. Statt daß sie ihn eilig abwimmelte, merkte sie, daß sie seine Fragen beantwortete, ihm Dinge zeigte und lachend seine Scherze erwiderte.

»Machen Sie so weiter, und ich stelle Sie als Gehilfen ein.« Amüsiert rieb sie sich den Bauch. »Aber kommen Sie erst und trinken Sie einen Tee mit mir.«

»Sie haben nicht zufällig ein paar von Briannas Plätzchen da?«

Maggie zog die Brauen hoch. »Habe ich.«

Einen Augenblick später saß Gray vor einem Teller Ingwerplätzchen an Maggies Küchentisch. »Sie sollte die Dinger verkaufen«, sagte er mit vollem Mund. »Dann wäre sie innerhalb kürzester Zeit eine reiche Frau.«

»Statt dessen schenkt sie sie lieber den Kindern im Dorf.«

»Es überrascht mich, daß sie keine eigenen Kinder hat.« Er wartete eine Sekunde, ehe er weitersprach. »Bisher habe ich noch keine Spur von einem Verehrer oder so gesehen.«

»Dabei sind Sie niemand, der leicht irgend etwas übersieht, nicht wahr?«

»Das gehört zu meinem Beruf. Sie ist eine schöne Frau.«

»Da widerspreche ich Ihnen nicht«, sagte Maggie, während sie kochendes Wasser in die vorgewärmte Teekanne goß.

»Da Sie es mir offenbar nicht von sich aus verraten, muß ich wohl direkter werden«, murmelte er. »Gibt es nun jemanden oder nicht?«

»Fragen Sie sie doch selbst.« Maggie stellte die Kanne auf den Tisch und runzelte mißmutig die Stirn. Oh, er hatte das Talent, einem einfach alles aus der Nase zu ziehen. »Nein«, schnauzte sie und knallte einen Becher vor ihm auf den Tisch. »Es gibt niemanden. Sie weist sie alle zurück. Offenbar kümmert sie sich lieber um ihre Gäste oder rennt jedesmal, wenn unsere Mutter auch nur niest, nach Ennis, um nach ihr zu sehen. Selbstaufopferung ist etwas, was unsere Heilige Brianna bis zur Perfektion beherrscht.«

»Sie machen sich Sorgen um sie«, murmelte Gray. »Was belastet sie, Maggie?«

»Das ist eine reine Familienangelegenheit. Reden wir nicht

davon.« Sie servierte den Tee und sank seufzend auf einen Stuhl. »Woher wissen Sie, daß es überhaupt etwas gibt, das sie belastet?«

»Ich sehe es ihr an. Ihre Augen. Genau wie es im Augenblick Ihren Augen anzusehen ist.«

»Das wird sich auch wieder legen«, sagte Maggie in entschiedenem Ton. »Mischen Sie sich immer in die Angelegenheiten anderer Leute ein?«

»Aber sicher doch.« Er kostete den Tee. Das Gebräu war stark genug, daß der Löffel darin stehen blieb. Perfekt. »Die Schriftstellerei ist eine vorzügliche Tarnung, wenn man neugierig ist.« Dann allerdings wurde seine Miene ernst. »Ich mag sie. Es ist unmöglich, sie nicht zu mögen. Es stört mich zu sehen, daß sie traurig ist.«

»Sie kann einen Freund gebrauchen. Sie haben das Talent, die Menschen zum Reden zu bringen. Wenden Sie es bei ihr an. Aber sehen Sie sich vor«, fügte sie hinzu, ehe Gray zum Sprechen kam. »Unter ihrer harten Schale verbirgt sich ein weicher Kern. Zerquetschen Sie ihn, und ich zerquetsche Sie.«

»Verstanden.« Und höchste Zeit, dachte er, daß er auf etwas anderes zu sprechen kam. Er lehnte sich zurück und legte seinen linken Stiefel auf sein rechtes Knie. »Also, was ist dran an der Geschichte mit unserem Freund Murphy? Hat der Typ aus Dublin Sie ihm tatsächlich vor der Nase weggeschnappt?«

Zum Glück hatte sie gerade keinen Tee im Mund, sonst hätte sie sich bestimmt daran verschluckt. Zunächst kicherte sie nur leise, doch dann prustete sie so heftig, daß sie vor Lachen fast zu weinen begann.

»Offenbar habe ich irgendeinen guten Witz verpaßt«, sagte Rogan von der Tür her. »Hol erst mal Luft, Maggie, du bist schon puterrot.«

»Sweeney.« Kichernd rang sie nach Luft und griff nach seiner Hand. »Das ist Grayson Thane. Er hat sich gefragt, ob du, als du mir den Hof gemacht hast, vielleicht Murphy auf die Füße getreten bist.«

»Murphy nicht«, sagte Rogan vergnügt, »aber dafür Maggie selbst, bis sie endlich kapiert hat, daß ich der Richtige bin. Freut mich, Sie kennenzulernen«, fügte er hinzu und reichte Gray seine freie Hand. »Ich habe viele unterhaltsame Stunden mit Ihren Geschichten verbracht.«

»Vielen Dank.«

»Gray hat mir Gesellschaft geleistet«, erklärte Maggie ihrem Mann. »Und jetzt bin ich zu gut gelaunt, um dich dafür anzuschreien, daß du mich heute morgen einfach grußlos verlassen hast.«

»Du hast den Schlaf gebraucht.« Er schenkte sich Tee ein und zuckte zusammen, als er ihn kostete. »Himmel, Maggie, mußt du das Zeug immer so lange ziehen lassen, bis es ungenießbar ist?«

»Ja.« Sie beugte sich vor und stützte das Kinn auf eine Hand. »Aus welchem Teil von Amerika kommen Sie, Gray?«

»Aus keinem bestimmten. Ich ziehe immer in der Gegend herum.«

»Aber irgendwo müssen Sie doch zu Hause sein?«

»Ich habe kein Zuhause.« Er biß in einen neuen Keks. »Ich brauche kein Zuhause, denn ich bin ständig unterwegs.«

Die Vorstellung faszinierte Maggie, und sie musterte ihren Gast mit schräg gelegtem Kopf. »Sie ziehen also einfach so von einem Ort zum anderen mit – nichts als den Kleidern an Ihrem Leib?«

»Ein bißchen mehr Gepäck habe ich schon. Manchmal kaufe ich irgend etwas, dem ich einfach nicht widerstehen kann – wie zum Beispiel diese Skulptur von Ihnen, die es in London gab. Ich habe eine Mietwohnung in New York, die mir als eine Art Lagerhalle für meine Sachen dient. In New York sind mein Verlag und meine Agentin, also kehre ich ein-, zweimal im Jahr dorthin zurück. Schreiben kann ich überall«, stellte er mit einem Schulterzucken fest. »Also tue ich es.«

»Und Ihre Familie?«

»Du bist neugierig, Margaret Mary.«

»Er auch«, schoß sie zurück.

»Ich habe keine Familie. Haben Sie sich für das Baby schon irgendwelche Namen überlegt?« lenkte Gray vom Thema ab.

Maggie erkannte seine Taktik und runzelte erbost die Stirn, Rogan jedoch drückte unter dem Tisch ihr Knie, ehe sie weitersprach. »Wir können uns nicht einigen, aber wir hoffen, daß wir einen Namen finden, ehe das Kind auf die Uni geht.«

Gewandt lenkte Rogan das Gespräch auf höfliche, unpersönliche Themen, bis Gray sich erhob, um zu gehen.

Sobald Maggie mit ihrem Mann alleine war, trommelte sie zornig mit den Fingern auf dem Tisch herum. »Wenn du dich nicht eingemischt hättest, hätte ich noch mehr über ihn rausgekriegt.«

»Sein Privatleben geht dich nichts an.« Er beugte sich vor und küßte sie auf den Mund.

»Vielleicht doch. Ich mag ihn, aber sobald er auf Brianna zu sprechen kommt, kriegt er so einen seltsamen Blick. Und ob ich *den* mag, weiß ich nicht.«

»Das geht dich auch nichts an.«

»Sie ist meine Schwester.«

»Und durchaus in der Lage, auf sich selbst aufzupassen.«

»Ich frage mich, woher du das wissen willst«, knurrte Maggie. »Ihr Männer bildet euch immer ein, uns Frauen zu kennen, aber im Grunde wißt ihr so gut wie nichts über uns.«

»Über dich weiß ich eine ganze Menge, Margaret Mary.« Mit einer schnellen Bewegung zog er sie von ihrem Stuhl an seine Brust.

»Was hast du vor?«

»Ich habe vor, dich ins Bett zu tragen, dich auszuziehen und dich so gründlich zu lieben wie schon lange nicht mehr.«

»Ach ja?« Sie warf ihr Haar zurück. »Du versuchst doch nur, mich vom Thema abzulenken.«

»Mal sehen, ob mir das gelingt.«

Lächelnd schlang sie die Arme um seinen Hals. »Ich nehme an, du hast es verdient, daß du wenigstens die Chance dazu bekommst.«

Als Gray kurze Zeit später wieder ins Blackthorn Cottage kam, fand er Brianna auf Händen und Knien im Wohnzimmer, wo sie mit langsamen, liebevollen Bewegungen Wachs auf dem Parkett verrieb. Das kleine, goldene Kreuz, das sie manchmal trug, schwang wie ein Pendel an seiner Kette und fing glitzernd die letzten Reste Tageslicht ein. Sie hörte Musik, irgendeine flotte Melodie, und sie sang die irischen Worte mit. Fasziniert betrat er den Raum und hockte sich neben sie.

»Worum geht es in dem Lied?«

Sie schreckte auf. Er hatte eine Art, sich zu bewegen, so daß noch nicht einmal ein Lufthauch zu spüren war. Sie blies sich eine lose Strähne aus den Augen und fuhr mit ihrer Arbeit fort. »Es geht um einen Mann, der in den Krieg zieht.«

»Es klingt zu fröhlich, um ein Kriegslied zu sein.«

»Oh, wir kämpfen ganz gern. Sie sind ziemlich früh zurück. Möchten Sie vielleicht einen Tee?«

»Nein, danke. Ich habe bereits welchen bei Maggie getrunken.«

Nun blickte sie auf. »Sie haben Maggie besucht?«

»Ich habe einen Spaziergang gemacht, und es war reiner Zufall, daß ich bei ihr gelandet bin. Sie hat mir ihr Atelier gezeigt.«

Brianna lachte, doch dann sah sie, daß es kein Scherz gewesen war und hockte sich verblüfft auf die Fersen. »Wie in aller Welt haben Sie das geschafft?«

»Ich habe sie darum gebeten.« Er grinste. »Am Anfang war sie nicht gerade begeistert von der Idee, aber dann hat sie sich offenbar daran gewöhnt.« Er beugte sich über Brianna und schnupperte. »Sie riechen nach Zitrone und Bienenwachs.«

»Was nicht weiter überraschend ist.« Sie räusperte sich. »Genau damit habe ich nämlich den Boden poliert.«

Als er ihre Hand ergriff, drang aus ihrer Kehle ein erstickter Schrei.

»Sie sollten Handschuhe tragen, wenn Sie so schwere Arbeiten verrichten.«

»Handschuhe sind mir nur im Weg.« Sie schüttelte ihre Hand, aber er ließ nicht los. Obgleich sie versuchte, ihn streng anzusehen, gelang ihr lediglich ein kummervoller Blick. »Und *Sie* sind mir im Weg.«

»In einer Minute mache ich ihn wieder frei.« Sie war so verdammt hübsch, dachte er, wie sie auf dem Boden kniete, einen alten Lappen in der Hand, mit gerötetem Gesicht. »Gehen Sie heute abend mit mir aus, Brianna. Ich lade Sie zum Essen ein.«

»Ich – ich habe Hammelfleisch gekauft«, stotterte sie, »für Pasteten.«

»Das hält sich doch sicher bis morgen, nicht wahr?«

»Ja, aber ... wenn Ihnen mein Essen nicht schmeckt ...«

»Brianna.« Seine Stimme war sanft. »Es ist mir einfach ein Bedürfnis, Sie einzuladen.«

»Warum?«

»Weil mir Ihr hübsches Gesicht gefällt.« Er hob ihre Hand an seinen Mund, und ihr Herz schlug ihr bis zum Hals. »Und weil ich denke, es wäre vielleicht nett für Sie, wenn einmal jemand anderes kocht und den Abwasch macht.«

»Ich koche gern.«

»Ich schreibe gern, aber trotzdem lese ich mit Begeisterung Bücher, über denen ein anderer geschwitzt hat.«

»Das ist etwas anderes.«

»Sicher ist es das.« Er legte den Kopf auf die Seite und unterzog sie einer eingehenden Musterung. »Sie fürchten sich doch wohl nicht davor, mit mir allein in ein Restaurant zu gehen?«

»Was für ein idiotischer Gedanke.« Was für ein idiotisches Gefühl, erkannte sie.

»Gut, dann ist es also abgemacht. Sieben Uhr.« Da Gray wußte, wann es angeraten war, sich zurückzuziehen, erhob er sich und trat gut gelaunt in den Korridor hinaus.

Sie sagte sich, daß sie sich keine Gedanken über ihre Garderobe machen sollte, aber dann tat sie es doch, und nach langem Hin und Her wählte sie das schlichte jagdgrüne Wollkleid, das ihr von Maggie aus Mailand mitgebracht worden war. Trotz seiner langen Ärmel und des hochgeschlossenen Kragens wirkte es nur so lange einfach und praktisch, bis man es am Körper trug, denn aufgrund eines raffinierten Schnitts enthüllte die dünne, weiche Wolle mindestens ebensoviel wie sie verbarg.

Trotzdem, sagte sich Brianna, war es das Passende für ein Essen im Restaurant, und außerdem war es eine Sünde, daß sie es bisher noch nicht getragen hatte, denn schließlich hatte Maggie bei der Auswahl des Kleides weder Mühe noch Kosten gescheut.

Verärgert, weil sie immer noch nervös wie ein Teenager vor seinem ersten Rendezvous war, nahm sie ihren schlichten, schwarzen Mantel mit dem gestopften Futter und legte ihn sich über den Arm. Es war eine Einladung zum Essen, mehr nicht, sagte sie sich. Die nette Geste eines Mannes, der über eine Woche lang von ihr bekocht worden war.

Sie nahm einen letzten beruhigenden Atemzug, trat aus ihrem Zimmer in die Küche und von dort in den Korridor. In genau diesem Augenblick kam er die Treppe herunter, und sie sah ihn verlegen an.

Einen Fuß noch auf der untersten Stufe und die Hand noch auf dem Geländer, blieb er stehen. Einen Moment lang starrten die beiden einander vollkommen reglos an, doch dann brach er den Bann, indem er entschlossen weiterging.

»Aber hallo.« Er sah sie mit einem zufriedenen Lächeln an. »Sie sehen wirklich bezaubernd aus, Brianna.«

»Sie haben einen Anzug an.« Und sehen einfach toll aus, dachte sie.

»Hin und wieder zwinge ich mich, so etwas zu tragen.« Er nahm ihren Mantel und legte ihn ihr um die Schultern.

»Sie haben noch gar nicht gesagt, wohin wir gehen.«

»Ins Restaurant.« Er legte ihr einen Arm um die Taille und schob sie aus dem Haus.

Als sie in den Wagen stieg, stieß sie einen bewundernden Seufzer aus. Die Ledersitze verströmten einen angenehmen Duft und waren butterweich. Vorsichtig strich sie mit einer Fingerspitze über den Bezug, während er fuhr.

»Es ist wirklich nett von Ihnen, mich einzuladen, Gray.«

»Mit Nettigkeit hat das nichts zu tun. Ich hatte einfach das Bedürfnis auszugehen, und außerdem wollte ich mit Ihnen zusammen sein. Ich habe Sie abends noch nie im Pub gesehen.«

Sie entspannte sich ein wenig. Dorthin also war er unterwegs. »In letzter Zeit war ich auch nur selten dort. Hin und wieder allerdings macht es mir Spaß, hinzugehen und die Leute zu treffen. Die O'Malleys haben diese Woche ein weiteres Enkelkind gekriegt.«

»Ich weiß. Zur Feier des Tages hat man mir sogar ein Bier spendiert.«

»Ich habe einen Babysack für das Kleine gemacht. Wenn ich gewußt hätte, wohin wir fahren, hätte ich ihn mitgenommen.«

»Wir fahren nicht in den Pub. Was ist ein Babysack?«

»Eine Art Schlafsack. Man knöpft das Baby darin ein.« Als sie durch das Dorf fuhren, lächelte sie. »Das da sind Mr. und Mrs. Conroy. Sie sind seit über fünfzig Jahren verheiratet und halten immer noch Händchen. Sie sollten sie mal tanzen sehen.«

»Mir wurde gesagt, ich sollte *Sie* mal tanzen sehen.« Er bedachte sie mit einem fragenden Blick. »Es heißt, Sie hätten sogar Preise gewonnen.«

»Als junges Mädchen, ja.« Sie zuckte mit den Schultern, denn Wehmut war ein närrisches Gefühl. »Aber ich habe immer nur zum Vergnügen getanzt.«

»Und was tun Sie jetzt nur zum Vergnügen?«

»Oh, dies und das. Für einen Ami fahren Sie ziemlich gut.« Als sie seinen verständnislosen Blick bemerkte, kicherte sie. »Ich meine, die meisten Amerikaner haben Schwierigkeiten mit unseren Straßen, und außerdem fahren sie mit schöner Regelmäßigkeit auf der falschen Seite.«

»Was die falsche und was die richtige Seite ist, sei dahingestellt, aber ich war schon so oft in Europa, daß das Autofahren hier nichts Neues für mich ist.«

»Sie haben keinen erkennbaren Akzent – außer, daß er amerikanisch ist. Wissen Sie, es ist eine Art Spiel für mich – ich rate gern, woher meine Gäste sind.«

»Vielleicht habe ich deshalb keinen ausgeprägten Akzent, weil ich nirgends zu Hause bin.«

»Jeder Mensch ist irgendwo zu Hause.«

»O nein. Es gibt mehr Nomaden auf der Welt, als Sie vielleicht denken.«

»Sie behaupten also, ein Zigeuner zu sein.« Sie schob ihr Haar zurück und musterte sein Profil. »Nun, diese Möglichkeit habe ich nicht bedacht.«

»Und das heißt?«

»In der Nacht, als Sie bei mir angekommen sind, dachte ich, Sie sähen ein bißchen aus wie ein Pirat – oder ein Dichter oder ein Boxer, aber nicht wie ein Zigeuner. Obwohl Zigeuner durchaus paßt.«

»Und Sie sahen aus wie aus dem Märchen – mit Ihrem wehenden weißen Nachthemd, Ihrem offenen, wogenden Haar und Ihrem mutigen und zugleich ängstlichen Blick.«

»Ich hatte keine Angst.« Kurz bevor er von der Straße abbog, erblickte sie das Schild. »Hierher wollen Sie? Nach Drumoland Castle? Aber das geht doch nicht.«

»Warum nicht? Man sagte mir, daß die Küche hervorragend sei.«

»Das ist sie auch, und teuer ist sie ebenfalls.«

Er lachte und verlangsamte das Tempo des Wagens, um den Anblick der Burg zu genießen, die sich in ihrer hell erleuchteten grauen Pracht am Fuß eines Hügels erhob. »Brianna, ich werde für mein Zigeunerleben äußerst gut bezahlt. Ein wunderbares Gebäude, finden Sie nicht?«

»Allerdings. Und erst die Gärten ... Im Dunkeln sieht man sie natürlich nicht richtig, und der harte Winter hat ihnen sicher nicht gut getan, aber es sind die schönsten Gärten, die man sich denken kann.« Sie blickte über den sanft ansteigenden Rasen in Richtung eines um diese Jahreszeit kahlen Rosenbeets. »Auf der Rückseite der Burg ist ein Steingarten. Er ist so prächtig, daß man das Gefühl hat, er wäre nicht echt. Warum haben Sie sich keine Unterkunft wie diese ausgesucht?«

Er parkte den Wagen und stellte den Motor ab. »Das hätte ich fast getan, aber dann hörte ich von Ihrer Pension. Nennen Sie es Impuls.« Er sah sie grinsend an. »Und ich habe schon immer auf meine inneren Impulse gehört.«

Er kletterte aus dem Wagen, nahm ihre Hand und führte sie die breite Steintreppe hinauf.

Wie bei einer Burg nicht anders zu erwarten, war die Eingangshalle geräumig und luxuriös, mit tiefroten Teppichen und dunklem Holz. Aus dem Kamin stieg der Geruch von brennendem Holz zu ihnen auf, von der Decke schimmerten üppige Kristallüster herab, und über allem schwebte der einsame Klang sanfter Harfenmusik.

»In Schottland habe ich mal auf einer Burg gewohnt«, setzte er an, während er, ohne ihre Hand loszulassen, den Speisesaal betrat. »Und in Cornwall ebenfalls. Es war faszinierend. Überall meinte man, irgendwelche geheimnisvollen Schatten zu sehen.«

»Glauben Sie an Geister?«

»Aber sicher doch.« Er sah ihr in die Augen, während er ihren Mantel nahm. »Sie etwa nicht?«

»Doch. Gleich hier in der Nähe gibt es ein paar.«

»Der Steinkreis.«

Sie war überrascht, doch gleichzeitig war ihr klar, daß keine Veranlassung dazu bestand. Es paßte zu ihm, daß er bereits dort gewesen und daß ihm die besondere Atmosphäre des Orts nicht verborgen geblieben war. »Ja, aber nicht nur dort.«

Gray wandte sich an den Empfangschef, sagte »Thane«, und umgehend wurden sie an einen Tisch geführt. Während er die Weinkarte nahm, sah er Brianna an. »Möchten Sie überhaupt Wein?«

»Sehr gern.«

Nach einem kurzen Blick auf die Karte sagte er, an den Weinkellner gewandt: »Wir nehmen den Chassogne-Montrachet.«

»Sehr wohl, Sir.«

»Hunger?« fragte er Brianna, die die Speisekarte mit den Augen verschlang.

»Ich versuche, mir die Gerichte zu merken«, murmelte sie. »Ich habe einmal mit Maggie und Rogan hier gegessen, und das Hühnchen in Honig und Wein habe ich fast genauso hingekriegt.«

»Lesen Sie die Karte einfach zum Vergnügen«, schlug er vor. »Nachher besorge ich Ihnen eine Kopie.«

Über den Rand der Karte hinweg bedachte sie ihn mit einem skeptischen Blick. »Ich glaube kaum, daß Ihnen das gelingen wird.«

»Warten Sie's nur ab.«

Sie lachte und wählte willkürlich eins der Gerichte aus.

Nachdem sie ihre Bestellung aufgegeben hatten und der Wein serviert worden war, beugte sich Gray über den Tisch. »Und jetzt erzählen Sie mir davon.«

Sie blinzelte verwirrt. »Wovon?«

»Von den Geistern.«

»Oh.« Lächelnd fuhr sie mit einem Finger an ihrem Weinglas hinab. »Nun, vor langer, langer Zeit gab es hier in der Gegend ein Liebespaar. Da das junge Mädchen jedoch einem anderen versprochen war, trafen sie sich in aller Heimlichkeit. Er war ein armer Mann, ein einfacher Farmer, heißt es, während sie die Tochter eines englischen Großgrundbesitzers war. Aber sie liebten sich, und so schmiedeten sie verzweifelt Pläne, um gemeinsam durchzubrennen und für alle Zeit zusammen zu sein. In jener Nacht trafen sie sich beim Steinkreis. Dort, an jenem heiligen, magischen Ort, wollten sie die Götter bitten, mit ihnen zu sein. Wissen Sie, sie hatten keine Zeit mehr zu verlieren, weil sie bereits sein Kind unter ihrem Herzen trug. Also knieten sie sich in die Mitte des Kreises, und sie sagte ihm, daß sie schwanger war. Es heißt, vor Freude und Angst hätten sie geweint, während der Wind flüsternd über die Steine strich und der alte Kreis sie schützend barg. Und dann liebten sie sich ein letztes Mal. Er verließe sie nur, sagte er ihr, um sein Pferd zu holen und die wenigen anderen Dinge, die er besaß, und dann käme er zu ihr zurück, denn sie wollten noch in derselben Nacht fliehen.«

Brianna stieß einen leisen, träumerischen Seufzer aus. »Also ließ er sie in dem Steinkreis zurück. Aber als er seinen Hof erreichte, warteten dort bereits die Männer des englischen Großgrundbesitzers auf ihn. Sie stachen ihn nieder, so daß sein Blut die Erde befleckte, und brannten sein Haus und seine Ernte ab. Sein einziger Gedanke, während er starb, galt der Liebsten, die ihn sehnsüchtig erwartete.«

Brianna verriet, daß sie eine geborene Geschichtenerzählerin war, indem sie genau an dieser Stelle innehielt. Die Harfenspielerin in der Ecke zupfte die Melodie einer Ballade von Liebe und Leid. »Und so saß sie inmitten der Steine und wartete. Und während sie wartete, wurde ihr so kalt, daß sie zu zittern begann. Über die Felder hinweg drang die Stimme ihres Geliebten an ihr Ohr, und die Luft schien von Tränen erfüllt. Sie wußte, er war tot, und in diesem Bewußtsein schloß sie die Augen, legte sich auf den Boden und folgte ihm. Als man sie am nächsten Morgen fand, lächelte sie. Aber sie war kalt, eiskalt, und ihr Herz hatte zu schlagen aufgehört. Noch heute gibt es Nächte, in denen man zwischen den Steinen die geflüsterten Versprechen der beiden hört und in denen man im Gras ihre Tränen schimmern sieht.«

Seufzend lehnte sich Gray zurück und nippte an seinem Wein. »Sie sind eine talentierte Geschichtenerzählerin, Brianna.«

»Ich habe nur wiedergegeben, was mir erzählt worden ist. Wissen Sie, die Liebe ist einfach stärker als alle Furcht, aller Kummer, ja selbst der Tod.«

»Haben Sie ihr Flüstern schon einmal gehört?«

»Natürlich. Dabei habe ich um die beiden geweint. Und gleichzeitig beneide ich sie.« Sie lehnte sich zurück und schüttelte ihre eigenartig melancholische Stimmung ab. »Und welche Geister kennen Sie?«

»Nun, ich werde Ihnen ebenfalls eine Geschichte erzählen. In den Hügeln nicht weit vom Feld von Culloden entfernt, wütete ein einarmiger Highlander herum …«

Sie lächelte. »Ist das eine wahre Geschichte, Grayson, oder denken Sie sich da etwas aus?«

Er nahm ihre Hand und küßte sie. »Das entscheiden Sie vielleicht lieber selbst.«

5. Kapitel

Nie zuvor hatte Brianna einen derart schönen Abend verbracht. Sämtliche Elemente vereinigten sich zu einer wunderbaren Erinnerung – an den prachtvollen Mann, den jedes ihrer Worte zu faszinieren schien, an die romantische Umgebung, ohne daß es mittelalterliche Ungemach in Kauf zu nehmen galt, an das köstliche französische Essen, den lieblichen Wein.

Wie sie sich jemals dafür revanchieren sollte – vor allem für die Karte, die Gray dem Oberkellner unter Einsatz all seines Charmes entlockt hatte –, wußte sie nicht.

Also tat sie es auf die einzige Art, die ihr möglich erschien, indem sie ihm ein ganz besonderes Frühstück zauberte.

Als Maggie die Küche betrat, war die Luft von köstlichen Düften erfüllt, und Brianna stand fröhlich singend am Herd.

»Nun, wie ich sehe, bist du heute morgen bestens gelaunt.«

»Allerdings.« Brianna wendete eine dicke Scheibe würzigen Toast in der Pfanne. »Möchtest du vielleicht mit frühstücken, Maggie? Es ist mehr als genug da.«

»Ich habe schon gegessen.« Maggies Stimme verriet, daß sie diese Tatsache ehrlich bedauerte. »Ist Gray im Haus?«

»Er ist noch nicht runtergekommen. Normalerweise schnüffelt er um diese Zeit bereits in all meinen Töpfen herum.«

»Dann sind wir also einen Augenblick allein.«

»Ja.« Briannas Fröhlichkeit legte sich. Vorsichtig legte sie die letzte Scheibe Brot auf eine Platte und schob diese in den Ofen, um sie warm zu halten. »Du bist gekommen, um mit mir über die Briefe zu sprechen, stimmt's?«

»Schließlich habe ich dich lange genug auf die Folter gespannt. Es tut mir leid.«

»Wir haben wohl beide Zeit zum Nachdenken gebraucht.« Brianna faltete die Hände vor der Schürze und sah ihre Schwester an. »Was willst du also tun, Maggie?«

»Nichts. Das heißt, ich will so tun, als hätte ich die Briefe nie gelesen, als gäbe es sie nicht.«

»Maggie...«

»Laß mich ausreden«, schnauzte sie, sprang von ihrem Stuhl auf und tigerte wie eine übellaunige Katze in der Küche auf und ab. »Ich will so weitermachen wie bisher und Dad so in Erinnerung behalten, wie er für mich immer war. Ich will mir keine Gedanken über eine Frau machen, mit der er vor einer Ewigkeit ins Bett gegangen ist. Ich will nicht daran denken, daß es irgendwo noch einen erwachsenen Bruder oder eine erwachsene Schwester von uns gibt. Du bist meine Schwester«, sagte sie in leidenschaftlichem Ton. »Du bist meine Familie. Ich sage mir, irgendwo, irgendwo hat diese Amanda für sich und ihr Kind ein eigenes Leben eingerichtet, und keiner der beiden würde es uns danken, kämen wir plötzlich hereingeschneit. Ich will die Sache vergessen, ich will, daß sie nicht geschehen ist. Das ist es, was ich will, Brianna.«

Sie hielt inne, lehnte sich mit dem Rücken an die Arbeitsplatte und stieß einen abgrundtiefen Seufzer aus. »Das ist es, was ich will«, wiederholte sie, »aber es ist nicht das, was mir als das richtige erscheint. Er hat ihren Namen ausgesprochen – fast das Letzte, was er in seinem Leben gesagt hat, war ihr Name. Sie hat ein Recht darauf, es zu erfahren. Und ich habe ein Recht darauf, sie dafür zu verfluchen.«

»Setz dich, Maggie. Eine derartige Aufregung ist bestimmt nicht gut für dich.«

»Aber ich bin nun mal aufgeregt. Genau wie du. Nur, daß wir verschiedene Methoden haben, damit umzugehen.«

Als Brianna abermals den Mund öffnete, um etwas zu sagen, schüttelte Maggie den Kopf. »Ich brauche mich nicht zu setzen. Wenn sich das Baby bisher noch nicht an mein Temperament gewöhnt hat, wird es langsam Zeit, daß es das tut.« Trotzdem atmete sie ein paarmal beruhigend ein und aus. »Wir müssen einen Detektiv oder so beauftragen, am besten in New York. Das ist es doch, was du willst, oder?«

»Ich denke, daß es erforderlich ist«, setzte Brianna vorsichtig an. »Unseretwegen. Dads wegen. Was meinst du, welches die beste Vorgehensweise ist?«

»Rogan kennt eine Menge Leute, die er anrufen kann. Zum Telefonieren hat er wirklich Talent.« Da sie sehen konnte, daß Brianna ein wenig Ermutigung brauchte, lächelte sie. »Das wird noch der leichteste Teil der Übung sein. Wie lange es dauern wird, bis wir auch nur eine Spur von ihnen haben, weiß ich nicht. Und was wir machen sollen, falls wir tatsächlich eine Spur finden und ihnen eines Tages gegenüberstehen, weiß nur der liebe Gott allein. Es ist durchaus möglich, daß diese Amanda verheiratet ist, ein Dutzend Kinder hat und ein glückliches Leben führt.«

»Das habe ich mir auch schon überlegt. Aber zumindest müssen wir herausfinden, ob es so ist, nicht wahr?«

»Das müssen wir wohl.« Maggie trat vor ihre Schwester und strich ihr sanft über das Gesicht. »Mach dir keine solchen Sorgen, Brie.«

»Mache ich nicht, wenn du es auch bleiben läßt.«

»Abgemacht.« Wie zur Besiegelung dieses Versprechens küßte Maggie ihre Schwester auf die Stirn. »Und jetzt sorgst du wohl besser dafür, daß dein fauler Ami was zwischen die Zähne bekommt. Ich habe meinen Ofen angestellt und eine Menge zu tun.«

»Aber daß du mir nichts Schweres trägst.«

Auf dem Weg zur Tür drehte sich Maggie noch einmal grinsend um. »Ich kenne meine Grenzen.«

»Tust du nicht, Margaret Mary«, rief Brianna, doch in diesem Augenblick krachte bereits die Tür hinter ihrer Schwester ins Schloß. Einen Moment lang stand sie gedankenverloren neben dem Küchentisch, bis Con mit dem Schwanz auf den Boden zu klopfen begann, was sie aus ihren Überlegungen aufschrecken ließ. »Du willst raus, nicht wahr? Also gut. Lauf los und sieh nach, was Murphy so treibt.«

Sobald sie die Tür öffnete, schoß Con an ihr vorbei und sprang mit einem fröhlichen Bellen in Richtung der Felder davon. Sie schloß die Tür vor der feuchten Luft und dachte nach. Es war bereits nach zehn, und sie hatte eine Menge zu tun. Wenn Gray nicht zum Frühstück herunterkam, brächte sie es ihm eben hinauf.

Ein Blick auf die auf dem Tisch liegende Speisekarte zauberte ein erneutes Lächeln auf ihr Gesicht, und summend stellte sie die zubereiteten Köstlichkeiten auf einem Tablett zurecht und trug dieses gut gelaunt die Treppe hinauf. Beim Anblick seiner geschlossenen Zimmertür allerdings zögerte sie. Sie klopfte leise an, bekam keine Antwort und nagte nachdenklich an ihrer Unterlippe herum. Vielleicht war er krank. Besorgt klopfte sie ein zweites Mal und rief seinen Namen.

Sie meinte, ein Stöhnen zu hören, nahm das Tablett in eine Hand und öffnete vorsichtig die Tür.

Das Bett sah aus, als hätte ein kleiner Krieg darin stattgefunden. Das Laken und die Decke waren zerknüllt, und die Tagesdecke war halb über den Rand gerutscht. Außerdem war es im Zimmer eisig kalt.

Sie trat über die Schwelle, entdeckte ihn und riß erschrocken die Augen auf.

Er saß am Schreibtisch, mit bloßen Füßen und wild zerzaustem Haar. Neben ihm lag ein Stapel Bücher, und seine Finger sprangen auf den Tasten eines Laptops herum. Vor sich hatte er einen Aschenbecher postiert, der vor Zigarettenstummeln überzuquellen schien. Die Luft stank nach kaltem Rauch.

»Entschuldigen Sie.« Keine Reaktion. Allmählich taten ihr von dem schweren Tablett die Armmuskeln weh. »Grayson.«

»Was?« Das Wort traf sie wie ein Geschoß, so daß sie vor Schreck einen Schritt nach hinten trat. Sein Kopf fuhr hoch.

Jetzt war er wieder der Pirat, dachte sie. Er wirkte gefährlich und gewaltbereit. Als sein Blick auf sie fiel, ohne daß er sie überhaupt zu erkennen schien, überlegte sie, ob er vielleicht über Nacht verrückt geworden war.

»Warten Sie«, befahl er und attackierte abermals die Tastatur. Vollkommen verblüfft wartete Brianna fast fünf Minuten lang. Dann lehnte er sich zurück und rieb sich das Gesicht, als wäre er soeben aus einem Traum erwacht. Oder aber aus einem Alptraum, dachte sie. Dann wandte er sich ihr abermals zu, dieses Mal mit dem ihr inzwischen vertrauten Lächeln auf dem Gesicht. »Ist das mein Frühstück?«

»Ja, ich ... es ist halb elf, und als Sie nicht runterkamen ...«

»Tut mir leid.« Er stand auf, nahm ihr das Tablett ab und stellte es aufs Bett. Dann pickte er sich mit den Fingern eine Scheibe Schinken heraus. »Es kam einfach so über mich, mitten in der Nacht. Ich schätze, daß die Geistergeschichte der Auslöser war. Himmel, hier drin ist es verdammt kalt.«

»Tja, kein Wunder. Sie werden sich noch den Tod holen, barfuß und ohne ein Feuer im Kamin.«

Er lächelte nur, als sie sich hinkniete und neuen Torf auf das Gitter schichtete. Sie hatte geklungen wie eine Mutter, die ihr unvernünftiges Kind zu schelten gezwungen war. »Ich war einfach zu sehr in meine Arbeit vertieft.«

»Das ist ja alles gut und schön, aber es ist nicht gesund für Sie, hier in der Kälte zu sitzen und Zigaretten zu rauchen statt eine anständige Mahlzeit zu sich zu nehmen.«

»Riecht besser als anständig.« Er hockte sich neben sie und strich ihr freundschaftlich über den Rücken. »Brianna, würden Sie mir einen Gefallen tun?«

»Wenn ich kann.«

»Gehen Sie.«

Verblüfft drehte sie sich zu ihm um, und noch während sie ihn anstarrte, nahm er lachend ihre Hand.

»Das ist nicht böse gemeint, meine Süße. Es ist nur so, daß ich zu beißen pflege, wenn man mich bei der Arbeit unterbricht, und im Augenblick bin ich in einer heißen Phase, wenn ich so sagen darf.«

»Ich wollte Ihnen bestimmt nicht lästig sein.«

Er zuckte zusammen, doch dann unterdrückte er seine Verärgerung. Schließlich versuchte er, diplomatisch zu sein, oder etwa nicht? »Ich muß es ausnutzen, wenn es gerade so gut läuft, okay? Also vergessen Sie am besten einfach, daß ich hier oben bin.«

»Aber Ihr Zimmer. Sie brauchen frische Bettwäsche, und das Badezimmer ...«

»Machen Sie sich darüber keine Gedanken.« Das Feuer brannte, und ebenso brannte er innerlich vor Ungeduld. Er zog sie auf die Füße. »Das können Sie doch sicher auch erledigen, wenn ich gerade festsitze. Ich wüßte es zu schätzen, wenn Sie mir hin und wieder etwas zu essen vor die Zimmertür stellen würden, mehr brauche ich nicht ...«

»Also gut, aber ...« Er führte sie bereits zur Tür. »Sie brauchen mich nicht rauszuwerfen. Ich gehe auch so.«

»Danke für das Frühstück.«

»Gern« – er warf ihr die Tür vor der Nase zu – »geschehen«, knurrte sie.

Während der nächsten zweieinhalb Tage hörte sie keinen Ton von ihm. Sie versuchte, nicht daran zu denken, in welchem Zustand sein Zimmer war, ob er daran dachte, das Feuer zu schüren, oder ob er auch nur eine Minute schlief. Zumindest wußte sie, daß er aß. Jedesmal, wenn sie ein frisches Tablett hinaufbrachte, stand das alte leer gegessen vor der Tür. Er ließ kaum eine Krume auf dem Teller zurück.

Sie hätte ebensogut allein im Haus sein können – doch gleichzeitig war sie sich seiner Nähe nur allzu bewußt. Wobei sie bezweifelte, daß er ihr auch nur eine Sekunde seiner Gedanken widmete.

Was richtig war. Hin und wieder schlief er, doch mehr als kurze Nickerchen voller Träume und Horrorvisionen gönnte er sich nicht. Er aß, wodurch er seinen Körper ebenso mit Nahrung versorgte wie durch die Geschichte seinen Geist. Die Story stürmte regelrecht durch ihn hindurch. In drei Tagen hatte er mehr als hundert Seiten getippt. Sie waren noch roh, manchmal ging die Handlung nicht voran, aber zumindest hatte er den Kern.

Er hatte einen Mord, witzig und hinterhältig zugleich. Er hatte Hoffnungslosigkeit und Schmerz, Verzweiflung und Lügen.

Er hatte das Gefühl, im Himmel zu sein.

Als er mit dem ersten Teil seines Buches fertig war, kroch er ins Bett, zog sich die Decke über den Kopf und schlief wie ein Toter.

Als er aufwachte, sah er sich lange in seinem Zimmer um und kam zu dem Schluß, daß eine Frau, die so stark wie Brianna war, bei dem Anblick wohl nicht so schnell in Ohnmacht fiel. Sein eigener Anblick jedoch, dachte er, als er sich im Badezimmerspiegel betrachtete, war etwas gänzlich anderes. Er rieb sich mit der Hand über die Stoppeln an seinem Kinn. Er sah aus wie ein Wesen, das aus einem Sumpf gekrochen war.

Er zog sich das Hemd über den Kopf, wobei er ob des strengen Geruchs zusammenfuhr, trat unter die Dusche, und dreißig Minuten später zog er sich frische Kleider an. Ihm war ein wenig schwindlig, und aufgrund des Mangels an Bewegung fühlte er sich mehr als nur ein bißchen steif. Er öffnete das Fenster und atmete tief die Luft des regnerischen Morgens ein.

Ein perfekter Tag, dachte er. An einem perfekten Ort.

Sein Frühstückstablett stand wie immer vor der Tür, doch das Essen war bereits kalt. Er hatte es verschlafen, merkte er, und während er das Tablett aufhob, hoffte er, er könnte Brianna becircen, daß sie sein Frühstück noch einmal für ihn in den Ofen schob.

Und vielleicht unternahm sie ja sogar einen Spaziergang mit ihm. Er könnte ein bißchen Gesellschaft gebrauchen. Vielleicht ließe sie sich ja sogar überreden, mit ihm nach Galway zu fahren und sich mit ihm die Geschäfte anzusehen. Und dann könnten sie ...

Fröhlich grinsend trat er durch die Küchentür. Da stand sie, die Hände in Brotteig vergraben, das Haar hochgesteckt, die Nase mehlbestäubt.

Es war ein wunderbarer Anblick, und ebenso wunderbar gelaunt stellte er das Tablett mit einem so lauten Krachen auf den Tisch, daß sie zusammenfuhr. Gerade als sie den Mund zu einem Lächeln verzog, nahm er ihr Gesicht zwischen seine Hände und gab ihr einen kräftigen Kuß.

Ihre Hände ballten sich zu Fäusten und ihr schwindelte, doch ehe sie reagieren konnte, trat er bereits einen Schritt zurück. »Hi. Toller Tag, nicht wahr? Ich fühle mich einfach phantastisch. Man weiß nie, ob einem die richtigen Gedanken kommen, wissen Sie. Und wenn es passiert, ist es wie ein Zug, der einem mit Höchstgeschwindigkeit durch das Hirn saust. Man kann es nicht aufhalten.« Er nahm eine Scheibe kalten Toast von seinem Tablett und hob sie an seinen Mund, doch ehe er hineinbeißen konnte, traf ihn die Erkenntnis wie ein Blitz. Er sah sie abermals an, und der Toast fiel auf den Teller zurück.

Der Kuß war nicht mehr gewesen als ein Spiegel seiner Ausgelassenheit. Nun allerdings spürte er eine Art verspätete Reaktion, seine Muskeln spannten sich an, und ein Schauder lief seinen Rücken hinab.

Sie stand einfach da und starrte ihn mit riesengroßen Augen

an. Sie war so schockiert, daß ihr Mund immer noch halb geöffnet war.

»Warten Sie eine Minute«, murmelte er und bewegte sich erneut auf sie zu. »Nur eine Minute, ja?«

Sie hätte sich selbst dann nicht bewegen können, wäre in diesem Augenblick das Dach eingestürzt. Sie konnte kaum atmen, als er ihr Gesicht erneut in seine Hände nahm, dieses Mal allerdings so sanft, als experimentiere er mit einem zarten Stoff. Seine Augen blieben geöffnet, doch als er sich über sie beugte, wirkte sein Blick nicht unbedingt erfreut.

Sie spürte seine Lippen sanft und liebevoll auf ihrem Mund. Es war eine Art von Berührung, bei der das Blut nicht in Wallung geraten sollte, aber dennoch passierte genau das. Er drehte sie gerade weit genug zu sich herum, daß sich ihre Körper berührten, und legte ihren Kopf gerade weit genug zurück, daß eine Vertiefung des Kusses möglich war.

Aus ihrer Kehle drang ein Geräusch, dem nicht zu entnehmen war, ob es ein Ausdruck von Entsetzen oder Vergnügen war, doch dann wurden ihre geballten Fäuste schlaff.

Sie hatte einen köstlichen Mund, merkte er. Voll, großzügig und nachgiebig zugleich. Ein solcher Mund war nicht für überfallartige Küsse gemacht, und so kratzte er sanft mit seinen Zähnen an ihrer Unterlippe und ergötzte sich an dem leisen, hilflosen Schnurren, das tief aus ihrem Inneren drang. Während er beobachtete, wie sie die Augen schloß, fuhr er langsam mit der Zungenspitze die Konturen ihrer Lippen nach, ehe er die Zunge zwischen ihre Zähne schob.

So viele feine Geschmacksrichtungen, die es zu kosten gab. Es war wunderbar – ihre sich erwärmende Haut, ihre weich werdenden Glieder, ihr klopfendes Herz. Oder vielleicht nahm er auch nur das Klopfen seines eigenen Herzens wahr. Etwas dröhnte in seinem Schädel, pochte in seinen Adern, und erst als die Gier, gepaart mit kunstfertiger Gewalt, in ihm zu erwachen begann, zog er sich zurück.

Sie zitterte, und sein Instinkt warnte ihn, daß er ihnen beiden weh tun würde, wenn er sich gehen ließ. »Das war besser, als ich es mir vorgestellt hatte«, brachte er mühsam hervor. »Und ich habe eine sehr weitreichende Phantasie.«

Sie schwankte und stützte sich auf der Arbeitsplatte ab. Ihre Knie zitterten, und nur die Angst, sich zu blamieren, verhinderte, daß auch ihre Stimme zitterte, als sie erwiderte: »Benehmen Sie sich immer so, wenn Sie aus Ihrer Höhle kommen?«

»Ich habe nicht immer das Glück, daß mir eine schöne Frau zur Verfügung steht.« Den Kopf auf die Seite gelegt, musterte er sie. Ihre Halsschlagader pochte, und ihre Haut wies einen zarten, rosafarbenen Schimmer auf. Aber, wenn er sich nicht irrte, baute sie bereits wieder die dünne Verteidigungsmauer um sich auf. »Das war kein gewöhnlicher Kuß, und es macht keinen Sinn, so zu tun, als wäre es einer gewesen, denke ich.«

»Für gewöhnlich werde ich nicht von meinen Gästen geküßt, wenn ich am Brotbacken bin. Was Sie allerdings als gewöhnlich ansehen, weiß ich nicht.« Als er auf sie zutrat, wich sie zurück. »Bitte, nicht.«

Er sah sie mit zusammengekniffenen Augen an. »Vielleicht drücken Sie sich ein bißchen klarer aus.«

»Ich muß das hier noch zu Ende machen. Der Teig muß noch mal gehen.«

»Sie weichen mir aus, Brianna.«

»Also gut, küssen Sie mich nicht noch einmal so.« Sie atmete keuchend aus und rang nach Luft. »Ich weiß nicht, wie man sich gegen einen solchen Angriff wehrt.«

»Ich sehe den Austausch von Zärtlichkeiten nicht unbedingt als Kampf. Ich möchte mit Ihnen ins Bett gehen, Brianna.«

Um ihre nervösen Hände zu beschäftigen, schnappte sie sich ein Handtuch und rieb damit an ihren teigverklebten Fingern herum. »Nun, das nenne ich direkt.«

»Es ist ehrlich. Wenn Sie kein Interesse haben, brauchen Sie es nur zu sagen.«

»Ich nehme diese Dinge nicht so leicht wie Sie. Ich kann nicht einfach ja oder nein sagen und mir einbilden, es wäre nichts dabei.« Um Ruhe bemüht, faltete sie das Handtuch zusammen und legte es auf den Tisch. »Und außerdem habe ich keinerlei Erfahrung auf diesem Gebiet.«

Zur Hölle mit ihr, daß sie so kühl blieb, während sein Blut bereits in Wallung geraten war. »Auf welchem Gebiet?«

»Auf dem Gebiet, von dem hier die Rede ist. Und jetzt treten Sie zur Seite, damit ich mich weiter um meinen Teig kümmern kann.«

Statt zu tun, was sie verlangte, nahm er ihren Arm und starrte sie an. Eine Jungfrau? überlegte er und ließ den Gedanken kreisen, bis er in sein Bewußtsein sank. Eine Frau, die so aussah und deren Reaktion auf einen Kuß derart heißblütig war?

»Stimmt etwas nicht mit den Männern hier in der Umgebung?« fragte er leichthin. Er hoffte, auf diese Weise nähme die Spannung zwischen ihnen ein wenig ab, doch statt dessen blitzte ein Schmerz in ihren Augen auf, der ihm das Gefühl vermittelte, ein Schwein zu sein.

»Wie ich lebe, geht ja wohl nur mich etwas an, finden Sie nicht?« Ihre Stimme war merklich abgekühlt. »Nun, während der letzten Tage habe ich Ihre Wünsche und Ihre Arbeit respektiert, und jetzt bitte ich Sie, das gleiche zu tun und mich weiterarbeiten zu lassen, wenn es möglich ist.«

»Also gut.« Er ließ sie los und trat zurück. »Ich mache eine kleine Tour. Falls ich Ihnen von unterwegs irgend etwas mitbringen soll, sagen Sie es nur.«

»Nein, danke.« Sie vergrub ihre Hände im Teig und knetete daran herum. »Es regnet«, sagte sie in neutralem Ton. »Vielleicht nehmen Sie besser eine Jacke mit.«

Er ging zur Tür und drehte sich noch einmal um. »Brianna.«

Er wartete, bis sie den Kopf hob, um ihn anzusehen. »Sie haben mir immer noch nicht gesagt, ob Sie Interesse haben oder nicht. Also nehme ich an, Sie denken darüber nach.«

Mit diesen Worten verließ er die Küche, und Brianna atmete nicht eher wieder aus, als bis die Haustür hinter ihm ins Schloß gefallen war.

Um seine überschüssige Energie loszuwerden und damit sie beide Gelegenheit bekamen, sich zu beruhigen, unternahm Gray eine lange Fahrt, sah sich die Cliff of Moher an und kehrte auf dem Rückweg in einem Pub in Ennis ein. Er verschlang eine Riesenportion Fish and Chips und spazierte anschließend in den schmalen Straßen der Stadt herum. Sein Blick fiel auf etwas, das in einem der Schaufenster lag, und seinem Impuls folgend, betrat er das Geschäft und kaufte den Gegenstand.

Bis zu seiner Rückkehr ins Blackthorn Cottage hatte er sich fast davon überzeugt, daß das, was ihm am Vormittag mit Brianna in der Küche widerfahren war, eher in seiner Freude über die erfolgreiche Arbeit als in der Anziehungskraft seiner Wirtin begründet gewesen war.

Als er dann allerdings sein Zimmer betrat und sie, einen Eimer neben sich und einen Lappen in der Hand, auf dem Badezimmerfußboden knien sah, war er ebenso fasziniert wie am Vormittag. Wenn sie nicht außerordentlich sexy war, weshalb geriet dann sein Blut in Wallung, sobald er sie auch nur von weitem sah?

»Haben Sie eine Vorstellung, wie oft ich Sie in dieser Position antreffe?« fragte er.

Sie blickte über die Schulter. »Es ist ehrliche Arbeit.« Sie blies sich das Haar aus der Stirn. »Grayson Thane, ich muß sagen, wenn Sie arbeiten, leben Sie wie ein Schwein.«

Er zog eine Braue hoch. »Sprechen Sie so mit allen Gästen?«

Damit hatte er sie. Sie errötete und klatschte ihren Lappen auf den Boden. »Ich bin bald fertig, falls Sie wieder an die Arbeit wollen. Heute abend kommt ein weiterer Gast.«

»Heute abend?« Ohne daß sie es sah, runzelte er die Stirn. Er hatte die Pension lieber für sich allein. Er hatte *sie* lieber für sich allein. »Wer?«

»Ein britischer Gentleman. Er rief an, kurz nachdem Sie heute morgen gegangen waren.«

»Was für ein Mann ist das? Wie lange bleibt er hier?« Und was zum Teufel wollte er?

»Ein oder zwei Nächte«, sagte sie leichthin. »Und was Ihre erste Frage betrifft, so sollten Sie wissen, daß das Ausfragen meiner Gäste nicht zu meinen Gepflogenheiten gehört.«

»Ich denke, das sollte es. Sie können ja wohl kaum zulassen, daß einfach so ein Fremder bei Ihnen hereinspaziert.«

Amüsiert setzte sie sich auf ihre Fersen und schüttelte den Kopf. Mit seinen goldenen, im Piratenstil zurückgebundenen Haaren, seinen wunderbaren dunklen Augen, den teuren Stiefeln, den abgetragenen Jeans und dem frischen Hemd war er zugleich schmuddelig und elegant. »Genau damit verdiene ich meinen Lebensunterhalt. Und ich glaube, vor nicht allzu langer Zeit sind Sie ebenfalls einfach so hier hereinspaziert, noch dazu mitten in der Nacht.«

»Das war etwas anderes.« Als er ihren verwunderten Blick bemerkte, zuckte er mit den Schultern. »Jawohl. Hören Sie, würden Sie vielleicht endlich mal aufstehen und aufhören, den Boden zu wischen? Inzwischen ist er so sauber, daß man, verdammt noch mal, davon essen kann.«

»Offensichtlich hat Ihr Ausflug Ihrer Laune nicht gerade gut getan.«

»Er war in Ordnung.« Er stapfte durch den Raum und fuhr sie an: »Sie haben auf meinem Schreibtisch rumgewühlt.«

»Ich habe ungefähr zweieinhalb Zentimeter Staub und Zigarettenasche entfernt, falls Sie das meinen. Ihre kleine Maschine habe ich, außer daß ich sie hochgehoben und wieder hingestellt habe, nicht angerührt.« Obgleich sie ernsthaft versucht gewesen war, den Deckel aufzuklappen und sich den Anfang seines Buches anzusehen.

»Sie brauchen nicht die ganze Zeit hinter mir herzuräumen.« Er atmete zischend aus und stopfte die Hände in die Hosentaschen, als sie, den Eimer in der Hand, dastand und ihn ansah, ohne sich auch nur zu verteidigen. »Verdammt, ich dachte, ich hätte es im Griff. Obwohl es meinem Ego nicht gerade gut tut, daß Sie noch nicht einmal versuchen, mit mir anzubändeln.« Er schloß die Augen und atmete seufzend aus. »Also gut, versuchen wir's noch mal. Ich habe Ihnen ein Geschenk mitgebracht.«

»Ach, haben Sie das? Warum?«

»Warum, zum Teufel, nicht?« Er schnappte sich die Tüte, die er auf das Bett gelegt hatte, und gab sie ihr. »Ich habe es gesehen, und ich dachte mir, daß es Ihnen vielleicht gefällt.«

»Das war aber nett von Ihnen.« Sie nahm die Schachtel aus der Tüte und zog an dem Band, mit dem sie verschlossen war.

Sie roch nach Seife, Blumen und Desinfektionsmittel. Gray biß die Zähne zusammen. »Wenn Sie nicht wollen, daß ich Sie auf das Bett werfe, das Sie gerade gemacht haben, treten Sie besser einen Schritt zurück.«

Sie hob überrascht den Kopf.

»Es ist mir ernst.«

Vorsichtig fuhr sie sich mit der Zunge über die Lippen. »Also gut.« Sie trat einen und dann einen zweiten Schritt zurück. »Besser so?«

Endlich erkannte er, wie absurd sein Verhalten war, und unweigerlich grinste er. »Warum faszinieren Sie mich nur so, Brianna?«

»Keine Ahnung. Wirklich nicht.«

»Vielleicht ist genau das der Grund«, murmelte er. »Und jetzt packen Sie endlich Ihr Geschenk aus.«

»Das versuche ich ja.« Sie löste das Band, klappte den Deckel auf und zog das Seidenpapier heraus. »Oh, wie wunderbar.« Ihr Gesicht drückte ehrliche Freude aus, als sie das Porzellancottage in die Hände nahm. Es war ein zartes Gebilde mit einer einladend geöffneten Tür und einem winzigen Garten, in dem auch noch die kleinste Blüte die Perfektion des Künstlers verriet. »Es sieht aus, als könnte man sofort einziehen.«

»Als ich es sah, habe ich sofort an Sie gedacht.«

»Vielen Dank.« Ihr Lächeln wirkte gelöster als zuvor. »Haben Sie es gekauft, um mich Ihnen wohlgesonnen zu stimmen?«

»Und, hat es funktioniert?«

Jetzt lachte sie. »Nein. Ihnen werden auch so schon genügend Privilegien zuteil.«

»Werden sie das?«

Vom Schnurren seiner Stimme gewarnt, legte sie das Cottage in das Seidenpapier zurück, ohne ihn anzuschauen. »Ich muß mich um das Abendessen kümmern. Wollen Sie wieder ein Tablett?«

»Heute abend nicht. Die erste Schaffenswelle ist abgeebbt.«

»Ich erwarte meinen neuen Gast gegen fünf, so daß Sie bei der Mahlzeit nicht alleine sind.«

»Ach, wie schön.«

Wie ein Hund, der sein Revier verteidigte, war Gray darauf gefaßt gewesen, daß ihm der britische Gentleman zuwider sein würde, doch es war schwierig, sich bedroht zu fühlen von dem ordentlichen, kleinen Mann mit der schimmernden Glatze und dem hochnäsigen Privatschulakzent.

Sein Name war Herbert Smythe-White, er lebte in London und war ein pensionierter Witwer, der sich am Anfang einer sechsmonatigen Reise durch Irland und Schottland befand.

»Ich gönne mir einfach mal etwas«, erklärte er Gray über

dem Abendessen. »Wissen Sie, Nancy und ich wurden leider nicht mit Kindern gesegnet. Es ist nun beinahe zwei Jahre her, seit sie von mir gegangen ist, und seither saß ich ständig grübelnd zu Hause herum. Wir hatten eine solche Reise zusammen geplant, aber ich hatte immer zuviel mit meiner Arbeit zu tun.« Sein Lächeln wies eine Spur von Bedauern auf. »Und nun habe ich beschlossen, die Reise zur Erinnerung an sie allein zu unternehmen. Ich denke, das hätte ihr gefallen.«

»Ist dies Ihr erster Stopp?«

»Allerdings. Ich bin nach Shannon geflogen und habe dort einen Wagen gemietet.« Er kicherte, nahm seine Nickelbrille ab und polierte die Gläser mit einem Taschentuch. »Ich bin mit sämtlichen Waffen eines Touristen ausgestattet, von Karten bis hin zu Führern jeder Art. Ich bleibe vielleicht ein, zwei Tage hier, und dann mache ich mich in Richtung Norden auf den Weg.« Er schob seine Brille auf seine spitze Nase zurück. »Obgleich ich fürchte, daß ich den Höhepunkt meiner Reise an den Anfang gelegt habe. Miss Concannon kocht wirklich fabelhaft.«

»Da widerspreche ich Ihnen nicht.« Sie teilten das Eßzimmer und einen saftigen Lachs. »Was haben Sie denn beruflich gemacht?«

»Ich war im Bankwesen tätig. Ich fürchte, ich habe viel zuviel Zeit meines Lebens damit verbracht, mir über irgendwelche Zahlen Gedanken zu machen.« Er nahm sich einen weiteren Löffel Kartoffeln in Senfsauce. »Und Sie, Mr. Thane, sind Schriftsteller, wie mir Miss Concannon verraten hat. Wir praktischen Menschen beneiden immer jeden, der über Kreativität verfügt. Ich habe mir nie die Zeit genommen, zum Vergnügen zu lesen, aber nun, da ich Sie kennengelernt habe, greife ich bestimmt einmal zu einem Ihrer Bücher. Reisen Sie auch in Irland herum?«

»Im Augenblick nicht. Während der nächsten Wochen habe ich hier mein Quartier.«

»Hier in der Pension?«

»Genau.« Er blickte auf, als Brianna den Raum betrat.

»Ich hoffe, Sie haben noch Platz für die Nachspeise.« Sie stellte eine große Schüssel Biskuitauflauf auf den Tisch.

»O je.« Hinter den polierten Brillengläsern blitzten Smythe-Whites Augen vergnügt und vielleicht auch ein wenig gierig auf. »Wenn ich diesen Raum wieder verlasse, wiege ich bestimmt ein Kilo mehr als zuvor.«

»Ich habe ein wenig Magie hineingetan, also zählen die Kalorien nicht.« Sie teilte großzügige Portionen aus. »Ich hoffe, daß Sie mit Ihrem Zimmer zufrieden sind, Sir. Falls irgend etwas fehlt, sagen Sie einfach Bescheid.«

»Es entspricht ganz und gar meinem Geschmack«, versicherte er ihr. »Ich muß unbedingt noch einmal kommen, wenn der Garten in Blüte steht.«

»Da würde ich mich freuen.« Sie stellte eine Kaffeekanne und eine Brandykaraffe auf den Tisch und kehrte in die Küche zurück.

»Eine wunderbare Frau«, bemerkte Smythe-White.

»Allerdings.«

»Aber daß sie in so jungen Jahren ganz allein ein solches Unternehmen führt. Man sollte meinen, sie hätte einen Ehemann, eine Familie.«

»Ihre wichtigste Eigenschaft ist ihre Effizienz.« Gray ließ sich den ersten Löffel Biskuitauflauf auf der Zunge zergehen. *Effizienz* war wohl kaum das richtige Wort, dachte er. Die Frau war eine Zauberin, was ihre Kochkünste und auch ihre sonstige Haushaltsführung betraf. »Ihre Schwester und ihr Schwager leben nur ein paar Häuser von hier entfernt. Und außerdem hält die Dorfgemeinschaft zusammen. Es vergeht kaum ein Tag, an dem nicht plötzlich irgendwer unangemeldet in der Küchentür steht.«

»Das ist gut. Ich nehme an, andernfalls könnte es hier sehr einsam sein. Auf meinem Weg hierher habe ich festgestellt, daß es nicht allzu viele Nachbarn gibt.« Wieder lächelte er. »Ich fürchte, ich bin ein Stadtmensch, und ich schäme mich nicht, einzugestehen, daß mir sowohl das Gedränge als auch die Hektik gefallen. Bestimmt brauche ich eine Weile, um mich an die nächtliche Stille zu gewöhnen.«

»Davon gibt es hier mehr als genug.« Gray nahm die Brandykaraffe, sah seinen Tischnachbarn fragend an und schenkte auf dessen Nicken hin ihnen beiden ein. »Es ist gar nicht lange her, daß ich selbst in London war. Aus welchem Stadtteil kommen Sie?«

»Ich habe eine kleine Wohnung in der Nähe des Green Parks. Ich habe es einfach nicht über mich gebracht, das Haus zu behalten, nachdem Nancy von mir gegangen war.« Seufzend schwenkte er seinen Brandy im Glas. »Auch wenn Sie mich nicht darum gebeten haben, gebe ich Ihnen einen guten Rat, Mr. Thane. Nutzen Sie jeden Ihrer Tage, als ob es der letzte sei. Wenn man all seine Bemühungen in die Zukunft investiert, versäumt man zu vieles von der Gegenwart.«

»Diesen Rat befolge ich schon längst.«

Stunden später war der Gedanke an den übriggebliebenen Biskuitauflauf so überwältigend, daß Gray sein warmes Bett und sein gutes Buch verließ, in einen Jogginganzug stieg und, getrieben von der Gier nach genüßlicher Völlerei, barfuß in die Küche schlich.

Dies war nicht seine erste nächtliche Reise in die Küche, seit er ins Blackthorn Cottage gekommen war, und so störte ihn keiner der Schatten und keins der knarrenden Dielenbretter, als er durch den Korridor in die dunkle Küche glitt. Um Brianna nicht zu wecken, drehte er statt der Deckenlampe nur das Herdlicht an.

Dann allerdings wünschte er, er hätte nicht an sie und an die Tatsache, daß sie im Nebenzimmer schlief, gedacht. In ihrem langen Flanellnachthemd mit den kleinen Knöpfen am Hals.

So züchtig, daß es schon wieder exotisch war und daß man sich als Mann, vor allem als heißblütiger Mann, fragte, was für ein Körper sich wohl unter all dem Stoff verbarg.

Wenn er in dieser Richtung weiterdächte, würde sein Appetit durch keinen Biskuitauflauf der Welt zu stillen sein.

Einem Laster zur Zeit zu frönen genügt, alter Knabe, sagte er sich und holte eine Schüssel hervor, als er plötzlich von draußen ein Geräusch vernahm. Gerade, als er es als das typische Ächzen eines alten Hauses abtun wollte, drang ein Kratzen an sein Ohr.

Die Schüssel in der Hand, ging er an die Küchentür, blickte hinaus und sah nichts als Dunkelheit. Plötzlich jedoch war die Glasscheibe mit Fell und Reißzähnen ausgefüllt. Vor Schreck wäre Gray beinahe hintenüber gekippt, und nur mit Mühe unterdrückte er einen Hilfeschrei. Mit einer Mischung aus Fluchen und Lachen war, öffnete er Con die Tür.

»Du hast mich gerade zehn Jahre meines Lebens gekostet, vielen Dank.« Doch gleichzeitig kraulte er dem Hund die Ohren, und da Brianna nicht in der Nähe war, teilte er auch seinen Biskuitauflauf mit ihm.

»Was machen Sie denn da?«

Gray richtete sich auf, stieß mit dem Kopf gegen die Schranktür, die er nicht wieder geschlossen hatte, und ein Löffel Biskuitauflauf tropfte in Cons Futternapf, wo er einen begeisterten Abnehmer fand.

»Nichts.« Gray rieb sich den pochenden Schädel. »Gütiger Himmel, mit Ihnen und Ihrem Wolf habe ich Glück, wenn ich noch meinen nächsten Geburtstag erleben darf.«

»Er bekommt nichts davon.« Brianna nahm Gray die Schüssel aus der Hand. »Es ist nicht gut für ihn.«

»Eigentlich war der Inhalt der Schale ja für *mich* bestimmt. Aber jetzt reicht mir, glaube ich, eine Flasche Aspirin.«

»Setzen Sie sich, damit ich mir die Beule oder das Loch in Ihrem Schädel ansehen kann.«

»Sehr nett. Warum gehen Sie nicht einfach wieder ins Bett und ...« Er bekam keine Gelegenheit, den Satz zu beenden, denn mit einem Mal spitzte Con die Ohren, fletschte die Zähne und stürzte mit einem kehligen Knurren auf die Flurtür zu.

Unglücklicherweise stand Gray ihm dabei ihm Weg. Geballte achtzig Kilo Muskeln warfen ihn rückwärts gegen die Arbeitsplatte, sein Ellbogen krachte gegen das Holz, er sah Sterne und hörte wie durch einen Schleier hindurch, wie Brianna den Hund zu sich befahl.

»Haben Sie sich verletzt?« Jetzt drückte ihre Stimme mütterliche Besorgnis aus. »He, Gray, Sie sind ja leichenblaß. Setzen Sie sich lieber hin. Con, bei Fuß!«

Ein Klingeln in den Ohren und Sterne vor den Augen, glitt Gray hilflos auf den Stuhl, den Brianna ihm entgegenschob. »Und das alles nur wegen einer verdammten Schüssel Biskuitauflauf.«

»Statt zu sprechen, holen Sie lieber erst mal vernünftig Luft. Und dann zeigen Sie mir Ihren Arm.«

»Scheiße!« Als sie seinen Ellbogen betastete, riß Gray vor Schmerz die Augen auf. »Versuchen Sie, mich umzubringen, nur weil ich Sie überreden wollte, mit mir ins Bett zu gehen?«

»Hören Sie auf damit«, wies sie ihn mild zurecht und tastete weiter an der Prellung herum. »Ich habe Haselnußöl im Haus.«

»Morphium wäre mir lieber.« Er atmete keuchend aus und starrte mit zusammengekniffenen Augen auf den Hund. Con stand immer noch zitternd und angriffsbereit neben der Tür. »Was zum Teufel ist nur los mit dem Vieh?«

»Keine Ahnung. Con, hör auf, dich wie ein Idiot zu benehmen, und setz dich endlich hin.« Sie gab ein wenig Öl auf ein Tuch. »Ich denke, es ist wegen Mr. Smythe-White. Con war draußen unterwegs, als er kam, und so hat er ihn noch nicht begrüßt. Wahrscheinlich hat er seinen Geruch aufgenommen und weiß nicht, daß er einer meiner Gäste ist.«

»Dann ist es ein Glück, daß der alte Mann nicht ebenfalls plötzlich Heißhunger auf Biskuitauflauf bekommen hat.«

Statt etwas zu erwidern, richtete sie sich lächelnd auf, um sich Grays Kopfwunde anzusehen. Er hat prachtvolles Haar, dachte sie, wie aus Gold und Seide gemacht. »Oh, Con würde ihm nichts tun. Er würde ihn lediglich stellen und dafür sorgen, daß er ihm nicht entkommt. Tja, ich schätze, daß das eine ziemliche Beule wird.«

»Sie brauchen gar nicht so erfreut zu klingen, finde ich.«

»Das wird Ihnen vielleicht eine Lehre sein, dem Hund nichts Süßes mehr zu geben. Ich mache Ihnen eine kalte Kompresse und ...« Mit einem Mal zerrte Gray sie auf seinen Schoß.

Sie setzte sich verzweifelt zur Wehr, und der Hund stellte die Ohren auf, aber statt Gray zu attackieren, schnupperte er friedlich an seiner Hand.

»Er mag mich.«

»Er läßt sich leicht becircen. Lassen Sie mich los, oder ich sage ihm, daß er Sie beißen soll.«

»Das würde er nicht tun. Schließlich hat er eben erst Biskuitauflauf von mir gekriegt. Lassen Sie uns nur eine Minute so sitzen, Brie. Ich bin sowieso viel zu schwach, um Sie zu belästigen.«

»Das glaube ich keine Minute lang«, sagte sie, aber dann gab sie schließlich nach.

Gray zog ihren Kopf an seine Schulter und lächelte, als Con seinen Schädel in ihrem Schoß vergrub. »Das ist schön.«

»Ja, das ist es.«

Sie spürte, wie der eisige Wall um ihr Herz einen kleinen Riß bekam, als Gray sie reglos im Dämmerlicht des Ofens in seinen Armen hielt, während um sie herum das Haus abermals in friedlichen Schlaf sank.

6. Kapitel

Brianna brauchte das Gefühl, daß bald der Frühling kam. Sie wußte, eine verfrühte Aussaat war riskant, aber ihre Stimmung zwang sie regelrecht dazu, die im letzten Herbst gehorteten Samen und ihr kleines tragbares Radio zu nehmen und in den kleinen Schuppen zu tragen, der ihr provisorisches Gewächshaus war.

Das Gebäude war nichts besonderes, und sie war die erste, die sich diese traurige Tatsache eingestand. Der kaum einen Quadratmeter große Raum mit dem harten Lehmboden kam statt einem Gewächshaus eher einer Rumpelkammer gleich, aber zumindest hatte Murphy auf Briannas Geheiß hin große Glasfenster eingebaut und eine Heizung installiert. Die Arbeitsbänke hatte sie mit wenig handwerklichem Talent, doch großem Stolz selbst fabriziert.

Der Schuppen bot weder den Platz noch die Ausstattung, die für die Versuche erforderlich waren, von denen sie träumte, aber zumindest konnte sie ihre Samen noch vor Anbruch des Frühlings in die von einem Versand für Gartenbedarf bestellten Torftöpfe tun.

Endlich einmal hatte sie einen ganzen Nachmittag für sich allein. Gray war in seine Arbeit vertieft, und Mr. Smythe-White war mit dem Auto unterwegs und sah sich den Ring of Kerry an. Da die gesamte Hausarbeit erledigt war, ging sie nun ihrem Vergnügen nach.

Nur wenige Dinge machten sie glücklicher, als wenn sie ihre Hände in weicher Erde vergrub, und so hievte sie mit einem Ächzen einen Sack Eintopfmischung auf die Arbeitsbank.

Nächstes Jahr, versprach sie sich, richtete sie sich endlich ein professionelles Gewächshaus ein. Nicht groß, aber fein. Sie würde versuchen, aus Ablegern Pflanzen zu ziehen und Blumenzwiebeln zu treiben, so daß sie zu jeder Zeit des Jahres den Frühling im Haus hätte. Vielleicht würde sie sogar ausprobieren, ob ihr die Veredelung einiger Gewächse gelang. Im Augenblick jedoch war ihr das Bemuttern der Samen genug.

In ein paar Tagen, dachte sie und summte vergnügt zu einer Melodie aus dem Radio, wären die ersten zarten Sprosse zu sehen. Es war furchtbar teuer, den Schuppen zu beheizen, damit er die für die Keimlinge angenehme Wärme bekam, und sicher hätte sie vernünftigerweise das Geld besser für eine Überholung ihres Wagens verwendet, aber dabei hätte sie nicht annähernd soviel Spaß.

Sie säte die Samen aus, klopfte sanft die Erde fest und ließ ihren Gedanken freien Lauf.

Wie süß Gray am Vorabend gewesen war, dachte sie. Die Art, in der er sie in der Küche liebkost hatte, hatte sie weder so erschreckt noch so erregt wie sein Kuß. Es war sanft und beruhigend gewesen und so natürlich, daß sie einen kurzen Augenblick gemeint hatte, daß es zwischen ihnen eine Art von Zusammengehörigkeit gab.

Einmal, vor langer Zeit, hatte sie von derart süßen geteilten Momenten geträumt. Mit Rory, dachte sie und verspürte den altbekannten dumpfen Schmerz. Damals hatte sie geglaubt, sie würde heiraten, Kinder bekommen, die es zu lieben, und ein Heim, das es gemütlich zu gestalten galt. Sie hatte Pläne geschmiedet für ein rosiges, warmes Leben voller Glückseligkeit.

Sie war jung gewesen, und verliebt. Jung, verliebt und grenzenlos naiv.

Ihre Naivität hatte sie verloren, als ihr Herz von Rory in zwei schmerzende Hälften zerbrochen worden war. Sie wußte, daß er inzwischen in der Nähe von Boston verheiratet und Vater mehrerer Kinder war und daß er bestimmt keinen Gedanken mehr an den süßen Frühling verschwendete, in dem sie von ihm hofiert und mit Versprechungen überschüttet worden war. In dem er ihr versprochen hatte, sie zu heiraten.

Aber das war lange her. Inzwischen wußte sie, daß Liebe nicht immer von Dauer war und daß der Mensch nicht jedes Versprechen hielt. Wenn sie immer noch einen Keim der Hoffnung in sich trug, der sich danach sehnte, zu erblühen, dann tat das niemandem weh außer ihr selbst.

»Da bist du ja!« Mit blitzenden Augen kam Maggie in den Schuppen gestürzt. »Ich habe die Musik gehört. Was in aller Welt tust du da?«

»Ich säe Blumen.« Gedankenverloren fuhr sich Brianna mit dem Handrücken über die Wange, was eine erdige Spur auf ihr hinterließ. »Mach die Tür zu, Maggie, du läßt die ganze Wärme raus. Was ist los? Du siehst aus, als ob du gleich platzen würdest.«

»Das rätst du in tausend Jahren nicht.« Lachend wirbelte Maggie in dem engen Schuppen herum, wobei sie Brianna an den Armen nahm und mit sich zog. »Los. Versuch's.«

»Du bekommst Drillinge.«

»Nein. Gott sei Dank nicht.«

Maggies Stimmung war ansteckend genug, daß Brianna kichernd in den Rhythmus des Gehüpfes einzufallen begann. »Du hast eins deiner Glasstücke für eine Million Pfund an den Präsidenten der Vereinigten Staaten verkauft.«

»Was für ein Gedanke! Vielleicht sollten wir ihm eine Broschüre schicken. Nein, du bist meilenweit entfernt, meilenweit. Ich gebe dir einen Tip. Rogans Großmutter hat angerufen.«

Brianna blies sich eine lose Strähne aus der Stirn. »Das ist ein Tip?«

»Es wäre einer, wenn du dich daran erinnern würdest, was

sich in der letzten Zeit bei ihr ereignet hat. Sie heiratet, Brie. Nächste Woche, in Dublin, und zwar Onkel Niall.«

»Was?« Brianna fiel die Kinnlade herunter. »Onkel Niall und Mrs. Sweeney heiraten?«

»Ist das nicht großartig? Phänomenal? Du weißt doch, daß sie schon als junges Mädchen in Galway verrückt nach ihm war. Und dann, nach über fünfzig Jahren, treffen sie sich wegen Rogan und mir erneut. Und jetzt, bei allen Heiligen, heiraten sie sogar.«

Sie warf den Kopf in den Nacken und brach in gackerndes Gelächter aus. »Außer daß wir Mann und Frau sind, sind Rogan und ich von nun an also auch noch Cousine und Cousin.«

»Onkel Niall.« Mehr brachte Brianna einfach nicht hervor.

»Du hättest Rogans Gesicht sehen sollen, als er ihren Anruf entgegennahm. Er schaute drein wie ein Fisch. Sein Mund klappte auf und wieder zu, und kein einziger Ton kam heraus.« Prustend lehnte sie sich gegen Briannas Arbeitsbank. »Er hat sich nie daran gewöhnt, daß die beiden miteinander flirteten. Obwohl es offenbar mehr war als ein Flirt. Aber ich nehme an, es ist schwer für einen Mann, sich vorzustellen, wie seine weißhaarige Großmutter sündiger Fleischeslust verfällt.«

»Maggie!« Entsetzt hielt sich Brianna die Hand vor den Mund, doch dann wurde ihr verhaltenes Kichern durch eine gewaltige Lachsalve ersetzt.

»Nun, zumindest legalisieren sie ihr Verhältnis jetzt, und die Trauung wird durch niemand geringeren als einen Erzbischof durchgeführt.« Sie atmete tief ein und sah sich um. »Hast du irgendwas zu essen hier?«

»Nein. Wann soll die Trauung denn stattfinden? Und wo?«

»Nächsten Samstag, in ihrem Dubliner Haus. Sie wollen im kleinen Rahmen feiern, hat sie gesagt, nur im Kreis der Familie und einiger enger Freunde. Onkel Niall ist mindestens achtzig, Brie. Stell dir das vor.«

»Ich stelle es mir gerade vor, und ich finde es einfach toll. Ich werde sie sofort anrufen, wenn ich hier fertig bin.«

»Rogan und ich fliegen gleich heute nach Dublin. Im Augenblick hängt er mal wieder am Telefon und trifft sämtliche Vorbereitungen, die seiner Meinung nach erforderlich sind.« Sie lächelte. »Er versucht, es wie ein Mann zu tragen.«

»Sobald er sich an den Gedanken gewöhnt hat, wird er sich für die beiden freuen.« Brianna klang abgelenkt, denn sie überlegte bereits, welches Geschenk für das Paar passend war.

»Die Trauung findet nachmittags statt, aber vielleicht kommst du ja lieber schon am Abend vorher, dann hätten wir noch ein bißchen Zeit.«

»Ich, kommen?« Brianna sah ihre Schwester an. »Das ist unmöglich, Maggie. Ich kann hier nicht weg. Ich habe einen Gast.«

»Aber natürlich kannst du.« Maggie richtete sich auf und reckte entschlossen das Kinn. »Schließlich geht es um Onkel Niall. Er wird erwarten, daß du kommst. Und außerdem ist es, verdammt noch mal, nur ein einziger Tag.«

»Maggie, ich habe Verpflichtungen, und ich weiß nicht, wie ich einfach so für einen Tag nach Dublin und zurück kommen soll.«

»Rogan schickt dir das Flugzeug.«

»Aber ...«

»Ach, zum Teufel mit Grayson Thane. Er kann sich ja wohl mal einen Tag allein versorgen. Du bist doch nicht seine Dienerin.«

Briannas Schultern versteiften sich, und ihr Blick wurde kühl. »Nein, das bin ich nicht. Ich bin eine Geschäftsfrau, die ihr Wort gegeben hat. Ich kann nicht einfach ein Wochenende nach Dublin fliegen und dem Mann erklären, daß er sich alleine durchschlagen soll.«

»Dann bring ihn mit. Wenn du dir Sorgen machst, daß er tot

umfällt, wenn du ihn nicht versorgst, dann bring ihn einfach mit.«

»Wohin?« Gray hatte die Tür geöffnet und sah die beiden Frauen argwöhnisch an. Durch das Fenster seines Zimmers hatte er gesehen, wie Maggie in den Schuppen gestürmt war, er hatte die lauten Stimmen gehört, und schließlich hatte seine Neugier gesiegt.

»Tür zu«, kam Briannas automatischer Befehl. Sie versuchte verzweifelt, sich nicht anmerken zu lassen, wie verlegen es sie machte, daß er Zeuge eines Familienzwists geworden war. Sie stieß einen Seufzer aus. Mit einem Mal war der winzige Schuppen regelrecht überfüllt. »Brauchen Sie irgend etwas, Grayson?«

»Nein.« Er hob eine Hand und strich ihr den Schmutz von der Wange – eine Geste, bei der Maggie die Augen zusammenkniff. »Sie haben Dreck im Gesicht, Brie. Was ist los?«

»Ich versuche, ein paar Samen in die Erde zu bringen – aber jetzt ist kaum noch genug Platz dafür.«

»Junge, paß auf deine Pfoten auf«, murmelte Maggie erbost, woraufhin er seine Hände grinsend in die Hosentaschen schob.

»Ich glaube, ich habe meinen Namen gehört. Gibt es irgendein Problem?«

»Es gäbe keins, wenn sie nicht so starrsinnig wäre.« Maggie reckte das Kinn und beschloß, Gray klarzumachen, daß er der Stein des Anstoßes war. »Sie muß nächstes Wochenende nach Dublin, aber sie meint, daß sie Sie unmöglich alleine lassen könne.«

Grays Grinsen verwandelte sich in ein Lächeln der Zufriedenheit, als er von Maggie zu Brianna sah. »Ach nein?«

»Sie haben schließlich nicht nur für das Zimmer, sondern auch für die Verpflegung bezahlt«, setzte Brianna an.

»Warum müssen Sie nach Dublin?« unterbrach er sie.

»Unser Onkel heiratet«, klärte Maggie ihn auf. »Er wird

wollen, daß sie kommt, also sollte sie es auch tun. Ich habe gesagt, wenn sie Sie nicht alleine lassen will, soll sie Sie einfach mitbringen, mehr nicht.«

»Maggie, Gray hat bestimmt keine Lust, auf eine Hochzeit zu gehen, auf der er niemanden kennt. Außerdem ist er am Arbeiten, da kann er wohl kaum ...«

»Und ob er kann«, fiel ihr Gray ins Wort. »Wann fahren wir?«

»Gut. Sie kommen mit und wohnen mit Brie in unserem Haus. Das wäre also abgemacht.« Maggie rieb sich zufrieden die Hände. »Und wer sagt Mutter Bescheid?«

»Ich ...«

»Nein, laß mich das machen«, beschloß Maggie, ehe Brianna auch nur zu einer Antwort kam. Sie lächelte. »Sie wird außer sich sein. Wir werden sie Samstag morgen mit dem Flugzeug abholen lassen, damit sie euch nicht schon die Reise verdirbt. Haben Sie einen Anzug, Gray?«

»Einen oder zwei«, murmelte er.

»Dann ist also alles klar.« Sie beugte sich vor und gab Brianna auf jede Wange einen Kuß. »Dann haltet euch Freitag zur Abreise bereit«, wies sie ihre Schwester und Grayson an. »Ich melde mich von Dublin aus.«

Gray fuhr sich mit der Zunge über die Zähne, als Maggie mit energischen Schritten den Schuppen verließ. »Ziemlich diktatorisch, die Gute, was?«

»Allerdings.« Brianna schüttelte blinzelnd den Kopf. »Aber sie meint es nicht böse. Es ist nur so, daß sie sich immer sicher ist, im Recht zu sein. Und außerdem hat sie Onkel Niall und Rogans Großmutter sehr gern.«

»Rogans Großmutter.«

»Die Frau, die er heiraten wird.« In der Hoffnung, einen klaren Kopf zu bekommen, wandte sie sich wieder ihren Samen zu.

»Das klingt ja ganz wie im Märchen.«

»So ist es auch. Gray, es ist nett von Ihnen, daß Sie mich fliegen lassen wollen, aber das müssen Sie nicht. Man wird mich dort nicht vermissen, wirklich nicht, und mich zu begleiten wäre ein ziemlicher Umstand für Sie.«

»Gegen ein Wochenende in Dublin habe ich nichts einzuwenden. Und Sie wollen doch sicher auch gern dabei sein, wenn Ihr Onkel heiratet, nicht wahr?«

»Darum geht es nicht. Maggie hat Sie in eine schwierige Lage gebracht.«

Er legte eine Hand unter ihr Kinn und zwang sie, ihn anzusehen. »Warum fällt es Ihnen nur immer so schwer, eine simple Frage zu beantworten, Brie? Wollen Sie nun nach Dublin, ja oder nein?«

»Ja.«

»Also gut, dann fliegen wir.«

Ihr Mund verzog sich zu einem Lächeln, bis Gray sich nach vorn zu beugen begann. »Küssen Sie mich ja nicht«, sagte sie schwach.

»Dieser Bitte Folge zu leisten fällt mir wesentlich schwerer, als mit nach Dublin auf eine Hochzeit zu gehen.« Trotzdem riß er sich am Riemen und lehnte sich wieder zurück. »Wer hat Ihnen weh getan, Brianna?«

Ihre Lider flatterten und schirmten ihren Blick vor seinen Augen ab. »Vielleicht beantworte ich Ihre Fragen nicht, weil es einfach zu viele sind.«

»Haben Sie ihn geliebt?«

Sie konzentrierte sich auf die Reihe von Blumentöpfen, die vor ihr stand. »Ja, sehr.«

Es war eine Antwort, doch er stellte fest, daß sie ihm nicht gefiel. »Lieben Sie ihn immer noch?«

»Das wäre verrückt.«

»Das ist keine Antwort.«

»Doch. Sagen Sie, schaue ich Ihnen vielleicht auch ständig über die Schulter, wenn Sie am Arbeiten sind?«

»Nein.« Trotzdem trat er nicht zurück. »Was vielleicht daran liegt, daß meine Schulter nicht so verführerisch ist.« Wie um seine Worte zu beweisen, beugte er sich vor und gab dem verführerischen Körperteil einen sanften Kuß, wobei es seinem Stolz keinerlei Abbruch tat, daß sie erschauderte. »Ich habe letzte Nacht von dir geträumt, Brianna. Und heute habe ich den Traum in meinem Roman verwandt.«

Ein Großteil der Samen ergoß sich statt in die Erde auf die Arbeitsbank, und eilig schob sie sie in ihre Hand zurück. »Sie haben den Traum in Ihrem Roman verwandt?«

»Ich habe ein paar Veränderungen vorgenommen. In dem Buch bist du eine junge Witwe, die sich verzweifelt darum bemüht, auf einer zerstörten Vergangenheit etwas Neues für sich aufzubauen.«

Unwillkürlich wandte sie sich ihm zu. »Sie benutzen mich für Ihr Buch?«

»Teile von dir. Deine Augen, deinen wunderbaren, traurigen Blick. Dein Haar.« Er nahm eine Strähne in die Hand. »Dein dichtes, geschmeidiges Haar, dessen Farbe Erinnerungen an kühle Sonnenuntergänge weckt. Deine Stimme, deinen weichen Akzent. Deinen Körper, schlank und biegsam, den du mit der unbewußten Grazie einer Tänzerin bewegst. Deine Hände, deine Haut. Ich sehe dich vor mir, wenn ich schreibe, also schreibe ich über dich. Und neben deinem verführerischen Leib sind da noch deine Integrität und deine unerschütterliche Loyalität gegenüber denen, die dir wichtig sind.« Er lächelte. »Und dein Gebäck. Der Held meines Buches ist ebenso fasziniert von seiner Angebeteten wie ich von dir.«

Gray stützte seine Hände links und rechts von ihr auf die Arbeitsbank, wodurch sie gefangen war. »Und immer wieder rennt er bei ihr gegen den gleichen Schutzschild an wie ich bei dir. Ich frage mich, wie lange er brauchen wird, bis er ihn endlich überwunden hat.«

Nie zuvor hatte jemand derartige Worte zu ihr gesagt, und ein Teil von ihr sehnte sich danach, sich in sie einzuhüllen, als wären sie ein Seidengewand. Ein anderer Teil allerdings hielt ihren alten Argwohn wach.

»Sie versuchen, mich zu verführen.«

Er zog eine Braue hoch. »Und, gelingt es mir?«

»Ich bekomme keine Luft.«

»Was ein recht vielversprechender Anfang ist.« Er beugte sich dichter über sie, so daß sein Mund beinahe auf ihren Lippen zu liegen kam. »Laß mich dich küssen, Brianna.«

Und schon tat er es auf die ihm eigene langsame, eindringliche Art, die ihre Glieder weich werden ließ. Mitten auf den Mund. Es war so simpel, und doch stellte es ihre Welt auf den Kopf. So sehr, daß sie fürchtete, daß sie sich niemals wieder geraderücken ließ.

Er hatte Talent und Geduld, doch durch beides hindurch schimmerte die kaum verhohlene Leidenschaftlichkeit, die bereits zuvor an ihm zu spüren gewesen war, und genau diese Mischung war es, die sie wie eine Droge schwach und schwindlig werden ließ.

Sie begehrte ihn mit der Begierde einer Frau. Und sie fürchtete ihn mit der Furcht, wie sie nur den Unschuldigen zu eigen war.

Sanft nahm er ihre Finger, mit denen sie den Rand der Arbeitsbank umklammert hielt, öffnete sie, und während sein Mund noch über ihre Lippen strich, hob er ihre Arme an seinen Hals.

»Halt mich, Brianna.« Gott, er brauchte sie. »Küß mich wieder.«

Wie das Knallen einer Peitsche trieben seine ruhigen Worte sie an, und plötzlich erwiderte sie die Liebkosung mit wilder Willigkeit. Vor Verblüffung geriet er ins Wanken, doch dann packte er sie. Ihre Lippen waren heiß und hungrig, und ihr Körper vibrierte wie die Saite einer Harfe, an der man zupfte, damit ein süßer Ton erklang. Der Ausbruch ihrer Leidenschaft war so wild, so unerwartet und so gefährlich, als schöbe sich glühende Lava durch die eisige Decke eines Vulkans.

Gray vernahm den elementaren Duft der Erde, den Klagegesang irischer Pfeifen aus dem Radio, den üppigen Geschmack ihres Mundes, die Schauder erregende Versuchung, nun, da er sie endlich in den Armen hielt.

Dann jedoch war er blind und taub für alles außer ihr. Ihre Hände waren in seinem Haar zu Fäusten geballt, und ihr keuchender Atem füllte seinen Mund. Mehr, er wollte mehr und krachte mit ihr gegen die Wand. Er hörte ihren schockierten, schmerzlichen und erregten Schrei und dämpfte ihn, indem er ihn und sie verschlang.

Seine Hände strichen in heißem Verlangen über ihre Haut, und statt zu keuchen stöhnte sie: »Bitte …« Sie wollte ihn um all das bitten, was ihr bisher verwehrt gewesen war. Welche Sehnsucht, welch tiefe, mahlende, herrliche Sehnsucht rief er in ihr wach. Doch wie sie es anstellen sollte und welches Ende es nähme, das wußte sie nicht, und immer noch lauerte hinter der Sehnsucht die alte Furcht – die Furcht vor ihm, die Furcht vor sich, die Furcht vor dem, was es zu erfahren galt.

Er wollte ihre Haut – das Gefühl und den Geschmack von ihrem Fleisch. Er wollte sich in ihr ergießen, bis es für sie beide nur noch erlöste Leere zu spüren gab. Sein Atem brannte ihm in der Lunge, als er an ihrer Bluse zu zerren begann.

Und dann sah er sie an.

Ihre geschwollenen Lippen zitterten, und sie war kreidebleich. Ihre weit aufgerissenen Augen verrieten Entsetzen und Verlangen zugleich. Er blickte auf seine vor Anspannung weißen Knöchel und auf die von seinen gierigen Fingern gebrandmarkte Haut.

Er fuhr zurück, als hätte sie ihm einen Schlag versetzt, und hob abwehrend die Hände.

»Es tut mir leid«, stammelte er, während sie an die Wand gepreßt vor ihm stand und nach Atem rang. »Es tut mir leid. Habe ich dir weh getan?«

»Ich weiß es nicht.« Woher sollte sie es auch wissen, wenn sie nichts außer dieser gräßlich pochenden Sehnsucht empfand? Die Tiefe und Größe dieses Gefühls überwältigten sie, und verwirrt strich sie sich über das nasse Gesicht.

»Weine nicht.« Er fuhr sich mit einer zitternden Hand durchs Haar. »Ich fühle mich auch so schon wie ein Schwein.«

»Nein, das ist es nicht …« Sie schluckte ihre Tränen herunter, denn sie hatte keine Ahnung, weshalb sie sie überhaupt vergoß. »Ich weiß nicht, was in mich gefahren ist.«

Natürlich wußte sie es nicht, dachte er voller Bitterkeit. Hatte sie ihm nicht gesagt, daß sie noch eine Jungfrau war? Und er hatte sich wie ein wildes Tier auf sie gestürzt. Eine Minute länger, und er hätte sie auf den Boden gezerrt und die Sache zu Ende geführt.

»Ich habe dich bedrängt, und dafür gibt es keine Entschuldigung. Ich kann nur sagen, daß ich den Kopf verloren habe, und dafür entschuldige ich mich.« Am liebsten wäre er wieder zu ihr gegangen und hätte ihr das wirre Haar aus der Stirn gestrichen, doch das wagte er nicht. »Ich war grob und habe dich erschreckt. Es wird nicht wieder vorkommen, das verspreche ich.«

»Ich wußte, daß du grob sein würdest.« Inzwischen war sie ruhiger, was vielleicht daran lag, daß er so erschüttert war. »Ich wußte es die ganze Zeit. Das war es nicht, Grayson. Ich bin kein zerbrechliches Wesen, das man mit Samthandschuhen anfassen muß.«

Er merkte, daß ihm ein Lächeln gelang. »Und ob du das bist, Brianna. Und so unbeholfen wie eben war ich noch nie. Auch wenn es vielleicht nicht der richtige Zeitpunkt dafür zu sein scheint, möchte ich dir sagen, daß du vor mir keine Angst haben mußt. Ich werde dir niemals etwas zuleide tun.«

»Ich weiß, du ...«

»Und ich werde mich bemühen, dich nicht weiter zu bedrängen«, unterbrach er sie, »auch wenn ich dich stärker will als je zuvor.«

Sie mußte sich darauf konzentrieren, daß sie nicht abermals nach Atem rang. »Leider bekommt man nicht immer alles, was man will.«

»Das sehe ich anders. Ich weiß nicht, wer es war, Brie, aber er ist fort. Und ich bin hier.«

Sie nickte. »Im Augenblick.«

»Es gibt nur den Augenblick.« Als sie ihm widersprechen wollte, schüttelte er den Kopf. »Dieser Ort ist fürs Philosophieren wahrscheinlich ebenso ungeeignet wie für Sex. Ich nehme an, wir sind beide ein wenig aus dem Tritt geraten, stimmt's?«

»Ich denke, das kann man so sagen.«

»Also laß uns reingehen. Und dieses Mal koche ich *dir* den Tee.«

Sie lächelte. »Weißt du denn überhaupt, wie man das macht?«

»Ich habe dir dabei zugesehen. Also komm.« Er streckte eine Hand aus, und sie sah ihn zögernd an. Da das seltsame, beängstigende und zugleich erregende Leuchten aus seinen Augen gewichen war, nahm sie sie.

»Vielleicht ist es ganz gut, daß wir heute nacht nicht alleine sind.«

»Ach?« Sie trat aus dem Schuppen und drehte sich nach ihm um.

»Andernfalls kämst du vielleicht einfach in mein Zimmer geschlichen, um mich zu verführen.«

Sie lachte leise auf. »Ich bin sicher, daß du viel zu clever bist, als daß du dich so einfach verführen läßt.«

»Probier es doch einfach mal aus.« Erleichtert, daß sie beide nicht mehr zitterten, legte er freundschaftlich den Arm um sie. »Warum essen wir nicht ein Stück Kuchen zu unserem Tee?«

Sie sah ihn an. »Von meinem oder von dem, den die Frau in deinem Buch gebacken hat?«

»Ihr Kuchen existiert nur in meiner Phantasie, mein Schatz. Was hingegen deinen Kuchen betrifft ...« Er öffnete die Küchentür und blieb wie angewurzelt stehen. Instinktiv schob er Brianna hinter sich. »Bleib hier. Genau hier.«

»Was? Bist du – oh, gütiger Jesus.« Über seine Schulter sah sie das Chaos, das in ihrer Küche ausgebrochen war. Dosen waren umgekippt, Schränke geleert. Mehl und Zucker, Gewürze und Tee waren auf dem Boden verstreut.

»Ich habe gesagt, bleib hier«, wiederholte er, als sie sich an ihm vorbeischieben wollte.

»O nein. Sieh dir nur dieses Durcheinander an.«

Er streckte den Arm aus und versperrte ihr den Weg. »Bewahrst du Geld in deinen Dosen auf? Oder Schmuck?«

»Red doch keinen Unsinn. Natürlich nicht.« Sie blinzelte. »Denkst du, jemand hätte mich bestehlen wollen? Ich habe nichts, was es sich zu stehlen lohnen würde, und außerdem gibt es hier niemanden, der andere bestiehlt.«

»Nun, offenbar doch, und vielleicht ist dieser Jemand noch im Haus. Wo steckt bloß der verdammte Hund?« murmelte er.

»Ich nehme an, er ist mit Murphy unterwegs«, sagte sie matt. »Er besucht ihn fast jeden Nachmittag.«

»Dann lauf rüber zu Murphy oder zu deiner Schwester. Ich sehe mich hier erst einmal genauer um.«

Sie richtete sich zu ihrer ganzen Größe auf. »Das ist immer noch mein Zuhause, falls ich dich daran erinnern darf. Ich sehe mich selber um.«

Statt ihr zu widersprechen, sagte er lediglich: »Aber bleib hinter mir.«

Zuerst sah er sich ihre Zimmer an, wobei er ihr empörtes

Protestgeschrei ignorierte, als sie entdeckte, daß jede Schublade herausgezogen und jedes einzelne ihrer Kleidungsstücke auf den Boden geworfen worden war.

»Meine Sachen.«

»Wir werden später nachsehen, ob irgend etwas fehlt. Zunächst sehen wir uns wohl besser die anderen Räume an.«

»Ich frage mich, was dieser Unfug soll«, sagte sie, wobei sie, während sie in Grays Schlepptau von Zimmer zu Zimmer zog, langsam, aber sicher in Wut geriet. »Wer auch immer das getan hat, zur Hölle mit ihm«, fluchte sie, als sie das Wohnzimmer sah.

Irgend jemand hatte das Haus schnell, ja hektisch durchsucht, dachte Gray. Alles andere als professionell und furchtbar riskant. Noch während er diesen Gedanken hegte, fiel ihm jedoch etwas anderes ein.

»Scheiße.« Er rannte die Treppe hinauf, wobei er immer zwei Stufen auf einmal nahm, stürzte durch das Durcheinander in seinem eigenen Zimmer und riß den Deckel des Laptops auf. »Wenn er das tatsächlich getan hat, bringe ich ihn um«, murmelte er, während er den Rechner lud.

»Deine Arbeit.« Brianna stand außer sich vor Zorn in der Tür. »Haben sie deine Arbeit kaputtgemacht?«

»Nein.« Er überflog Seite um Seite, bis er mit Sicherheit wußte, daß sein Werk nicht zu Schaden gekommen war. »Nein, es ist noch alles da. Kein Problem.«

Mit einem Seufzer der Erleichterung machte sie kehrt, um sich das Durcheinander in Mr. Smythe-Whites Raum anzusehen. Seine Kleider waren aus den Schubladen und aus dem Schrank gezerrt und sein Bett durchwühlt. »Heilige Mutter Gottes, wie soll ich ihm das nur erklären?«

»Ich finde es zunächst einmal viel wichtiger zu ergründen, was der Einbrecher gesucht haben kann. Setz dich, Brianna«, wies Gray sie an. »Am besten denken wir die ganze Sache erst mal gründlich durch.«

»Was gibt es da zu durchdenken?« Doch trotz der Frage nahm sie auf dem Rand der aus dem Rahmen gezerrten Matratze Platz. »Ich habe keine Wertsachen im Haus. Ein paar Pfund, ein paar billige Schmuckstücke, sonst nichts.« Sie rieb sich die Augen, verärgert, weil sich der Tränenstrom nicht zurückhalten ließ. »Aus dem Dorf oder der Umgebung kann es niemand gewesen sein. Es war bestimmt ein Landstreicher, ein Tramper vielleicht, der gehofft hat, daß sich hier ein bißchen Bargeld finden läßt. Tja ...« sie atmete zitternd aus. »Auf jeden Fall hat der Kerl wohl eine Enttäuschung erlebt.« Mit einem Mal erbleichte sie erneut. »Was ist mit dir? Hattest du irgendwelche Wertsachen hier?«

»Vor allem Reiseschecks. Die sind immer noch da.« Er zuckte mit den Schultern. »Abgesehen von ein paar hundert Pfund fehlt mir nichts.«

»Ein paar – hundert?« Sie sprang vom Bett. »Er hat dein Geld gestohlen?«

»Es ist nicht wichtig, Brie ...«

»Nicht wichtig?« unterbrach sie ihn. »Du lebst unter meinem Dach, als Gast in meinem Haus, und man hat dir dein Geld gestohlen. Wieviel war es? Ich ersetze es dir.«

»Das tust du bestimmt nicht. Reg dich ab.«

»Ich habe gesagt, ich ersetze es dir, und das tue ich auch.« Allmählich hatte Gray von ihrem übergroßen Anstand genug, und so packte er sie bei den Schultern und schob sie unsanft auf das Bett zurück. »Mein letztes Buch hat mir ohne die Gelder für Übersetzungen und Filmrechte fünf Millionen eingebracht. Da machen mir ein paar hundert Pfund wohl kaum etwas aus.« Als ihr Mund abermals zu zittern begann, sah er sie mit zusammengekniffenen Augen an. »Tief einatmen«, sagte er. »Genau. Noch mal.«

»Selbst wenn dir das Geld von den Fingern tropfen würde, wäre mir das egal.« Ihre Stimme brach, was sie als weitere Erniedrigung in der ohnehin peinlichen Situation betrachtete.

»Ist dir immer noch nach Weinen zumute?« Mit einem resignierten Seufzer setzte er sich neben sie. »Also gut, laß die Tränen fließen, bis dir besser ist.«

»Ich weine nicht.« Sie schniefte und trocknete sich mit den Handrücken die Wangen ab. »Ich habe viel zuviel zu tun. Es wird Stunden dauern, bis alles wieder in Ordnung ist.«

»Willst du nicht die Polizei rufen?«

»Wozu?« Sie hob die Hände und ließ sie wieder sinken. »Falls irgend jemand gesehen hätte, wie ein Fremder hier herumschleicht, hätte er mir längst Bescheid gesagt. Irgendwer hat offenbar Geld gebraucht und es sich auf diesem Weg besorgt.« Sie sah sich in dem Zimmer um und überlegte, wieviel ihrem zweiten Gast wohl gestohlen worden war und was für ein Loch die Begleichung des Schadens in ihre kostbaren Ersparnisse riß. »Ich möchte nicht, daß du Maggie davon erzählst.«

»Verdammt, Brie ...«

»Sie ist im sechsten Monat, und ich will nicht, daß sie sich Sorgen macht. Ich meine es ernst.« Mit immer noch tränenschimmernden Augen sah sie ihn flehend an. »Bitte gib mir dein Wort, daß du die Sache ihr gegenüber nicht erwähnst.«

»Also gut, wie du willst. Aber im Gegenzug möchte ich, daß du mir eine genaue Liste der fehlenden Gegenstände erstellst.«

»Das mache ich. Ich rufe Murphy an und sage ihm, daß er sich mal ein bißchen umhören soll. Wenn es etwas zu wissen gibt, bin ich sicher, daß ich es bis heute abend weiß.« Sie hatte sich beruhigt und wandte sich zum Gehen. »Am besten fange ich gleich mit dem Aufräumen an. Als erstes nehme ich mir dein Zimmer vor, damit du so schnell wie möglich weiterarbeiten kannst.«

»Mein Zimmer räume ich schon alleine auf.«

»Es ist meine Aufgabe ...«

»Manchmal kannst du einem wirklich auf die Nerven gehen,

Brianna.« Langsam erhob er sich, so daß er ihr unmittelbar gegenüberstand. »Daß wir uns klar verstehen. Du bist weder meine Bedienstete noch meine Mutter noch meine Frau, und ich kann meine Kleider immer noch allein aufhängen, ob du es glaubst oder nicht.«

»Bitte, wie du willst.«

Fluchend packte er ihren Arm, ehe sie den Raum verließ. Sie wehrte sich nicht, stand aber reglos da und blickte starr über seine Schulter hinweg zum Fenster hinaus. »Hör mir zu. Du hast ein Problem, und ich möchte dir helfen. Meinst du, daß du das in deinen Schädel kriegst?«

»Du willst mir helfen, ja?« sagte sie, wobei sie ihrer Stimme die Wärme eines Gletschers verlieh. »Dann geh los und borg dir bei Murphy etwas Tee. Ich glaube nämlich, wir haben keinen mehr.«

»Ich rufe ihn für dich an«, sagte Gray in ruhigem Ton, »und frage ihn, ob er uns welchen rüberbringt. Ich lasse dich jetzt bestimmt nicht allein.«

»Wie du willst. Seine Nummer steht in dem Buch, das in der Küche auf ...« Ihre Stimme erstarb, als sie das Bild des hübschen kleinen Raums vor ihrem geistigen Auge sah. »Würdest du mich bitte einen Augenblick allein lassen, Gray? Ich fühle mich nicht besonders wohl.«

»Brianna.« Er berührte ihre Wange.

»Bitte.« Wenn er jetzt freundlich zu ihr wäre, bräche sie vollkommen zusammen – ein Gedanke, der ihr peinlich war. »Sobald ich anfange aufzuräumen, geht es mir bestimmt wieder besser. Außerdem hätte ich gern eine Tasse Tee.« Sie öffnete die Augen und setzte ein Lächeln auf. »Keine Angst, gleich bin ich wieder auf dem Damm.«

»Also gut, ich warte dann unten auf dich«, sagte er und verließ den Raum.

Dankbar machte sie sich ans Werk.

7. Kapitel

Manchmal spielte Gray mit dem Gedanken, sich ein Flugzeug zuzulegen, etwas in der Art wie der schlanke, kleine Jet, der ihm und Brianna von Rogan für den Flug nach Dublin zur Verfügung gestellt worden war. Er könnte es einrichten lassen, wie es ihm gefiel, und sich hin und wieder sogar den Motor ansehen. Außerdem sprach nichts dagegen, daß er vielleicht Flugstunden nahm.

Auf jeden Fall wäre es ein interessantes Spielzeug, überlegte er, während er sich auf den bequemen Ledersitz neben Brianna schob. Und der Besitz eines eigenen Transportmittels enthöbe ihn der, wenn auch geringen, Belastung, sich um Tickets zu bemühen und den Launen der Fluggesellschaften ausgeliefert zu sein.

Aber etwas zu besitzen – egal, was es war – bedeutete eine gewisse Verantwortung. Deshalb hatte er auch Autos immer nur gemietet, nie aber gekauft. Und obgleich die Ungestörtheit und Bequemlichkeit des Reisens in einem netten, kleinen Privatflugzeug bestimmt ihre Vorteile hatten, würde er das Gedränge und die Gesellschaft und all die zu erwartenden eigenartigen kleinen Pannen vermissen, die es in Linienmaschinen zu erleben gab.

Dieses Mal allerdings vermißte er nichts, und als das Flugzeug auf die Startbahn rollte, nahm er zufrieden Briannas Hand.

»Fliegst du gern?«

»Ich bin noch nicht oft geflogen.« Bei dem Gedanken, daß sie gleich senkrecht in den Himmel schießen würden, machte ihr Magen einen aufgeregten kleinen Satz. »Aber ja, ich glaube, ich fliege gern. Ich blicke gern von oben auf die Erde hinab.« Sie lächelte, während sie beobachtete, wie sich der Boden unter ihnen entfernte. Es faszinierte sie, sich vorzustellen, daß sie sich über ihrem Haus und über der vertrauten Umgebung in den Himmel erhob, durch die Wolken glitt und irgendwo anders wieder auf die Erde kam. »Ich nehme an, daß es für dich nichts Besonderes ist.«

»Es macht Spaß, daran zu denken, wohin man fliegt.«

»Und woher man kommt.«

»Darüber denke ich nicht so häufig nach. Denn das gehört schließlich zur Vergangenheit.«

Während das Flugzeug schwindelerregende Höhen erklomm, legte er eine Hand unter ihr Kinn, drehte ihr Gesicht zu sich und sah sie an. »Du hast immer noch ein schlechtes Gewissen, weil du nach Dublin fliegst.«

»Es erscheint mir nicht richtig, einfach so alles im Stich zu lassen, und außerdem empfinde ich den Luxus, mit einem Privatflugzeug durch die Gegend zu fliegen, als dekadent.«

»Was bestimmt an deiner katholischen Erziehung liegt.« Das Gold seiner Augen vertiefte sich. »Von diesem Phänomen habe ich schon des öfteren gehört. Wenn man nichts Konstruktives tut und sich dabei obendrein noch amüsiert, kommt man geradewegs in die Hölle, stimmt's?«

»Unsinn.« Sie schnaubte verärgert, weil er zumindest teilweise richtig lag. »Aber ich habe jede Menge zu tun.«

»Und das schiebst du jetzt einfach vor dir her.« Er schnalzte mit der Zunge und betastete das goldene Kreuz, das sie an einer Kette trug. »Was bedeutet, daß du der Versuchung zu sündigen erliegst. Obwohl, was versteht man unter einer Versuchung?«

»Dich«, sagte sie und schob seine Hand von ihrem Hals.

»Ehrlich?« Der Gedanke gefiel ihm außerordentlich. »Das finde ich gut.«

»Das denke ich mir.« Sie schob eine lose Haarnadel an ihren Platz zurück. »Aber das hier hat nichts mit dir zu tun. Wenn ich Schuldgefühle empfinde, dann, weil ich es nicht gewohnt bin, einfach so meine Sachen zu packen und zu verschwinden. Es gefällt mir einfach besser, wenn ich die Dinge planen kann.«

»Aber das nimmt einem den halben Spaß.«

»So wie ich die Sache sehe, verlängert es ihn.« Aber dann nagte sie nachdenklich an ihrer Unterlippe herum. »Ich weiß, es ist wichtig, daß ich nach Dublin zu dieser Hochzeit fliege, aber Blackthorn gerade jetzt zu verlassen ...«

»Murphy kümmert sich nicht nur um den Hund, sondern auch um dein Haus«, erinnerte Gray. Und er war sich sicher, Murphy würde, nachdem er mit ihm unter vier Augen gesprochen hatte, besonders wachsam sein. »Und der alte Smythe-White ist längst wieder weg, so daß du dir auch um keinen Gast Sorgen machen mußt.«

»Apropos Gäste«, sagte sie und runzelte die Stirn. »Ich kann mir nicht vorstellen, daß er Blackthorn nach allem, was vorgefallen ist, weiterempfiehlt. Obwohl er, als ich ihm den Einbruch gebeichtet habe, furchtbar nett gewesen ist.«

»Ihm wurde ja auch nichts geklaut. ›Reisen Sie niemals mit Bargeld in der Tasche‹«, imitierte Gray Smythe-Whites gouvernantenhaften Ton. »Das fordert Ärger geradezu heraus.«

Wie er gehofft hatte, lächelte sie. »Vielleicht wurde ihm nichts gestohlen, aber ich bezweifle, daß er gut geschlafen hat in dem Bewußtsein, daß bei ihm eingebrochen und sein Besitz durchwühlt worden ist.« Weshalb sie sich geweigert hatte, ihm seinen Aufenthalt in Rechnung zu stellen.

»Ach, ich weiß nicht. Ich für meinen Teil habe keine Schlafprobleme gehabt.« Er löste seinen Sicherheitsgurt und stand auf, um in die Küche zu gehen. »Dein Schwager hat wirklich Stil.«

»Allerdings.« Als Gray mit einer Flasche Champagner und

zwei Gläsern aus der Küche kam, runzelte sie allerdings die Stirn. »Die machst du doch wohl nicht auf. Es ist nur ein kurzer Flug und ...«

»Aber sicher doch. Oder magst du keinen Champagner?«

»Doch, aber ...« Ihr Protest ging unter, denn in diesem Augenblick sprang mit einem lauten Plopp der Korken aus dem Flaschenhals, und sie seufzte wie eine Mutter, die sah, wie ihr Kind trotz wiederholter Ermahnungen in eine schlammige Pfütze sprang.

»Also los.« Er setzte sich wieder neben sie und schenkte ihnen beiden ein. Nachdem er ihr eins der Gläser gegeben hatte, stieß er grinsend mit ihr an. »Erzähl mir von Braut und Bräutigam. Sagtest du nicht, daß die beiden bereits achtzig sind?«

»Onkel Niall, ja.« Da sich der Korken unmöglich wieder auf die Flasche setzen ließ, nippte sie. »Mrs. Sweeney ist ein paar Jahre jünger, glaube ich.«

»Stell sich das einer vor.« Der Gedanke amüsierte ihn. »Daß sich jemand in dem Alter noch in den Käfig der Ehe sperren läßt.«

»Käfig?«

»In einer Ehe ist man ziemlich eingeschränkt, und hat man sie erst einmal geschlossen, kommt man nicht so leicht wieder heraus.« Er genoß das Prickeln des Champagners auf seiner Zunge, ehe er ihn durch seine Kehle rinnen ließ. »Und sie waren schon in ihrer Jugend ineinander verliebt?«

»Nicht ganz«, murmelte sie. Wegen seiner Sicht der Ehe runzelte sie immer noch die Stirn. »Sie sind in Galway aufgewachsen. Mrs. Sweeney war eine Freundin meiner Großmutter, der Schwester von Onkel Niall. Dann heiratete meine Großmutter und zog nach Clare, während Mrs. Sweeney nach ihrer Heirat nach Dublin zog. Sie verloren den Kontakt. Dann nahmen Maggie und Rogan ihre gemeinsame Arbeit auf, und Mrs. Sweeney stellte fest, daß sie unsere Familie kennt. Ich habe die Sache in einem Brief an Onkel Niall erwähnt, und er hat sich sofort auf den Weg nach Dublin gemacht.« Sie lächelte, und beinahe unbemerkt füllte Gray ihr Glas ein zweites Mal. »Seither sind die beiden unzertrennlich.«

»Das Schicksal nimmt manchmal seltsame Wege.« Gray hob sein Glas. »Faszinierend, findest du nicht?«

»Sie lieben einander«, sagte sie und stieß einen wehmütigen Seufzer aus. »Ich hoffe nur ...« Sie unterbrach sich und wandte ihr Gesicht dem Fenster zu.

»Was?«

»Ich wünsche ihnen einen wunderbaren Tag, aber ich fürchte, daß meine Mutter mal wieder dafür sorgen wird, daß sich jeder unbehaglich fühlt.« Sie wandte sich ihm wieder zu. Auch wenn es ihr peinlich war, wäre es das beste, er wüßte Bescheid. Auf diese Weise wäre er vielleicht nicht allzu schockiert, käme es tatsächlich zum Eklat. »Sie kommt erst morgen nach Dublin, damit sie nicht bei Maggie übernachten muß. Sie sagte, sie würde morgen kommen, ihre Pflicht erfüllen und sofort wieder zurückfahren.«

Er zog eine Braue hoch. »Ist sie nicht gern in der Stadt?« fragte er, obgleich er spürte, daß der Grund für Maeves Weigerung, bereits am Vorabend der Hochzeit zu kommen, ein anderer war.

»Mutter ist eine Frau, der es so gut wie nirgendwo gefällt. Ich warne dich besser. Sie kann recht schwierig sein. Weißt du, sie findet es nicht richtig, daß die beiden heiraten.«

»Warum? Hält sie die beiden Turteltauben für zu jung?«

Brianna verzog den Mund zu einem Lächeln, aber ihre Augen blieben ernst. »So wie sie es sieht, ist es eine reine Geldheirat. Und ... tja, sie hat ihre eigene Meinung darüber, daß die beiden bereits ohne das Sakrament der Ehe zusammengewesen sind.«

»Zusammengewesen sind?« Unweigerlich grinste er.

»Zusammengewesen sind«, wiederholte sie. »Und wie Mutter dir sicher erklären wird, wenn du ihr die Gelegenheit dazu gibst, ist auch das Alter keine Rechtfertigung, wenn sich ein Paar der Sünde der Fleischeslust ergibt.«

Vor lauter Lachen wäre er fast an seinem Champagner erstickt, und so rang er verzweifelt nach Luft, während Brianna ihn mit bösen Blicken maß. »Tut mir leid – ich sehe, es war nicht als Scherz gemeint.«

»Manche Menschen können sich offenbar problemlos über Dinge lustig machen, die anderen heilig sind.«

»So war es nicht gemeint.« Aber immer noch kicherte er. »Himmel, Brie, du hast mir erzählt, daß der Bräutigam achtzig und die zarte Braut kaum jünger ist. Da glaubst du doch wohl nicht ernsthaft, daß sie in der Hölle landen, nur weil sie …« Er beschloß, daß es besser wäre, wenn er eine taktvolle Umschreibung für den Akt fände. »Eine reife, beiderseits befriedigende körperliche Beziehung haben.«

»Nein.« Ein Teil des Eises in ihren Augen schmolz. »Nein, natürlich nicht. Aber Mutter glaubt es, oder zumindest behauptet sie, daß sie es glaubt, weil sie dann besser schimpfen kann. Familienangelegenheiten sind manchmal ziemlich kompliziert, nicht wahr?«

»Soweit ich sehe, ja. Aber ich habe keine Familie, über die ich mir Gedanken machen muß.«

»Keine Familie?« Das restliche Eis in ihrem Blick zerfloß in Mitgefühl. »Hast du deine Eltern so früh verloren?«

»So kann man es sagen, ja.« Eigentlich hatten sie ihn verloren, dachte er.

»Das tut mir leid. Und du hast keine Geschwister?«

»Nein.« Abermals griff er nach der Flasche und füllte sein Glas.

»Aber du hast doch sicher wenigstens Cousinen und Cousins.« Jeder hatte irgend jemanden, dachte sie. »Großeltern, Tanten, Onkel oder so.«

»Nein.«

Sie starrte ihn mit großen Augen an. Der Gedanke, daß er niemanden hatte, war unvorstellbar, ja unerträglich für sie.

»Du guckst mich an, als wäre ich ein Findling, der in einem Weidenkorb vor deiner Tür abgestellt worden ist.« Ihr Mitgefühl amüsierte und rührte ihn. »Glaub mir, meine Liebe, es gefällt mir so. Keine Bindungen, keine Verpflichtungen, keine Schuldgefühle, weil ich so lebe, wie es mir gefällt.« Wie um seine Worte zu besiegeln, hob er sein Glas an den Mund. »Es macht mein Leben wesentlich einfacher.«

Und leerer, dachte sie. »Und es stört dich nicht, daß es niemanden gibt, zu dem du nach Hause kommen kannst?«

»Es erleichtert mich. Vielleicht würde es mich stören, wenn ich ein Zuhause hätte, aber so etwas habe ich ebenfalls nicht.«

Bereits in der ersten Nacht hatte er wie ein Zigeuner auf sie gewirkt, fiel ihr nun wieder ein, doch hatte sie nicht gedacht, daß er tatsächlich einer war. »Aber, Grayson, kein Zuhause zu haben ...«

»Bedeutet, daß man keine Hypothek zu begleichen, keinen Rasen zu mähen und keine Nachbarn einzuladen hat.« Er beugte sich über sie und sah aus dem Fenster. »Sieh nur, da unten ist Dublin.«

Statt aus dem Fenster sah sie voll Mitgefühl auf ihn. »Aber wenn du Irland verläßt, wohin gehst du dann?«

»Wohin ich will. Und genau das ist es, was mir an meinem Leben so gefällt.«

»Ein phantastisches Haus.« Weniger als drei Stunden nach der Landung in Dublin saß Gray in Rogans Salon und streckte die Beine in Richtung des Kamins. »Ich weiß es zu schätzen, daß ich bei Ihnen wohnen darf.«

»Es ist uns ein Vergnügen.« Sie hatten soeben zu Abend gegessen, und nun bot Rogan ihm einen Brandy an. Im Augenblick waren die beiden Männer allein, denn Brianna und

Maggie waren zu Mrs. Sweeney gefahren, um ihr bei den letzten Vorbereitungen behilflich zu sein.

Rogan hatte immer noch Schwierigkeiten, seine Großmutter als nervöse Braut vor sich zu sehen. Und noch größere Probleme bereitete es ihm, den Mann, der selbst heute abend noch die Küche belagerte, als seinen zukünftigen Stiefgroßvater zu betrachten.

»Sie scheinen nicht allzu glücklich zu sein.«

»Was?« Mit einem etwas gezwungenen Lächeln wandte sich Rogan wieder Gray zu. »Nein. Tut mir leid, es hat nichts mit Ihnen zu tun. Ich nehme an, daß mir bei dem Gedanken an morgen einfach etwas unbehaglich zumute ist.«

»Macht die Vorstellung, die Braut an einen anderen Mann zu verlieren, Sie etwa nervös?«

Statt einer Antwort stieß Rogan ein mürrisches Knurren aus, und Gray, der die Eifersucht seines Gastgebers erkannte, machte sich einen Spaß daraus, weiter in der Wunde herumzubohren.

»Niall ist ein interessanter Charakter, finde ich.«

»Allerdings«, murmelte Rogan. »Allerdings.«

»Und Ihre Großmutter hat ihn während des gesamten Abendessens mit so leuchtenden Augen angesehen.«

Jetzt stieß Rogan einen abgrundtiefen Seufzer aus. Nie zuvor hatte sie glücklicher auf ihn gewirkt. »Sie sind verrückt nacheinander.«

»Tja.« Gray schwenkte seinen Brandy im Glas. »Wir sind zu zweit, und er ist allein. Wir könnten ihn überwältigen, zum Hafen zerren und auf ein Schiff nach Australien verfrachten.«

»Bilden Sie sich bloß nicht ein, daß ich nicht schon selbst auf diesen Gedanken gekommen wäre«, knurrte Rogan, aber endlich lächelte er. »Man kann sich seine Familie eben nicht aussuchen, nicht wahr? Und ich muß zugeben, daß der Mann ihr zu Füßen liegt. Maggie und Brie sind hocherfreut, so daß ich mich wohl der Meinung der Mehrheit fügen muß.«

»Ich mag ihn«, stellte Gray grinsend fest. »Wie kann man einen Mann nicht mögen, der ein kürbisfarbenes Jackett und quastenverzierte Krokodillederschuhe trägt?«

»Da sehen Sie's.« Rogan winkte ab. »Auf jeden Fall freut es uns, daß wir Ihnen eine Hochzeit bieten können, während Sie hier bei uns in Irland sind. Und, gefällt es Ihnen in Blackthorn?«

»Brianna hat ein ausgesprochenes Talent, dafür zu sorgen, daß man sich behaglich fühlt.«

»Allerdings.«

Grays Miene wurde ernst, und er runzelte die Stirn. »Vor ein paar Tagen ist etwas passiert, von dem ich denke, daß Sie es wissen sollten. Brianna wollte nicht, daß ich es erwähne, vor allem nicht, wenn Maggie in der Nähe ist. Aber ich möchte, daß jemand, vorzugsweise Sie, die Sache untersucht.«

»Worum geht's?«

»Bei ihr wurde eingebrochen.«

»In Blackthorn?« Überrascht stellte Rogan seinen Brandy auf den Tisch.

»Wir waren draußen, in dem Schuppen, den sie als Gewächshaus benutzt. Eine halbe Stunde, etwas länger vielleicht. Als wir zurückkamen, hatte jemand das gesamte Haus gründlich gefilzt.«

»Wie bitte?«

»Alles auf den Kopf gestellt«, erklärte Gray. »Auf mich hat es gewirkt wie eine übereilte, unorganisierte Durchsuchungsaktion.«

»Das ergibt keinen Sinn.« Trotzdem beugte Rogan sich besorgt nach vorn. »Wurde etwas gestohlen?«

»Ich hatte ein bißchen Bargeld in meinem Zimmer.« Gray zuckte mit den Schultern zum Zeichen, daß der Verlust erträglich war. »Das scheint alles gewesen zu sein. Brianna behauptet, es kann unmöglich einer der Nachbarn gewesen sein.«

»Damit hat sie wohl recht.« Rogan lehnte sich wieder zurück und griff nach seinem Glas. »Die Menschen kennen einander, und Brie ist bei allen sehr beliebt. Haben Sie die Polizei angerufen?«

»Sie meinte, das wäre sinnlos. Aber zumindest Murphy habe ich informiert.«

»Was wahrscheinlich tatsächlich sinnvoller war«, stimmte Rogan zu. »Es muß wohl irgendein Fremder gewesen sein, der zufällig vorbeigekommen ist. Obwohl mir selbst dieser Gedanke absurd erscheint.« Er trommelte nachdenklich auf seinem Glas herum. »Sie sind ja nun schon eine Weile hier. Also haben Sie doch sicher bemerkt, wie die Menschen zueinander stehen, was für eine Atmosphäre bei uns herrscht.«

»Alles eitel Sonnenschein«, murmelte Gray. »Wenn man es logisch betrachtet, war es wohl eine einmalige Angelegenheit.« Gray zuckte mit den Schultern. »Aber trotzdem denke ich, daß es nicht schadet, wenn Sie das Haus ein bißchen im Auge behalten, wenn Sie in der Nähe sind.«

»Worauf Sie sich verlassen können«, sagte Rogan mit immer noch gerunzelter Stirn.

»Rogan, mein Junge, euer Koch ist einfach toll.« Ein Tablett mit Porzellantellern und einer riesigen Schokoladentorte in den Händen, kam Niall hereinspaziert. Er war ein stattlicher Mann, der seine fünfzehn Kilo Übergewicht wie ein Ehrenzeichen trug. Und dem das orangefarbene Sportsakko zusammen mit der grünen Krawatte tatsächlich das Aussehen eines fröhlichen Kürbisses verlieh. »Ein Prinz von einem Mann, jawohl.« Strahlend stellte Niall das Tablett auf den Tisch. »Er meint, daß Schokolade sicher meine Nerven beruhigt.«

»Ich bin heute ebenfalls ein bißchen nervös.« Grinsend trat Gray an den Tisch und schnitt sich ein Stück Torte ab.

Niall brach in dröhnendes Gelächter aus und schlug Rogan begeistert ins Kreuz. »So ist's richtig. Der hat 'nen gesegneten Appetit. Warum hauen wir uns nicht alle zusammen die Torte rein und gehen dann in den Billardsalon?« Er blinzelte Rogan zu. »Schließlich ist dies mein letzter Abend als freier Mann. Danach ist's vorbei mit der fröhlichen Zecherei im Kreis der anderen Jungs. Haben wir zufällig ein bißchen Whiskey, mit dem sich die Torte runterspülen läßt?«

»Whiskey.« Rogan blickte in das breite, grinsende Gesicht seines zukünftigen Stiefgroßvaters. »Ich glaube, ich brauche ebenfalls einen Schluck.«

Wobei es allerdings nicht blieb. Auf einen Schluck folgte der nächste, und als die zweite Flasche an die Reihe kam, mußte Gray bereits die Augen zusammenkneifen, um die Billardkugeln noch zu sehen. Dennoch schwankten sie weiterhin derart, daß er schließlich ein Auge vollkommen schloß.

Er hörte, wie die Kugeln aneinanderschlugen, und trat zurück. »Mein Punkt, Gentlemen. Mein Punkt.« Er stützte sich schwer auf seinen Queue.

»Dieser verdammte Ami hat heute abend das Glück gepachtet.« Niall schlug Gray auf den Rücken, worauf dieser beinahe vornüber auf die Tischplatte fiel. »Los, Rogan, mein Junge, bau die Kugeln wieder auf. Machen wir noch eine Partie.«

»Ich kann sie nicht mehr sehen«, sagte Rogan langsam, hob eine Hand vor das Gesicht und sah sie verwundert an. »Und meine Finger spüre ich auch nicht mehr.«

»Ein Whiskey ist alles, was uns fehlt.« Wie ein Matrose auf einem schwankenden Deck bewegte sich Niall auf die Flasche zu. »Nicht einen Tropfen«, sagte er traurig und stellte die Flasche auf den Kopf. »Nicht ein einziger, verdammter Tropfen ist noch drin.«

»In ganz Dublin gibt es keinen Whiskey mehr.« Rogan versuchte, sich von der Wand abzudrücken, die ihn aufrecht hielt, und sank ermattet zurück. »Wir haben alles getrunken. Alles, was es an Whiskey gab. O Gott. Meine Zunge spüre ich auch nicht mehr. Sie is' weg.«

»Laß mich sehen.« Hilfsbereit trat Gray vor Rogan und stützte sich schwer auf seinen Schultern ab. »Streck sie mal raus.« Mit zusammengekniffenen Augen nickte er. »Alles in Ordnung, mein Junge. Sie is' noch da. Tatsache is', du hast sogar zwei. Das ist das Problem.«

»Morgen heirate ich meine Chrissy.« Mit trübem Blick, aber strahlendem Lächeln stand Niall gefährlich schwankend mitten im Raum. »Meine wunderschöne, kleine Chrissy, der keine andere Frau in Dublin das Wasser reichen kann.«

Wie ein gefällter Baum kippte er vornüber auf den Billardtisch, und Rogan und Gray, die einander in den Armen lagen, blickten besorgt auf ihn hinab.

»Was machen wir mit ihm?« überlegte Gray, während sich Rogan mit einer seiner beiden Zungen über die Zähne fuhr. »Meinst du, daß er noch lebt?«

»Sieht nicht so aus.«

»Für die Totenwache ist es noch zu früh.« Niall hob den Kopf. »Wenn ihr mir auf die Beine helft, Jungs, dann tanze ich noch bis morgen früh.« Abermals schlug sein Schädel krachend auf den Tisch.

»So übel ist er gar nicht, finde ich«, stellte Rogan fest. »Das heißt, solange ich betrunken bin.«

»Ein Prinz von einem Mann. Am besten hieven wir ihn hoch. Auf dem Gesicht tanzt es sich ein bißchen schlecht.«

»Also gut.« Sie schwankten zu ihm, zerrten an ihm herum, und als er halb aufgerichtet war, brachen die beiden in irres Gelächter aus. »Hoch mit dir, du nasser Sack. Dich zu bewegen ist, als wenn man einen gestrandeten Wal ins Meer zurückziehen will.«

Niall machte die Augen auf, warf den Kopf in den Nacken und fing mit leicht zittriger, aber überraschend ergreifender Stimme an zu singen.

»Und das alles für mein' Grog, meinen süßen, süßen Grog. Und das alles für mein' Tabak und mein Bier.« Stöhnend richtete er sich auf, wodurch Gray das Gleichgewicht verlor. »Tja, mein Geld hab ich mit Gin und Mädchen durchgebracht, und so muß ich übers Meer in der tiefen, dunklen Nacht.«

»Wenn du's noch bis in dein Bett schaffst, hast du Glück«, klärte Rogan ihn auf, doch statt einer Antwort begann Niall einfach mit einem anderen Lied.

»Laß uns zu 'nem Boxkampf gehen, wo 'n Haufen Kerle stehn, um sich Kämpfe anzusehn.«

Mühsam erhoben sich die drei, und Rogan, dessen Stimme ebenfalls durch den Whiskey geölt worden war, stimmte lautstark mit ein: »Hast du erst genug getrunken und bist von deinem Stuhl gesunken ...«

Was Gray furchtbar lustig fand, so daß er ebenfalls zu singen begann.

In der Eintracht Betrunkener schwankten sie gemeinsam den Flur hinab, so daß schließlich am Fuß der Treppe eine whiskeygetränkte Version von »Dicey Riley« erscholl.

»Nun, ich glaube kaum, daß nur der arme alte Dicey Riley einen Schluck zuviel getrunken hat, was meinst du?« fragte Maggie ihre Schwester, die neben ihr auf dem Treppenabsatz stand und das Trio skeptisch musterte.

»Da hast du wohl recht.« Brianna stemmte die Hände in die Taille und schüttelte den Kopf. »So, wie die drei aussehen, war es allerdings mehr als ein Schluck.«

»Himmel, ist sie nicht wunderschön?« murmelte Gray, als er sie sah.

»Allerdings.« Rogan grinste begeistert zu seiner Frau hinauf. »Atemberaubend. Maggie, mein Schatz, komm und gib mir einen Kuß.«

»Das einzige, was ich dir vielleicht gebe, ist ein kräftiger Schlag auf den Kopf.« Aber sie lachte, als sie ihm entgegenging. »Ihr solltet euch sehen, einfach jämmerlich. Onkel Niall, du bist alt genug, um zu wissen, daß man sich nicht derart betrinken soll.«

»Schließlich heirate ich morgen, Maggie. Wo ist mein Chrissy-Schatz?« Er versuchte, sich umzudrehen, und wie zwei Dominosteine fielen seine beiden Helfer um.

»Sie liegt in ihrem Bett und schläft, wie du es auch längst tun solltest. Komm, Brie, führen wir die müden Krieger vom Feld.«

»Wir haben Billard gespielt.« Gray strahlte Brianna an. »Und rate mal, wer gewonnen hat.«

»Verdammter Ami«, sagte Niall in liebevollem Ton und gab Gray einen feuchten Kuß auf den Mund.

»Wie nett.« Mühsam schlang Maggie einen Arm um ihren Mann. »Nun komm, hier entlang. Und immer schön einen Fuß vor den anderen.« Irgendwie hievten sie die Männer die Treppe hinauf und lieferten zuerst Niall in seinem Zimmer ab.

»Bring du zuerst Rogan ins Bett, Maggie«, sagte Brie zu ihr. »Ich versorge den hier, und dann komme ich zurück und ziehe Onkel Niall die Schuhe aus.«

»Ich schätze, daß die drei morgen ziemlich verkatert sein werden«, stellte Maggie grinsend fest. »Also los, Sweeney, auf, ins Bett. Und behalt deine Hände bei dir.« Da sie ihn augenblicklich als vollkommen harmlos erachtete, brach sie, noch während sie sprach, in fröhliches Kichern aus. »Du weißt ja gar nicht, was du in deinem Zustand mit ihnen tust.«

»Und ob ich das weiß.«

»Oh, du stinkst nach Whiskey und Zigarrenrauch«, sagte Brianna seufzend, während sie Grays Arm über ihre Schulter zog. »Der Mann ist achtzig Jahre alt. Ihr hättet ihn davon abhalten müssen, daß er sich am Abend vor seiner Hochzeit derart betrinkt.«

»Er war derjenige, der uns zum Trinken verleitet hat, jawohl. Wir mußten auf Chrissys Augen trinken, auf ihre Lippen, ihre Ohren und ihr Haar. Ich glaube, wir haben auch auf ihre Zehen getrunken, aber das weiß ich nicht mehr so genau.«

»Was kein Wunder ist. Hier ist deine Tür. Ein kleines Stückchen noch.«

»Du duftest so verführerisch, Brianna.« Mit einer seiner Meinung nach geschmeidigen Bewegung beugte er sich über sie und schnupperte an ihrem Hals. »Komm mit mir ins Bett. Ich könnte dir Dinge zeigen, wunderbare Dinge, wie sie dir von noch keinem Mann gezeigt worden sind, jawohl.«

»Mmmm. Weiter. Genau, richtig so.« Mit einer schwungvollen Bewegung hob sie seine Beine aufs Bett und begann, ihm die Schuhe auszuziehen.

»Leg dich zu mir. Ich bringe dich an Orte, an denen du noch nie gewesen bist. Ich will in dir sein.«

Ihre Hände gerieten ins Stocken, und sie blickte auf, aber seine Augen waren geschlossen, und sein Mund wurde von einem verträumten Lächeln umspielt. »Ruhig jetzt«, murmelte sie. »Schlaf.«

Sie zog eine Decke über ihn, steckte sie fest, strich ihm das Haar aus der Stirn und ließ ihn schnarchend zurück.

Es war zu erwarten gewesen, daß er litt. Der übermäßige Alkoholgenuß hatte seinen Preis, und Gray hatte seine Schulden schon immer bereitwillig bezahlt. Allerdings erschien es ihm ein wenig übertrieben, daß das Entgelt für einen einzigen ausgelassenen Abend in einem kurzen, aber tückischen Besuch in der Hölle bestand.

Am nächsten Morgen hatte er das Gefühl, daß sein Schädel in zwei Hälften gespalten war, doch als er sich endlich überwand und ins Badezimmer krabbelte, stellte er erleichtert fest, daß er zwar bleich, aber ansonsten äußerlich unbeschadet war. Offensichtlich verlief der Riß entlang der Innenseite seines Hirns.

Bis zum Abend wäre er wahrscheinlich tot.

Seine Augen fühlten sich wie kleine, harte Kugeln aus Feuer an, sein Mund schien mit etwas unübertrefflich Widerlichem ausgespült worden zu sein, und sein Magen zuckte wie eine nervöse Faust.

Allmählich hoffte er, er wäre weit vor dem Abend tot.

Da niemand in der Nähe war, erlaubte er sich ein leises Wimmern, als er unter die Dusche trat. Er hätte schwören können, daß der Geruch von Whiskey aus jeder seiner Poren drang.

Mit der Vorsicht eines Greises oder aber eines Invaliden kletterte er wieder aus der Wanne, schlang sich ein Handtuch um die Hüften und tat dann, was er konnte, damit der gräßliche Geschmack aus seinem Mund verschwand.

Als er wieder ins Schlafzimmer trat, stöhnte er auf und schlug sich die Hände vors Gesicht, wobei er hoffte, daß er schnell genug gehandelt hatte, damit keins seiner Augen aus der Höhle sprang. Während er unter der Dusche gelitten hatte, war irgendein Sadist hereingekommen und hatte den Raum durch Aufziehen der Vorhänge in gleißend helles Tageslicht getaucht.

Brianna ihrerseits riß die Augen auf und starrte ihn wie eine Erscheinung an. Außer dem lose um seine Hüften liegenden Handtuch trug er nur noch ein paar Wassertropfen auf der Haut.

Sein Körper war ... das Wort *köstlich* kam ihr in den Sinn. Schlank, geschmeidig, muskulös. Sie verschränkte ihre Hände und schluckte hart.

»Ich habe dir dein Frühstück gebracht«, preßte sie mühsam hervor. »Ich dachte, es geht dir vielleicht nicht allzu gut.«

Vorsichtig spreizte Gray die Finger und spähte durch sie hindurch. »Dann war es also nicht der Zorn Gottes, der mich erblinden lassen wollte.« Seine Stimme war rauh, aber aus Angst, seine Stimmbänder vollkommen zu zerstören, räusperte er sich lieber nicht. »Einen Augenblick lang dachte ich, nun würde ich für meine Sünden bestraft.«

»Ich habe etwas Porridge, Toast und Kaffee mitgebracht.«

»Kaffee.« Er sprach das Wort wie ein Gebet. »Könntest du mir wohl eine Tasse einschenken?«

»Ich könnte. Außerdem habe ich ein paar Aspirin dabei.«

»Aspirin.« Vor Glück hätte er fast geweint. »Bitte.«

»Dann nimm sie, bevor du den Kaffee trinkst.« Sie brachte ihm die Tabletten zusammen mit einem kleinen Wasserglas. »Rogan ist in einem ebenso traurigen Zustand wie du«, sagte sie, während Gray die Tabletten schluckte – und am liebsten hätte sie ihre Hand nach seinen nassen Locken ausgestreckt. »Wohingegen Onkel Niall fit wie ein Turnschuh ist.«

»Typisch.« Gray bewegte sich vorsichtig zu seinem Bett und senkte sich langsam auf die Decke, wobei er betete, daß sein Kopf auf seinem Hals blieb. »Ehe du weitersprichst – gibt es irgendwas, für das ich mich entschuldigen muß?«

»Bei mir?«

»Bei egal wem. Whiskey bin ich nicht gewöhnt, und ich erinnere mich nur sehr undeutlich daran, wie der Abend nach dem Öffnen der zweiten Flasche verlaufen ist.« Er sah sie mit zusammengekniffenen Augen an und stellte fest, daß sie lächelte. »Ist irgend etwas witzig an mir?«

»Nein – das heißt, doch, aber darüber zu lachen ist nicht sehr nett von mir.« Nun strich sie ihm doch mit der Hand über das Haar, wie eine Mutter bei einem Kind, dem von zu vielen Süßigkeiten übel war. »Ich finde es süß von dir, daß du dich bei mir entschuldigen willst.« Ihr Lächeln wurde warm. »Aber nein, es gibt nichts, für das du dich entschuldigen mußt. Du warst einfach betrunken und hast eine Menge dummes Zeug von dir gegeben. Aber du hast damit niemandem weh getan.«

»Das sagst du so einfach.« Er stützte den Kopf auf eine Hand. »Normalerweise trinke ich nicht so viel.« Stöhnend streckte er die andere Hand nach dem Kaffee aus. »In der Tat habe ich, glaube ich, noch nie so viel getrunken und werde es wohl auch nie wieder tun.«

»Wenn du erst mal was im Magen hast, wird es dir schon viel besser gehen. Außerdem sind bis zur Hochzeit noch ein paar Stunden Zeit – wenn du überhaupt dabei sein willst.«

»Auf jeden Fall.« Resigniert nahm Gray die Schüssel mit dem Porridge, der roch, als böte sein Verzehr keine allzu große Gefahr, schob sich vorsichtig einen Löffel in den Mund und wartete, um zu sehen, ob er ihn vertrug. »Gehen wir denn nicht zusammen hin?«

»Ich fahre schon in ein paar Minuten los. Es gibt noch eine Menge zu tun. Du kommst dann mit Rogan und Onkel Niall nach – auf dem kurzen Weg ist nicht anzunehmen, daß ihr wieder irgendwelchen Blödsinn verzapft.«

Stöhnend schob er sich einen zweiten Löffel Porridge in den Mund.

»Brauchst du noch irgend etwas, bevor ich gehe?«

»Die wichtigsten Dinge hast du mir mitgebracht.« Er legte den Kopf auf die Seite und sah sie an. »Habe ich gestern abend versucht, dich dazu zu überreden, mit mir ins Bett zu gehen?«

»Ja.«

»Habe ich's mir doch gedacht.« Der Anflug eines Lächelns umspielte seinen Mund. »Wobei ich einfach nicht verstehe, wie du diesem Angebot widerstanden hast.«

»Unter Aufbietung all meiner Willenskraft. Also, dann gehe ich jetzt.«

»Brianna.« Er bedachte sie mit einem gefährlichen Blick. »Nächstes Mal werde ich bestimmt nicht betrunken sein.«

Christine Rogan Sweeney mochte beinahe Urgroßmutter sein, aber gleichzeitig war sie heute eine, wenn auch nicht unbedingt junge Braut. Egal wie oft sie sich sagte, es wäre närrisch, nervös zu sein, hatte sie das Gefühl, als flatterten tausend Schmetterlinge in ihrem Bauch herum.

Nur noch wenige Minuten, dann würde sie getraut. Mit einem Mann, dem sie und der ihr in Liebe verbunden war. Und wäre nach so vielen Jahren des Witwendaseins wieder eine Ehefrau.

»Du siehst wunderschön aus.« Maggie trat zurück, und Christine drehte sich vor dem Spiegel des Ankleidetischs. Die Aufschläge ihres blaß rosafarbenen Kostüms waren mit schimmernden Perlen verziert, und auf ihrem ebenso schimmernden, weißen Haar saß ein kecker, farblich passender und mit einem winzigen Schleier versehener Hut.

»Ich fühle mich auch wunderschön.« Lachend wandte sie sich um und umarmte erst Maggie und dann Brie. »Und gebe es unumwunden zu. Ich frage mich, ob Niall wohl ebenso nervös ist wie ich.«

»Er schleicht rastlos wie eine Raubkatze in seinem Zimmer herum«, erklärte Maggie ihr. »Und fragt Rogan alle zehn Sekunden, wieviel Uhr es ist.«

»Gut.« Christine atmete tief und beruhigt ein. »Sehr gut. Es ist fast soweit, nicht wahr?«

»Fast.« Brianna küßte sie auf beide Wangen. »Ich gehe dann mal runter, um nachzusehen, ob alles so ist, wie es sein sollte. Ich wünsche dir alles Glück der Welt ... Tante Christine.«

»Ach, meine Liebe.« Hinter Christines Augen stiegen Tränen der Rührung auf. »Wie süß du doch bist.«

»Fang bloß nicht an zu heulen«, warnte Maggie sie. »Dann fangen wir nämlich alle an. Ich gebe dir ein Zeichen, wenn wir fertig sind, Brie.«

Mit einem kurzen Nicken eilte Brianna zur Tür hinaus. Natürlich hatte man einen Partyservice mit der Erstellung des Büfetts beauftragt, und außerdem gab es jede Menge Bedienstete im Haus, aber eine Hochzeit war eine Familienangelegenheit, und sie wollte, daß alles perfekt war, wenn Christine herunterkam.

Der Salon war von den leuchtenden Kleidern und dem Gelächter der Gäste erfüllt. In einer Ecke zupfte eine Harfenspielerin eine sanfte, verträumte Melodie. Die Treppengeländer waren mit Rosengirlanden verziert, und überall im Haus waren duftende Sträuße verteilt.

Sie überlegte, ob sie kurz in der Küche nachsehen sollte, ob dort alles in Ordnung war, als sie ihre Mutter und Lottie entdeckte. Ein strahlendes Lächeln auf den Lippen, wandte sie sich den beiden zu.

»Mutter, wie hübsch du bist.«

»Red keinen Unsinn. Lottie hat mich so lange beschwatzt, bis ich gutes Geld für ein neues Kleid ausgegeben habe«, schimpfte sie, aber gleichzeitig strich sie liebevoll über den weichen Leinenstoff.

»Es ist wunderschön. Genau wie dein Kleid, Lottie.«

Maeves Gesellschafterin brach in herzliches Gelächter aus. »Wir sind in die Stadt gezogen und haben unser Geld hemmungslos verpraßt. Aber schließlich geht man nicht jeden Tag auf ein so elegantes Hochzeitsfest. Und der Erzbischof führt die Trauung durch«, flüsterte sie und zwinkerte vergnügt. »Man stelle sich nur vor.«

Maeve stieß ein verächtliches Schnauben aus. »Ein Priester ist ein Priester, egal, was er trägt. Ich bin der Ansicht, er sollte es sich zweimal überlegen, ob er zwei Menschen traut, die in Sünde ...«

»Mutter«, sagte Brianna in leisem, aber bestimmtem Ton. »Heute nicht. Wenn du doch bitte nur einmal ...«

»Brianna.« In diesem Augenblick kam Gray, nahm ihre Hand und küßte sie. »Du siehst bezaubernd aus.«

»Vielen Dank.« Sie bemühte sich verzweifelt, nicht zu erröten, als seine Hand besitzergreifend ihre Finger umschloß. »Mutter, Lottie, dies ist Grayson Thane. Er ist Gast in Blackthorn. Gray, Maeve Concannon und Lottie Sullivan.«

»Mrs. Sullivan.« Er küßte auch Lottie die Hand, woraufhin diese erheitert kicherte. »Mrs. Concannon. Ich gratuliere Ihnen zu Ihren liebreizenden und talentierten Töchtern.«

Statt etwas zu erwidern, runzelte Maeve lediglich die Stirn.

Sein Haar war so lang wie das eines Mädchens, stellte sie fest. Und sein Lächeln hatte etwas Diabolisches. »Sie scheinen Amerikaner zu sein.«

»Ja, Ma'am. Aber Ihr Land gefällt mir ausnehmend gut. Ebenso wie die Gastfreundschaft, die Ihre Tochter mir gewährt.«

»Zahlende Gäste werden normalerweise nicht zu Familienfeiern eingeladen.«

»Mutter ...«

»Nein, das werden sie nicht«, sagte Gray in freundlichem Ton. »Das ist noch etwas, was mir an Ihrem Land so gefällt. Fremde werden wie Freunde behandelt und Freunde niemals wie Fremde. Darf ich Sie zu Ihren Plätzen geleiten?«

Lottie hakte sich bereits bei ihm ein. »Nun komm schon, Maeve. Wie oft bekommen wir ein derartiges Angebot von einem so gutaussehenden jungen Mann? Sie sind Schriftsteller, nicht wahr?«

»Genau.« Während er mit den beiden Frauen von dannen zog, blickte er mit einem selbstgefälligen Lächeln über die Schulter zu Brianna zurück.

Am liebsten hätte sie ihn geküßt, und noch während ihr ein Seufzer der Erleichterung entfuhr, tauchte Maggie oben an der Treppe auf und winkte ihr.

Die Harfenspielerin zupfte den Hochzeitsmarsch, und Brianna verschwand im hinteren Teil des Raums. Als Niall seinen Platz vor dem Kamin einnahm und erwartungsvoll in Richtung Treppe sah, hielt sie nur noch mühsam die Tränen der Rührung zurück. Sein Haar mochte dünn sein und sein Leib um die Mitte herum dick, aber trotzdem wirkte er jung und ungeduldig und auf sympathische Weise nervös.

Erwartungsvolles Stimmengemurmel wurde laut, als Christine langsam die Treppe herunterkam, die Tür des Salons durchschritt und mit leuchtenden Augen neben ihn trat. Der Erzbischof segnete sie, und die Zeremonie begann.

»Hier.« Wenige Augenblicke später tauchte Gray neben Brianna auf und gab ihr sein Taschentuch. »Ich habe das Gefühl, daß du es brauchen kannst.«

»Es ist so wunderschön«, schniefte sie und tupfte an ihren Augen herum. Die Worte hallten wie Seufzer in ihrer Seele nach. *Zu lieben. Zu ehren.* Wie wunderbar.

Gray hingegen vernahm die Worte *bis daß der Tod uns scheidet* und dachte: lebenslang. Seiner Meinung nach war diese Strafe der Grund, weshalb auf einer Hochzeit fast jeder Tränen vergoß, und so legte er den Arm um ihre Schulter und drückte sie: »Kopf hoch«, murmelte er. »Es ist fast vorbei.«

»Es fängt gerade erst an«, verbesserte sie, gönnte sich das Vergnügen, daß sie ihren Kopf an seiner Schulter liegen ließ, und erst als Niall unter dem donnernden Applaus der Gäste die Lippen seiner Chrissy mit einem innigen Kuß versiegelte, richtete sie sich wieder auf.

8. Kapitel

Reisen mit Privatflugzeugen, Champagner und glamouröse Hochzeiten waren ja gut und schön, dachte Brianna. Aber trotzdem war sie froh, wieder daheim zu sein. Obgleich sie wußte, daß weder dem blauen Himmel noch der milden Luft zu trauen war, hoffte sie, daß der Winter bald vorüber sein möge. Sie stand im Schuppen, pflanzte ihre Setzlinge um und hing Träumen von ihrem feinen, neuen Gewächshaus nach, hängte Wäsche auf und plante das neue Zimmer im Dachgeschoß.

In der Woche seit ihrer Rückkehr aus Dublin hatte sie das Haus fast ganz für sich gehabt. Gray hatte sich in seinem Zimmer verschanzt, um zu arbeiten, und nur hin und wieder unternahm er eine kleine Tour oder kam schnuppernd in die Küche spaziert.

Sie war sich nicht sicher, ob sie darüber, daß er offensichtlich zu beschäftigt war, um zu versuchen, ihr weitere Küsse zu entlocken, erleichtert oder verärgert sein sollte.

Zumindest mußte sie sich eingestehen, daß sie das Alleinsein in dem Wissen, daß er ganz in der Nähe war, als angenehmer empfand. Wenn sie abends am Kamin saß und strickte oder las, wußte sie, daß jederzeit die Möglichkeit bestand, daß er herunterkam.

Aber es war nicht Gray, der eines kühlen Abends ihr Stricken unterbrach, sondern ihre Mutter, die mit Lottie zu einer überraschenden Stippvisite kam.

Das Geräusch des vorfahrenden Wagens überraschte sie nicht sonderlich. Wenn Freunde und Nachbarn Licht bei ihr sahen, kamen sie oft auf einen Sprung vorbei. Sie hatte gerade ihr Strickzeug beiseite gelegt und sich auf den Weg zur Tür gemacht, als sie draußen die zänkische Stimme ihrer Mutter vernahm.

Brianna stieß einen Seufzer aus. Aus ihr unbegreiflichen Gründen machte der ständige Streit den beiden Frauen offensichtlich Spaß.

»Guten Abend.« Sie begrüßte die beiden Frauen mit einem Kuß. »Was für eine nette Überraschung.«

»Ich hoffe, wir stören dich nicht, Brie.« Lottie rollte fröhlich mit den Augen. »Maeve hat es sich in den Kopf gesetzt zu kommen, also sind wir hier.«

»Es freut mich immer, euch zu sehen.«

»Schließlich waren wir ohnehin unterwegs, oder nicht?« schoß Maeve zurück. »Sie war mal wieder zu faul zum Kochen, so daß ich gezwungen war, mich in ein Restaurant zu schleppen, obwohl es mir miserabel geht.«

»Selbst Brie ist die Kocherei bestimmt hin und wieder leid«, sagte Lottie und hängte Maeves Mantel an der Flurgarderobe auf. »Auch wenn alles, was sie zaubert, phantastisch schmeckt. Außerdem ist es hin und wieder nett, wenn man aus dem Haus kommt und andere Leute sieht.«

»Es gibt niemanden, den ich sehen will.«

»Nun, Brianna wolltest du doch sehen, oder vielleicht nicht?« Wieder einmal hatte Lottie einen Punkt gemacht. »Darum sind wir schließlich hier.«

»Ich wollte einen anständigen Tee, nicht diese Brühe, die man in den Restaurants bekommt.«

»Ich kümmere mich schon darum.« Lottie tätschelte Brianna den Arm. »Und du unterhältst dich nett mit deiner Ma. Ich weiß ja, wo alles ist.«

»Und nimm den Hund mit in die Küche, ja?« Maeve bedachte Con mit einem mißbilligenden Blick. »Ich finde es widerlich, wenn man von Kopf bis Fuß abgeschlabbert wird.«

»Du leistest mir doch bestimmt gerne Gesellschaft, alter Junge, nicht wahr?« Fröhlich kraulte Lottie Con den Kopf. »Komm mit Lottie, sei ein braver Junge, los.«

»Ich habe den Kamin angemacht, Mutter. Laß uns ins Wohnzimmer gehen und uns dort hinsetzen.«

»Verschwendung«, murmelte Maeve. »Es ist auch so warm genug.«

Brianna ignorierte das beginnende Pochen hinter ihrer Stirn. »Es ist gemütlicher, wenn ein Feuer brennt. Und, war euer Essen nett?«

Schnaubend nahm Maeve Platz. Sie mochte die Wärme und den Anblick der Flammen, aber sie wollte verdammt sein, ehe sie das ihrer Tochter gegenüber eingestand. »Schleppt mich das Weib einfach in so ein Ding in Ennis und bestellt Pizza für uns zwei. Pizza, man stelle sich das nur einmal vor.«

»Oh, ich weiß, welches Restaurant du meinst. Das Essen dort ist wunderbar. Rogan sagt, daß die Pizza dort wie in Amerika schmeckt.« Brianna hob ihr Strickzeug wieder auf. »Wußtest du schon, daß Murphys Schwester Kate wieder schwanger ist?«

»Das Mädchen wirft seine Jungen wie ein Kaninchen. Wie viele hat sie dann – vier?«

»Drei. Sie hat zwei Jungen und hofft, daß es dieses Mal ein Mädchen wird.« Lächelnd hielt Brianna die weiche, rosafarbene Wolle hoch. »Ich hoffe, die Decke, die ich stricke, bringt ihr Glück.«

»Gott wird ihr geben, was er ihr geben will, egal, in welcher Farbe du strickst.«

Briannas Nadeln klapperten. »Das denke ich auch. Onkel Niall und Tante Christine haben mir eine Karte geschickt. Eine wunderschöne Aufnahme von einem Gebirge direkt am Meer. Sie genießen ihre Kreuzfahrt in vollen Zügen. Im Augenblick schippern sie zwischen den griechischen Inseln herum.«

»Daß jemand in ihrem Alter überhaupt noch eine Hochzeitsreise macht.« Doch im Grunde ihres Herzens hätte Maeve selbst gern fremde Berge und fremde Meere gesehen. »Tja, wenn man genug Geld hat, kann man eben machen, was man will. Aber nicht jeder kann es sich leisten, dem hiesigen Winter zu entfliehen. Wenn ich es könnte, hätte ich vielleicht weniger Probleme, was meine Gesundheit betrifft.«

»Fühlst du dich nicht gut?« Die Frage kam ebenso automatisch wie das kleine Einmaleins, und beschämt blickte Brianna auf. »Das tut mir leid, Mutter.«

»Ich bin es gewohnt. Auch wenn Dr. Hogan immer nur mit der Zunge schnalzt und mir erklärt, ich wäre kerngesund. Aber ich weiß, wie ich mich fühle, oder etwa nicht?«

»Das weißt du bestimmt.« Brianna verlangsamte das Stricktempo, als ihr ein Gedanke kam. »Ich frage mich, ob du dich besser fühlen würdest, wenn du irgendwo in der Sonne wärst.«

»Ha. Und wo, bitte, sollte das sein?«

»Maggie und Rogan haben doch diese Villa in Südfrankreich. Sie sagen, dort sei es wunderschön und herrlich warm. Du weißt doch, Maggie hat dort ein paar Bilder für dich gemalt.«

»Und ob ich es weiß. Sie ist einfach mit ihm in ein fremdes Land gefahren, obwohl sie nicht mit ihm verheiratet war.«

»Aber jetzt ist sie es«, sagte Brianna in ruhigem Ton. »Wie wäre es Mutter, hättest du nicht Lust, ein, zwei Wochen mit Lottie hinzufahren? Ihr könntet euch in die Sonne setzen und euch erholen, und außerdem heißt es, daß Seeluft besonders gut für die Gesundheit ist.«

»Und wie sollen wir da hinkommen, frage ich dich?«

»Ich bin sicher, daß Rogan euch gern sein Flugzeug zur Verfügung stellt.«

Maeve stellte sich den Urlaub bildlich vor. Die Sonne, die Bediensteten, das schöne, große Haus mit Blick aufs Meer.

Vielleicht hätte sie selbst ein solches Haus besessen, wenn ... ja, wenn.

»Um einen solchen Gefallen bitte ich Maggie keinesfalls.«

»Das brauchst du auch nicht. Ich frage sie, wenn du willst.«

»Ich weiß nicht, ob ich gesundheitlich überhaupt zu einer solchen Reise in der Lage bin«, sagte Maeve. »Bereits die Reise nach Dublin hat mich furchtbar angestrengt.«

»Was ein weiterer Grund für einen netten Urlaub ist«, erwiderte Brianna, denn das Spiel war ihr nur allzu bekannt. »Gleich morgen werde ich mit Maggie sprechen und sie darum bitten, daß sie alles Notwendige arrangiert. Keine Sorgen, beim Packen werde ich dir behilflich sein.«

»Du scheinst es ja kaum abwarten zu können, mich endlich los sein.«

»Mutter.« Langsam, aber stetig nahm Briannas Kopfschmerz zu.

»Also gut, ich fahre.« Maeve winkte ab. »Meiner Gesundheit zuliebe, obwohl der Aufenthalt in einem fremden Land meinen Nerven ganz bestimmt nicht gut tun wird.« Plötzlich sah sie ihre Tochter mit zusammengekniffenen Augen an. »Und wo ist der Amerikaner, wenn ich fragen darf?«

»Grayson? Oben. Er arbeitet an seinem Buch.«

»Arbeitet.« Sie stieß ein verächtliches Schnauben aus. »Seit wann nennt man es arbeiten, wenn sich jemand eine Geschichte ausdenkt? In diesem Land denkt sich jeder Mensch Geschichten aus.«

»Ich denke, wenn man sie aufschreibt, ist es etwas anderes. Wenn er herunterkommt, nachdem er an seinem Computer gesessen hat, könnte man manchmal meinen, er hätte Gräben ausgehoben, so müde sieht er aus.«

»In Dublin hat er recht munter auf mich gewirkt – schließlich hat er dich unermüdlich begrapscht.«

»Er hat was?« Brianna ließ eine Masche fallen und starrte ihre Mutter mit großen Augen an.

»Denkst du, ich wäre nicht nur schwach, sondern obendrein noch blind?« Auf Maeves Wangen zeichneten sich hektische rote Flecken ab. »Ich habe mich in Grund und Boden geschämt, als ich mit ansehen mußte, daß du dich nicht im geringsten gegen seine Zudringlichkeit zur Wehr gesetzt hast, und das, obwohl ihr noch nicht mal alleine wart.«

»Wir haben miteinander getanzt«, stieß Brianna zwischen zusammengepreßten Zähnen hervor. »Ich habe ihm ein paar Schritte beigebracht, mehr nicht.«

»Was ich gesehen habe, habe ich gesehen.« Maeve reckte trotzig das Kinn. »Und ich frage dich hier und jetzt, ob du dich ihm bereits ganz hingegeben hast.«

»Ob ich ...« Das rosafarbene Wollknäuel rollte über den Fußboden davon. »Wie kannst du mir eine solche Frage stellen?«

»Ich bin immer noch deine Mutter, und ich frage dich, was ich will. Zweifelsohne spricht bereits das halbe Dorf darüber, daß du deine Nächte hier allein mit diesem Mann verbringst.«

»Niemand spricht darüber. Ich führe eine Pension, und er ist mein Gast.«

»Ein bequemer Weg, um zu sündigen – das habe ich bereits bei der Eröffnung deiner Pension gesagt.« Sie nickte, da sie in Grays Anwesenheit eine Bestätigung ihrer Prophezeiung sah. »Du hast mir noch nicht geantwortet, Brianna.«

»Das sollte ich auch nicht, aber ich werde es trotzdem tun. Ich habe mich ihm nicht hingegeben, weder ihm noch sonst irgendeinem Mann.«

Maeve wartete einen Augenblick, dann nickte sie abermals. »Nun, eine Lügnerin warst du noch nie, also glaube ich dir.«

»Es ist mir egal, ob du mir glaubst oder nicht.« Sie zitterte vor Wut, als sie sich von ihrem Platz erhob. »Denkst du, ich wäre stolz oder glücklich, weil ich noch nie mit einem Mann zusammengewesen, weil ich von noch keinem Mann genug geliebt worden bin? Ich will nicht alleine leben, und ebensowenig will ich immer nur für die Kinder anderer Frauen Sachen stricken, o nein.«

»Sprich nicht in diesem Ton mit mir.«

»Du hast recht, davon wird es auch nicht besser.« Brianna holte tief Luft. »Aber ebensowenig wird es davon besser, daß ich immer ruhig und gelassen bin. Ich gehe und helfe Lottie mit dem Tee.«

»Du bleibst, wo du bist.« Maeve sah ihre Tochter grimmig an. »Du solltest Gott auf Knien danken für das Leben, das du lebst, mein Kind. Du hast ein Dach über dem Kopf und eigenes Geld. Vielleicht gefällt mir nicht, wie du es verdienst, aber immerhin hast du damit einen gewissen Erfolg. Denkst du etwa, ein Mann und Babys wären ein Ersatz dafür? Wenn ja, dann irrst du dich.«

»Maeve, womit setzt du dem armen Mädchen denn nun schon wieder zu?« Lottie kam herein und stellte das Tablett auf den Tisch.

»Halt dich da raus, Lottie.«

»Bitte«, sagte auch Brianna in ruhigem, wenn auch kühlem Ton. »Laß sie zu Ende reden.«

»Das werde ich. Auch ich hatte einmal etwas Eigenes. Und habe es verloren.« Maeves Lippen zitterten, ehe sie sie zusammenkniff. »Habe jede Chance verloren, das, was ich sein wollte, zu sein. Und das nur, weil ich der Sünde der Fleischeslust verfallen bin. Mit einem Baby im Bauch, was konnte ich anderes sein als eines Mannes Frau?«

»Meines Vaters Frau.«

»Genau. Dafür, daß ich ein Kind in Sünde empfangen habe, habe ich mein Leben lang bezahlt.«

»Du hast zwei Kinder empfangen«, stellte Brianna fest.

»Allerdings. Das erste, deine Schwester, kam mit dem Makel der sündigen Empfängnis auf die Welt. Sie war schon als Baby wild und wird es immer sein. Aber du bist das Produkt meiner Ehe und meiner Pflichterfüllung als Ehefrau.«

»Deiner Pflichterfüllung?«

Die Hände auf die Sessellehnen gestützt, beugte sich Maeve vor und sagte voller Bitterkeit. »Meinst du etwa, ich hätte es gewollt, daß er mich je wieder berührt? Meinst du etwa, es hätte mir gefallen, daran erinnert zu werden, weshalb mein Herzenswunsch niemals in Erfüllung gegangen war? Aber die Kirche sagt, daß man in einer Ehe Kinder zeugen soll, und so habe ich meine Pflicht gegenüber der Kirche erfüllt und zugelassen, daß er mich ein zweites Mal mit seinem Samen füllt.«

»Du hast deine Pflicht erfüllt«, wiederholte Brianna, und die Tränen, die sie gern vergossen hätte, gefroren in ihrem Herzen zu Eis. »Ohne Liebe, ohne Leidenschaft. So wurde ich gezeugt?«

»Es bestand keine Notwendigkeit mehr, mit ihm das Bett zu teilen, als ich wußte, daß ich mit dir schwanger war. Ich ertrug ein zweites Mal die Wehen, eine zweite Geburt und dankte Gott, als es vorüber war.«

»Und danach hast du nie wieder mit ihm das Bett geteilt. All die Jahre nicht.«

»Ich wollte keine Kinder mehr. Durch deine Geburt habe ich für meine Sünde Buße getan. Du hast nichts von Maggies Wildheit. Du bist kühl und beherrscht. Und diese Eigenschaften wirst du benutzen, um rein zu bleiben – solange dich kein Mann in Versuchung führt. Rory hätte es fast getan.«

»Ich habe Rory geliebt.« Sie haßte es, daß sie den Tränen so nahe war. Tränen für ihren Vater, dachte sie, und für die Frau, die er geliebt und verloren hatte, weil es sie und Maggie gab.

»Du warst noch ein Kind«, tat Maeve das gebrochene Herz eines jungen Mädchens ab. »Aber jetzt bist du eine Frau, und hübsch genug, um die Blicke der Männer auf dich zu ziehen. Ich möchte, daß du weißt, was passieren kann, wenn du dich von ihnen zu sündigem Treiben überreden läßt. Der Kerl oben wird kommen und gehen, wie es ihm gefällt. Vergiß es, und du endest allein, mit einem Baby unter der Schürze und von Scham erfüllt.«

»Ich habe mich oft gefragt, weshalb es in diesem Haus keine Liebe gab.« Brianna bemühte sich, ihrer Stimme einen ruhigen Klang zu verleihen. »Ich wußte, daß du Dad nicht geliebt hast, daß es dir aus irgendeinem Grund nicht möglich war, und dann, als ich durch Maggie von deiner Gesangskarriere und ihrem Ende erfuhr, dachte ich, ich verstünde dich, und empfand ein gewisses Mitgefühl für deinen Schmerz.«

»Du kannst gar nicht wissen, was für ein Gefühl es ist, alles zu verlieren, was einem jemals wichtig war.«

»Nein, das kann ich nicht. Aber ebensowenig kann ich eine Frau verstehen, die keine Liebe empfindet für die Kinder, die sie unter ihrem Herzen getragen und geboren hat.« Sie hob ihre Hände an ihr Gesicht, das erstaunlicherweise immer noch kühl und trocken wie Marmor war. »Maggie hast du es immer zum Vorwurf gemacht, daß sie auch nur geboren ist. Und ich war ganz offensichtlich nichts weiter als ein Mittel zur Buße für eine zuvor begangene Sünde für dich.«

»Ich habe dich mit großer Sorgfalt aufgezogen«, setzte Maeve an.

»Mit Sorgfalt. Nein, es stimmt, gegen mich hast du niemals die Hand erhoben, wie es Maggie gegenüber vorgekommen ist. Es ist ein Wunder, daß sie mich nicht schon allein deshalb haßt. Ihr gegenüber warst du hitzig, mir gegenüber von kühler Disziplin. Und offenbar hat es gut funktioniert, denn ich nehme an, nur dadurch sind wir zu den Menschen geworden, die wir heute sind.«

Vorsichtig nahm sie wieder Platz und hob das heruntergefallene Wollknäuel auf. »Ich wollte dich lieben. Ich habe mich immer gefragt, warum ich dir gegenüber niemals mehr als Loyalität und Pflichtgefühl empfand, aber jetzt verstehe ich, daß es nicht mir an etwas gemangelt hat, sondern dir.«

»Brianna.« Maeve sprang erschüttert auf. »Wie kannst du so etwas sagen? Ich habe immer nur versucht, dich davor zu bewahren, daß es dir einmal ähnlich wie mir ergeht.«

»Was dir durchaus gelungen ist. Ich bin allein, nicht wahr? Und immer noch Jungfrau, wie es deinem Wunsch entspricht. Wie schon so oft stricke ich eine Decke für das Kind einer anderen Frau, aber als Ausgleich habe ich, wie du ja ebenfalls bemerkt hast, meine Pension. Durch unser Gespräch hat sich nichts verändert, Mutter, außer, daß mein Gewissen erleichtert ist. Ich werde dir auch weiterhin das geben, was ich dir immer gegeben habe, aber ich werde aufhören, mir Vorwürfe zu machen, weil du von mir nicht mehr bekommst.«

Sie blickte auf. »Würdest du bitte den Tee einschenken, Lottie? Ich möchte dir von dem Urlaub erzählen, den du bald mit Mutter machen wirst. Warst du schon mal in Frankreich?«

»Nein.« Lottie schluckte, denn ihr Herz war von Mitleid für die beiden Frauen schwer. Worte des Trostes gab es nicht, und so nahm sie seufzend die Kanne in die Hand. »Nein«, wiederholte sie. »Noch nie. Fahren wir denn dorthin?«

»Allerdings.« Brianna fing wieder zu stricken an. »Und zwar so bald wie möglich, wenn ihr wollt. Ich werde gleich morgen zu Maggie gehen.« Sie erkannte das Mitgefühl in Lotties Blick und setzte ein Lächeln auf. »Am besten seht ihr euch schon mal nach zwei schicken Bikinis um.«

Der tapfere Scherz wurde durch ein Lachen belohnt, und als Lottie ihr ihre Tasse gab, murmelte sie: »Du bist ein gutes Mädchen, jawohl.«

Während des Wochenendes hatte Brianna alle Hände voll mit einer fünfköpfigen Familie aus Helsinki zu tun, und voller Mitleid schob sie Con, der das Ziehen und Zerren des flachsblonden Dreijährigen an Schwanz und Ohren geduldig ertrug, zu Murphy ab.

Die unerwarteten Gäste boten eine willkommene Ablenkung von dem emotionalen Aufruhr, in dem sie sich seit dem Besuch ihrer Mutter befand. Die Familie war von lauter Ausgelassenheit und so hungrig wie ein Haufen Bären nach dem Winterschlaf.

Brianna genoß jeden Augenblick des Zusammenseins, und als der Tag der Abreise kam, küßte sie die Kinder zum Abschied und überreichte ihnen einen großen Kuchen für die Weiterfahrt. Sobald der Wagen verschwunden war, tauchte Gray hinter ihr auf.

»Sind sie weg?«

»Huch.« Sie griff sich ans Herz. »Du hast mich zu Tode erschreckt.« Dann drehte sie sich zu ihm um, wobei sie eine lose Strähne in den strengen Knoten schob. »Ich dachte, du würdest herunterkommen, um dich von den Svensons zu verabschieden. Der kleine Jon hat nach dir gefragt.«

»Mein halber Körper und fast alle meine Papiere sind noch von seinen klebrigen Fingerabdrücken übersät.« Mit einem Grinsen schob Gray seine Daumen in die Taschen seiner Jeans. »Hübscher Junge, aber, Himmel, so was von wild.«

»Dreijährige sind nun mal ziemlich aktiv.«

»Wem sagst du das? Nimm ihn ein einziges Mal Huckepack, und du wirst ihn nicht mehr los.«

Bei der Erinnerung lächelte sie. »Ihr beide habt wirklich süß ausgesehen. Ich schätze, er wird sich für den Rest seines Lebens an den Amerikaner erinnern, auf dessen Schultern er durch einen irischen Pub geritten ist.« Sie legte den Kopf auf die Seite und sah ihn an. »Und als er eben ins Auto stieg, hatte er den kleinen Laster, den du ihm gestern gekauft hast, in der Hand.«

»Den Laster?« Er zuckte mit den Schultern. »Ich habe ihn zufällig gesehen, als ich im Laden stand.«

»Du hast ihn rein zufällig gesehen«, wiederholte sie. »Genau wie die Puppen für die beiden Mädchen, stimmt's?«

»Stimmt. Es ist nun mal so, daß ich von den Kindern anderer Leute immer ganz begeistert bin«, erklärte er. »Aber jetzt« – er schlang seine Hände um ihre Hüften und zog sie an sich – »sind wir endlich wieder allein.«

Eilig trat sie einen Schritt zurück. »Ich muß noch einiges erledigen.«

Er zog fragend eine Braue hoch. »Einiges erledigen, ja?«

»Genau. Und außerdem wartet noch ein riesiger Berg Wäsche auf mich.«

»Hängst du die Sachen nach dem Waschen wieder im Garten auf? Ich liebe es, dir zuzusehen, wenn du sie auf die Leine hängst – vor allem, wenn eine sanfte Brise weht. Dann siehst du nämlich irre sexy aus.«

»Was für eine idiotische Feststellung.«

Statt beleidigt zu sein, sah er sie weiter grinsend an. »Wenn du rot wirst, sehe ich dich noch lieber an.«

»Ich werde nicht rot.« Doch noch während er sprach, spürte sie die Hitze, die in ihre Wangen kroch. »Und außerdem habe ich wirklich keine Zeit mehr. Ich muß los.«

»Wie wär's, wenn ich dir bei deinen Erledigungen behilflich bin?«

Ehe sie etwas erwidern konnte, beugte er sich über sie und strich mit seinen Lippen über ihren Mund. »Ich habe dich vermißt, Brianna.«

»Das kann ja wohl nicht sein. Schließlich war ich die ganze Zeit hier im Haus.«

»Trotzdem habe ich dich vermißt«. Sie senkte den Blick, und ihre schüchterne, unsichere Reaktion verlieh ihm ein eigenartiges Gefühl der Macht. Ich bin ganz schön überzeugt von mir, dachte er amüsiert. »Sag mir nur, wo deine Einkaufsliste ist.«

»Meine Einkaufsliste?«

»Du gehst doch nie ohne Einkaufsliste aus dem Haus.«

Sie sah ihn wieder an, wobei der Blick aus ihren rauchiggrünen Augen wachsam und zugleich ein wenig furchtsam war. Gray spürte, wie eine Woge der Hitze aus seinen Fußballen direkt in seine Lenden schoß. Seine Finger gruben sich krampfhaft in ihre Hüfte, doch dann zwang er sich einen Schritt zurück und atmete keuchend aus.

»Die langsame Tour bringt mich früher oder später um«, murmelte er.

»Wie bitte?«

»Schon gut. Also hol deine Einkaufsliste und was du sonst noch brauchst. Ich fahre dich.«

»Ich habe keine Einkaufsliste. Ich muß nur zu meiner Mutter, um ihr und Lottie beim Packen behilflich zu sein. Es besteht also keine Notwendigkeit, daß du mich fährst.«

»Ich denke aber, eine kleine Spazierfahrt täte mir gut. Wie lange denkst du, daß du dort sein wirst?«

»Zwei Stunden, vielleicht drei.«

»Dann bringe ich dich bei deiner Mutter vorbei und hole dich einfach wieder ab. Ich mache sowieso eine kleine Tour«, fuhr er fort, ehe sie Gelegenheit zu widersprechen fand. »Auf diese Weise sparst du das Benzin.«

»Also gut. Wenn du sicher bist. Ich bin sofort wieder da.«

Während er wartete, trat Gray in den Vorgarten hinaus. In dem Monat seit seiner Ankunft hatte er Stürme, Regenschauer und das strahlende Licht der irischen Sonne erlebt. Er hatte in Dorfpubs gesessen und dem Klatsch und Tratsch der Leute sowie traditioneller Musik gelauscht. Er war Wege entlanggewandert, auf denen sonst nur hin und wieder ein Bauer seine Kühe von einem Feld aufs andere trieb, und war die gewundenen Stufen von Burgruinen hinaufgeklettert, in denen das Echo von Krieg und Tod zu hören war. Er hatte Grabstätten besichtigt und am Rand hoch aufragender Klippen gestanden und auf die wogende See hinausgesehen.

Von allen Orten, die er gesehen hatte, erschien ihm jedoch keiner so schön wie der Garten vor Briannas Tür. Obgleich er sich nicht sicher war, ob es tatsächlich der Ort oder nicht vielleicht eher die Frau war, auf die er jetzt wartete. So oder so, entschied er, seine Zeit hier würde sicher einer seiner befriedigendsten Abschnitte seines Lebens sein.

Er setzte Brianna vor dem ordentlichen kleinen Haus am Rand von Ennis ab, und dann unternahm er eine kurze Wanderung. Über eine Stunde lang kletterte er über die Felsen des Burren und brannte sich die beeindruckenden Bilder in seine Erinnerung. Die bloße Weite begeisterte ihn ebenso wie der Druidenaltar, der vor ihm bereits von zahllosen Touristen bewundert worden war.

Anschließend fuhr er ziellos in der Gegend herum und hielt an, wo es ihm gefiel – an einem Strand, auf dem außer einem kleinen Jungen und einem riesigen Hund niemand zu sehen war, an einem Feld, auf dem Ziegen grasten und der Wind durch die hohen Gräser fuhr, in einem kleinen Dorf, wo ihm beim Kauf eines Schokoriegels eine Frau mit krummen, arthritischen Fingern das Wechselgeld gab, ehe sie ihm ein Lächeln schenkte, das süß wie die Sonne war.

Dann fiel sein Blick auf die Ruine einer alten Abtei mit einem runden Turm, so daß er an den Straßenrand fuhr, um sie sich genauer anzusehen. Die Rundtürme Irlands faszinierten ihn, aber bisher hatte er sie überwiegend an der Ostküste entdeckt. Wo sie wohl als Wachtürme gedient hatten, als Schutz vor der Unzahl von Invasoren, die sich der Insel über die Irische See genähert hatten. Dieser Turm schien noch vollkommen unbeschadet zu sein, auch wenn er sich eigenartig schräg in den Himmel hob. Gray verbrachte einige Zeit damit, um ihn herumzugehen, ihn sich genau anzusehen und zu überlegen, wie er in seinem Buch wohl am besten Verwendung fand.

Außer der Ruine waren auch Gräber zu sehen, einige alt und einige neu. Es hatte ihn schon immer fasziniert, daß den verschiedenen Generationen im Tod ein so friedliches Miteinander gelang, was ihnen zu Lebzeiten kaum jemals möglich war. Er selbst würde auf die Art der Wikinger aus dem Leben ziehen – ginge es nach ihm, so trüge man seinen Leichnam auf einem von Fackeln erleuchteten Schiff aufs Meer hinaus.

Aber obgleich er berufsbedingt ein regelrechter Fachmann für Todesfragen war, verbannte er normalerweise jeden Gedanken an die eigene Sterblichkeit aus seinem Hirn.

Fast alle Gräber, an denen er vorbeikam, waren mit Blumen geschmückt. Viele der Blumen waren von neblig beschlagenen Plastikhauben bedeckt, so daß man die Blüten nur als konturlose Farbkleckse sah, doch statt ihn zu amüsieren, rührte ihn diese Verehrung der Toten auf seltsame Weise an.

Sie hatten einmal zu anderen Menschen gehört, dachte er. Vielleicht wurde so das Wort Familie definiert. Gehörte man einmal zu anderen Menschen, gehörte man immer dazu.

Dieses Problem hatte er nie gehabt. Oder aber dieses Glück.

Er wanderte weiter zwischen den Gräbern herum und überlegte, wann die Ehemänner, Ehefrauen und Kinder wohl kamen, um die Kränze und Blumen niederzulegen. Am Todestag? Am Geburtstag? Am Namenstag? Oder Ostern vielleicht. Das war für die Katholiken ein großes Fest.

Er würde Brianna fragen, dachte er. Dies war etwas, das sich bestimmt in seinem Buch verwenden ließ.

Er hätte nicht sagen können, warum er genau in diesem Augenblick stehenblieb, um sich genau diesen Grabstein anzusehen. Aber er tat es, und während ihm die sanfte Brise durch die Haare fuhr, stand er dort und blickte auf das Grab von Thomas Michael Concannon hinab.

Briannas Vater? überlegte er, und der Gedanke versetzte ihm einen seltsamen Stich. Die Daten schienen richtig zu sein. O'Malley hatte ihm Geschichten von Tom Concannon erzählt, als er im Pub gewesen war. Geschichten, aus denen echte Zuneigung sprach, echtes Gefühl, echter Humor.

Gray wußte, daß er ganz plötzlich gestorben war, auf den Klippen bei Loop Head, mit niemandem außer Maggie, die bei ihm gewesen war. Aber die Blumen auf dem Grab waren Briannas Werk, daran zweifelte er nicht.

Sie hatte sie direkt über ihm gepflanzt, und kaum, daß der Winter vorüber war, hatte sie bereits sämtliches Unkraut ausgezupft und den Weg geebnet für die erste Gruppe tapferer Sprosse, die sich auf der Suche nach der Sonne durch die Erde schob.

Noch nie hatte er am Grab eines Menschen gestanden, der ihm nahe oder auch nur bekannt gewesen war. Obgleich er regelmäßig auf Friedhöfe ging, hatte er noch nie die Ruhestätte eines geliebten Menschen aufgesucht. Nun jedoch spürte er ein Ziehen, das ihn niederkauern und leicht mit der Hand über den sorgsam gepflegten Hügel streichen ließ.

Er wünschte sich, er hätte Blumen mitgebracht.

»Tom Concannon«, murmelte er. »Dein Andenken wird geehrt. Die Menschen sprechen über dich, und wenn dein Name fällt, dann lächeln sie. Ich schätze, das ist der schönste Nachruf, den man sich wünschen kann.«

Seltsam zufrieden saß er neben Tom und beobachtete, wie Licht und Schatten auf der Reihe von Steinen spielten, die von den Lebenden zu Ehren der Toten gepflanzt worden war.

Er gab Brianna drei Stunden Zeit, was offensichtlich mehr als ausreichend war, denn sobald er vorgefahren war, trat sie aus dem Haus. Sein Lächeln schwand, als er sie genauer ansah.

Ihr Gesicht war kreidebleich, was ein sicheres Zeichen von Erregung bei ihr war. Ihr Blick verriet trotz seiner Kühlheit, wie angespannt sie war. Er schaute in Richtung des Hauses und entdeckte, daß jemand hinter dem Vorhang stand. Obgleich er Maeve nur für den Bruchteil einer Sekunde sah, erkannte er, daß sie ebenso bleich und offenbar ebenso unglücklich wie ihre Tochter war.

»Und, alles gepackt?« fragte er in ruhigem Ton.

»Ja.« Sie glitt auf den Beifahrersitz, wobei sie ihre Handtasche so fest umklammert hielt, daß das Weiß ihrer Knöchel deutlich zu erkennen war. »Danke, daß du gekommen bist, um mich abzuholen.«

»Die meisten Menschen empfinden Kofferpacken als Plackerei.« Gray lenkte den Wagen auf die Straße, und zum ersten Mal, seit sie ihn kannte, behielt er beim Fahren ein vernünftiges Tempo bei.

»Das kann es auch sein.« Normalerweise machte diese Arbeit ihr Spaß, da sie sie als Teil der Vorfreude darauf, irgendwohin zu fahren, und am Ende des Urlaubs als Teil der Vorfreude auf Daheim betrachtete. »Aber jetzt ist es geschafft, und morgen früh fahren sie ab.«

Gott, am liebsten hätte sie die Augen zugemacht und hätte geschlafen, um auf diese Weise ihrem stechenden Kopfschmerz und ihren Schuldgefühlen zu entgehen.

»Willst du mir erzählen, weshalb du so aufgeregt bist?«

»Ich bin nicht aufgeregt.«

»Du bist aufgeregt, unglücklich und kreidebleich.«

»Es ist etwas Persönliches. Eine Familienangelegenheit.«

Die Tatsache, daß ihm ihre Weigerung, sich ihm anzuvertrauen, einen Stich versetzte, überraschte ihn. Aber er zuckte lediglich mit den Schultern und schwieg.

»Tut mir leid.« Jetzt machte sie die Augen zu. Weshalb nur konnte man sie nicht auch nur einen Augenblick in Frieden lassen? »Das war nicht nett von mir.«

»Vergiß es.« Weshalb sollte er sich überhaupt ihre Probleme aufhalsen, überlegte er. Doch dann sah er sie an und unterdrückte nur mit Mühe einen Fluch. Sie wirkte erschöpft. »Ich möchte auf dem Rückweg noch einmal anhalten.«

Sie wollte widersprechen, ihn bitten, daß er sie direkt nach Hause brachte, doch dann klappte sie den Mund wieder zu. Schließlich war es sehr freundlich von ihm, daß er sie fuhr, und sicher ertrüge sie noch ein paar Minuten der Untätigkeit, ehe sie all ihre Anspannung in Arbeit entlud.

Er schwieg und hoffte, das von ihm anvisierte Ziel brächte die Farbe in ihre Wangen und die Wärme in ihre Stimme zurück.

Sie öffnete die Augen erst, als er auf die Bremse trat, den Motor abstellte und aus dem Wagen stieg. Dann allerdings starrte sie sprachlos die Burgruine an. »Hier mußtest du anhalten?«

»Hier wollte ich anhalten«, verbesserte er. »Ich habe die Ruine an meinem ersten Tag hier entdeckt. Sie spielt eine wichtige Rolle in meinem Buch. Ich mag die Atmosphäre.«

Er umrundete den Wagen und öffnete die Beifahrertür. »Komm.« Als sie sich nicht bewegte, beugte er sich hinab und löste ihren Gurt. »Komm. Es ist toll. Von oben hat man eine phantastische Sicht.«

»Ich muß noch Wäsche machen«, beschwerte sie sich und hörte selbst, daß ihre Stimme wie die eines schmollenden Teenagers klang. Dann jedoch stieg sie, wenn auch widerwillig, aus.

»Die Wäsche läuft dir nicht weg.« Er nahm ihre Hand, zog sie über das hohe Gras, und statt zu erwidern, die Ruine liefe wohl ebenfalls nicht weg, fragte sie: »Du benutzt diesen Ort in deinem Buch?«

»Für die große Mordszene, jawohl.« Er grinste, als er das Unbehagen und den Argwohn in ihren Augen sah. »Du hast doch wohl keine Angst? Normalerweise probiere ich die Morde nicht selber aus.«

»Red keinen Unsinn.« Aber als sie zwischen die hohen Steinmauern trat, erschauderte sie.

Wild wucherndes Gras bahnte sich zwischen den Steinen auf dem Boden seinen Weg. Sie blickte hinauf, wo einst, vor vielen Jahren ein Stockwerk über dem anderen gewesen war. Die Zeit und verschiedene Kriege jedoch hatten dafür gesorgt, daß nun wieder der Himmel zu sehen war.

Die Wolken schwebten lautlos wie Geister über ihr.

»Was, glaubst du, haben die Menschen hier gemacht?« fragte Gray.

»Gelebt. Gearbeitet. Gekämpft.«

»Das ist zu allgemein. Benutz deine Phantasie. Siehst du nicht die Menschen vor dir, die hier herumlaufen? Es ist Winter und eisigkalt. Eine Eisschicht auf den Wasserfässern, Frost im Boden, der unter den Schritten der Menschen knackt. Die Luft ist vom beißenden Rauch der Feuer erfüllt. Ein Baby schreit, es hat Hunger, und dann wird es still, als die Mutter ihre Brust entblößt.«

Er zog sie mit sich, körperlich, emotional, bis sie beinahe dasselbe sah.

»Soldaten exerzieren, und man hört, wie ein Schwert klirrend gegen das andere schlägt. Ein Mann eilt vorüber, er humpelt von einer alten Wunde, sein Atem formt kalte Wolken vor seinem Mund. Komm, gehen wir die Treppe rauf.«

Er zog sie in Richtung der engen, gewundenen Stufen, wobei er immer wieder auf höhlenartige Öffnungen in den Steinen wies. Sie überlegte, ob dort wohl Menschen geschlafen hatten oder ob dort etwas gelagert worden war. Oder vielleicht vor dem Feind versteckt, auch wenn vor seinen Augen auf Dauer nie etwas verborgen geblieben war.

»Eine alte Frau trägt eine Öllampe vorbei. Sie hat eine gezackte Narbe auf dem Handrücken und einen furchtsamen Blick. Eine andere Frau bringt frisches Stroh für den Boden, aber sie ist jung, und ihr verträumter Blick verrät, daß sie an ihren Geliebten denkt.«

Gemeinsam betraten sie das Zwischengeschoß. »Die Anhänger Cromwells fallen ein. Schreie hallen durch die Nacht, die Luft ist vom beißenden Geruch des Rauchs und vom süßlichen Gestank von Blut erfüllt, man hört das widerliche Krachen von Metall, das auf Knochen schlägt, und das Kreischen eines Mannes, den der Schmerz durchzuckt. Speere werden geschleudert, und ein Körper wird auf den Boden genagelt, wo die Glieder noch zucken, ehe der Tod auch die letzten Nervenstränge erreicht. Krähen kreisen über allem, warten auf das Festmahl, das ihnen bereitet wird.«

Er drehte sich zu ihr um, bemerkte ihren schreckgeweiteten Blick und lachte leise auf. »Tut mir leid, manchmal geht einfach meine Phantasie mit mir durch.«

»Offenbar ist es nicht nur ein Segen, wenn man über eine derart rege Phantasie verfügt.« Wieder erschauderte sie. »Ich glaube, ich möchte gar nicht alles so deutlich vor mir sehen.«

»Der Tod ist etwas Faszinierendes, besonders, wenn er gewaltsam erfolgt. Die Menschen haben schon immer Jagd aufeinander gemacht. Und dies ist ein phänomenaler Ort für einen Mord – von der modernen Art.«

»Für einen Mord deiner Art«, murmelte sie.

»Mmm. Zuerst spielt er mit seinem Opfer«, setzte er an, während er die Stufen zum nächsten Stockwerk zu erklimmen begann. Es stimmte, daß er ganz in seiner Phantasie gefangen war, aber zumindest hatte er auf diese Weise Brianna von ihren Sorgen abgelenkt. »Die Atmosphäre und die rauchigen Geister der Vergangenheit mischen sich wie ein langsam wirkendes Gift in die Angst der jungen Frau. Er beeilt sich nicht – er liebt, er braucht die Jagd. Er riecht die Angst des Opfers, wie ein Wolf. Und genau dieser Geruch geht ihm ins Blut und erregt ihn wie ein sexueller Akt. Und die Frau klammert sich an den dünnen Hoffnungsfaden und rennt davon. Aber sie keucht, und der Wind trägt das Echo ihres Keuchens zu ihm herab. Sie stürzt – die Treppen sind trügerisch in der Dunkelheit, und der Regen hat sie naß und rutschig gemacht. Trotzdem kriecht sie schluchzend und mit schreckgeweiteten Augen weiter hinauf.«

»Gray ...«

»Inzwischen ist sie fast ebenso ein Tier wie er. Das Entsetzen hat ihr die Menschlichkeit geraubt, ebenso wie es durch guten Sex oder durch echten Hunger geschehen kann. Die meisten Menschen meinen, sie hätten irgendwann einmal diese drei Dinge durchgemacht, aber nur in den seltensten Fällen hat ein Mensch auch nur eins dieser Gefühle in seinem ganzen Ausmaß kennengelernt. Aber jetzt erfährt sie, was echtes Entsetzen ist, erkennt die Angst als etwas Lebendiges, das ihr die Hände um den Hals legt, so daß sie langsam zu ersticken scheint. Sie sucht nach einem Schlupfloch, aber nirgends gibt es ein Versteck. Und sie hört, wie er hinter ihr langsam, aber unerbittlich die Treppe erklimmt. Dann erreicht sie den obersten Stock.«

Er zog Brianna aus dem Schatten der Mauer auf das breite, ummauerte Dach, über dem sich gleißender Sonnenschein ergoß.

»Wo sie gefangen ist.«

Plötzlich packte er sie, und als sie vor Entsetzen schrie, zog er sie lachend an seine Brust. »Himmel, du bist ein tolles Publikum.«

»Das ist nicht lustig.« Sie zappelte verzweifelt in seinen Armen herum.

»Es ist wunderbar. Ich habe die Absicht, sie von ihm mit einem antiken Dolch verstümmeln zu lassen, aber ...« Er trug Brianna zum Rand des Dachs. »Vielleicht ist es genausogut, wenn er sie einfach über die Mauer wirft.«

»Hör auf!« Aus reinem Selbsterhaltungstrieb schlang sie die Arme um seinen Hals und klammerte sich an ihm fest.

»Ich frage mich, weshalb ich nicht schon früher auf diese Idee gekommen bin. Dein Herz klopft dir bis zum Hals, und du legst freiwillig die Arme um mich.«

»Von freiwillig kann ja wohl kaum die Rede sein.«

»Aber zumindest habe ich dich auf diese Weise von deinen Problemen abgelenkt, nicht wahr?«

»Ich habe lieber weiterhin meine Probleme, vielen Dank, wenn du mir dafür deine verdrehte Phantasie ersparst.«

»Es gibt Millionen von Menschen, die von meiner Phantasie begeistert sind.« Er zog sie ein wenig enger an seine Brust. »Schließlich ist diese verdrehte Phantasie genau das, worum es in Büchern, im Kino und sonstwo geht. Sie ermöglicht es einem, der Realität für eine Weile zu entfliehen, indem man sich über die Probleme anderer Menschen den Kopf zerbricht.«

»Und was ermöglicht es dir, der du diese verdrehten Geschichten selbst erzählst?«

»Dasselbe. Genau dasselbe, denke ich.« Er stellte sie wieder auf die Füße und drehte sie so, daß sie vom Dach der Ruine auf die weite Landschaft sah. »Es ist, wie wenn man malt.« Sanft zog er sie an seine Brust. »Bereits als ich diesen Platz zum ersten Mal sah, war ich wie gebannt von ihm. Es regnete, und ich hatte das Gefühl, daß jede Farbe vor meinen Augen verschwamm.«

Sie stieß einen Seufzer aus. Auf seine seltsame Art hatte er es tatsächlich geschafft, dafür zu sorgen, daß sie Ruhe und Frieden fand. »Bald ist der Frühling da«, murmelte sie.

»Du riechst immer nach Frühling.« Er beugte seinen Kopf hinab und strich mit seinen Lippen über ihren Hals. »Und du schmeckst auch nach Frühling, wenn ich es so sagen darf.«

»Wenn du so weitermachst, werden meine Knie weich.«

»Dann halt dich besser an mir fest.« Er drehte sie zu sich und umfaßte ihr Gesicht mit einer Hand. »Ich habe dich schon seit Tagen nicht mehr geküßt.«

»Ich weiß.« Sie nahm all ihren Mut zusammen und sah ihn an. »Dabei hätte ich es so gern gewollt.«

»Genau das hatte ich gehofft.« Endlich legte er seine Lippen auf ihren Mund, und wie zur Antwort glitten ihre Hände über seine Brust zu seinem Gesicht hinauf.

Sie öffnete sich ihm willig, und die leisen Worte, die sie sprach, waren für ihn ebenso erregend wie jede körperliche Zärtlichkeit. Während der Wind ein kühles Band um sie beide schlang, zog er sie sanft an seine Brust und küßte sie.

Sämtliche Anspannung, sämtliche Müdigkeit, sämtliche

Enttäuschung legten sich, und Brianna hatte nur noch das Gefühl, daheim zu sein. Und daheim war der Ort, an dem sie glücklich war.

Sie legte den Kopf an seine Schulter, fuhr mit ihren Armen seinen Rücken hinauf und stieß einen wohligen Seufzer aus.

»Es ist schön mit dir«, murmelte er. »Es ist wunderschön mit dir.«

»Und es ist wunderschön mit dir.« Sie hob den Blick und sah ihn an. »Aber Gray, habe Geduld mit mir.«

»Die habe ich. Ich begehre dich, Brianna, und wenn du bereit bist ...« Er trat einen Schritt zurück und glitt mit seinen Händen an ihren Armen hinab, bis er ihre Finger fand. »Wenn du bereit bist, dann bin ich für dich da.«

9. Kapitel

Gray fragte sich, ob ihn sein Appetit wohl deshalb so quälte, weil ein anderer Hunger alles andere als befriedigt war. Er fand es am besten, es von der philosophischen Seite zu sehen – und fürs erste mit einem nächtlichen Gelage mit Briannas Brot-Butter-Pudding zufrieden zu sein. Inzwischen hatte er sich sogar das Teetrinken angewöhnt, und so hatte er bereits den Kessel auf den Herd gestellt und die Kanne vorgewärmt, ehe er einen Berg Pudding in eine Schale zu häufen begann.

Er glaubte nicht, daß er seit seinem dreizehnten Lebensjahr je derart vom Sex besessen gewesen war. Damals war es Sally Anne Howe gewesen, Mitzögling im Simon-Brent-Memorial-Kinderheim. Die gute alte Sally Anne, dachte Gray, mit ihrem üppig erblühten Leib und dem pfiffigen Blick. Sie war drei Jahre älter gewesen als er und nur allzu bereit, ihren Charme jedem zuteil werden zu lassen, der zur Bezahlung mit geschmuggelten Zigaretten oder Schokoriegeln in der Lage war.

Damals hatte er gedacht, daß sie eine Göttin war, die Antwort auf die Gebete eines geilen Teenagers. Nun jedoch blickte er voll Mitleid und Zorn auf die damalige Zeit zurück, denn inzwischen hatte er den Kreislauf des Mißbrauchs und die Schwächen des Systems erkannt, aufgrund derer ein hübsches junges Mädchen seinen einzig wahren Wert zwischen ihren Schenkeln hatte liegen sehen.

Wenn damals abends die Lichter gelöscht worden waren, hatte er zahllose feuchte Träume über Sally Anne gehabt. Und hatte das Glück gehabt, daß ihm der Diebstahl einer ganzen Packung Marlboro von einem der Heimleiter gelungen war. Für zwanzig Zigaretten hatte er sie zwanzigmal flachlegen dürfen, erinnerte er sich. Und dabei hatte er eine Menge gelernt.

Im Lauf der Jahre hatte er durchaus noch etwas dazugelernt, von Mädchen seines eigenen Alters und von Professionellen, die ihr Gewerbe in dunklen Korridoren betrieben, in denen es nach ranzigem Fett und saurem Schweiß roch.

Er war kaum sechzehn gewesen, als er aus dem Waisenhaus fortgelaufen war, mit nichts als den Kleidern am Leib und dreiundzwanzig Dollar in Münzen und zerknitterten Scheinen in der Hand.

Er hatte sich nach Freiheit gesehnt, Freiheit von den strengen Regeln, den Beschränkungen, dem endlosen Kreislauf des Systems, in dem er die meiste Zeit seines jungen Lebens gefangen gewesen war. Und er hatte sie gefunden, sie genutzt und dafür bezahlt.

Er hatte lange Zeit auf der Straße gelebt und gearbeitet, ehe er sich einen Namen und seinem Leben eine Richtung gab. Glücklicherweise hatte er ein Talent geerbt, das ihn davor bewahrt hatte, daß er von anderen Leidenschaften verschlungen worden war.

Mit zwanzig hatte er seinen ersten hochfliegenden und auf traurige Weise autobiographischen Roman verfaßt, von dem allerdings kein Verleger allzu beeindruckt gewesen war. Mit zweiundzwanzig dann hatte er einen sauberen, kleinen, cleveren Krimi geschrieben, von dem ebenfalls keiner der großen Verleger begeistert gewesen war, aber der Hauch von Interesse, mit dem ihm eine Lektoratsassistentin eines der Häuser begegnet war, hatte ausgereicht, damit er sich wochenlang in einem billigen Motelzimmer vergraben und auf einer altersschwachen Schreibmaschine herumgehämmert hatte, bis sich die Tastatur verbog.

Schließlich hatte er den Krimi tatsächlich verkauft. Für einen Apfel und ein Ei. Aber nichts, was er zuvor, und nichts, was er hinterher jemals geschrieben hatte, hatte dieselbe Bedeutung für ihn gehabt.

Nun, zehn Jahre später, konnte er leben, wie es ihm gefiel, und seiner Meinung nach hatte er sein Leben durchaus gut gewählt.

Er füllte das kochende Wasser in die Kanne und schob sich einen Löffel Pudding in den Mund. Als sein Blick auf die Tür zu Briannas Zimmer fiel, durch deren Spalt ein schmaler Lichtstreifen in die Küche drang, lächelte er.

Auch Brianna hatte er gewählt.

Entschlossen stellte er die Kanne und zwei Tassen auf ein Tablett, trat an ihre Tür und klopfte an.

»Herein.«

Züchtig wie eine Nonne in ihrem Flanellnachthemd und Hausschuhen, das Haar in einem losen Zopf über die Schulter gelegt, saß sie über ihren kleinen Schreibtisch gebeugt.

Gray schluckte, da ihm bei ihrem Anblick das Wasser im Mund zusammenlief, und sagte: »Ich habe bei dir noch Licht gesehen. Möchtest du vielleicht einen Tee?«

»Das wäre nett. Ich habe nur noch ein paar Schreibarbeiten hinter mich gebracht.«

Der Hund, der neben ihren Füßen zusammengerollt gewesen war, erhob sich, trottete zu Gray und rieb sich vertrauensselig an seinem Bein. »Genau wie ich.« Er stellte das Tablett ab und fuhr Con liebevoll durch das dichte Fell. »Und immer wieder stelle ich fest, wie hungrig mich das Morden macht.«

»Dann hast du also heute jemanden umgebracht?«

»Auf die brutalste Weise, die man sich vorstellen kann.« Er sprach in so genußvollem Ton, daß sie zu lachen begann.

»Vielleicht ist es gerade das, was dich zu einem insgesamt so gelassenen Menschen macht«, überlegte sie. »All diese Morde, mit denen du deine dunklen Triebe ausleben kannst. Hast du jemals …« Sie unterbrach sich und zuckte mit der Schulter, als er ihr eine Tasse gab.

»Frag nur. Bisher hast du mir selten genug eine Frage bezüglich meiner Arbeit gestellt.«

»Weil ich mir vorstellen kann, daß das sonst jeder tut.«

»Stimmt«. Er machte es sich in einem ihrer Sessel bequem. »Aber es stört mich nicht.«

»Tja, ich frage mich, ob du jemals einen Menschen, den du kennst, als Vorbild für eine deiner Figuren nimmst – und diese dann sterben läßt.«

»Da war mal dieser rotzfreche französische Kellner in Dijon. Ihn habe ich erdrosselt.«

»Oh.« Sie rieb sich den Hals. »Und was war das für ein Gefühl?«

»Für ihn oder für mich?«

»Für dich.«

»Es war mir eine große Befriedigung.« Er schob einen weiteren Löffel Pudding in seinen Mund. »Soll ich jemanden für dich umbringen, Brie? Wenn ja, kein Problem.«

»Im Augenblick nicht, vielen Dank.« Sie bewegte sich, woraufhin ein paar ihrer Papiere auf den Boden flatterten.

»Du brauchst eine Schreibmaschine«, erklärte er, während er ihr beim Aufsammeln behilflich war. »Oder besser noch, einen Computer. Auf diese Weise würdest du eine Menge Zeit sparen, wenn du Geschäftsbriefe schreibst.«

»Nicht, solange ich auf der Tastatur jeden Buchstaben einzeln suchen muß.« Als er einen ihrer Briefe las, zog sie amüsiert eine Braue hoch. »Ich schätze, es ist nicht besonders interessant.«

»Hmm. Oh, tut mir leid, ist eine dumme Angewohnheit von mir. Was ist Triquarter Mining?«

»Irgendein Unternehmen, in das Dad investiert haben muß. Ich habe die Aktie zwischen seinen anderen Sachen auf dem Dachboden entdeckt. Ich habe ihnen vor ein paar Wochen geschrieben«, fügte sie leicht verärgert hinzu, »aber keine Antwort gekriegt. Also versuche ich es noch einmal.«

»Zehntausend Anteile.« Gray spitzte die Lippen und sah sie an. »Nicht gerade eine Kleinigkeit.«

»Ich schätze, doch. Du hast meinen Vater nicht gekannt – er hatte ständig irgendwelche Geldgeschäfte im Kopf, von denen kein einziges lukrativ gewesen ist. Aber trotzdem denke ich, daß die Sache erledigt werden muß.« Sie streckte eine Hand nach der Aktie aus. »Das hier ist nur eine Kopie. Das Original wahrt Rogan für mich auf.«

»Du solltest ihn bitten, daß er die Angelegenheit für dich untersucht.«

»Ich möchte ihn im Augenblick nicht damit belasten, denn schließlich hat er bereits mit der neuen Galerie und mit Maggie alle Hände voll zu tun.«

Er gab ihr das Blatt zurück. »Selbst wenn es pro Anteil nur einen Dollar gäbe, wäre das schon eine hübsche Stange Geld.«

»Es würde mich überraschen, wäre ein Anteil auch nur mehr als einen Penny wert. Viel mehr hat er selbst bestimmt nicht dafür bezahlt. Aber wahrscheinlich gibt es das Unternehmen nicht mehr.«

»Dann hättest du deinen ersten Brief zurückgekriegt.«

Sie lächelte. »Du bist doch inzwischen lange genug hier, um mit der irischen Post vertraut zu sein. Ich denke ...« Als plötzlich der Hund zu knurren begann, blickten sie beide auf. »Con?«

Statt einer Reaktion knurrte der Hund ein zweites Mal und sträubte sogar sein Nackenhaar.

Mit zwei Schritten war Gray am Fenster, doch außer Nebel war draußen nichts zu sehen.

»Verdammte Brühe«, murmelte er. »Am besten gehe ich mal raus und sehe mich im Garten um. Nein«, sagte er, als sie sich ebenfalls erhob. »Draußen ist es dunkel, kalt und feucht, und du bleibst hier.«

»Ich bin sicher, daß da draußen niemand ist.«

»Das finden wir gleich heraus. Auf geht's, Con.« Er schnippte mit den Fingern, und zu Briannas Überraschung reagierte der Hund sofort, indem er sich von seinem Platz erhob.

In einer der Küchenschubladen bewahrte sie eine Taschenlampe auf, mit der sich Gray bewaffnete, ehe er das Haus verließ. Der Hund sah ihm zögernd nach, doch als Gray murmelte: »Na los«, sprang er ebenfalls in den Garten hinaus.

Innerhalb von Sekunden verschwand das Tier in der Dunkelheit.

Der Strahl der Taschenlampe wurde vom Nebel verzerrt, so daß Gray nur langsam vorwärtskam. Er spähte angestrengt in die Finsternis und spitzte die Ohren, doch aus welcher Richtung und welcher Entfernung Cons Bellen kam, war ungewiß.

Unter Briannas Fenster hielt er an und richtete den Strahl der Taschenlampe auf das Blumenbeet. Zwischen den winterharten Pflanzen war ein einzelner Fußabdruck zu sehen.

Ein ziemlich kleiner Abdruck, dachte Gray, als er in die Hocke ging, um ihn sich genauer anzusehen. Beinahe klein genug, um von einem Kinderschuh zu sein. Vielleicht war das die Lösung – irgendwelche Kinder hatten sich einen Spaß gemacht. Aber als er weiterging, drang das Dröhnen eines Motors an sein Ohr. Fluchend beschleunigte er seinen Schritt, und mit einem Mal schoß Con aus dem Nebel auf ihn zu.

»Und, kein Glück gehabt?« Mitfühlend strich Gray dem Hund über den Kopf und starrte ins Dunkel. »Tja, ich fürchte, ich weiß, was das alles zu bedeuten hat. Also los, gehen wir ins Haus zurück.«

Brianna kaute vor Ungeduld an den Fingernägeln, als er wieder in die Küche kam. »Du warst aber lange weg.«

»Ich habe nur eine Runde ums Haus gemacht.« Er legte die Taschenlampe auf den Tisch und fuhr sich durch das feuchte Haar. »Vielleicht hat es etwas mit dem Einbruch zu tun.«

»Weshalb denn das? Offenbar hast du doch niemanden entdeckt.«

»Weil ich zu langsam war. Aber mir fällt noch eine mögliche Erklärung ein.« Er vergrub die Hände in den Taschen seiner Jeans. »Das Ganze könnte etwas mit mir zu tun haben.«

»Mit dir? Wieso?«

»So etwas ist mir schon ein paarmal passiert. Irgendein allzu begeisterter Fan findet meine Adresse heraus. Manchmal kommen die Typen vorbei und tun so, als wären sie alte Freunde von mir – und manchmal folgen sie mir einfach lautlos wie ein Schatten nach. Hin und wieder brechen sie sogar ein, auf der Suche nach irgendwelchen Souvenirs.«

»Aber das ist ja grauenhaft.«

»Es ist ärgerlich, aber ziemlich harmlos. Eine besonders wagemutige Frau hat sogar mal die Tür zu meinem Hotelzimmer im Pariser Ritz aufgebrochen, sich splitternackt ausgezogen und zu mir ins Bett gelegt.« Ein schiefes Grinsen umspielte seinen Mund. »Was ziemlich ... peinlich war.«

»Peinlich«, wiederholte Brianna und klappte mit einiger Mühe den Mund wieder zu. »Was – nein, ich denke lieber nicht darüber nach, was du getan hast.«

»Ich habe den Wachdienst angerufen.« Seine Augen blitzten belustigt auf. »Dem, was ich für meine Leserschaft tue, sind gewisse Grenzen gesetzt. Aber um auf die heutige Geschichte zurückzukommen – es können irgendwelche Kinder gewesen sein, aber falls einer meiner ergebenen Fans dafür verantwortlich ist, dann sehe ich mich vielleicht besser nach einer anderen Bleibe um.«

»O nein.« Briannas Beschützerinstinkt war geweckt. »Niemand hat das Recht, derart in deine Intimsphäre einzudringen, und auf keinen Fall ziehst du deswegen hier aus.« Sie stieß einen Seufzer aus. »Weißt du, ich denke nicht, daß es nur an deinen Geschichten liegt. Oh, sie faszinieren die Leute – es wirkt alles so echt, und immer siegt das Heldentum über die

Gier und das Leid und die Gewalt. Aber ich glaube, es liegt ebensosehr an deinem Bild.«

Ihre Beschreibung seiner Arbeit erfreute ihn derart, daß er geistesabwesend fragte: »An meinem Bild? Weshalb denn das?«

»Dein Gesicht.« Sie sah ihn an. »Dein Gesicht ist einfach wunderschön.«

Er wußte nicht, ob er über ihre Äußerung lachen oder in Deckung gehen sollte.

»Ja, es ...« Sie räusperte sich, da dem Blitzen in seinen Augen nicht zu trauen war. »Und die Kürze deiner Biographie auf dem Umschlag – oder vielmehr das Fehlen einer echten Biographie gibt einem das Gefühl, als kämst du von nirgendwo. Und genau dieses Rätsel um deine Person ist es, was dich so faszinierend macht.«

»Ich komme tatsächlich von nirgendwo. Aber warum sprechen wir nicht weiter von meinem Gesicht?«

»Ich denke, für einen Abend haben wir genug Aufregung gehabt.« Eilig trat sie einen Schritt zurück, doch unerbittlich folgte er, legte ihr seine Hände auf die Schultern und senkte seinen Mund auf ihre Lippen. »Meinst du, daß du schlafen können wirst?«

»Ja.« Ihr stockte der Atem. »Schließlich ist ja Con bei mir.«

»Der Glückliche. Also gut, dann sieh zu, daß du ein bißchen Schlaf bekommst.« Er wartete, bis sie mit dem Hund in ihrem Zimmer verschwunden war, und dann tat er etwas, was Brianna noch nie getan hatte, seit sie in das Haus gezogen war.

Er schloß sämtliche Türen ab.

Der beste Ort, wenn es um das Verbreiten oder Erfahren von Neuigkeiten ging, war natürlich der dörfliche Pub. In den Wochen, seit er nach County Clare gekommen war, hatte Gray eine Zuneigung zu O'Malley's entwickelt, die schon beinahe sentimental zu nennen war. Natürlich hatte er im Verlauf seiner Recherchen auch eine Reihe anderer Pubs in der Umgebung aufgesucht, aber O'Malley's war für ihn zu einer Art Stammkneipe geworden, wie es zuvor bei noch keiner Bar der Fall gewesen war.

Noch ehe er den Raum betrat, vernahm er bereits die Musik. Murphy, dachte er. Welch ein Glück. Als er eintrat, wurde er von einigen mit Namen, von anderen durch fröhliches Winken begrüßt, und O'Malley zapfte ihm bereits ein Guiness, noch ehe er überhaupt auf einem Hocker saß.

»Und, was macht das Geschichtenerzählen?« fragte ihn der Wirt.

»Läuft bestens. Zwei Tote und keine Verdächtigen bisher.«

Kopfschüttelnd schob O'Malley das Glas über den Tresen. »Ich verstehe einfach nicht, wie ein Mann den ganzen Tag mit Mord herumspielen und trotzdem abends noch lächeln kann.«

»Unnatürlich, nicht?« fragte Gray und grinste ihn fröhlich an.

»Ich habe eine Geschichte für Sie.« David Ryan saß am anderen Ende der Theke und zündete sich eine seiner amerikanischen Zigaretten an.

Gray machte es sich inmitten der Musik und des Rauchs bequem. Immer hatte irgend jemand eine Geschichte parat, und es hatte sich herumgesprochen, daß er ein ebenso guter Zuhörer wie Erzähler war.

»Es war einmal ein Hausmädchen, das lebte in der Nähe von Tralee auf dem Land. Sie war schön wie der Sonnenaufgang, jawohl, mit Haaren wie Gold und Augen so blau wie der Himmel an einem Sommertag.«

Die Gespräche der Umsitzenden verstummten, und Murphy dämpfte seine Musik, so daß sie nur noch als angenehme Untermalung der Geschichte zu hören war.

»Zwei Männer machten ihr den Hof«, fuhr David fort. »Einer war ein belesener, schlauer Kerl, während der andere ein einfacher Bauer war. Auf ihre Art liebte sie beide, denn sie war nicht nur eine ausgesprochen hübsche, sondern gleichzeitig eine recht wankelmütige Person. Also genoß sie die Aufmerksamkeit der beiden, ließ sich von beiden umschmeicheln und versprach jedem der beiden, daß sie allein die Seine sei. Mit der Zeit jedoch reifte in dem jungen Bauern neben seiner Liebe zu dem Mädchen schwarze Eifersucht heran.«

Er machte eine effektvolle Pause, wie es guten Geschichtenerzählern zu eigen ist, und betrachtete die rote Glut an der Spitze seiner Zigarette. Dann nahm er einen tiefen Zug und blies den Rauch in großen Ringen wieder aus.

»Also lauerte er eines Nachts am Straßenrand seinem Rivalen auf, und als der belesene junge Mann pfeifend des Weges kam – denn das junge Mädchen hatte ihn freizügig mit Küssen bedacht –, sprang der Bauer hervor, schlug den jungen Liebenden nieder, zerrte ihn im Mondschein über die Felder und warf den armen Kerl, obgleich er noch atmete, in ein tiefes Grab. Als die Dämmerung kam, säte er sein Getreide über ihm, wodurch der Wettstreit um die junge Frau ein endgültiges Ende nahm.«

Wieder machte David eine Pause, zog an seiner Zigarette und griff nach seinem Glas.

»Und?« fragte Gray gespannt. »Hat er das Mädchen geheiratet?«

»Nein, hat er nicht. Noch am selben Tag lief sie mit einem umherziehenden Kesselflicker davon. Aber dafür fuhr der Bauer in jenem Herbst die beste Getreideernte seines Lebens ein.«

Während die Umsitzenden in dröhnendes Gelächter ausbrachen, schüttelte Gray fassungslos den Kopf. Er hatte sich selbst immer als professionellen Lügner gesehen, aber hier traf er auf echte Konkurrenz. Unter dem Lachen der anderen nahm er sein Glas und gesellte sich zu Murphy, der am hinteren Ende des Raumes saß.

»Davey kann einem jeden Tag der Woche eine andere Geschichte erzählen«, sagte Murphy und strich mit sanften Händen über die Knöpfe seines Akkordeons.

»Ich denke, meine Agentin bräuchte ihm nur fünf Minuten zuzuhören, und schon hätte er einen Vertrag. Und, hast du irgendwas rausgekriegt?«

»Nein, das heißt, nichts, was uns weiterhilft. Mrs. Leery meinte, sie hätte vielleicht an dem Tag, an dem ihr die Schwierigkeiten hattet, einen Wagen vorbeifahren sehen. Sie meint, er wäre grün gewesen, aber da sie nicht weiter drauf geachtet hat, kann sie es nicht beschwören.«

»Gestern abend ist schon wieder jemand ums Haus geschlichen. Bei dem Nebel habe ich ihn natürlich nicht erwischt.« Bei der Erinnerung schüttelte Gray erbost den Kopf. »Aber er war so nah, daß er einen Fußabdruck in Briannas Blumenbeet hinterlassen hat. Vielleicht haben uns auch nur irgendwelche Kinder einen Streich gespielt.« Nachdenklich nippte Gray an seinem Bier. »Hat irgend jemand nach mir gefragt?«

»Es vergeht kein Tag, an dem nicht über dich gesprochen wird«, war Murphys trockene Erwiderung.

»Tja, so ist es nun mal, wenn man eine Berühmtheit ist. Nein, ich meine, hat ein Fremder nach mir gefragt?«

»Nicht, daß ich wüßte. Aber am besten fragst du drüben im Postamt nach. Warum?«

»Ich denke, vielleicht war es einfach ein übereifriger Fan. So etwas ist mir schon ein paarmal passiert. Andererseits ...« Er zuckte mit den Schultern. »Mein Hirn funktioniert immer dergestalt, daß es aus jeder Mücke einen Elefanten macht.«

»Es stehen mindestens ein Dutzend Männer bereit, um euch behilflich zu sein, falls irgend jemand dir oder Brie Schwierigkeiten macht.«

In diesem Augenblick öffnete sich die Tür, und, flankiert von Rogan und Maggie, kam Brianna herein. Mit hochgezogenen Brauen wandte sich Murphy an Gray. »Und mindestens ein Dutzend Männer stehen bereit, um dich vor den Altar zu zerren, wenn du das Glitzern in deinen Augen bei ihrem Anblick nicht wenigstens ein bißchen unterdrückst.«

»Welches Glitzern?« Gray griff erneut nach seinem Bier und sah Murphy grinsend an. »Ich gucke doch nur.«

»Und wie du guckst. Ich bin ein wilder Wanderer«, sang Murphy plötzlich los, »und bin fast allzeit bereit. Ich bin ein wilder Wanderer, und trinke alle Zeit. Und wenn ich trinke, frag ich mich, wann ist meine Liebe endlich für mich bereit.«

»Immerhin ist mein Glas noch halb voll«, murmelte Gray und erhob sich, um zu Brianna hinüberzugehen. »Ich dachte, du hättest noch ein paar Näharbeiten zu erledigen.«

»Hatte ich auch.«

»Wir haben sie so lange beschwatzt, bis sie schließlich mitgekommen ist«, erklärte Maggie und setzte sich seufzend auf einen Stuhl.

»Wir haben sie davon überzeugt, daß es hier viel netter ist als alleine zu Hause«, verbesserte Rogan. »Und Brie, trinkst du auch ein Bier?«

»Sehr gern.«

»Einen Tee für Maggie, Tim«, setzte Rogan an und grinste, als seine Frau das Gesicht verzog. »Ein Harp für Brie und ein Guiness für mich. Wie steht's mit dir, Gray, noch ein Bier?«

»Das hier reicht mir.« Gray lehnte sich an die Theke. »Ich erinnere mich noch allzugut an das letzte Mal, als ich mit dir zusammen dem Alkohol verfallen bin.«

»Apropos Onkel Niall«, mischte Maggie sich ein. »Er und seine Braut sehen sich gerade Kreta an. Spiel etwas Nettes für uns, Murphy, ja?«

Folgsam intonierte Murphy »Whiskey in the Jar«, woraufhin Maggie fröhlich mit den Füßen zu wippen begann.

Als Gray den Text des Liedes vernahm, schüttelte er verständnislos den Kopf. »Warum nur singt ihr Iren ständig über den Krieg?«

»Tun wir das?« Maggie lächelte, nippte an ihrem Tee und stimmte begeistert in den Refrain des Liedes ein.

»Manchmal geht es auch um Verrat oder Tod, aber meistens um Krieg.«

»Ach ja?« Über den Rand ihrer Tasse hinweg lächelte sie ihn an. »Wenn es so ist, weiß ich auch nicht, warum. Aber vielleicht liegt es einfach daran, daß wir über Jahrhunderte hinweg gezwungen waren, uns jeden Zentimeter Boden zu erkämpfen. Oder ...«

»Da hast du sie vielleicht auf ein Thema gebracht«, seufzte Rogan. »Im Grunde ihres Herzens ist sie nämlich eine unverbesserliche Rebellin.«

»Jeder Ire, ob Mann oder Frau, ist im Grunde seines Herzens ein Rebell. Murphy hat eine wirklich schöne Stimme, findet ihr nicht? Brie, warum singst du nicht auch ein Lied für uns?«

Brianna trank gut gelaunt von ihrem Bier. »Ich höre lieber zu.«

»Ich würde dich gern einmal singen hören«, murmelte Gray und strich ihr sanft übers Haar, worauf Maggie ihn mit zusammengekniffenen Augen musterte.

»Brie hat eine glockenreine Stimme«, sagte sie. »Wir haben uns immer gefragt, woher sie die wohl hat, bis wir herausfanden, daß unsere Mutter eine ebenso wunderbare Stimme hat.«

»Wie wär's mit ›Danny Boy‹?«

Maggie rollte die Augen himmelwärts. »Das scheint das Lieblingslied sämtlicher Amis zu sein. Dabei hat ein Tommy, ein Ausländer, die Melodie verfaßt. Spiel ›James Connolly‹, Murphy. Und Brie singt dazu.«

Mit einem resignierten Kopfschütteln ging Brianna zu Murphy hinüber und setzte sich neben ihn.

»Die beiden zusammen sind einfach wunderbar«, murmelte Maggie mit einem Seitenblick auf Gray.

»Mmm. Manchmal singt sie bei der Hausarbeit, wenn sie vergißt, daß sie nicht alleine ist.«

»Und wie lange wird sie nicht alleine sein?« fragte Maggie und ignorierte, daß Rogan warnend die Stirn zu runzeln begann.

»Bis ich fertig bin«, sagte Gray spontan.

»Weil du dann weiterziehen wirst?«

»Weil ich dann weiterziehen werde. Ganz genau.«

Obgleich Rogan inzwischen ihren Nacken regelrecht umklammert hielt, setzte Maggie zu irgendeinem markigen Kommentar an, ehe ihr der Blick in Grays Augen regelrecht die Sprache verschlug. Neben dem unleugbaren Verlangen – der ihren Beschützerinstinkt in bezug auf Brianna wachgerufen hatte – lag noch etwas anderes in seinem Blick, etwas, das ihr verriet, daß es um mehr als Hormone ging. Sie würde darüber nachdenken, ob ihr dieser Gedanke gefiel, beschloß Maggie und griff erneut nach ihrer Teetasse.

»Wir werden es ja sehen«, murmelte sie. »Wir werden es ja sehen.«

Aus einem Lied wurden zwei, aus zweien drei, aus dreien vier. Lieder vom Krieg, Lieder von der Liebe, verschmitzt oder traurig, wechselten einander ab, und während Gray ihnen lauschte, malte er sich in Gedanken bereits eine weitere Szene für seinen neuesten Krimi aus.

Der rauchige, von Lärm und Musik erfüllte Pub als Zufluchtsstätte vor dem Grauen, das es draußen gab. Die Stimme der Frau, von der der Mann gegen seinen Willen angezogen war. Hier, dachte er, hier war der Ort, an dem sein Held den Kampf verlöre. Sie säße mit sittsam gefalteten Händen vor dem Kamin, sänge mit lieblicher Stimme mühelos ein Lied, und ihr Blick wäre ebenso sehnsüchtig wie die Melodie.

Und er würde sich in sie verlieben, so sehr, daß er sein Leben für sie gäbe, sollte es erforderlich sein. Auf jeden Fall erführe sein Leben durch sie eine Veränderung. Mit ihr könnte er die Vergangenheit vergessen und einer glücklicheren Zukunft entgegensehen.

»Du siehst blaß aus, Gray.« Maggie zog ihn am Ärmel auf einen Hocker hinab. »Kann es sein, daß du etwas zuviel getrunken hast?«

»Wohl kaum. Immerhin ist dies mein erstes Bier.« Er fuhr sich mit der Hand übers Gesicht, als wäre er soeben aus einem Traum erwacht. »Ich habe lediglich ... gearbeitet«, beendete er den Satz. Natürlich, das war's. Er hatte an die Gestalten in seinem Buch gedacht, weiter an der Lüge des Romans gefeilt. Seine Überlegungen hatten nichts Persönliches gehabt.

»Du hast ausgesehen, als wärst du in Trance.«

»Das ist das Gleiche.« Er atmete vorsichtig aus, ehe er über sich selbst zu lachen begann. »Ich glaube, jetzt trinke ich doch noch ein zweites Bier.«

10. Kapitel

Gray verbrachte eine alles andere als friedliche Nacht, denn die von ihm entwickelte Pubszene ging ihm nicht mehr aus dem Kopf. Doch obgleich er sie wieder und wieder vor sich sah, brachte er sie einfach nicht vernünftig zu Papier.

Bereits der Gedanke an eine Schreibblockade war ihm verhaßt, und normalerweise überwand er sie, indem er einfach weiterarbeitete, bis die drohende Gefahr vorübergezogen war. Wie eine schwarze Wolke, dachte er manchmal, die weiterzog, bis sie über einem anderen unglückseligen Schreibenden hing.

Doch dieses Mal hatte es ihn voll erwischt. Er kam weder innerhalb der Szene voran noch über sie hinaus, und so verbrachte er einen Großteil der Nacht, indem er stirnrunzelnd auf die von ihm geschriebenen Worte sah.

Erschöpft, dachte er. Er war einfach erschöpft. Und darum klang auch die Szene so leblos und schlaff.

Und außerdem war er frustriert, wie er sich verbittert eingestand. Sexuell frustriert von einer Frau, die ihn durch nichts weiter als einen ruhigen Blick auf Abstand hielt.

Und daß er nicht schreiben konnte, geschah ihm nur recht, dafür, daß er mehr von seiner Wirtin als von seinem Mordfall besessen war.

Erbost murmelnd erhob er sich von seinem Schreibtisch, stapfte ans Fenster, und natürlich war Brianna das erste, was er von dort aus sah.

Sie ging unter seinem Fenster entlang, adrett wie eine Nonne in einem züchtigen rosafarbenen Kleid, das seidige

Haar zu einem ordentlichen Knoten zusammengesteckt. Doch weshalb trug sie Pumps? überlegte er und lehnte sich dichter an die Scheibe. Er nahm an, daß das, abgesehen von den schmalen Absätzen, schlichte Schuhwerk ihrer Meinung nach vernünftig war, obgleich es ihren Beinen eine wunderbar unvernünftige, weil verführerische, schlanke Länge verlieh.

Während er sie beobachtete, öffnete sie mit zugleich praktischen und geschmeidigen Bewegungen die Tür ihres Wagens und kletterte hinter das Steuerrad. Zuerst würde sie ihre Handtasche auf den Beifahrersitz legen, dachte er. Und genau. Dann legte sie sorgsam ihren Sicherheitsgurt an und überprüfte, ob die Einstellung der Spiegel richtig war. Ohne daß sie sich dabei kokett im Rückspiegel betrachtete. Sie rückte ihn lediglich zurecht, damit sie beim Fahren problemlos den Verkehr hinter sich sah. Und dann drehte sie den Zündschlüssel herum.

Obgleich sein Fenster geschlossen war, drang das müde Husten des Motors an sein Ohr. Sie versuchte es ein zweites und ein drittes Mal, doch inzwischen hatte sich Gray bereits kopfschüttelnd auf den Weg die Treppe hinunter gemacht.

»Warum zum Teufel läßt du das Ding nicht reparieren?« rief er, während er durch die Haustür in den Garten trat.

»Oh.« Inzwischen war sie wieder ausgestiegen und machte die Motorhaube auf. »Vor ein, zwei Tagen lief er noch wunderbar.«

»Dieser Schrotthaufen kann seit mindestens zehn Jahren nicht mehr wunderbar gelaufen sein.« Er schob sie unsanft beiseite, verärgert, daß sie so frisch und duftig war, während er von sich selbst den Eindruck hatte, daß er einem Haufen alter Wäsche glich. »Hör zu, nimm meinen Wagen, wenn du was im Dorf zu erledigen hast. In der Zwischenzeit sehe ich, was sich mit diesem Ding hier noch machen läßt.«

Ob dieser bösen Worte reckte sie trotzig das Kinn. »Vielen Dank, aber ich will nicht ins Dorf, sondern nach Ennistymon.«

»Ennistymon?« Während er den Ort auf seiner geistigen Landkarte plazierte, hob er den Kopf lange genug unter der Motorhaube hervor, um sie wütend anzusehen. »Warum?«

»Um mir die neue Galerie anzusehen. In ein paar Wochen soll die Eröffnung sein, und Maggie hat mich gefragt, ob ich nicht vorher schon einmal kommen könne.« Sie starrte seinen Rücken an, während er fluchend an diversen Drähten zog. »Ich habe dir etwas zu essen hingestellt, was du nur aufzuwärmen brauchst, denn wahrscheinlich bin ich den ganzen Tag unterwegs.«

»In dieser Karre fährst du nirgendwohin. Der Keilriemen ist kaputt, die Benzinleitung leckt, und ich wette, daß auch der Anlasser hinüber ist.« Er richtete sich wieder auf und bemerkte, daß sie heute Ohrringe trug, schmale goldene Reifen, die ihre Ohrläppchen mit ihrem sanften Schimmer umschmeichelten. Sie verliehen ihrem Aussehen etwas geradezu Festliches, was ihn wider jede Vernunft zornig werden ließ. »In einem solchen Müllhaufen fährst du nicht herum.«

»Nun, worin denn wohl sonst? Danke, daß du dir die Mühe gemacht hast, dir den Wagen anzusehen, Grayson. Aber am besten rufe ich einfach Murphy an und ...«

»Spiel nicht wieder die Eiskönigin vor mir.« Er schloß die Motorhaube mit einer solchen Wucht, daß sie erschrocken zusammenfuhr. Um so besser, dachte er. Das bewies wenigstens, daß noch Blut durch ihre Adern floß. »Und fang nicht schon wieder mit Murphy an. Er könnte auch nicht mehr tun als ich. Setz dich schon mal in meinen Wagen, ich bin in einer Minute wieder da.«

»Und warum, bitte, sollte ich das tun?«

»Damit ich dich in das gottverdammte Ennistymon fahren kann.«

Sie biß die Zähne zusammen, stemmte die Hände in die

Hüften und sah ihn zornig an. »Das ist ein nettes Angebot, aber ...«

»Steig in den Wagen«, fauchte er, während er sich umdrehte, um ins Haus zu gehen. »Ich muß mir nur mit einem nassen Kamm durch die Haare fahren.«

»Wenn du willst, kippe ich dir gerne einen ganzen Eimer Wasser über den Kopf«, murmelte sie, riß die Beifahrertür auf und nahm ihre Handtasche vom Sitz. Lieber ginge sie zu Fuß, als daß sie sich von einem solchen Rüpel fahren ließ. Und wenn sie Murphy anrufen wollte, dann ... riefe sie ihn verdammt noch mal auch an.

Aber zuerst wäre es das beste, sich zu beruhigen, dachte sie.

Sie atmete zweimal tief ein und aus, ehe sie langsam zwischen den Blumen in ihrem Garten hindurchging. Wie immer besänftigte sie der Anblick des zarte Grüns, das langsam zu knospen begann. Es war höchste Zeit, daß sie sich wieder einmal um ihre Beete kümmerte, dachte sie und beugte sich hinab, um ein Unkrautbüschel auszuziehen. Wenn morgen schönes Wetter wäre, finge sie an. Und spätestens Ostern wäre der Garten wieder in seiner alljährlichen Pracht erblüht.

Wäre die Luft von berauschenden Düften und leuchtenden Farben erfüllt. Lächelnd blickte sie auf eine tapfere, kleine Narzisse hinab.

Dann allerdings fiel die Haustür krachend ins Schloß, ihr Lächeln schwand, und sie drehte sich langsam um.

Die Mühe einer Rasur hatte er sich erspart, stellte sie fest. Sein feuchtes Haar wurde von einem dünnen Lederband gehalten, und seine Kleider sahen sauber, wenn auch ein wenig zerknittert aus.

Sie wußte sehr genau, daß der Kerl anständige Garderobe besaß. Schließlich war sie diejenige, die sie wusch und bügelte.

Mit einem kurzen Blick in ihre Richtung zog er die Autoschlüssel aus der Tasche seiner Jeans. »In den Wagen, habe ich gesagt.«

Oh, er hätte wirklich eine kräftige Abreibung verdient. Langsam, mit eisigem Blick und einer scharfen Bemerkung auf der Zunge, kam sie zu ihm. »Und aus welchem Grund bist du heute so wunderbar gelaunt, wenn ich fragen darf?«

Manchmal verstand selbst ein Schriftsteller, daß eine Tat mehr zu sagen vermochte als jedes Wort, und ohne ihnen beiden Zeit zum Nachdenken zu lassen, zog er sie an seine Brust, weidete sich für eine Sekunde an ihrem schockierten Blick und bedeckte ihre Lippen mit seinem Mund.

Es war ein roher, begieriger und gleichzeitig frustrierter Kuß. Ihr Herz machte einen Satz, von dem fast die Brust zersprang. Sie verspürte einen Augenblick der Furcht, einen Moment des Verlangens, und dann stieß er sie wieder fort.

Sein Blick, oh, sein Blick war voller Leidenschaft. Der Blick eines Wolfes, dachte sie, voll überraschender Stärke und voller Gewalt.

»Verstanden?« stieß er hervor, wütend auf sie und auch auf sich selbst, als sie ihm stumm gegenüberstand. Wie ein Kind, dachte er, das ohne jeden ersichtlichen Grund geschlagen worden war.

Ein Gefühl, an das er sich nur allzugut erinnerte.

»Himmel, ich glaube, ich werde allmählich verrückt.« Er fuhr sich mit den Händen durchs Gesicht und kämpfte gegen das Tier in sich. »Es tut mir leid. Steig in den Wagen, Brianna. Ich falle dich schon nicht an.«

Als sie sich nicht rührte, ja, noch nicht einmal mit den Augen blinkte, wallte sein Zorn erneut in ihm auf. »Verdammt noch mal, ich habe gesagt, ich rühre dich nicht an.«

Endlich fand sie ihre Stimme wieder, auch wenn sie nicht so ruhig wie gewöhnlich war. »Warum bist du so böse auf mich?«

»Ich bin nicht böse auf dich.« Er trat einen Schritt zurück.

Beherrsch dich, ermahnte er sich, das hast du bisher noch immer geschafft. »Tut mir leid«, wiederholte er. »Hör auf, mich anzusehen, als hätte ich dir gerade einen Schlag versetzt.«

Aber das hatte er. Wußte er denn nicht, daß Zorn, harsche Worte und böse Gefühle sie mehr verletzten als eine gewaltbereite Hand? »Ich gehe ins Haus.« Langsam baute sie die dünne Wand, hinter der sie normalerweise ihre Gefühle vor sich und der Welt verbarg, wieder auf. »Ich muß Maggie anrufen und ihr sagen, daß ich nicht kommen kann.«

»Brianna.« Er trat einen Schritt auf sie zu, doch dann hob er die Hände in einer Geste, die sowohl Niedergeschlagenheit als auch eine Bitte um Vergebung enthielt. »Wie schlecht soll ich mich denn noch fühlen?«

»Ich weiß nicht, aber ich nehme an, daß es dir, sobald du etwas gegessen hast, wieder besser geht.«

»Jetzt macht sie mir auch noch ein Frühstück.« Er schloß die Augen und atmete beruhigend ein. »Gelassen«, murmelte er und sah sie wieder an. »Hast du nicht erst vor kurzem gesagt, daß ich deiner Meinung nach stets gelassen bin? Damit hast du dich gewaltig geirrt. Schriftsteller sind elende Schweine, Brie. Launisch, gemein, egoistisch und nur um ihr eigenes Wohl bemüht.«

»Du bist nichts davon.« Sie konnte sich nicht erklären, weshalb sie plötzlich das Bedürfnis, ihn zu trösten, empfand. »Launisch, vielleicht, aber sonst nichts.«

»O doch. Es hängt ganz davon ab, wie es mit dem Schreiben klappt. Und im Augenblick klappt es schlecht, und so bin ich eben schlecht gelaunt. Ich habe eine komplette Blockade im Hirn, und meinen Zorn darüber habe ich einfach an dir ausgelassen. Möchtest du, daß ich mich noch einmal dafür entschuldige?«

»Nein.« Ihr Blick wurde wieder weich, und sie streichelte sanft sein unrasiertes Gesicht. »Du siehst müde aus, Gray.«

»Ich habe auch die ganze Nacht kein Auge zugemacht.« Die

Hände in den Hosentaschen stand er da und sah sie an. »Sei vorsichtig mit deinem Mitgefühl, Brianna. Das Buch ist nur ein Grund, weshalb ich heute morgen so übellaunig bin. Der andere Grund bist du.«

Sie zog ihre Hand zurück, als hätte sie sich an einer offenen Flamme verbrannt, woraufhin er seinen Mund zu einem Grinsen verzog.

»Ich begehre dich. Und das tut weh.«

»Ach ja?«

»Allerdings, obwohl du deshalb nicht so zufrieden auszusehen brauchst.«

Sie errötete. »Ich hatte nicht die Absicht ...«

»Das ist ein Teil des Problems. Also los, steig in den Wagen. Bitte«, fügte er hinzu. »Wenn ich hierbleibe, mache ich mich in dem Versuch, mit meinem Buch voranzukommen, nur verrückt.«

Dies war genau die richtige Masche, damit sie in den Wagen glitt und darauf wartete, daß er sich hinter das Lenkrad setzte. »Vielleicht solltest du einfach noch jemanden ermorden, damit es dir besser geht.«

Endlich lachte er. »Mal sehen. Das ist vielleicht gar keine so schlechte Idee.«

Die Worldwide Gallery in der Grafschaft Clare war ein echtes Juwel. Der Neubau war wie ein elegantes Herrenhaus konstruiert, und außen herum hatte man architektonische Gärten angelegt. Sie war anders als die erhabene Kunstkathedrale in Dublin und anders als der opulente Palast in Rom, doch bot sie den passenden, würdevollen Rahmen speziell für die Sammlung und Ausstellung irischer Kunst.

Sie war Rogans Traum gewesen und war nun seine und Maggies Realität.

Und Brianna hatte die Gärten konzipiert. Auch wenn sie sie nicht selbst hatte anlegen können, hatten die Landschaftsgärtner ihre Pläne verwandt, und nun wurden die roten Backsteinwege von Rosenbüschen und großen, halbkreisförmigen Beeten voller Lupinen und Mohnblumen, Nelken und Fingerhut, Akeleien und Dahlien sowie all ihren anderen Lieblingsblumen flankiert.

Die Galerie selbst war wie die Wege aus Backstein gebaut, in einem sanften Rosaton, und für die Rahmen der hohen, schlanken Fenster hatte man ein gedämpftes Grau gewählt. Durch den Eingang des Gebäudes gelangte man in ein ausladendes, mit dunkelblauen und weißen Fliesen ausgelegtes und von einem Kronleuchter aus Waterford-Kristall erleuchtetes Foyer, und über eine breite Mahagonitreppe stieg man in den obersten Stock hinauf.

»Die hat Maggie gemacht«, murmelte Brianna beim Anblick der den Eingang beherrschenden Skulptur.

Gray betrachtete die beiden miteinander verschlungenen Gestalten, das kühle Glas, das die heiße Leidenschaft der Umarmung nur erahnen ließ, die auffallend sinnliche und zugleich eigenartig romantische Form.

»Sie hat es *Unterwerfung* genannt. Rogan hat es, ehe sie verheiratet waren, für sich selbst gekauft.«

»Ich verstehe, warum.« Er schluckte schwer. Das durch und durch sinnliche Werk wirkte wie ein erotischer Schlag auf sein bereits angeknackstes System. »Ein phantastischer Auftakt zu einer Besichtigungstour.«

»Sie hat eine besondere Begabung, nicht wahr?« Sanft und nur mit den Fingerspitzen strich Brianna über das kühle Glas, das von ihrer Schwester aus Feuer und Träumen geschaffen worden war. »Ich nehme an, daß es gerade die besondere Begabung ist, die einen Menschen launisch macht.« Mit einem leichten Lächeln blickte sie über die Schulter auf Gray. Er wirkt so rastlos, dachte sie. So ungeduldig mit allem, vor allem aber mit sich selbst. »Und schwierig, weil er ständig alles von sich verlangt.«

»Und anderen das Leben zur Hölle macht, wenn er nicht alles bekommt.« Er streckte die Hand aus, doch statt des Glases berührte er sie. »Sei mir nicht mehr böse, ja?«

»Was hätte das auch für einen Sinn?« Schulterzuckend drehte sie sich einmal im Kreis, um sich die sauberen, schlichten Linien des Foyers anzusehen. »Weißt du, Rogan wollte, daß die Galerie eine Art Zuhause ist, ein Zuhause für die Kunst. Also trifft man auf ein Besuchszimmer, einen Salon, mehrere Wohnzimmer und selbst ein Speisezimmer, wenn man nach oben kommt.« Brianna nahm seine Hand und zog ihn in Richtung einer geöffneten Flügeltür. »Sämtliche Gemälde, sämtliche Skulpturen, ja selbst die Möbel wurden von irischen Künstlern und Handwerkern gemacht. Und – oh.«

Plötzlich stand sie da wie vom Donner gerührt und starrte mit großen Augen auf das, was sie vor sich sah. Über dem Rücken und den Seiten eines niedrigen Diwans hatte jemand einen weichen Überwurf drapiert, dessen irdene Farbe zu den Rändern hin in einem kühlen Grünton zu verblassen schien. Sie trat vor und strich behutsam über den Stoff.

»Diesen Überwurf habe ich gemacht«, murmelte sie. »Für Maggie, als Geburtstagsgeschenk. Und sie haben ihn hierher gebracht. Hierher, in eine Kunstgalerie.«

»Weshalb auch nicht? Er ist wunderschön?« Neugierig sah er sich das Stück genauer an. »Und das hast du gewebt?«

»Ja. Ich habe nicht viel Zeit zum Weben, aber ...« Sie brach ab, denn sie fürchtete, vor lauter Rührung bräche sie jeden Moment in Tränen aus. »Stell dir das nur einmal vor. In einer Galerie, wo all diese wunderbaren Gemälde und andere Kunstgegenstände zu sehen sind.«

»Brianna.«

»Joseph.«

Gray beobachtete den Mann, der mit schnellen Schritten die Eingangshalle durchquerte und Brianna in seine Arme zog. Ein Künstlertyp, dachte Gray und runzelte die Stirn. Mit

Türkisknopf im Ohr, Pferdeschwanz und einem Anzug, dem man ansah, daß er in Italien geschneidert worden war. Plötzlich fiel es ihm wieder ein. Er hatte den Kerl bereits in Dublin auf der Hochzeit gesehen.

»Du wirst immer hübscher, wenn das überhaupt möglich ist.«

»Und du wirst ein immer größerer Schmeichler, wenn *das* überhaupt möglich ist.« Doch noch während sie das sagte, lachte sie. »Ich wußte gar nicht, daß du hier bist.«

»Ich bin auch nur für einen Tag gekommen, um Rogan bei ein paar Details behilflich zu sein.«

»Und Patricia?«

»Ist in Dublin geblieben. Mit dem Baby und der Kindertagesstätte konnte sie einfach nicht weg.«

»Oh, das Baby, wie geht's dem?«

»Wunderbar. Und obendrein ist es eine Schönheit, sieht ganz wie die Mutter aus.« Dann wandte sich Joseph mit ausgestreckter Hand an Gray. »Sie sind bestimmt Grayson Thane, nicht wahr? Ich bin Joseph Donahue.«

»Oh, tut mir leid, Gray. Joseph ist der Geschäftsführer von Rogans Dubliner Galerie. Ich dachte, ihr beide hättet euch bereits auf der Hochzeit kennengelernt.«

»Zumindest wurden wir einander nicht offiziell vorgestellt.« Doch noch während er den Kopf schüttelte, setzte Gray nun ein Lächeln auf. Er erinnerte sich, daß Joseph verheiratet und Vater einer Tochter war.

»Am besten bringe ich es gleich hinter mich und gestehe Ihnen, daß ich ein großer Fan von Ihnen bin.«

»Das höre ich immer gern.«

»Zufällig habe ich ein Buch von Ihnen dabei. Ich dachte, ich könnte es Brie geben, damit sie es an Sie weitergibt, in der Hoffnung, ich bekäme vielleicht ein Autogramm.«

Gray beschloß, daß Joseph Donahue vielleicht gar nicht so übel war. »Kein Problem.«

»Das ist sehr nett von Ihnen, vielen Dank. Und jetzt gebe ich Maggie Bescheid, daß ihr beide hier unten seid. Sie hat nämlich gesagt, daß sie euch unbedingt persönlich herumführen will.«

»Sie haben hier wunderbare Arbeit geleistet, Joseph. Sie alle.«

»Und jede Stunde dieses Wahns hat sich gelohnt.« Er blickte zufrieden um sich. »Aber jetzt hole ich Maggie. Seht euch, bis sie kommt, einfach ein bißchen um, wenn ihr wollt.« Er setzte sich in Bewegung, aber von der Tür aus rief er ihnen noch grinsend zu: »Oh, und vergeßt nicht, sie nach dem Stück zu fragen, das die Präsidentin kaufen will.«

»Die Präsidentin?« wiederholte Brianna verständnislos.

»Von Irland, mein Schatz. Sie hat heute morgen ein Angebot für *Unbesiegt* gemacht.«

»Stell sich das einer vor«, flüsterte Brianna, als Joseph verschwunden war. »Daß die Präsidentin von Irland Maggie kennt.«

»Ich kann dir sagen, daß ihr Name inzwischen fast überall bekannt ist.«

»Ja, ich weiß, aber es erscheint mir ...« Unfähig, in Worte zu fassen, was sie empfand, lachte sie. »Einfach wundervoll. Dad wäre so stolz gewesen auf sie. Und Maggie selbst, oh, ich bin sicher, daß sie im siebten Himmel schwebt. Du weißt bestimmt, was für ein Gefühl das ist, nicht wahr? Wie es ist, zu wissen, daß jemand deine Bücher liest.«

»Ja, das weiß ich.«

»Es muß herrlich sein, wenn man über ein solches Talent verfügt, wenn man etwas geben kann, das die Menschen berührt.«

»Und wie nennst du das hier?« Gray nahm ein Ende des weichen Überwurfs in die Hand.

»Oh, das könnte jeder – man braucht nur Zeit dafür. Was ich meine, ist echte Kunst, etwas, das beständig ist.« Sie trat vor ein Gemälde, ein kühnes, farbenfrohes Ölbild, auf dem das geschäftige Treiben in einer Dubliner Straße abgebildet war. »Ich habe mir immer gewünscht ... es ist nicht so, daß ich neidisch auf Maggie bin. Obwohl ich es ein wenig war, als sie zum Lernen nach Venedig ging und ich zu Hause blieb. Aber wir haben beide getan, was für uns das richtige war. Und jetzt macht sie etwas so Wichtiges.«

»Genau wie du. Warum tust du das?« fragte er erbost. »Warum denkst du, was du tust und wer du bist wäre weniger bedeutungsvoll? Du kannst mehr als irgendwer sonst, den ich kenne, jawohl.«

Lächelnd wandte sie sich ihm wieder zu. »Dir gefällt es einfach, daß ich recht gut kochen kann.«

»Ja, mir gefällt es, daß du kochen kannst.« Er erwiderte ihr Lächeln nicht. »Und daß du weben kannst, daß du stricken kannst, daß du einen grünen Daumen hast. Mir gefällt die Art, wie du die Luft mit einem sanften Duft erfüllst, wie du die Ecken des Lakens feststeckst, wenn du mein Bett machst, wie du die Wäsche auf die Leine hängst und meine Hemden bügelst, ehe du sie mir wieder gibst. Du tust all diese Dinge, und was viel mehr ist, du scheinst sie mühelos zu tun.«

»Nun, es ist nicht viel dabei ...«

»O doch«, unterbrach er sie, denn wieder wurde er von einem namenlosen Zorn erfaßt. »Weißt du eigentlich, wie viele Menschen nicht in der Lage sind, ein Heim zu schaffen, wie vielen Menschen so etwas unwichtig ist, oder wie viele Menschen keine Ahnung haben, wie man sich anständig ernährt? Sie werfen das, was sie haben, lieber fort, als daß sie sich auch nur ansatzweise um seinen Erhalt bemühen. Ihre Zeit, ihren Besitz, ihre Kinder.«

Er hielt inne, verblüfft über das, was aus ihm herausgebrochen war. Wie lange hatte er bereits diese Gedanken gehegt? fragte er sich. Und was wäre erforderlich, damit er diese Gedanken wieder vergaß?

»Gray.« Brianna hob tröstend eine Hand an seine Wange, doch er trat einen Schritt zurück. Er hatte sich nie als verletzlich angesehen, oder zumindest seit so vielen Jahren nicht, daß er vergessen hatte, was für ein Gefühl es war. Im Augenblick jedoch fühlte er sich zu sehr aus dem Gleichgewicht gebracht, als daß er ihre zärtliche Berührung ertrug.

»Was ich meine, ist, daß das, was du tust, wichtig ist. Das solltest du nicht vergessen. Und jetzt hätte ich Lust, mich ein wenig umzusehen.« Er wandte sich abrupt einer der seitlich vom Foyer abgehenden Türen zu und trat eilig in den angrenzenden Raum.

»Tja.« In diesem Augenblick kam Maggie herein. »Wenn das mal kein interessanter Gefühlsausbruch war.«

»Er braucht eine Familie«, murmelte Brianna.

»Brie, er ist kein Baby, sondern ein erwachsener Mann.«

»Das Bedürfnis nach einer Familie hat nichts mit dem Alter zu tun. Er ist einfach zu allein, Maggie, ohne daß er es überhaupt weiß.«

»Aber du kannst ihn nicht einfach aufnehmen, als wäre er ein streunender Hund.« Mit schräggelegtem Kopf trat Maggie näher an ihre Schwester heran. »Oder vielleicht doch?«

»Ich empfinde etwas für ihn. Dabei hatte ich nicht gedacht, daß ich jemals noch einmal derartige Gefühle für einen Menschen entwickeln kann.« Sie blickte auf ihre ineinander verkrampften Hände hinab und machte sie gewaltsam voneinander los. »Nein, das ist nicht wahr. Es ist nicht dasselbe wie das, was ich für Rory empfunden habe.«

»Zur Hölle mit Rory.«

»Das sagst du jedesmal.« Und genau deshalb lächelte Brianna. »Aber so empfindet man wohl einem Menschen gegenüber, der die eigene Schwester unglücklich gemacht hat.« Sie gab Maggie einen Kuß auf die Wange. »Und jetzt erzähl mir, was für ein Gefühl es ist, wenn die Präsidentin einem ein Kunstwerk abkaufen will?«

»Hauptsache, sie bezahlt.« Dann allerdings warf Maggie den Kopf zurück und brach in vergnügtes Lachen aus. »Nein, es ist, als mache man eine Reise auf den Mond. Ich kann es nicht ändern. Offenbar sind wir Concannons einfach nicht welterfahren genug, um ein solches Ereignis gelassen zu sehen. Oh, ich wünschte, Dad ...«

»Ich weiß.«

»Tja.« Maggie atmete tief ein. »Ich denke, ich sollte dir sagen, daß der Detektiv, der von Rogan angeheuert worden ist, diese Amanda Dougherty bisher noch nicht gefunden hat. Aber er geht verschiedenen Hinweisen nach, was auch immer das heißen mag.«

»Er ist jetzt schon seit so vielen Wochen hinter ihr her, Maggie, meinst du nicht, daß die Suche allmählich zu teuer wird?«

»Jetzt versuch bloß nicht wieder, mich zu überreden, daß ich ihn von deinem Haushaltsgeld bezahlen soll. Schließlich habe ich einen reichen Mann geheiratet.«

»Und alle Welt weiß, daß du es nur auf seinen Reichtum abgesehen hattest.«

»Nein, auf seinen edlen Leib.« Zwinkernd hakte sie sich bei Brianna ein. »Wie ich ja schon festgestellt habe, hat dein Freund Grayson Thane ebenfalls einen Körper, der nicht unbedingt zu verachten ist.«

»Das habe ich bereits selbst bemerkt.«

»Gut, das beweist zumindest, daß du den Blick fürs Wesentliche noch nicht verloren hast. Übrigens, Lottie hat mir eine Karte geschickt.«

»Mir auch. Macht es dir etwas aus, daß sie noch eine dritte Woche bleiben wollen?«

»Ich hätte nichts dagegen, wenn Mutter für den Rest ihres Lebens in der Villa bliebe.« Als sie Briannas betrübte Miene sah, seufzte sie. »Schon gut, schon gut. Ich freue mich, daß es ihr dort unten offenbar gefällt, auch wenn sie es niemals zugeben wird.«

»Sie ist dir dankbar, Maggie. Es liegt ihr nur nicht, so etwas in Worte zu kleiden.«

»Ich brauche es nicht mehr, daß sie so etwas sagt.« Maggie legte eine Hand auf ihren Bauch. »Inzwischen erwarte ich ein eigenes Kind, und das macht einen großen Unterschied. Ich hätte früher niemals geglaubt, daß ich jemals derart starke Gefühle für einen Menschen entwickeln könnte. Und dann ist plötzlich Rogan aufgetaucht, und ich dachte, daß das, was ich für ihn empfinde, der Gipfel der Gefühle sei. Aber jetzt stelle ich fest, daß dem nicht so ist. Also verstehe ich inzwischen vielleicht ein bißchen, daß ein unerwünschtes, ohne Liebe gezeugtes Kind eine Last sein kann, so wie ein erwünschtes, in Liebe erschaffenes Kind eine Bereicherung ist.«

»Mich hat sie auch nicht gewollt.«

»Wie meinst du das?«

»Sie hat es mir gesagt.« Brianna merkte, daß sie es als Erleichterung empfand, die Worte laut auszusprechen. »Pflichtgefühl. Sie hat mich aus Pflichtgefühl bekommen, und zwar noch nicht einmal aus Pflichtgefühl Dad gegenüber, sondern weil es die Kirche so will. Eine kalte Art, auf die Welt zu kommen, meinst du nicht?«

Ein Zornesausbruch wäre Brianna kein Trost, und so unterdrückte Maggie die in ihr aufsteigende Wut. Statt dessen umfaßte sie sanft Briannas Gesicht und sah sie an. »Dadurch verliert sie etwas, Brie. Nicht du. Niemals du. Und was mich betrifft, so wäre ich verloren gewesen, hätte sie ihre Pflicht nicht erfüllt.«

»Er hat uns geliebt. Dad hat uns geliebt.«

»Allerdings. Und das war immer genug. Komm, mach dir darüber keine Gedanken mehr. Ich führe dich nach oben und zeige dir, was in den letzten Wochen von uns bewerkstelligt worden ist.«

Gray, der am anderen Ende des Raumes stand, stieß einen abgrundtiefen Seufzer aus. Die Akustik im Gebäude war für den Austausch von Geheimnissen einfach zu gut. Er meinte, nun verstehe er einen Teil der Traurigkeit in Briannas Blick. Seltsam, daß ihnen beiden die fehlende Mutterliebe gemeinsam war.

Nicht, daß dieser Mangel ihm etwas ausmachen würde, versicherte er sich. Er hatte das verletzte, einsame Kind in den freudlosen Räumen des Simon-Brent-Memorial-Kinderheims zurückgelassen, als er von dort fortgelaufen war.

Aber wer, fragte er sich, mochte Rory sein? Und weshalb hatte Rogan einem Detektiv den Auftrag zur Suche nach einer Frau namens Amanda Dougherty erteilt?

Gray hatte schon immer gefunden, daß der allerbeste Weg, um Antworten zu finden, der zu fragen war.

»Wer ist Rory?«

Gray lenkte den Wagen gemächlich über die schmalen, gewundenen Straßen von Ennistymon nach Hause zurück, doch mit dieser Frage riß er Brianna unsanft aus ihrer ruhigen Träumerei. »Was?«

»Nicht was, sondern wer?« Er fuhr dichter an den Straßenrand, als ein voll beladener VW-Bus auf seiner Straßenseite um die Kurve kam. Wahrscheinlich ein unerfahrener Ami, dachte er mit einer gewissen Selbstgefälligkeit. »Wer ist Rory?« wiederholte er.

»Hat man dir im Pub irgendwelche Klatschgeschichten erzählt?«

Statt daß sie ihm eine Warnung wäre, trieb ihn die Kälte in ihrer Stimme nur zu weiterem Sprechen an. »Sicher, aber dort habe ich den Namen nicht gehört. Du hast ihn vorhin in der Galerie Maggie gegenüber erwähnt.«

»Dann hast du also unser Privatgespräch belauscht.«

»Das wäre doppelt gemoppelt. Schließlich lauscht man ja wohl nur dann, wenn man unerlaubt ein Privatgespräch mithört, sonst nicht.«

Sie richtete sich kerzengerade auf. »Es besteht keine Veranlassung, meine Grammatik zu verbessern, vielen Dank.«

»Ich habe nicht deine Grammatik verbessert, sondern ... ach, egal.« Er unterbrach sich und ließ sie einen Augenblick schmoren, ehe er abermals fragte: »Also, wer ist er?«

»Und was, bitte, geht dich das an?«

»Mit dieser Antwort machst du mich nur noch neugieriger.«

»Ein Junge, den ich kannte. Ich denke, daß du auf dem Holzweg bist.«

»In meinen Führern steht, daß es in Irland keine Holzwege gibt. Ist er derjenige, der dir so weh getan hat?« Er sah sie kurz an, und dann nickte er. »Nun, das wäre geklärt. Was ist passiert?«

»Willst du diese Sache wieder in eins deiner Bücher einbauen?«

»Vielleicht. Aber in erster Linie frage ich aus rein persönlichem Interesse. Hast du ihn geliebt?«

»Ich habe ihn geliebt. Ich wollte ihn heiraten.«

Er merkte, daß er bei dieser Aussage die Stirn runzelte und mit den Fingern auf dem Lenkrad herumtrommelte. »Und warum hast du es nicht getan?«

»Weil er mich kurz vorher hat sitzenlassen. Und, ist deine Neugier befriedigt?«

»Nein. Diese Erklärung zeigt mir lediglich, daß Rory ganz offensichtlich ein Idiot gewesen ist.« Die nächste Frage hätte er ihr am liebsten nicht gestellt. »Liebst du ihn immer noch?«

»Dann wäre ich der Idiot, denn schließlich ist das Ganze inzwischen zehn Jahre her.«

»Aber es tut immer noch weh.«

»Abgelegt zu werden wie ein altes Kleidungsstück tut nun einmal weh«, sagte sie in angespanntem Ton. »Und von allen bemitleidet zu werden tut ebenfalls weh. Die arme Brie, die gute, arme Brie, sitzt zwei Wochen vor ihrer Hochzeit mit einem Hochzeitskleid und einer traurigen, kleinen Aussteuer alleine da, während sich der Bräutigam nach Amerika verdrückt. Reicht dir das?« Sie starrte ihn zornig an. »Willst du auch noch wissen, ob ich geweint habe? Habe ich. Und ob ich darauf gewartet habe, daß er es sich noch einmal anders überlegt? Habe ich ebenfalls.«

»Du darfst mich ruhig schlagen, wenn du dich dann besser fühlst.«

»Wohl kaum.«

»Warum ist er weggegangen?«

Sie seufzte, sowohl aus Verärgerung als auch in der Erinnerung an die traurige Vergangenheit. »Ich weiß es nicht. Er hat mir nie den Grund genannt. Und das war das Schlimmste daran. Er kam und sagte, er wolle mich nicht mehr, er nähme mich nicht zur Frau, und das, was ich getan hätte, verziehe er mir nie. Als ich ihn fragte, was er damit meinte, stieß er mich zu Boden und ging wortlos davon.«

Gray umklammerte das Lenkrad so fest, daß das Weiß seiner Knöchel zu sehen war. »Er tat was?«

»Er stieß mich zu Boden und ging davon«, wiederholte sie in ruhigem Ton. »Und mein Stolz ließ es nicht zu, daß ich ihm nachlief. Kurze Zeit später fuhr er nach Amerika.«

»Dieses Schwein.«

»Das habe ich selbst auch oft gedacht, aber ich weiß einfach nicht, warum er gegangen ist. Also gab ich nach einer Weile mein Hochzeitskleid Murphys Schwester Kate, die es bei der Hochzeit mit ihrem Patrick trug.«

»Er ist die Traurigkeit in deinem Blick nicht wert.«

»Er vielleicht nicht. Aber der verlorene Traum schon. Was machst du da?«

»Ich halte an. Laß uns zu den Klippen gehen.«

»Für einen Spaziergang bin ich nicht passend angezogen«, protestierte sie, obgleich er bereits halb ausgestiegen war. »Ich habe die falschen Schuhe an, Gray. Ich kann hier warten, falls du dich ein bißchen umsehen willst.«

»Ich will mich aber mit dir zusammen umsehen.« Er zog sie aus dem Wagen und nahm sie schwungvoll auf die Arme.

»Was machst du denn? Bist du verrückt geworden?«

»Es ist nicht weit, und denk nur, was für hübsche Bilder von uns diese netten Touristen da drüben mit nach Hause nehmen können. Sprichst du französisch?«

»Nein.« Verblüfft legte sie den Kopf in den Nacken, um ihn anzusehen. »Warum?«

»Ich dachte nur, wenn wir französisch sprechen würden, würden sie denken, daß wir – tja, Franzosen sind. Und dann würden sie ihren Vetter Fred zu Hause in Dallas anrufen und ihm die Geschichte von diesem romantischen französischen Pärchen erzählen, dem sie an der Küste begegnet sind.« Er küßte sie sanft und stellte sie am Rand der Klippe wieder auf die Füße.

Das Wasser hatte heute die Farbe ihrer Augen, entdeckte er. Das kühle, rauchige Grün, das zahllose romantische Träume verriet. Zugleich war die Sicht klar genug, daß man die gedrungenen Höcker der Aran Inseln und die kleine Fähre, die von Innismore in Richtung Festland fuhr, erkennen konnte. Die Luft roch frisch, und der Himmel war von einem unbeständigen Blau, einer Farbe, die bestimmt jeden Augenblick eine Veränderung erfuhr. Die nur wenige Meter von ihnen entfernt stehenden Touristen sprachen mit einem breiten, texanischen Akzent, der ihn lächeln ließ.

»Es ist wunderschön hier. Alles ist wunderschön. In diesem Teil der Welt brauchst du nur den Kopf zu drehen, um wieder etwas neues Atemberaubendes zu sehen.« Langsam drehte er sich zu Brianna um. »Atemberaubend, jawohl.«

»Jetzt versuchst du mir zu schmeicheln, damit ich dir nicht länger böse bin, weil du dich in meine Privatsachen mischst.«

»Tue ich nicht. Außerdem habe ich mich noch längst nicht zu Ende eingemischt, und obendrein mache ich das sehr gern, so daß ich ein Heuchler wäre, wenn ich mich dafür entschuldigen würde, meinst du nicht? Also, wer ist Amanda Dougherty, und warum sucht Rogan diese Frau?«

Nun war sie ehrlich schockiert, und eine Sekunde lang starrte sie ihn sprachlos an. »Du bist wirklich der ungehobeltste Kerl, der mir je begegnet ist.«

»Das ist mir bekannt. Erzähl mir lieber etwas, was ich noch nicht weiß.«

»Ich gehe zurück.« Aber als sie kehrtmachte, hielt er sie am Arm fest.

»Ich trage dich sofort zurück. In den Schuhen brichst du dir nur die Knöchel. Vor allem, wenn du wütend davonstürmst, ohne auf den Weg zu sehen.«

»Ich stürme nicht wütend davon, wie du es so schön nennst. Und außerdem geht dich das Ganze ...« Sie brach ab und atmete seufzend aus. »Warum vergeude ich überhaupt meine Zeit damit, dir zu erklären, daß dich das Ganze nichts angeht?«

»Ich habe keine Ahnung.«

Sie sah ihn mit zusammengekniffenen Augen an. Sein Gesicht wirkte höflich, merkte sie, doch zugleich strahlte es die Sturheit gleich zweier Maulesel aus. »Ich wette, du läßt nicht eher locker, als bis du die ganze Geschichte kennst.«

»Jetzt hast du es begriffen.« Aber statt zu lächeln, strich er ihr sanft eine lose Strähne aus dem Gesicht und sah sie fragend an. »Es ist etwas, das dir Angst macht. Sie ist jemand, der dir Angst macht, nicht wahr?«

»Das verstehst du nicht.«

»Du wärst überrascht, wenn du wüßtest, was ich alles verstehe. Hier, setz dich.« Er führte sie zu einem Felsen, drängte sie, Platz zu nehmen, und setzte sich neben sie. »Erzähl mir eine Geschichte. Auf diese Weise ist es bestimmt einfacher.«

Vielleicht. Und vielleicht würde ihr, wenn sie ihre Ängste einmal ausspräche, tatsächlich ein wenig leichter ums Herz. »Vor vielen Jahren gab es einmal eine Frau, deren Stimme wie die eines Engels klang – so sagte man. Und sie hatte den Ehrgeiz, diese Stimme zu nutzen und eines Tages eine berühmte Sängerin zu sein. Sie war unzufrieden mit ihrem Leben als Tochter eines Gastwirts, und so zog sie durchs Land und bezahlte für alles, was sie benötigte, mit einem Lied. Eines Tages kam sie zurück, denn ihre Mutter war krank, und wenn sie auch keine liebende Tochter war, so hatte sie zumindest ein gewisses Pflichtgefühl. Zu ihrem Vergnügen und zum Vergnügen der Gäste stimmte sie für ein paar Pfund abends im Dorfpub ihre Lieder an. Dort war es, wo sie schließlich einem Mann begegnete.«

Brianna blickte aufs Meer hinaus, während sie sich vorstellte, wie ihr Vater ihre Mutter erblickte und zugleich in den Bann ihrer lieblichen Stimme gezogen worden war.

»Heiße Leidenschaft loderte zwischen ihnen auf. Es mag Liebe gewesen sein, aber es war nicht die dauerhafte Art. Und dennoch wollten oder konnten sie der Versuchung nicht widerstehen, und so merkte sie nach kurzer Zeit, daß sie schwanger war. Die Kirche, ihre Erziehung und ihr eigener Glaube ließen ihr keine andere Wahl, als ihren Traum von der Karriere zu begraben und den Mann zu heiraten, der der Vater ihres Kindes war. Nach ihrer Heirat war sie nie wieder glücklich, und um ihren Mann glücklich zu machen, hatte sie nicht genug Mitgefühl. Bald nach der Geburt des ersten Kindes empfing sie ein zweites Mal. Dieses Mal allerdings nicht aus heißer Leidenschaft heraus, sondern aus kaltem Pflichtgefühl. Und da sie meinte, nun hätte sie ihre Pflicht erfüllt, verweigerte sie fortan ihrem Mann die Freuden des Ehebetts und die Freuden an ihrem Leib.«

Sie stieß einen Seufzer aus, und Gray nahm wortlos ihre Hand.

»Eines Tages, in der Nähe des Flusses Shannon, traf er eine andere Frau, mit der ihn Liebe, tiefe, dauerhafte Liebe verband. Wie groß auch immer die Sünde ihrer Beziehung war, die Liebe war größer. Aber da waren seine Frau und die zwei kleinen Töchter, und sowohl er als auch die Frau, die ihn liebte, wußten, daß es für sie beide keine Zukunft gab. Also verließ sie ihn und ging zurück nach Amerika. Sie schrieb ihm drei Briefe, wunderbare Briefe, voll der Liebe und voll des Verständnisses für ihn. Und im dritten Brief schrieb sie, daß sie sein Kind unter dem Herzen trug. Sie ginge fort, sagte sie, und er sollte sich keine Sorgen machen, denn sie sei glücklich, weil nun ein Teil von ihm in ihr wuchs.«

Als sie den Ruf der Seemöwen vernahm, blickte sie auf und beobachtete, wie der Vogel zum Horizont segelte, ehe sie weitersprach.

»Sie schrieb ihm nie wieder, aber trotzdem vergaß er sie nie. Vielleicht hat ihn die Erinnerung getröstet während all der leeren Jahre, während derer er in seiner aus Pflichtbewußtsein eingegangenen Ehe gefangen war. Ich denke, daß es so war, denn er hatte ihren Namen auf den Lippen, als er starb. Er sagte: ›Amanda‹ und blickte aufs Meer hinaus. Und eine Ewigkeit, nachdem diese Briefe geschrieben worden waren, fand eine seiner Töchter sie, auf dem Dachboden verstaut, zusammengehalten von einem verblichenen roten Band.«

Sie richtete ihren Blick auf Gray. »Es gibt nichts, was sie tun könnte, um die Uhr zurückzudrehen, um auch nur eins dieser Leben besser zu machen, als es war. Aber hat eine derart geliebte Frau es nicht verdient zu erfahren, daß sie nie vergessen worden ist? Und hat das Kind dieser Frau – und dieses Mannes – nicht das Recht zu erfahren, wer seine Verwandten sind?«

»Vielleicht schmerzt es nur noch mehr, wenn ihr sie ausfindig macht.« Er blickte auf ihre verschränkten Hände hinab. »Die Vergangenheit weist oft viele gemeine Falltüren auf. Zwischen dir und Amandas Kind gibt es nur ein dünnes Band, Brianna. Und täglich werden stärkere Bande gelöst.«

»Mein Vater hat sie geliebt«, war ihre schlichte Erwiderung.

»Das Kind, das sie geboren hat, ist mit uns verwandt. Und schließlich versuchen wir ja nur, sie zu finden, mehr nicht.«

»So, wie ich dich kenne, glaube ich kaum, daß es dabei bleiben wird«, murmelte er und sah sie forschend an. Ihr Gesicht verriet Stärke, vermischt mit abgrundtiefer Traurigkeit. »Laß mich dir helfen.«

»Wie?«

»Ich kenne eine Menge Leute. Und wenn man jemanden finden will, braucht man vernünftige Recherchen, jede Menge Telefonnummern und Beziehungen.«

»Rogan hat einen New Yorker Detektiv beauftragt.«

»Das ist ein guter Anfang. Aber wenn er nicht bald mit irgendwas aufwarten kann, läßt du es mich versuchen, ja?« Er zog warnend eine Braue hoch. »Und sag ja nicht, das ist nett von mir.«

»Also gut, ich sage es nicht, obwohl es das ist.« Sie hob ihrer beider Hände an ihr Gesicht. »Ich war wütend auf dich, weil du mich gedrängt hast, es dir zu erzählen. Aber es hat geholfen.« Sie legte den Kopf auf die Seite und sah ihn an. »Und du wußtest, daß es das tun würde, stimmt's?«

»Ich bin nun mal von Geburt an ein neugieriger Kerl.«

»Das bist du. Aber trotzdem wußtest du, daß es mir helfen würde, mich jemandem anzuvertrauen.«

»Weil das normalerweise immer so ist.« Er stand auf und zog sie neben sich. »Es ist Zeit, nach Hause zu fahren. Ich habe das Gefühl, daß ich jetzt wieder arbeiten kann.«

11. Kapitel

Die Geschichte hatte Gray derart im Griff, daß er tagelang wie gefesselt an seinem Schreibtisch saß. Nur aus Neugier drehte er hin und wieder den Schlüssel im Schloß seiner Zimmertür herum, wenn Gäste eintrafen oder der Augenblick ihrer Abreise gekommen war.

Er hatte die Pension wochenlang ganz oder zumindest beinahe ganz für sich allein gehabt und gedacht, der Lärm und das Geplapper anderer würden ihm vielleicht lästig sein. Statt dessen empfand er die Besucherschar als ebenso gemütlich wie Blackthorn selbst, als ebenso farbenfroh wie die Blumen, deren erste Blüten man nun in Briannas Garten sah, als ebenso leuchtend wie die ersten kostbaren Tage der Frühlingssaison.

Wenn er nicht aus seinem Zimmer kam, fand er stets ein Tablett vor seiner Tür. Und wenn er sein Zimmer einmal verließ, gab es in der Küche stets eine Mahlzeit und im Wohnzimmer neue Gesellschaft für ihn. Die meisten Leute blieben nur eine Nacht, was ihm durchaus zustatten kam. Gray hatte schon immer eine Vorliebe für kurze, unkomplizierte Kontakte gehabt.

Aber eines Nachmittags kam er mit knurrendem Magen herunter und spürte Brianna im Vorgarten auf.

»Ist das Haus etwa leer?«

Sie blickte unter dem Rand ihres Strohhuts hervor. »Für ein, zwei Tage, ja. Möchtest du etwas essen?«

»Das kann warten, bis du fertig bist. Was machst du da?«

»Ich pflanze ein paar Stiefmütterchen. Sie wirken immer

so herrlich selbstzufrieden und arrogant.« Sie lehnte sich auf ihre Hacken zurück. »Hast du den Kuckuck gehört, Grayson?«

»Hast du eine neue Uhr?«

»Nein.« Sie lachte und klopfte sanft die Erde über den Wurzeln der Pflänzchen fest. »Ich habe den Kuckuck gehört, als ich heute morgen mit Con spazierengegangen bin, was heißt, daß es schönes Wetter geben wird. Außerdem haben sich zwei Elstern unterhalten, was bedeutet, daß auf das schöne Wetter Reichtum folgen wird.« Sie wandte sich wieder ihrer Arbeit zu. »Also findet ja vielleicht ein neuer Gast den Weg hierher.«

»Daß du abergläubisch bist, Brianna ... Du bist doch immer wieder für eine Überraschung gut.«

»Ich wüßte nicht, was daran überraschend ist. Ah, da klingelt bereits das Telefon. Ich bin sicher, daß jemand eine Reservierung vornehmen will.«

»Ich gehe schon dran.« Da er stand, während sie in der Hocke war, gelangte er schneller als sie zum Telefon. »Blackthorn Cottage. Arlene? Ja, ich bin's. Wie geht's, mein Schatz?«

Mit einem leichten Stirnrunzeln stand Brianna im Wohnzimmer und wischte sich die Hände an einem alten Lappen ab, den sie aus dem Hosenbund zog.

»Wie überall, wo ein Bett und etwas zu essen zu finden sind«, sagte er als Antwort auf ihre Frage, ob es ihm in Irland gefiel. Als er sah, daß Brianna den Rückzug antrat, winkte er sie fröhlich heran. »Wie stehen die Dinge in New York?« Er beobachtete, wie Brianna zögerte, ehe sie den Raum betrat. Er nahm ihre Hand und strich sanft über ihre Knöchel. »Nein, ich habe es nicht vergessen. Allerdings habe ich noch nicht weiter drüber nachgedacht. Aber wenn es mich überkommt, mache ich es, mein Herz.«

Als Brianna erneut die Stirn runzelte und versuchte, ihm ihre Hand zu entziehen, verstärkte er grinsend seinen Griff.

»Freut mich zu hören. Und, wie sehen die Bedingungen

aus?« Er machte eine Pause, lauschte und lächelte Brianna an. »Das ist sehr großzügig, Arlene, aber du weißt, wie es mir mit langfristigen Verträgen geht. Ich will lieber Einzelverträge wie bisher.«

Während er zuhörte, stieß er leise Laute der Zustimmung aus, summte interessiert und liebkoste sich einen Weg zu Briannas Handgelenk hinauf. Es tat seinem Ego keinen Abbruch, als er spürte, wie ihr Puls ins Stolpern kam.

»Klingt für meine Ohren mehr als gut. Sicher, treibt die Briten ruhig noch ein bißchen höher, wenn du meinst, daß du das schaffst. Nein, ich habe die Londoner *Times* nicht gesehen. Tatsächlich? Tja, genau im richtigen Moment, nicht wahr? Nein, ich bin kein Klugscheißer. Das ist toll. Ich – was? Ein Fax? Hierher?« Er lachte, beugte sich vor und gab Brianna einen flüchtigen, freundschaftlichen Kuß auf den Mund. »Alles Gute, Arlene. Nein, schick ihn mir einfach per Post. Mein Ego kann ruhig ein bißchen warten. Dir auch, mein Schatz. Ich melde mich.«

Er verabschiedete sich und legte den Hörer auf, wobei er Briannas Hand immer noch umklammert hielt.

Als sie sprach, unterbot die Kälte in ihrer Stimme die Raumtemperatur um mindestens zehn Grad. »Meinst du nicht, daß es ein bißchen unhöflich ist, mit einer Frau am Telefon zu flirten, während man gleichzeitig eine andere küßt?«

Seine bereits fröhliche Miene hellte sich noch weiter auf. »Eifersüchtig, mein Schatz?«

»Bestimmt nicht.«

»Nur ein bißchen.« Er umfaßte ihre andere Hand, ehe sie flüchten konnte, und hob sie an seinen Mund. »Was immerhin ein kleiner Fortschritt ist. Am liebsten würde ich dir nicht erzählen, daß das eben meine Agentin war. Meine verheiratete Agentin, die, obgleich sie sowohl mir als auch meinem Bankkonto lieb und teuer ist, gut zwanzig Jahre älter als ich und stolze Großmutter dreier Enkelkinder ist.«

»Oh.« Das Gefühl, sich lächerlich gemacht zu haben, war ihr beinahe ebenso unangenehm wie ihre vorherige Eifersucht. »Ich nehme an, daß du jetzt etwas essen willst.«

»Zum ersten Mal ist essen so ziemlich das letzte, was ich will.« Was er wollte, war ihm deutlich anzusehen, und wie zur Bestätigung seines lüsternen Blicks zog er sie eng an seine Brust. »Du siehst wirklich niedlich aus mit dem Hut.«

Sie wandte ihren Kopf gerade noch rechtzeitig ab, so daß sein Kuß daneben ging. Statt ihren Mund trafen seine Lippen ihre Wange. »Und, hatte sie gute Nachrichten für dich?«

»Sehr gute sogar. Meinem Verleger gefallen die Probekapitel, die ich ihm vor ein paar Wochen geschickt habe, und er hat mir ein ziemlich gutes Angebot gemacht.«

»Das ist schön.« So wie er an ihrem Ohr nagte, kam er ihr durchaus hungrig vor. »Obwohl ich dachte, daß du deine Bücher verkaufst, bevor du sie schreibst, daß du feste Verträge hast.«

»Ich mache keine Vorverträge, weil ich dann das Gefühl habe, gebunden zu sein.« Und dieses Gefühl war ihm so unangenehm, daß er deshalb ein wahrhaft spektakuläres Angebot über drei Romane ausgeschlagen hatte. »Ich verkaufe die Bücher einzeln, und mit Arlene als Agentin komme ich mit dieser Verkaufsstrategie hervorragend zurecht.«

In ihrem Magen breitete sich eine wohlige Wärme aus, als sein Mund genüßlich von ihrem Ohrläppchen zu ihrem Hals hinunterglitt. »Fünf Millionen, hast du mir erzählt. Eine solche Summe übersteigt meine Vorstellungskraft.«

»Dieses Mal sind es keine fünf.« Er ließ den Mund ihre Kinnlinie hinaufwandern. »Arlene hat sie auf sechseinhalb hochgehandelt.«

Ihr Kopf fuhr hoch. »Millionen? Amerikanische Dollar?«

»Klingt wie Spielgeld, nicht wahr?« Er lachte leise auf. »Aber mit dem Angebot der Briten ist sie nicht zufrieden – und da mein letztes Buch in der *Times* auf Platz eins der Bestsellerliste steht, quetscht sie bestimmt noch ein bißchen mehr aus ihnen heraus.« Geistesabwesend umfaßte er ihre Hüfte und bedeckte erst ihre Braue und dann ihre Schläfe mit einem Kuß. »Nächsten Monat ist in New York die Premiere von *Wendepunkt.*«

»Die Premiere?«

»Mmm. Des Kinofilms. Arlene dachte, vielleicht wäre ich gern dabei.«

»Bei der Premiere deines eigenen Films. Da mußt du unbedingt hin.«

»Es gibt kein Muß. Und außerdem ist die Premiere bereits ein alter Hut für mich. *Wendepunkt* habe ich bereits ad acta gelegt, jetzt ist *Schatten der Erinnerung* dran.«

Seine Lippen strichen über ihren Mundwinkel, und für einen Augenblick setzte ihre Atmung aus. *»Schatten der Erinnerung?«*

»Das Buch, an dem ich augenblicklich arbeite. Das ist das einzige, was im Moment für mich von Bedeutung ist.« Plötzlich schweifte sein Blick in die Ferne. »Er muß das Buch finden. Mist, wie konnte ich das nur vergessen. Anders geht es nicht.« Er warf den Kopf in den Nacken und fuhr sich mit einer Hand durchs Haar. »Wenn er es erst einmal gefunden hat, hat er keine Wahl mehr, stimmt's? Das ist es, was die ganze Sache zu seiner persönlichen Angelegenheit werden läßt.«

Sämtliche Nervenenden in ihrem Körper vibrierten von der Berührung seiner Lippen. »Wovon redest du? Was für ein Buch?«

»Deliahs Tagebuch. Das ist es, wodurch die Vergangenheit mit der Gegenwart verbunden ist. Wenn er es erst einmal gelesen hat, kann er sich der Sache nicht mehr entziehen. Er muß ...« Gray schüttelte den Kopf wie ein Mann, der aus einer tiefen Trance erwacht. »Ich muß sofort an die Arbeit.«

Er war schon halb die Treppe hinauf, und immer noch klopfte Brianna das Herz bis zum Hals. »Grayson?«

»Was?«

Er war bereits in seine eigene Welt zurückgekehrt, merkte sie, und wußte nicht, ob sie deswegen belustigt oder verärgert war. »Möchtest du etwas zu essen?«

»Stelle mir einfach ein Tablett vor die Tür, wenn du Zeit dafür hast. Danke.«

Und schon war er fort.

Nun ja. Brianna stemmte die Hände in die Hüften und lachte über sich selbst. Um ein Haar hätte dieser Kerl sie verführt, und offenbar hatte er es nicht einmal bemerkt. Zog sich einfach zu Deliah und ihrem Tagebuch, zu Mord und Totschlag in sein Zimmer zurück und ließ sie angespannt wie eine überdrehte Uhr hier stehen.

Was sicher besser war, sagte sie sich. All diese Handküsse und all das Nagen an ihrem Ohrläppchen hatten sie schwach gemacht. Und es war verrückt, wegen eines Mannes schwach zu werden, der ihr Haus und ihr Land ebenso gedankenlos verlassen würde, wie er eben aus ihrem Wohnzimmer gegangen war.

Aber, dachte sie, während sie in die Küche ging, er hatte die Frage in ihr geweckt, wie es wäre, Mittelpunkt all seiner Aufmerksamkeit, all seiner Talente zu sein. Wenn auch nur für eine kurze Zeit. Wenn auch nur für eine Nacht.

Dann würde sie wissen, wie es sich anfühlte, wenn man einem Mann Vergnügen bereitete. Und man selbst das gleiche Vergnügen empfand. Hinterher mochte die Einsamkeit doppelt bitter sein, aber der Augenblick wäre sicher honigsüß.

Wäre. Es gab zu viele Unwägbarkeiten, warnte sie sich, machte Gray eine Platte mit kaltem Lammfleisch und Käsekroketten zurecht, trug sie hinauf und stellte sie wortlos in seinem Zimmer ab.

Er sprach ebenfalls kein Wort, aber auf seine Geistesabwesenheit hatte sie sich bereits vorher gefaßt gemacht. Er schien sie nie zu bemerken, wenn er mit zusammengekniffenen Augen über seiner kleinen Maschine kauerte und seine Finger über die Tasten flogen, als hinge sein Leben davon ab. Doch zumindest knurrte er, als sie ihm eine Tasse Tee einschenkte und neben seinen Ellbogen schob.

Als sie merkte, daß sie lächelte und das Bedürfnis verspürte, ihm mit der Hand über das herrliche goldene Haar zu streichen, beschloß sie, daß es an der Zeit war, zu Murphy hinüberzugehen und ihn zu bitten, sich ihren Wagen anzusehen.

Die Bewegung half, daß auch das letzte begehrliche Zittern ihrer Nerven schwand. Der Frühling war für sie die schönste Jahreszeit, denn die Vögel sangen so lieblich, die Blumen blühten so leuchtend und die Hügel schimmerten in einem so satten Grün, daß einem der Anblick Tränen des Glücks in die Augen trieb.

Die Sonne schien golden vom Himmel herab, und die Luft war so klar, daß das Tuckern von Murphys Traktor über zwei Felder hinweg an ihre Ohren drang. Glückselig schwenkte sie den Korb, den sie trug, und sang eine fröhliche Melodie. Als sie über eine niedrige Steinmauer kletterte, lächelte sie über das Fohlen mit den spindeldürren Beinen, das gierig von seiner grasenden Mutter trank. Sie sah den beiden eine Weile zu, und ehe sie weiterging, strich sie sowohl der Mutter als auch dem Baby sanft über das Fell.

Vielleicht sollte sie von Murphy aus noch zu Maggie gehen, überlegte sie. Es waren nur noch wenige Wochen bis zum Geburtstermin, und irgend jemand müßte sich um Maggies Garten kümmern und den Frühjahrsputz für sie erledigen.

Lachend ging sie in die Hocke, als sie Con über die Felder auf sich zurasen sah.

»Und, hast du Murphy geholfen oder einfach Kaninchen gejagt? Nein, das ist nicht für dich«, sagte sie, als der Hund am Korb zu schnüffeln begann. »Aber zu Hause habe ich dir einen feinen Knochen hingelegt.« Als sie Murphy rufen hörte, richtete sie sich wieder auf und winkte ihm.

Er stellte den Motor seines Traktors ab und sprang vom Sitz, als sie über die frisch gepflügte Erde zu ihm ging.

»Schöner Tag für die Feldarbeit.«

»Wunderschön«, stimmte er ihr zu und beäugte gierig den Korb. »Was hast du denn da, Brie?«

»Etwas, um dich zu bestechen.«

»Du solltest wissen, daß ich nicht bestechlich bin.«

»Einen Biskuitkuchen.«

Er schloß die Augen und stieß einen übertriebenen Seufzer aus. »Also gut, ich bin genau der richtige Mann für dich.«

»Der bist du«, stimmte sie ihm zu, wobei sie allerdings den Korb immer noch außerhalb seiner Reichweite hielt. »Es geht mal wieder um mein Auto, Murphy.«

Jetzt wurde sein Blick schmerzerfüllt. »Brianna, mein Schatz, ich fürchte, daß es Zeit für die Totenwache ist. Höchste Zeit.«

»Könntest du ihn dir nicht wenigstens noch einmal ansehen?«

Er blickte erst sie an und dann den Korb. »Den ganzen Kuchen?«

»Jede Krume.«

»Abgemacht.« Er nahm den Korb und stellte ihn auf den Traktorsitz. »Aber ich warne dich, spätestens im Sommer brauchst du wirklich einen neuen Wagen.«

»Was sein muß, muß sein. Aber ich habe mein Herz an das Gewächshaus gehängt, so daß das Auto eben noch ein bißchen warten muß. Hattest zu Zeit, um dir meine Pläne dafür anzusehen, Murphy?«

»Hatte ich, und ich denke, daß es machbar ist.« Er nutzte die Arbeitspause und zündete sich eine Zigarette an. »Ich habe nur ein paar kleine Veränderungen vorgenommen.«

»Du bist ein Schatz.« Grinsend küßte sie ihn auf die Wange.

»Das hat bisher noch jede Frau zu mir gesagt.« Er zupfte an einer losen Strähne ihres Haars herum. »Aber was würde dein Ami denken, wenn er vorbeikäme und sähe, wie du mich auf meinem eigenen Feld becirct?«

»Er ist nicht mein Ami.« Als Murphy statt einer Antwort lediglich eine schwarze Braue hochzog, senkte sie den Blick. »Du magst ihn, stimmt's?«

»Es ist schwer, ihn nicht zu mögen. Macht er dir Angst, Brianna?«

»Vielleicht ein bißchen.« Seufzend gab sie auf. Bisher hatte sie Murphy immer alles anvertraut. »Nein, sehr sogar. Ich mag ihn, ich mag ihn wirklich, und ich weiß einfach nicht, wie ich damit umgehen soll. Es ist völlig anders, als es mit Rory war.«

Bei der Erwähnung dieses Namens starrte Murphy auf seine Zigarettenspitze und runzelte erbost die Stirn. »Rory ist es nicht wert, daß du auch nur ein einziges Mal an ihn denkst.«

»Das tue ich auch so gut wie nie. Aber weißt du, jetzt, durch die Sache mit Gray, kommt die Erinnerung zurück. Murphy ... er wird gehen. Genau wie Rory gegangen ist.« Sie blickte zu Boden. Sie konnte es aussprechen, aber das Mitgefühl in Murphys Augen war zuviel für sie. »Ich versuche, es zu verstehen, es zu akzeptieren. Ich sage mir, es wird leichter sein, weil ich wenigstens weiß, warum er geht. So wie bei Rory nicht zu wissen, welchen Fehler ich gemacht habe ...«

»Du hast keinen Fehler gemacht«, sagte Murphy barsch. »Also denk einfach nicht länger darüber nach.«

»Das versuche ich ja – und meistens gelingt es mir auch. Aber ...« Überwältigt wandte sie sich ab und starrte zu den Hügeln hinauf. »Aber was habe ich, oder was fehlt mir, daß kein Mann bei mir bleibt? Verlange ich zuviel oder zuwenig? Habe ich eine Kälte in mir, die sie frieren läßt?«

»Du bist bestimmt nicht kalt. Und hör endlich auf, dir die Schuld daran zu geben, daß jemand anderes dir gegenüber so grausam war.«

»Aber wem soll ich all diese Fragen stellen außer mir selbst? Das Ganze ist inzwischen zehn Jahre her. Und seither ist dies das erste Mal, daß ein Mann derartige Gefühle in mir weckt. Es macht mir Angst, weil ich nicht weiß, wie ich ein zweites Mal einen derartigen Kummer überleben soll. Er ist nicht Rory, ich weiß, und trotzdem ...«

»Nein, er ist nicht Rory.« Wütend, weil er sie so verloren und so unglücklich vor sich sah, warf Murphy seine Zigarette auf den Boden und trat sie aus. »Rory war ein Narr, der zu blind war, um zu sehen, was er an dir hatte, und der jede Lüge geglaubt hat, mit der man zu ihm kam. Du solltest dem lieben Gott dafür danken, daß er gegangen ist.«

»Was für eine Lüge?«

Murphys Augen blitzten zornig auf, doch dann wurde sein Blick wieder kühl. »Das ist doch egal. Heute ist es schon zu spät, Brie. Ich komme morgen, um mir deinen Wagen anzusehen.«

»Was für eine Lüge?« Sie legte ihm die Hand auf den Arm. In ihren Ohren rauschte es, und sie hatte das Gefühl, als hätte ihr jemand einen Schlag in die Magengrube versetzt. »Was weißt du darüber, Murphy? Was verschweigst du mir?«

»Was soll ich schon wissen? Rory war nie ein Freund von mir.«

»Nein, das war er nicht«, sagte sie langsam. »Er hat dich nie gemocht. Er war eifersüchtig, weil ich so gut mit dir befreundet war. Er sah einfach nicht, daß du für mich wie ein Bruder warst. Er verstand es nicht«, wiederholte sie und sah Murphy an. »Und ein- oder zweimal haben wir deshalb Streit gehabt, und er sagte, ich wäre zu freigiebig, wenn es darum ging, dich zu küssen.«

Zorn und Wehmut flackerten in Murphys Augen auf, doch dann hatte er sich wieder in der Gewalt. »Tja, habe ich nicht gesagt, er war ein Narr?«

»Hast du mit ihm darüber gesprochen? Hat er irgendwas zu dir gesagt?« Sie wartete, und die Kälte in ihrem Herzen breitete sich weiter aus. »Du wirst es mir sagen, bei Gott, das wirst du. Ich habe ein Recht darauf. Ich habe mir seinetwegen die Augen ausgeweint, ich habe unter den mitleidigen Blicken gelitten, mit denen mich jeder angesehen hat. Ich habe deine Schwester in dem Kleid heiraten sehen, das ich mit meinen eigenen Händen genäht habe, um selbst eine Braut zu sein. Seit zehn Jahren habe ich diese schreckliche Leere in mir.«

»Brianna.«

»Du wirst es mir sagen.« Sie straffte die Schultern und sah ihn an. »Denn ich bin sicher, daß du die Antworten auf meine Fragen kennst. Wenn du mein Freund bist, dann wirst du mir sagen, weshalb er gegangen ist.«

»Das ist nicht fair.«

»Ist es fairer, wenn du mich all die Zeit an mir selber zweifeln läßt?«

»Ich will dir nicht weh tun, Brianna.« Er strich ihr sanft über die Wange. »Eher würde ich mir einen Arm abhacken, als dir weh zu tun.«

»Endlich die Wahrheit zu erfahren tut sicher weniger weh als all die Jahre der Unwissenheit.«

»Vielleicht. Vielleicht.« Er wußte es nicht, hatte es nie gewußt. »Maggie und ich dachten ...«

»Maggie?« unterbrach sie ihn verblüfft. »Maggie weiß es auch?«

Oh, jetzt hatte er einen Fehler gemacht, und es gab kein Zurück, ohne daß sowohl er als auch Maggie noch tiefer in dem Schlamassel versanken. »Sie liebt dich, Brianna. Und sie würde alles tun, um dich zu beschützen.«

»Jetzt sage ich dir mal etwas, das sie von mir bereits Dutzende Male zu hören bekommen hat. Ich brauche niemanden, der mich beschützt. Und jetzt sag mir, was du weißt.«

Zehn Jahre, dachte er, waren eine lange Zeit für einen ehrlichen Mann, um ein Geheimnis zu bewahren. Zehn Jahre, dachte er, waren für eine unschuldige Frau, die sich selbst die Schuld an ihrem Unglück gab, eine noch viel längere Zeit.

»Eines Tages, als ich hier draußen auf dem Feld am Arbeiten war, tauchte er plötzlich hier auf. Er griff mich ohne jede Vorwarnung an, und da ich ihm ebenfalls nicht unbedingt wohlgesonnen war, habe ich mich entsprechend zur Wehr gesetzt. Zunächst habe ich das Ganze nicht ganz ernst genommen, bis er mir erklärte, weshalb er gekommen war. Er sagte, du und ich hätten ihm ... Hörner aufgesetzt.«

Noch nach all den Jahren stellte er fest, daß er bei dem Gedanken an diese Beschuldigung Verlegenheit und zugleich eine unverminderte Wut empfand.

»Er sagte, wir hätten ihn zum Gespött der Leute gemacht, und eine Hure nähme er nicht zur Frau. Dafür habe ich ihm die Nase blutig geschlagen«, sagte Murphy in leidenschaftlichem Ton, und noch bei der Erinnerung daran ballte er die Faust. »Und ich würde es jederzeit wieder tun. Vielleicht hätte ich ihm auch noch die Knochen gebrochen, aber dann sagte er, deine eigene Mutter hätte es ihm erzählt. Sie hätte ihm erklärt, du hättest heimlich mit mir angebändelt, und es wäre durchaus möglich, daß du schwanger bist.«

Brianna wurde leichenblaß, und ihr Herz wurde von einer eisigen Kälte erfaßt. »Meine eigene Mutter hat das zu ihm gesagt?«

»Sie sagte, sie könnte es nicht mit ihrem Gewissen vereinbaren zuzusehen, wie er dich in der Kirche heiratet, nachdem du derart mit mir gesündigt hast.«

»Sie wußte genau, daß ich das nie getan habe«, flüsterte Brie. »Sie wußte es ganz genau.«

»Wir können nur vermuten, aus welchem Grund sie das angenommen oder weshalb sie mit Rory gesprochen hat. Maggie kam zufällig vorbei, als ich meine Kleider saubermachte, und ohne weiter nachzudenken, erzählte ich ihr, was vorgefallen war. Am liebsten hätte sie sich sofort mit bloßen Fäusten auf Maeve gestürzt, und ich mußte sie festhalten, bis sie halbwegs zur Ruhe kam. Und dann sprachen wir über die ganze Sache, und Maggie meinte, Maeve hätte das Ganze getan, damit du, statt zu heiraten, bei ihr zu Hause bleibst.«

O ja, dachte Brianna. In einem Zuhause, das nie ein Zuhause gewesen war. »Wo ich mich um sie kümmern konnte, um das Haus und um Dad.«

»Wir wußten nicht, was wir tun sollten, Brianna. Ich schwöre dir, ich hätte dich persönlich vom Altar fortgezerrt, wenn du versucht hättest, diesen verschlagenen Bastard trotzdem zu heiraten. Aber gleich am nächsten Tag ging er fort, und du warst so verletzt, daß weder ich noch Maggie den Mut hatten, dir zu erklären, was der Grund für sein Fortgehen war.«

»Ihr hattet nicht den Mut.« Sie preßte die Lippen zusammen und sah ihn an. »Was ihr nicht hattet, Murphy, weder Maggie noch du, war das Recht, mir diese Sache zu verheimlichen. Ihr hattet ebensowenig das Recht zu schweigen, wie meine Mutter das Recht hatte, Rory derartige Lügen zu erzählen.«

»Brianna.«

Als er die Hand nach ihr ausstreckte, fuhr sie zurück, als hätte sie sich an ihm verbrannt. »Nein, faß mich nicht an. Ich kann jetzt nicht mit dir reden. Ich kann es einfach nicht.« Mit diesen Worten machte sie kehrt und rannte davon.

Sie weinte nicht, denn die Tränen gefroren in ihrem Hals, und sie ließ nicht zu, daß der eisige Knoten schmolz. Sie rannte über die Felder, ohne etwas zu sehen außer dem Nebel dessen, was einst gewesen war. Oder dessen, was beinahe gewesen wäre. Sämtliche Illusionen waren zerstört. Ihr Leben war einzig auf Lügen aufgebaut. Sie war durch Lügen empfangen worden, durch Lügen geboren, durch Lügen genährt.

Schluchzend erreichte sie ihr Haus, wo sie stehenblieb, die Fäuste ballte und die Nägel hart in ihr Fleisch grub.

Die Vögel sangen immer noch, und die zarten jungen Blumen, die sie selbst gepflanzt hatte, wiegten sich immer noch in der sanften Frühlingsluft. Aber sie rührten sie nicht länger an. Sie sah sich selbst, schockiert und entsetzt, als sie von Rory zu Boden gestoßen worden war. All die Jahre später erinnerte sie sich noch genau an den Schmerz und die Verwirrung, die sie empfunden hatte, als er mit wütendem, angewidertem Gesicht davongestoben war.

Sie war als Hure gebrandmarkt worden. Von ihrer eigenen Mutter. Von dem Mann, dem sie in Liebe verbunden gewesen war. Was für ein Witz, denn schließlich hatte sie in ihrem ganzen Leben noch nie das Gewicht eines Mannes auf sich gespürt.

Lautlos öffnete sie die Tür und trat in den Flur. Also hatten an jenem Morgen vor langer Zeit andere Menschen ihr Schicksal bestimmt. Jetzt, an diesem Tag, nähme sie ihr Schicksal endlich wieder selbst in die Hand.

Zielsicher ging sie die Treppe hinauf, öffnete Grays Zimmertür und trat entschlossen hinter ihn. »Grayson.«

»He?«

»Willst du mich?«

»Sicher. Später.« Er hob den Kopf und sah sie mit wirrem Blick an. »Was? Was hast du gesagt?«

»Willst du mich?« wiederholte sie, wobei ihre Haltung ebenso starr wie ihre Stimme war. »Du hast gesagt, daß du mich willst, und du hast dich auch so benommen, als wolltest du mich.«

»Ich ...« Er unternahm einen mannhaften Versuch, sich aus der Phantasiewelt in die Realität zu ziehen. Sie war kreidebleich, merkte er, und ihre Augen glitzerten kalt. Und schmerzerfüllt. »Brianna, was ist los?«

»Ich habe dir eine einfache Frage gestellt. Und ich wäre dir dankbar, wenn du sie mir beantworten würdest.«

»Natürlich will ich das. Was – was zum Teufel machst du da?« Er riß den Mund auf und sprang wie ein geölter Blitz von seinem Stuhl, als sie ihre Bluse aufzuknöpfen begann. »Jetzt mach aber mal 'ne Pause. Gottverdammt, hör auf damit.«

»Du hast gesagt, daß du mich willst. Und jetzt erfülle ich dir diesen Wunsch.«

»Ich habe gesagt, daß du aufhören sollst.« Mit drei Schritten war er bei ihr und zog ihre Bluse wieder zu. »Was ist nur in dich gefahren? Was ist passiert?«

»Das ist im Augenblick egal.« Sie spürte, daß sie zu zittern begann, und setzte sich verzweifelt dagegen zur Wehr. »Du hast versucht, mich zu überreden, mit dir ins Bett zu gehen, und jetzt bin ich dazu bereit. Wenn du allerdings jetzt keine Zeit dafür erübrigen kannst, dann sag es nur.« Ihre Augen blitzten zornig auf. »Ich bin es gewohnt, daß man mich nicht will.«

»Dies ist keine Frage der Zeit ...«

»Also dann.« Sie machte sich von ihm los und schlug die Bettdecke zurück. »Hast du die Vorhänge lieber offen oder zu? Mir ist es egal.«

»Laß die blöden Vorhänge.« Sie schlug die Bettdecke ebenso ordentlich zurück wie immer, und wie jedesmal, wenn er sie bei dieser Tätigkeit beobachtete, wallte heißes Verlangen in ihm auf. »Wir werden das jetzt nicht tun.«

»Dann willst du mich also nicht.« Sie rückte ihre geöffnete Bluse zurecht, so daß er ein verführerisches Stückchen weißer Haut und sauberer weißer Baumwolle zu sehen bekam.

»Du bringst mich um«, murmelte er.

»Fein. Dann lasse ich dich lieber in Ruhe sterben.« Mit hoch erhobenem Kopf marschierte sie zur Tür, doch seine ausgestreckte Hand hinderte sie daran, hindurchzugehen.

»Du gehst nirgendwohin, bis du mir nicht erzählt hast, was los ist.«

»Nichts, zumindest offenbar nicht mit dir.« Sie lehnte sich mit dem Rücken gegen die Tür und vergaß, ihren Atem zu kontrollieren, so daß er den herzerweichenden Schmerz in ihrer Stimme vernahm, als sie weitersprach. »Aber sicher gibt es irgendwo einen Mann, der einen Augenblick erübrigen kann, um mit mir ins Bett zu gehen.«

Er bleckte die Zähne. »Diesen Unsinn höre ich mir nicht länger an.«

»Oh, ich wollte dich nicht langweilen. Entschuldigung. Tut mir leid, daß ich mit meinem Anliegen zu dir gekommen bin. Es ist nur so, daß ich dachte, du hättest das, was du gesagt hast, auch so gemeint. Weißt du, das war schon immer mein Problem«, murmelte sie, und in ihren Augen blitzten Tränen auf. »Ich glaube einfach, was man mir erzählt.«

Er müßte ihre Tränen und ihr emotionales Chaos in den Griff bekommen, ohne sie zu berühren, dachte er. »Was ist passiert?«

»Ich habe etwas herausgefunden.« Ihr Blick war nicht mehr kalt, sondern drückte Unglück und Verzweiflung aus. »Ich habe herausgefunden, daß ich noch nie von einem Mann geliebt worden bin. Und daß meine eigene Mutter gelogen hat, auf widerliche Weise gelogen hat, um mir selbst die geringe Aussicht auf ein bißchen Glück zu nehmen, die es für mich gab. Sie hat ihm erzählt, ich hätte mit Murphy das Bett geteilt, und vielleicht wäre ich sogar schwanger von ihm. Wie konnte er mich noch heiraten, wenn er das glaubte? Wie konnte er das glauben, wenn er mich liebte, frage ich dich?«

»Warte mal.« Er machte eine Pause und wartete darauf, daß er den Sinn ihres Wortschwalls verstand. »Du sagst, deine Mutter hätte dem Kerl, den du heiraten wolltest, also diesem Rory, erzählt, du hättest mit Murphy geschlafen und wärst vielleicht sogar schwanger von ihm?«

»Genau das hat sie ihm erzählt, um mir die Möglichkeit zu nehmen, endlich aus diesem Haus zu entfliehen.« Sie lehnte den Kopf gegen die Tür und schloß die Augen. »Diesem Haus, wie es damals war. Und er hat ihr geglaubt. Hat geglaubt, daß ich zu so etwas in der Lage gewesen wäre, ohne mich auch nur zu fragen, ob das, was sie ihm erzählt hat, der Wahrheit entsprach. Er hat mir nur erklärt, er nähme mich nicht zur Frau, und dann ging er fort. Und die ganze Zeit über haben es Maggie und Murphy gewußt und mir nichts davon erzählt.«

Sei vorsichtig, sagte sich Gray, daß du nicht in gefühlsmäßigen Treibsand gerätst: »Hör zu, ich habe mit der ganzen Sache nichts zu tun, aber als professioneller Beobachter würde ich sagen, daß deine Schwester und Murphy nur deshalb den Mund gehalten haben, damit du nicht noch unglücklicher wirst, als du es ohnehin schon bereits warst.«

»Es war mein Leben, oder nicht? Weißt du, wie es ist, wenn man nicht weiß, weshalb man verstoßen wird, wenn man durchs Leben geht und nur weiß, *daß* man verstoßen worden ist, ohne je zu wissen, weshalb?«

Ja, er wußte, wie das war, er wußte es ganz genau. Aber er glaubte nicht, daß dies die von ihr gewünschte Antwort war. »Er hatte dich nicht verdient. Das sollte dich mit einer gewissen Befriedigung erfüllen.«

»Tut es aber nicht. Zumindest im Augenblick noch nicht. Und ich dachte, du würdest mir zeigen, wie es ist, wenn einen endlich einmal jemand will.«

Er trat vorsichtig zurück, da ihm ihre verführerische Nähe den Atem nahm. Sie war eine wunderschöne Frau, bei deren erstem Anblick sein Blut bereits in Wallung geraten war. Unschuldig. Bereit, mit ihm ins Bett zu gehen. »Du bist durcheinander«, stieß er schließlich mit krächzender Stimme hervor. »Du denkst nicht klar. Und so sehr es mich auch schmerzt, nutze ich die Situation lieber nicht aus.«

»Ich will keine Entschuldigungen.«

»Du willst einen Ersatz.« Von dem Zorn in seiner Stimme waren sie beide gleichermaßen überrascht. Er hatte nicht gewußt, daß dieser Bazillus in seinem Herzen saß. Doch nun, da er ausgebrochen war, machte er seinem Ärger Luft. »Aber ich bin kein gottverdammter Ersatz für irgendeinen jämmerlichen, feigen Idioten, der dich vor über zehn Jahren sitzengelassen hat. Vergiß die Vergangenheit. Willkommen in der Gegenwart. Wenn ich mit einer Frau ins Bett gehe, dann denkt sie an mich. Und zwar nur an mich.«

Abermals wurde sie leichenblaß. »Es tut mir leid. So habe ich es nicht gemeint, ich wollte nicht, daß du den Eindruck gewinnst, ein Ersatz zu sein.«

»Aber genau den Eindruck habe ich, denn genau das ist der Fall. Reiß dich zusammen«, befahl er ihr aus Angst, sie bräche erneut in Tränen aus. »Und wenn du weißt, was du willst, sag mir Bescheid.«

»Ich ... ich brauche doch nur das Gefühl, daß mich jemand, daß du mich willst. Ich dachte – ich hatte gehofft, ich bekäme etwas, an das ich mich später erinnern kann. Ich erführe nur ein einziges Mal, wie es ist, wenn einen ein Mann berührt, den man gern hat.« Als Gray sie anstarrte, wurde die Blässe in ihrem Gesicht durch Schamesröte ersetzt. »Ach, egal. Es tut mir leid. Furchtbar leid.«

Sie riß die Tür auf und floh in den Korridor hinaus.

Es tat ihr leid, dachte Gray und starrte auf den Fleck, von dem sie so plötzlich verschwunden war. Beinahe meinte er zu sehen, daß die Luft an dieser Stelle erzitterte.

Na Klasse, Junge, dachte er angewidert und stapfte erbost durch den Raum. Gut gemacht. Es gibt einem doch immer wieder ein tolles Gefühl, einen Menschen zu treten, der bereits am Boden liegt.

Aber verdammt, verdammt, sie hatte tatsächlich ein Gefühl der Eifersucht in ihm geweckt. Als wäre er gerade der passende Ersatz für den Geliebten, der ihr verlorengegangen war. Er empfand ihr Elend nach, verstand, wie es war, wenn man derart betrogen, derart verstoßen worden war. Es gab nichts, was er besser verstand. Aber er hatte diese Erfahrung gemacht oder etwa nicht? Also käme auch sie früher oder später darüber hinweg.

Sie wollte berührt werden, hatte sie gesagt, doch im Grunde hatte sie nur Trost gebraucht. Mit klopfendem Herzen stapfte er zum Fenster und zurück. Sie wollte ihn, hatte sie gesagt, doch im Grunde hatte sie nur ein wenig Mitgefühl, ein wenig Verständnis gebraucht. Ein wenig Sex. Und er hatte sie einfach fortgeschickt.

Genau wie Rory, der Held.

Was sollte er tun? Wie hätte er mit ihr schlafen können, während ihr all ihr Schmerz, all ihre Angst, all ihre Verwirrung so deutlich anzusehen war? Er brauchte die Probleme anderer Leute nicht.

Er wollte sie nicht.

Aber er wollte die Frau.

Fluchend lehnte er den Kopf gegen das Fenster. Er könnte einfach gehen. Damit hatte er noch nie Probleme gehabt. Oder er könnte sich wieder an seinen Schreibtisch setzen, die Fäden seiner Geschichte zusammensuchen und in seine Phantasiewelt flüchten.

Oder ... er könnte etwas versuchen, das vielleicht ihnen beiden die Niedergeschlagenheit nahm.

Der zweite Gedanke war wesentlich verführerischer, auch wenn er ihm gleichzeitig als wesentlich gefährlicher erschien. Doch der sichere Weg war etwas für Feiglinge, sagte er sich, nahm seine Schlüssel, ging die Treppe hinunter und verließ entschlossenen Schrittes das Haus.

12. Kapitel

Wenn es eine Sache gab, die Gray stilvoll zu gestalten verstand, dann den Hintergrund für eine Szene seiner Wahl. Zwei Stunden, nachdem er Blackthorn Cottage verlassen hatte, war er wieder in seinem Zimmer und kümmerte sich um die letzten Details. Über den ersten Schritt dachte er lieber nicht hinaus, denn manchmal war es vernünftiger – und auf alle Fälle sicherer –, wenn man sich keine Gedanken darüber machte, wie sich eine Szene weiterentwickelte oder welchen Abschluß ein Kapitel fand.

Nachdem er sich ein letztes Mal umgesehen hatte, nickte er und machte sich auf die Suche nach ihr.

»Brianna.«

Ohne sich zu ihm umzudrehen, verteilte sie weiter Kuvertüre auf dem Schokoladenkuchen, der vor ihr stand. Sie war wieder ruhiger, aber der Gedanke an ihren Auftritt erfüllte sie nach wie vor mit abgrundtiefer Scham. Mehr als einmal war sie während der letzten beiden Stunden erschaudert, wenn sie daran gedacht hatte, wie sie sich ihm an den Hals geworfen hatte.

An den Hals geworfen, dachte sie, ohne daß sie aufgefangen worden war.

»Das Abendessen ist fertig«, sagte sie mit ruhiger Stimme. »Möchtest du auf deinem Zimmer essen oder hier?«

»Ich möchte, daß du nach oben kommst.«

»In Ordnung.« Ihre Erleichterung darüber, daß er nicht gemütlich mit ihr in der Küche essen wollte, war grenzenlos. »Ich mache dir nur ein Tablett zurecht.«

»Nein.« Er legte ihr eine Hand auf die Schulter, und als er spürte, wie sie erstarrte, empfand er zum ersten Mal eine gewisse Unsicherheit. »Ich möchte einfach, daß du nach oben kommst.«

Sie wischte sich sorgfältig die Hände an ihrer Schürze ab und drehte sich zu ihm um. In seinem Gesicht entdeckte sie keine Spur von Mißbilligung oder Verärgerung, aber das änderte nichts an ihrer Verlegenheit. »Ist irgend etwas nicht in Ordnung?«

»Komm nach oben, und dann sagst du mir, ob etwas nicht in Ordnung ist.«

»Also gut.« Sie folgte ihm. Sollte sie sich noch einmal bei ihm entschuldigen? Sie war sich nicht sicher, vielleicht wäre es am besten, wenn sie so täte, als wäre nichts passiert. Mit einem leisen Seufzer näherte sie sich seinem Zimmer. Oh, sie hoffte nur, daß es nicht eins der Wasserrohre war. Gerade jetzt wären die Kosten einer Reparatur ...

Als sie den Raum betrat, vergaß sie jeden Gedanken an Wasserrohre und Reparaturen. Sie vergaß alles, was ihr eben noch durch den Kopf gegangen war.

Überall standen Kerzen herum, deren sanftes Licht das dämmrige Grau des Zimmers wie geschmolzenes Gold durchfloß. Aus einem halben Dutzend Vasen reckten Tulpen und Rosen, Fresien und Flieder die Köpfe hervor. In einem silbernen Eimer stand eine eisgekühlte Flasche Champagner, noch nicht entkorkt. Von irgendwoher drang Musik an ihr Ohr. Harfenmusik. Sie starrte verwirrt auf die tragbare Stereoanlage, die auf seinem Schreibtisch stand.

»Es gefällt mir besser, wenn die Vorhänge offen sind«, sagte er.

Sie faltete ihre Hände unter der Schürze, damit er ihr Zittern nicht sah. »Warum?«

»Weil man nie weiß, wann man vielleicht einen Mondstrahl fängt.«

Ob dieser Antwort umspielte plötzlich ein zaghaftes Lächeln ihren Mund. »Nein, ich meine, warum hast du das alles gemacht?«

»Um dich wieder lächeln zu sehen. Um dir Zeit zu geben, zu entscheiden, ob es wirklich das ist, was du willst. Um dich vielleicht davon zu überzeugen, daß du es willst.«

»Du hast dir solche Mühe gemacht.« Ihr Blick fiel auf das Bett, doch dann wanderte er eilig weiter, bis er auf einen der Rosensträuße traf. »Das war nicht nötig. Ich habe dir das Gefühl gegeben, dazu verpflichtet zu sein.«

»Bitte. Mach dich nicht lächerlich. Du hast die Wahl.« Aber noch während er sprach, trat er vor sie, zog die erste Nadel aus ihrem Haar und warf sie achtlos fort. »Willst du, daß ich dir zeige, wie sehr ich dich will?«

»Ich ...«

»Ich denke, ich sollte es dir zeigen, wenigstens ansatzweise.« Er zog eine zweite und dritte Nadel heraus und fuhr ihr mit den Händen durch das offene Haar. »Dann kannst du entscheiden, wieviel du mir geben willst.«

Sanft wie eine leichte Brise und zugleich erotisch wie die Sünde strichen seine Lippen über ihren Mund. Als sie sich ihm zitternd öffnete, glitt seine Zunge mit spielerischer Leichtigkeit in sie hinein.

»Das soll dir einen Vorgeschmack geben.« Er fuhr mit seinen Lippen über ihre Wange bis zu ihrer Schläfe hinauf und wieder zurück, bis er an ihrem Mundwinkel innehielt. »Sag mir, daß du mich willst, Brianna. Ich möchte hören, wie du es sagst.«

»Ich will dich.« Statt ihrer Stimme hörte sie nur ein Summen in ihrem Hals, wo sein Mund inzwischen zur Ruhe gekommen war. »Ich will dich, Gray. Ich kann nicht nachdenken. Ich brauche ...«

»Alles, was du brauchst, bin ich. Heute abend brauchst du nur mich. Und ich brauche nur dich.« Schmeichlerisch glitten seine Hände ihren Rücken hinab. »Komm mit mir ins Bett, Brianna.« Er hob sie hoch und zog sie eng an seine Brust. »Es gibt so vieles, was ich dir zeigen will.«

Er legte sie aufs Bett, dessen Decke sie bereits vorhin so einladend zurückgeschlagen hatte. Ihr Haar ergoß sich wie feuriges Gold über dem gestärkten Laken, und die sanften Wellen fingen Schimmer sanften Kerzenlichts ein. Ihre rauchigen Augen verrieten, daß in ihrem Inneren der Zweifel mit dem Verlangen rang.

Bei ihrem Anblick machte sein Magen einen Satz. Vor Verlangen, ja, aber auch vor Angst.

Er wäre ihr erster Mann. Egal, wie ihr Leben hinterher verliefe, dächte sie bis an ihr Lebensende an diese Nacht, an ihn zurück.

»Ich weiß nicht, was ich tun soll.« Sie schloß die Augen, damit er weder ihre Erregung noch ihre Verlegenheit noch ihre Verzückung sah.

»Ich weiß es.« Er legte sich neben sie und küßte sie erneut. Sie zitterte, und heiße Panik wallte in ihm auf. Vielleicht wäre er zu schnell. Vielleicht wäre er zu langsam. Um sie beide ein wenig zu beruhigen, spreizte er ihre Finger und bedachte jeden von ihnen mit einem zarten Kuß. »Hab keine Angst, Brianna. Hab keine Angst vor mir. Ich tue dir nicht weh.«

Aber sie hatte Angst, und zwar nicht nur vor dem Schmerz, der, wie sie wußte, ein unabänderlicher Teil des Verlustes der Unschuld war. Sie hatte Angst davor, nicht in der Lage zu sein, ihm Vergnügen zu bereiten, und nicht in der Lage zu sein, selbst Vergnügen daran zu empfinden.

»Denk an mich«, murmelte er und küßte sie mit Schauder erregender Innigkeit. Auch wenn ihm vielleicht nichts anderes gelang, so vertriebe er zumindest den Geist der Vergangenheit, von dem ihr Herz gefangen war. »Denk an mich.« Und als er die Bitte wiederholte, wußte er in seinem tiefsten Inneren, daß er diesen Augenblick ebenso brauchte wie sie.

Süß, dachte sie verschwommen. Wie seltsam, daß der Mund eines Mannes so süß schmecken konnte und daß er gleichzeitig fest und zärtlich war. Fasziniert von dem Geschmack und dem Gefühl seiner Lippen fuhr sie mit der Zungenspitze darüber hinweg. Und hörte, wie als Reaktion ein leises Schnurren aus seiner Kehle drang.

Einer nach dem anderen wurden ihre Muskeln weich, während sein Geschmack auf sie überging. Und wie wunderbar war es, geküßt zu werden und das Gefühl zu haben, daß dieser Kuß niemals mehr ein Ende nahm. Wie solide und gut war sein Gewicht, wie stark sein Rücken, dachte sie, als sie ihn wagemutig zu erkunden begann.

Er versteifte sich und unterdrückte nur mit Mühe ein Stöhnen, als sie mit zögernden Fingern über seine Hüfte fuhr. Er war bereits hart und zog sich unmerklich von ihr zurück, aus Furcht, seine Männlichkeit erschrecke sie.

Langsam, befahl er sich. Vorsichtig.

Er zog ihr das obere Band ihrer Schürze über den Kopf, löste die Schleife, die um ihre Taille lag, und warf das Kleidungsstück neben das Bett. Sie öffnete die Augen und sah ihn lächelnd an.

»Küßt du mich noch einmal?« Ihre Stimme klang dick wie Honig, und warm. »Wenn du mich küßt, sehe ich alles in leuchtendem Gold.«

Er legte seine Stirn an ihre und wartete einen Augenblick, bis er meinte, zu der von ihr erbetenen Zärtlichkeit in der Lage zu sein. Dann ergriff er Besitz von ihrem Mund und schluckte den lieblichen, sanften Seufzer, der über ihre Lippen drang. Es war, als schmelze sie unter ihm, und langsam wich das Zittern ihres Leibes einer weichen Geschmeidigkeit.

Sie spürte nichts außer seinem Mund, diesem wunderbaren Mund, der sich so üppig an ihr zu laben schien. Dann umfaßte er ihren Hals, als messe er ihren flatternden Puls, ehe seine Hand an ihr herunterfuhr.

Unbemerkt hatte er ihre Bluse aufgeknöpft, und als sein Finger oberhalb des Büstenhalters die sanfte Schwellung ihrer Brust erkundete, riß sie überrascht die Augen auf. Er begegnete ihrem Blick mit einer solchen Konzentration, daß sie erneut zu zittern begann. Sie wollte protestieren, wollte verkünden, er ginge zu weit, doch die hauchzarte Berührung seiner Fingerspitze war allzu verführerisch.

Und keineswegs erschreckend, merkte sie. Beruhigend und ebenso süß wie sein Kuß. Sie entspannte sich, doch zugleich glitten seine kundigen Finger unter den Stoff und fanden den sensiblen Punkt.

Ihr Keuchen traf ihn wie ein Peitschenhieb, ihr Keuchen und das erregende Gefühl ihres Körpers, der sich überrascht und leidenschaftlich unter ihm zu winden begann. Dabei berührte er sie kaum, dachte er und spürte, wie sein Blut zu kochen begann. Sie hatte ja keine Ahnung, daß dies erst der Anfang war.

Gott, wie sehnte er sich danach, ihr endlich zu zeigen, wieviel Vergnügen er ihr bereiten konnte.

»Entspann dich.« Er küßte und küßte sie, seine Finger erregten sie, und seine freie Hand schob sich unter ihren Rücken, um ihr den Büstenhalter zu öffnen. »Gib dich einfach nur deinen Gefühlen hin.«

Sie hatte keine Wahl. Ihr war, als träfen kleine, spitze Pfeile der Leidenschaft und zugleich des Entsetzens auf ihre Nervenenden auf. Sein Mund schluckte ihren erstickten Atem, während er ihr die Kleider vom Körper zog, bis sie bis zur Hüfte unbekleidet vor ihm lag.

»Gott, wie schön du bist.« Beim Anblick der milchweißen Haut, der kleinen Brüste, von denen jede genau in eine seiner Hände zu passen schien, war es endgültig um ihn geschehen. Unfähig zu widerstehen, senkte er den Kopf und kostete sie.

Ein langes, tiefes, kehliges Stöhnen drang aus ihrem Mund. Die Bewegungen ihres Körpers unter ihm waren rein instinktiv, wußte er, und nicht dazu gedacht, ihn dazu zu bringen, daß er die Beherrschung verlor. Also liebkoste er sie auf die sanftest mögliche Art und merkte, daß sein eigenes Vergnügen mit ihrer Erregung wuchs.

Sein Mund war so heiß. Bei jeder Berührung, jedem Kuß flatterten ihr Tausende von Schmetterlingen im Bauch herum. Tausende und Abertausende, bis sie schließlich etwas Ähnliches wie Schmerz empfand, der allerdings so eng mit dem Vergnügen verbunden war, daß sie die Gefühle nicht zu unterscheiden wußte.

Die liebevollen, sanften Worte, die er murmelte, hoben sie über all ihre Ängste hinweg. Es war egal, welche Worte er wählte – und sie hätte es ihm gesagt, nur, daß sie dazu nicht mehr in der Lage war. Nichts war von Bedeutung, außer, daß er sie berührte, bis sie vor Glückseligkeit verging.

Er zog sein eigenes Hemd über den Kopf, da er den Stoff zwischen ihren Körpern nicht länger ertrug. Als er sich auf sie schob, stieß sie einen leisen Seufzer aus und schlang ihre Arme um seinen Leib.

Sie seufzte abermals, als sein Mund über ihre Brust, über ihre Rippen hinab immer tiefer glitt. Ihre Haut wurde heiß, ihre Muskeln zuckten, sie zitterte unter seinen Händen und seinem Mund. Und er wußte, daß sie im dunklen Tunnel der Leidenschaft verloren war.

Vorsichtig öffnete er ihre Hose und entdeckte neues Fleisch, das es ebenso sanft zu erforschen galt. Als sie ihm ihre Hüfte in unschuldiger Zustimmung entgegenzurecken begann, biß er die Zähne zusammen und unterdrückte mühsam das überwältigende Bedürfnis, sie einfach zu nehmen, bis sein angespannter Körper endlich die ersehnte Befriedigung empfand.

Ihre Nägel vergruben sich in seiner Haut, und aus seiner Kehle drang ein dunkles Stöhnen, als er mit seiner Hand über ihre nackte Hüfte fuhr. Wieder erstarrte sie, und er wußte, sie flehte irgendeinen Gott um Stärke an.

»Ich nehme dich nicht eher, als bis du bereit bist«, murmelte er, und seine Lippen kehrten geduldig zu ihrem Mund zurück. »Das verspreche ich. Aber ich will dich sehen. Ganz.«

Er erhob sich und kniete sich neben sie. Wieder verrieten ihre Augen Furcht, obgleich ihr Leib vor Verlangen zitterte. Seine Hände und seine Stimme zitterten ebenfalls.

»Ich will dich berühren.« Er öffnete seine Jeans, wobei er ihr ununterbrochen in die Augen sah. »Ich will dich ganz und gar spüren.«

Als er sich entkleidete, wanderte ihr Blick unweigerlich an ihm hinab. Und ihre Furcht verdoppelte sich. Sie wußte, was passieren würde. Schließlich war sie die Tochter eines Bauern, auch wenn dieser ein schlechter Bauer gewesen war. Sie würde Schmerz empfinden, würde bluten und ...

»Gray ...«

»Deine Haut ist so weich.« Er fuhr mit einem Finger ihren Schenkel hinauf. »Ich habe die ganze Zeit versucht, mir dich vorzustellen, aber du bist noch viel schöner, als ich mir in meiner Phantasie ausmalen konnte.«

Beunruhigt legte sie einen Arm über ihre Brust. Er ließ ihn dort und fing seelenruhig noch einmal von vorne an, indem er sie sanft, langsam, betörend küßte und sie mit geduldigen, erfahrenen Händen dort streichelte, wo es einer Frau am besten gefiel. Selbst wenn die Frau nicht wußte, daß es so war. Hilflos ergab sie sich erneut, wobei ihr Atem in stoßweises Keuchen überging, als er über ihren flachen Bauch in Richtung der schrecklichen und zugleich herrlichen Hitze glitt.

Ja, dachte er und kämpfte verzweifelt gegen den Wahnsinn an. Öffne dich. Laß mich ein. Laß mich ein.

Als er sie erreichte, war sie feucht und heiß, und als sie sich verzweifelt unter ihm zu winden begann, brach ein kehliges Stöhnen aus seinem Hals.

»Entspann dich, Brianna. Laß mich dich dorthin führen, wo es am schönsten ist. Entspann dich.«

Mit den Fingerspitzen klammerte sie sich am Rand einer hohen Klippe fest. Entsetzen wallte in ihr auf. Sie glitt ab. Sie hatte keine Kontrolle mehr über sich. Es passierte einfach zuviel auf einmal in ihrem Körper, als daß sich ihr brennendes Fleisch beruhigen ließ. Seine Hand lag wie eine heiße Fackel an ihrem Leib, feuerte sie an, verbrannte sie gnadenlos, bis sie keine Wahl mehr hatte und im freien Fall in den unbekannten Abgrund zu stürzen begann.

»Bitte«, stieß sie schluchzend hervor. »Oh, mein Gott, bitte.«

Dann rollte die geschmolzene Flut der Leidenschaft über sie hinweg, raubte ihr den Atem, den Verstand, die Sicht. Während eines herrlichen Augenblicks war sie blind und taub für alles außer den samtigen Schockwellen, unter deren Ansturm sie hilflos zu zittern begann.

Er spürte die Wellen ihrer Lust in seiner Hand, worauf er stöhnte wie ein Sterbender, ehe er seinen Kopf zitternd vor Verlangen an ihrem Körper barg und sie abermals in schwindelerregende Höhen trug.

Zum Zerbersten angespannt wartete er, bis sie auf dem Höhepunkt ihrer Leidenschaft angekommen war. »Halt mich fest. Halt dich an mir fest«, murmelte er, schwindlig vor Erregung, als er sich langsam in sie schob.

Sie war so klein, so eng, so herrlich heiß. Er brauchte seine ganze Willenskraft, damit er nicht gierig in sie stieß, als er spürte, wie sie sich um ihn herum zusammenzog.

»Nur eine Sekunde«, versprach er ihr. »Nur eine Sekunde, dann ist es wieder gut.«

Aber er irrte sich. Es war ohne Unterbrechung gut. Sie spürte, wie er die Barriere ihrer Unschuld durchbrach, sie mit seinem Samen füllte, und empfand nichts als strahlende Glückseligkeit.

»Ich liebe dich.« Sie reckte sich ihm entgegen und hieß ihn auf diese Weise willkommen in ihrem Leib.

Die Worte drangen wie durch einen Schleier an sein Ohr, und er schüttelte den Kopf, aber sie hielt ihn eng umschlungen und zog ihn in einen endlos tiefen Brunnen hinab, in dem er hilflos ertrank.

Die Rückkehr in die Wirklichkeit empfand Brianna wie das gewichtlose Gleiten durch eine dünne, weiße Wolkenwand. Seufzend gab sie sich der sanften Schwerkraft hin, und schließlich lag sie wieder in dem großen, alten Bett, sah durch halb geschlossene Augen hindurch das rot und golden flackernde Kerzenlicht und empfand es als wahrhaft unglaubliches Vergnügen, daß Gray sie mit seinem Gewicht geradezu unter sich begrub.

Sie dachte verschwommen, daß ihr von keinem Buch, von keinem Gespräch mit anderen Frauen, von keinem Tagtraum offenbart worden war, wie herrlich es war, wenn der nackte Leib eines Mannes auf einem lag.

Und der männliche Körper war eine erstaunliche Kreation, viel schöner als in ihrer Phantasie. Die langen, muskulösen Arme waren stark genug, um sie hochzuheben, und zugleich sanft genug, um sie zu halten, als wäre sie zerbrechlich.

Die starken Hände mit den langen Fingern wußten genau, wo es eine Frau zu berühren und zu liebkosen galt. Und dann waren da noch die breiten Schultern, der lange, herrliche, geschmeidige Rücken und die schmalen Hüften, über die man zu den harten Schenkeln und den festen Waden kam.

Hart. Sie lächelte. War es nicht ein Wunder, daß etwas so Hartes, so Festes und so Starkes von glatter, weicher Haut überzogen war?

In der Tat, dachte sie, der Körper eines Mannes war ein prachtvolles Ding.

Gray wußte, wenn sie ihn weiter berührte, würde er verrückt. Doch wenn sie aufhörte, würde er so lange wimmern, bis sie abermals begann.

Ihre schönen, stets fleißigen Hände glitten über ihn, berührten ihn federleicht, erforschten ihn, fuhren an ihm herab, ertasteten ihn, als prägten sie sich jeden einzelnen Muskel und jede einzelne Rundung seines Körpers für alle Zeiten ein.

Er war immer noch in ihr, denn allein den Gedanken, sich von ihr zu trennen, ertrug er nicht. Er wußte, er sollte es, sollte sich sanft neben sie rollen und ihr Zeit geben, damit sie wieder zu sich fand. So sehr er sich auch bemüht hatte, ihr nicht weh zu tun, empfand sie sicher trotzdem eine gewisse Unbequemlichkeit.

Doch er war so zufrieden – und sie schien sich in ihrer Haut ebenfalls wohl zu fühlen. Statt der angespannten Nervosität, von der er beim Gedanken, zum ersten Mal mit ihr ins Bett zu gehen – und für sie war es ja tatsächlich das allererste Mal –, erfüllt gewesen war, hatte sich nun eine selige Trägheit in ihm breitgemacht.

Als er ob ihrer Liebkosungen erneut Erregung empfand, zwang er sich auf, stützte sich auf seinen Ellbogen und sah auf sie hinab.

Sie lächelte. Er wußte nicht, weshalb er ihr Lächeln so gewinnend, so bezaubernd fand. Ihre Lippen waren halb geöffnet, ihre Augen glitzerten in einem warmen Grün, und ihre Haut wies einen rosigen Schimmer auf. Nun, nachdem sein erstes Verlangen gestillt worden war, genoß er den Augenblick, genoß er das Licht, die Schatten und das Vergnügen neu aufwallender Lust.

Er preßte seine Lippen auf ihre Brauen, ihre Schläfen, ihre Wangen, ihren Mund.

»Wunderschöne Brianna.«

»Es war wunderschön für mich.« Ihre Stimme war immer noch rauh vor Leidenschaft. »Du hast es zu einem wunderschönen Erlebnis für mich gemacht.«

»Und wie fühlst du dich jetzt?«

Er fragt bestimmt, dachte sie, sowohl aus Anteilnahme als

auch aus Neugier heraus. »Schwach«, sagte sie und fügte lachend hinzu: »Und unbesiegbar zugleich. Was meinst du, warum eine so natürliche Sache das Leben eines Menschen so anders macht?«

Er zog die Brauen zusammen und dachte, verantwortlich, ich bin dafür verantwortlich, daß ihr Leben nun anders ist. Nein, schließlich war sie eine erwachsene Frau und hatte das Zusammensein mit ihm aus freien Stücken gewählt. »Und, gefällt dir die Veränderung?«

Sie berührte sanft seine Wange und sah ihn mit einem strahlenden Lächeln an. »Ich habe so lange auf dich gewartet, Gray.«

Verdammt, obwohl er noch halb erregt in ihrer Wärme lag, blitzte in seinem Inneren eine grelle Warnlampe auf. Sei vorsichtig, warnte der kühle, beherrschte Teil seiner selbst. *Sei gewarnt. Es ist eine allzu große Vertrautheit im Verzug.*

Sie sah die Veränderung in seinen Augen, eine subtile, aber unverkennbare Distanzierung, noch während er ihre Hand an seiner Wange ergriff und sanft mit seinen Lippen darüberstrich.

»Ich erdrücke dich.«

Sie wollte nein sagen – bleib –, aber er schob sich bereits neben sie.

»Wir haben noch gar keinen Champagner getrunken.« Ohne jede Scham rollte er sich nackt vom Bett. »Warum nimmst du nicht ein Bad, und ich mache schon mal die Flasche auf?«

Mit einem Mal empfand sie eine gewisse Verlegenheit, obgleich ihr noch vor wenigen Sekunden ihn auf und in sich zu haben vollkommen natürlich erschienen war. Nun allerdings nestelte sie von Scham erfüllt am Laken herum. »Das Laken«, setzte sie an und merkte, daß sie errötete. Sicherlich hatten sie Flecken darauf hinterlassen.

»Ich kümmere mich schon darum.« Als er sah, daß sie noch

stärker errötete, verstand er ihre Verlegenheit, trat wieder ans Bett, umfaßte ihr Kinn und zwang sie, ihn anzusehen. »Ich bin durchaus in der Lage, ein Laken zu wechseln, Brie. Und selbst wenn ich es vorher nicht gekonnt hätte, habe ich dir inzwischen oft genug zugesehen, um zu wissen, wie es geht.« Sein Mund strich über ihre Lippen, und seine Stimme wurde rauh. »Weißt du, wie oft ich vor Verlangen halb wahnsinnig geworden bin, wenn ich zugesehen habe, wie du mein Laken glattgestrichen und die Bettdecke zurückgeschlagen hast?«

»Nein.« Unweigerlich wallten neue Lust und neues Verlangen in ihr auf.

»Tatsächlich?«

Statt einer Antwort lachte er und lehnte seine Stirn an ihre. »Womit habe ich das nur verdient? Womit habe ich dich verdient?« Er zog sich zurück, aber in seine Augen war das alte Blitzen zurückgekehrt, was ihr Herz langsam und schmerzlich gegen ihre Rippen schlagen ließ. »Und jetzt nimm dein Bad. Hinterher möchte ich dich noch einmal lieben«, sagte er, wobei er in einen breiten, amerikanischen Akzent verfiel, so daß sie zu lächeln begann. »Das heißt, wenn du nichts dagegen hast.«

»Ich habe nichts dagegen.« Sie atmete tief ein, denn noch nie hatte sie in Anwesenheit eines Mannes nackt einen Raum durchquert. »Im Gegenteil, das wäre wunderbar. Ich beeile mich.«

Als sie ins Badezimmer ging, atmete er ebenfalls tief ein. Um sich zu beruhigen, sagte er sich.

Nie zuvor hatte er eine Frau wie sie gekannt. Nicht nur, daß er zuvor noch nie mit einer Jungfrau geschlafen hatte – was an sich schon phantastisch war –, nein, sie war überhaupt eine einzigartige Person. Ihr Zögern und ihr gleichzeitiger Eifer bildeten einen faszinierenden Kontrast, und obendrein hatte ihm noch nie ein Mensch ein derart absolutes Vertrauen entgegengebracht.

»Ich liebe dich«, hatte sie gesagt.

Am besten dächte er nicht weiter darüber nach. Frauen neigten nun einmal dazu, Sex allzu romantisch, allzu gefühlvoll zu sehen. Und wahrscheinlich war es normal, daß eine Frau, die zum ersten Mal die Freuden erfüllter Leidenschaft erfuhr, Lust mit Liebe verwechselte. Frauen benutzten diese Worte und verlangten sie. Das wußte er. Und genau aus diesem Grund war er so vorsichtig, wenn er sprach.

Aber er hatte etwas empfunden, als dieser überbewertete und viel zu oft geäußerte Satz an sein Ohr gedrungen war. Wärme und Verlangen und, einen Herzschlag lang, das verzweifelte Bedürfnis, daß es die Wahrheit war. Während dieser Sekunde hätte er ihr am liebsten dasselbe gesagt.

Aber er hatte sich beherrscht, und obgleich er alles täte, um ihr nicht weh zu tun, alles, damit sie sich während der Zeit ihres Zusammenseins glücklich fühlte, gab es Grenzen dessen, was ihm möglich war. Ihr gegenüber ebenso wie gegenüber jedem anderen.

Genieß den Augenblick, sagte er sich. Er war alles, was es gab. Und er hoffte, es gelänge ihm, sie zu lehren, daß sie ihn ebenfalls genoß.

Sie fühlte sich seltsam, als sie das Handtuch um ihren frisch geschrubbten Körper schlang. Anders als zuvor. Es war etwas, was man einem Mann nicht erklären konnte, dachte sie. Ein Mann verlor nichts, wenn er sich zum ersten Mal einer Frau hingab. In seinem Inneren gab es keinen schmerzhaften Riß, ehe jemand anderes Einlaß fand. Aber die Wundheit zwischen ihren Schenkeln brachte nicht die Erinnerung an den Schmerz und die Gewalt seines Eindringens zurück, sondern gab ihr ein Gefühl der Verbundenheit. Des süßen, schlichten Bundes, den man durch die Paarung miteinander schloß.

Sie stand vor dem beschlagenen Spiegel und sah sich an. Sie wirkte lebendiger, dachte sie. Sicher, es war immer noch dasselbe Gesicht wie das, das sie seit Jahren täglich im Spiegel sah, aber strahlte es nicht eine neue, ungewohnte Weichheit aus? Die in den Augen lag, um den Mund herum? Das hatte die Liebe bewirkt. Die Liebe, die sie in ihrem Herzen empfand, die Liebe, die ihr zum ersten Mal körperlich begegnet war.

Vielleicht war sich eine Frau nur beim ersten Mal ihrer selbst derart bewußt, vielleicht lagen nur beim ersten Mal Leib und Seele derart bloß. Und vielleicht, dachte sie, war der Augenblick deshalb um so überwältigender und um so kostbarer für sie, weil sie älter als die meisten Frauen war.

Er wollte sie. Brianna schloß die Augen und gab sich ganz dem warmen Gefühl der Freude hin. Ein schöner Mann mit einem schönen Geist und einem freundlichen Herzen wollte sie.

Sie kehrte ins Schlafzimmer zurück, wo er sie, zwei gefüllte Champagnergläser in den Händen, die Jeans, mit offenem Reißverschluß, lässig übergestreift, bereits zu erwarten schien. Seine Augen spiegelten den sanften Schimmer der Kerzen wieder, als er in Richtung des Bettes sah. Es wies ein frisches Laken auf, und ans Fußende hatte er eins ihrer weißen Flanellnachthemden gelegt.

»Ich hoffe, daß du es tragen wirst«, sagte er, als ihr Blick auf das züchtige, altmodische Nachthemd fiel. »Seit der ersten Nacht habe ich mir immer wieder vorgestellt, wie es wäre, dir dieses Nachthemd auszuziehen. Ich habe dich vor mir gesehen, wie du, eine Kerze in der Hand und einen Wolfshund neben dir, die Treppe heruntergekommen bist, und wurde vor Verlangen fast verrückt.«

Sie strich über einen der Ärmel und wünschte sich sehnlichst, sie hätte ein Seiden- oder ein Spitzengewand, etwas, das das Blut eines Mannes in Wallung geraten ließ. »Ich fürchte, es ist nicht besonders verführerisch.«

»Da irrst du dich.«

Da sie nichts anderes hatte und ihm das Nachthemd zu gefallen schien, zog sie es über den Kopf, wobei sie gleichzeitig das Handtuch von ihren Hüften gleiten ließ. Als sie sein unterdrücktes Stöhnen vernahm, sah sie ihn mit einem unsicheren Lächeln an.

»Was für ein Bild. Laß das Handtuch«, sagte er, denn ordentlich wie sie nun einmal war, bückte sie sich bereits danach. »Komm her. Bitte.«

Sie trat einen Schritt auf ihn zu, und die Nervosität ließ ihr die Kehle eng werden, als sie eins der Champagnergläser nahm. Sie nippte und merkte, daß sich die Trockenheit in ihrem Hals auch durch die prickelnde Flüssigkeit nicht lindern ließ. Er sieht mich an, dachte sie, wie wahrscheinlich ein Tiger ein Lamm ansieht, ehe er es verschlingt.

»Du hast noch gar kein Abendbrot gehabt.«

»Nein.« Mach ihr keine Angst, du Idiot, warnte er sich und unterdrückte mühsam das Verlangen, sich auf sie zu stürzen wie ein wildes Tier. Er trank einen Schluck Champagner, beobachtete sie, und immer noch wurde er ganz von seinem Verlangen nach ihr beherrscht. »Das heißt, vielleicht habe ich doch etwas Appetit. Ich dachte, wir könnten hier oben essen, zusammen. Aber jetzt ...« Er streckte die Hand nach einer ihrer feuchten Locken aus. »Kannst du noch ein bißchen warten?«

Wieder war es ganz einfach, dachte sie. Und wieder hatte sie die Wahl. »Aufs Abendessen ja.« Sie brachte die Worte kaum hervor. »Aber nicht auf dich.«

Und noch während sie sprach, schmiegte sie sich, als wäre es die natürlichste Sache der Welt, an seine Brust.

13. Kapitel

Brianna wurde dadurch geweckt, daß ihr ein Ellbogen in die Rippen stach. Das erste, was sie am Morgen nach ihrer ersten Liebesnacht zu sehen bekam, war der Fußboden neben dem Bett, und wenn Gray auch nur noch einen Zentimeter näherrückte, verlöre sie glatt das Gleichgewicht und läge, statt den Boden nur zu sehen, auch noch darauf.

Nur wenige Sekunden und ein fröstelndes Zittern in der kühlen Morgenluft, und sie merkte, daß nicht ein Zentimeter ihres Körpers zugedeckt war.

Gray hingegen hatte sich, gemütlich wie eine Raupe in einen Kokon, in die warme Decke gehüllt.

Er hatte sich genüßlich auf der Matratze ausgestreckt und schlief wie ein Toter. Sie wünschte, sie hätte sagen können, seine kuschelige Haltung und der Ellbogen, der inzwischen in der Nähe ihrer Niere lag, wären Kennzeichen liebevoller Fürsorglichkeit, aber wenn sie ehrlich war, sprach diese Position schlicht und einfach von Gier. Und selbst als sie zögernd an ihm herumzuschieben begann, rührte er sich nicht vom Fleck.

Aha, dachte sie. Offenbar war der Kerl es nicht gewohnt zu teilen.

Sie hätte weiter um ihren Anteil an der Decke ringen können – allein aus Prinzip –, aber durchs Fenster fiel bereits der morgendliche Sonnenschein, und wie jeden Tag hatte sie eine Menge zu tun.

Um ihn nicht zu stören, glitt sie möglichst lautlos aus dem Bett, obgleich, wie sie feststellte, diese Rücksichtnahme völlig überflüssig war, denn kaum hatte sie die Füße auf den Boden gestellt, belegte er knurrend auch noch ihren schmalen Streifen Matratze mit Beschlag.

Nun, wenigstens konnte sie sich noch an den Überresten des romantischen Abends erfreuen. Die Kerzen hatten sich irgendwann im Verlauf der Nacht in ihrem eigenen Wachs gelöscht. Die leere Champagnerflasche stand in dem silbernen Eimer auf dem Tisch, die Blumen erfüllten die Luft mit ihrem Duft, und durch die geöffneten Vorhänge fielen zwar keine Mond-, dafür aber jede Menge Sonnenstrahlen auf das Bett.

Er hatte alles perfekt arrangiert, dachte sie. Hatte genau gewußt, was für eine perfekte Liebesnacht vonnöten war.

Wobei allerdings der sogenannte Morgen danach nicht ganz ihren Träumen entsprach. Wenn er schlief, wirkte er nicht wie ein verträumter, unschuldiger Junge, sondern wie ein Mann, der mehr als zufrieden mit sich war. Und statt daß er ihren ersten Tag als Liebespaar mit einem sanften Streicheln und einem geflüsterten »Guten Morgen« begann, warf er sie knurrend aus dem Bett.

Die Launen des Grayson Thane, dachte sie. Vielleicht schriebe sie über dieses Thema eines Tages mal ein Buch.

Amüsiert zog sie ihr neben dem Bett liegendes Nachthemd über den Kopf, verließ das Zimmer und ging die Treppe hinab.

Ein Tee wäre nicht schlecht, dachte sie, der brächte sie bestimmt in Schwung. Und da der Himmel vielversprechend aussah, machte sie am besten Wäsche und hängte sie im Garten auf.

Auch das Haus selbst hatte ein wenig frische Luft verdient, überlegte sie und machte im Vorbeigehen die Fenster auf. Durch das Wohnzimmerfenster entdeckte sie Murphy, dessen Kopf unter der Motorhaube ihres Wagens verborgen war.

Sie beobachtete ihn einen Augenblick, und ihre Verärgerung rang mit ihrer Loyalität und ihrer Zuneigung zu ihm. Als sie allerdings durch die Haustür trat und durch den Vordergarten zu ihm ging, hatten die positiven Gefühle bereits gesiegt.

»Ich habe nicht erwartet, dich zu sehen«, setzte sie an.

»Ich habe doch gesagt, daß ich komme, um mir den Wagen anzugucken.« Er hob den Kopf unter der Motorhaube hervor und musterte seine Freundin, wie sie in ihrem züchtigen Nachthemd, mit wirrem Haar und nackten Füßen vor ihm stand. Wobei er, anders als Gray, bei ihrem Anblick allerdings nicht in Verzückung geriet, denn sie war niemand anderes als einfach Brianna für ihn, und was ihn interessierte, war, ob sie ihm immer noch böse oder wieder wohlgesonnen war. Da ihr Gesicht keine Regung erkennen ließ, wandte er sich wieder seiner Arbeit zu.

»Der Anlasser sieht übel aus«, murmelte er.

»Das ist mir nicht neu.«

»Der Motor ist krank wie ein altes Pferd. Ich kann ein paar Ersatzteile besorgen und ihn notdürftig flicken, aber so wie ich die Sache sehe, lohnt sich das eigentlich nicht mehr.«

»Wenn er wenigstens noch den Sommer über fährt, vielleicht bis zum Herbst ...« Sie verstummte, als er zu fluchen begann. Sie konnte ihm einfach nicht lange böse sein. Seit sie denken konnte, war er ihr bester Freund. Und genau deshalb, so wußte sie, hatte er ihr nichts von der Sache gesagt.

»Es tut mir leid, Murphy.«

Endlich richtete er sich auf und sah sie mit Augen an, in denen alles, was er empfand, deutlich zu lesen war. »Mir auch. Ich habe dir bestimmt nicht weh tun wollen, Brie. Gott ist mein Zeuge.«

»Ich weiß.« Sie trat einen Schritt auf ihn zu und schlang ihm die Arme um den Hals. »Ich hätte nicht so böse werden sollen, Murphy. Das hast du wirklich nicht verdient.«

»Du hast mir richtiggehend Angst gemacht. Jawohl.« Er zog

sie eng an seine Brust. »Vor lauter Sorge um dich habe ich die ganze Nacht kein Auge zugemacht – außerdem hatte ich Angst, du würdest mir nicht verzeihen und mir keine Brötchen mehr backen. Fürchterlich.«

Wie er gehofft hatte, schüttelte sie lachend den Kopf und küßte seinen Hals. »Eigentlich war ich auf Rory und meine Mutter wütend, Murphy, nicht auf dich. Ich weiß, du hast dich so verhalten, weil du mich schützen wolltest. Genau wie Maggie.« Brianna legte den Kopf an seine Schulter und schloß die Augen. »Aber meine Mutter, Murphy, wie war sie nur zu so etwas fähig?«

»Ich kann es nicht sagen, Brie.«

»Du willst es nicht sagen‹, murmelte sie, legte den Kopf in den Nacken und sah ihn an. So ein hübscher Kerl, dachte sie, und eine Seele von Mensch. Es war nicht richtig von ihr, ihn dazu zu zwingen, daß er ein Urteil über ihre Mutter sprach. Und außerdem wollte sie ihn wieder lächeln sehen. »Sag mir, hat Rory dir sehr weh getan?«

Murphy stieß ein typisch männliches, verächtliches Schnauben aus. »Die reinsten Kinderhände hatte der, und nicht das kleinste bißchen Stil. Wäre ich auf seinen Angriff gefaßt gewesen, hätte er noch nicht mal den ersten Treffer gelandet, ha.«

Sie sah ihn mit blitzenden Augen an. »Ganz bestimmt nicht. Und, hast du ihm in meinem Namen einen ordentlichen Nasenstüber verpaßt, Murphy-Schatz?«

»Das und noch mehr. Als ich mit ihm fertig war, war seine Nase gebrochen und er hatte ein, zwei Zähne verloren.«

»Du bist ein echter Held.« Sie küßte ihn auf beide Wangen. »Es tut mir leid, daß sie dich so benutzt hat.«

Er zuckte mit den Schultern, als wäre es ihm egal. »Ich bin froh, daß ich derjenige war, der ihm das Gesicht zu Brei geschlagen hat, jawohl. Ich habe diesen Bastard nie gemocht.«

»Nein«, sagte Brianna leise. »Weder du noch Maggie. Anscheinend habt ihr beide etwas in ihm gesehen, was ich nicht sah, oder ich habe etwas in ihm gesehen, was es niemals gab.«

»Mach dir darüber keine Gedanken mehr, Brie. Schließlich ist es Jahre her.« Er wollte ihr gerade die Wange tätscheln, als ihm einfiel, daß seine Hand vom Motoröl des Wagens schmierig war. »Aber jetzt geh besser ins Haus zurück, bevor du dich schmutzig machst. Warum läufst du überhaupt barfuß hier draußen herum?«

»Weil ich mich mit dir versöhnen wollte.« Sie lächelte, und als sie das Geräusch einer zuknallenden Autotür vernahm, blickte sie zur Straße hin. Kurze Zeit später trat Maggie durch das Gartentor. Brianna faltete die Hände und sah Murphy mit hochgezogenen Brauen an. »Du hast sie gewarnt, nicht wahr?« murmelte sie.

»Nun, ich dachte, daß es vielleicht besser ist.« Und jetzt dachte er, daß es besser war, er zöge sich diskret zurück.

»Tja.« Maggie kam um eine wippende Akelei herum auf sie zu. »Ich dachte, daß du vielleicht mit mir reden willst.«

»Allerdings. Dachtest du, ich hätte kein Recht, es zu erfahren, Maggie?«

»Ich war nicht um irgendwelche Rechte besorgt, Brianna, sondern um dich.«

»Ich habe ihn geliebt«, sagte Brianna und stieß gleichzeitig einen erleichterten Seufzer aus, weil sie merkte, daß dieses Gefühl nun tatsächlich ein Teil der Vergangenheit war. »Hätte ich Bescheid gewußt, dann hätte ich früher aufhören können, ihn zu lieben.«

»Das stimmt vielleicht, und es tut mir leid. Aber ich konnte es dir nicht sagen.«

Zu ihrer aller Verlegenheit stiegen plötzlich Tränen in Maggies Augen auf. »Ich konnte es einfach nicht. Du warst auch so schon furchtbar verletzt, traurig und verloren.« Mit zusammengepreßten Lippen kämpfte sie gegen die Tränen an. »Ich wußte einfach nicht, was das beste war.«

»Wir haben die Entscheidung gemeinsam gefällt«, sprang Murphy Maggie bei. »Selbst wenn wir es dir gesagt hätten, hätte ihn dir das nicht zurückgebracht, Brie.«

»Denkt ihr etwa, ich hätte ihn noch gewollt?« Hitzig und stolz warf sie ihr wallendes Haar zurück. »Haltet ihr denn so wenig von mir? Er hat ihre Lügen geglaubt. Nein, ich hätte ihn bestimmt nicht mehr zurückhaben wollen.« Sie atmete heftig aus und langsam wieder ein. »Aber ich denke, wenn ich an deiner Stelle gewesen wäre, Margaret Mary, dann hätte ich vielleicht dasselbe getan. Ich hätte dich genug geliebt, um dasselbe zu tun.«

Sie rieb ihre Hände aneinander, und dann streckte sie sie ihrer Schwester hin. »Komm rein, ich koche uns einen Tee. Hast du schon gefrühstückt, Murphy?«

»Kaum.«

»Dann rufe ich dich, wenn alles fertig ist.« Maggie an der Hand, drehte sie sich herum, und plötzlich entdeckte sie Gray in der Tür. Unweigerlich errötete sie, sowohl aus Freude als auch aus Verlegenheit. Aber ihre Stimme klang wie immer, und ihr freundliches Kopfnicken verriet ebenfalls in keiner Weise, wie es um ihre Emotionen stand. »Guten Morgen, Grayson. Ich wollte gerade Frühstück machen.«

Aha, sie tut, als wäre nichts geschehen, dachte Gray, ehe er ihr Kopfnicken erwiderte. »Sieht aus, als hätte ich heute morgen Gesellschaft beim Essen. Morgen, Maggie.«

Während Maggie mit Brianna zur Haustür ging, unterzog sie ihn einer eingehenden Musterung. »Morgen, Gray. Du wirkst ... erholt.«

»Die irische Luft tut mir gut.« Er trat zur Seite und ließ die beiden Frauen an sich vorbei. »Ich werde mal sehen, was Murphy macht.«

Er spazierte den Gartenweg hinunter und trat neben die offene Motorhaube des Wagens, unter der Murphys Kopf abermals verschwunden war. »Und, was meinst du?«

Murphy richtete sich auf, lehnte sich gegen den Wagen und sah ihn an. »Ich denke, daß der Schaden nicht so leicht zu beheben ist.«

Da keiner der beiden über den Motor des Wagens sprach, schob Gray seine Daumen in die Taschen seiner Jeans, wippte auf den Fußsohlen und fragte: »Meinst du, daß du sie immer noch beschützen mußt? Kann ich verstehen, obwohl ich nicht Rory bin.«

»Das habe ich auch nie gedacht.« Murphy kratzte sich nachdenklich am Kinn. »Weißt du, unsere Brie ist ganz schön zäh. Aber selbst eine zähe Frau kann Schaden nehmen, wenn achtlos mit ihr umgegangen wird.«

»Ich habe nicht die Absicht, achtlos mit ihr umzugehen.« Er zog eine Braue hoch. »Und, überlegst du, ob du mich verprügeln sollst, Murphy?«

»Noch nicht.« Er lächelte. »Ich mag dich, Grayson, und ich hoffe inständig, daß ich dir nicht eines Tages die Knochen brechen muß.«

»Ich mag dich ebenfalls.« Zufrieden wandte sich Gray dem Motor zu. »Meinst du nicht, daß es an der Zeit ist, das Ding zu beerdigen?«

Murphy stieß einen abgrundtiefen Seufzer aus. »Allerhöchste Zeit.«

Dennoch wandten sich die beiden Männer einträchtig abermals dem Wagen zu.

In der Küche wartete Maggie, bis die Luft von Kaffeeduft erfüllt und bis Con mit seinem Frühstück beschäftigt war. Brianna hatte sich hastig angezogen, die Schürze umgebunden, und schnitt geschäftig Schinken.

»Ich bin ein bißchen spät aufgestanden«, setzte Brianna an, »so daß es heute weder frische Muffins noch frische Brötchen gibt. Aber ich habe noch jede Menge Brot.«

Maggie saß am Tisch, da sich ihre Schwester jede Einmischung in die Essensvorbereitungen verbat. »Ist alles in Ordnung mit dir, Brianna?«

»Was sollte denn nicht in Ordnung sein? Möchtest du auch Würstchen haben?«

»Egal, Brie ...« Maggie fuhr sich verlegen mit der Hand durchs Haar. »Er war der erste Mann für dich, nicht wahr?« Als Brianna ihr keine Antwort gab, stand Maggie auf. »Hast du gedacht, ich wüßte es nicht? Dabei braucht man euch beide nur zu sehen. Es ist, als ob er dich mit den Augen geradezu verschlingt.«

Sie rieb sich geistesabwesend den Bauch und begann, nervös in der Küche auf- und abzugehen. »Oder sieh dich selbst doch nur mal an.«

»Habe ich vielleicht ein Schild um den Hals, auf dem steht, gefallene Frau?« fragte Brianna kühl.

»Verdammt, du weißt genau, daß es mir darum nicht geht.« Wütend blieb Maggie vor ihr stehen. »Jeder, der Augen im Kopf hat, sieht, wie es um euch beide steht.« Auch ihre Mutter hatte Augen im Kopf, dachte Maggie erbost, und sie kam in wenigen Tagen aus Frankreich zurück. »Ich will mich bestimmt nicht einmischen, und ich will dir auch keine ungebetenen Ratschläge erteilen, ich möchte nur wissen ... das heißt, ich muß wissen, daß mit dir alles in Ordnung ist.«

Jetzt lächelte Brianna, und ihre starre Haltung entspannte sich. »O ja, Maggie. Er war sehr gut zu mir. Gut und sanft. Er ist ein freundlicher und zärtlicher Mann.«

Maggie strich Brianna über die Wange und über das Haar. »Du bist in ihn verliebt.«

»Ja.«

»Und er?«

»Er ist es gewohnt, allein zu sein, zu kommen und zu gehen, wie es ihm gefällt, ohne an jemanden gebunden zu sein.«

Maggie legte den Kopf auf die Seite und sah Brianna fragend an. »Und du hast die Absicht, das zu ändern?«

Leise summend wandte sich Brianna wieder ihrer Arbeit zu. »Meinst du nicht, daß ich das kann?«

»Ich denke, er wäre ein Narr, wenn er dich nicht lieben würde. Aber einen Mann zu verändern ist, als ob man durch klebrigen Sirup geht. Es ist mühsam, und man kommt kaum voran.«

»Nun, es geht mir weniger darum, ihn zu verändern, als ihm zu zeigen, welche Alternative es zu seinem bisherigen Leben gibt. Ich kann ihm ein Zuhause geben, Maggie, wenn er mich läßt.« Dann allerdings schüttelte sie den Kopf. »Oh, um über solche Dinge nachzudenken, ist es noch viel zu früh. Er hat mich glücklich gemacht, und das reicht mir im Augenblick.«

Maggie hoffte nur, daß Brianna sich mit dieser Aussage nicht selbst belog. »Was willst du in bezug auf Mutter tun?«

»Was Gray betrifft, so werde ich nicht zulassen, daß sie abermals mein Glück zerstört.« Briannas Blick wurde kalt, und, Kartoffelstückchen in den Händen, wandte sie sich der Pfanne zu. »Und was die andere Sache betrifft, so weiß ich es noch nicht. Aber ich werde die Geschichte selbst regeln, Maggie. Ist das klar?«

»Allerdings.« Ihre durch acht Monate Schwangerschaft begründete Behäbigkeit siegte, und sie setzte sich wieder auf einen Stuhl. »Gestern hat sich der New Yorker Detektiv bei uns gemeldet.«

»Hat er das? Und, hat er sie inzwischen ausfindig gemacht?«

»Die Sache ist komplizierter, als wir dachten. Er hat einen Bruder gefunden – einen pensionierten Polizisten, der immer noch in New York lebt.«

»Nun, das ist doch zumindest ein Anfang oder nicht?« Inzwischen rührte Brianna Pfannkuchenteig.

»Eher ein Ende, fürchte ich. Zuerst weigerte sich der Mann, auch nur zuzugeben, daß er eine Schwester hat. Und als der Detektiv weiterbohrte – er hatte eine Kopie von Amandas

Geburtsurkunde und so –, sagte dieser Dennis Dougherty, er hätte von Amanda seit über fünfundzwanzig Jahren nichts mehr gehört. Sie wäre keine Schwester für ihn, denn sie hätte sich in Schwierigkeiten gebracht und dann wäre sie abgehauen. Er sagte, er wüßte nicht, wohin sie gegangen sei, und es wäre ihm auch herzlich egal.«

»Wie traurig für ihn«, murmelte Brianna. »Und ihre Eltern? Amandas Eltern?«

»Tot, alle beide. Die Mutter erst seit letztem Jahr. Es gibt noch eine Schwester, die irgendwo im Westen der USA verheiratet ist. Mit ihr hat Rogans Mann ebenfalls gesprochen, und sie scheint etwas weichherziger zu sein, aber helfen konnte sie ihm ebenfalls nicht.«

»Aber sie muß doch etwas wissen«, protestierte Brianna. »Sie weiß doch sicher, wo ihre eigene Schwester zu finden ist.«

»Offenbar nicht. Anscheinend gab es einen furchtbaren Familienkrach, als Amanda verkündete, daß sie ein Kind erwartete, und sich weigerte, zu sagen, wer der Vater war.« Maggie machte eine Pause und starrte mit zusammengepreßten Lippen vor sich hin. »Ich weiß nicht, ob sie Dad oder sich selbst oder das Kind schützen wollte, aber der Schwester zufolge gab es einen Riesenstreit. Sie waren streng katholische Iren und sahen eine unverheiratete, schwangere Tochter als Schande für die ganze Familie an. Sie wollten, daß sie fortging, das Kind bekam und zur Adoption freigab. Anscheinend weigerte sie sich und ging statt dessen einfach davon. Ob sie sich je noch einmal bei ihren Eltern gemeldet hat, ist ungewiß. Der Bruder schweigt, und die Schwester weiß es nicht.«

»Also haben wir immer noch nichts.«

»Fast nichts. Er – der Detektiv – hat herausgefunden, daß sie vor all den Jahren zusammen mit einer Freundin hier in Irland war. Und jetzt sucht er diese Frau.«

»Dann warten wir wohl am besten einfach weiter ab.« Sie

stellte eine Kanne Tee auf den Tisch und sah ihre Schwester stirnrunzelnd an. »Du siehst blaß aus.«

»Ich bin müde, sonst nichts. Es ist nicht mehr so einfach zu schlafen, wenn man nicht weiß, wie man liegen soll.«

»Wann hast du deinen nächsten Arzttermin?«

»Heute nachmittag.« Maggie griff nach der Kanne und setzte ein Lächeln auf.

»Dann bringe ich dich hin. Ich denke, es ist nicht gut, wenn du dich noch selbst hinter das Lenkrad setzt.«

Maggie seufzte. »Du klingst wie Rogan. Er kommt extra den ganzen Weg von der Galerie nach Hause, nur damit er mich fahren kann.«

»Gut. Und bis er dich abholen kommt, bleibst du hier bei mir.« Mehr besorgt als erfreut, als keine Gegenrede kam, ging Brianna an die Tür und rief die beiden Männer zum Frühstück herein.

Sie verbrachte den Tag wohlgelaunt, indem sie Maggie bemutterte und ein amerikanisches Paar empfing, das bereits zwei Jahre zuvor in ihrer Pension zu Gast gewesen war. Gray war mit Murphy unterwegs, um sich nach Ersatzteilen für ihr Auto umzusehen. Der Himmel blieb klar, es war erfreulich warm, und nachdem Maggie mit Rogan davongefahren war, kümmerte sich Brianna um ihr Kräuterbeet.

Frisch gewaschene Wäsche blähte sich im Wind, aus den offenen Fenstern des Hauses drang leise Musik, ihre Gäste saßen im Wohnzimmer beim Tee, und ihr Hund lag neben ihr in der Sonne und machte ein Nickerchen.

Nichts fehlte ihr zu ihrem Glück.

Mit einem Mal stellte Con die Ohren auf, und sie selbst hob den Kopf, als sie die Geräusche zweier Fahrzeuge vernahm. »Das eine ist Murphys Laster«, sagte sie zu Con, der bereits aufgesprungen war. »Und das andere Geräusch kenne ich nicht. Meinst du, wir bekommen noch einen Gast?«

Hocherfreut stand Brianna auf, klopfte sich den Staub von der Schürze und ging ums Haus. Con war bereits fröhlich bellend losgerannt.

Auf der Straße entdeckte sie Gray und Murphy, die beide dümmlich grinsten, während der Hund sie begrüßte, als hätte er sie seit Tagen nicht gesehen. Mit zusammengekniffenen Augen sah sie auf den blitzenden, neuen, blauen Sedan, der vor Murphys Laster stand.

»Ich dachte auch, ich hätte zwei Motoren gehört.« Sie sah sich um. »Sind sie schon reingegangen?«

»Wer?« fragte Gray.

»Die Leute, die mit dem Auto gekommen sind. Haben sie noch Gepäck im Wagen? Am besten koche ich erst mal frischen Tee.«

»Ich bin mit dem Auto gekommen«, klärte Gray sie auf. »Und ein Tee wäre nicht schlecht.«

»Viel Glück, alter Knabe«, flüsterte Murphy. »Ich muß jetzt leider gehen«, setzte er zur Vorbereitung seiner Flucht laut hinzu. »Meine Kühe warten bestimmt schon auf mich.« Er rollte mit den Augen, schüttelte den Kopf, kletterte in seinen Laster und machte sich eilends aus dem Staub.

»Was war denn das?« wunderte sich Brianna, als Murphy rückwärts auf die Straße fuhr. »Was habt ihr beide angestellt, und warum kommst du in diesem Wagen, wo du doch schon einen anderen hast?«

»Irgend jemand mußte ihn ja fahren, und Murphy mag es nicht, wenn jemand anderes seinen Laster fährt. Wie gefällt er dir?« Typisch Mann, strich Gray ebenso liebevoll über den vorderen Kotflügel wie über die geschmeidige, seidig weiche Schulter einer Frau.

»Sehr schön.«

»Läuft phantastisch. Willst du mal den Motor sehen?«

»Ich glaube, nein.« Sie runzelte die Stirn. »Hat dir dein anderer nicht mehr gefallen?«

»Mein anderer was?«

»Dein anderer Wagen.« Lachend schüttelte sie ihr Haar zurück. »Was ist los, Grayson?«

»Warum setzt du dich nicht mal hinter das Lenkrad, damit du ein Gefühl dafür bekommst?« Von ihrem Lachen ermutigt, nahm er ihren Arm und zog sie zur Fahrertür. »Er hat erst ungefähr zwanzigtausend Meilen drauf.«

Murphy hatte ihn gewarnt, daß der Kauf eines neuen Wagens ebenso dämlich wäre, als spucke man gegen den Wind.

Willens, ihm eine Freude zu machen, erklomm Brianna den Fahrersitz. »Sehr nett. Fühlt sich tatsächlich wie ein Auto an.«

»Aber gefällt es dir?« Grinsend stützte er die Ellbogen im geöffneten Fenster ab.

»Es ist ein schönes Auto, Gray, und ich bin sicher, daß du viel Spaß mit ihm haben wirst.«

»Es gehört dir.«

»Mir? Was meinst du damit, es gehört mir?«

»Deine alte Karre haben wir ihrer wohlverdienten letzten Ruhe zugeführt. Murphy und ich waren uns einig, daß es hoffnungslos war, also habe ich dir als Ersatz diesen Wagen hier gekauft.«

Er japste auf, als sie die Tür aufriß und ihm unsanft gegen das Schienbein stieß. »Nun, dann bringst du ihn besser wieder dorthin zurück, wo du ihn gefunden hast.« Ihre Stimme war bedrohlich kühl, und es störte sie nicht im geringsten, daß er sich stöhnend das Bein rieb. »Ich entscheide immer noch selbst, wann ich einen neuen Wagen kaufen will.«

»Du kaufst ihn doch gar nicht. Ich kaufe ihn. Das heißt, ich habe ihn gekauft.« Er richtete sich wieder auf und begegnete ihrer Eiseskälte mit purer Vernunft. »Du brauchst ein zuverlässiges Transportmittel, und ich habe es dir besorgt. Und jetzt hör endlich auf, so halsstarrig zu sein.«

»Ich bin also halsstarrig, ja? Nun, dafür bist du ein arroganter Schnösel, Grayson Thane. Gehst einfach los und kaufst einen Wagen, ohne daß du mich auch nur fragst. Ich mag es nicht, wenn man mir derartige Entscheidungen abnimmt, und ich brauche es nicht, daß man sich um mich kümmert, als wäre ich ein kleines Kind.«

Am liebsten hätte sie ihn angeschrien. Er stellte fest, daß sie das Bedürfnis nur mit Mühe unterdrückte und daß sie ihren heißen Zorn hinter einer eisigen Würde verbarg, die ihn innerlich lächeln ließ. Allerdings hielt er es für ratsam, äußerlich ernst zu sein.

»Es ist ein Geschenk, Brianna.«

»Eine Schachtel Pralinen ist ein Geschenk.«

»Eine Schachtel Pralinen ist ein Cliché«, verbesserte er, ehe er kleinlauter weitersprach: »Sagen wir, dies ist meine Version einer Schachtel Pralinen.« Er trat einen Schritt vor, so daß sie zwischen seinem Körper und dem Wagen gefangen war. »Willst du, daß ich mir jedesmal Sorgen mache, wenn du durch die Gegend fährst?«

»Dazu besteht keine Veranlassung.«

»Und ob.« Ehe sie ihm ausweichen konnte, schlang er seine Arme um sie. »Ich sehe bereits bildlich vor mir, wie du eines Tages mit nichts als dem Lenkrad in der Hand die Straße heraufgetuckert kommst.«

»Du hast einfach eine zu lebhafte Phantasie.« Sie wandte den Kopf, aber geschickt küßte er ihren Hals. »Hör auf. So kriegst du mich auch nicht rum.«

O doch, dachte er. »Willst du wirklich hundert Pfund für eine verlorene Sache ausgeben, meine praktische Brianna? Und willst du wirklich weiter den armen Murphy bitten, sich jeden zweiten Tag mit einem nutzlosen Haufen Schrott herumzuplagen, nur damit du deinen Stolz bewahren kannst?«

Sie stieß ein verächtliches Schnauben aus, aber er versiegelte ihre Lippen mit seinem Mund. »Du weißt selbst, daß du das nicht willst«, murmelte er. »Es ist nur ein Auto, Brianna. Nur ein Ding.«

Ihr wurde schwindlig, und sie machte eilig die Augen zu. »Ein solches Ding kann ich nicht annehmen. Hörst du endlich auf, mich zu küssen! Ich habe Gäste, die uns vom Wohnzimmer aus sehen.«

»Ich warte schon den ganzen Tag darauf, daß ich dich endlich wieder küssen kann. Das heißt, eigentlich warte ich schon den ganzen Tag darauf, daß du dich wieder zu mir ins Bett gesellst. Du duftest herrlich.«

»Das ist der Rosmarin aus dem Kräuterbeet. Hör auf. Ich kann nicht nachdenken.«

»Das sollst du ja auch nicht. Du sollst mich küssen. Nur einmal.«

Wäre ihr nicht so schwindlig gewesen, hätte sie es bestimmt nicht getan, aber seine Lippen lagen bereits auf ihrem Mund, und so ergab sie sich.

Er ließ sich alle Zeit der Welt, vertiefte den Kuß auf die ihm eigene sanfte, sinnliche Art, nahm ihre allmähliche Erwärmung ebenso in sich auf wie den zarten Kräuterduft ihrer Hände, die sie an seine Wangen hob, und die zarte, beinahe widerwillige Unterwerfung ihres Leibs.

Einen Augenblick lang vergaß er, daß er sie küßte, damit sie nicht länger böse war und den Wagen nahm, und gab sich ganz dem sinnlichen Vergnügen hin.

»Du hast einen so wunderbaren Mund, Brianna.« Begierig fuhr er mit den Zähnen über ihre Lippen. »Ich frage mich, wie ich es geschafft habe, mich so lange von dir fern zu halten.«

»Du versuchst, mich abzulenken.«

»Ich habe dich bereits abgelenkt. Und mich ebenfalls.« Überrascht, daß ein spielerischer Kuß seinen Herzschlag derart beschleunigte, hielt er sie auf Armeslänge von sich ab. »Vergessen wir die praktischen und all die anderen intellektuellen Gründe, die ich vorbringen wollte, damit du den verdammten Wagen nimmst. Ich möchte ihn dir schenken. Es würde mich glücklich machen, wenn du ihn nimmst.«

Seine praktischen, intellektuellen Erwägungen hätten sie nicht überzeugt, aber wie sollte sie dieser stillen Bitte, diesem eindringlichen Flehen in seinen Augen widerstehen?

»Das ist nicht fair«, murmelte sie.

»Ich weiß.« Er murmelte einen unverständlichen Fluch. »Ich weiß. Ich sollte auf der Stelle gehen, Brianna. Packen, von hier verschwinden und weiterziehen.« Als sie ihn reglos ansah, fluchte er erneut. »Wahrscheinlich kommt irgendwann der Zeitpunkt, an dem du wünschst, ich hätte es getan.«

»Nein.« Sie faltete die Hände, denn sie fürchtete, wenn sie ihn jetzt berührte, ließe sie ihn niemals wieder los. »Warum hast du mir diesen Wagen gekauft, Grayson?«

»Weil es mir ein Bedürfnis war«, stieß er hervor, doch dann fuhr er ruhiger fort. »Weil es mir ein Bedürfnis war, etwas für dich zu tun. Es ist nichts Besonderes, Brie. Das Geld ist kein Problem für mich.«

Sie zog die Brauen hoch. »Oh, ich weiß. Du zündest dir wahrscheinlich sogar deine Zigaretten mit Pfundnoten an, nicht wahr? Denkst du etwa, all dein Geld wäre wichtig für mich, Grayson? Denkst du etwa, ich mag dich, weil du mir ein neues Auto kaufen kannst?«

Er öffnete den Mund, um zu protestieren, doch dann klappte er ihn beschämt wieder zu. »Nein, das denke ich nicht. Ich denke, mein Geld ist dir vollkommen egal.«

»Nun, dann wäre zumindest diese Sache geklärt.« Er war ein so bedürftiger Mensch, dachte sie, und er wußte es noch nicht einmal. Dieses Geschenk war für ihn wichtiger gewesen als für sie. Und das war etwas, was sie akzeptieren konnte, ohne auf die Barrikaden zu gehen. Sie drehte sich um und sah sich den Wagen genauer an. »Mir ein solches Geschenk zu machen, war sehr nett von dir, und ich habe mich noch nicht einmal anständig dafür bedankt.«

Er fühlte sich wie ein kleiner Junge, dem man irgendeinen Streich verzieh. »Dann nimmst du es also an.«

»Allerdings.« Sie drehte sich wieder zu ihm herum und gab ihm einen liebevollen Kuß. »Und vielen Dank.«

Sofort umspielte ein fröhliches Grinsen seinen Mund. »Murphy schuldet mir fünf Pfund.«

»Ihr habt also um mich gewettet, stimmt's?« fragte sie in belustigtem Ton. Typisch Mann.

»Es war seine Idee.«

»Mmm. – Tja, am besten gehe ich einfach rein, gucke, ob meine Gäste zufrieden sind, und dann machen wir eine kleine Probefahrt.«

Wie sie gehofft hatte, kam er in jener Nacht, ebenso wie in der nächsten, während die Gäste friedlich in ihren Zimmern schliefen, zu ihr. Ihre Pension war voll, so wie es ihr gefiel, und als sie über ihren Büchern saß, wurde ihr leicht ums Herz. Es fehlte nicht mehr viel, und dann hätte sie die Summe zusammen, die für den Kauf des Materials für das Gewächshaus erforderlich war.

Er fand sie, wie sie, in ihren Morgenmantel gehüllt, einen Füller an den Lippen, mit verträumten Augen an ihrem Schreibtisch saß.

»Denkst du gerade an mich?« murmelte er, während er ihr mit den Lippen über den Nacken strich.

»Eigentlich habe ich gerade an Südlage und Doppelverglasung gedacht.«

»Nicht gerade schmeichelhaft, wenn man in den Gedanken eines Menschen an zweiter Stelle, hinter einem Gewächshaus rangiert.« Inzwischen hatte er sich zu ihrem Kinn hinaufgearbeitet, als sein Blick auf ein vor ihr liegendes Schreiben fiel. »Was ist denn das? Ein Antwortschreiben von der Bergwerksgesellschaft.«

»Ja, endlich haben sie mal in ihren Büchern nachgelesen. Wenn wir ihnen die Aktie zurückgeben, bekommen wir tausend Pfund.«

Stirnrunzelnd richtete er sich auf. »Tausend Pfund? Für zehntausend Anteile? Das erscheint mir aber nicht gerade viel.«

Statt einer Antwort stand sie lächelnd auf und zog die Nadeln aus ihrem Haar. Normalerweise war dies ein Ritual, das er genoß, aber dieses Mal starrte er statt auf sie weiter auf das Blatt Papier, das auf ihrem Schreibtisch lag.

»Du hast Dad nicht gekannt«, sagte sie. »Das ist wesentlich mehr, als ich erwartet hätte. Fast ein Vermögen, denn normalerweise hat er bei all seinen Geschäften stets mehr verloren als verdient.«

»Zehn Pence pro Anteil.« Er nahm den Brief in die Hand. »Was, sagen sie, hat er dafür bezahlt?«

»Halb soviel, wie du aus dem Schreiben ersehen kannst. Soweit ich mich erinnere, hat er in seinem ganzen Leben mit keiner Sache je soviel verdient. Ich brauche nur noch Rogan zu sagen, daß er ihnen die Aktie schicken soll.«

»Tu's nicht.«

»Tu's nicht?« Die Bürste in der Hand, sah sie ihn verwundert an. »Und warum nicht, wenn ich fragen darf?«

»Hat Rogan irgendwelche Erkundigungen über das Unternehmen eingeholt?«

»Nein, er hat bereits genug mit Maggie und der bevorstehenden Eröffnung der Galerie zu tun. Ich habe ihn nur gebeten, daß er die Aktie für mich aufbewahrt.«

»Laß mich meinen Börsenmakler anrufen. Hör zu, es kann nicht schaden, wenn du einen Prospekt von dem Unternehmen und vielleicht sonst noch ein paar Informationen bekommst. Ein paar Tage mehr oder weniger sind doch jetzt auch egal, oder nicht?«

»Doch. Aber es scheint mir ein ziemlicher Umstand für dich zu sein.«

»Das Ganze kostet mich einen Anruf, mehr nicht. Meinem Makler machen solche Dinge Spaß.« Er legte den Brief auf den Tisch, ging zu ihr und nahm ihr die Bürste aus der Hand. »Laß mich das machen.« Er drehte sie so, daß sie in den Spiegel sah, und fuhr ihr sanft mit der Bürste durch das Haar. »Wie ein Gemälde von Tizian«, murmelte er. »Ein wunderbares Spiel von Schatten und Licht.«

Sie stand vollkommen reglos und sah ihn im Spiegel an. Es schockierte sie, wie intim, wie erregend diese Geste war. Die Art, in der er außer mit der Bürste mit den Fingern durch ihre Haare fuhr, so daß viel mehr als nur ihre Kopfhaut zu prickeln begann.

Dann hob er den Kopf, und als sie das Verlangen in seinen Augen sah, wallte die inzwischen bekannte Erregung in ihr auf.

»Nein, noch nicht.« Als sie sich zu ihm umdrehen wollte, hielt er sie fest, legte die Bürste zur Seite und schob ihr sanft das Haar aus dem Gesicht.

»Sieh genau hin«, murmelte er, während er am Gürtel ihres Morgenmantels zu ziehen begann. »Hast du dich je gefragt, wie wir zusammen aussehen?«

Die Vorstellung war so schockierend und so verführerisch zugleich, daß es ihr die Sprache verschlug. Er sah ihr in die Augen, öffnete den Morgenmantel und streifte ihn ihr ab. »In meiner Phantasie habe ich uns beide schon x-mal zusammen gesehen. Manchmal taucht dieses Bild während der Arbeit vor meinem geistigen Auge auf und lenkt mich ab, aber es ist schwer, deswegen wütend zu sein.«

Seine Hände glitten zu ihren Brüsten hinauf, so daß sie bereits erschauderte, ehe er ihr hochgeschlossenes Nachthemd aufzuknöpfen begann.

Sprachlos, hilflos beobachtete sie, wie er mit den Händen über ihren Körper glitt, spürte sie auf und unter ihrer Haut die Hitze der Leidenschaft. Ihre Beine schienen aus Wachs zu sein, so daß sie keine Wahl hatte, als sich an ihn zu lehnen, damit sie nicht in sich zusammensank. Wie in einem Traum sah sie, daß er ihr Nachthemd über ihre Schultern schob und die bloße Haut mit den Lippen berührte.

Verlangen und Hitze wallten in ihr auf, und mit einem leisen Raunen zeigte sie, daß ihr das Spiel seiner Zunge an ihrem schlanken Hals gefiel.

Es war verwirrend, nicht nur zu fühlen, sondern auch zu sehen. Obgleich ihre Augen immer größer wurden, als er ihr das Nachthemd über den Kopf zog, so daß sie unbekleidet vor ihm stand, schien sie zu einem Protest weder willens noch in der Lage zu sein.

Verwundert starrte sie die Frau im Spiegel an. Das bin ich, dachte sie verschwommen. Sie sah sich selbst, das bewies die leichte und zugleich unerträglich heiße Berührung, mit der seine Hand auf ihrer Brust verharrte.

»So weiß«, sagte er mit einer Stimme, deren Rauheit seine Leidenschaft verriet. »Wie mit Rosenblättern geschmücktes Elfenbein.« Sein Daumen auf ihrer Brustwarze führte dazu, daß sie stöhnend erschauderte, während er sie aus dunklen Augen im Spiegel betrachtete.

Es war wunderbar erotisch, die Bewegungen ihres Körpers zu sehen und ihr weiches, williges Gewicht zu spüren, als sie sich, vor Verlangen geschmeidig, an ihn drängte. Als erforsche er sie zum ersten Mal, fuhr er mit seiner Hand an ihrem Leib hinab und spürte, wie jeder einzelne ihrer Muskeln unter seiner Berührung zu zittern begann. Er war wie berauscht vom Duft ihres Haars, von der seidigen Weichheit ihrer schlanken, weißen Gestalt, vom Anblick ihres zitternden Spiegelbilds.

Er wollte geben, wollte ihr geben, was er noch keinem Menschen vor ihr gegeben hatte. Wollte lindern und erregen, beschützen und entflammen zugleich. Und sie, dachte er und küßte abermals sanft ihren Hals, sie war so perfekt und so großzügig, daß es einem den Atem nahm.

Es bedurfte nur einer Berührung, dachte er, einer einzigen

Berührung, damit ihre kühle Würde und ihre ruhige Gelassenheit wie Eis in der Sonne zerrannen.

»Brianna.« Atemlos verfolgte er, wie sie die Augen öffnete und ihn erneut im Spiegel betrachtete. »Beobachte genau, was mit dir passiert, wenn wir zusammen sind.«

Sie wollte etwas sagen, aber in diesem Augenblick glitt seine Hand an ihr hinab und umfaßte ihre heiße, feuchte Weiblichkeit. In ungläubigem Protest stieß sie seinen Namen hervor, doch seine Finger begannen bereits sanft und zugleich verführerisch zu streicheln.

Es war überwältigend und schockierend, seine Hand an ihrem Unterleib zu sehen und die langen, langsamen Liebkosungen zu spüren, unter denen sich ihr Innerstes in heißem Begehren zusammenzog. Ihr Spiegelbild verriet ihr, daß sie sich willig, eifrig, beinahe flehend an ihn preßte, doch als sie ihre Arme rückwärts um ihn schlang und seinen beschleunigenden Rhythmus mit der Hüfte übernahm, war jeder Gedanke an Scham wie ausgelöscht.

An ihn geheftet durch den spitzen, süßen Speer der Leidenschaft, zitterte sie immer noch, als er sie in die Arme nahm und zum Bett hinübertrug, wo der Unterricht in Sachen Liebe seinen Fortgang nahm.

14. Kapitel

»Morgen ist die Eröffnung, und er hat mich einfach von dort verbannt.« Das Kinn auf die Faust gestützt, saß Maggie an Briannas Küchentisch, von wo aus sie den Rücken ihrer Schwester mit zornigen Blicken maß. »Und setzt mich einfach bei dir ab, damit du mich während seiner Abwesenheit bewachst.«

Geduldig strich Brianna die Kuvertüre auf den Petit Fours für den Nachmittagstee ihrer Gäste glatt. Gray und drei äußerst lebhafte Kinder mitgezählt, waren sie momentan zu acht. »Margaret Mary, hat dir der Doktor nicht gesagt, daß du die Füße hochlegen sollst und daß das Baby, da es sich bereits gesenkt hat, früher als erwartet kommen kann?«

»Was weiß der schon?« Trotzig, als wäre sie selbst noch ein Kind, runzelte Maggie die Stirn. »Ich bin sicher, daß diese Schwangerschaft niemals ein Ende nimmt. Und falls Sweeney sich einbilden sollte, daß er mich morgen von der Eröffnung fernhalten kann, dann hat er sich geirrt.«

»Rogan hat nie gesagt, daß du nicht zur Eröffnung kommen sollst. Er wollte nur nicht, daß du ...« Beinahe hätte sie gesagt, ›daß du ihm die ganze Zeit vor den Füßen herumläufst‹, doch dann besann sie sich eines Besseren und meinte: »daß es zuviel für dich wird, wenn du heute schon den ganzen Tag auf den Beinen bist.«

»Schließlich ist es auch meine Galerie«, murmelte sie. Ihr Rücken tat höllisch weh, und außerdem hatte sie im Bauch ein widerliches Ziehen. Was nichts weiter zu bedeuten hatte, beruhigte sie sich selbst. Wahrscheinlich hatte sie einfach beim Mittagessen zuviel Lammbraten in sich hineingestopft.

»Natürlich ist sie das«, pflichtete Brianna ihr besänftigend bei. »Und morgen werden wir alle gemeinsam zur Eröffnung gehen. Die Anzeigen in den Zeitungen waren einfach toll. Ich bin sicher, daß es ein Riesenerfolg werden wird.«

Statt einer Antwort knurrte Maggie nur. »Wo treibt sich überhaupt dein Ami rum?«

»Er arbeitet. Hat sich in reiner Notwehr gegen das kleine deutsche Mädchen, das ständig in sein Zimmer gestapft kommt, dort eingesperrt.« Bei dem Gedanken lächelte sie. »Er ist so ein Schatz, wenn es um Kinder geht. Gestern abend hat er ein Würfelspiel mit ihr gemacht, und dabei hat sie sich in ihn verliebt, so daß sie ihn nicht mehr in Ruhe läßt.«

»Und du denkst, was für ein toller Vater er wäre, nicht wahr?«

Brianna setzte eine undurchdringliche Miene auf. »Das habe ich nicht gesagt. Obwohl er das tatsächlich wäre. Du solltest sehen, wie er ...« Als sie hörte, wie sich die Haustür öffnete, unterbrach sie sich. »Wenn das neue Gäste sind, muß ich ihnen wohl mein Zimmer geben und ins Wohnzimmer ziehen.«

»Statt die Reise nach Jerusalem zu spielen, schlaf doch einfach gleich bei Gray«, bemerkte Maggie und fuhr zusammen, als sie die Stimmen im Flur vernahm. »Na klasse. Dabei hatte ich gehofft, daß sie es sich noch einmal überlegt und vielleicht ganz in Frankreich bleibt.«

»Hör auf«, warnte Brianna und nahm zwei weitere Teetassen aus dem Schrank.

»Die Weltreisenden sind zurück«, verkündete Lottie mit fröhlicher Stimme, als sie hinter Maeve die Küche betrat. »Oh, was für eine wunderbare Villa ihr dort habt, Maggie. Der reinste Palast. Was haben wir uns amüsiert.«

»Du vielleicht«, schnaubte Maeve und stellte ihre Handtasche auf der Arbeitsplatte ab. »Ständig sind haufenweise halbnackte Ausländer am Strand herumgeturnt.«

»Ein paar der Männer haben nicht schlecht ausgesehen«, kicherte Lottie. »Einer von ihnen war ein amerikanischer Witwer, der unablässig mit Maeve geflirtet hat.«

»Süßholz hat er geraspelt.« Maeve winkte ab, aber ihre Wangen wiesen eine leicht verlegene Röte auf. »Aber ich habe ihn so gut wie möglich ignoriert.« Sie setzte sich und wandte sich mit einer gewissen Besorgnis, die sie allerdings sofort hinter einem erneuten verächtlichen Schnauben verbarg, Maggie zu. »Du bist spitz geworden. Tja, bald werden die Wehen einsetzen, und dann wirst du wissen, was eine Mutter zu erleiden hat.«

»Vielen Dank für den aufmunternden Kommentar.«

»Ach, das Mädchen ist stark wie ein Pferd«, sagte Lottie in munterem Ton und tätschelte Maggie tröstend die Hand. »Und jung genug, um ein halbes Dutzend Kinder zu bekommen, wenn sie will.«

Maggie lachte und rollte die Augen himmelwärts. »Ich weiß wirklich nicht, wer von euch beiden mich mehr deprimiert.«

»Schön, daß ihr rechtzeitig zurückgekommen seid, um morgen bei der Eröffnung der Galerie dabei zu sein«, sprach Brianna taktvoll ein anderes Thema an und trat mit der Teekanne an den Küchentisch.

»Ha. Was sollte ich wohl in einer Galerie?«

»Wir kommen ganz bestimmt.« Lottie bedachte Maeve mit einem strengen Blick. »Maeve, du weißt genau, daß du gesagt hast, du würdest dich freuen, Maggies Arbeiten und all die anderen wunderbaren Dinge zu sehen.«

Maeve rückte unbehaglich auf ihrem Stuhl hin und her. »Was ich gesagt habe, war, daß es mich überrascht, was für ein Aufhebens um ein bißchen Glas gemacht werden kann.« Ehe Lottie sie weiter in Verlegenheit bringen konnte, wandte sie sich mit gerunzelter Stirn Brianna zu. »Ich habe deinen Wagen gar nicht gesehen. Hat er sich inzwischen endgültig in seine Bestandteile aufgelöst?«

»Man sagte mir, es wäre hoffnungslos. Aber ich habe bereits einen neuen, den blauen Sedan, der draußen steht.«

»Einen neuen.« Geräuschvoll stellte Maeve ihre Tasse auf den Tisch zurück. »Du wirfst also dein Geld für einen neuen Wagen zum Fenster hinaus.«

»Es ist ja wohl ihr Geld, so daß sie damit machen kann, was sie will«, setzte Maggie hitzig an, aber als Brianna sie mit einem strengen Blick bedachte, verstummte sie.

»Er ist nicht neu, außer für mich. Es ist ein Gebrauchtwagen, und nicht ich habe ihn gekauft« – sie atmete tief ein –, »sondern Grayson.«

Einen Augenblick lang herrschte Schweigen im Raum. Lottie starrte mit zusammengepreßten Lippen auf ihre Tasse, und Maggie machte sich, ungeachtet des Ziehens in ihrem Leib, bereit, für ihre Schwester in die Bresche zu springen.

»Er hat ihn für dich gekauft?« Maeves Stimme war hart wie Stein. »Und du hast ihn angenommen? Ist es dir denn vollkommen egal, was man über dich denken wird?«

»Ich nehme an, man wird denken, daß Grayson sehr großzügig war.« Sie legte ihr Küchenmesser zur Seite und hob ihre Tasse an den Mund. Gleich würde sie anfangen zu zittern. Sie wußte und haßte es.

»Man wird denken, du hättest dich ihm verkauft. Und, stimmt das? Hast du das getan?«

»Nein.« Ihr Ton war von eisiger Gelassenheit. »Der Wagen war ein Geschenk, und als solches habe ich ihn angenommen. Es hat nichts damit zu tun, daß ich seine Geliebte bin.«

Na also, dachte sie. Sie hatte es gesagt. Ihr Magen verkrampfte sich, und ihre Hände zitterten, aber sie hatte es gesagt.

Kreidebleich und mit brennenden blauen Augen schob sich Maeve vom Tisch zurück. »Du hast also mit ihm herumgehurt.«

»Habe ich nicht. Ich habe mich einem Mann hingegeben,

den ich mag und bewundere. Und zwar war es das erste Mal für mich«, sagte sie und stellte zu ihrer eigenen Überraschung fest, daß sie nicht länger zitterte. »Obwohl du anscheinend bereits vor Jahren etwas anderes behauptet hast.«

Maeve wandte sich in zorniger Verbitterung Maggie zu.

»Nein, ich habe es ihr nicht verraten«, sagte Maggie in einigermaßen ruhigem Ton. »Ich hätte es tun sollen, aber ich habe es nicht getan.«

»Wie ich es herausgefunden habe, ist ja wohl bedeutungslos.« Brianna faltete die Hände in ihrem Schoß. Ihr war eiskalt, aber sie würde die Sache zu Ende führen. »Du hast das Glück, das ich vielleicht mit Rory gefunden hätte, zerstört.«

»Er war ein Nichts«, schoß Maeve zurück. »Ein Bauernsohn, aus dem nie etwas Anständiges geworden wäre. Mit ihm hättest du außer einem Haus voller schreiender Kinder nichts gehabt.«

»Ich wollte Kinder.« Heißer Schmerz brach durch das Eis. »Ich wollte eine Familie und ein Heim, aber wir werden nie herausfinden, ob ich es mit ihm gefunden hätte. Dafür hast du gesorgt, und zwar, indem du einen guten, anständigen Mann in deine Lügen einbezogen hast. Um mich zu schützen, Mutter? Das glaube ich nicht. Ich wünschte, ich könnte es. Aber du hast es wohl eher getan, um mich zu Hause festzuhalten. Wenn ich Rory geheiratet hätte, wer hätte dann dich und dieses Haus versorgt? Das werden wir ebenfalls nie erfahren.«

»Ich habe getan, was das beste für dich war.« Da ihre Beine zitterten, setzte sich Maeve wieder auf ihren Stuhl. »Das ist also die Weise, auf die du es mir heimzahlen willst. Indem du dich in Sünde dem erstbesten Mann hingibst, der dir gefällt.«

»Indem ich mich in Liebe dem ersten und einzigen Mann hingebe, von dem ich in meinem Leben je angerührt worden bin.«

»Und was willst du machen, wenn er dich schwängert und sitzenläßt?«

»Das geht ja wohl nur mich etwas an.«

»Jetzt redet sie wie du.« Wütend starrte Maeve Maggie an. »Du hast sie gegen mich aufgehetzt.«

»Das war gar nicht erforderlich.«

»Halt Maggie da raus.« Schützend legte Brianna ihrer Schwester die Hand auf die Schulter. »Diese Sache betrifft nur dich und mich, Mutter.«

»Gibt es zufällig ...« Wohlgelaunt kam Gray hereingeplatzt, doch als er die Besucherinnen sah, verstummte er. Obgleich ihm die Spannung im Raum nicht verborgen blieb, setzte er ein freundliches Lächeln auf. »Mrs. Concannon, Mrs. Sullivan, schön, daß Sie wieder im Lande sind.«

Maeve ballte die Fäuste. »Verdammter Bastard, ich hoffe, daß du neben meiner Tochter in der Hölle schmoren wirst.«

»Hüte deine Zunge.« Briannas Schärfe schockierte sie alle mehr als Maeves bitterer Fluch. »Gray, ich möchte mich bei dir für die Unhöflichkeit meiner Mutter entschuldigen.«

»Du wirst dich bei niemandem für mich entschuldigen.«

»Nein«, sagte auch Gray und nickte Maeve zu. »Dazu besteht keine Veranlassung. Sie können sagen, was Sie wollen, Mrs. Concannon.«

»Haben Sie ihr versprochen, sie zu lieben und zu heiraten und ihr ein Leben lang treu ergeben zu sein, nur damit sie sich für Sie auf den Rücken legt? Meinen Sie, ich wüßte nicht, was Männer sagen, damit man ihnen zu Willen ist?«

»Er hat mir nichts versprochen«, setzte Brianna an, aber Gray sorgte mit einem Blick dafür, daß sie nicht weitersprach.

»Nein, ich habe ihr keine Versprechungen gemacht. Ich würde Brianna niemals belügen. Und ebensowenig würde ich mich von ihr abwenden, nur weil mir irgendwer etwas über sie erzählt, was mir nicht gefällt.«

»Du hast ihm also unsere Familienangelegenheiten anvertraut.« Außer sich wirbelte Maeve zu Brianna herum. »Reicht es dir nicht, daß deine Seele auch so bereits verdammt ist?«

»Willst du deine Kinder bis an dein Lebensende quälen?« feuerte Maggie los, ehe Brianna auch nur ihre Sprache wiederfand. »Mußt du, nur weil du selbst nie glücklich warst, versuchen, uns dieses Glück ebenfalls zu verwehren? Sie liebt ihn. Wenn du einmal deine eigene Verbitterung außer acht lassen würdest, könntest du es sehen, und es wäre das einzig Wichtige für dich. Aber sie hat ihr Leben lang nach deiner Pfeife getanzt, und du erträgst den Gedanken einfach nicht, daß sie vielleicht eines Tages jemanden finden könnte, der ihr wichtiger ist als du.«

»Maggie, es reicht«, murmelte Brianna.

»O nein. Da du es ihr nicht sagst, hört sie es eben von mir. Mich hat sie vom Moment meiner Geburt an gehaßt, und dich hat sie immer nur benutzt. Wir sind keine Töchter für sie, sondern mich sieht sie als Strafe und dich als Krücke an. Hat sie mir auch nur ein einziges Mal Glück mit Rogan oder dem Baby gewünscht?«

»Weshalb sollte ich?« stieß Maeve mit zitternden Lippen hervor. »Du würdest meine Glückwünsche doch gar nicht wollen. Du hast mir nie die Liebe zuteil werden lassen, auf die eine Mutter einen Anspruch hat.«

»Das hätte ich.« Keuchend schob sich Maggie vom Tisch zurück. »Ich habe es, weiß Gott, gewollt. Und Brianna hat es ihr Leben lang versucht. Warst du ihr jemals dankbar für all das, was sie für dich getan hat? Nein. Statt dessen hast du ihre Chance, das Heim und die Familie zu bekommen, die sie wollte, kaputtgemacht. Aber dieses Mal wird dir das nicht gelingen. Ich lasse nicht zu, daß du ihr Haus betrittst und den Mann, den sie liebt, derart heruntermachst.«

»Meinem eigenen Fleisch und Blut gegenüber spreche ich noch immer, wie ich es will.«

»Hört auf, alle beide.« Briannas Stimme hatte die Schärfe eines Peitschenhiebs. Sie war kreidebleich, und erregte Schauder rannen ihren Rücken hinab. »Müßt ihr euch jedesmal, wenn ihr euch seht, an die Gurgel gehen? Ich dulde nicht, daß ihr mich derart für eure Auseinandersetzungen mißbraucht. Außerdem habe ich Gäste im Wohnzimmer.« Sie atmete zitternd ein. »Und es wäre mir lieb, wenn sie von unserem Elend verschont blieben. Maggie, du setzt dich jetzt erst einmal hin und beruhigst dich.«

»Dann trag deine Kämpfe doch in Zukunft selber aus«, sagte Maggie erbost. »Ich gehe.« Noch während sie sprach, umklammerte sie, von einer Woge des Schmerzes gepackt, den Stuhl.

»Maggie.« Panisch umfaßte Brianna ihren Arm. »Was ist? Ist es das Baby?«

»Nur ein Ziehen.« Aber von einer Heftigkeit, die sie von den Beinen riß.

»Du bist kreidebleich. Setz dich. Setz dich hin!«

Lottie, die pensionierte Krankenschwester, trat entschlossen neben sie. »In welchen Abständen verspürst du dieses Ziehen, mein Schatz?«

»Keine Ahnung. Es kommt und geht schon den ganzen Nachmittag.« Als der Schmerz abebbte, atmete sie erleichtert auf. »Es ist nichts, wirklich. Bis zum Geburtstermin sind noch fast zwei Wochen Zeit.«

»Der Arzt hat gesagt, daß es jeden Augenblick soweit sein kann«, erinnerte Brianna sie.

»Was weiß der schon?«

»Da hast du recht.« Lächelnd massierte Lottie Maggie die Schultern. »Tut dir sonst noch was weh, meine Liebe?«

»Mein Rücken«, gab Maggie zu. »Schon den ganzen Tag.«

»Mmmm. Tja, jetzt sieh erst mal zu, daß du ruhig atmest und dich entspannst. Nein, keinen Tee mehr für sie, Brianna«, sagte sie, als diese mit der Kanne kam. »Am besten warten wir erst mal ab.«

»Das sind noch keine Wehen.« Maggie wurde ganz schwindlig bei dem Gedanken, daß es vielleicht tatsächlich bereits so weit war. »Es liegt an dem Lammbraten, den es zum Mittagessen gab.«

»Vielleicht. Brie, du hast deinem jungen Mann noch gar keinen Tee serviert.«

»Kein Problem.« Gray blickte von einer Frau zur anderen und überlegte, daß wahrscheinlich ein diskreter Rückzug für alle Beteiligten das beste wäre. »Ich denke, ich kehre erst mal an meine Arbeit zurück.«

»Oh, Ihre Bücher gefallen mir«, sagte Lottie gut gelaunt. »Während unseres Urlaubs habe ich zwei von ihnen gelesen. Ich frage mich, wie Sie es schaffen, sich derartige Geschichten auszudenken und sie in so nette Worte zu kleiden.«

Mit ihrem fröhlichen Plappern unterhielt sie ihn und die anderen, bis Maggie abermals nach Atem rang. »Da haben wir's, alle vier Minuten. Langsam ausatmen, meine Liebe, ja, so ist's recht. Brie, ich denke, du rufst besser Rogan an. Sag ihm, daß er uns im Krankenhaus treffen soll.«

»Oh.« Brianna stand da wie vom Donner gerührt. »Vielleicht verständige ich erst mal ihren Arzt.«

»Keine Angst.« Während Brianna zum Telefon stürzte, nahm Lottie Maggies Hand. »Keine Angst. Ich habe schon etliche Babys auf die Welt gebracht. Und, hast du schon deinen Koffer gepackt?«

»Er steht zu Hause, im Schlafzimmer.« Die Wehe klang ab, und sie atmete zitternd aus. Eigenartigerweise empfand sie inzwischen eine gewisse Gelassenheit. »Im Schrank.«

»Der junge Mann wird ihn für dich holen. Nicht wahr, mein Lieber, das machen Sie doch.«

»Aber sicher doch.« Sehr gern sogar. Auf diese Weise könnte er dem Haus und der erschreckenden Aussicht auf eine Geburt entfliehen. »Ich mache mich sofort auf den Weg.«

»Keine Sorge, Gray.« Maggie war inzwischen so gelassen, daß sie kicherte. »Ich bekomme mein Kind schon nicht auf dem Küchentisch.«

»Das will ich auch nicht hoffen.« Mit einem unsicheren Lächeln flüchtete er aus dem Raum.

»Ich hole deine Jacke«, sagte Lottie zu Maggie und bedachte Maeve mit einem vielsagenden Blick. »Vergiß das Atmen nicht.«

»Keine Angst. Danke, Lottie. Es wird schon gehen.«

»Du hast Angst.« Lottie beugte sich zu Maggie hinab und umfaßte sanft ihr Kinn. »Das ist vollkommen normal. Aber das, was im Augenblick mit dir passiert, ist ebenso normal. Es ist etwas, was nur eine Frau tun kann, und was deshalb auch nur eine Frau versteht. Wenn Männer die Kinder bekommen würden, gäbe es gewiß, weiß Gott, wesentlich weniger Menschen auf der Welt.«

Der Gedanke zauberte ein Lächeln auf Maggies Gesicht. »Ich habe nur ein bißchen Angst. Und zwar nicht vor den Schmerzen, sondern davor, daß ich hinterher nicht weiß, was ich machen soll.«

»Du wirst es wissen. Bald wirst du eine Mutter sein, Margaret Mary. Gott segne dich.«

Maggie schloß die Augen, als Lottie den Raum verließ. Sie spürte die Veränderungen in ihrem Körper, deren Gewalt ihr den Atem nahm. Sie dachte an die bevorstehenden Veränderungen in ihrem Leben, deren Ausmaß sie erschauern ließ. Ja, sie würde bald eine Mutter sein. Und das Kind, das von ihr und Rogan erzeugt worden war, läge in ihren Armen statt in ihrem Leib.

Ich liebe dich, dachte sie. Ich schwöre dir, daß du von mir nichts als Liebe bekommen wirst.

Wieder rollte eine Woge des Schmerzes heran, so daß aus ihrer Kehle ein leises Stöhnen drang. Sie kniff die Augen fester zusammen und konzentrierte sich ganz darauf, daß sie noch Luft bekam. Durch den Nebel des Schmerzes hindurch spürte sie, wie jemand nach einer ihrer Hände griff. Sie öffnete die Augen, sah das Gesicht ihrer Mutter, ihre tränennassen Augen und, vielleicht zum ersten Mal in ihrem Leben, wahres Verständnis in ihrem Blick.

»Ich wünsche dir Glück«, sagte Maeve langsam, »mit deinem Kind.«

Zumindest für einen Augenblick war zwischen ihnen Frieden eingekehrt, und unwillkürlich zog Maggie die Hand ihrer Mutter näher zu sich heran.

Als Gray, den Koffer in der Hand, zurückgeeilt kam, nahm Maggie bereits mit Lotties Hilfe auf dem Beifahrersitz von Briannas Wagen Platz. Sämtliche Gäste der Pension standen zum Abschied vor der Tür Spalier.

»Oh, danke, daß du dich so beeilt hast.« Brianna schnappte sich den Koffer und sah sich hektisch um. »Rogan ist auf dem Weg ins Krankenhaus. Noch ehe ich überhaupt tschüs sagen konnte, hatte er bereits aufgelegt. Der Arzt sagt, sie solle auf der Stelle kommen. Ich muß sie hinfahren.«

»Natürlich mußt du das. Es wird schon alles gutgehen, keine Angst.«

»Sicher wird es das.« Brianna nagte an ihrem Daumennagel herum. »Ich muß los – obwohl ich nicht weiß, was ich mit all den Gästen machen soll.«

»Mach dir darüber keine Gedanken. Ich kümmere mich schon um sie.«

»Du kannst doch gar nicht kochen.«

»Dann gehe ich eben mit ihnen ins Restaurant. Keine Sorge, Brie.«

»Ich fürchte, ich benehme mich im Augenblick ziemlich dumm. Aber ich bin so aufgeregt. Tut mir leid, Gray.«

»Das braucht es nicht.« Da er selbst inzwischen wieder wesentlich ruhiger war, nahm er ihr Gesicht in die Hände und zwang sie, ihn anzusehen. »Denk im Augenblick einfach nicht weiter darüber nach. Fahr einfach los und hilf deiner Schwester, ihr Baby zu bekommen.«

»Mache ich. Könntest du bitte Mrs. O'Malley anrufen? Ihre Nummer steht in dem Adreßbuch neben dem Telefon. Sie kann sich um alles kümmern, bis ich wieder zu Hause bin. Und vielleicht könntest du auch Murphy anrufen. Er will sicher wissen, daß es soweit ist. Und ...«

»Brie, jetzt fahr endlich los. Und dann rufe ich die ganze Grafschaft an, wenn du es willst.« Trotz all der Zuschauer gab er ihr einen schnellen Kuß. »Sag Rogan, daß er mir eine Zigarre schicken soll.«

»Ja. In Ordnung, ja. Ich gehe jetzt.« Endlich eilte sie zum Wagen, und Gray trat zurück und sah ihr nach, wie sie, gefolgt von Lottie und Maeve, mit ihrer Schwester von dannen fuhr.

Familie, dachte er und schüttelte erschaudernd den Kopf. Gott sei Dank hatte er keine Familie, um die es sich zu sorgen galt.

Aber als der Nachmittag in den Abend und der Abend in die Nacht überging, mußte er sich eingestehen, daß es doch einen Menschen gab, um den er in Sorge war. Kaum eine halbe Stunde nach seinem Notruf war Mrs. O'Malley aufgetaucht, hatte Töpfe und Pfannen geschwenkt und fröhlich von ihren Erfahrungen beim Kinderkriegen erzählt, bis Gray kreidebleich in sein Zimmer geflüchtet war.

Als Murphy zur Feier des Tages auf einen Whiskey vorbeigekommen war, hatte er sich ein wenig besser gefühlt, aber als es mit Einbruch der Nacht ruhig wurde in der Pension, hatte er weder arbeiten noch schlafen können – zwei Aktivitäten, in die es ihm normalerweise stets zu flüchten gelang.

Wach und allein, war er hilflos seinen Gedanken ausgesetzt. So sehr er sich auch um Verdrängung bemühte, ging ihm doch wieder und wieder die häßliche Szene in der Küche durch den Kopf. In welche Schwierigkeiten hatte er Brianna gebracht, nur weil er sie begehrte und diesem Begehren Taten folgen ließ? Dabei hatte er weder an ihre Familie noch an ihre Religion gedacht. Ob sie wohl ebenso gläubig wie ihre Mutter war?

Der Gedanke an Seelen und ewige Verdammnis machte ihn nervös. Alles Ewige machte ihn nervös, wobei Verdammnis ganz oben auf der Liste stand.

Oder hatte Maggie ausgesprochen, was Brianna empfand? All das Gerede von Liebe wirkte kaum weniger beunruhigend auf ihn. So wie er es sah, konnte Liebe ebenso gefährlich wie Verdammnis sein, und so wich er in seinem Privatleben beiden Dingen gleichermaßen aus.

Weshalb konnten die Menschen nichts einfach so nehmen, wie es war? überlegte er, während er Briannas Zimmer betrat. In seinen Romanen kam er ohne Komplikationen natürlich nicht aus, aber das wirkliche Leben gestaltete sich viel einfacher, wenn man die Dinge weniger verbissen sah.

Aber es war dumm, gestand er sich ein, und unglaublich naiv, so zu tun, als wäre Brianna Concannon keine Komplikation. Hatte er nicht bereits zugegeben, daß sie einzigartig war? Rastlos zog er den Stöpsel aus einer kleinen Flasche auf ihrem Ankleidetisch. Hob sie an seine Nase und roch – sie.

Er wollte doch nur mit ihr zusammen sein – im Augenblick. Sie genossen das Zusammensein, sie mochten sich. In diesem Augenblick und an diesem Ort paßten sie einander hervorragend ins Konzept.

Natürlich könnte er jederzeit aussteigen. Natürlich könnte er das. Mit einem leisen Schnauben machte er die Flasche wieder zu.

Doch noch immer roch er ihren Duft.

Sie war nicht in ihn verliebt. Vielleicht bildete sie sich das ein, weil er der erste Mann für sie war. Das wäre nur natürlich. Und vielleicht, nur vielleicht, mochte er sie ebenfalls ein wenig lieber als je eine andere Frau zuvor. Weil sie anders war. Das wäre ebenfalls vollkommen normal.

Und trotzdem wäre ihre Liaison mit dem Ende seines Buchs

vorbei. Er würde weiterziehen. Er hob den Kopf und starrte sich im Spiegel an. Alles beim Alten, dachte er. Dasselbe Gesicht. Das schwache Glitzern in seinen Augen übersah er lieber.

Er blickte in den Spiegel und sah Grayson Thane. Den Mann, der von ihm aus dem Nichts erschaffen worden war. Einen Mann, mit dem es sich bequemstens leben ließ. Einen Mann, der, wie er sich sagte, durchs Leben ging, wie es ihm gefiel. Ohne Gepäck, ohne Bedauern, völlig frei.

Natürlich gab es Erinnerungen. Die unangenehmen Erinnerungen blendete er seit Jahren systematisch aus, aber eines Tages würde er zurückblicken und sich an Brianna erinnern, und das wäre genug.

Warum, zum Teufel, rief sie nicht an?

Er wandte sich vom Spiegel ab, ehe er vielleicht etwas sähe, was ihm ungelegen kam. Weshalb sollte sie auch anrufen, sagte er sich und trat an ihr Bücherregal. Es war ihre Sache, eine Familienangelegenheit, und er hatte nichts damit zu tun. Was ihm auch lieber war.

Er war neugierig, weiter nichts. Wollte wissen, wie es Maggie und dem Baby ging. Wenn er aufblieb und wartete, dann nur, weil seine Neugier noch nicht befriedigt war.

Es ging ihm bereits viel besser, und so nahm er ein Buch, legte sich aufs Bett und schlug die erste Seite auf.

Als Brianna um drei Uhr morgens erschöpft, aber glücklich nach Hause kam, fand sie ihn, das offene Buch auf dem Bauch, in tiefem Schlaf versunken in ihrem Zimmer vor. Sie wußte, sie hatte ein vor lauter Glückseligkeit dümmliches Grinsen im Gesicht, was aber wohl in einer Nacht wie dieser verzeihlich war.

Lautlos zog sie sich aus, faltete ihre Kleider über einem Stuhl und zog sich ein Nachthemd über den Kopf. Im angrenzenden Badezimmer schrubbte sie sich die Müdigkeit aus dem

Gesicht, betrachtete ihr grinsendes Spiegelbild und brach in leises Lachen aus.

Auf Zehenspitzen schlich sie ins Schlafzimmer zurück, tätschelte Con, der auf der Decke am Fußende des Bettes lag, löschte seufzend das Licht und legte sich, ohne sich auch nur die Mühe zu machen, die Bettdecke zurückzuschlagen, neben ihn.

Sofort drehte er sich zu ihr herum, legte ihr seinen Arm auf den Bauch und vergrub sein Gesicht in ihrem Haar. »Brie.« Seine Stimme verriet, wie schlaftrunken er war. »Ich habe dich vermißt.«

»Ich bin ja wieder da.« Sie drehte sich zu ihm herum. »Und jetzt schlaf weiter.«

»Es ist nicht leicht, ohne dich zu schlafen. Dann kehren all die alten Träume zurück.«

»Pst.« Sie streichelte ihn und spürte, daß sie bereits selbst in Schlaf sank. »Ich bin ja da.«

Plötzlich war er hellwach und blinzelte verwirrt. »Brie.« Er räusperte sich, stützte sich auf den Ellbogen und sah sie an. »Du bist zurück.«

»Ja. Du hast geschlafen, als ich kam.«

»Oh. Ja.« Er fuhr sich mit der Hand durchs Gesicht und sah sie mit zusammengekniffenen Augen an. Dann endlich kam die Erinnerung zurück. »Wie geht es Maggie?«

»Bestens, wunderbar. Oh, es war einfach überwältigend, Gray.« Aufgeregt setzte sie sich auf und schlang die Arme um die Knie. »Sie hat Rogan verflucht und ihm auf alle möglichen Arten Rache geschworen. Aber er hat ihr einfach weiter die Hände geküßt und ihr gesagt, daß sie weiteratmen soll. Dann hat sie gelacht, ihm gesagt, daß sie ihn liebt und ihn abermals verflucht. Nie zuvor habe ich einen so nervösen, verschreckten und gleichzeitig so liebevollen Mann gesehen.«

Sie seufzte und merkte gar nicht, daß ihr ein wahrer Tränenstrom über die Wangen rann. »Die ganze Zeit über herrschte ein heilloses Durcheinander, alle haben auf einmal geredet und herumgestritten, wie du dir sicher denken kannst. Und immer, wenn die Schwestern versucht haben, uns aus dem Zimmer zu werfen, hat Maggie gedroht, ebenfalls zu gehen. ›Entweder bleibt meine Familie hier‹, hat sie gesagt, ›oder ich gehe auch.‹ Also sind wir geblieben. Ach, es war einfach ... überwältigend.«

Gray wischte ihr sanft die Tränen aus dem Gesicht. »Und, erzählst du mir vielleicht noch, was sie bekommen hat?«

»Einen Jungen.« Brianna schniefte. »Den hübschesten Jungen, den du je gesehen hast. Er hat schwarze Haare, wie Rogan. Sie ringeln sich wie ein Heiligenschein um seinen kleinen Kopf. Und er hat Maggies Augen. Natürlich sind sie jetzt noch blau, aber auf jeden Fall haben sie dieselbe Form. Und er hat geschrien, als wolle er uns alle dafür verfluchen, daß er in dieses Durcheinander gebracht worden ist. Er hatte seine kleinen Finger zu winzigen Fäusten geballt. Liam haben sie ihn genannt. Liam Matthew Sweeney. Und ich habe ihn halten dürfen.« Sie lehnte ihren Kopf gegen Grays Schulter. »Und er hat mich angesehen.«

»Willst du etwa behaupten, er hätte dich angelächelt?«

»Nein.« Aber sie lächelte. »Nein, das hat er nicht. Er hat mich ganz ernst angesehen, als überlege er, was er von der ganzen Sache halten soll. Nie zuvor habe ich ein so junges Leben auf dem Arm gehabt. Es ist ein unvergleichliches Gefühl.« Sie drehte sich um und vergrub ihr Gesicht an seinem Hals. »Ich wünschte, du wärst dabeigewesen.«

Zu seiner Überraschung wünschte er das ebenfalls. »Nun, irgendwer mußte hier ja wohl die Stellung halten. Deine Mrs. O'Malley kam sofort vorbei.«

»Sie ist einfach ein Schatz. Ich werde sie morgen anrufen, um ihr alles zu berichten und mich bei ihr zu bedanken.«

»Allerdings kocht sie nicht so gut wie du.«

»Meinst du nicht?« Brianna setzte ein hocherfreutes Grinsen auf. »Ich hoffe nur, das hast du nicht auch zu ihr gesagt.«

»Ich bin der geborene Diplomat.« Er küßte Briannas Schläfe. »Sie hat also einen Jungen gekriegt. Wie schwer?«

»3200 Gramm.«

»Und wann genau war er da?«

»Oh, so gegen halb eins.«

»Mist, sieht aus, als hätte der Deutsche das Rennen gemacht.«

»Wie bitte?«

»Wir haben gewettet. Geschlecht, Gewicht, und wann das Kind geboren wird. Ich bin ziemlich sicher, daß der Deutsche – Krause – gewonnen hat.«

»Gewettet, ja? Und wessen Idee war das, wenn ich fragen darf?«

Gray sah sie verlegen an. »Murphys«, sagte er. »Der Mann läßt einfach keine Gelegenheit zum Wetten aus.«

»Und was hast du getippt?«

»Mädchen, 3400 Gramm, genau um Mitternacht.« Er küßte sie erneut. »Wo ist meine Zigarre?«

»In meiner Handtasche. Rogan hat eine extra gute herausgesucht.«

»Die nehme ich morgen mit in den Pub. Ich bin sicher, daß irgendwer ein paar Runden spendieren wird.«

»Worauf du ebenfalls wetten kannst.« Sie atmete tief durch und nahm seine Hand. »Grayson, wegen heute nachmittag. Wegen dem, was meine Mutter gesagt hat ...«

»Du brauchst nichts dazu zu sagen. Ich bin einfach in einem ungünstigen Augenblick hereingeplatzt, das ist alles.«

»O nein, das ist nicht alles, und es wäre idiotisch, so zu tun.«

»Also gut.« Er hatte gewußt, daß sie darauf bestehen würde, über die Sache zu reden, aber den Gedanken, daß ihre Stimmung dadurch getrübt würde, ertrug er nicht. »Wir werden nicht so tun, als wäre nichts geschehen, aber laß uns nicht heute nacht darüber reden. Verschieben wir das Gespräch. Heute nacht sollten wir lieber feiern, meinst du nicht?«

Erleichterung wallte in ihr auf. Ihre Gefühle waren heute lange genug Achterbahn gefahren. »Doch, das meine ich.«

»Ich wette, daß du noch nichts gegessen hast.«

»Stimmt.«

»Warum gehe ich nicht einfach in die Küche und hole uns was von dem kalten Hühnchen, das vom Abendessen übrig ist? Dann essen wir gemütlich hier im Bett.«

15. Kapitel

Während der folgenden Woche war es ein Leichtes, jedem ernsten Gespräch aus dem Weg zu gehen. Gray vergrub sich in seiner Arbeit, und Brianna hatte mit ihren Gästen und ihrem neugeborenen Neffen alle Hände voll zu tun. Wann immer sie eine freie Minute hatte, eilte sie unter irgendeinem Vorwand zu Maggie und flatterte aufgeregt um Mutter und Baby herum. Maggie ihrerseits war zu begeistert von ihrem Sohn, um sich ernsthaft darüber zu beschweren, daß die neue Galerie ohne sie eröffnet worden war.

Wie Gray zugeben mußte, war der Kleine der Hit. Wenn er sich die Beine vertreten oder einmal an etwas anderes denken wollte als an sein Buch, spazierte er selbst hin und wieder zum Cottage hinab.

Der frühe Abend war die beste Zeit, da dann das Licht den für Irland so typischen strahlenden Schimmer bekam und die Luft so klar war, daß man kilometerweit über die smaragdgrünen Hügel auf den wie ein silbriges Band in der Sonne glitzernden Fluß sah.

Bei einem seiner Besuche traf er Rogan in T-Shirt und alten Jeans im Vorgarten beim Unkrautzupfen an. Ein interessanter Anblick, dachte Gray, denn schließlich hatte der Mann genügend Geld, um eine ganze Armee von Gärtnern zu bezahlen.

»Hallo, Papa.« Grinsend lehnte sich Gray gegen das Gartentor.

Rogan hockte sich auf die abgetragenen Absätze seiner Stiefel. »Ah, ein Mann. Komm rein und leiste mir Gesellschaft. Man hat mich gnadenlos vor die Tür gesetzt. Frauen.« Er wies mit dem Kopf in Richtung der Tür. »Maggie und Brie und Murphys Schwester Kate und außerdem noch ein paar Damen aus dem Dorf. Sie führen ausgedehnte Gespräche darüber, welches die beste Stillmethode ist, und warten mit einer entbindungsmäßigen Heldentat nach der anderen auf.«

»Tja.« Gray bedachte das Cottage mit einem schmerzerfüllten Blick, während er sich über die Gartenpforte schwang. »Klingt für mich, als wärst du geflüchtet, und nicht, als hätte man dich vor die Tür gesetzt.«

»Stimmt. Bei all den Frauen komme ich noch nicht mal in die Nähe meines Sohns. Außerdem hat Brianna festgestellt, daß Maggie noch nicht wieder im Garten arbeiten sollte, obwohl er das dringend nötig habe, und hat ihre strenge Miene aufgesetzt, was ein deutliches Zeichen für mich war.« Er blickte sehnsüchtig zum Cottage hin. »Wir könnten versuchen, uns in die Küche zu schleichen und ein Bier zu ergattern.«

»Ich denke, hier draußen ist es sicherer.« Gray setzte sich im Schneidersitz neben ihn und zupfte freundlicherweise ebenfalls ein Büschel Unkraut aus. Oder das, was er für Unkraut hielt. »Ich wollte sowieso mit dir sprechen. Über diese Aktie, die Brianna dir gegeben hat.«

»Welche Aktie?«

»Dieses Triquarter-Mining-Ding.«

»Ah ja. Bei all der Aufregung hier habe ich gar nicht mehr daran gedacht. Brianna sagt, sie hätte etwas von ihnen gehört.«

»Zumindest hat sie etwas von irgendwem gehört.« Gray kratzte sich am Kinn. »Ich habe meinen Makler gebeten, sich mal ein bißchen umzuhören, und er hat ziemlich interessante Dinge herausgekriegt.«

»Denkst du etwa daran, selbst in dieses Unternehmen zu investieren?«

»Nein, und selbst wenn ich es wollte, könnte ich es nicht. Es gibt kein Unternehmen, das Triquarter Mining heißt – weder in Wales noch sonst irgendwo.«

Rogan sah ihn mit hochgezogenen Brauen an. »Sie haben also Pleite gemacht.«

»Es scheint eher, als hätte dieses Triquarter Mining niemals existiert – was bedeuten würde, daß die Aktie, die du für Brianna aufbewahrst, vollkommen wertlos ist.«

»Dann finde ich es allerdings eigenartig, daß jemand bereit ist, ihr tausend Pfund dafür zu bezahlen. Vielleicht hat dein Makler etwas übersehen. Vielleicht ist das Unternehmen einfach zu klein, um auf einer der Standardlisten zu stehen.«

»Das habe ich auch schon überlegt. Genau wie er. Also hat er noch ein bißchen weitergeforscht und sogar die Nummer angerufen, die auf dem Briefkopf steht.«

»Und?«

»Kein Anschluß. Ich denke, daß sich jeder derartiges Briefpapier drucken lassen kann. Ebenso wie jeder ein Postfach mieten kann, wie das, an das Brianna in Wales geschrieben hat.«

»Wohl wahr. Aber das erklärt immer noch nicht, weshalb irgend jemand bereit sein sollte, für eine Sache zu bezahlen, die es gar nicht gibt.« Rogan runzelte die Stirn. »Ich habe ein paar Dinge in Dublin zu erledigen. Obgleich ich nicht sicher bin, daß Brie es mir verzeihen wird, wenn ich Maggie und Liam entführe, müssen wir Ende der Woche los. Ich denke, daß meine Geschäfte in ein paar Tagen erledigt sind, und während ich dort bin, kann ich selbst noch einige Nachforschungen anstellen, wenn du willst.«

»Ich denke, in Wales fände man vielleicht mehr heraus.« Gray zuckte mit den Schultern, als Rogan ihn verwundert ansah. »Du hast im Augenblick ziemlich viel um die Ohren, ich aber nicht.«

»Du denkst also daran, persönlich nach Wales zu fahren, um dich dort umzusehen?«

»Ich wollte schon immer mal Detektiv spielen. Und es ist doch ein seltsamer Zufall, daß bei Brie, kurz nachdem sie die Aktie gefunden und den Brief geschrieben hat, eingebrochen worden ist, meinst du nicht? Außerdem lebe ich davon, daß ich irgendwelche Zufälle so miteinander verbinde, daß sich eine vernünftige Handlung ergibt.«

»Und, weihst du Brianna in deine Pläne ein?«

»Zumindest teilweise. Ich dachte, erst fliegen wir für ein paar Tage nach New York – ein Wochenende in Manhattan wäre bestimmt nach Briannas Geschmack.«

Jetzt zog Rogan die Brauen richtig hoch. »Wahrscheinlich – wenn du sie dazu überreden kannst, daß sie ihre Pension während der Hauptsaison verläßt.«

»Ich denke, das schaffe ich.«

»Und New York ist ziemlich weit von Wales entfernt.«

»Dann hängen wir auf dem Rückweg nach Clare einfach ein paar Tage dran und machen einen kleinen Umweg über Wales. Eigentlich wollte ich ja alleine hinfahren, aber falls ich mit irgendeinem Offiziellen reden muß, brauche ich eine der Concannon-Frauen.« Er grinste vergnügt. »Und ich denke, da entscheide ich mich für Brie.«

»Wann würdet ihr losfliegen?«

»In ein paar Tagen.«

»Du scheinst ein Mann schneller Entscheidungen zu sein«, stellte Rogan fest. »Aber denkst du, daß du Brianna zu einer ebenso schnellen Entscheidung bewegen kannst?«

»Ich denke, dazu brauche ich jede Menge Charme. Aber den habe ich mir extra aufgespart.«

»Tja, wenn du sie tatsächlich überredet hast, sag mir Bescheid. Ich tue solange in Dublin, was ich kann, damit ein wenig Licht in die Sache kommt. Oh, und falls du deine ganze Munition verschossen hast, erwähne einfach, daß in der New Yorker Worldwide-Filiale im Augenblick mehrere von Maggies Werken zu sehen sind.«

Plötzlich war die Luft von Frauengelächter erfüllt. Maggie und Liam in der Mitte, kamen sie aus dem Haus. Man wurde einander vorgestellt, begrüßte sich, und das Baby wurde ein letztes Mal von allen besäuselt, ehe sich der Besucherinnentrupp endlich auf die Fahrräder schwang.

»Gib ihn mir mal.« Gray streckte die Arme nach dem Baby aus. Es begeisterte ihn jedesmal aufs neue, wenn Liam ihn mit ernsten, blauen Augen eingehend betrachtete. »He, sprichst du etwa immer noch nicht? Rogan, ich denke, es ist an der Zeit, daß wir dieses Kind von den Frauen loseisen und mit ihm in den Pub gehen, damit es sein erstes Bier bekommt.«

»Er hat seinen Bedarf an Flüssigkeit bereits gedeckt, vielen Dank«, warf Maggie ein. »Und zwar mit Muttermilch.«

Gray kitzelte den Kleinen unter dem Kinn. »Wie kommt's, daß er ein Kleid anhat? Diese Frauen machen einen richtigen Weichling aus dir.«

»Das ist kein Kleid« – Brianna beugte sich vor und küßte Liam auf den Kopf –, »sondern ein Babysack. Keine Angst, er kriegt noch früh genug Hosen an. Rogan, du brauchst das Essen, das ich mitgebracht habe, nur aufzuwärmen, wenn ihr Hunger habt.« Mit gerunzelter Stirn blickte sie auf das Blumenbeet. »Es nützt nichts, wenn du mit dem Unkraut spielst. Du mußt es mit der Wurzel herausziehen, sonst ist es in ein paar Tagen wieder da.«

»Sehr wohl, Ma'am.« Als er sie grinsend küßte, winkte sie lachend ab.

»Ich gehe jetzt. Gray, gib das Kind zurück. Die Sweeneys hatten heute mehr als genug Gesellschaft. Und du legst jetzt besser die Füße hoch«, sagte sie, an Maggie gewandt.

»Mache ich. Und sieh zu, daß sie dasselbe tut«, wies Maggie Grayson an. »Schließlich hat sie in den letzten Tagen gleich zwei Haushalte auf einmal geführt.«

Gray schnappte Briannas Hand. »Ich könnte dich nach Hause tragen, wenn du willst.«

»Red keinen Unsinn«, schalt sie, aber trat mit ihm auf die Straße, ohne ihm ihre Finger zu entziehen. »Wie sehr er schon gewachsen ist«, murmelte sie. »Und inzwischen lächelt er einen sogar hin und wieder richtig an. Fragst du dich auch manchmal, was ein Baby wohl so denkt?«

»Ich schätze, es fragt sich, ob dieses Leben wohl sehr anders als das letzte wird.«

Überrascht sah sie ihn an. »Glaubst du an solche Dinge? Oder war das nur ein Scherz?«

»Das war kein Scherz. Ein einziges Leben hat für mich noch nie einen Sinn ergeben. Hätten wir nur einen Versuch, bekämen wir das alles doch niemals richtig hin. Und an einem Ort wie diesem spürt man das Echo alter Seelen mit jedem Atemzug.«

»Manchmal habe ich das Gefühl, als hätte ich hier schon einmal gelebt.« Nachdenklich strich sie mit der Hand über die roten Blüten der Fuchsien am Wegesrand. »Genau hier, aber in einer anderen Zeit, als ein anderer Mensch.«

»Erzähl mir eine Geschichte.«

»Ruhe und Frieden liegen über dem Land. Die Straße ist nur ein Pfad, sehr schmal, aber so ausgetreten, daß man merkt, sie wird oft benutzt. Die Luft ist vom Duft der Torffeuer erfüllt. Ich bin müde, aber es ist gut, denn ich bin auf dem Weg nach Hause, wo jemand auf mich wartet. Ich kann ihn beinahe sehen, wie er die Hand hebt und mir fröhlich winkt.«

Sie blieb stehen und schüttelte den Kopf. »Ich rede Unsinn. Meine Phantasie geht mal wieder mit mir durch.«

»Nicht unbedingt.« Er bückte sich, pflückte eine Wildblume und gab sie ihr. »Als ich hier zum ersten Mal spazierengegangen bin, konnte ich mich gar nicht schnell und gar nicht lange genug umsehen. Und zwar nicht, weil alles neu war für mich, sondern weil ich auch das Gefühl hatte, mich daran zu erinnern, schon einmal hier gewesen zu sein.« Spontan drehte er sich zu ihr um, zog sie an seine Brust und küßte sie.

Genau so war es früher schon einmal gewesen, dachte er. Bereits bei seinem ersten Spaziergang hier war vor seinem geistigen Auge das Bild von ihnen beiden aufgetaucht.

Entschlossen schüttelte er diesen Gedanken ab und beschloß, es wäre an der Zeit, sie zu becircen, damit sie tatsächlich mit ihm über den Atlantik kam. »Rogan sagte, er müßte für eine Weile nach Dublin zurück. Natürlich nimmt er Maggie und Liam mit.«

»Oh.« Der Gedanke versetzte ihr einen schmerzlichen Stich. »Nun, sie haben dort auch ein Leben, auch wenn ich das meistens vergesse, wenn sie hier im Westen sind.«

»Du wirst sie vermissen.«

»Das werde ich.«

»Und ich selbst muß auch für ein paar Tage fort.«

»Du auch?« Jetzt wallte Panik in ihr auf. »Wohin?«

»Nach New York. Die Premiere, du erinnerst dich doch noch?«

»Dein Film.« Sie setzte ein Lächeln auf. »Das muß sehr aufregend für dich sein.«

»Vielleicht. Aber nur, wenn du mit mir kommst.«

»Mit dir kommen? Ich?« Sie stand da, wie vom Donner gerührt und starrte ihn sprachlos an. »Nach New York?«

»Nur für drei, vier Tage, länger nicht.« Abermals zog er sie in seine Arme und setzte mit ihr zu einem spontanen Walzer an. »Wir könnten im Plaza wohnen wie Eloise.«

»Eloise? Wer …«

»Egal. Das erkläre ich dir später. Wir nehmen die Concorde, und ehe du dich's versiehst, sind wir schon da. Wir könnten uns Rogans Galerie ansehen«, fügte er als weiteren Anreiz hinzu. »Alles machen, was Touristen so tun, wie zum Beispiel in sündhaft teuren Restaurants essen gehen. Vielleicht bekämst du dort ein paar neue Rezeptideen.«

»Unmöglich.« Ihr Schwindelgefühl hatte nichts mit dem Tanz zu tun. »Die Pension …«

»Mrs. O'Malley sagt, sie springt gerne für dich ein.«

»Sie ...«

»... hilft gerne aus«, drückte er es anders aus. »Ich möchte, daß du mich begleitest, Brianna. Der Film ist wichtig, aber ohne dich habe ich keinen Spaß daran. Dies ist ein großer Augenblick für mich, und ich möchte, daß es mehr ist als die bloße Erfüllung einer Pflicht.«

»Aber, New York ...«

»Mit dem Flugzeug ein Katzensprung. Murphy nimmt Con, und Mrs. O'Malley kümmert sich um die Pension.«

»Du hast bereits mit ihnen gesprochen.« Sie versuchte stehenzubleiben, aber Gray wirbelte sie gnadenlos weiter im Kreis herum.

»Sicher. Ich wußte, du würdest nicht gehen, solange nicht alles genauestens geregelt ist.«

»Würde ich auch nicht. Und auch so ...«

»Tu es mir zuliebe, Brianna.« Skrupellos setzte er seine beste Waffe ein. »Ich brauche dich dort.«

Sie stieß einen langen Seufzer aus. »Grayson.«

»Ist das ein Ja?«

»Ich muß wahnsinnig sein.« Doch noch während sie das sagte, lachte sie. »Aber: ja.«

Wenige Tage später saß Brianna in einer Concorde, die lautlos den Atlantik überflog. Seit sie ihren Koffer geschlossen hatte, schnürte ihr die Aufregung die Kehle zu. Sie flog nach New York. Einfach so. Sie hatte ihre Pension einem anderen Menschen anvertraut. Einem zuverlässigen Menschen, sicher, aber jemand anderem als sich selbst.

Sie hatte sich bereit erklärt, in ein anderes Land zu fliegen, einen Ozean zu überqueren mit einem Mann, der noch nicht einmal ein Verwandter war, in einem Flugzeug, das wesentlich kleiner war als normale Flugzeuge.

Kein Zweifel, sie war verrückt.

»Nervös?« Er nahm ihre Hand und küßte sie.

»Gray, ich hätte niemals mitkommen dürfen. Ich weiß einfach nicht, was in mich gefahren ist.« Aber natürlich wußte sie es. Er. Er war in sie gefahren.

»Machst du dir immer noch Gedanken wegen der Dinge, die deine Mutter geäußert hat?«

Es war schrecklich gewesen. Harte Worte, Vorwürfe und bittere Prophezeiungen hatten sich nahtlos aneinandergereiht, aber Brianna schüttelte den Kopf. Am besten dächte sie nicht länger darüber nach, wie Maeve Gray und ihrer Beziehung gegenüberstand.

»Ich habe einfach alles stehen und liegen lassen«, murmelte sie.

»Wohl kaum.« Er lachte sie an. »Du hast mindestens ein Dutzend Listen erstellt, genug Mahlzeiten für einen ganzen Monat vorgekocht, das Cottage vom Dachboden bis in den Keller saubergemacht ...« Er brach ab, denn sie schien nicht mehr nur nervös, sondern regelrecht außer sich zu sein. »Entspann dich, mein Schatz. Es gibt nichts, wovor du dich fürchten mußt. New York ist nicht annähernd so schlimm, wie es immer heißt.«

Es war nicht New York. Brianna wandte den Kopf und vergrub ihr Gesicht an seiner Schulter. Es war Gray. Auch wenn er es nicht verstand, so wußte sie, daß sie diese Reise für niemanden in der Welt getan hätte, außer für einen Menschen, der Teil ihrer Familie war. Und auch wenn er es nicht verstand, so wußte sie, daß er ein ebenso unlösbarer und wichtiger Teil ihres Lebens geworden war wie ihr eigen Fleisch und Blut.

»Erzähl mir noch einmal von Eloise.«

Immer noch hielt er besänftigend ihre Hand. »Eloise ist ein kleines Mädchen, das mit seinem Kindermädchen, seinem Hund Weenie und seiner Schildkröte Skipperdee im Plaza lebt ...«

Brianna schloß die Augen und hörte lächelnd zu.

Am Flughafen stand eine Limousine für sie bereit. Durch Rogan und Maggie hatte Brianna bereits zuvor mit Limousinen Bekanntschaft gemacht, so daß sie sich nicht vollkommen deplaziert fühlte, als sie in die weichen Polster sank. Die drei Dutzend weißer Rosen und die eisgekühlte Flasche Dom Perignon jedoch überwältigten sie.

»Grayson.« Sprachlos vergrub sie ihr Gesicht in dem Strauß.

»Du brauchst nichts anderes zu tun als dich zu amüsieren.« Er öffnete die Champagnerflasche, deren Inhalt sprudelnd in die Gläser schoß. »Und ich, dein genialer Gastgeber, zeige dir alles, was es im Big Apple zu sehen gibt.«

»Warum wird New York Big Apple genannt?«

»Keine Ahnung.« Er reichte ihr ein Glas und stieß mit ihr an. »Du bist die schönste Frau, der ich je begegnet bin.«

Errötend fuhr sie sich mit der Hand durch das von der Reise zerzauste Haar. »Ich bin sicher, daß ich gerade jetzt eine wahre Schönheit bin.«

»Allerdings, obwohl du mir am besten in deiner Schürze gefällst.« Als sie lachte, beugte er sich über sie und knabberte zärtlich an ihrem Ohr. »In der Tat frage ich mich, ob du sie wohl irgendwann einmal für mich trägst.«

»Ich trage sie jeden Tag.«

»Hmmm. Ich meine, ob du irgendwann einmal *nur* die Schürze für mich trägst.«

Die Röte auf ihren Wangen vertiefte sich, und sie warf einen verlegenen Blick auf den Hinterkopf des Fahrers, obgleich anzunehmen war, daß er durch die dicke Glasscheibe hindurch kein Wort verstand. »Gray ...«

»Okay, reden wir später über meine lüsternen Phantasien. Was willst du als erstes machen?«

»Ich ...« Der Gedanke, mit nichts als ihrer Schürze bekleidet in der Küche zu stehen, verwirrte sie immer noch.

»Einkaufen«, beschloß er für sie. Zuerst fahren wir ins Hotel, wo ich noch ein paar Anrufe zu erledigen habe, und dann klappern wir gemütlich ein paar Geschäfte ab.«

»Ich müßte ein paar Mitbringsel kaufen. Außerdem gibt es hier doch irgendwo dieses berühmte Spielzeuggeschäft.«

»F. A. O. Schwartz.«

»Genau. Dort finde ich bestimmt etwas Schönes für Liam, meinst du nicht?«

»Bestimmt. Aber ich dachte eher an die Fifth und die Forty-Seventh Avenue.«

»Was gibt's denn dort?«

»Wart's ab.«

Kaum hatte sie die palastartige Struktur des Plaza bestaunt, die üppige Lobby mit den dicken roten Teppichen und den schimmernden Kronleuchtern, die eleganten Uniformen der Bediensteten, die prächtigen Blumenarrangements und die hell erleuchteten kleinen Schaukästen voll glänzenden Schmucks, als sie bereits im Fahrstuhl stand, der sie in die oberste Etage trug, wo sie eine luxuriöse Suite mit dem herrlichen Blick auf den Central Park betrat. Wie ein Wirbelwind stürmte er ans Telefon, und als sie mit frisch frisiertem Haar aus dem Badezimmer trat, stürmte er, immer noch wie ein Wirbelwind, wieder mit ihr aus der Suite hinaus.

»Laß uns zu Fuß gehen. So sieht man das meiste von der Stadt.« Er zog ihr den Riemen ihrer Handtasche über den Kopf, so daß sie ihr nicht von der Schulter zu reißen war. »Am besten legst du noch die Hand oben drauf. Hast du auch bequeme Schuhe an?«

»Ja.«

»Dann kann's also losgehen.«

Immer noch vollkommen atemlos, trat sie hinter ihm aus dem Hotel.

»Im Frühjahr ist New York eine phantastische Stadt«, erklärte er ihr und führte sie die Fifth Avenue hinab.

»So viele Menschen.« Sie beobachtete eine Frau in einem

kurzen, schimmernden Seidengewand und eine andere in einem schlabberigen, roten Lederanzug, drei riesige Ohrringe allein in einem Ohr.

»Du hast Menschen doch gern.«

»Ja«. Noch während sie mit großen Augen einen Mann betrachtete, der, Befehle in ein Handy bellend, an ihnen vorüberschritt, zog Gray sie vor einem schwungvoll heranschießenden Fahrrad zurück. »Ich auch. Ab und zu.«

Er zeigte ihr verschiedene Dinge, versprach ihr soviel Zeit, wie sie wollte, in dem großen Spielzeuggeschäft, und genoß es zu beobachten, wie sie staunend die Schaufenster der Läden und die wunderbar unterschiedlichen Menschen betrachtete, von denen sie umgeben war.

»Ich war einmal in Paris«, sagte sie und lächelte einen Hot-Dog-Verkäufer an, »um mir Maggies Ausstellung anzuschauen. Damals dachte ich, etwas Großartigeres würde ich in meinem ganzen Leben nicht mehr sehen.« Lachend nahm sie seine Hand. »Aber das hier ist tatsächlich noch beeindruckender als Paris.«

Sie liebte den beständigen und beinahe gewaltsamen Lärm des Straßenverkehrs, die glitzernden Angebote, die es in den Schaufenstern zu sehen gab, die Menschen, die, ganz in sich versunken und ohne auf ihre Umgebung zu achten, über die Straße hasteten, und die gewaltigen Wolkenkratzer, die hoch in den Himmel ragten und die Straßen in Schluchten verwandelten.

»Hier.«

Brianna starrte auf das Gebäude an der Ecke, das mit seinen Schaufenstern voll strahlenden Schmucks und schimmernder Edelsteine regelrecht zu funkeln schien. »Oh, was ist denn das?«

»Ein Basar, mein Schatz.« Bestens gelaunt, weil sie an seiner Seite war, öffnete er schwungvoll die Tür. »Der reinste Karneval.«

Das Innere des Gebäudes war von Stimmengewirr erfüllt, denn zahllose Menschen betrachteten die Auslagen in den Schaukästen. Brianna entdeckte einen Diamantring neben dem anderen hinter dem dicken Glas, Steine, deren Farbenspiel an Regenbogen erinnerte, den verführerischen Glanz von Gold.

»Oh, was für ein wunderbarer Ort.« Wie sie es genoß, mit ihm durch das Geschäft zu schlendern. Zwischen all den Verkäufern und Kunden, die über die Preise von Rubinketten und Saphirringen verhandelten, fühlte sie sich wie in einer anderen Welt. Was könnte sie alles erzählen, wenn sie wieder zu Hause in Clare war!

Vor einem der Schaukästen blieb sie kichernd stehen. »Daß ich hier meine Mitbringsel finden werde, bezweifle ich.«

»Aber ich finde bestimmt etwas. Perlen, denke ich.« Als die Verkäuferin nähertrat, schüttelte er den Kopf, sah sich die ausgelegten Waren aber genauer an. »Ja, Perlen wären genau das richtige.«

»Suchst du ein Geschenk?«

»Allerdings. Das hier wäre nicht schlecht.« Jetzt winkte er die Verkäuferin heran. Die dreireihige Perlenkette war perfekt.

Mit halbem Ohr hörte er zu, wie die Verkäuferin die Schönheit und den Wert der Kette pries. »Zeitlos«, sagte sie, »schlicht und elegant. Ein Familienerbstück. Und natürlich zu einem phantastisch günstigen Preis.«

Gray nahm die Kette in die Hand, testete ihr Gewicht und sah die schimmernden Perlen prüfend an. »Was meinst du, Brianna?«

»Wunderschön.«

»Allerdings«, pflichtete die Verkäuferin, die ein Geschäft witterte, ihr bei. »Ein solches Stück finden Sie kein zweites Mal, vor allem nicht zu diesem Preis. Etwas so Klassisches kann man zu allem tragen, zur eleganten Abendrobe ebenso wie zum Kaschmirpullover, zur Seidenbluse oder zum schlichten schwarzen Kleid.«

»Schwarz steht ihr nicht«, sagte Gray und sah Brianna an. »Mitternachtsblau, Pastellfarben, Moosgrün vielleicht.«

Brianna hatte das Gefühl, als flatterten ihr hundert Schmetterlinge im Bauch herum, als die Verkäuferin weitersprach. »Da haben Sie ganz recht. Bei Ihrer Haarfarbe und Ihrem Teint sind Perlen und Pastellfarben genau das richtige. Das steht nicht jeder Frau. Probieren Sie die Kette doch einfach mal an. Sehen Sie selbest, wie gut sie Ihnen steht.«

»Gray, nein.« Brianna trat einen Schritt zurück, wobei sie unsanft mit einem anderen Kunden zusammenstieß. »Das kannst du nicht machen. Das ist einfach lächerlich.«

»Meine Liebe«, mischte die Verkäuferin sich ungebetenerweise ein. »Wenn einem ein Mann eine solche Kette kaufen will, dann ziert man sich besser nicht. Außerdem bekommt er vierzig Prozent Rabatt gegenüber dem offiziellen Ladenpreis.«

»Oh, ich denke, Sie können durchaus noch ein bißchen runtergehen«, sagte Gray in lässigem Ton. Es ging ihm nicht ums Geld, denn bisher hatte er noch kaum auf das diskrete Preisschild am diamantenen Verschluß der Kette gesehen. Er handelte einfach gern. »Mal sehen, wie dir die Kette steht.«

Entschlossen legte er Brianna die Perlen um den Hals. Nie zuvor hatte sie etwas derart Elegantes auch nur in der Hand gehabt, doch statt begeistert zu sein, stand sie wie ein begossener Pudel da. »So etwas kannst du mir unmöglich kaufen.« So sehr es ihr auch in den Fingern juckte, rührte sie das Wunderwerk nicht an.

»Und ob ich das kann.« Er beugte sich vor und gab ihr einen Kuß. »Gönn mir doch den Spaß.« Er richtete sich wieder auf und sah sie mit zusammengekniffenen Augen an. »Ich denke, das ist genau das richtige.« Er wandte sich wieder an die Verkäuferin. »Machen Sie mir ein besseres Angebot.«

»Mein Lieber, die Kette ist auch so schon fast geschenkt. Wissen Sie, die Perlen sind beste Qualität.«

»Mmm-hmm.« Er nahm einen kleinen Spiegel vom Tisch. »Sieh sie dir nur einmal an«, schlug er vor. »Tu eine Minute so, als gehöre sie dir«, und wieder an die Verkäuferin gewandt: »Und Sie zeigen mir solange die Brosche dort. Ja, genau, das diamantbesetzte Herz.«

»Oh, das ist ein schönes Stück. Sie haben einen Blick für Schmuck.« Eilig legte sie die Brosche auf eine schwarze Samtunterlage auf dem Tisch. »Vierundzwanziger Brillantschliff. Beste Qualität.«

»Hübsch. Brie, meinst du nicht, daß das das richtige für Maggie ist? Ein Geschenk für die frischgebackene Mama.«

»Ah.« Nur mit Mühe hielt sie ihre Kinnlade davon ab, daß sie ihr herunterfiel. Der Anblick von sich selbst mit Perlen um den Hals und der Gedanke, daß Gray Diamanten für ihre Schwester kaufen wollte, überwältigten sie. »Wie sollte sie etwas anderes als begeistert sein? Aber du kannst unmöglich ...«

»Wieviel wollen Sie für die beiden Teile zusammen?«

»Tja ...« Die Verkäuferin trommelte sich mit den Fingern auf die Brust, ehe sie mit schmerzerfülltem Gesicht nach einem Taschenrechner griff. Dann schrieb sie eine Summe auf einen Block, bei deren Anblick Brianna fast das Herz stehen blieb.

»Gray, bitte.«

Doch er winkte einfach ab. »Ich denke, das ist noch nicht das letzte Angebot.«

»Sie bringen mich um«, jammerte die Frau.

»Ich bin sicher, Sie haben die Schmerzgrenze noch lange nicht erreicht.«

Sie knurrte, murmelte etwas von Gewinnspannen und von der Qualität ihrer Ware, doch schließlich ging sie mit ihrer Forderung noch ein wenig herunter, wobei sie sich das Herz hielt, als bekäme sie jeden Augenblick einen Infarkt. »Damit schaufle ich mir mein eigenes Grab.«

Mit einem vergnügten Zwinkern zog Gray seine Brieftasche hervor. »Packen Sie die Sachen ein und schicken Sie sie ins Plaza.«

»Gray, nein.«

»Tut mir leid.« Er öffnete den Verschluß der Kette, nahm sie ihr ab und gab sie mit einer lässigen Geste der hocherfreuten Verkäuferin zurück. »Heute abend bekommst du sie wieder. Mit einer solchen Kette am Hals läuft man besser nicht auf der Straße herum.«

»Das meine ich nicht, und das weißt du ganz genau.«

»Sie haben einen so wunderbaren Akzent«, lenkte die Verkäuferin sie eilig ab. »Irland, nicht wahr?«

»Ja. Wissen Sie ...«

»Dies ist ihre erste Reise in die USA. Ich möchte, daß sie etwas Besonderes bekommt, was sie stets daran erinnern wird.«

Er nahm Briannas Hand und küßte ihre Finger mit einer Zärtlichkeit, die selbst das zynische Herz der Verkäuferin seufzen ließ. »Es ist mir ein Herzenswunsch.«

»Du brauchst mir nichts zu kaufen.«

»Und genau deshalb mache ich es so gern. Weil du mich noch nie um irgend etwas gebeten hast.«

»Und aus welchem Teil Irlands kommen Sie, meine Liebe?«

»Aus der Grafschaft Clare«, murmelte Brianna und wußte, daß abermals eine Schlacht verloren war. »Das liegt im Westen.«

»Und ist sicher wunderschön. Und Sie ...« Sie nahm Grays Kreditkarte entgegen, las den Namen und kreischte begeistert auf.

»Grayson Thane. Gott, ich habe alle Ihre Bücher gelesen. Ich bin Ihr größter Fan. Wenn ich das meinem Mann erzähle. Er ist genauso ein Fan von Ihnen wie ich. Nächste Woche gehen wir ins Kino, um uns Ihren Film anzusehen. Ich kann es kaum erwarten. Könnte ich vielleicht ein Autogramm haben? Sonst glaubt mir Milt nie im Leben, daß ich Ihnen tatsächlich begegnet bin.«

»Sicher.« Er nahm den Block, den sie ihm entgegenschob. »Und Sie sind Marcia?« Er klopfte auf die Visitenkarte, die auf dem Tresen lag.

»Genau. Leben Sie in New York? Die Klappentexte Ihrer Bücher verraten einem ja nichts über Sie.«

»Nein.« In der Hoffnung, sie von weiteren Fragen abzulenken, reichte er ihr lächelnd den Block.

»Für Marcia«, las sie, »die ein Juwel unter Juwelen ist. Alles Liebe, Grayson Thane.« Sie strahlte ihn an, allerdings schob sie ihm gleichzeitig geschäftstüchtig den Kreditkartenbeleg zum Unterschreiben hin. »Wenn Sie mal wieder etwas Besonderes brauchen, kommen Sie einfach zu mir. Und keine Sorge, Mr. Thane, ich schicke Ihnen die Sachen sofort in Ihr Hotel. Viel Spaß mit der Kette, meine Liebe. Und noch viel Vergnügen in New York.«

»Danke, Marcia. Und grüßen Sie Milt.« Selbstzufrieden drehte er sich zu Brianna um. »Was meinst du, sehen wir uns noch ein bißchen um?«

Wie betäubt schüttelte sie den Kopf. »Wie machst du das nur?« brachte sie schließlich hervor, als sie wieder draußen auf der Straße stand. »Wie stellst du es nur an, daß ich einfach nicht nein sagen kann, obwohl ich nein sagen will?«

»Das ist eine meiner leichtesten Übungen«, sagte er leichthin. »Hast du Hunger? Ich schon. Laß uns gucken, ob es irgendwo einen Hot Dog gibt.«

»Gray.« Sie hielt ihn am Ärmel fest. »Diese Kette ist das Schönste, was ich je besessen habe«, sagte sie ernst. »Ebenso wie du das Beste bist, das mir je begegnet ist.«

»Gut.« Er nahm ihre Hand und führte sie zur nächsten Straßenecke, da er der Ansicht war, sie wäre hinreichend besänftigt, um gemeinsam mit ihm auf die Suche nach dem perfekten Kleid für die Premiere zu gehen.

Sie stritt und verlor, doch zum Ausgleich gab sich Gray geschlagen, als sie auf der eigenhändigen Bezahlung ihrer Souvenirs bestand, und belustigt half er ihr beim Sortieren ihrer auf der Flughafenbank eingetauschten Dollars und Cents. Es faszinierte ihn zu sehen, daß der Spielzeugladen sie stärker begeisterte als die Schmuck- oder Kleidergeschäfte, in denen sie mit ihm gewesen war, doch am hingerissensten war sie, als er, einer Eingebung folgend, mit ihr in ein Fachgeschäft für Küchengeräte ging.

Hocherfreut schleppte er ihre Taschen und Kartons ins Hotel zurück, lockte sie unter Aufbietung all seines Charmes ins Bett und vertrieb sich und ihr den Nachmittag mit endloser, genüßlicher Zärtlichkeit.

Anschließend führte er sie zum Essen ins Le Cirque und, in einer romantischen Anwandlung, zum Tanzen in den Rainbow Room, dessen altmodisches Dekor und die Big-Band-Musik er ebenso genoß wie sie.

Dann liebte er sie erneut, bis sie erschöpft neben ihm in Schlaf sank.

Er selbst lag lange wach, roch den Duft der Rosen, strich über ihr seidiges Haar und lauschte ihrem leisen, regelmäßigen Atem direkt an seinem Ohr.

Irgendwann im Dämmer des Halbschlafs dachte er an all die Hotels, in denen er allein zu Bett gegangen war. In denen er allein wach geworden war, mit nur den Menschen als Gesellschaft, die er in seinen Gedanken schuf.

Er dachte daran, daß er lieber alleine war. Oder daß er zumindest bisher immer lieber allein gewesen war. Daß ihm jedoch, mit ihr neben sich, die Erinnerung an die einsame Zufriedenheit plötzlich weniger süß erschien.

Sicher fände er in diese alte Selbstgenügsamkeit zurück,

wenn ihre gemeinsame Zeit vorbei wäre, aber selbst im Halbschlaf dachte er lieber nicht an die Zukunft, und schon gar nicht an die Vergangenheit.

Er lebte in der Gegenwart. Und die Gegenwart war nahezu perfekt.

16. Kapitel

Am nächsten Tag war Brianna immer noch begeistert genug von New York, um zu versuchen, alles auf einmal zu sehen. Es war ihr egal, wenn sie mit ihrer um den Hals gehängten Kamera, ihren großen Augen, ihrem, um bis zu den Spitzen der Wolkenkratzer hinaufsehen zu können, in den Nacken gelegten Kopf die typische Touristin war. Sie staunte mit offenem Mund, na und? New York war eine lärmende, kunstvolle Kulisse, die einem die Sinne schwinden ließ.

In ihrer Suite studierte sie Führer, machte sich sorgfältig Listen und hakte die Sehenswürdigkeiten ordentlich nacheinander ab.

Jetzt allerdings stand ihr ein Geschäftsessen mit Grays Agentin bevor.

»Arlene ist einfach toll«, versicherte Gray Brianna, während er sie eilig über die Straße zog. »Sie wird dir gefallen.«

»Aber dieses Essen.« Obgleich sie ihren Schritt verlangsamte, ließ er nicht zu, daß sie, wie sie es gewollt hätte, ein Stück hinter ihm blieb. »Es ist, als wäre ich bei einer geschäftlichen Besprechung dabei. Ich sollte irgendwo auf dich warten oder vielleicht zu euch stoßen, wenn ihr fertig seid. Ich könnte mir St. Patrick's ansehen und ...«

»Ich habe dir doch gesagt, daß wir uns St. Patrick's nach dem Essen zusammen ansehen.«

Und sie wußte, das würden sie. Er war nur allzu bereit, sie überall hinzuführen, damit sie alles sah. Wirklich alles. Heute morgen hatte sie bereits auf dem Empire State Building gestanden und sich die Stadt von oben angeschaut. Sie war mit der U-Bahn gefahren, hatte zum Frühstücken ein Delikatessenrestaurant aufgesucht. Alles, was sie getan und gesehen hatte, wirbelte wie ein Kaleidoskop aus Farben und Tönen in ihrem Kopf herum.

Und immer noch versprach er mehr.

Doch die Aussicht, mit einer New Yorker Agentin zu Mittag zu essen, die offensichtlich auch als Frau einfach phantastisch war, erschreckte sie. Sie hätte irgendeine Ausrede erfunden, um nicht mitzugehen, Kopfweh und Müdigkeit vorgeschützt, wäre Gray nicht so aufgeregt gewesen bei der Aussicht darauf, daß sie Arlene nun endlich traf.

Sie beobachtete, wie er einem Mann, der an einer Hauswand lehnte, beiläufig einen Schein in die Blechschale warf. Das tat er jedesmal, wenn er einem Bettler begegnete. Egal, was auf den handgemalten Schildern stand – obdachlos, arbeitslos, Vietnamveteran – er zog umgehend seine Brieftasche hervor.

Er war ein aufmerksamer Mensch, dachte sie. Ihm blieb nie etwas verborgen, er schien einfach alles zu sehen. Und diese bescheidenen Gesten der Freundlichkeit gegenüber Fremden, deren bloße Existenz andere Menschen bereits zu leugnen schienen, waren ein untrennbarer Teil von ihm.

»He, Kumpel, brauchste vielleicht 'ne Uhr? Ich hab'n paar nette Teile. Nur zwanzig Mäuse das Stück.« Ein schlanker schwarzer Mann öffnete eine Aktentasche und stellte eine ganze Sammlung von Gucci- und Cartier-Imitationen zur Schau. »Ich hab 'ne echt schöne Uhr für die Lady da.«

Zu Briannas Entsetzen blieb Gray tatsächlich stehen. »Ach ja? Funktionieren die auch?«

»He.« Der Mann grinste. »Was hältst du von mir? Auf die Minute genau, Mann. Und seh'n genauso aus wie die, für die man in der Fifth tausend Dollar bezahlt.«

»Zeig mal her.« Während Brianna mit zusammengebissenen Zähnen danebenstand, wählte Gray eine der Uhren aus.

So, wie die Augen des Kerls unablässig von links nach rechts wanderten, kam er ihr gefährlich vor. »Und, kriegst du oft Ärger hier?«

»Ne. Ich hab'n guten Ruf. Das hier is'n schönes Teil, echte Qualitätsarbeit, steht der Lady bestimmt nicht schlecht. Zwanzig Piepen, un' sie gehört dir.«

Gray schüttelte die Uhr und hielt sie an sein Ohr. »Wunderbar.« Er gab dem Mann einen Zwanziger. »Eben hab ich ein paar Bullen gesehen, die in diese Richtung gingen«, sagte er leise und zog Briannas Hand durch seinen Arm.

Als sie sich noch einmal umblickte, war der Mann nicht mehr da.

»Waren die Uhren gestohlen?« fragte sie erschreckt.

»Wahrscheinlich nicht. Hier, bitte sehr.« Er legte die Uhr um ihr Handgelenk. »Vielleicht geht sie nur einen Tag – vielleicht aber auch ein Jahr. Das weiß man nie so genau.«

»Warum hast du sie dann gekauft?«

»He, von irgendwas muß der Kerl doch leben, meinst du nicht? Ah, hier ist auch schon das Restaurant.«

Der Anblick der eleganten Fassade beeindruckte sie derart, daß sie am Ärmel seiner Anzugjacke zupfte, damit er stehenblieb. Sie kam sich linkisch, allzu ländlich und lächerlich vor mit ihrer I-Love-New-York-Tasche, in der sie die Andenken vom Empire State Building bei sich trug.

Unsinn, schalt sie sich. Sie hatte ständig mit neuen Menschen zu tun, und sie hatte Spaß daran. Das Problem bestand einfach darin, daß Gray sie ausgerechnet ins Four Seasons schleppte und daß es dieses Mal eine von seinen Bekannten war.

Sie versuchte, nicht allzu ehrfürchtig zu starren, als er mit ihr die Stufen zum Eingang erklomm.

»Ah, Mr. Thane«, wurde er vom Empfangschef freundlich begrüßt. »Es ist lange her, seit Sie das letzte Mal hier gewesen sind. Mrs. Winston ist bereits da.«

Sie durchquerten den Raum mit seiner langen, blankpolierten Bar und gingen an den bereits größtenteils mit Essensgästen besetzten, elegant gedeckten Tischen vorbei, bis sich an einem der letzten Tische eine Frau grüßend erhob.

Brianna sah ein elegantes rotes Kostüm, blitzendes Gold an Aufschlägen und Ohren, kurzes, glattes blondes Haar und ein fröhliches Lächeln, ehe die Person in Grays begeisterter Umarmung regelrecht verschwand.

»Schön, dich zu sehen, meine Liebe.«

»Mein Lieblingsglobetrotter.« Ihre Stimme war rauchig, mit einer Spur von Kratzigkeit.

Arlene Winston war winzig, kaum einen Meter fünfzig groß, und ihrer athletischen Figur war das regelmäßige sportliche Training anzusehen. Gray hatte gesagt, daß sie bereits Großmutter war, aber sie hatte kaum Falten, und ihre lohfarbenen Augen bildeten einen lebendigen Kontrast zu ihrem weichen, ja beinahe zarten Gesicht. Einen Arm immer noch um Grays Hüfte gelegt, reichte sie Brianna die andere Hand.

»Und Sie sind Brianna. Willkommen in New York. Ich hoffe, der Junge sorgt dafür, daß es ein schöner Urlaub ist.«

»Das tut er, allerdings. Es ist eine wunderbare Stadt. Freut mich, Sie kennenzulernen, Mrs. Winston.«

»Arlene.« Sie legte auch ihre andere Hand um Briannas Finger und tätschelte sie kurz. Aber wie freundlich diese Geste auch war, bemerkte Brianna doch, daß ihr Gegenüber sie einer eiligen, gründlichen Musterung unterzog. Und Gray stand währenddessen strahlend neben ihr.

»Ist sie nicht phantastisch?«

»Allerdings. Setzen wir uns doch. Ich hoffe, es macht euch nichts aus, daß ich bereits Champagner bestellt habe. Aber wir haben allen Grund dazu.«

»Wegen der Briten?« fragte Gray und setzte sich.

»Genau.« Sie lächelte, als der Kellner die bereits auf dem Tisch stehende Flasche Mineralwasser nahm und ihre Gläser zu füllen begann. »Willst du den geschäftlichen Teil unseres Treffens gleich hinter dich bringen, oder wartest du lieber bis nach dem Essen?«

»Bringen wir es lieber gleich hinter uns.«

Mit einem freundlichen Lächeln bedeutete Arlene dem Kellner, daß seine Mission im Augenblick erledigt war, ehe sie einen ganzen Berg von Telefaxen aus ihrer Aktentasche zog. »Hier ist der britische Vertrag.«

»Was für eine Frau«, sagte Gray und zwinkerte ihr fröhlich zu.

»Und hier sind die anderen ausländischen Angebote und das Angebot für die Vertonung deines Buchs. Mit den Filmleuten sind wir noch nicht so weit. Und hier habe ich deinen hiesigen Vertrag.« Während Gray die Papiere durchsah, wandte sie sich lächelnd Brianna zu. »Gray sagt, daß Sie eine unglaubliche Köchin sind.«

»Er ißt einfach gern.«

»Allerdings. Wie ich höre, haben Sie eine Pension. Blackthorn, nicht wahr?«

»Blackthorn Cottage, ja. Allerdings ist sie nicht besonders groß.«

»So etwas stelle ich mir sehr gemütlich vor.« Arlene betrachtete Brianna über den Rand ihres Wasserglases hinweg. »Und ruhig.«

»O ja. Normalerweise kommen die Menschen in den Westen, um sich die Landschaft anzusehen.«

»Die, wie man mir erzählte, einzigartig ist. Ich war noch nie in Irland, aber Gray hat meine Neugier geweckt. Und für wie viele Gäste haben Sie Platz?«

»Oh, ich habe vier Gästezimmer, aber es kommt immer auf die Größe der Familien an. Acht Menschen finden problemlos Platz, aber manchmal sind es mit Kindern zwölf oder mehr.«

»Und all diese Menschen bekochen Sie, und Sie führen die Pension ganz allein?«

»Es ist ein bißchen, wie wenn man eine große Familie hat«, erklärte Brianna. »Die meisten Leute bleiben nur ein, zwei Nächte und ziehen dann schon wieder los.«

Unauffällig lockte Arlene Brianna aus der Reserve, wobei sie jedes Wort, jede Wendung einer eingehenden Beurteilung unterzog. Gray war mehr als ein Kunde für sie, viel mehr. Eine interessante Frau, überlegte sie. Reserviert, ein wenig nervös. Offensichtlich praktisch veranlagt, dachte sie und klopfte mit einem perfekt manikürten Fingernagel auf die Tischdecke, während sie Brianna nach der westirischen Landschaft auszufragen begann.

Sauber und adrett, stellte sie fest, wohlerzogen und ... ah ... sie bemerkte, daß Briannas Blick wanderte und – für den Bruchteil einer Sekunde – auf Gray ruhte. Genau wie sie es gehofft hatte.

Brianna wandte sich ihr wieder zu, sah ihre hochgezogenen Brauen und errötete vor Verlegenheit. »Grayson sagt, Sie hätten Enkelkinder.«

»Allerdings. Und nach dem ersten Glas Champagner zwinge ich Sie bestimmt, sich sämtliche Fotos von ihnen anzusehen.«

»Was mir ein Vergnügen wäre. Wirklich. Meine Schwester hat vor kurzem ihr erstes Baby bekommen.« Briannas Blick und Stimme wurden warm. »Ich habe also selbst ein paar Bilder dabei.«

»Arlene.« Gray blickte von den Papieren auf. »Du bist eine Königin unter den Agenten, jawohl.«

»Ich hoffe, daß du das niemals vergißt.« Noch während sie den Champagner und die Speisekarte orderte, reichte sie ihm einen Stift. »Also unterschreib die Verträge, Gray, und dann feiern wir.«

Brianna war sich sicher, daß sie, seit sie Grayson zum ersten Mal begegnet war, mehr Champagner getrunken hatte als in all den Jahren zuvor. Sie spielte mit ihrem Glas, studierte die Speisekarte und versuchte, nicht zusammenzuzucken, als sie die Preise sah.

»Am späten Nachmittag treffen wir uns mit Rosalie auf einen Drink«, spielte Gray auf die Verabredung mit seiner Verlegerin an, »und dann sehen wir uns die Premiere an. Du kommst doch wohl auch, oder nicht?«

»Auf jeden Fall«, versicherte ihm Arlene und fügte hinzu: »Ich nehme das Hühnchen«, wobei sie dem wartenden Kellner ihre Speisekarte gab. »Und jetzt erzähl mir«, wandte sie sich an Gray, »wie kommst du mit deinem neuen Buch voran?«

»Wunderbar. So gut hat es bisher noch nie geklappt. Die Rohfassung ist fast fertig.«

»Jetzt schon?«

»Die Worte fliegen mir nur so zu.« Er sah Brianna an. »Es ist die reinste Magie. Vielleicht liegt es an der Atmosphäre. Irland ist einfach ein magisches Land.«

»Er arbeitet wirklich hart«, mischte sich Brianna ein. »Manchmal kommt er tagelang nicht aus seinem Zimmer heraus. Und wenn man ihn stört, fährt er einen ziemlich rüde an.«

»Und, schnauzen Sie zurück?« fragte Arlene.

»Normalerweise nicht.« Brianna lächelte, als Gray seine Hand auf ihren Handrücken legte. »Ein derartiges Benehmen bin ich bereits von meiner Schwester gewohnt.«

»Ach ja, die Künstler. Sie haben ja bereits einige Erfahrung mit dem sogenannten Künstlertemperament.«

»Allerdings«, kam Briannas lachende Bestätigung. »Ich denke, daß das Leben für kreative Menschen schwerer ist als für uns. Und Gray muß nun einmal die Tür seiner Welt vor anderen verschließen, solange er in ihr gefangen ist.«

»Ist sie nicht einfach perfekt?«

»Ich glaube, ja«, pflichtete Arlene ihm zufrieden bei, und da sie von Natur aus geduldig war, wartete sie mit ihrem nächsten Schachzug, bis das Essen vorüber war. »Möchten Sie noch ein Dessert, Brianna?«

»Ich kann beim besten Willen nicht mehr, vielen Dank.«

»Aber Gray. Und dabei nimmt er nie auch nur ein Gramm zu«, sagte sie und schüttelte den Kopf. »Während du dir etwas Sündiges bestellst, Gray, gehen Brianna und ich auf die Damentoilette, wo ich mich ungestört mit ihr über dich unterhalten kann.«

Als sich Arlene von ihrem Platz erhob, hatte Brianna keine andere Wahl, als es ihr gleich zu tun. Allerdings warf sie einen verwirrten Blick über die Schulter zurück, als sie hinter der Agentin in Richtung der Damentoilette ging.

Der Vorraum der Damentoilette war so elegant wie eine Bar. Vor dem Spiegel standen zahllose Parfümflakons, Cremes, ja sogar Kosmetika herum. Arlene setzte sich auf einen Hocker, schlug die Beine übereinander und winkte Brianna neben sich.

»Und, sind Sie bei dem Gedanken an die Premiere aufgeregt?«

»Ja. Es ist ein großer Augenblick für ihn, nicht wahr? Obwohl ich weiß, daß auch vorher schon Bücher von ihm verfilmt worden sind – einen der Filme habe ich gesehen. Allerdings fand ich, daß das Buch besser war.«

»So ist's recht«, lachte Arlene. »Wissen Sie, daß Gray bisher noch nie eine Frau mitgebracht hat, wenn er mit mir verabredet war?«

»Ich ...« Brianna wußte nicht, welches die passende Antwort darauf war.

»Was, wie ich finde, Bände spricht. Unsere Beziehung ist weit mehr als nur geschäftlicher Natur, Brianna.«

»Ich weiß. Er hat Sie sehr gern. Er spricht von Ihnen wie von einem Familienmitglied.«

»Das bin ich auch. Oder zumindest, soweit er es zulassen

kann. Ich liebe ihn wie einen Sohn. Als er mir sagte, er brächte Sie mit nach New York, war ich mehr als überrascht.« Arlene öffnete ihre Puderdose und tupfte ein wenig unter ihren Augen herum. »Ich habe mich gefragt, wie es einem kleinen irischen Flittchen gelingen konnte, sich meinen Jungen zu angeln.«

Briannas Blick wurde kalt, doch als sie etwas erwidern wollte, hob Arlene abwehrend die Hand.

»Das war die erste Reaktion einer Glucke, die ihr Junges schützen will. Doch sobald ich Sie sah, habe ich meine Meinung revidiert. Ich hoffe, Sie verzeihen mir.«

»Natürlich.« Doch Briannas Stimme war das reinste Eis.

»Jetzt sind Sie mir böse, und zwar zu Recht. Ich kenne Gray seit über zehn Jahren, ich habe ihn angebetet, mich um ihn gesorgt, ihn schikaniert und getröstet, wann immer es nötig war. Ich hatte gehofft, er fände einen Menschen, den er lieben kann, einen Menschen, der ihn glücklich macht. Denn bei all seinem Erfolg ist er kein glücklicher Mann.«

Sie klappte ihre Puderdose wieder zu und zog gewohnheitsmäßig einen Lippenstift hervor. »Oh, wahrscheinlich ist er der ausgeglichenste Mensch, den ich kenne, aber glücklich ist er nicht.«

»Ich weiß«, murmelte Brianna. »Er ist zu allein.«

»Er war allein. Wissen Sie, wie er Sie ansieht? Sein Blick scheint regelrecht Funken zu sprühen. Das würde mir Sorgen machen, hätte ich nicht beobachtet, daß Sie ihn mit dem gleichen Blick betrachten.«

»Ich liebe ihn«, hörte Brianna sich sagen.

»Oh, meine Liebe, das sehe ich.« Sie ergriff Briannas Hand. »Und, hat er Ihnen von sich erzählt?«

»Sehr wenig. Er hält diese Dinge zurück, tut, als hätte er keine Vergangenheit.«

Arlene nickt betrübt. »Er ist niemand, der sein Elend mit anderen teilt. Seit Jahren stehe ich ihm näher als sonst irgendwer, und trotzdem weiß auch ich so gut wie nichts über ihn. Einmal, nach seinem ersten Millionenvertrag, hatte er etwas zuviel getrunken und mir mehr von sich erzählt, als es wohl in seiner Absicht lag.« Sie schüttelte den Kopf. »Ich glaube nicht, daß ich Ihnen diese Dinge sagen kann. Ich komme mir ein wenig wie ein Priester nach der Beichte vor – aber ich bin sicher, daß Sie das verstehen.«

»Ja.«

»Ich sage nur so viel. Er hatte eine schreckliche Kindheit, ein schweres Leben. Trotzdem, oder vielleicht gerade deshalb, ist er ein warmherziger, großzügiger Mann.«

»Ich weiß, daß er das ist. Manchmal ist er sogar zu großzügig. Wie bringt man ihn dazu, daß er aufhört, einem Dinge zu kaufen?«

»Gar nicht. Er tut es, weil es ihm ein Bedürfnis ist. Geld ist ihm nicht wichtig. Das, was es symbolisiert, ist von Bedeutung, aber das Geld selbst ist nichts als ein Mittel zum Zweck. Ich gebe Ihnen einen ungebetenen Rat und sage Ihnen, geben Sie nicht auf, zeigen Sie Geduld. Bisher ist Gray einzig in seiner Arbeit zu Hause. Dafür hat er selbst gesorgt. Ich frage mich, ob ihm klar ist, daß Sie dafür sorgen, daß er nun auch in Irland ein Zuhause hat.«

»Nein.« Brianna entspannte sich weit genug, um zu lächeln. »Das ist ihm nicht klar. Ebensowenig wie es mir bis vor kurzem klar gewesen ist. Aber nicht mehr lange, und er wird mit seinem Buch am Ende sein.«

»Sehen Sie zu, daß seine Beziehung zu Ihnen dann nicht ebenfalls ein Ende nimmt. Und falls Sie jemals meinen, daß Sie Beistand brauchen, bin ich jederzeit für Sie da.«

Stunden später, als Gray den Reißverschluß ihres Kleides schloß, dachte Brianna über Arlenes Worte nach. Es war die Geste eines Liebenden, dachte sie, als Gray ihre Schulter küßte. Die Geste eines Ehemanns.

Sie lächelte ihm im Spiegel zu. »Du siehst phantastisch aus, Grayson.«

In seinem schwarzen Anzug, ohne Krawatte, verströmte er die lässige Eleganz, die sie immer mit Film- und Popstars verband.

»Wer wird mich schon ansehen, wenn du in meiner Nähe bist?«

»Vielleicht sämtliche Frauen?«

»Netter Gedanke.« Er legte ihr die Perlenkette um den Hals, betätigte grinsend den Verschluß und drehte sie zu sich herum. »Fast perfekt.«

Das mitternachtsblaue Kleid verlieh ihrer samtigen Haut einen warmen Ton, und das schulterfreie, tief ausgeschnittene Dekolleté betonte das sanfte Rund ihrer Brust. Sie hatte ihr Haar aufgesteckt, doch ein paar unbotmäßige Strähnen kitzelten ihre Ohren und ihren Hals.

Sie lachte, als er sie langsam im Kreis zu drehen begann. »Vorhin hast du noch gesagt, ich wäre perfekt.«

»Allerdings.« Er zog eine kleine Schachtel aus seiner Tasche und klappte den Deckel auf. Auf einem kleinen Kissen lagen weitere Perlen, zwei schimmernde Tränen, über denen man zwei einzelne Diamanten blitzen sah.

»Gray ...«

»Pst.« Er legte ihr die Ohrclips an. Eine Geste, die eine gewisse Übung verriet, dachte sie trocken, geschmeidig und beiläufig, als täte er so etwas jeden Tag. »*Jetzt* bist du perfekt.«

»Wann hast du die besorgt?«

»Ich habe sie während unseres Kettenkaufs entdeckt. Marcia war außer sich vor Begeisterung, als ich sie anrief und sagte, sie kämen noch dazu.«

»Ich bin sicher, daß sie das war.« Unfähig, sich zu beherrschen, hob sie die Hand und tastete vorsichtig an einem der Ohrringe herum. Sie wußte, die Perlen und Diamanten waren echt, aber daß sie, Brianna Concannon, mit teurem Schmuck behangen, den Luxus der Suite eines New Yorker Luxushotels und die lächelnde Bewunderung ihres Liebsten genoß, kam ihr vollkommen unwirklich vor.

»Ich nehme an, es ist sinnlos, dir zu sagen, daß das nun wirklich nicht nötig war.«

»Vollkommen sinnlos sogar. Mit einem einfachen Danke hättest du mehr Erfolg.«

»Danke.« Sie schmiegte ihre Wange an sein Gesicht. »Dies ist *dein* Abend, Grayson, aber statt dessen gibst du *mir* das Gefühl, eine Prinzessin zu sein.«

»Denk nur, wie schick wir aussehen werden, wenn irgendein Reporter sich die Zeit nimmt, ein Bild von uns zu machen.«

»Sich die Zeit nimmt?« Sie schnappte sich eilig ihre Handtasche, denn er zog sie bereits zur Tür. »Es ist doch dein Film. Du hast ihn geschrieben.«

»Ich habe das Buch geschrieben.«

»Das habe ich doch gesagt.«

»Nein.« Er legte einen Arm um ihre Schulter und ging mit ihr zum Lift. Vielleicht sah sie wie eine schöne Fremde aus, dachte er, aber sie roch immer noch wie die Brianna, der er in Irland begegnet war. Weich, süß und sanft. »Du hast gesagt, es wäre mein Film. Aber das ist er nicht. Es ist der Film des Regisseurs, der Film des Produzenten, der Film der Schauspieler. Und der Film des Drehbuchautors.« Die Tür des Fahrstuhls öffnete sich, er schob sie hinein und drückte den Knopf fürs Erdgeschoß. »Der Romanautor rangiert ganz unten auf der Liste, mein Schatz.«

»Das ist ja wohl lächerlich. Es ist deine Geschichte, es sind deine Charaktere, um die es geht.«

»Es *war* meine Geschichte.« Er lächelte. Sie empörte sich um seinetwillen, was er durch und durch reizend fand. »Ich habe sie verkauft, so daß du, egal, was sie aus der Sache gemacht haben, keine Beschwerde von mir hören wirst. Und die allgemeine Aufmerksamkeit heute abend gilt bestimmt nicht dem ›nach einem Roman von XY‹.«

»Sollte sie aber. Ohne dich hätten sie den Film nämlich niemals gedreht.«

»Damit hast du, verdammt noch mal, recht.«

Sie betrat die Lobby und bedachte ihn mit einem argwöhnischen Blick. »Du machst dich lustig über mich.«

»Mache ich nicht. Ich bete dich an.« Wie zum Beweis küßte er sie und führte sie nach draußen, wo bereits die Limousine für sie stand. »Aber in Hollywood kann man nur überleben, wenn man nichts persönlich nimmt.«

»Du hättest das Drehbuch selbst schreiben können.«

»Sehe ich etwa aus wie ein Masochist?« Bei dem bloßen Gedanken daran erschauderte er. »Vielen Dank, aber in der Zusammenarbeit mit meiner Verlegerin ist für mich das Maß der erträglichen Abhängigkeit erreicht.« Der Wagen schob sich lautlos durch den Verkehr, und Gray lehnte sich genüßlich in die Polster zurück. »Ich werde gut bezahlt, ich sehe für ein paar Sekunden meinen Namen auf der Leinwand, und wenn der Film erfolgreich wird – was nach all dem Werberummel wahrscheinlich ist –, dann gehen meine Verkaufszahlen automatisch rauf.«

»Hast du denn gar kein Temperament?«

»Jede Menge sogar. Nur nicht in diesem Bereich.«

Das erste Foto von ihnen beiden wurde gemacht, als Gray mit ihr den Vorraum des Kinos betrat. Brianna blinzelte überrascht und mehr als nur leicht beunruhigt in das grelle Licht. Niemand würde auf ihn achten, hatte Gray gesagt, aber kaum war er zwei Schritte gegangen, hielt man ihm bereits das erste Mikrofon vor den Mund. Nonchalant ging er auf einige Fragen der Reporter ein, ebenso nonchalant wich er anderen aus, und die ganze Zeit hielt er Brianna fest an der Hand.

Mit großen Augen sah sie sich um. Überall standen Leute

herum, deren Bildern sie bisher nur in Hochglanzmagazinen, auf der Kinoleinwand oder auf dem Fernsehbildschirm begegnet war. Einige standen wie ganz normale Menschen im Foyer, rauchten eine letzte Zigarette, nahmen einen Drink, unterhielten sich oder tauschten die neuesten Gerüchte aus.

Hier und da stellte Gray sie vor. Sie gab die ihr angemessen erscheinenden Antworten und merkte sich Namen und Gesicht für die Menschen zu Hause in Clare.

Einige hatten sich übertrieben elegant, andere übertrieben lässig zurechtgemacht. Sie sah Diamanten, und sie sah Jeans. Manche hatten Baseballmützen auf den Köpfen, andere standen in Tausend-Dollar-Anzügen herum. Wie in jedem anderen Kino auf jedem anderen Kontinent roch es nach Popcorn und Kaugummi, doch zugleich wurde sie immer wieder in eine mehr oder weniger dezente Wolke teuren Parfüms gehüllt. Und alles erstrahlte in dem unaufdringlichen, eleganten Glanz, der der sogenannten High Society zu eigen war.

Als sie ihre Plätze einnahmen, legte Gray seinen Arm über die Rücklehne ihres Stuhls und flüsterte ihr ins Ohr: »Na, beeindruckt?«

»Und wie. Ich habe das Gefühl, als wäre ich mitten in einen Film hineinspaziert statt einfach nur in einen Kinosaal.«

»Ereignisse wie dieses haben mit der Wirklichkeit tatsächlich nichts zu tun. Warte erst, bis du die anschließende Party erlebst.«

Brianna atmete vorsichtig aus. Es war ein weiter Weg von Clare hierher, dachte sie. Ein weiter, weiter Weg.

Allerdings blieb ihr für derartige Gedanken nicht viel Zeit. Das Licht wurde gedämpft, und die Leinwand erhellte sich. Nach einem kurzen Augenblick wallte silbrige Erregung in ihr auf, als sie Grays Namen auftauchen und wieder verschwinden sah.

»Wunderbar«, flüsterte sie. »Einfach wunderbar.«

»Mal sehen, ob dir der Reste ebensogut gefällt.«

Allerdings. Die Zeit verging wie im Flug, und in regelmäßigen Abständen sprang sie vor Aufregung fast von ihrem Sitz. Es war egal, daß sie das Buch gelesen hatte, daß sie die Handlung kannte, daß ein Teil der Dialoge ganze Absätze von Grays Roman wörtlich wiedergab. Ihr Magen zog sich zusammen, ihr Mund verzog sich zu einem Lächeln, und ihre Augen waren so groß, als wäre alles neu für sie. Einmal drückte Gray ihr ein Taschentuch in die Hand, da er sah, daß ihr tatsächlich eine Träne über die Wange rann.

»Du bist die perfekte Zuschauerin, Brie. Wie ich je einen Film ohne dich habe genießen können, ist mir schleierhaft.«

»Pst.« Seufzend nahm sie seine Hand und hielt sie umklammert, bis nach einem atemlosen Höhepunkt und donnerndem Schlußapplaus der Vorhang herunterging.

»Ich würde sagen, es war ein voller Erfolg.«

»Das glaubt mir kein Mensch«, sagte Brianna, als sie Stunden später aus dem Fahrstuhl des Plaza trat. »Schließlich glaube ich selbst es kaum. Ich habe tatsächlich mit Tom Cruise getanzt.« Kichernd und ein wenig schwindlig von dem Wein und der Aufregung drehte sie sich im Kreis. »Glaubst du es?«

»Ich muß es wohl glauben.« Gray öffnete die Tür. »Schließlich habe ich es mit eigenen Augen gesehen. Er schien ganz hingerissen von dir zu sein.«

»Oh, er wollte einfach über Irland reden. Er mag das Land. Er ist charmant und furchtbar verliebt in seine Frau. Wenn ich mir vorstelle, daß die beiden vielleicht tatsächlich eines Tages kommen und meine Gäste sind ...«

»Nach heute abend würde es mich nicht überraschen, wenn deine Pension in Zukunft vor lauter Prominenten aus den Nähten platzt.« Gähnend zog Gray seine Schuhe aus. »Jeder, mit dem du gesprochen hast, war vollkommen begeistert von dir.«

»Ihr Amis habt einfach ein Faible für den irischen Akzent.«

Sie öffnete ihre Kette, strich sanft über die Perlen und legte sie in die Schachtel zurück. »Ich bin so stolz auf dich, Gray. Alle haben gesagt, wie wunderbar der Film gewesen ist und daß es dafür bestimmt irgendeinen Oscar gibt.« Sie strahlte ihn an, während sie sich die Clips von den Ohren zog. »Stell dir doch nur einmal vor, wenn du tatsächlich einen Oscar bekämst.«

»Ich wohl kaum.« Er zog seine Jacke aus und warf sie achtlos auf einen Stuhl. »Schließlich war das Drehbuch nicht von mir.«

»Aber ...« Mit einem empörten Schnauben stieg sie aus ihren Schuhen und zog den Reißverschluß ihres Kleides auf. »Das ist einfach nicht gerecht. Du hättest den Oscar am meisten verdient.«

Während er sein Hemd auszog, drehte er sich grinsend zu ihr um. Als er sie jedoch sah, brachte er keinen Ton heraus.

Sie trat aus ihrem Kleid und trug nichts als das kleine trägerlose Dessous, das er ihr gekauft hatte, am Leib. Aus mitternachtsblauer Seide mit einem verführerischen Spitzenbesatz.

Als sie sich bückte und einen ihrer rauchgrauen Strümpfe herunterzurollen begann, wurde er eisenhart. Ihre schönen Hände mit den kurzen, unlackierten Nägeln strichen über ihren langen, geschmeidigen Schenkel, über ihr Knie und ihre Wade bis hinab zu ihrem Fuß.

Sie sagte etwas, aber außer einem bedrohlichen Rauschen in seinem Kopf vernahm er nichts. Ein Teil seines Hirns warnte ihn, daß es besser wäre, wenn er sein Verlangen in Schach hielte. Ein anderer Teil von ihm allerdings drängte ihn, sie zu nehmen, wie er sie nehmen wollte – hart und schnell und ohne jeden Gedanken an danach.

Sie legte die ordentlich zusammengelegten Strümpfe auf einen Stuhl und griff mit einer Hand nach den Nadeln in ihrem Haar. Seine Hände ballten sich zu Fäusten, als sich die feurig-goldene Pracht über ihre nackten Schultern ergoß. Er hörte, daß er zu schnell und keuchend zu atmen begann. Und stellte sich vor, wie er die Seide ihres Dessous in Fetzen riß, wie er die Hitze ihrer Haut mit seinen Händen und seinen Lippen ertastete, während sein Mund gierig von ihr Besitz nahm.

Er zwang sich fortzusehen. Er brauchte nur einen Moment, versicherte er sich, dann hätte er sich wieder in der Gewalt. Es wäre nicht richtig, sie durch seine Begierde zu ängstigen.

»Was wird es für einen Spaß machen, das alles zu Hause zu erzählen.« Brianna legte ihre Bürste fort und drehte sich abermals lachend im Kreis. »Ich kann einfach nicht glauben, daß es schon so spät ist und ich noch so munter bin. Ich habe das Gefühl, als bräuchte ich nie wieder zu schlafen.« Sie wirbelte in seine Richtung, schlang ihre Arme um seine Hüfte und schmiegte sich an seinen Rücken. »Oh, wie habe ich die Zeit genossen, Gray. Ich weiß gar nicht, wie ich dir dafür danken soll.«

»Du brauchst mir nicht zu danken.« Seine Stimme war rauh, und jeder Nervenstrang in seinem Körper in höchste Alarmbereitschaft versetzt.

»Oh, du bist solche Dinge gewöhnt.« Arglos küßte sie sich einen Weg von seinem linken zu seinem rechten Schulterblatt, und hätte er nicht die Zähne zusammengebissen, hätte er laut aufgestöhnt. »Ich nehme an, du kannst dir nicht vorstellen, wie aufregend das alles für mich ist. Aber du bist ja ganz verspannt.« Instinktiv begann sie, ihm den Rücken und die Schultern zu massieren. »Du bist bestimmt müde, und hier stehe ich und plappere in einem fort. Leg dich hin, ja? Dann kriege ich die Verspannungen schon aus dir heraus.«

»Hör auf.« Er fuhr zu ihr herum, packte ihre Handgelenke und sah sie wütend an. Nein, nicht wütend, dachte sie, gefährlich wie ein wildes Tier.

»Grayson, was ist los?«

»Weißt du nicht, welche Wirkung du auf mich hast?« Als sie den Kopf schüttelte, zog er sie brutal an seine Brust und vergrub seine Finger schmerzlich in ihrem Fleisch. Er sah, daß die Verwirrung in ihren Augen einer langsamen Erkenntnis und aufkommender Panik wich. Nun war es endgültig um seine Beherrschung geschehen.

»Verdammt.« Er nahm ihren Mund mit begieriger, verzweifelter Gewalt.

Hätte sie ihn fortgestoßen, wäre er vielleicht wieder zur Besinnung gekommen, doch statt dessen hob sie eine zitternde Hand an sein Gesicht, so daß er endgültig verloren war.

»Nur einmal«, murmelte er und zerrte sie zum Bett. »Nur ein einziges Mal.«

Dies war nicht der geduldige, zärtliche Liebhaber, den sie kannte. Dies war ein wildes, beinahe gewalttätiges Tier, das mit seinen Pranken an ihr zog und zerrte, während sie ihm hilflos ausgeliefert war. Alles an ihm war hart, sein Mund, seine Hände, sein Leib. Einen Augenblick lang fürchtete sie, er wäre zuviel für sie und zerbräche sie wie Glas.

Dann allerdings zog die dunkle Woge seines Verlangens sie in einen Abgrund des Entsetzens, der Panik und der gleichzeitigen Erregung hinab, sie schrie auf und fiel taumelnd zurück, während er sie unbarmherzig immer weitertrieb. Ihr Blick verschwamm, und sie sah nur noch ihn.

Schluchzend stieß sie seinen Namen aus, als er sie auf die Knie zog. Körper an Körper knieten sie auf dem faltigen Laken, und seine heißen Hände formten ihre wächsernen Glieder, bis sie meinte, daß sie vor Verlangen den Verstand verlor.

Hilflos warf sie den Kopf in den Nacken und erschauderte, als er mit seinen Zähnen über ihre Kehle hinab zu ihren Brüsten fuhr. Dort saugte er gierig ihren köstlichen Geschmack in sich ein, während er sie mit seinen ungeduldigen Fingern gnadenlos weiter in den Wahnsinn trieb.

Er konnte nicht mehr denken. Jedesmal, wenn er sie geliebt hatte, hatte er darum gekämpft, gelassen zu bleiben und sanft zu ihr zu sein. Dieses Mal jedoch gab es nichts außer brennendem Verlangen für ihn, hatte er das Gefühl, in einer köstlichen, alles versengenden Hitze gefangen zu sein, die nicht nur seinen Leib, sondern auch sein Hirn und alle Überreste des zivilisierten Menschen in ihm zu verbrennen schien. Von seiner eigenen Lust vorangepeitscht, in dem Verlangen nach ihrer Leidenschaft, hatte er keine Kontrolle mehr über sich.

Er wollte, daß sie sich unter ihm wand, daß sie sich ihm entgegenreckte, daß sie seinen Namen schrie.

Er wollte sie.

Selbst das zerfetzte Seidendessous trennte sie noch zu sehr von ihm. Außer sich vor Begierde riß er es ihr vom Leib, warf sie auf den Rücken und kostete das neu gewonnene Fleisch. Er spürte, wie sie mit den Händen an seinen Haaren zog und ihre Nägel in seinen Schultern vergrub, als er sich an ihr herunterschob.

Als seine Zunge in sie eindrang, keuchte sie, rang nach Luft und schrie.

Sie glaubte zu sterben. Niemand konnte diese Hitze überleben, diesen Druck, der sich in ihrem Inneren immer weiter steigerte, bis sie zerbarst und ihr Körper nur noch ein Häuflein zitternder Nervenenden und unaussprechlichen Verlangens war.

Sie empfand so vieles auf einmal, daß es nicht voneinander zu trennen war. Das einzige, was sie wußte, war, daß er unglaubliche, verruchte und zugleich herrliche Dinge mit ihr tat, bis sie der nächste Höhepunkt wie ein Fausthieb nach hinten warf.

Sie hob den Kopf, packte ihn, zog ihn zu sich herab und rollte mit ihm über das Bett. Ihr Mund eilte ebenso gierig, ebenso lüstern über seinen Leib, ihre suchenden Hände fanden seine Männlichkeit, umfaßten sie, und sie erschauderte in wilder Lust, als er zu stöhnen begann.

»Jetzt. Jetzt.« Es mußte sein. Er hatte keine Beherrschung mehr. Seine Hände glitten über ihre feuchte Haut und umfaßten ihre Hüfte mit einem harten Griff. Er schob sich tief in sie hinein und zog sie keuchend an seinen Unterleib, um noch mehr von ihr zu spüren.

Er ritt sie hart, und jedesmal, wenn sie sich ihm entgegenreckte, stieß er noch tiefer in sie hinein. Er beobachtete ihr Gesicht, als sie den endgültigen, schwindelnden Gipfel erklomm, beobachtete, wie ihr Blick verschwamm, als sich ihre Muskeln um ihn herum zusammenzogen, und mit einem Gefühl, das in seiner Heftigkeit an Schmerz erinnerte, entleerte er sich in ihr.

17. Kapitel

Er hatte sich neben sie gerollt und starrte an die Decke. Und wenn er sich selbst noch so sehr verfluchte, er konnte seinen Angriff nicht ungeschehen machen.

All seine Fürsorge, all seine Rücksicht hatte er innerhalb eines Augenblicks zunichte gemacht. Er hatte alles ruiniert.

Nun lag sie wie ein zitterndes Häuflein Elend zusammengerollt neben ihm, aber sie zu berühren wagte er nicht.

»Es tut mir leid«, sagte er schließlich und spürte zugleich, wie nutzlos diese Entschuldigung war. »Ich wollte nie derart grob zu dir sein. Ich habe einfach die Beherrschung verloren.«

»Die Beherrschung verloren«, murmelte sie und fragte sich, wie es möglich war, daß ein Körper so schlaff und gleichzeitig so energiegeladen war. »Bisher hast du dich im Umgang mit mir also stets beherrscht.«

Ihre Stimme zitterte, merkte er, und gleichzeitig meinte er, dem rauhen Unterton anzuhören, wie schockiert sie war. »Ich weiß, das ist eine ziemlich lahme Entschuldigung. Kann ich irgend etwas für dich tun? Dir ein Glas Wasser holen oder so?« Er kniff die Augen zu und verfluchte sich. »Apropos lahm. Laß mich dir ein Nachthemd holen. Das möchtest du bestimmt.«

»Nein, das möchte ich nicht.« Sie drehte sich gerade weit genug, um sein Gesicht zu sehen. Er blickte nicht sie an, merkte sie, sondern starrte reglos zur Decke hinauf. »Grayson, du hast mir nicht weh getan.«

»Natürlich habe ich das. Ich wette, daß du sogar blaue Flecken hast.«

»Ich bin nicht so zerbrechlich, wie du denkst«, sagte sie mit einer Spur von Verzweiflung in der Stimme.

»Ich habe dich wie eine ...« Er konnte es nicht aussprechen, nicht vor ihr. »Ich hätte sanfter sein sollen.«

»Das warst du bereits oft genug. Und der Gedanke, daß es dich einige Beherrschung gekostet hat, sanft zu sein, ist mir durchaus angenehm. Außerdem gefällt es mir zu wissen, daß ich etwas getan habe, aufgrund dessen du diese Beherrschung verloren hast.« Lächelnd strich sie ihm das Haar aus der Stirn. »Denkst du, du hättest mir Angst gemacht?«

»Ich weiß, ich habe dir Angst gemacht.« Er zog sich zurück und setzte sich auf. »Und es war mir egal.«

»Du hast mir keine Angst gemacht.« Sie machte eine Pause. »Es hat mir gefallen. Ich liebe dich.«

Er zuckte zusammen, doch gleichzeitig drückte er ihre Hand. »Brianna«, setzte er an, ohne zu wissen, wie er fortfahren sollte.

»Keine Sorge. Ich brauche es nicht, daß du mir dasselbe sagst.«

»Hör zu, es passiert oft, daß man Sex für Liebe hält.«

»Ich schätze, da hast du recht. Grayson, denkst du, ich wäre hier bei dir, denkst du, ich wäre jemals auf diese Weise mit dir zusammengewesen, wenn ich dich nicht lieben würde?«

Er war ein durchaus beredter Mensch. Dutzende vernünftiger Entschuldigungen und Ausreden gingen ihm durch den Kopf. »Nein«, entschied er sich schließlich, der Wahrheit ins Auge zu sehen. »Das denke ich nicht. Was alles nur noch schlimmer macht«, murmelte er und erhob sich, um seine Hose anzuziehen. »Ich hätte es nie soweit kommen lassen dürfen. Ich hätte es wissen sollen. Das ist alles meine Schuld.«

»Bei diesen Dingen gibt es keine Schuld.« Sie ergriff seine Hand, so daß er sich zu setzen gezwungen war. »Aber es sollte dich nicht traurig machen, zu wissen, daß jemand dich liebt.«

Aber das tat es. Das Wissen, geliebt zu werden, erfüllte

ihn mit Trauer, Panik und, einen kurzen Augenblick lang, mit der Sehnsucht, tatsächlich einem Menschen derart wichtig zu sein. »Brie, ich kann dir nicht geben, was du dir wünschst und was du verdienst. Mit mir hast du keine Zukunft, kein Haus auf dem Land und keinen Garten, in dem eine ganze Horde Kinder spielt. Das ist einfach nicht drin.«

»Schade, daß du so denkst. Aber ich bitte dich ja auch gar nicht darum.«

»Es ist das, was du willst.«

»Es ist das, was ich will, aber nicht das, was ich erwarte.« Sie setzte ein überraschend gelassenes Lächeln auf. »Und ich weiß sehr wohl, wie es ist, wenn man liebt, ohne daß diese Liebe erwidert wird, zumindest nicht in der Form, die man sich wünscht oder die man zu brauchen meint.« Ehe er etwas sagen konnte, schüttelte sie den Kopf. »So sehr ich mir vielleicht eine Zukunft mit dir wünsche, Grayson, komme ich auch ohne dich zurecht.«

»Ich will dir nicht weh tun, Brianna. Ich mag dich. Ich habe dich furchtbar gern.«

Sie zog eine Braue hoch. »Das weiß ich. Und ebenso weiß ich, daß dich der Gedanke, daß du mich lieber magst als je zuvor eine Frau, panisch macht.«

Er öffnete den Mund, klappte ihn wieder zu, schüttelte den Kopf. »Ja, das stimmt. Dies ist ein vollkommen neues Terrain für mich. Für uns beide.« Immer noch unsicher, wie er sich verhalten sollte, nahm er ihre Hand und küßte sie. »Ich würde dir mehr geben, wenn ich es könnte. Und es tut mir leid, daß ich dich nicht wenigstens ein bißchen besser auf den heutigen Abend vorbereitet habe. Du bist die erste ... unerfahrene Frau, mit der ich zusammengewesen bin, also habe ich versucht, zurückhaltend zu sein.«

Sie bedachte ihn mit einem faszinierten Blick. »Dann warst du beim ersten Mal bestimmt genauso nervös wie ich.«

»Nervöser.« Abermals küßte er ihre Hand. »Viel nervöser,

glaube mir. Ich bin Frauen gewöhnt, die die Fallstricke und die Regeln kennen, die es in der körperlichen Liebe gibt. Erfahrene Frauen oder Professionelle, und du ...«

»Professionelle? Du meinst Prostituierte?« Sie starrte ihn mit großen Augen an. »Du hast Frauen dafür bezahlt, daß du mit ihnen schlafen durftest?«

Er starrte mit ebenso großen Augen zurück. Offenbar war er noch verwirrter, als es ihm bewußt gewesen war, denn sonst hätte er ihr etwas Derartiges nie erzählt. »In letzter Zeit nicht mehr. Auf jeden Fall ...«

»Weshalb hast du das getan? Ein Mann mit deinem Aussehen, mit deiner Empfindsamkeit?«

»Hör zu, das Ganze ist lange her. In einem anderen Leben. Sieh mich nicht so an«, schnauzte er. »Wenn du als Sechzehnjähriger allein auf der Straße lebst, bekommst du nichts umsonst. Noch nicht einmal Sex.«

»Warum hast du als Sechzehnjähriger allein auf der Straße gelebt?«

Er stand auf und zog sich vor ihr zurück. Seine Augen allerdings verrieten neben Zorn ein ebensolches Maß an Scham.

»Darüber will ich nicht reden.«

»Warum nicht?«

»Himmel.« Er raufte sich verzweifelt das Haar. »Es ist spät. Wir brauchen Schlaf.«

»Grayson, fällt es dir so schwer, mit mir zu sprechen? Es gibt kaum etwas, was du nicht von mir weißt, sowohl von den guten als auch von den schlechten Dingen, die mir widerfahren sind. Meinst du etwa, ich dächte weniger gut über dich, wenn ich wüßte, wie dein Leben bisher verlaufen ist?«

Er war sich nicht sicher, doch redete er sich lieber ein, es wäre ihm egal. »Es ist nicht wichtig, Brianna. Es hat nichts mit dem Menschen, der ich jetzt bin, oder mit uns beiden zu tun.«

Ihr Blick wurde kühl, und sie erhob sich, um das Nachthemd zu holen, das sie noch wenige Minuten zuvor nicht hatte haben wollen. »Natürlich ist es deine Sache, wenn du mich aus deinem Leben ausschließen willst.«

»Das tue ich ja gar nicht.«

Sie zog sich das Baumwollhemd über den Kopf und zupfte die Ärmel zurecht. »Wie du meinst.«

»Verdammt, du hast wirklich Talent, nicht wahr?« Wütend vergrub er seine Hände in den Hosentaschen.

»Ich weiß nicht, was du meinst.«

»Du weißt genau, was ich meine«, schoß er zurück. »Sieh zu, daß dein Gegenüber ordentlich Schuldgefühle bekommt, garnier das Ganze hübsch mit ein bißchen Mitgefühl, und schon bekommst du, was du willst.«

»Wir haben uns darauf geeinigt, daß mich dein Leben nichts angeht.« Sie trat ans Bett und strich das zerwühlte Laken glatt. »Wenn du Schuldgefühle hast, dann kann ich nichts dafür.«

»Du hast einfach den Bogen raus«, murmelte er. »Du weißt einfach genau, wie du mich packen kannst.« Er stieß einen abgrundtiefen Seufzer aus, zum Zeichen, daß er sich geschlagen gab. »Du willst meine Lebensbeichte hören, also gut. Setz dich, damit ich dir eine Geschichte erzählen kann.«

Er wandte ihr den Rücken zu und wühlte in einer Schublade nach der Packung Zigaretten, die er normalerweise nur dann rauchte, wenn er bei der Arbeit war.

»Das erste, woran ich mich erinnere, ist der Gestank. Müll, der gerade zu verrotten beginnt, Schimmel, kalter Zigarettenrauch«, fügte er hinzu und blickte mit einem ironischen Lächeln auf den Rauch, der von seiner Zigarette zur Decke stieg. »Gras. Nicht das, das man mäht, sondern das, das man raucht. Du hast wahrscheinlich in deinem ganzen Leben noch nie Pot gerochen, stimmt's?«

»Nein.« Sie faltete die Hände im Schoß und sah ihn reglos an.

»Nun, das ist meine erste echte Erinnerung. Der Geruchssinn ist ausgeprägter als die anderen Sinne, so daß man Gerüche – ob gute oder schlechte – nur schwer vergißt. Außerdem erinnere ich mich an Geräusche. Erhobene Stimmen, laute Musik, jemand, der im Nebenzimmer mit jemand anderem schläft. Ich erinnere mich daran, daß ich Hunger hatte, aber daß ich nicht aus meinem Zimmer konnte, weil ich mal wieder dort eingeschlossen war. Die meiste Zeit war sie high, so daß sie sich nicht immer daran erinnerte, daß sie ein Kind hatte, das es zumindest mit Nahrung zu versorgen galt.«

Er sah sich nach einem Aschenbecher um und lehnte sich gegen den Ankleidetisch. Eigentlich war es gar nicht so schwer, darüber zu sprechen, merkte er. Es war beinahe so, als dächte er sich eine Szene aus. Beinah.

»Einmal hat sie mir erzählt, sie wäre mit sechzehn von zu Hause fortgelaufen. Ihre Eltern und all die Regeln dort hätten sie genervt. Sie waren die totalen Spießer, sagte sie. Gerieten vollkommen außer sich, als sie dahinterkamen, daß sie Dope rauchte und sich heimlich mit Jungen traf. Dabei wollte sie nichts anderes, als ihr eigenes Leben leben, ihr eigenes Ding machen, ohne daß ihr dabei jemand in die Quere kam. Also ist sie eines Tages einfach abgehauen und nach San Francisco getrampt. Zu Anfang hat sie bloß den Hippie gespielt, aber dann fing sie mit harten Drogen an, experimentierte mit allem möglichen Scheiß herum und bezahlte dafür, indem sie betteln ging oder sich verkaufte.«

Er erzählte ihr, daß seine Mutter eine Prostituierte und obendrein ein Junkie gewesen war und wartete auf einen Entsetzensschrei. Als sie ihn allerdings weiterhin nur mit ihren kühlen, unergründlichen Augen betrachtete, zuckte er mit den Schultern und fuhr fort.

»Sie muß so um die achtzehn gewesen sein, als sie schwanger wurde. Nach allem, was sie mir erzählt hat, hatte sie bereits zwei Abtreibungen hinter sich und hatte vor einer dritten einfach Angst. Sie wußte nicht genau, wer der Vater war, aber ihrer Meinung nach mußte es einer von drei Kerlen sein. Also zog sie mit einem von ihnen zusammen und beschloß, mich zu behalten. Als ich ungefähr ein Jahr alt war, wurde sie den Typen leid und zog zu jemand anderem. Er hat den großen Beschützer gespielt, wenn sie auf die Straße ging, und sie mit Drogen versorgt, aber er war ein bißchen zu grob zu ihr, so daß sie ihm schließlich ebenfalls den Laufpaß gab.«

Gray drückte seine Zigarette aus und gab Brianna Gelegenheit zu einer Reaktion. Aber sie saß weiterhin einfach schweigend auf dem Bett.

»Tja, die nächsten paar Jahre können wir überspringen. Soweit ich mich erinnere, kam es zu keiner großen Veränderung. Sie zog weiter von Mann zu Mann und nahm weiterhin das harte Zeug. Wenn sie mal halbwegs bei sich war, war sie ein relativ erträglicher Mensch. Sie hat mir hin und wieder eine Ohrfeige verpaßt, aber richtig geschlagen hat sie mich nie – ich nehme an, dazu hat es ihr an Elan und Interesse gefehlt. Und eingesperrt hat sie mich, damit ich nicht herumstreunte, wenn sie selbst durch die Gegend zog oder ihren Dealer traf. Unsere Wohnung war der reinste Schweinestall, und ich erinnere mich noch gut daran, wie kalt es war. In San Francisco wird es manchmal verdammt kalt, das sage ich dir. Und so fing auch das Feuer an. Irgend jemand in unserem Haus warf einen tragbaren Heizkörper um. Ich war fünf, ganz allein, und wie so oft eingesperrt.«

»Oh, mein Gott, Grayson.« Sie preßte sich die Hand vor den Mund. »O Gott.«

»Ich wachte davon auf, daß ich furchtbar hustete«, fuhr er reglos fort. »Das Zimmer war von dichten Rauchwolken durchzogen, und ich hörte Sirenen und Geschrei. Ich war derjenige, der schrie, und ich hämmerte verzweifelt gegen meine Zimmertür. Ich bekam kaum noch Luft, und ich hatte entsetzliche Angst. Ich erinnere mich noch genau dran, wie ich weinend auf dem Fußboden lag. Dann brach ein Feuerwehrmann durch die Tür und hob mich auf. Ich erinnere mich nicht mehr, daß er mich aus dem Raum getragen hat. Ich erinnere mich auch nicht an das Feuer selbst, sondern nur noch an den Rauch. Ich wachte im Krankenhaus wieder auf, und neben meinem Bett saß eine Sozialarbeiterin. Ein hübsches, junges Ding mit großen blauen Augen und weichen Händen. Außerdem war da noch ein Polizist. Er machte mich nervös, denn meine Mutter hatte mir beigebracht, keinem Bullen zu trauen. Sie fragten mich, ob ich wüßte, wo meine Mutter war. Natürlich wußte ich es nicht. Als ich wieder fit genug war, um das Krankenhaus zu verlassen, hatten sich die Behörden meiner bereits bemächtigt. Sie steckten mich in ein Kinderheim und machten sich auf die Suche nach ihr. Sie haben sie nie gefunden. Ich habe sie nie mehr gesehen.«

»Sie hat nicht nach dir gesucht.«

»Nein, sie hat nicht nach mir gesucht. Aber das war gar nicht so schlecht. Das Heim war sauber, und es kam regelmäßig etwas zu essen auf den Tisch. Das große Problem für mich bestand darin, daß ich die strengen Regeln nicht kannte, denen man dort unterworfen war. Es gab Pflegefamilien, die mich aufnahmen, aber ich sorgte stets dafür, daß es auf die Dauer nicht klappte. Ich wollte nicht das unechte Kind fremder Leute sein, egal wie gut oder wie schlecht es bei ihnen war. Und bei einigen war es wirklich gut. Ich war das, was man schwer erziehbar nennt. Und genau so gefiel es mir. Ein Unruhestifter zu sein gab mir eine Identität, also sorgte ich dafür, daß es stets irgendwelche Schwierigkeiten mit mir gab. Ich war wirklich tough, hatte eine große Klappe und war allem gegenüber negativ eingestellt. Immer fing ich irgendwelche Raufereien an, weil ich stark und somit normalerweise der Gewinner war.

Dabei war ich so leicht zu durchschauen«, fuhr er lachend fort. »Was das Schlimmste für mich war. Ich war ein Produkt meiner frühkindlichen Umwelt und verdammt stolz darauf. Kein verdammter Psychologe oder Psychiater oder Sozialarbeiter drang zu mir durch. Sie hatte mir beigebracht, jede Autorität zu hassen, und mit diesem Teil ihrer Erziehung hatte sie offenbar tatsächlich Erfolg gehabt.«

»Aber in der Schule, im Heim ... war man dort gut zu dir?«

Seine Augen blitzten spöttisch auf. »Oh, ja, einfach umwerfend. Ich bekam einen Quadratmeter Fußboden und ein Bett ganz für mich allein.« Als er ihre betrübte Miene sah, seufzte er ungeduldig auf. »Man ist Teil der Statistik, eine Nummer. Ein Problem. Und es gibt jede Menge anderer Nummern und Probleme, um die es sich ebenfalls zu kümmern gilt. Sicher, rückwirkend betrachtet muß ich sagen, daß ich einigen Leuten vielleicht wirklich wichtig war, daß ein paar von ihnen wirklich versuchten, dazu beizutragen, daß es mir besser ging. Aber mit all ihren Fragen und Tests, mit all ihren Regeln und ihrer Disziplin waren sie der Feind. Also bin ich dem Beispiel meiner Mutter gefolgt und mit sechzehn getürmt. Habe auf der Straße gelebt und mich durchgeschlagen, so gut es ging. Ich habe niemals irgendwelche Drogen angerührt, habe mich nie verkauft, aber sonst habe ich so ziemlich alles getan.«

Er stieß sich vom Ankleidetisch ab und begann, im Zimmer auf und ab zu gehen. »Ich habe geklaut, betrogen, die Leute abgezockt. Und eines Tages hatte ich eine Erleuchtung, als mir einer der Typen, die ich betrogen hatte, auf die Schliche kam und mich so verprügelte, daß mir Hören und Sehen verging. Als ich so mit blutender Nase und mehreren gebrochenen Rippen in der Gosse lag, kam mir der Gedanke, daß es auch eine andere Möglichkeit geben mußte, mir meinen Lebensunterhalt zu verdienen. Also machte ich mich auf den Weg nach New York. In der Gegend der Fifth Avenue habe ich eine Menge Uhren verkauft«, sagte er, und die Spur eines Lächelns umspielte seinen Mund. »Ich versuchte mich im Kartenspiel und fing mit dem Schreiben an. In dem Heim hatte man mir eine recht gute Schulbildung zuteil werden lassen, und außerdem schrieb ich wirklich gern. Was ich mir natürlich mit sechzehn, als ich noch ein so furchtbar harter Hurensohn gewesen war, nicht eingestanden hatte. Aber mit achtzehn, in New York, erschien mir die Idee gar nicht mehr so dumm. Allerdings widerte es mich mit einem Mal furchtbar an, daß ich der Sohn meiner Mutter war. Also beschloß ich, jemand anderes zu sein.

Ich änderte meinen Namen. Ich änderte mich. Ich suchte mir einen anständigen Job als Kellner in einer kleinen Kneipe in Greenwich. Ich legte den kleinen Bastard Stückchen für Stückchen ab, und schließlich war ich Grayson Thane. Und ich blicke nie auf jene Zeit zurück, weil es sinnlos ist.«

»Weil es dir weh tut«, sagte Brianna leise. »Und weil es dich wütend macht.«

»Vielleicht. Aber vor allem, weil es nichts mit dem Mann zu tun hat, der ich heute bin.«

Am liebsten hätte sie ihm erklärt, daß er ohne seine Vergangenheit nie zu dem Mann geworden wäre, der er heute war, aber statt dessen stand sie auf, trat vor ihn und sah ihm ins Gesicht. »Ich liebe den Mann, der du heute bist.« Die Erkenntnis, daß er sich vor dem zurückzog, was sie ihm geben wollte, versetzte ihr einen Stich. »Ist es so schlimm für dich zu wissen, was ich für dich empfinde, zu wissen, daß ich mit dem Kind und dem jungen Mann Mitleid haben kann und gleichzeitig bewundere, was aus ihnen geworden ist?«

»Brianna, die Vergangenheit ist unwichtig. Für mich.« Er sah sie an. »Für dich ist es etwas anderes. Deine Vergangenheit läßt sich über Jahrhunderte zurückverfolgen. Eure Geschichte, eure Tradition sind ein untrennbarer Teil von dir. Sie haben dich geformt, und genau deshalb ist auch die Zukunft so wichtig für dich. Du bist eine Planerin, du gehst die Dinge langfristig an. Ich nicht. Ich kann es nicht. Verdammt, ich will es nicht. Für mich gibt es nur das Jetzt. Für mich gibt es nur die Gegenwart.«

Dachte er etwa, das könnte sie, nach allem, was er ihr erzählt hatte, nicht verstehen? Sie sah ihn nur allzu deutlich vor sich, den geschundenen kleinen Jungen, der sich aus Angst vor der Vergangenheit, aus Angst, daß es keine Zukunft für ihn gab, verzweifelt an alles klammerte, was sich in der Gegenwart erreichen ließ.

»Nun, im Augenblick sind wir zusammen, nicht wahr?« Sanft legte sie die Hand auf seine Wange. »Grayson, ich kann nicht aufhören, dich zu lieben, nur weil du dich dann wohler fühlst, und ich kann auch nicht damit aufhören, damit es mir besser geht. Es ist nun einmal so. Ich habe mein Herz an dich verloren und kann und will es nicht zurücknehmen, so wenig dir dieser Gedanke auch behagen mag. Das heißt nicht, daß du mein Herz auch nehmen mußt, obgleich du verrückt wärst, wenn du es nicht nähmst. Es kostet schließlich nichts.«

»Ich will dir nicht weh tun, Brianna.« Er umfaßte ihre Handgelenke und sah sie an. »Ich will dir nicht weh tun.«

»Das weiß ich.« Aber natürlich täte er ihr weh, und sie fragte sich, weshalb er nicht sah, daß er Gefahr lief, sich selbst ebenfalls weh zu tun. »Also leben wir die Gegenwart und seien wir dankbar dafür. Aber sag mir eins«, bat sie ihn und gab ihm einen zarten Kuß. »Wie war dein Name, ehe du ihn geändert hast?«

»Himmel, du gibst wohl niemals auf.«

»Nein.« Ihr Lächeln war von einer überraschenden Leichtigkeit und drückte ein ebenso überraschendes Selbstvertrauen aus. »Was in meinen Augen nicht unbedingt ein Fehler ist.«

»Logan«, murmelte er. »Michael Logan.«

Als sie lachte, kam er sich vor wie ein Idiot. »Ein Ire. Ich hätte es wissen müssen. Bei deinem erzählerischen Talent und deinem Charme war es vorherzusehen.«

»Michael Logan«, sagte er wütend, »war ein engstirniger, bösartiger, pfennigfuchserischer Dieb, der weniger wert war als ein Stück Dreck.«

Sie stieß einen erschöpften Seufzer aus. »Michael Logan war ein vernachlässigtes, problembeladenes Kind, das keine Liebe und Zuwendung bekam. Und du hast Unrecht, wenn du ihn heute derart haßt. Aber lassen wir ihn in Frieden ruhen.«

Dann entwaffnete sie ihn, indem sie sich an ihn preßte und ihren Kopf an seiner Schulter ruhen ließ. Ihre Hände strichen besänftigend seinen Rücken hinab. Er hatte erwartet, daß sie von seiner Erzählung angewidert war. Hatte erwartet, daß sie von der Art, wie er zuvor im Bett mit ihr umgesprungen war, abgestoßen war. Aber sie war da, hielt ihn tröstend in den Armen und bot ihm ihre erschreckend tiefe Liebe an.

»Ich weiß einfach nicht, was ich mit dir machen soll.«

»Du brauchst gar nichts zu machen.« Sie küßte seine Schulter. »Du hast mir die schönsten Monate meines Lebens geschenkt. Und du wirst dich dein Leben lang an mich erinnern, Grayson, ob du es willst oder nicht.«

Er stieß einen abgrundtiefen Seufzer aus. Sie hatte recht. Zum ersten Mal in seinem Leben ließe er, wenn er weiterzog, einen Teil von sich zurück.

Seltsamerweise war er derjenige, der als sie am nächsten Morgen erwachten, verlegen war. Während des Frühstücks im Salon ihrer Suite, von wo aus man auf einen Teil des Central Parks hinuntersah, wartete er darauf, daß sie ihm irgendwelche Vorhaltungen machen würde wegen dem, was er ihr am Vorabend erzählt hatte. Er hatte das Gesetz gebrochen, hatte mit Prostituierten geschlafen, hatte sich in der Gosse gewälzt.

Aber sie saß ihm gegenüber, frisch wie ein Morgen in Clare, und plauderte fröhlich über den als krönenden Abschluß ihrer Reise geplanten Besuch der Worldwide-Galerie.

»Du ißt ja gar nichts, Grayson. Fühlst du dich nicht wohl?«

»Es geht mir gut.« Er stocherte lustlos in seinem Pfannkuchen herum. »Ich schätze, ich vermisse deine Küche.«

Damit hatte er genau das Richtige gesagt, denn ihr besorgter Blick löste sich in einem erfreuten Lächeln auf. »Morgen sind wir ja wieder in Clare. Dann koche ich etwas ganz Besonderes für dich.«

Statt einer Antwort knurrte er. Aus Angst, ihr Vergnügen an New York zu schmälern, hatte er ihr von der Reise nach Wales noch nichts gesagt. Nun allerdings fragte er sich, weshalb er gedacht hatte, die Aussicht auf eine Verlängerung der Reise erschüttere sie. Schließlich hatte nichts von dem, was er ihr gestern gebeichtet hatte, an ihrer stoischen Ruhe gerührt.

»Ah, Brie, ich habe dir, glaube ich, noch nicht gesagt, daß wir auf dem Rückweg nach Irland einen kleinen Umweg machen.«

»Oh.« Stirnrunzelnd stellte sie ihre Teetasse ab. »Hast du noch irgendwo geschäftlich zu tun?«

»Nicht ganz. Wir machen einen Zwischenstop in Wales.«

»In Wales?«

»Wegen deiner Aktie. Du erinnerst dich doch sicher, daß ich gesagt habe, ich würde meinen Makler bitten, sich ein bißchen umzuhören?«

»Ja. Und, hat er festgestellt, daß irgend etwas an der Sache ungewöhnlich ist?«

»Brie, das Unternehmen Triquarter Mining gibt es nicht.«

»Aber natürlich. Schließlich habe ich eine Aktie von ihnen. Und einen Brief.«

»Eine Triquarter-Mining-Gesellschaft ist nirgends an der Börse notiert. Ein Unternehmen dieses Namens wird in keiner Liste geführt. Die Telefonnummer auf dem Briefkopf gibt es nicht.«

»Wie kann das sein? Sie haben mir tausend Pfund geboten.«

»Und genau deshalb fahren wir nach Wales. Ich denke, es lohnt sich, sich dort ein wenig umzusehen.«

Brianna schüttelte den Kopf. »Dein Börsenmakler ist bestimmt ein fähiger Mann, Gray, aber offensichtlich hat er irgend etwas übersehen. Wenn ein Unternehmen nicht existiert, teilt es doch keine Aktien aus und kauft sie erst recht nicht zurück.«

»Ein Unternehmen teilt dann Aktien aus, wenn es die Fassade für etwas anderes ist«, sagte er und stocherte weiter in seinem Essen herum. »Wenn es um irgendwelche Gaunereien geht, Brie. Ich kenne mich mit Aktienbetrügereien ein bißchen aus. Man besorgt sich ein Postfach, eine Telefonnummer und einen Firmenstempel. Dann schreibst du mögliche Investoren an«, erklärte er. »Leute mit Interesse an der schnellen Mark. Du ziehst einen eleganten Anzug an, legst dir ein paar flotte Sprüche zurecht, stellst ein paar Papiere zusammen, druckst einen Prospekt und falsche Aktien. Dann nimmst du das Geld und machst dich aus dem Staub.«

Sie schwieg einen Moment, denn diese Erklärung mußte sie erst verdauen. In der Tat hätte es ihrem Vater ähnlich gesehen, daß er einem Trickbetrüger in die Falle ging. Er hatte sich immer kopfüber in irgendwelche obskuren Geschäfte gestürzt. Wenn sie ehrlich war, hatte sie gar nicht erwartet, daß sie überhaupt eine Antwort von dem Unternehmen bekam.

»Ich denke, den Teil der Geschichte verstehe ich. Und es paßt zum Glück meines Vaters, was Geschäfte betraf. Aber wie erklärst du dir, daß mir jetzt der Rückkauf der Aktie angeboten wird?«

»Das kann ich dir im Moment noch nicht erklären.« Obwohl er eine dunkle Ahnung hatte, weshalb auf Briannas Schreiben eingegangen worden war. »Und genau deshalb fahren wir nach Wales. Rogan hat seinem Piloten gesagt, daß er uns in London abholen und, wenn wir alles erledigt haben, nach Shannon bringen soll.«

»Ich verstehe.« Vorsichtig legte sie Messer und Gabel auf den Tisch. »Du hast die Sache bereits mit Rogan besprochen und alles von Mann zu Mann mit ihm geplant.«

Gray räusperte sich. »Ich wollte, daß du die Tage in New York genießt, ohne daß du dir irgendwelche Sorgen machst.«

Sie sah ihn eisig an. »Du erwartest, daß ich mich bei dir entschuldige, aber das tue ich nicht.« Sie faltete die Hände auf dem Tisch und schwieg. »Du hast es raus, wie man jemandem die kalte Schulter zeigt«, fuhr er fort, »aber dieses Mal hast du keinen Erfolg damit. Die Auseinandersetzung mit Betrügern ist einfach nichts für dich. Ich wäre am liebsten allein gefahren, aber wahrscheinlich brauche ich dich, weil die Aktie auf den Namen deines Vaters ausgestellt worden ist.«

»Und genau deshalb ist das Ganze nicht deine, sondern meine Angelegenheit. Obgleich es nett ist, daß du mir helfen willst.«

»Ach, Scheiße.«

Sie fuhr zusammen und spürte, daß sich bei dem Gedanken an die unvermeidbare bevorstehende Auseinandersetzung auch ihr Magen zusammenzog. »Sprich nicht in diesem Ton mit mir, Grayson.«

»Dann sprich du nicht im Ton einer verärgerten Lehrerin mit mir.« Als sie sich erhob, sah er sie mit blitzenden Augen an. »Bleib hier, verdammt noch mal.«

»Ich lasse es nicht zu, daß du fluchst, mich anschreist oder mir das Gefühl gibst, unzulänglich zu sein, nur weil ich die Tochter eines westirischen Bauern bin.«

»Was, zum Teufel, hat denn das damit zu tun?« Als sie weiter in Richtung des Schlafzimmers ging, sprang er ebenfalls von seinem Stuhl, packte sie am Arm und wirbelte sie zu sich herum. In ihren Augen flackerte Panik auf, doch sofort hatte sie sich wieder in der Gewalt. »Ich habe gesagt, daß du hierbleiben sollst.«

»Ich komme und gehe, wie es mir gefällt, genau wie du. Und

jetzt ziehe ich mich an und packe für die Reise, die von dir so fürsorglich arrangiert worden ist.«

»Du willst also mit mir streiten. Bitte sehr. Aber auf alle Fälle klären wir die Angelegenheit.«

»Ich hatte den Eindruck, du hättest bereits alles geklärt. Du tust mir weh.«

»Tut mir leid.« Er ließ sie los und steckte die Hände in die Taschen seiner Jeans. »Hör zu, ich dachte mir ja, daß du ein bißchen böse auf mich sein würdest, aber ich hätte nicht erwartet, daß ein vernünftiger Mensch wie du derart die Fassung verliert.«

»Du hast alles hinter meinem Rücken arrangiert, hast über meinen Kopf hinweg Entscheidungen gefällt, weil du dir einbildest, daß ich unfähig bin, und findest, ich sollte das alles gelassen sehen? Wie du meinst. Ich bin sicher, daß du denkst, ich sollte mich schämen, weil ich dir nicht noch dankbar bin.«

»Ich versuche lediglich, dir behilflich zu sein.« Seine Stimme schwoll abermals an, doch mühsam unterdrückte er seinen Zorn. »Es hat nichts damit zu tun, daß ich dich für unfähig halte. Es ist einfach so, daß du in solchen Dingen keinerlei Erfahrung hast. Jemand ist in dein Haus eingebrochen. Kannst du dir inzwischen vielleicht vorstellen, weshalb?«

Sie starrte ihn entgeistert an. »Nein, warum erklärst du es mir nicht?«

»Du hast wegen der Aktie einen Brief geschrieben, und kurze Zeit später durchsucht jemand dein Haus. Schnell und überstürzt. Vielleicht verzweifelt. Und nicht lange danach schleicht jemand unter deinem Fenster herum. Wie lange lebst du inzwischen in dem Haus, Brianna?«

»Seit ich geboren bin.«

»Und, ist je zuvor etwas Ähnliches passiert?«

»Nein, aber ...«

»Also macht es durchaus einen Sinn, wenn man eine Verbindung sieht. Es interessiert mich zu erfahren, wie das alles zusammenhängt.«

»Du hättest mir all diese Dinge viel früher erzählen sollen.« Zitternd stützte sie sich auf der Stuhllehne ab. »Du hättest es mir nicht verschweigen dürfen.«

»Bisher ist es nichts weiter als eine Theorie. Himmel, Brie, du hattest auch so bereits genug um die Ohren. Mit deiner Mutter, mit Maggie und dem Baby, mit mir. Mit der Suche nach der Frau, die offenbar die große Liebe deines Vaters war. Ich wollte dich nicht noch mehr belasten, als du es ohnehin bereits warst.«

»Du wolltest mich schützen. Das versuche ich zu verstehen.«

»Natürlich wollte ich dich schützen. Ich mag es nicht, wenn du in Sorge bist. Ich ...« Überrascht brach er ab. Was hätte er da beinahe gesagt? Er trat einen langen Schritt zurück, geistig vor dem heiklen Satz, körperlich vor ihr. »Du bist mir wichtig«, formulierte er die drei Worte vorsichtig um.

»Also gut.« Müde schob sie sich die Haare aus der Stirn. »Es tut mir leid, daß ich dir deshalb eine solche Szene gemacht habe. Aber bitte enthalte mir nicht noch einmal etwas vor, was mich betrifft, Gray.«

»In Ordnung.« Er strich ihr über die Wange, und sein Magen machte einen Satz. »Brianna.«

»Ja?«

»Nichts«, sagte er, während er seine Hand wieder sinken ließ. »Nichts. Am besten machen wir uns ans Packen, damit wir noch genug Zeit haben, um uns die Galerie anzusehen.«

Bei ihrer Ankunft in Wales regnete es, und es war zu spät, um noch etwas anderes zu tun, als das bescheidene, kleine Hotel zu beziehen, in dem von Gray ein Zimmer vorbestellt worden war. Brianna bekam nur einen flüchtigen Eindruck von Rhondda mit seinen düsteren Reihenhäusern und den engen

Straßen, auf die sich aus einem bleiernen Himmel eine wahre Sintflut ergoß. Sie stocherte appetitlos in ihrem Essen herum und sank erschöpft ins Bett.

Er hatte sich auf Klagen gefaßt gemacht. Die Unterkunft war nicht gerade vom Feinsten, und die Reise hatte selbst ihn angestrengt. Aber als sie am nächsten Morgen aufstand, zog sie sich schweigend an und fragte hinterher lediglich, wie seiner Meinung nach bei der Suche nach dem Unternehmen vorzugehen sei.

»Ich dachte, daß wir vielleicht zuerst aufs Postamt gehen. Mal sehen, vielleicht finden wir ja da etwas heraus.« Er beobachtete, wie sie mit präziser Schnelligkeit die Nadeln in ihre Haare schob, obgleich er unter ihren Augen dunkle Ringe sah. »Du bist müde.«

»Ein bißchen. Ich denke, daß das an der Zeitverschiebung liegt.« Sie blickte durchs Fenster in die wäßrige Morgensonne hinaus. »Ich dachte immer, Wales wäre wild und schön.«

»Zum größten Teil ist es das auch. Die Berge und die Küste sind phänomenal. Die Lleyn-Halbinsel ist ein bißchen zu touristisch – in den Ferien laufen Hunderte von Briten dort herum –, aber trotzdem toll. Oder das Hochland, vollkommen ländlich und so, wie es in Wales früher wohl mal war. Wenn du die Heide in der Nachmittagssonne sehen würdest, würdest du erkennen, wie wild und schön es hier ist.«

»Du warst schon an so vielen Orten, daß es mich überrascht, daß du sie überhaupt noch unterscheiden kannst.«

»Es gibt immer etwas, das einem in Erinnerung bleibt.« Er sah sich in dem düsteren, kleinen Hotelzimmer um. »Das hier tut mir leid, Brie. Aber es war das Zentralste, was zu kriegen war. Falls du noch ein, zwei Extratage dranhängen möchtest, fahre ich gern noch ein wenig mit dir herum.«

Bei dem Gedanken, ihre Verantwortung einfach über Bord zu werfen und sich mit Gray fremde Hügel und fremde Ufer anzusehen, lächelte sie. »Ich muß nach Hause, wenn das, weswegen wir gekommen sind, erledigt ist. Ich kann Mrs. O'Malleys Hilfe unmöglich noch länger beanspruchen.« Sie wandte sich vom Spiegel ab. »Und du willst zu deiner Arbeit zurück. Das sehe ich dir an.«

»Erwischt.« Er nahm ihre Hände. »Wenn das Manuskript fertig ist, habe ich noch ein bißchen Zeit, ehe ich die Werbetour für das letzte Buch anfangen muß. Wir könnten irgendwohin fahren. Wohin du willst. Nach Griechenland oder in den Südpazifik, zu den Westindischen Inseln vielleicht. Würde dir das gefallen? Irgendwohin, wo es Palmen, einen Strand, blaues Wasser und heiße Sonne gibt.«

»Klingt wunderbar.« Und dieser Vorschlag kam ausgerechnet von ihm, der jeder Form der Planung ablehnend gegenüberstand. Allerdings hielt sie es für vernünftiger, dies nicht zu bemerken, und so sagte sie lediglich: »Nur fürchte ich, daß es schwierig wird, so bald noch einmal fortzufahren.« Sie drückte seine Hände, ehe sie sie losließ und nach ihrer Handtasche griff. »Wenn du fertig bist, können wir jetzt los.«

Das Postamt zu finden war nicht schwer, aber die Frau hinter dem Schalter schien gegen Grays Charme immun zu sein. Es stünde ihr nicht zu, die Namen von Leuten, die Postfächer mieteten, herauszugeben, erklärte sie in strengem Ton. Wenn sie selbst eines hätten, würden sie auch nicht wollen, daß sie Informationen an Fremde herausgäbe.

Auf seine Frage nach Triquarter Mining wurde Gray mit einem Schulterzucken und einem bösen Stirnrunzeln bedacht.

Gray überlegte, ob er es mit Bestechung versuchen sollte, aber ein weiterer Blick auf den zusammengekniffenen Mund genügte, daß er es unterließ.

»Dies war also der erste Streich«, sagte er, als er zusammen mit Brianna das Postamt verließ.

»Ich glaube kaum, daß du dir ernsthaft eingebildet hast, es wäre so einfach.«

»Nein, aber manchmal landet man einen Volltreffer, wenn man es am wenigsten erwartet. Und jetzt versuchen wir es am besten, indem wir uns ein paar der Bergwerksgesellschaften ansehen.«

»Sollten wir nicht vielleicht einfach mit allem, was wir wissen, zur örtlichen Polizei gehen?«

»Das können wir, wenn wir keinen Erfolg haben, immer noch tun.«

Unermüdlich klapperten sie ein Büro nach dem anderen ab, und jedesmal wurden sie mit derselben Antwort abgespeist. Niemand in Rhondda hatte je etwas von einem Unternehmen namens Triquarter Mining gehört. Brianna überließ die Führung Gray, denn es bereitete ihr das größte Vergnügen, ihn bei der Arbeit zu sehen. Sie hatte den Eindruck, als ändere er, je nachdem, mit wem er sprach, seine Persönlichkeit wie ein Chamäleon.

Er konnte charmant sein, ruppig, geschäftsmäßig, gewitzt. Sie nahm an, auf dieselbe Weise stellte er Nachforschungen zu den Themen seiner Bücher an. Er stellte endlos Fragen und brachte seinen jeweiligen Gesprächspartner entweder durch Schmeichelei oder durch Einschüchterung dazu, daß er ihm eine Antwort gab.

Nach vier Stunden wußte sie mehr über Kohlebergwerke und die walisische Wirtschaft, als sie je würde in Erinnerung behalten können. Über Triquarter allerdings wußte sie immer noch nichts.

»Du brauchst ein Sandwich«, beschloß Gray für sie.

»Da sage ich nicht nein.«

»Okay, und während wir auftanken, überlegen wir, wie weiter vorzugehen ist.«

»Ich hoffe, du bist nicht enttäuscht, weil bei unseren Nachforschungen bisher nichts herausgekommen ist.«

»Es ist doch etwas herausgekommen. Inzwischen wissen wir ohne jeden Zweifel, daß es kein Unternehmen namens

Triquarter Mining gibt oder gab. Das Postfach ist Schwindel, und höchstwahrscheinlich hat es immer noch derjenige gemietet, der als Strohmann für die ganze Sache dient.«

»Warum denkst du das?«

»Sie brauchen es, bis die Sache mit dir und möglichen anderen noch nicht befriedigten Investoren bereinigt ist. Allerdings schätze ich, daß es ansonsten kaum noch Spuren gibt. Laß es uns hier versuchen.« Er schob sie in einen kleinen Pub.

Die Gerüche, die ihr entgegenschlugen, waren vertraut genug, daß sie Heimweh bekam, die Stimmen hingegen waren fremd genug, um exotisch zu sein. Sie setzten sich an einen Tisch, und Gray nahm die dünne Plastikspeisekarte in die Hand. »Mmm. Shepherd's Pie. Er ist bestimmt nicht so gut wie deiner, aber ich denke, er wird zumindest eßbar sein. Möchtest du ihn probieren?«

»Gern. Und dazu nehme ich einen Tee.«

Gray gab ihre Bestellung auf und beugte sich vor. »Ich denke, Brie, daß es durchaus von Bedeutung ist, daß dein Vater so kurz nach dem Erwerb der Aktie gestorben ist. Du sagtest, du hättest das Zertifikat auf dem Dachboden entdeckt.«

»Genau. Nach seinem Tod haben wir nicht all seine Kisten durchgesehen. Meine Mutter – nun, Maggie brachte es einfach nicht über sich, und ich ließ es sein, weil ...«

»Weil Maggie litt und deine Mutter dir die Hölle heiß gemacht hätte, hättest du es getan.«

»Ich hasse Auseinandersetzungen.« Sie preßte die Lippen zusammen und starrte auf den Tisch. »Es ist leichter, wenn man es gar nicht erst so weit kommen läßt.« Nach einem kurzen Blick auf Gray senkte sie abermals den Kopf. »Maggie war der Liebling meines Vaters. Er hat mich ebenfalls geliebt, das weiß ich, aber die Beziehung der beiden war etwas ganz besonderes. Einzigartig. Sie trauerte so sehr um ihn, und dann gab es gleich einen furchtbaren Streit, weil nicht meine Mutter das Haus erbte, sondern ich. Mutter war verbittert und wütend, und so ließ ich seinen übrigen Nachlaß ruhen. Weißt du, ich wollte meine Pension eröffnen, und so war es einfach, die Kisten zu ignorieren, sie hin und wieder abzustauben und mir zu sagen, eines Tages sähe ich mir ihren Inhalt an.«

»Und das hast du dann auch getan.«

»Ich weiß nicht, warum ich gerade an jenem Tag auf den Gedanken kam. Aber mittlerweile hatten sich alle ein wenig beruhigt. Mutter hatte inzwischen ihr eigenes Haus, Maggie hatte Rogan geheiratet. Und ich ...«

»Du hattest deine Trauer sowieso einigermaßen im Griff. Und außerdem war genug Zeit verstrichen, so daß du die Arbeit ohne allzu großen Schmerz in Angriff nahmst.«

»Ich schätze, so war es. Ich dachte, ich könnte mir die Dinge, die er dort oben verwahrt hatte, ansehen, ohne mich schmerzlich nach ihm zu sehnen und ohne mir zu wünschen, es wäre alles anders gewesen, als es nun einmal war. Zum Teil tat ich es allerdings auch aus Eigennutz.« Sie stieß einen Seufzer aus. »Ich dachte, ich könnte den Dachboden zu einem neuen Gästezimmer umbauen.«

»Das ist meine Brie.« Er nahm ihre Hand. »Also hat er die Aktie dort oben verwahrt, und Jahre vergingen, ohne daß irgend jemand sie fand und etwas unternahm. Ich schätze, sie dachten, die Sache wäre erledigt. Weshalb sollten sie das Risiko eingehen und euch kontaktieren? Falls sie der Angelegenheit nachgegangen sind, dann haben sie wohl herausgefunden, daß Tom Concannon verstorben war und daß keiner der Erben etwas bezüglich der Aktie unternahm. Wahrscheinlich dachten sie, das Zertifikat wäre verlorengegangen oder ihr hättet es versehentlich entsorgt. Dann allerdings bekamen sie deinen Brief.«

»Was jedoch immer noch nicht erklärt, weshalb sie mir Geld geboten haben.«

»Okay, raten wir weiter. Darin war ich schon immer besonders gut. Gehen wir davon aus, daß es sich um einen ganz simplen Betrug handelte, so wie ich es dir in New York erklärt habe. Gehen wir weiter davon aus, daß irgend jemand Ehrgeiz entwickelte oder daß die Sache einfach erfolgreich verlief. Das Geschäft wurde ausgedehnt. Die Triquarter-Fassade wurde aufgelöst, aber die Einnahmen, der Profit, die Organisation gab es immer noch. Vielleicht haben sie ein anderes Betrugsunternehmen aufgezogen, vielleicht haben sie aber auch in irgendein legales Unternehmen investiert. Vielleicht haben sie diese legalen Investitionen einfach als Deckmäntelchen für weitere Betrügereien benutzt. Und vielleicht haben sie zu ihrer großen Überraschung festgestellt, daß bereits das legale Geschäft durchaus profitabel war. Vielleicht sogar profitabler als die vorherige Betrügerei. Also mußten sie ihre dunklen Geschäfte beenden oder zumindest so gut verschleiern, daß ihnen niemand auf die Schliche kam.«

Brianna rieb sich die Schläfen, als das Essen serviert wurde. »Das alles ist furchtbar verwirrend für mich.«

»Aus irgendeinem Grund brauchen sie die Aktie deines Vaters unbedingt zurück. Schwer zu sagen, warum.« Er schob sich genüßlich eine Gabel voller Pie in den Mund. »Tja, keine Ahnung.« Er schluckte. »Aber das Papier ist ihnen so wichtig, daß sie sogar bereit sind, dafür zu bezahlen. Oh, nicht viel, nicht genug, daß du argwöhnisch wirst oder dich für weitere Investitionen interessierst. Gerade genug, damit es sich für dich lohnt, sie ihnen zurückzugeben.«

»Ganz offensichtlich kennst du dich mit solchen Geschäften aus.«

»Allzugut. Wenn ich nicht angefangen hätte, Bücher zu schreiben ...« Mit einem Schulterzucken brach er ab. »Nun, wir können von Glück reden, daß ich eine gewisse Erfahrung habe, was derartige Geschäfte betrifft. Nach dem Essen hören wir uns noch ein bißchen weiter um, aber dann sollten wir zur Polizei gehen.«

Sie nickte, denn der Gedanke, daß sich bald die Behörden mit dem ganzen Durcheinander befassen würden, erleichterte sie. Sie trank ihren Tee und träumte von ihrem Garten, von Con, davon, daß sie bald wieder in ihrer eigenen Küche hantieren würde, wie es ihr gefiel.

»Fertig?«

»Hmm?«

Gray lächelte. »Bist du gerade gedanklich unterwegs?«

»Ich habe an zu Hause gedacht. Vielleicht blühen ja meine Rosen schon.«

»Morgen um diese Zeit wirst du in deinem Garten stehen und es sehen«, versprach er ihr und legte ein paar Scheine auf den Tisch, ehe er sich erhob.

Draußen legte er ihr den Arm um die Schulter. »Wollen wir mal ausprobieren, wie die öffentlichen Verkehrsmittel hier sind? Wenn wir einen Bus nehmen, kommen wir wesentlich schneller ans andere Ende der Stadt. Aber natürlich kann ich auch einen Wagen mieten, falls dir das lieber ist.«

»Red keinen Unsinn. Ein Bus ist vollkommen in Ordnung für mich.«

»Dann laß uns … oh, warte mal einen Moment.« Er drehte sie um und schob sie in den Eingang des Pubs zurück. »Na, wenn das kein Zufall ist«, murmelte er und starrte unverwandt die Straße hinab. »Interessant.«

»Was? Du erdrückst mich.«

»Tut mir leid. Aber sieh mal unauffällig zu dem Mann hinüber, der auf der anderen Straßenseite läuft.« Seine Augen blitzten auf. »In Richtung Post. Der Kerl mit dem schwarzen Regenschirm.«

Sie folgte seinem Blick. »Ja«, sagte sie nach einem Augenblick. »Ich sehe ihn.«

»Kommt er dir nicht bekannt vor? Denk mal ein paar Monate zurück. Wenn ich mich recht entsinne, hast du uns Lachs und Biskuitauflauf serviert.«

»Ich verstehe einfach nicht, wie du dich derart an einzelne Mahlzeiten erinnern kannst.« Sie beugte sich ein wenig vor und starrte angestrengt. »Mir fällt nichts Ungewöhnliches auf. Sieht vollkommen normal aus. Vielleicht ein Anwalt oder ein Bankier.«

»Bingo. Genau das hat er uns erzählt. Daß er pensionierter Bankier ist und in London lebt.«

»Mr. Smythe-White.« Mit einem Mal fiel es ihr wieder ein, und lachend wandte sie sich zu Gray um. »So ein Zufall. Aber warum verstecken wir uns vor ihm?«

»Weil es ein sehr eigenartiger Zufall ist, Brie. Weil es sehr, sehr seltsam ist, daß einer deiner Gäste, noch dazu derjenige, der bei dir wohnte und zufällig einen Ausflug unternahm, während jemand in dein Haus einbrach, hier in Wales ein Postamt besucht. Wetten, daß er dort ein Postfach gemietet hat?«

»Oh.« Sie lehnte sich gegen die Tür. »Gütiger Himmel. Was sollen wir jetzt tun?«

»Erst mal warten wir ab. Und dann folgen wir ihm.«

18. Kapitel

Sie brauchten nicht lange zu warten, denn kaum fünf Minuten, nachdem Smythe-White das Postamt betreten hatte, kam er wieder heraus. Er schaute sich um, und dann eilte er die Straße hinauf.

»Verdammt, sie hat uns verraten.«

»Wer?«

»Komm, schnell.« Gray packte Brie an der Hand und eilte mit ihr in die Richtung, in die Smythe-White entschwunden war. »Die Postbeamtin oder was immer sie auch ist. Sie hat ihm von unserem Besuch erzählt.«

»Woher weißt du das?«

»Er scheint mit einem Mal ziemlich in Eile zu sein.« Gray blickte auf die dicht befahrene Straße, fluchte und zog Brianna im Zickzack zwischen einem LKW und einem Sedan hindurch. Ihr Herz klopfte ihr bis zum Hals, denn sofort begannen beide Fahrer mit einem wütenden Hupkonzert. Ob des Lärms drehte Smythe-White sich um, entdeckte sie und rannte los.

»Bleib hier«, befahl Gray.

»O nein.« Sie sprintete ihm nach, und mit ihren langen Beinen blieb sie nie mehr als drei Schritte hinter ihm. Und obgleich ihr Opfer rüde Passanten anrempelte, kam er doch kaum gegen die beiden jüngeren Verfolger an.

Als hätte er dies ebenfalls erkannt, blieb er keuchend vor einer Apotheke stehen, zog ein schneeweißes Taschentuch hervor, wischte sich den Schweiß von der Stirn, drehte sich um und blickte den beiden mit großen Augen entgegen.

»Ah, Miss Concannon, Mr. Thane, was für eine Überraschung.« Er preßte eine Hand an sein wild klopfendes Herz, doch gleichzeitig setzte er geistesgegenwärtig ein freundliches Lächeln auf. »Wie klein die Welt doch ist. Machen Sie Urlaub hier in Wales?«

»Ebensowenig wie Sie«, schoß Gray zurück. »Wir haben etwas Geschäftliches mit Ihnen zu besprechen, alter Knabe. Reden wir hier, oder kommen Sie lieber mit zur Polizei?«

Smythe-White nahm seine Brille ab, polierte die Gläser und blinzelte ihn unschuldig an. »Etwas Geschäftliches? Ich fürchte, ich verstehe Sie nicht. Es geht doch wohl nicht um den unglückseligen Zwischenfall in Ihrer Pension, Miss Concannon? Wie ich Ihnen bereits sagte, wurde mir nichts gestohlen, so daß ich mich nicht beschweren kann.«

»Daß Ihnen nichts gestohlen wurde, überrascht uns nicht, denn ganz offensichtlich waren Sie selbst derjenige, der das Durcheinander verursacht hat. Mußten Sie dabei eigentlich unbedingt all meine Sachen auf dem Fußboden verstreuen?«

»Wie bitte?«

»Sieht aus, als gingen Sie lieber mit uns zur Polizei«, sagte Gray und packte Smythe-White am Arm.

»Ich fürchte, für derartige Spielchen habe ich im Augenblick keine Zeit, obgleich es mich gefreut hat, Sie so unverhofft zu sehen.« Er versuchte vergeblich, sich Grays Umklammerung zu entziehen. »Wie Ihnen wahrscheinlich bereits aufgefallen ist, bin ich in ziemlicher Eile. Ich habe eine Verabredung, und wenn ich mich nicht spute, komme ich zu spät.«

»Wollen Sie die Aktie zurück oder nicht?« Mit dem größten Vergnügen beobachtete Gray, daß der Mann in seinem Zerren innehielt, doch hinter den Gläsern der Brille, die inzwischen wieder auf seiner Nase saß, blitzten seine Augen listig auf.

»Ich fürchte, ich verstehe Sie nicht.«

»Sie verstehen mich sehr gut. Betrug ist Betrug, egal, wo man ist und wie man es nennt. Ich weiß zwar nicht genau, welche Strafe auf Betrug, Vertrauensmißbrauch und das Fälschen von Wertpapieren in Großbritannien steht, aber dort, wo ich herkomme, springt das Gesetz mit Leuten wie Ihnen ziemlich unsanft um. Und dann haben Sie auch noch die Post benutzt, Smythe-White. Was ganz offensichtlich ein Fehler war. Denn wenn man erst mal eine Briefmarke auf den Umschlag klebt und sein betrügerisches Schreiben der Post übergibt, kommt zu dem Betrug an den vermeintlichen Aktionären auch noch betrügerische Postbenutzung hinzu. Was noch viel unangenehmer ist.«

Er ließ Smythe-White einen Augenblick schwitzen, ehe er weitersprach. »Überdies haben Sie Ihr Unternehmen von Wales aus betrieben und sich an Interessenten in Irland gewandt. Wodurch es zu einem grenzüberschreitenden Verbrechen wird. Ich denke, daß Ihnen das Gericht all diese Dinge ziemlich verübeln wird.«

»Also bitte, zu derartigen Drohungen besteht doch gar keine Veranlassung.« Smythe-White lächelte, aber gleichzeitig bildeten sich glänzende Schweißtropfen auf seiner Stirn. »Wir sind doch vernünftige Menschen. Ich bin sicher, daß sich dieses kleine Mißverständnis zur allseitigen Zufriedenheit klären läßt.«

»Warum unterhalten wir uns nicht in Ruhe darüber?«

»Ja, warum nicht?« Sofort hellte sich seine Miene auf. »Bei einem Drink. Es wäre mir ein Vergnügen, Sie beide einladen zu dürfen. Gleich um die Ecke ist ein Pub, in dem man ungestört ist. Warum trinken wir nicht gemütlich ein, zwei Gläschen und sehen, was sich machen läßt?«

»Warum nicht? Brie?«

»Ich denke, wir sollten ...«

»Miteinander reden«, fiel ihr Gray ins Wort und griff, Smythe-Whites Arm immer noch umklammernd, nach Briannas Hand. »Wie lange treiben Sie dieses Spielchen schon?« fragte er im Plauderton.

»O je, ich schätze, ich fing bereits damit an, ehe auch nur einer von ihnen beiden überhaupt geboren war. Aber jetzt habe ich damit aufgehört, ehrlich. Vor zwei Jahren haben meine Frau und ich ein kleines Antiquitätengeschäft in Surrey gekauft.«

»Ich dachte, Ihre Frau wäre tot«, mischte sich Brianna ein, während Smythe-White vor ihr den Pub betrat.

»O nein. Iris ist gesund und munter wie ein Fisch im Wasser. Sie kümmert sich um den Laden, während ich diese unangenehme Angelegenheit bereinige. Wir kommen ganz gut zurecht«, fügte er hinzu. »Ziemlich gut sogar. Neben dem Antiquitätengeschäft haben wir noch Beteiligungen an diversen anderen Unternehmen. Alles völlig legal.« Ganz Gentleman zog er Brianna einen Stuhl zurück. »Zum Beispiel an einem Reiseunternehmen, First Flight. Vielleicht haben Sie ja schon davon gehört.«

Beeindruckt zog Gray eine Braue hoch. »Eins der führenden Unternehmen Europas, nicht wahr?«

Smythe-White setzte ein stolzes Lächeln auf. »Was, wie ich hoffe, zum Teil an meinen Fähigkeiten als Manager liegt. Zunächst war das Ganze als Tarnung für ein Schmuggelunternehmen bestimmt.« Er sah Brianna entschuldigend an. »Meine Liebe, ich hoffe, Sie sind nicht allzu schockiert.«

Sie schüttelte wortlos den Kopf. »Mich schockiert so leicht nichts mehr.«

»Wie wär's mit einem Harp für uns alle?« spielte er den großzügigen Gastgeber. »Das wäre genau das richtige.« Da er ihre Zustimmung als gegeben betrachtete, gab Smythe-White die Bestellung auf. »Also, wie gesagt, wir haben ein wenig Schmuggel betrieben. Vor allem Tabak und Alkohol. Aber wir fanden keinen besonderen Gefallen daran, und die legale Seite des Unternehmens versprach Profite ohne Risiko, wenn ich so sagen darf. Als Iris und ich älter wurden, beschlossen wir, uns sozusagen aus dem Geschäft zurückzuziehen. Wissen Sie, daß die Sache mit den Aktien eins der letzten unserer sogenannten halbseidenen Geschäfte war? Iris hat sich schon immer für Antiquitäten interessiert, und so haben wir die Profite für den Kauf und die Einrichtung unseres Ladens verwandt.« Er verstummte unvermittelt und setzte ein verlegenes Lächeln auf. »Ich nehme an, es ist nicht besonders geschmackvoll, ausgerechnet Ihnen diese Dinge zu erzählen.«

»Lassen Sie sich deshalb nur nicht davon abhalten, in Ihrer Erzählung fortzufahren.« Gray lehnte sich gemütlich auf seinem Stuhl zurück.

»Nun, Sie können sich sicher vorstellen, wie überrascht, oder besser gesagt, wie entsetzt wir waren, als Ihr Schreiben kam. Ich habe das Postfach nur deshalb noch, weil wir hier in Wales an ein paar Unternehmen beteiligt sind, aber die Triquarter-Sache lag inzwischen so weit zurück, daß wir sie schon beinahe vergessen hatten. Ich schäme mich sagen zu müssen, daß Ihr Vater, Gott hab ihn selig, bei unserer Umstrukturierung einfach vergessen worden war. Ich hoffe, Sie glauben mir, wenn ich sage, daß ich ihn immer sehr sympathisch fand.«

Brianna stieß einen Seufzer aus. »Vielen Dank.«

»Ich muß sagen, Iris und ich brachen regelrecht in Panik aus, als wir von Ihnen hörten. Hätte man uns mit diesen alten Geschichten in Verbindung gebracht, dann hätte das sicher unseren Ruf und all unsere kleinen Unternehmen, die wir über die Jahre hinweg liebevoll begründet haben, ruiniert. Ganz zu schweigen von, ah ...« Er tupfte sich den Mund mit einer Serviette ab. »... den gerichtlichen Konsequenzen für uns.«

»Sie hätten den Brief doch einfach ignorieren können«, sagte Gray.

»Das haben wir auch überlegt. Und auf den ersten Brief haben wir ja auch tatsächlich nicht reagiert. Aber als Brianna ein zweites Mal an uns schrieb, hatten wir das Gefühl, etwas tun zu müssen.« Er errötete, was dafür sprach, daß er zumindest ein gewisses Gefühl für Anstand besaß. »Es ist peinlich, es zuzugeben, aber ich hatte die Aktie mit meinem richtigen Namen unterzeichnet. Aus Arroganz, nehme ich an, und außerdem hatte ich meinen richtigen Namen damals nicht benutzt. Doch wäre es bestimmt recht unangenehm geworden, hätten Sie die Aktie nun den Behörden vorgelegt.«

»Es ist, wie du gesagt hast«, murmelte Brianna und starrte Gray mit großen Augen an. »Fast genauso, wie du gesagt hast.«

»Ich bin eben gut«, murmelte er, tätschelte ihre Hand und sagte, an Smythe-White gewandt: »Also kamen Sie nach Blackthorn, um sich dort ein bißchen umzusehen.«

»Genau. Iris konnte nicht mitkommen, weil wir gerade eine Lieferung wunderschöner Chippendale-Möbel erwarteten. Zugegebenermaßen hat es mir richtiggehend Spaß gemacht, noch einmal in mein altes Leben einzutauchen. Es war wie eine Reise in die Vergangenheit, wie ein kleines Abenteuer für mich. Ich war ganz begeistert von Ihrem Haus und mehr als beunruhigt, als ich erfuhr, daß Rogan Sweeney Ihr Schwager ist. Schließlich ist sein ausgeprägter Geschäftssinn berüchtigt. Ich hatte Sorge, daß er sich der Sache annehmen könnte, und so sah ich mich, als sich die Gelegenheit ergab, ein bißchen nach der Aktie um.«

Er drückte Brianna die Hand. »Ich möchte mich bei Ihnen für das Durcheinander und die Unannehmlichkeiten entschuldigen. Aber schauen Sie, ich konnte nicht wissen, wie lange ich alleine war. Ich hatte gehofft, ich fände die Aktie, und damit wäre die ganze unglückselige Angelegenheit aus der Welt geschafft. Aber ...«

»Ich hatte Rogan gebeten, die Aktie für mich aufzubewahren«, erklärte Brianna ihm.

»Aha. So etwas hatte ich befürchtet. Nur seltsam, daß er mir nicht auf die Schliche gekommen ist.«

»Seine Frau erwartete ein Baby, und außerdem stand die Eröffnung seiner neuen Galerie bevor.« Brianna unterbrach sich, denn sie merkte, daß sie ihren Schwager beinahe entschuldigte. »Ich kann mich durchaus selbst um solche Dinge kümmern, ohne daß es männlicher Unterstützung bedarf.«

»Diese Erkenntnis kam mir bereits wenige Stunden, nachdem ich im Blackthorn Cottage angekommen war. Ein organisierter Mensch wie Sie ist gefährlich für Leute mit meinem Metier. Nach meiner Abreise kam ich zurück, weil ich hoffte, ich bekäme vielleicht die Gelegenheit, mich noch einmal genauer bei Ihnen umzusehen, aber als Ihr Hund und Ihr heldenhafter Dauergast in den Garten kamen, blieb mir nur noch die Flucht.«

Brianna reckte das Kinn. »Sie haben durch das Fenster meines Schlafzimmers gesehen.«

»Ohne jeden Hintergedanken, das verspreche ich. Meine Liebe, ich bin alt genug, um Ihr Vater zu sein, und obendrein glücklich verheiratet.« Er schnaubte, als hätte sie ihn in seiner Ehre gekränkt. »Nun, ich habe Ihnen angeboten, die Aktie zurückzukaufen, und dieses Angebot gilt immer noch.«

»Für zehn Pence pro Anteil«, stellte Gray trocken fest.

»Das ist das Doppelte von dem, was von Tom Concannon bezahlt worden ist. Falls Sie Beweise brauchen, habe ich die Belege dabei.«

»Oh, ich bin sicher, daß jemand mit Ihrem Talent jedes Papier aus dem Ärmel zaubern kann, das er gerade braucht.«

Smythe-White stieß einen abgrundtiefen Seufzer aus. »Ich bin sicher, Sie haben das Gefühl, zu derartigen Anschuldigungen berechtigt zu sein.«

»Ich denke, außer uns hätte sicher auch die Polizei großes Interesse an einem Mann mit Ihrem Talent.«

Ohne den Blick von Gray abzuwenden, trank Smythe-White eilig einen Schluck von seinem Bier. »Was hätte denn das für einen Sinn, wenn man zwei alte Menschen, brave

Steuerzahler, ordentlich verheiratet, ruinieren würde, indem man sie für vergangene Sünden ins Gefängnis steckt?«

»Sie haben andere Menschen betrogen«, fuhr Brianna ihn an. »Sie haben meinen Vater betrogen.«

»Ich habe Ihrem Vater das gegeben, wofür er bezahlt hat, Brianna. Einen Traum. Er war ein glücklicher Mann, denn wie zu viele andere Menschen auch, hoffte er, reich zu werden, ohne allzuviel dafür zu tun.« Er lächelte sanft. »Und im Grunde war diese Hoffnung alles, was er wollte, nicht wahr?«

Weil es stimmte, fiel Brianna keine passende Erwiderung ein. »Deshalb ist es noch lange nicht richtig gewesen, ihn zu betrügen«, brachte sie schließlich erbost hervor.

»Aber wir haben uns gebessert. Sein Leben von Grund auf zu verändern, ist eine mühsame Sache, meine Liebe. Es erfordert Arbeit und Geduld und Entschlossenheit.«

Sie hob den Kopf, da er mit seinen Worten genau ins Schwarze traf. Wenn es stimmte, was er von sich erzählte, dann gab es zwei Menschen an diesem Tisch, denen diese Anstrengung gelungen war. Würde sie Gray verurteilen für das, was in seiner Vergangenheit geschehen war? Würde sie wollen, daß irgendein alter Fehler ihn einholte und zurück in die alten Tiefen zog?

»Ich möchte weder Sie noch Ihre Frau im Gefängnis sehen, Mr. Smythe-White.«

»Er kennt die Regeln«, unterbrach Gray und drückte ihre Hand. »Man kann nur spielen, wenn man auch den Einsatz zahlt. Vielleicht können wir auf die Polizei verzichten, aber dieser Gefallen ist sicher mehr wert als lächerliche tausend Pfund.«

»Wie ich bereits erklärt habe ...«, setzte Smythe-White an.

»Ist die Aktie selbst ohne jeden Wert«, beendete Gray seinen Satz. »Aber ich bin sicher, daß Ihre Unterschrift sie wertvoll macht. Ich würde sagen, zehntausend Pfund sind ein durchaus angemessener Preis.«

»Zehntausend *Pfund*?« stotterte Smythe-White, während Brianna vor Überraschung sprachlos war. »Das ist Erpressung. Das ist Raub. Das ist ...«

»Ein Pfund pro Anteil«, beendete Gray abermals seinen Satz. »Mehr als angemessen, wenn man es mit dem vergleicht, was sicher für Sie bei dem Geschäft herausgesprungen ist. Und ich meine, wir sollten dafür sorgen, daß mit dem netten Profit, den Sie dank Ihrer gutgläubigen Investoren gemacht haben, Tom Concannons Traum verwirklicht wird. Ich denke nicht, daß das Erpressung ist. Ich denke, es ist nur gerecht. Und Gerechtigkeit ist etwas, worüber sich nicht verhandeln läßt.«

Kreidebleich lehnte sich Smythe-White auf seinem Stuhl zurück, zog erneut sein Taschentuch hervor und betupfte sich abermals die Stirn. »Junger Mann, Sie nehmen mich aus wie eine Weihnachtsgans.«

»Nicht Sie, sondern Ihr Konto. Auf dem sicher weit mehr als zehntausend sind. Sie haben Brie eine Menge Schwierigkeiten bereitet, und sie hat sich große Sorgen gemacht. Sie haben ihr Zuhause auf den Kopf gestellt. Und auch wenn ich Ihre Zwangslage verstehe, glaube ich nicht, daß Sie wissen, wie wichtig ihr dieses Zuhause ist. Ihretwegen hat sie geweint.«

»Tja, nun, dann.« Smythe-White fuchtelte mit seinem Taschentuch herum, ehe er wieder an seiner Stirn herumzutupfen begann. »Das tut mir leid. Wirklich. Die ganze Sache ist mir furchtbar unangenehm. Ich frage mich, was Iris sagen würde.«

»Wenn sie clever ist«, sagte Gray, »dann würde sie sagen, bezahl die zehntausend Pfund und freu dich, daß du noch so glimpflich davongekommen bist.«

Seufzend schob er das Taschentuch in seine Tasche zurück. »Zehntausend Pfund. Sie sind ein unnachgiebiger Verhandlungspartner, Mr. Thane.«

»Herb, ich denke, ich darf Sie Herb nennen, denn wie wir beide wissen, bin ich im Augenblick Ihr bester Freund.«

Smythe-White nickte betrübt. »Das ist unglücklicherweise wahr.« Dann allerdings änderte er seine Taktik und wandte sich hoffnungsvoll Brianna zu. »Ich habe Ihnen große Unannehmlichkeiten bereitet, und das tut mir furchtbar leid. Aber ich bin sicher, daß sich die ganze Sache friedlich regeln läßt. Ich frage mich, ob ich meine Schuld vielleicht statt mit Geld auf andere Weise begleichen kann? Durch eine nette Reise vielleicht? Oder durch ein paar neue Möbel für Ihre Pension. Wir haben ein paar wunderschöne Stücke in unserem Geschäft.«

»Wir wollen Geld«, sagte Gray, ehe Brianna auch nur Gelegenheit zu einer Antwort bekam.

»Sie sind wirklich unerbittlich.« Smythe-White ließ die Schultern hängen und sah ihn traurig an. »Ich nehme an, ich habe keine andere Wahl. Also gut, ich schreibe Ihnen einen Scheck.«

»Wir wollen die Summe in bar.«

Smythe-White stieß einen erneuten Seufzer aus. »Ja, sicher. Also gut dann, wie machen wir es am besten? Natürlich trage ich einen solchen Betrag nicht in der Jackentasche mit mir herum.«

»Natürlich nicht«, pflichtete Gray ihm bei. »Aber Sie können ihn besorgen. Bis morgen früh.«

»Also bitte, zwei, drei Tage bräuchte ich schon«, begann Smythe-White, gab sich allerdings, als er das Blitzen in Grays Augen sah, schnell geschlagen. »Aber ebensogut könnte ich Iris telegrafieren. Dann wäre das Geld morgen da.«

»Das denke ich auch.«

Smythe-White setzte ein betrübtes Lächeln auf. »Wenn Sie mich bitte einen Augenblick entschuldigen. Ich müßte mal auf die Toilette.« Mit einem Kopfschütteln stand er auf und ging in den hinteren Teil des Pubs.

»Ich verstehe das Ganze nicht«, flüsterte Brianna, als Smythe-White außer Hörweite war. »Ich habe nur den Mund gehalten, weil du mich die ganze Zeit unter dem Tisch getreten hast, aber ...«

»Angestoßen«, verbesserte Gray. »Ich habe dich lediglich angestoßen.«

»Ja, und zwar so heftig, daß ich gleich nicht mehr laufen kann. Aber worum es mir geht, ist, daß du ihn vom Haken läßt, wenn er uns eine Unmenge Geld bezahlt. Das erscheint mir nicht richtig.«

»Es ist genau richtig. Dein Vater hatte seinen Traum, und wir sorgen dafür, daß er sich endlich erfüllt. Der gute alte Herb weiß, daß man mit Betrügereien nicht immer Glück haben kann und daß es dann nur noch darum geht, sich möglichst elegant aus der Affäre zu ziehen. Und du willst ebensowenig wie ich, daß er wegen dieser Sache ins Gefängnis geht.«

»Nein, das will ich nicht. Aber sein Geld zu nehmen ...«

»Er hat das Geld deines Vaters genommen, und die fünfhundert Pfund hättet ihr sicher besser für etwas anderes verwenden können, stimmt's?«

»Ja, aber ...«

»Brianna. Was würde dein Vater dazu sagen?«

Sie gab sich geschlagen und stützte müde das Kinn auf die Hand. »Er würde sagen, das Ganze ist ein toller Witz.«

»Genau.« Gray blickte mit zusammengekniffenen Augen in Richtung der Herrentoilette. »Er braucht aber ganz schön lange dort. Warte eine Minute.«

Brianna blickte mit gerunzelter Stirn in ihr Glas, doch langsam verzog sich ihr Mund zu einem vergnügten Lächeln. Es war tatsächlich ein toller Witz. Ein Witz nach dem Geschmack von Dad.

Sie erwartete nicht ernsthaft, das Geld jemals zu sehen. Doch es reichte ihr, daß die Angelegenheit bereinigt wurde, ohne daß jemand wirklichen Schaden nahm.

Sie blickte auf und sah, wie Gray mit blitzenden Augen aus der Toilette geschossen kam. Nach einem eiligen Gespräch mit dem Mann hinter dem Tresen kam er zu ihr an den Tisch zurück.

Als er sich auf seinen Stuhl warf und sein Glas an die Lippen hob, hatte sich seine Miene bereits wieder aufgehellt.

»Was ist?« fragte Brianna nach einem Moment.

»Oh, er ist weg. Aus dem Fenster geklettert. Ganz schön gewieft, der alte Gauner.«

»Weg?« Diese plötzliche Wendung der Ereignisse war zuviel für sie, so daß sie ermattet die Augen schloß. »Weg«, wiederholte sie. »Dabei hat er mich tatsächlich dazu gebracht, ihn zu mögen und ihm zu vertrauen.«

»Genau da liegt das Talent von Betrügern wie ihm. Aber in diesem Fall denke ich, haben wir genug über ihn in Erfahrung gebracht, um gelassen abzuwarten, was nun weiter geschieht.«

»Was sollen wir jetzt machen? Ich will nicht zur Polizei gehen, Gray. Ich könnte nicht mit der Vorstellung leben, daß dieser kleine, alte Mann zusammen mit seiner Frau im Gefängnis sitzt.« Mit einem Mal riß sie die Augen auf. »Oh, verdammt. Glaubst du, er hat überhaupt eine Frau?«

»Wahrscheinlich.« Gray nippte nachdenklich an seinem Bier. »Und was deine Frage nach unserem weiteren Vorgehen betrifft, fahren wir am besten einfach zurück nach Clare. Lassen wir ihn ein wenig schmoren. Warten wir ein wenig ab. Es dürfte nicht allzu schwierig werden, ihn ausfindig zu machen, wenn wir denken, daß es erforderlich ist.«

»Wie?«

»Durch First Flight Tours. Und durch das hier.« Zu Briannas Überraschung zog Gray eine Brieftasche hervor. »Die habe ich ihm draußen auf der Straße abgenommen. Zur Absicherung«, erklärte er, als ihr die Kinnlade herunterfiel. »Nach all den Jahren habe ich offenbar immer noch keinen Rost angesetzt.« Er schüttelte über sich selbst den Kopf. »Ich sollte mich schämen.« Dann allerdings grinste er. »Guck nicht so schockiert. Es sind nur ein bißchen Bargeld und ein Ausweis drin.«

Seelenruhig zog Gray die Scheine aus der Brieftasche und steckte sie ein. »Er schuldet mir noch ungefähr hundert Pfund. Ich schätze, den Großteil seines Geldes trägt er in einem Clip mit sich herum.« Auch die leere Brieftasche steckte er ein. »Er hat eine Adresse in London«, fuhr er fort. »Ich habe mir den Ausweis auf der Toilette angesehen. Und dann hatte er noch einen Schnappschuß von einer recht attraktiven Frau dabei. Iris, nehme ich an. Oh, und sein Name ist Carstairs, John B., nicht Smythe-White.«

Brianna preßte sich zwei Finger zwischen die Augen. »Mir schwirrt der Kopf.«

»Keine Sorge, Brie, ich garantiere dir, daß er sich noch mal bei uns melden wird. Und, wollen wir gehen?«

»Ja.« Ganz schwindlig von all den Ereignissen stand sie auf. »Der Kerl hat vielleicht Nerven. Und als wäre all das noch nicht genug, haut er sogar noch ab, ohne unsere Getränke zu bezahlen.«

»Oh, er hat sie bezahlt.« Gray hakte sich bei ihr ein und winkte dem Mann hinter der Theke zum Abschied freundlich zu. »Er ist nämlich der Eigentümer dieses verdammten Pubs.«

»Er ist . . .« Sie blieb stehen, starrte Gray entgeistert an, und dann brach sie in schallendes Gelächter aus.

19. Kapitel

Es war herrlich, wieder zu Hause zu sein. Abenteuer und Reisen waren ja gut und schön, dachte Brianna, aber ebenso schön waren die einfachen Vergnügen am eigenen Bett, am eigenen Dach über dem Kopf, am vertrauten Ausblick, wenn man aus den eigenen Fenstern sah.

Sie hätte nichts dagegen, noch einmal irgendwohin zu fliegen, solange es ihr Zuhause gab, zu dem sie zurückkehren konnte, wenn sie lange genug unterwegs gewesen war.

Froh, daß sie ihren Alltag wieder hatte, stützte Brianna den knospenden Rittersporn und Eisenhut in ihrem Garten mit Pflöcken ab, wobei sie den würzigen Duft des eben erblühten Lavendels genoß, der ihr in die Nase stieg.

Von der Rasenfläche hinter dem Haus drangen Kinderlachen und Cons aufgeregtes Bellen an ihr Ohr, als er den Ball zu fangen versuchte, den einer ihrer jungen amerikanischen Gäste für ihn warf.

New York erschien ihr weit entfernt, ebenso exotisch wie die Perlenkette, die tief unten in einer Schublade ihres Ankleidetischs verborgen lag. Und der Tag in Wales erschien ihr im nachhinein wie ein eigenartiges, farbenfrohes Theaterstück.

Sie hob den Kopf, klappte den Rand ihres Strohhuts zurück und blickte zu Grays Fenster hinauf. Er arbeitete, hatte, seit sie ihr Gepäck abgestellt hatten, kaum etwas anderes getan. Sie fragte sich, wo er in diesem Augenblick weilte, an welchem Ort, in welcher Zeit, und von welchen Menschen er umgeben war. Vor allem, in welcher Stimmung er wohl wäre, wenn er wieder aus seinem Zimmer auftauchte.

Verärgert, wenn er mit dem Schreiben nicht weiterkam, dachte sie. Reizbar wie ein streunender Hund. Wenn allerdings alles geklappt hatte wie geplant, würde er hungrig sein – sowohl was das Essen als auch was sie selbst betraf. Lächelnd band sie die zerbrechlichen Pflanzenstiele an den Pflöcken fest.

Es war erstaunlich für sie, so von einem Mann begehrt zu werden. Erstaunlich für beide, dachte sie. Eine derartige Leidenschaft war er ebensowenig gewohnt wie sie. Was ihn ein wenig zu ängstigen schien. Verträumt strich sie mit den Fingern über ein Büschel Glockenblumen.

Er hatte ihr Dinge von sich erzählt, von denen sie wußte, er hatte sie vor ihr noch keinem Menschen anvertraut. Auch das schien ihn zu ängstigen. Wie närrisch von ihm zu glauben, sie dächte weniger gut über ihn, wenn sie erführe, was er durchgemacht hatte, was er, um zu überleben, zu tun gezwungen gewesen war.

Sie konnte sich die Furcht und den Stolz eines Jungen vorstellen, der niemals geliebt worden war und der niemals erfahren hatte, welche Verpflichtungen, welches Leid, aber auch welcher Trost sich mit dem Wort Familie verbanden. Wie einsam war er gewesen, und wie einsam hatte er sich aus dieser Furcht und diesem Stolz heraus gemacht. Und dennoch hatte er es geschafft und aus diesem vernachlässigten Jungen einen fürsorglichen, bewundernswerten Mann geformt.

Nein, sie dachte nicht weniger gut über ihn. Im Gegenteil, seit sie wußte, wie sein Leben verlaufen war, liebte sie ihn mehr als je zuvor.

Aufgrund seiner Geschichte hatte sie über ihre eigene Vergangenheit, über ihr eigenes Leben nachgedacht. Ihre Eltern hatten einander nicht geliebt, was sehr schmerzlich für sie gewesen war. Aber Brianna wußte, ihr Vater hatte sie geliebt. Hatte es immer gewußt und stets Trost gefunden in dem Wissen, daß sie nicht alleine war. Sie hatte ein Zuhause gehabt und Wurzeln, durch die sowohl ihr Körper als auch ihre Seele verankert war.

Und auf die ihr eigene Art hatte auch Maeve sie geliebt. Oder zumindest hatte ihre Mutter gegenüber den Kindern, die sie geboren hatte, so viel Pflichtgefühl gehabt, daß sie bei ihnen geblieben war. Sie hätte jederzeit gehen können, überlegte Brianna jetzt. Dieser Gedanke war ihr bisher nie gekommen, doch nun dachte sie, während sie die Gartenarbeit genoß, eingehend darüber nach.

Ihre Mutter hätte die Familie verlassen können, die sie geschaffen und doch nie geliebt hatte. Sie hätte sich erneut ihrer Karriere widmen können, die ihr soviel bedeutete. Und auch wenn sie nur aus Pflichtgefühl geblieben war, war dies doch mehr, als Gray jemals zuteil geworden war.

Maeve war eine harte, verbitterte Frau; allzuoft verdrehte sie die Worte der Bibel, die sie so andächtig las, bis das Gelesene ihren Vorstellungen entsprach. Oft genug hatte sie die Regeln der Kirche wie einen Hammer benutzt. Aber sie war geblieben, was wohl das Wichtigste war.

Mit einem leisen Seufzer wandte sich Brianna der nächsten Pflanze zu. Irgendwann einmal käme die Zeit der Vergebung. Sie hoffte nur, daß sie genügend Herzensgüte dazu besaß.

»Du solltest glücklich aussehen, wenn du im Garten arbeitest, nicht besorgt.«

Brianna legte eine Hand auf ihren Hut und hob den Kopf. Als sie Grays Miene sah, erkannte sie, daß es offenbar ein erfolgreicher Tag gewesen war. An solchen Tagen vibrierte er regelrecht vor guter Laune und Energie.

»Ich habe meine Gedanken schweifen lassen.«

»Ich auch. Aber dann bin ich aufgestanden, habe aus dem Fenster gesehen, dich hier unten entdeckt, und mit einem Mal habe ich nur noch an dich gedacht.«

»Ein herrlicher Tag für die Gartenarbeit. Und du hast bereits seit dem Morgengrauen auf deinem Computer herumgetippt.« Mit einer schnellen und seltsam zärtlichen Bewegung band sie einen weiteren Pflanzenstengel fest. »Und, kommst du gut voran?«

»Unvorstellbar gut.« Er hockte sich neben sie und atmete den Duft der Blumen ein. »Ich komme mit dem Tippen kaum nach. Ich habe heute eine liebliche junge Frau umgebracht.«

Sie brach in lautes Lachen aus. »Was dir offenbar durchaus gefallen hat.«

»Ich habe sie wirklich gern gehabt, aber sie mußte gehen, denn ihre Ermordung führt zu einem Aufschrei der Empörung bei allen Beteiligten, und so wird der Mörder schließlich zur Strecke gebracht.«

»Ist sie in der Ruine gestorben, in der wir gewesen sind?«

»Nein, das war jemand anderes. Sie wurde im Burren, in der Nähe des Druidenaltars, von ihrem Schicksal ereilt.«

»Oh.« Unweigerlich erschauderte Brianna. »Ich habe den Ort immer sehr gemocht.«

»Ich auch. Er hat sie lang ausgestreckt auf den obersten Stein gelegt, als wäre sie ein Opfer für irgendeinen blutrünstigen Gott. Natürlich nackt.«

»Natürlich. Und ich nehme an, daß irgendein unglückseliger Tourist sie finden wird.«

»Sie wurde bereits gefunden. Von einem amerikanischen Studenten, der mit dem Rucksack auf Europareise ist.« Gray schnalzte mit der Zunge. »Ich denke, daß ihn das Erlebnis nachhaltig beeindruckt hat.« Er beugte sich vor und bedachte ihre Schulter mit einem sanften Kuß. »Und, wie hast du den Tag verbracht?«

»Nicht besonders aufregend. Heute morgen habe ich das nette frischverheiratete Paar aus Limerick verabschiedet, und dann habe ich die amerikanischen Kinder gehütet, damit ihre Eltern einmal ausschlafen konnten.« Mit ihren Adleraugen entdeckte sie ein winziges Unkrautbüschel und riß es gnadenlos aus dem Beet. »Sie haben mir beim Brötchenbacken geholfen. Anschließend hat die ganze Familie einen Ausflug nach Bunratty gemacht, ins Museumsdorf. Sie sind noch gar nicht lange wieder da. Außerdem erwarte ich heute abend eine weitere Familie, aus Edinburgh. Die Leute waren vor zwei Jahren schon mal hier. Sie haben zwei Jungen im besten Teenageralter, und letztes Mal waren beide ein bißchen in mich verliebt.«

»Tatsächlich?« Er fuhr genüßlich mit einer Fingerspitze die Rundung ihrer Schulter nach. »Dann mache ich ihnen am besten umgehend klar, daß man gegen einen Kerl wie mich keine Chance hat.«

»Oh, ich denke, sie sind inzwischen darüber hinweg.« Als er lachte, sah sie ihn mit einem neugierigen Lächeln an. »Was ist?«

»Ich habe nur gerade daran gedacht, daß du die Jungs wahrscheinlich für den Rest ihres Lebens unglücklich gemacht hast. Eine Frau wie dich finden sie kein zweites Mal.«

»Was für ein Unsinn.« Sie streckte die Hand nach einem weiteren Pflock aus. »Ich habe vorhin mit Maggie gesprochen. Vielleicht bleiben sie noch ein, zwei Wochen länger in Dublin. Aber gleich nach ihrer Rückkehr findet Liams Taufe statt. Murphy und ich sollen Paten sein.«

Er setzte sich in den Schneidersitz. »Was bedeutet das genau bei euch Katholiken?«

»Oh, ich schätze, nichts anderes als in anderen Kirchen auch. Während des Gottesdienstes sprechen wir für das Kind, als Stellvertreter, sozusagen. Und wir versprechen, uns um sein religiöses Wohl zu kümmern, falls Maggie und Rogan je etwas zustoßen sollte.«

»Scheint mir eine ziemliche Verantwortung zu sein.«

»Es ist eine Ehre«, klärte sie ihn lächelnd auf. »Bist du niemals getauft worden, Grayson?«

»Keine Ahnung. Wahrscheinlich nicht.« Er zuckte mit den Schultern, doch dann runzelte er nachdenklich die Stirn. »Aber was bedeutet das schon? Machst du dir jetzt Sorgen, daß ich in die Hölle komme, nur weil mir nie Wasser auf den Kopf geträufelt worden ist?«

»Nein.« Unbehaglich wandte sie sich ab. »Aber das Wasser ist lediglich ein Symbol, das für die Reinigung von der Ursünde steht.«

»Was bitte ist eine Ursünde, wenn ich fragen darf?«

Sie sah ihn an und schüttelte den Kopf. »Du willst doch sicher keine Erklärung des Katechismus von mir, und ich habe auch nicht die Absicht, dich dazu zu überreden, daß du konvertierst. Trotzdem weiß ich, daß Maggie und Rogan sich freuen würden, wenn du zum Gottesdienst kämst.«

»Sicher komme ich. Wird bestimmt interessant. Wie geht's dem Kleinen überhaupt?«

»Sie meint, daß Liam wie Unkraut wächst.« Brianna konzentrierte sich auf ihre Arbeit und versuchte, sich nicht anmerken zu lassen, wie schmerzlich Grays Ablehnung alles Kirchlichen für sie war. »Ich habe ihr von Mr. Smythe-White – ich meine, von Mrs. Carstairs – erzählt.«

»Und?«

»Sie hat so sehr gelacht, daß ich ernsthafte Befürchtungen hatte, daß sie platzt. Sie meinte, daß Rogan die Sache vielleicht nicht ganz so locker nimmt, ist aber genau wie ich der Ansicht, daß ein solches Durcheinander Dad mehr als ähnlich sieht. Es ist fast, als hätten wir ihn für eine kurze Zeit zurück. ›Brie‹, würde er sagen, ›wer nicht wagt, der nicht gewinnt‹. Und ich soll dir ausrichten, daß sie von der Cleverness, mit der du Mr. Carstairs aufgespürt hast, wirklich beeindruckt ist, und soll dich fragen, ob du nicht den Job haben willst, für den Rogan einen Detektiv angeheuert hat.«

»Habt ihr in der Sache immer noch kein Glück gehabt?«

»Etwas hat der Detektiv herausgefunden.« Sie lehnte sich auf ihre Fersen zurück und ließ ihre Hände auf den Oberschenkeln ruhen. »Irgend jemand, ich glaube, eine Cousine von dieser Amanda Dougherty, meint, sie wäre vielleicht in den Norden von New York gegangen, in die Berge. Anscheinend hat sie die Gegend sehr gemocht. Und jetzt will sich der Detektiv in, oh, an dem Ort, an dem Rip van Winkle eingeschlafen ist, umsehen.«

»In den Catskills?«

»Ja, genau. Mit etwas Glück findet er dort ja vielleicht etwas heraus.«

Gray nahm einen der Pflöcke in die Hand, sah ihn sich an und überlegte kurz, ob er vielleicht als Mordwaffe geeignet war. »Und was wirst du tun, wenn du erfährst, daß du tatsächlich einen Halbbruder oder eine Halbschwester hast?«

»Tja, ich denke, zunächst einmal schreibe ich dieser Miss Dougherty einen Brief.« Sie hatte sich bereits einen genauen Plan zurechtgelegt. »Ich möchte niemandem weh tun, aber dem Ton ihrer Briefe an Dad zufolge nehme ich an, daß sie sich vielleicht freuen wird zu erfahren, daß sie und ihr Kind hier jederzeit willkommen sind.«

»Und du meinst allen Ernstes, daß sie und dieses« – er legte den Pflock beiseite und sah sie nachdenklich an – »inzwischen sechs-, nein siebenundzwanzigjährige fremde Kind hier willkommen sind?«

»Natürlich sind sie das.« Seine Frage überraschte sie. »Er oder sie ist schließlich ebenso ein Kind von Dad, wie Maggie und ich es sind. Und Dad hätte bestimmt nicht gewollt, daß wir uns von einem Familienmitglied abwenden, als gehöre es nicht zu uns.«

»Aber er ...« Schulterzuckend brach er ab.

»Du denkst, er hat sich selbst ja ebenfalls abgewandt«, sagte Brianna in sanftem Ton. »Ich weiß nicht, ob man das so sagen kann. Ich nehme an, wir werden nie erfahren, was er tat, als er von ihrer Schwangerschaft erfuhr. Immerhin hat er ihre Briefe über all die Jahre hinweg aufbewahrt, und wie ich ihn kenne, hat er bestimmt um das Kind getrauert, das er niemals gesehen hat.«

Ihr Blick folgte einem gefleckten Schmetterling. »Er war ein Träumer, Gray, aber vor allem war er ein Familienmensch. Er hat eine Menge aufgegeben, nur damit unsere Familie zusammenbleibt. Mehr als ich je für möglich gehalten hätte, ehe ich diese Briefe fand.«

»Ich kritisiere ihn ja gar nicht.« Er dachte an das Grab und an das dort von Brianna sorgsam angelegte Blumenbeet. »Es ist nur so, daß ich es hasse, dich traurig zu sehen.«

»Ich wäre weniger traurig, wenn wir herausfinden würden, wie es Miss Dougherty und ihrem Kind ergangen ist.«

»Und deine Mutter, Brianna? Wie, meinst du, wird sie reagieren, wenn sie von all diesen Dingen erfährt?«

Ihr Blick wurde kühl, und sie reckte trotzig das Kinn. »Damit setze ich mich auseinander, wenn es soweit ist. Sie wird es akzeptieren müssen. Ein einziges Mal in ihrem Leben wird sie etwas akzeptieren müssen, auch wenn es ihr zuwider ist.«

»Du bist immer noch wütend auf sie«, stellte er fest. »Wegen Rory.«

»Die Sache mit Rory ist aus und vorbei.«

Ehe sie nach einem weiteren Pflock greifen konnte, nahm er ihre Hand. Und wartete geduldig ab.

»Also gut, ich bin immer noch wütend auf sie. Wegen dem, was sie damals getan hat, wegen der Art und Weise, in der sie mit dir umgesprungen ist, und vielleicht vor allem, weil sie so getan hat, als wären meine Gefühle für dich etwas Schlechtes, Sündiges. Ich hasse es, wütend zu sein. Ich kriege immer Magenschmerzen davon.«

»Dann hoffe ich, daß du nicht gleich auch noch wütend auf mich bist«, sagte er, als er das Geräusch eines heranfahrenden Wagens vernahm.

»Weshalb sollte ich?«

Ohne etwas zu sagen, stand er auf und zog sie neben sich. Gemeinsam beobachteten sie, wie sich das Auto näherte und vor dem Gartentor zum Stehen kam. Lottie lehnte sich aus dem Fenster und winkte ihnen fröhlich zu, ehe sie, gefolgt von Maeve, aus dem Wagen stieg.

»Ich habe Lottie angerufen«, murmelte Gray und drückte Briannas starre Hand. »Ich habe sie sozusagen eingeladen.«

»Ich will keinen erneuten Streit vor meinen Gästen.« Briannas Stimme war merklich abgekühlt. »Das hättest du nicht tun sollen, Gray. Ich wäre morgen zu ihr gefahren und hätte mich in ihrem statt in meinem Haus mit ihr auseinandergesetzt.«

»Brie, deine Blumen sind einfach eine Pracht«, rief Lottie, als sie näherkam. »Und was für ein wunderbarer Tag für die Gartenarbeit.« Auf ihre mütterliche Art küßte sie Brianna die Wange, während sie sie gleichzeitig in ihre Arme zog. »Und, hattest du ein paar schöne Tage in New York?«

»Die hatte ich.«

»Tut wie die Dame von Welt«, stellte Maeve mit einem verächtlichen Schnauben fest. »Und wirft dabei jeden Anstand über Bord.«

»Oh, Maeve, laß es gut sein«, winkte Lottie ungeduldig ab. »Ich brenne darauf, daß du mir alles über New York erzählst.«

»Dann kommt rein und trinkt einen Tee mit uns«, lud Brianna die beiden Frauen ein. »Ich habe euch auch etwas mitgebracht.«

»Oh, was für ein Schatz du doch bist. Mitbringsel, Maeve, aus Amerika.« Auf dem Weg ins Haus wandte sie sich strahlend an Gray. »Und Ihr Film, Grayson? War er ein Erfolg?«

»Und ob.« Er hakte sich bei ihr ein und tätschelte ihr freundlich den Arm. »Auch wenn ich hinterher mit Tom Cruise um Briannas Gunst zu wetteifern gezwungen war.«

»Nein! Was Sie nicht sagen!« quietschte Lottie, und vor Überraschung fielen ihr beinahe die Augen aus dem Kopf. »Hast du das gehört, Maeve? Brianna hat Tom Cruise kennengelernt.«

»Filmschauspieler haben mich noch nie interessiert«,

knurrte Maeve, obgleich sie tief beeindruckt war. »Die führen doch alle das gleiche Lotterleben, und es gibt kaum einen von ihnen, der nicht mindestens einmal geschieden ist.«

»Ha! Bisher hat sie im Fernsehen noch keinen einzigen Film mit Errol Flynn verpaßt.« Zufrieden, einen Punkt gemacht zu haben, betrat Lottie die Küche und ging direkt zum Herd. »Ich mache den Tee, Brianna. Währenddessen kannst du schon mal unsere Geschenke holen gehen.«

»Ich habe ein paar Beerentörtchen, wenn ihr wollt.« Mit einem wütenden Blick in Grays Richtung wandte sich Brianna ihrem Schlafzimmer zu. »Frisch von heute morgen.«

»Wunderbar. Wissen Sie, Grayson, mein ältester Sohn, Peter, war mal in Amerika. In Boston, dort hat er Verwandte besucht. Er hat sich auch den Hafen angesehen, wo ihr Yankees einfach den britischen Tee über Bord geworfen habt. Hinterher war er noch zweimal dort und hat auch seine Kinder mitgenommen. Sein eigener Sohn, Shawn, fand es dort so schön, daß er jetzt ganz hinüberziehen will.«

Während sie fröhlich über Boston und ihre Familie plauderte, saß Maeve schmollend am Küchentisch, bis Brianna einen Augenblick später mit zwei kleinen Schachteln wiederkam.

»Es gibt einfach zu viele Geschäfte dort«, sagte sie, denn am besten machte sie gute Miene zum bösen Spiel. »Überall, wo man hinsieht, findet man wieder etwas Neues. Es war wirklich nicht einfach zu entscheiden, was das Schönste war.«

»Was auch immer du ausgesucht hast, ich bin sicher, daß es uns gefallen wird.« Lottie stellte einen Teller mit Törtchen auf den Tisch und griff begierig nach ihrem Geschenk. »Oh, seht euch das an.« Sie hob eine kleine, dekorative Flasche ans Licht, die in einem leuchtenden Blau zu schimmern begann.

»Du kannst sie als Parfümflasche benutzen, wenn du willst, oder du stellst sie einfach irgendwo hin.«

»Sie ist entzückend«, verkündete Lottie. »Seht nur, es sind

sogar Blumen eingraviert. Lilien. Wie lieb von dir, Brianna. Oh, und Maeve, deine ist rot wie ein Rubin. Mit Mohnblumen. Auf unseren Ankleidetischen wirken sie bestimmt wunderschön.«

»Ganz hübsch.« Doch trotz ihrer gespielten Gleichgültigkeit konnte Maeve der Versuchung nicht widerstehen und strich vorsichtig mit einem Finger über die zarte Gravur. Wenn sie eine Schwäche hatte, dann für hübsche Dinge, und sie war sicher, daß ihr nie die ihr zustehende Menge davon zuteil geworden war. »Nett, daß du einen flüchtigen Gedanken an mich verschwendet hast, während du in einem Luxushotel gewohnt hast und mit Filmstars ausgegangen bist.«

»Tom Cruise«, ging Lottie achtlos über Maeves Sarkasmus hinweg. »Ist er in Wirklichkeit auch so gutaussehend wie in seinen Filmen?«

»Allerdings, und obendrein äußerst charmant. Vielleicht kommen er und seine Frau sogar irgendwann einmal als Gäste hierher.«

»Hierher?« Beeindruckt preßte sich Lottie die Hand aufs Herz. »Hierher, in deine Pension?«

Brianna lächelte. »Das hat er zumindest gesagt.«

»Das möchte ich erleben«, murmelte Maeve. »Was sollte ein so reicher und berühmter Mann wohl in Blackthorn Cottage tun?«

»Die Ruhe genießen«, erklärte Brianna kühl. »Und ein paar feine Mahlzeiten zu sich nehmen. Genau dasselbe, was alle anderen Leute hier ebenfalls tun.«

»Und von beidem findet man bei Brianna mehr als genug«, mischte Gray sich ein. »Ich bin in meinem Leben sehr weit herumgekommen, Mrs. Concannon, aber nie zuvor war ich an einem so anheimelnden Ort wie diesem. Sie müssen sehr stolz auf Briannas Erfolg bei ihren Gästen sein.«

»Phh. Ich kann mir vorstellen, wie gemütlich es für Sie im Bett meiner Tochter ist.«

»Ich wäre verrückt, es anders zu sehen«, sagte er in freundlichem Ton, ehe Brianna zu einer scharfen Erwiderung Gelegenheit bekam. »Ich kann Ihnen nur dazu gratulieren, daß es Ihnen gelungen ist, sie zu einem so warmherzigen, freundlichen Menschen zu erziehen, der obendrein über die Intelligenz und den Fleiß verfügt, um geschäftlich derart erfolgreich zu sein. Ich bin voll der Bewunderung für Sie.«

Maeve schwieg verblüfft. Ein solches Kompliment hatte sie nicht erwartet, und während Gray die Arbeitsplatte umrundete, überlegte sie, ob sich hinter seinen Worten nicht irgendeine Beleidigung verbarg.

»Ich habe Ihnen beiden ebenfalls eine Kleinigkeit mitgebracht.« Ehe er zu Brianna in den Garten gegangen war, hatte er die Tasche in der Küche abgestellt. Hatte die Szene vorbereitet, dachte er jetzt, wie sie seiner Vorstellung entsprach.

»Das ist aber nett.« Lotties Stimme drückte Überraschung und Freude aus, als sie von Gray ein kleines Kästchen entgegennahm.

»Es ist wirklich nur eine Kleinigkeit«, sagte Gray und lächelte, als er Briannas verblüffte Miene sah. Lotties leiser Freudenschrei gefiel ihm sehr.

»Ein kleiner Vogel. Sieh nur, Maeve. Ein kleiner Vogel aus Kristall. Oh, seht, wie sich das Sonnenlicht in ihm bricht.«

»Sie können ihn ins Fenster hängen«, erklärte Gray. »Dann können Sie, wann immer Sie wollen, lauter kleine Regenbögen sehen. Sie erinnern mich mit Ihrer Fröhlichkeit an Regenbögen, Lottie, deshalb habe ich, als ich den Vogel sah, sofort an Sie gedacht.«

»Also bitte. Regenbögen.« Sie stand auf und nahm Gray gerührt in den Arm. »Ich werde ihn in unser Wohnzimmerfenster hängen. Danke, Gray, Sie sind wirklich ein Schatz. Nicht wahr, Maeve? Er ist ein Schatz.«

Maeve knurrte und zögerte, ehe sie den Deckel ihrer Schachtel öffnete. Eigentlich hätte ein Kerl wie er es verdient, daß sie ihm das Kästchen vor die Füße warf. Aber Lotties Vogel war wunderschön, und mit einer Mischung aus Gier und Neugierde machte sie schließlich ihre Schachtel auf.

Sprachlos hob sie das mit Goldstaub verzierte, gläserne Herz heraus. Es hatte einen Deckel, und als sie ihn anhob, ertönte eine leise Melodie.

»Oh, eine Spieluhr.« Lottie klatschte begeistert in die Hände. »Wie wunderschön und wie passend. Wie heißt denn das Lied?«

»Stardust«, murmelte Maeve und hielt sich gerade noch rechtzeitig zurück, denn beinahe hätte sie mitgesummt. »Ein Oldie.«

»Ein Klassiker«, stimmte Gray ihr zu. »Es gab nichts Irisches, aber ich fand, daß dieses Lied gut zu Ihnen paßt.«

Maeves Mund wurde von einem unmerklichen Lächeln umspielt, doch dann räusperte sie sich und bedachte Gray mit einem gleichmütigen Blick. »Danke, Mr. Thane.«

»Gray«, sagte er im Plauderton.

Dreißig Minuten später waren die Törtchen gegessen, und Brianna und Gray waren wieder allein. Brianna stemmte die Hände in die Hüften und sah ihn böse an. »Das kam ja fast einer Bestechung gleich.«

»Nein, es kam nicht fast einer Bestechung gleich«, ahmte er ihren Tonfall nach. »Es *war* eine Bestechung. Und zwar eine perfekte Bestechung, wie ich fand. Bevor sie ging, hat sie mir tatsächlich ein Lächeln geschenkt.«

Brianna stieß ein verächtliches Schnauben aus. »Ich weiß nicht, für wen von euch beiden ich mich mehr schämen muß.«

»Betrachte es doch einfach als Friedensangebot. Ich möchte nicht, daß deine Mutter dich meinetwegen traurig macht, Brianna.«

»Ganz schön clever. Daß du ihr ausgerechnet eine Spieluhr kaufst.«

»Ich dachte mir, jedesmal, wenn sie die Musik hört, denkt sie an mich, und über kurz oder lang wird sie zu dem Schluß kommen, daß ich vielleicht doch nicht so übel bin.«

Sie wollte nicht lächeln. Es war empörend. »Du bildest dir also ein, du hättest sie durchschaut.«

»Ein guter Schriftsteller muß immer auch ein guter Beobachter sein. Sie ist es gewöhnt, sich ständig über alles und jeden zu beschweren.« Er öffnete den Kühlschrank und nahm sich ein Bier. »Und das Problem ist, daß es in letzter Zeit viel zu wenig Grund zur Beschwerde für sie gibt. Muß frustrierend sein.« Er machte die Flasche auf und trank einen großen Schluck. »Und außerdem fürchtet sie, du hättest dich vor ihr verschlossen, und sie weiß einfach nicht, wie sie diese Kluft überbrücken soll.«

»Aber ich soll das schaffen, ja?«

»Du wirst es. Du kannst einem Menschen nicht ewig böse sein. Obwohl sie fürchtet, daß du in ihrem Fall vielleicht eine Ausnahme machst.« Er legte einen Finger unter Briannas Kinn und zwang sie sanft, ihn anzusehen. »Aber das wirst du nicht tun. Deine Familie ist dir zu wichtig, um dich dauerhaft mit einem ihrer Mitglieder zu entzweien, und genau aus diesem Grund wirst du ihr bald verzeihen.«

Brianna wandte sich ab und räumte die benutzten Tassen vom Tisch. »Es ist nicht immer angenehm, wenn es einen Menschen gibt, der einen durchschaut, als wäre man aus Glas.« Doch gleichzeitig seufzte sie. »Vielleicht werde ich ihr tatsächlich verzeihen, aber wie lange es bis dahin dauern wird, weiß ich nicht.« Sie stellte die Tassen in der Spüle ab. »Wobei dein Trick die Sache zweifellos beschleunigt hat.«

»Genau das sollte er auch.« Er trat hinter sie und schlang seine Arme um ihren Bauch. »Du bist mir also nicht mehr böse?«

»Nein, ich bin dir nicht mehr böse.« Sie drehte sich um und vergrub ihren Kopf an seiner Schulter, was ihr inzwischen eine liebe Gewohnheit war. »Ich liebe dich, Grayson.«

Er streichelte ihr Haar, blickte aus dem Fenster und schwieg.

Während der nächsten paar Tage war der Himmel bedeckt, wodurch Gray, der pausenlos mit seinem Buch beschäftigt war, den Eindruck gewann, in endloses Zwielicht eingetaucht zu sein. Es war ihm ein Leichtes, die Zeit zu vergessen, ganz zu versinken in dem Buch, ohne auch nur im geringsten wahrzunehmen, was um ihn herum geschah.

Er war dem Killer dicht auf den Fersen, und der letzte, gewaltsame Zweikampf stand kurz bevor. Im Hirn des Schurken gingen exakt dieselben Dinge wie im Hirn des Helden vor. Der Mann war ebenso clever wie gemein. Aber nicht wahnsinnig, dachte Gray, während die Abschlußszene vor seinem geistigen Auge vorüberzog.

Es gäbe bestimmt Menschen, nach deren Meinung er wahnsinnig war, Menschen, die nicht verstanden, daß die Grausamkeit und die Gnadenlosigkeit des Mörders einem durchaus gesunden Hirn entspringen konnten. Aber genau wie der Held der Geschichte wußte Gray, daß es möglich war. Der Killer war nicht wahnsinnig, sondern von kaltblütigem, klarem Verstand. Er war schlicht und einfach das, was man als ›schlecht‹ bezeichnete.

Gray wußte bereits genau, wie die letzte Verfolgungsjagd vonstatten gehen würde, er hatte bereits jeden Schritt und jedes Wort im Kopf. Im Regen, in der Dunkelheit, inmitten der windumtosten Ruine, in der bereits Blut vergossen worden war. Er wußte, während eines kurzen Augenblicks sähe der Held seine eigenen dunkelsten Seiten im Spiegel des Mannes, dem er auf den Fersen war.

Es ginge nicht nur um Richtig gegen Falsch, um Gut gegen

Böse in diesem letzten Gefecht. Dort oben, über dem regennassen, sturmgepeitschten Abgrund, würde mit aller Verzweiflung um Erlösung gekämpft. Doch das würde noch nicht das Ende der Geschichte sein. Und genau der Gedanke an das unbekannte Ende machte Gray nervös. Fast von Anfang an hatte er sich vorgestellt, daß der Held das Dorf und die Frau verlassen würde, denn die Gewalt, die den einst so ruhigen Flecken erschüttert hatte, und das, was zwischen ihnen beiden geschehen war, hatten ihm das Bleiben unmöglich gemacht.

Trotz ihrer Liebe würden sie wieder getrennte Wege gehen, denn er hatte sie als zwei dynamische, gegensätzliche Kräfte kreiert, voneinander angezogen, gewiß, aber niemals für die Ewigkeit.

Nun allerdings erschien ihm dieses Ende weniger klar. Er fragte sich, wohin der Held gehen würde, und weshalb. Weshalb sich die Frau, wie er es geplant hatte, langsam umdrehen und zur Tür ihres Cottages gehen sollte, ohne sich noch einmal umzusehen.

Er hatte gedacht, es entspräche ihren Charakteren, hatte gedacht, mit diesem Ende würde er zufrieden sein. Aber je näher er dem Augenblick der Trennung der beiden kam, um so unbefriedigender erschien ihm ein solcher Schluß.

Er lehnte sich auf seinem Stuhl zurück und sah sich verwirrt in seinem Zimmer um. Er hatte keine Ahnung, wie spät es war oder wie lange die Arbeit ihn gefesselt hatte. Eins allerdings war klar – er hatte einen Punkt erreicht, an dem er nicht mehr weiterkam.

Er brauchte einen Spaziergang, dachte er, egal ob es regnete oder nicht. Außerdem wäre es besser, wenn er das letzte Kapitel seines Buchs nicht plante, sondern es sich zu gegebener Zeit von allein entwickeln ließ.

Auf dem Weg die Treppe hinunter wunderte er sich über die Ruhe im Haus, doch dann fiel ihm ein, daß die Familie aus Schottland abgereist war. Als er seine Höhle einmal lange genug verlassen hatte, um den Leuten zu begegnen, hatte er amüsiert den Wettstreit der beiden Jungen um Briannas Aufmerksamkeit verfolgt.

Der ihm durchaus verständlich gewesen war.

Als er Briannas Stimme vernahm, wandte er sich der Küche zu.

»Guten Tag, Kenny Feeney. Bist du mal wieder bei deiner Großmutter zu Besuch?«

»Das bin ich, Miss Concannon. Zwei Wochen lang.«

»Schön, dich wieder hier zu sehen. Wie groß du geworden bist. Wie wär's mit einem Stück Kuchen und einer Tasse Tee?«

»Sehr gern.«

Gray beobachtete, wie ein vielleicht zwölfjähriger Junge mit einem schiefen Grinsen aus dem Regen in die Küche trat. In den Händen hatte er ein großes, in Zeitungspapier gewickeltes Paket. »Gran schickt Ihnen eine Lammkeule, Miss Concannon. Wir haben heute morgen frisch geschlachtet.«

»Oh, das ist aber nett von ihr.« Während Brianna ihm das grausige Paket mit unübersehbarer Freude aus den Händen nahm, spürte Gray – Verfasser blutrünstiger Thriller –, wie sich sein Magen zusammenzog.

»Ich habe einen Rosinenkuchen hier. Du ißt doch sicher ein Stück, oder? Und dann nimmst du den Rest deiner Großmutter mit.«

»Gerne.« Höflich zog der Junge seine Gummistiefel aus und hängte seinen Regenmantel und seine Kappe an der Garderobe auf. Dann erblickte er Gray. »Guten Tag«, grüßte er.

»Oh, Gray, ich habe dich gar nicht kommen gehört. Dies ist Kenny Feeney, der Enkel von Alice und Peter Feeney, denen die Farm unten an der Straße gehört. Kenny, das ist Grayson Thane, ein Gast.«

»Der Ami«, sagte Kenny und gab Gray mit ernster Miene die Hand. »Meine Gran sagt, Sie schreiben Bücher, in denen es um Mord und Totschlag geht.«

»Das stimmt. Liest du gern?«

»Ich mag Bücher über Autos und Sport. Vielleicht könnten Sie ja mal ein Buch schreiben, in dem es um Football geht?«

»Ich werde darüber nachdenken.«

»Ißt du auch ein Stück Kuchen, Gray?« fragte Brianna, während sie den Rosinenkuchen in Scheiben schnitt. »Oder hättest du lieber ein Sandwich?«

Er warf einen argwöhnischen Blick auf den Klumpen unter dem Zeitungspapier. Beinahe meinte er, daß er ein Blöken vernahm. »Nein, nichts. Zumindest nicht im Augenblick.«

»Leben Sie in Kansas City?« fragte Kenny ihn. »Mein Bruder lebt dort. Er ist im Winter vor drei Jahren dorthin ausgewandert. Er spielt in einer Band.«

»Ich lebe zwar nicht in Kansas, aber ich war schon mal dort. Eine schöne Stadt.«

»Pat sagt, daß es dort besser ist als sonst irgendwo. Und jetzt spare ich, damit ich auch dorthin ziehen kann, wenn ich alt genug dazu bin.«

»Dann verläßt du uns also, Kenny?« Brianna strich dem Jungen liebevoll über den karottenroten Schopf.

»Wenn ich achtzehn bin.« Er biß vergnügt in sein Stück Kuchen und hob seine Tasse an den Mund. »Man kriegt gute Arbeit dort und wird auch noch gut dafür bezahlt. Vielleicht spiele ich für ein amerikanisches Footballteam. Wissen Sie, mein Bruder sagt, daß Kansas City eine tolle Mannschaft hat.«

»Das habe ich ebenfalls gehört«, pflichtete ihm Gray lächelnd bei.

»Der Kuchen schmeckt super, Miss Concannon.« Kenny verschlang den Rest seines Stücks.

Als er kurze Zeit später wieder ging, sah Brianna ihm nach, wie er, den Kuchen wie einen seiner heißgeliebten Bälle unter dem Arm, über die Felder sprang.

»So viele von ihnen gehen«, murmelte sie. »Wir verlieren sie Tag für Tag, Jahr für Jahr.« Kopfschüttelnd schloß sie die

Küchentür. »Tja, nun, da du dein Zimmer endlich einmal verlassen hast, räume ich dort am besten ein bißchen auf.«

»Ich wollte einen Spaziergang machen. Warum kommst du nicht einfach mit?«

»Wenn es kein allzu langer Gang wird, gern. Laß mich nur noch ...« Als das Telefon klingelte, sah sie ihn mit einem entschuldigenden Lächeln an. »Blackthorn Cottage, guten Tag. Oh, Arlene, wie geht es Ihnen?« Brianna nahm Gray bei der Hand und zog ihn zu sich heran. »Freut mich zu hören. Ja, mir geht es prima. Gray steht gerade neben mir. Ich ... oh?« Sie zog eine Braue hoch, doch dann lächelte sie erneut. »Das wäre phantastisch. Natürlich sind Sie und Ihr Mann mehr als willkommen. September ist eine wunderbare Jahreszeit. Ich kann Ihnen gar nicht sagen, wie sehr ich mich freuen werde, Sie hier zu sehen. Geht in Ordnung, ja. Fünfzehnter September, für fünf Tage. Allerdings, man kann von hier aus eine ganze Reihe von Tagesausflügen unternehmen. Soll ich Ihnen ein paar Prospekte schicken? Nein, es wäre mir ein Vergnügen. Ich freue mich ebenfalls. Ja, Gray steht, wie gesagt, direkt neben mir. Einen Moment.«

Er nahm den Hörer, blickte aber weiterhin Brianna an. »Sie kommt im September nach Irland?«

»Zum Urlaub machen. Mit ihrem Mann. Offenbar habe ich ihr Interesse geweckt. Sie hat Neuigkeiten für dich.«

»Mmmm-hmmmm. He, phantastisch«, sagte er ins Telefon. »Ihr wollt also hier im Westen Touristen spielen?« Er grinste und nickte, als Brianna fragend auf die Teekanne sah. »Nein, ich denke, ihr werdet begeistert sein. Das Wetter?« Er blickte aus dem Fenster in den beständig fallenden Regen hinaus. »Hervorragend.« Er blinzelte Brianna zu und nippte vergnügt an seinem Tee. »Nein, ich habe dein Paket noch nicht bekommen. Was ist denn drin?«

Er nickte und murmelte Brianna zu: »Filmbesprechungen.« Er machte eine Pause und hörte zu. »Was haben sie geschrieben? Mmm. Brillant. Brillant gefällt mir. Warte, sag das noch mal. ›Durchdrungen von Grayson Thanes fruchtbarem Geist‹«, wiederholte er für Brianna. »Oscar-verdächtig. Beide Daumen hoch.« Darüber lachte er. »Der kraftvollste Film des Jahres. Nicht schlecht, auch wenn wir über den Mai noch nicht hinausgekommen sind. Nein, ich mache keine Witze. Großartig. Phänomenal. Die Vorbesprechungen meines neuen Buchs«, klärte er Brianna auf.

»Aber du hast es doch noch gar nicht fertig geschrieben.«

»Nicht dieses Buch. Das, das im Juli rauskommen wird. Das ist das neue Buch. Das, woran ich im Augenblick arbeite, ist das neue Manuskript. Nein, ich kläre nur gerade meine geschätzte Wirtin über die Grundzüge des Verlagswesens auf.«

Mit gespitzten Lippen hörte er weiter zu. »Tatsächlich? Das gefällt mir.«

Ohne ihn ganz aus den Augen zu lassen, kehrte Brianna zu ihren Töpfen zurück. Er stieß Geräusche der Zustimmung oder Ablehnung aus, hin und wieder gab er zu einer Sache seinen Kommentar, gelegentlich grinste er oder schüttelte den Kopf.

»Nur gut, daß ich keinen Hut trage. Mir schwillt regelrecht der Kamm. Ja, die PR-Abteilung hat mir einen endlosen Brief mit den Plänen für die Lesereise geschickt. Ich habe mich bereit erklärt, ihnen drei Wochen lang zur Verfügung zu stehen. Nein, derartige Entscheidungen überlasse ich dir. Es dauert einfach zu lange, wenn sie mir das ganze Zeug schicken. Ja, du auch. Ich werde es ihr ausrichten. Wir sprechen uns.«

»Der Film ist also ein Erfolg«, sagte Brianna und versuchte vergeblich, nicht allzu neugierig zu sein.

»Allein in der ersten Woche hat er zwölf Millionen eingespielt. Nicht gerade ein Pappenstiel. Und die Kritiker scheinen ganz begeistert zu sein. Auch das kommende Buch wurde allseits gelobt. Ich bin in Topform«, sagte er, während er nach der Keksdose griff. »Ich habe eine atmosphärisch dichte

Geschichte verfaßt, deren Prosa so scharf ist wie ein geschliffener Dolch. Voll, äh, erschreckender Wendungen und dunklem, beißendem Humor. Nicht schlecht.«

»Du kannst sehr stolz auf dich sein.«

»Ich habe das Buch vor beinahe einem Jahr geschrieben.« Er zuckte mit den Schultern und kaute genüßlich auf seinem Keks herum. »Ja, es ist ganz nett. Aber ich schätze, daß meine Zuneigung zu dem Buch nach einer Einunddreißig-Städte-Tour erheblich nachlassen wird.«

»Nach der Tour, über die du schon mit mir gesprochen hast.«

»Genau. Talk Shows, Buchläden, Flughäfen und Hotelzimmer.« Lachend schob er sich den Rest des Kekses in den Mund. »Was für ein Leben.«

»Ich schätze, daß dir ein solches Leben gefällt.«

»Allerdings.«

Sie nickte, denn sie wollte nicht traurig sein, und stellte frische Bratäpfel auf den Tisch. »Im Juli, sagst du.«

»Ja. Die Zeit hat mich eingeholt. Ich habe gar nicht bemerkt, daß ich bereits seit vier Monaten hier bei dir bin.«

»Manchmal kommt es mir vor, als ob du schon immer hier gewesen wärst.«

»Du hast dich eben einfach an mich gewöhnt.« Er strich sich geistesabwesend über das Kinn, und sie sah, daß er in Gedanken ganz woanders war. »Wie steht's mit unserem Spaziergang?«

»Ich muß langsam anfangen, das Abendessen vorzubereiten.«

»Dann leiste ich dir noch ein bißchen Gesellschaft.« Er lehnte sich gemütlich gegen den Tisch. »Was gibt's denn Gutes, wenn man fragen darf?«

»Lammkeule.«

Gray stieß einen leisen Seufzer aus. »Habe ich mir's doch beinahe gedacht.«

20. Kapitel

An einem klaren Tag Mitte Mai schaute Brianna zu, wie ein Trupp von Arbeitern das Fundament für ihr Gewächshaus auszuheben begann. Ein kleiner Traum, dachte sie und warf ihren Zopf über die Schulter zurück. Ein kleiner Traum, der endlich in Erfüllung ging.

Lächelnd blickte sie auf das Baby hinab, das zufrieden glucksend in seinem Tragekörbchen lag. Sie hatte gelernt, mit kleinen Träumen zufrieden zu sein, dachte sie, beugte sich hinab und gab dem Lockenkopf ihres Neffen einen Kuß.

»Wie er gewachsen ist, Maggie, und dabei ist er erst ein paar Wochen alt.«

»Ich weiß. Obwohl ich nicht in gleichem Maße dünner werde, wie er dicker wird.« Sie zog eine Grimasse und tätschelte ihren Bauch. »Ich komme mir zwar täglich ein bißchen weniger schweinemäßig vor, aber ich frage mich, ob ich wohl je wieder so aussehe wie vor meiner Schwangerschaft.«

»Du siehst doch toll aus.«

»Das sage ich ihr auch jeden Tag«, pflichtete Rogan Brianna bei, wobei er Maggie in seine Arme zog.

»Was weißt du schon? Du bist nicht objektiv, denn schließlich bist du verrückt nach mir.«

»Allerdings.«

Als die beiden einander anstrahlten, wandte sich Brianna ab. Wie leicht es für die beiden war, dachte sie. Sie liebten einander und hatten ein wunderschönes Baby, das fröhlich krähend neben ihnen lag. Der neidische Stich und die Sehnsucht, die sie bei diesem Gedanken empfand, mißfielen ihr.

»Und wo treibt sich dein Ami heute morgen rum?«

Brianna wandte sich den beiden wieder zu und fragte sich unbehaglich, ob Maggie vielleicht ihre Gedanken las. »Er hat das Haus schon im Morgengrauen verlassen, ohne daß er auch nur gefrühstückt hätte.«

»Und wo ist er hin?«

»Keine Ahnung. Als ich ihn gefragt habe, hat er mich lediglich angeknurrt. Zumindest denke ich, daß er mich gemeint hat. Im Augenblick weiß man nie, woran man bei ihm ist. Er hat Schwierigkeiten mit seinem Buch, obwohl er sagt, daß er es gerade schleift. Was, wie er mir erklärte, bedeutet, daß er noch ein bißchen daran herumbastelt, daß er noch ein paar Stellen aufpoliert.«

»Dann ist er also bald fertig, ja?« fragte Rogan.

»Ja.« Und dann ... Über das *und dann* dachte Brianna lieber nicht genauer nach. »Seine Verlegerin ruft ständig an und schickt ein Paket nach dem anderen, alles wegen des Buchs, das in diesem Sommer erscheint. Es scheint ihn zu ärgern, daß er über dieses Buch nachdenken muß, während er bereits beim nächsten ist.« Sie blickte wieder zu den Arbeitern hin. »Eine gute Stelle für ein Gewächshaus, findet ihr nicht? Jedesmal, wenn ich aus meinem Schlafzimmerfenster schaue, kann ich es sehen.«

»Die Stelle hast du dir doch schon vor Monaten ausgesucht«, stellte Maggie fest und kehrte umgehend zum eigentlichen Thema zurück. »Und, ist alles in Ordnung zwischen dir und Gray?«

»Bestens. Wie gesagt, ist er im Augenblick ein bißchen launisch, aber so etwas hält bei ihm nie lange an. Wie er Mutter um den Finger gewickelt hat, habe ich dir ja schon erzählt.«

»Ganz schön clever. Mit einem Geschenk aus New York. Auf Liams Taufe war sie ihm gegenüber ja beinahe nett. Ich mußte erst ein Kind bekommen, bevor sie mir gegenüber derart freundlich war.«

»Sie ist ganz verrückt nach Liam«, sagte Brianna.

»Er ist wie ein Puffer zwischen uns beiden. Ah, was ist los, mein Schatz?« murmelte sie, als Liam zu zappeln begann. »Aha, deine Windel ist naß.« Sie hob ihn hoch, klopfte ihm auf den Rücken und sprach besänftigend auf ihn ein.

»Ich geh ihn gerne wickeln.«

»Du meldest dich ja noch schneller zum Dienst als sein Dad.« Lachend schüttelte Maggie den Kopf. »Nein, ich mach das schon. Sieh du lieber weiter beim Bau deines Gewächshauses zu. Ich bin sofort wieder da.«

»Sie weiß, daß ich mit dir reden wollte.« Rogan führte Brianna in Richtung der Gartenstühle, die neben der Schlehdornhecke standen, nach der die Pension *Blackthorn* benannt worden war.

»Ist etwas nicht in Ordnung?«

»Nein, alles okay.« Rogan runzelte die Stirn. Unter der ruhigen Oberfläche strahlte Brianna eine Gereiztheit aus, die ihr so gar nicht ähnlich sah. Doch so etwas fiele wohl nicht in seinen, sondern eher in Maggies Zuständigkeitsbereich. »Ich wollte mit dir darüber sprechen, was sich hinter dieser Triquarter-Sache verbirgt, oder besser gesagt, nicht verbirgt.« Er setzte sich und legte seine Hände auf die Knie. »Seit ich aus Dublin zurück bin, hatten wir wegen all der Aufregung um Liams Taufe noch keine Gelegenheit zu einem Gespräch. Maggie ist sehr zufrieden darüber, wie sich die Angelegenheit entwickelt hat. Sie interessiert sich im Augenblick mehr für Liam und ihre Werkstatt als dafür, daß man diesen Betrüger zur Strecke bringt.«

»Das ist doch auch in Ordnung so.«

»Für sie vielleicht.« Er sprach nicht aus, was offensichtlich war. Weder er noch Maggie brauchten die finanzielle Entschädigung, die sich durch eine Klage herausschlagen ließ. »Ich muß zugeben, Brianna, mir paßt die ganze Sache nicht. Für mich ist es eine Frage des Prinzips.«

»Da du selbst Geschäftsmann bist, kann ich das verstehen.« Sie lächelte. »Aber du hast Mr. Carstairs nie kennengelernt. Wenn man ihn kennt, ist es wirklich schwer, ihm lange böse zu sein.«

»Vielleicht könntest du diese Angelegenheit mal für einen Augenblick nüchtern sehen.«

Ihr Lächeln wurde breiter. Sie konnte sich nur allzugut vorstellen, daß er für gewöhnlich in diesem Ton mit irgendwelchen unfähigen Untergebenen sprach. »In Ordnung, Rogan.«

»Carstairs hat ein Verbrechen begangen. Und auch wenn du ihn vielleicht nicht ins Gefängnis schicken willst, ist es nur logisch, daß er irgendeine Bestrafung erfahren muß. Wie ich hörte, ist er inzwischen unternehmerisch ziemlich erfolgreich. Ich habe ein paar diskrete Nachforschungen über ihn angestellt, und es scheint, als wären seine momentanen Geschäfte nicht nur legal, sondern obendrein äußerst lukrativ. Er ist also in der Lage, dich für seine Unehrlichkeit gegenüber deinem Vater angemessen zu entschädigen. Es wäre kein Problem für mich, persönlich nach London zu fliegen und die Angelegenheit zu regeln, wenn du willst.«

»Das ist sehr nett von dir.« Brianna faltete die Hände und atmete tief ein. »Ich kann verstehen, daß diese ganze Sache deinen Moralvorstellungen zuwiderläuft und daß es dir um nichts anderes geht als um Gerechtigkeit. Aber ich muß dich enttäuschen, Rogan. Mir ist diese Sache einfach nicht wichtig genug.«

»Tja, so scheint's.« Er schüttelte verwirrt den Kopf. »Maggies Einstellung kann ich ja gerade noch verstehen. Sie hat nur noch das Baby und ihre Arbeit im Kopf und hat schon immer alles verdrängt, was ihrer Konzentration im Wege stand. Aber du bist doch eine praktisch veranlagte Frau.«

»Allerdings«, stimmte sie ihm zu. »Allerdings. Aber ich fürchte, gleichzeitig habe ich ein bißchen von meinem Vater in mir.« Sie nahm Rogans Hand. »Weißt du, manche

Menschen haben, aus was für Gründen auch immer, einen schweren Start. Ein Teil von ihnen verbleibt in ihrem Elend, weil es das einfachste ist oder weil sie es gewohnt sind oder weil es ihnen vielleicht sogar gefällt. Ein anderer Teil schafft es relativ mühelos, mit ein bißchen Glück und indem er vielleicht zufällig zur richtigen Zeit gerade das Richtige tut, in eine halbwegs sichere, rechtschaffene Existenz. Und wieder ein anderer Teil, ein sehr kleiner, ganz besonderer Teil«, sagte sie und dachte an Gray, »kämpft so lange, bis er ganz oben ist. Und dabei kommen dann bewundernswerte Menschen heraus.«

Sie verstummte und blickte sehnsüchtig zu den Hügeln hinüber.

»Ich verstehe nicht ganz, was du damit sagen willst, Brie.«

»Oh.« Sie wandte sich ihm wieder zu. »Was ich sagen wollte, ist, daß ich nicht weiß, aus welchen Gründen Mr. Carstairs sein Leben verändert hat. Aber ich weiß, daß er nun niemanden mehr verletzt. Maggie hat alles, was sie will, und ich habe alles, was ich brauche, um zufrieden zu sein. Weshalb also sollten wir uns die Mühe machen und ihn nach all den Jahren noch zur Rechenschaft ziehen?«

»Maggie hatte mir bereits prophezeit, daß du das sagen würdest.« Er hob die Hände zum Zeichen, daß er sich geschlagen gab. »Aber ich mußte es zumindest versuchen.«

»Rogan«, rief Maggie von der Küchentür. »Telefon. Irgendwer aus Dublin für dich.«

»In unserem eigenen Haus geht sie nie ans Telefon, warum also hier?«

»Ich habe gedroht, daß ich nichts mehr für sie backe, wenn sie es nicht tut.«

»Ich habe bei ihr mit Drohungen noch nie etwas erreicht.« Er stand auf. »Den Anruf habe ich erwartet. Deshalb habe ich dem Büro deine Nummer gegeben, für den Fall, daß ich zu Hause nicht zu erreichen bin.«

»Kein Problem. Laß dir ruhig Zeit.« Sie lächelte, als Maggie mit dem Baby herauskam. »Nun, Margaret Mary, teilst du ihn vielleicht mal mit mir, oder willst du ihn für dich allein behalten, bis er in die Schule geht?«

»Er hat gerade nach seiner Tante Brie gefragt.« Kichernd gab Maggie Liam ihrer Schwester auf den Arm und setzte sich auf den Stuhl, von dem Rogan gerade aufgestanden war. »Oh, es tut so gut, mal zu sitzen. Liam hat letzte Nacht kaum ein Auge zugemacht. Ich schwöre dir, Rogan und ich sind mit ihm bestimmt bis nach Galway und zurück marschiert.«

»Glaubst du, daß er vielleicht schon die ersten Zähne bekommt?« Mit besänftigenden Lauten strich Brianna mit einem Knöchel über Liams Gaumen, um zu ertasten, ob er irgendwo geschwollen war.

»Vielleicht. Auf jeden Fall sabbert er wie ein junger Hund.« Maggie schloß die Augen und lehnte sich schlaff zurück. »Oh, Brie, wer hätte gedacht, daß man jemanden derart lieben kann? Ich habe den Großteil meines Lebens überhaupt nicht gewußt, daß ein Mensch namens Rogan Sweeney auch nur existiert, und jetzt kann ich mir einfach nicht mehr vorstellen, je wieder ohne ihn zu sein.«

Sie öffnete ein Auge, um sicherzugehen, daß Rogan noch nicht zurückgekommen war und ihren Anflug von Sentimentalität mitbekam. »Und das Baby, es ist einfach unglaublich, wie wichtig er mir ist. Als ich schwanger war, dachte ich, ich wüßte, wie es ist, ihn zu lieben, aber als ich ihn dann zum ersten Mal in den Armen hielt, war es viel, viel mehr.«

Sie stieß ein unsicheres Lachen aus. »Oh, diese Hormone. Sie machen mich vollkommen verrückt.«

»Es sind nicht die Hormone, Maggie.« Brianna strich Liam mit ihrer Wange über den Kopf und genoß seinen wunderbaren Babyduft. »Es ist einfach so, daß du glücklich bist.«

»Ich möchte, daß du ebenfalls glücklich bist, Brie. Aber ich sehe, daß du es nicht bist.«

»Das ist nicht wahr. Natürlich bin ich glücklich.«

»Du siehst bereits vor dir, wie er geht. Und du zwingst dich, sein Fortgehen zu akzeptieren, ehe es überhaupt so weit ist.«

»Wenn er gehen will, kann ich ihn nicht aufhalten. Das habe ich die ganze Zeit gewußt.«

»Warum denn nicht?« schoß Maggie zurück. »Warum denn nicht? Liebst du ihn etwa nicht genug, um darum zu kämpfen, daß er bleibt?«

»Ich liebe ihn zu sehr. Und vielleicht fehlt es mir auch an Tapferkeit. Ich bin nicht so mutig wie du, Maggie.«

»Das ist doch nur eine billige Ausrede. Du bist schon immer viel zu tapfer gewesen, heilige Brianna.«

»Falls es eine Ausrede ist, dann laß sie mir.« Sie sprach in leisem Ton, denn zu einer Auseinandersetzung über dieses Thema war sie nicht bereit. »Wenn er geht, dann hat er Gründe dafür. Vielleicht billige ich diese Gründe nicht, aber ich verstehe sie. Jetzt werde nicht wütend, Maggie«, sagte sie ruhig, ehe es zu einem Ausbruch kam. »Es geht mir auch so schon nicht besonders gut. Als er heute morgen das Haus verließ, habe ich ihm angesehen, daß er bereits dabei ist, Abschied zu nehmen.«

»Dann halt ihn auf. Er liebt dich, Brie. Das ist nicht zu übersehen.«

»Ich glaube ja auch, daß er mich liebt.« Was den Schmerz nur noch vergrößerte. »Und genau deshalb hat er es auf einmal so eilig weiterzuziehen. Außerdem hat er Angst. Angst, daß er vielleicht wiederkommen könnte.«

»Ist es das, worauf du baust?«

»Nein.« Aber sie wollte darauf bauen. Sie wollte es so sehr. »Liebe reicht nicht immer, Maggie. Das haben wir bereits an dem, was Dad passiert ist, gesehen.«

»Das war etwas vollkommen anderes.«

»Es war etwas anderes. Aber er hat ohne seine Amanda gelebt, und er hat sich, so gut es ging, mit seinem Leben arrangiert. Und ich habe genug von ihm geerbt, um das gleiche zu tun. Mach dir also keine Sorgen um mich«, murmelte sie, während sie über den Kopf des Babys strich. »Ich weiß, was diese Amanda gefühlt hat, als sie schrieb, sie wäre dankbar für die gemeinsame Zeit. Ich würde die vergangenen Monate gegen nichts in der Welt eintauschen, wirklich gegen nichts.«

Sie hob den Kopf und verstummte, als sie sah, wie Rogan mit grimmiger Miene über den Rasen kam.

»Vielleicht habe ich Neuigkeiten«, sagte er, »was diese Amanda Dougherty betrifft.«

Als Brianna ihre Gäste am späten Nachmittag mit Tee, Sandwiches und Dundee-Kuchen bewirtete, war Gray immer noch nicht zurück, doch statt sich darüber Gedanken zu machen, lenkte sie sich die ganze Zeit mit dem ab, was Rogan ihnen über Amanda Dougherty berichtet hatte.

Bei seiner ersten Überprüfung der Städte und Dörfer in den Catskills hatte der Detektiv keinen Erfolg gehabt. Was Brianna nicht allzu überraschend fand, denn wer erinnerte sich wohl an eine schwangere Irin, der er vor über fünfundzwanzig Jahren vielleicht zufällig einmal begegnet war? Aber Rogan war ein gründlicher Mann, der seine Aufträge immer an ebenso gründliche Menschen vergab, und so hatte der Detektiv die Standesämter der Region aufgesucht und sich die Geburts-, Todes- und Heiratsurkunden über einen Zeitraum von fünf Jahren nach Amandas letztem Brief an Tom Concannon angesehen. Und in einem kleinen Dorf, tief in den Bergen, hatte er sie entdeckt.

Amanda Dougherty hatte im Alter von zweiunddreißig Jahren einen achtunddreißigjährigen Mann namens Colin Bodine geehelicht. Als Adresse war in der Urkunde lediglich Rochester, New York, vermerkt, doch der Detektiv hatte sich auf der Suche nach Amanda Dougherty Bodine bereits auf den Weg dorthin gemacht.

Die Eheschließung war fünf Monate nach ihrem letzten Brief an ihren Vater erfolgt, dachte Brianna. Amanda mußte demnach im siebten oder achten Monat gewesen sein, so daß der Mann gewußt haben mußte, daß sie von einem anderen Mann schwanger war.

Ob er sie wohl geliebt hatte, überlegte Brianna. Sie hoffte es. Es erschien ihr, als müsse ein Mann stark und freundlich sein, damit er dem Kind eines anderen seinen Namen gab.

Abermals blickte sie auf die Uhr und überlegte, wohin Gray wohl gefahren war. Wütend, weil sie es nicht schaffte, ihn aus ihren Gedanken zu verbannen, nahm sie ihr Rad und fuhr zu Murphy, um ihm zu berichten, wie weit die Arbeit an ihrem Gewächshaus gediehen war.

Als sie zurückkam, war es an der Zeit, das Abendessen vorzubereiten. Murphy hatte ihr versprochen, er käme am nächsten Tag vorbei und sähe sich das Fundament persönlich an, aber die Hoffnung, daß Gray vielleicht, wie so oft, gemütlich bei ihrem Nachbarn in der Küche saß – eine Hoffnung, die, wenn sie ehrlich war, der eigentliche Grund ihres Freundschaftsbesuchs gewesen war –, hatte sich nicht erfüllt.

Und nun, nachdem er vor über zwölf Stunden davongefahren war, wurde ihre Verwunderung allmählich durch ehrliche Sorge ersetzt.

Während ihre Gäste sich an Makrele mit Stachelbeersauce labten, schnürte ihr die Angst um ihn die Kehle zu. Dennoch spielte sie tapfer weiter die Rolle der guten Gastgeberin, brachte Brandy an den Tisch und eine Extraportion Zitronenpudding für das Kind, das mit hoffnungsfrohen Augen auf die Schüssel sah.

Sie füllte die Whiskeykaraffen in den Gästezimmern auf und legte frische Handtücher für das abendliche Bad ihrer Besucher zurecht. Sie betrieb höfliche Konversation und bot den Kindern Brettspiele an.

Um zehn waren alle Lichter gelöscht, Ruhe hatte sich über

das Haus gesenkt, und ihre Sorge wich trübsinniger Resignation. Er würde kommen, wann er kommen wollte, dachte sie und zog sich mit ihrem Strickzeug und ihrem Hund in ihr Wohnzimmer zurück.

Einen ganzen Tag lang herumzufahren, spazierenzugehen und sich die Landschaft anzusehen hatte Gray auch nicht viel genützt, denn bei seiner Rückkehr nach Blackthorn war er ebenso übellaunig wie zuvor. Er war wütend, wütend auf sich und wütend, als er sah, daß in einem der Fenster des Cottages eine brennende Lampe stand.

Sobald er das Haus betreten hatte, löschte er das Licht, denn er sagte sich, ein derart heimeliges Signal brauche und wolle er nicht. Er wandte sich der Treppe zu seinem eigenen Zimmer zu, eine Geste, mit der er sich beweisen wollte, daß er immer noch unabhängig war.

Als er Cons leises Bellen vernahm, blieb er stirnrunzelnd stehen. »Was willst du, he?«

Schwanzwedelnd baute Con sich vor ihm auf.

»Ich kann ja wohl immer noch nach Hause kommen, wann ich will, ohne daß irgendein dämlicher Hund darauf wartet, daß er mich endlich wieder abschlabbern kann.«

Con saß reglos da, doch dann hob er eine Pfote, um Gray zu begrüßen, wie es zwischen ihnen üblich war.

»Scheiße.« Gray ging die Treppe wieder hinunter, schüttelte die Pfote und kraulte Con den Kopf. »Da. Besser so?«

Con erhob sich und wandte sich der Küche zu, blieb stehen, blickte zurück und setzte sich wartend wieder hin.

»Ich gehe ins Bett«, klärte Gray ihn auf.

Als wäre ihm das ebenso recht, stand Con wieder auf und trottete weiter zum Schlafzimmer seiner Herrin.

»Also gut, machen wir es so, wie du es willst.« Gray vergrub seine Hände in den Hosentaschen und folgte dem Hund den Flur hinab, durch die Küche zu Briannas Zimmertür.

Er wußte, daß er schlechter Laune war. Natürlich lag es an seinem Buch, aber wenn er ehrlich war, mußte er sich eingestehen, daß er seit Liams Taufe von einer unangenehmen Rastlosigkeit ergriffen war.

Es hatte etwas mit der Taufe zu tun, mit dem alten pompösen und eigenartig beruhigenden Ritual, das so voller Worte und Farben und Bewegung war. Die Soutane des Priesters, die Gewänder der Chorknaben, die Musik, das Licht waren miteinander verschmolzen und hatten ihn die Zeit vergessen lassen.

Aber das Gefühl der Gemeinsamkeit, der Zusammengehörigkeit, das den Nachbarn und Freunden, die zur Taufe des Kindes erschienen waren, anzumerken gewesen war, hatte ihn am stärksten berührt.

Es hatte mehr als nur seine Neugierde, das Interesse des Schriftstellers an der Szene und dem Ereignis geweckt. Der Fluß der Worte, der unerschütterliche Glaube und der Strom der Beständigkeit, der die Generationen in der kleinen Dorfkirche miteinander verband, das empörte Kreischen des Babys, das gebrochene Licht, das durch die Bleiglasfenster fiel, das von Generationen gebeugter Knie blankpolierte Holz hatten ihn zutiefst bewegt.

Hatten Gedanken an Familie und geteilten Glauben, an Gemeinschaft und an Dogmen in ihm geweckt.

Und sein plötzlicher, übermächtiger Wunsch, dazuzugehören, hatte ihn rastlos und wütend gemacht.

Wütend auf sich und auch auf sie blieb er in der Tür von Briannas Zimmer stehen, wo sie über ihr Strickzeug gebeugt in ihrem Sessel saß. Die dunkelgrüne Wolle ergoß sich über ihrem Schoß und bildete zum Weiß ihres Nachthemds einen leuchtenden Kontrast. Die Lampe neben dem Sessel hatte sie so gerückt, daß sie ihre Arbeit überprüfen konnte, auch wenn sie, während die Nadeln rhythmisch klapperten, nie auf ihre Hände sah.

Am anderen Ende des Raums strahlte der Fernseher einen alten Schwarzweißfilm aus. Cary Grant und Ingrid Bergmann in eleganter Abendgarderobe, in einem Weinkeller in einen innigen Kuß vertieft. *Berüchtigt*, dachte er. Eine Geschichte, in der es um Liebe, Mißtrauen und Versöhnung ging.

Aus Gründen, über die er lieber nicht nachdachte, steigerte ihre Wahl der Unterhaltung noch seinen Zorn.

»Du hättest nicht auf mich warten sollen.«

Ohne im Stricken innezuhalten, sah sie auf. »Das habe ich auch nicht getan.« Er sieht müde aus, dachte sie, und schlecht gelaunt. Was auch immer er an diesem langen Tag allein gesucht hatte, hatte er offenbar nicht gefunden. »Hast du etwas gegessen?«

»Heute nachmittag, in einem Pub.«

»Dann hast du bestimmt Hunger.« Sie legte ihr Strickzeug weg. »Ich mache dir eine Kleinigkeit zurecht.«

»Ich kann mir selber etwas machen, wenn ich was will«, fuhr er sie an. »Du brauchst mich nicht zu bemuttern.«

Sie erstarrte, doch dann setzte sie sich wieder hin und streckte die Hand abermals nach dem Strickzeug aus. »Wie du willst.«

Herausfordernd trat er einen Schritt nach vorn. »Und?«

»Und was?«

»Wo bleibt das Verhör? Willst du mich nicht fragen, wo ich war und was ich getrieben habe? Warum ich nicht angerufen habe, damit du dir keine Sorgen machst?«

»Wie du eben selbst gesagt hast, bin ich nicht deine Mutter. Was du tust, geht mich nichts an.«

Einen Augenblick lang hörte man nur das Klappern ihrer Nadeln und die betrübte Werbestimme einer Frau im Fernseher, die entdeckt hatte, daß ihre neue Bluse von einem Fettfleck verunziert war.

»Oh, du bist wirklich cool«, murmelte Gray, trat an den Fernseher und stellte ihn aus.

»Verhältst du dich absichtlich unhöflich?« fragte Brianna ihn. »Oder liegt das einfach in deiner Natur?«

»Ich versuche, deine Aufmerksamkeit zu erlangen.«

»Was dir gelungen ist.«

»Mußt du damit weitermachen, während ich mit dir rede?«

Da sich die von ihm beabsichtigte Auseinandersetzung anscheinend nicht vermeiden ließ, ließ Brianna ihr Strickzeug sinken und sah ihn an. »Besser so?«

»Ich mußte allein sein. Manchmal ertrage ich keine Menschen um mich herum.«

»Ich habe dich nicht um eine Erklärung gebeten, Grayson.«

»Doch, das hast du. Nur eben nicht laut.«

Allmählich empfand sie eine gewisse Ungeduld. »Inzwischen kannst du also meine Gedanken lesen, ja?«

»Das ist nicht allzu schwer. Wir schlafen miteinander, leben so gut wie zusammen, und du hast das Gefühl, daß ich verpflichtet bin, dich über mein Tun aufzuklären.«

»Habe ich das?«

Er stapfte erbost im Zimmer auf und ab. Nein, dachte sie, er tigerte auf und ab wie eine Wildkatze, die hinter Gitterstäben gefangen war.

»Willst du etwa behaupten, daß du nicht wütend auf mich bist?«

»Es ist wohl ziemlich egal, was ich behaupte, da du ja sowieso meine Gedanken liest.« Sie faltete die Hände über der Wolle in ihrem Schoß. Sie würde nicht mit ihm kämpfen, dachte sie. Nun, da sich ihre gemeinsame Zeit dem Ende näherte, würde sie nicht zulassen, daß ein Streit ihre letzten Erinnerungen verdarb. »Grayson, vielleicht hast du es noch nicht bemerkt, aber ich führe ebenfalls ein eigenes Leben. Ich habe meine Pension und meine kleinen, persönlichen Freuden. Ich habe auch ohne dich einen durchaus ausgefüllten Tag gehabt.«

»Es ist dir also egal, ob ich hier bin oder nicht?« Das war

sein Ausweg oder nicht? Weshalb steigerte dieser Gedanke dann noch seinen Zorn?

Sie stieß einen Seufzer aus. »Du weißt, daß ich mich freue, wenn du hier bei mir bist. Was soll ich sagen? Daß ich mir Sorgen gemacht habe? Vielleicht habe ich das, aber du bist ein erwachsener Mann und durchaus in der Lage, auf dich aufzupassen. Denkst du, es war unfreundlich von dir, mich nicht wissen zu lassen, daß du so spät zurückkommen würdest, nachdem du zuvor fast jeden Abend hier gewesen bist? Du weißt, daß es unfreundlich war, also ist es unnötig, daß ich es noch extra erwähne. Und falls du mit dieser Erklärung zufrieden bist, gehe ich jetzt ins Bett. Du kannst dich gerne zu mir gesellen, aber wenn es dir lieber ist, steht es dir frei, nach oben zu gehen und weiter beleidigt zu sein.«

Ehe sie sich erheben konnte, stemmte er seine Hände auf die Lehnen ihres Sessels, so daß sie gefangen war. Sie riß die Augen auf, aber wich nicht vor ihm zurück.

»Warum schreist du mich nicht an?« fragte er. »Warum wirfst du mir nichts an den Kopf? Warum setzt du mich nicht mit einem Fußtritt vor die Tür?«

»Wenn ich das täte, würdest du dich besser fühlen«, sagte sie in ruhigem Ton. »Aber es ist nicht meine Aufgabe, dafür zu sorgen, daß du dich besser fühlst.«

»So ist das also. Du vergißt die ganze Sache und kommst zu mir ins Bett? Aber woher willst du wissen, daß ich nicht eben erst mit einer anderen Frau im Bett gewesen bin?«

Während eines zittrigen Augenblicks verspürte sie denselben Zorn wie er, doch dann riß sie sich zusammen, nahm das Strickzeug von ihrem Schoß und legte es in den Korb. »Versuchst du, mich wütend zu machen?«

»Ja, verdammt.« Er fuhr zurück, machte auf dem Absatz kehrt und sagte, ohne sie anzusehen: »Dann wäre es wenigstens ein fairer Kampf. Gegen deine eisige Würde habe ich nicht die geringste Chance.«

»Dann wäre ich ja wohl verrückt, eine solche Waffe aufzugeben, meinst du nicht?« Sie stand auf. »Grayson, ich liebe dich, aber wenn du denkst, daß ich diese Liebe benutze, um dich einzuengen, um dich zu verändern, dann beleidigst du mich. Und dafür solltest du dich bei mir entschuldigen.«

Sie brachte ihn tatsächlich dazu, daß er sich schuldig fühlte. Wütend fuhr er zu ihr herum. Nie zuvor in seinem Leben hatte er einer Frau gegenüber auch nur die geringsten Schuldgefühle gehabt. Er fragte sich, ob es außer ihr noch einen Menschen auf der Erde gab, der ihm allein durch ruhige Vernunft das Gefühl vermitteln konnte, ein vollkommener Idiot zu sein.

»Wußte ich es doch, daß du mich dazu bringen würdest, zu sagen, wie leid mir alles tut.«

Einen Augenblick lang starrte sie ihn sprachlos an, doch dann machte sie auf dem Absatz kehrt, um in ihr Schlafzimmer zu gehen.

»Himmel.« Gray fuhr sich durchs Gesicht und preßte seine Finger gegen die geschlossenen Augen, ehe er seine Hände ermattet sinken ließ. Irgendwann waren auch die Grenzen der eigenen Idiotie erreicht, dachte er.

»Ich muß wahnsinnig sein«, sagte er und folgte ihr.

Schweigend öffnete sie eins ihrer Fenster und beugte sich in die kühle, duftende Nachtluft hinaus.

»Es tut mir leid, Brie. Es tut mir wirklich leid. Ich war heute morgen furchtbar gelaunt und wollte einfach alleine sein.«

Immer noch schweigend, klappte sie ihre Bettdecke zurück.

»Sei doch nicht so kalt. Das ist das Schlimmste, was du mir antun kannst.« Er trat hinter sie und legte ihr zögernd die Hand aufs Haar. »Ich habe Probleme mit meinem Buch. Aber meine schlechte Laune an dir auszulassen war gemein von mir.«

»Ich erwarte nicht, daß du guter Laune bist, um mir zu Gefallen zu sein.«

»Nein, du erwartest nie etwas«, murmelte er. »Und das ist nicht gut für dich.«

»Ich weiß selbst, was gut für mich ist und was nicht.« Sie wollte sich ihm entziehen, aber er drehte sie sanft zu sich herum und zog sie an seine Brust.

»Du hättest mich rauswerfen sollen«, murmelte er.

»Du hast für den ganzen Monat bezahlt.«

Grinsend vergrub er sein Gesicht in ihrem Haar. »Jetzt wirst du gemein.«

Seine Stimmungsumschwünge waren wohl für jede Frau zuviel. Als sie versuchte, sich ihm zu entwinden, zog er sie nur noch enger an sich.

»Ich mußte weg von dir«, sagte er, und seine Hand fuhr über ihren Rücken, bis er sich langsam zu entspannen begann. »Ich mußte mir beweisen, daß ich dich verlassen kann.«

»Denkst du, das weiß ich nicht?« Sie lehnte sich so weit zurück, wie er es gestattete, und umfaßte sanft sein Gesicht. »Grayson, ich weiß, daß du mich bald verlassen wirst, und ich werde nicht so tun, als täte mir dieser Gedanke nicht weh. Aber es wird für uns beide noch viel schmerzlicher, wenn wir im Streit auseinandergehen.«

»Ich dachte, es wäre leichter, wenn du wütend bist. Wenn du mich ein für allemal aus deinem Leben verbannst.«

»Leichter für wen?«

»Für mich.« Er legte seine Stirn auf ihr Haar und sprach aus, was ihm während der letzten paar Tage einfach nicht über die Lippen gekommen war. »Ende des Monats reise ich ab.«

Sie sagte nichts, denn mit einem Mal schnürte ihr der Schmerz über die bevorstehende Trennung die Kehle zu.

»Ich brauche ein bißchen Zeit für mich, ehe die Lesereise beginnt.«

Sie wartete, aber er fragte sie nicht, wie er es einmal getan hatte, ob sie mit ihm kommen wollte, um sich irgendeinen tropischen Strand anzusehen.

Also sagte sie lediglich: »Dann laß uns die Zeit genießen, die uns noch bleibt«, hob ihr Gesicht und küßte ihn.

Gray erwiderte den Kuß, führte sie zum Bett, und als er sie liebte, liebte er sie sanfter und zärtlicher als je zuvor.

21. Kapitel

Zum ersten Mal, seit Brianna ihr Heim für Gäste geöffnet hatte, wünschte sie sie alle zum Teufel. Sie verübelte ihnen, daß sie ihretwegen nicht mit Gray alleine war. Und, obgleich der Gedanke sie beschämte, verübelte sie es Gray, daß er seine Tage in seinem Zimmer mit dem Buch verbrachte, aufgrund dessen er doch überhaupt zu ihr gekommen war.

Sie kämpfte gegen diese Gefühle an, tat alles, was ihr möglich war, um sich nicht anmerken zu lassen, was sie empfand. Und während die Tage vergingen, sagte sie sich, daß das Gefühl der Panik und der Trauer, von dem sie regelmäßig beschlichen wurde, sicher nur eine vorübergehende Erscheinung war. Schließlich hatte sie fast alles, was sie brauchte, um glücklich zu sein. Schließlich fehlte nur eine Winzigkeit.

Vielleicht erführe sie nie, was es hieß, Ehefrau und Mutter zu sein, aber es gab so vieles andere, mit dem sich ihr Leben füllen ließ. Und tatsächlich half es ihr, wenn auch nur ein bißchen, daß sie sich diese Dinge, während sie ihrer täglichen Arbeit nachging, immer wieder in Erinnerung rief.

Einen Stapel frischer Bettwäsche auf dem Arm, stieg sie die Treppe hinauf, und da die Tür zu Grays Zimmer offenstand, ging sie hinein. Da er seit Tagen bei ihr unten schlief, war es nicht nötig, sein Bett zu beziehen, so daß sie die Wäsche zur Seite legte und nach einem Lappen griff. Eine eilige Reinigung des Zimmers wäre sicher nicht verkehrt. Auf sämtlichen Möbeln hatte sich eine dicke Staubschicht abgelagert, und sein Schreibtisch war unter dem Durcheinander von Büchern und Papieren kaum noch zu sehen.

Als erstes leerte sie den überquellenden Aschenbecher aus, und dann schichtete sie die Bücher und Zettel zu ordentlichen Stapeln auf. In der Hoffnung, daß sich zwischen den aufgerissenen Briefumschlägen, der unbeantworteten Korrespondenz und den handschriftlichen Notizen vielleicht eine Seite seines neuen Buchs befand. Als sie statt dessen einige Anmerkungen zu irischem Aberglauben entdeckte, lächelte sie:

Wer an Freitagen schlecht von Feen spricht,
wird von großem Unglück heimgesucht.

Kommt eine Elster an die Tür und sieht dich an,
so steht ein unmittelbarer Tod bevor.

Geht ein Mensch unter einem Hanfseil hindurch,
stirbt er eines gewaltsamen Todes.

»Du überraschst mich, Brianna. Ich hätte nicht gedacht, daß du deinen Gästen hinterherspionierst.«

Mit hochrotem Kopf legte sie den Zettel auf den Tisch zurück, verschränkte ihre Hände hinter dem Rücken und drehte sich zu ihm um. Oh, er überraschte sie ebenfalls, denn sie hätte nicht gedacht, daß er sich lautlos in sein eigenes Zimmer schlich.

»Ich habe nicht spioniert. Ich habe staubgewischt.«

Er nippte genüßlich an dem Kaffee, wegen dem er in die Küche gegangen war. Nie zuvor hatte er sie derart verlegen erlebt. »Du hast aber gar keinen Lappen in der Hand.«

Brianna fühlte sich vollkommen entblößt, und so hüllte sie sich verzweifelt in ihre Würde ein. »Der liegt neben mir. Auf deinem Schreibtisch hat ein furchtbares Durcheinander geherrscht, also habe ich zuerst dort aufgeräumt.«

»Du hast meine Notizen gelesen.«

»Ich habe die Zettel aufeinandergestapelt. Vielleicht habe

ich mir das oberste Blatt flüchtig angesehen. Es ging um Aberglauben, um das Böse und den Tod.«

»Von diesen Dingen lebe ich.« Grinsend trat er neben sie und griff nach dem Blatt. »Das hier gefällt mir. An Allerheiligen – das ist der erste November . . .«

»Ich weiß, wann Allerheiligen ist.«

»Sicher weißt du das. Trotzdem, an Allerheiligen ist die Luft von den Seelen der Toten erfüllt, so daß alles, was man sagt und tut, ein Symbol des Schicksals ist. Geht man an diesem Tag in den Garten und spricht den Namen eines Menschen dreimal aus, so ist dies sein sicherer Tod.« Er grinste erneut. »Ich frage mich, welches Verbrechens man sich dadurch schuldig macht.«

»Das ist doch völliger Unsinn.« Und trotzdem erschauderte sie.

»Natürlich ist es das. Das hat mich nicht gehindert, es in meinem Buch zu verwenden. Er legte den Zettel beiseite und sah sie an. Immer noch wiesen ihre Wangen leuchtend rote Flecken auf. »Weißt du, was bei der modernen Technik von Nachteil ist?« Er griff nach einer seiner Computerdisketten und klopfte damit lächelnd auf seiner Handfläche herum. »Es gibt keine zerknüllten Zettel mehr, die der frustrierte Schriftsteller durch die Gegend wirft, damit irgendein neugieriger Mensch sie später glattstreichen und lesen kann.«

»Als würde ich so etwas jemals tun.« Sie nahm ihre frische Wäsche vom Stuhl. »Ich muß noch Betten machen.«

»Willst du ein paar Seiten lesen?«

Auf halbem Weg zur Tür blieb sie stehen und blickte argwöhnisch über ihre Schulter zurück. »Von deinem Buch?«

»Nein, vom Wetterbericht. Natürlich von meinem Buch. Es gibt da ein paar Stellen, bei denen mir ein Einheimischer bestimmt weiterhelfen kann, indem er überprüft, ob die Dialoge, die Atmosphäre, die Interaktionen richtig getroffen sind.«

»Oh, hmm, wenn ich dir helfen kann, sehr gern.«

»Brie, warum hast du mich nicht einfach gefragt, ob du dir das Manuskript einmal ansehen kannst?«

»Maggie hat mich gelehrt, was einem dann passieren kann.« Sie legte die Wäsche wieder fort. »Wenn man ihre Werkstatt betritt, um sich ein Stück, an dem sie gerade arbeitet, anzusehen, bezahlt man, wenn man Pech hat, mit dem Leben dafür.«

»Ich glaube, ich bin etwas weniger temperamentvoll als sie.« Er gab ein paar Kommandos ein, fuhr den Computer hoch und schob die passende Diskette ein. »Die Szene spielt in einem Pub. Der Leser lernt einige der Figuren kennen und wird in die dörflichen Gepflogenheiten eingeführt. Außerdem kommt es zur ersten Begegnung zwischen McGee und Tullia.«

»Tullia. Das ist gälisch.«

»Genau. Es bedeutet die Friedliche. Laß mich gucken, ob ich die Stelle finden kann.« Er überflog eilig den Text. »Du sprichst kein Gälisch, oder?«

»O doch. Maggie und ich haben es von unserer Großmutter gelernt.«

Er hob den Kopf und starrte sie mit großen Augen an. »Ich Idiot. Warum nur habe ich dich nicht vorher danach gefragt? Weißt du, wieviel Zeit ich damit verbracht habe, bestimmte Wörter nachzugucken? Ich wollte ein paar gälische Ausdrücke einfließen lassen, weil ich dachte, daß die Atmosphäre so besser rüberkommt.«

»Du hättest mich bloß zu fragen brauchen.«

Er knurrte. »Zu spät. Ja, hier ist es. McGee ist ein ausgebrannter Cop, dessen Vorfahren von Irland nach Amerika ausgewandert waren. Er ist nach Irland gekommen, um die Familiengeschichte zu ergründen, vielleicht, um sein inneres Gleichgewicht zu finden und ein paar Antworten auf Fragen über sich selbst. Vor allem will er seine Ruhe haben. Er war an einer Festnahme beteiligt, die danebenging und in deren

Verlauf ein zufällig in der Nähe stehendes sechsjähriges Kind zu Tode kam.«

»Wie traurig für ihn.«

»Ja, er hat so seine Probleme. Und Tullia hat ebenfalls Schwierigkeiten genug. Sie ist verwitwet, hat ihren Mann und ihr Kind bei einem Unfall verloren, bei dem sie die einzige Überlebende war. Sie kommt mit ihrem Leben zurecht, aber trägt eine ziemliche Last mit sich herum. Ihr Ehemann war kein besonders toller Kerl, und mehr als einmal hat sie sich gewünscht, er wäre tot.«

»Also empfindet sie Schuldgefühle, weil er tatsächlich gestorben ist, und sieht den Tod ihres Kindes als Strafe für ihre schlechten Gedanken an.«

»Mehr oder weniger. Tja, auf jeden Fall gibt es diese Szene in dem Pub. Sie ist nur ein paar Seiten lang. Setz dich. Und paß auf.« Er beugte sich über ihre Schulter und nahm ihre Hand. »Siehst du die beiden Tasten da?«

»Mit dieser gehst du nach oben, mit der da nach unten. Wenn du das, was auf dem Bildschirm ist, gelesen hast und weiterlesen willst, drückst du die hier. Und wenn du dir irgend etwas weiter oben noch mal ansehen willst, drückst du die. Und, Brianna?«

»Ja?«

»Wenn du irgendeine der anderen Tasten berührst, schneide ich dir sämtliche Finger ab.«

»Was ein deutlicher Beweis dafür ist, daß du weniger temperamentvoll als Maggie bist.«

»Genau. Ich habe Sicherungskopien von meinen Disketten gemacht, aber am besten gewöhnen wir uns derartige Unarten gar nicht erst an.« Er küßte sie auf den Kopf. »Ich gehe noch mal runter und sehe nach, welche Fortschritte dein Gewächshaus macht. Wenn irgend etwas hakt oder du meinst, daß irgend etwas unecht klingt, mach einfach eine Notiz hier auf dem Block.«

»In Ordnung.« Bereits in den Text vertieft, winkte sie ihn fort. »Also, dann geh jetzt auch.«

Gray wanderte in den Garten hinaus. Das aus sechs Schichten heimischen Steins bestehende Fundament des Gewächshauses war beinahe fertiggestellt, und ohne allzu große Überraschung sah er, daß Murphy persönlich Steine an die richtigen Stellen schob.

»Ich wußte gar nicht, daß du neben deinen Fähigkeiten als Landwirt auch noch Talent zum Steinmetz hast«, rief Gray ihm zu.

»Oh, ich betreibe von allem etwas. Paß auf, daß du den Mörtel dieses Mal weniger flüssig machst«, wies er den mageren Teenager neben sich an. »Mein Neffe, Tim MacBride, zu Besuch aus Cork. Tim ist vollkommen verrückt nach amerikanischer Countrymusik.«

»Randy Travis, Wyonna, Garth Brooks?«

»Die alle.« Tim sah ihn mit einem strahlenden Lächeln an, das dem seines Onkels sehr ähnlich war.

Gray bückte sich und hob einen neuen Stein für Murphy auf, während er mit dem Jungen über die Vorzüge der Countrymusik plauderte. Es dauerte nicht lange, da half er beim Anrühren des Mörtels und gab zufriedene männliche Kommentare über die Arbeit mit seinen Freunden ab.

»Für einen Schreiberling bist du ziemlich geschickt«, stellte Murphy fest.

»Ich habe mal einen Sommer lang auf dem Bau gearbeitet. Mörtel angerührt und in Schubkarren durch die Gegend gefahren, während mir die Sonne das Hirn wegzubrennen schien.«

»Heute ist das Wetter durchaus angenehm.« Zufrieden mit den Fortschritten, zündete sich Murphy eine Zigarette an. »Wenn es so bleibt, haben wir das Ding vielleicht in einer Woche stehen.«

In einer Woche, dachte Gray, wäre er schon fast nicht mehr

da. »Nett von dir, deine eigene Arbeit liegen zu lassen, um ihr hier behilflich zu sein.«

»Das ist das, was unsereiner *comhair* nennt«, sagte Murphy leichthin. »Gemeinschaft. So leben wir nun mal. Niemand ist auf sich allein angewiesen, denn wozu sind die Familie und die Nachbarn schließlich da? Wenn der Rahmen aufgestellt und das Glas eingesetzt werden muß, werden mindestens drei Männer zur Stelle sein. Und falls beim Bau der Arbeitsbänke und so Hilfe erforderlich ist, kommen bestimmt noch mehr. Am Ende wird jeder das Gefühl haben, am Bau des Gewächshauses beteiligt gewesen zu sein. Und hinterher teilt Brianna Ableger und Pflanzen für sämtliche Gärten aus.« Er blies eine Rauchwolke in die Luft. »Weißt du, so profitiert am Ende jeder von diesem System. Das ist *comhair.*«

Gray verstand das Konzept. Es entsprach dem, was er während Liams Taufe in der Dorfkirche empfunden hatte und was ihm einen Augenblick lang durchaus begehrenswert erschienen war. »Empfindest du es nie als ... Zwang, daß du, indem du die Hilfe anderer akzeptierst, ebenfalls zu Hilfsdiensten verpflichtet bist?«

»So eine Frage kann wohl nur ein Ami stellen.« Grinsend nahm Murphy einen letzten Zug, ehe er seine Zigarette auf den Steinen ausdrückte und, da er Brianna kannte, den Stummel, statt ihn achtlos fortzuwerfen, in die Tasche schob. »Ihr betrachtet immer alles unter dem geschäftlichen Aspekt. *Verpflichtet* ist das falsche Wort. Falls du eine Bezeichnung brauchst, dann wäre Sicherheit wohl passender. Zu wissen, daß du nur eine Hand auszustrecken brauchst, damit dir jemand, falls es erforderlich ist, zu Hilfe kommt. Zu wissen, daß du das gleiche tätest, wäre ein Freund in Not.«

Er wandte sich an seinen Neffen. »Also, Tim, am besten machen wir jetzt das Werkzeug sauber. Wir müssen langsam zurück. Du sagst Brianna, daß sie die Steine nicht anrühren soll, ja, Grayson? Der Mörtel ist noch nicht trocken.«

»Aber sicher, ich – Himmel, ich habe gar nicht mehr an sie gedacht. Bis später.« Und schon eilte er ins Haus zurück. Ein Blick auf die Küchenuhr genügte, daß er zusammenfuhr. Seit über einer Stunde saß sie allein über seinem neuen Manuskript.

Wie er beim Betreten seines Zimmers bemerkte, hatte sie sich nicht von der Stelle gerührt.

»Du brauchst aber ganz schön lange für ein halbes Kapitel«, sagte er.

Auch wenn sein plötzliches Auftauchen sie überraschte, fuhr sie dieses Mal nicht zusammen, sondern hob langsam den Kopf und sah ihn mit tränennassen Augen an.

»So schlimm?« Er lächelte zaghaft und merkte überrascht, wie nervös er war.

»Es ist wunderbar.« Sie griff in ihre Schürze und zog ein Taschentuch hervor. »Wirklich. Diese Stelle, an der Tullia allein in ihrem Garten sitzt und an ihr Kind denkt. Man empfindet ihren Schmerz unweigerlich nach. Man hat das Gefühl, als wäre sie ein wirklicher Mensch aus Fleisch und Blut.«

Das zweite überraschende Gefühl, das er empfand, war Verlegenheit. Ein solches Lob hatte ihm bisher noch kaum ein Mensch gezollt. »Nun, so soll es auch sein.«

»Du hast die wunderbare Gabe, mit schlichten Worten Gefühle in den Menschen zu wecken, Gray. Ich habe ein bißchen weitergelesen. Tut mir leid. Ich war einfach vollkommen gefangen in der Geschichte und mußte unbedingt wissen, wie es weitergeht.«

»Ich fühle mich geschmeichelt.« Ein Blick auf den Bildschirm verriet ihm, daß sie über hundert Seiten gelesen hatte. »Es freut mich, wenn es dir gefällt.«

»Und wie. Es ist ...« – sie wußte nicht, wie sie es ausdrücken sollte – »anders als deine anderen Bücher. Oh, es ist spannend wie die anderen und ebenso reich an Details. Und furchterregend. Der erste Mord, der in der Ruine. Als ich an die Stelle kam, dachte ich, mein Herz bleibt stehen. Wie blutrünstig, einfach toll.«

»Sprich nur weiter.« Er fuhr ihr mit der Hand durchs Haar und warf sich auf sein Bett.

»Nun.« Sie faltete ihre Hände und legte sie auf den Rand des Schreibtischs, während sie überlegte, was es sonst noch zu sagen gab. »Auch dein Humor kommt immer wieder durch. Und dein Blick, man hat das Gefühl, daß ihm nichts verborgen bleibt. Die Szene im Pub habe ich genau so unzählige Male selbst erlebt. Ich sah Tim O'Malley hinter der Theke stehen und Murphy, der in einer Ecke sitzt und musiziert. Es wird ihm gefallen, daß du ihn als einen so gutaussehenden Kerl beschrieben hast.«

»Du denkst also, daß er sich wiedererkennt?«

»Allerdings. Nur weiß ich nicht, wie er es finden wird, einer der Verdächtigen oder vielleicht sogar der Mörder zu sein.« Sie bedachte Gray mit einem hoffnungsvollen Blick, doch der schüttelte lediglich den Kopf.

»Du bildest dir doch wohl nicht ernsthaft ein, daß ich dir erzählen werde, wer der Mörder ist.«

»Wenn ich ehrlich bin, nein.« Seufzend stützte sie ihr Kinn auf eine Faust. »Was Murphy betrifft, so findet er bestimmt Gefallen daran, eine der Figuren in deinem neuen Buch zu sein. Und man merkt dir an, wie sehr dir das Dorf, die Umgebung und die Menschen hier ans Herz gewachsen sind. Man erkennt es an den kleinen Dingen – an der Familie, die im Sonntagsstaat von der Kirche nach Hause wandert, an dem alten Mann, der mit seinem Hund durch den Regen läuft, an dem kleinen Mädchen, das mit seinem Opa im Pub zu einem fröhlichen Liedchen tanzt.«

»Es ist leicht, solche Dinge zu schreiben, wenn man sie immer und überall zu sehen bekommt.«

»Es ist mehr als das, was du mit dem bloßen Auge siehst.« Sie hob ihre Hände und ließ sie wieder sinken. Sie verfügte nicht wie er über die Worte, um das zu sagen, was sie tatsächlich empfand. »Du siehst das Herz der Dinge. Und genau diese dadurch erreichte Tiefe der Empfindungen, die du beim Leser weckst, ist es, die dieses Buch anders als die anderen macht. Die Art, in der McGee mit sich ringt, weil er nicht weiß, was er machen soll. Die Art, wie er sich wünscht, er könnte tatenlos dasitzen, obgleich er weiß, daß er handeln muß. Und Tullia, die Art, in der sie ihre Trauer erträgt und sich darum bemüht, ihrem Leben trotz allem einen neuen Sinn zu geben. Ach, ich kann es nicht erklären.«

»Ich finde, du erklärst es ziemlich gut«, murmelte Gray.

»Es rührt mich an. Ich kann kaum glauben, daß du es hier geschrieben hast, in meinem Haus.«

»Ich glaube, woanders hätte ich es nicht so schreiben können.« Er stand auf und kehrte zu ihrer Enttäuschung zur Titelseite des Buches zurück. Sie hatte gehofft, er ließe sie weiterlesen.

»Oh, du hast den Titel geändert«, sagte sie, als sie die erste Seite sah. »*Wettlauf mit dem Schicksal*«. Das gefällt mir. Das genau ist das Thema, nicht wahr? Die Morde, das, was vorher mit McGee und Tullia geschehen ist und was sich verändert, nachdem sie einander begegnen, nicht wahr?«

»Das ist das, was sich ergeben hat.« Wieder drückte er auf eine Taste, so daß eine Seite mit einer Widmung zu sehen war. Seit er Bücher schrieb, war dies erst das zweite Mal, daß er überhaupt jemandem eine Widmung schrieb. Das erste und bisher einzige Mal hatte er sich mit einer Widmung bei Arlene für ihre rückhaltlose Freundschaft bedankt.

Für Brianna, als Dank für ein unbezahlbares Geschenk.

»Oh, Grayson.« Vor lauter Rührung brachte sie kaum einen Ton heraus. »Ich fühle mich geehrt. Und jetzt heule ich schon wieder los«, murmelte sie und vergrub ihr Gesicht an seinem Arm. »Vielen, vielen Dank.«

»Dieses Buch enthält viel von mir, Brie.« Er hob ihr Gesicht und hoffte, daß sie ihn verstand. »Es ist etwas, das ich dir geben kann.«

»Ich weiß. Ich werde es hüten wie einen Schatz.« Aus Angst, erneut in Tränen auszubrechen, fuhr sie sich abrupt mit den Händen durchs Haar. »Aber sicher willst du jetzt weiterarbeiten. Und ich habe ebenfalls jede Menge zu tun.« Sie griff nach der Bettwäsche, die immer noch neben ihr lag, und wußte, sobald sie in ihrem Zimmer wäre, ließe sie ihren Tränen freien Lauf. »Soll ich dir deinen Tee heraufbringen, wenn er fertig ist?«

Er legte den Kopf auf die Seite und sah sie mit zusammengekniffenen Augen an. Hatte sie sich selbst wohl in Tullia erkannt? Die Heldin seines Buches hatte ihre Ruhe, ihre Gelassenheit, ihren geradezu unerschütterlichen Charme. »Ich komme lieber runter. Ich bin fast fertig mit meinem heutigen Arbeitsprogramm.«

»Also dann, in einer Stunde.«

Sie ging hinaus, zog leise die Tür hinter sich ins Schloß und ließ Gray allein vor dem Computer zurück, wo er lange Zeit reglos auf die kurze Widmung starrte, die ihm in leuchtenden Buchstaben vom Bildschirm entgegensprang.

Nach einer Stunde wurde Gray von Gelächter und fröhlichen Stimmen statt in die Küche ins Wohnzimmer gelockt. Briannas Gäste waren um den Tisch versammelt und machten sich begierig über die von ihr servierten Köstlichkeiten her. Brianna selbst stand neben dem Tisch und wiegte sanft das Baby, das an ihrer Schulter schlummerte.

»Mein Neffe Liam«, klärte sie die Besucher gerade auf. »Ich passe vorübergehend auf ihn auf. Oh, Gray.« Strahlend wandte sie sich ihm zu. »Sieh nur, wen ich hier habe.«

»Ich habe es schon gesehen.« Gray trat zu ihr und strich dem Baby über das Gesicht, worauf dieses langsam die Augen öffnete und Gray einer blinzelnden Musterung unterzog. »Er sieht mich immer an, als wisse er über all meine Sünden genau Bescheid. Furchterregend.«

Mit diesen Worten ging Gray zum Tisch hinüber, doch noch während er die feinen Dinge auf den Schüsseln und Tellern betrachtete, bemerkte er, daß Brianna aus dem Zimmer glitt. Kurz vor der Küchentür holte er sie ein. »Wo willst du hin?«

»Ich lege das Baby schlafen.«

»Warum?«

»Maggie hat gesagt, daß er bestimmt ein Nickerchen machen will.«

»Maggie ist nicht hier.« Er nahm ihr Liam ab. »Und wir haben ihn selten genug.« Er zog Grimassen, was ihm mindestens ebenso wie dem Baby gefiel. »Wo ist Maggie überhaupt?«

»Sie hat ihren Ofen angestellt. Rogan mußte in die Galerie, also ist sie sofort hierhergeeilt.« Lachend beugte sie sich über das vergnügte Kindergesicht. »Ich dachte schon, es würde nie passieren. Endlich habe ich dich einmal ganz für mich allein«, murmelte sie, doch als sie an der Tür ein Klopfen vernahm, richtete sie sich auf. »Halt immer schön sein Köpfchen fest«, sagte sie zu Gray, während sic zur Haustür ging.

»Ich weiß, wie man ein Baby hält. Frauen«, sagte er zu Liam. »Sie trauen uns einfach nichts zu. Sie denken, daß du ein kleines, hilfloses Wesen bist, mein Junge, aber wart's nur ab. In ein paar Jahren werden sie dahinterkommen, daß der Sinn deines Lebens darin besteht, kleine elektrische Geräte zu bauen, in denen man Käfer umbringen kann.«

Da niemand in der Nähe war, beugte er sich über Liam und gab ihm einen Kuß. Woraufhin der Kleine den Mund zu einem Lächeln verzog.

»So ist's richtig. Warum gehen wir nicht einfach in die Küche und ...«

Als er Briannas überraschten Ruf vernahm, verstummte er, bettete Liam in seine Armbeuge und eilte den Korridor hinab.

Er kam gerade rechtzeitig, um zu sehen, wie, eine braune Melone in der Hand und ein freundliches Lächeln auf dem Gesicht, Carstairs über die Schwelle trat. »Grayson, wie schön, Sie wiederzusehen. Ich war mir nicht sicher, ob Sie noch hier sind. Und was ist das?«

»Ein Baby«, war Grays knappe Erwiderung.

»Natürlich.« Carstairs kitzelte Liam unter dem Kinn und stieß eine Reihe lächerlicher Geräusche aus. »Hübsches Kerlchen. Ich muß sagen, daß er Ihnen ähnlich sieht, Brianna. Um den Mund herum.«

»Er ist der Sohn meiner Schwester. Und was führt Sie nach Blackthorn, Mr. Carstairs?«

»Wir waren auf der Durchreise, und ich habe Iris so viel von dem hübschen Cottage und der reizenden Umgebung erzählt, daß sie es unbedingt selbst sehen wollte. Sie sitzt noch im Wagen.« Er winkte in Richtung des Bentley, der vor der Gartenpforte stand. »In der Tat hatten wir gehofft, Sie hätten vielleicht ein Zimmer für uns.«

Sie starrte ihn entgeistert an. »Sie wollen hier wohnen, hier bei mir?«

»Vielleicht war es unvernünftig von mir, aber ich habe ständig Ihre Kochkünste gelobt.« Er beugte sich vertraulich vor. »Ich fürchte, zu Anfang war Iris deshalb ein bißchen böse auf mich. Wissen Sie, sie kocht ebenfalls sehr gut. Und jetzt will sie wissen, ob ich vielleicht übertrieben habe.«

»Mr. Carstairs, Sie sind ein schamloser Mensch.«

»Das mag sein, meine Liebe«, sagte er und blinzelte vergnügt. »Das mag sein.«

Sie stieß einen resignierten Seufzer aus. »Tja, dann lassen Sie die arme Frau am besten nicht länger im Wagen sitzen. Bringen Sie sie herein. Ich habe gerade den Tee serviert.«

»Ich kann es kaum erwarten, sie endlich kennenzulernen«, sagte Gray und wiegte das Baby in seinem Arm.

»Sie sagt dasselbe von Ihnen. Es hat sie ungemein beeindruckt, daß Sie mir die Brieftasche abgenommen haben, ohne daß ich etwas bemerkt habe. Es gab Zeiten, in denen ich wesentlich schneller war.« Er schüttelte bedauernd den Kopf. »Aber damals war ich schließlich noch jünger. Soll ich unser Gepäck auch gleich mitbringen, Brianna?«

»Ein Zimmer habe ich noch frei. Obwohl es kleiner ist als das, das Sie beim letzten Mal hatten.«

»Ich bin sicher, daß es deshalb nicht weniger reizend ist. Reizend, jawohl.« Er kehrte zu seinem Wagen zurück.

»Das ist ja wohl der Gipfel«, sagte Brianna im Flüsterton. »Ich weiß nicht, ob ich lachen oder das Silber verstecken soll. Das heißt, wenn ich Silber besitzen würde.«

»Er hat dich zu gern, um dich zu bestehlen. Und das«, sagte Gray, »ist also die berühmte Iris.« Er wandte sich Carstairs' Begleiterin zu.

Sie hatte tatsächlich große Ähnlichkeit mit dem Foto aus der Brieftasche, stellte Brianna fest. Sie trug ein geblümtes Kleid, das in der leichten Brise locker um ihre hübschen Beine schwang. Wahrscheinlich hatte sie die Zeit im Wagen genutzt und ihre Frisur und ihr Make-up aufgefrischt, denn als sie neben ihrem grinsenden Mann den Gartenweg heraufgeschlendert kam, wirkte sie bemerkenswert gepflegt.

»Oh, Miss Concannon. Brianna, ich hoffe, daß ich Sie Brianna nennen darf. Nachdem ich bereits so viel von Ihnen und Ihrer reizenden Pension gehört habe, denke ich an Sie immer als Brianna.«

Die Worte purzelten nur so aus ihrem sorgfältig geschminkten Mund, und ehe Brianna etwas erwidern konnte, hatte Iris bereits ihre Hände ergriffen und sprach weiter auf sie ein.

»Sie sind tatsächlich so reizend, wie Johnny Sie mir beschrieben hat. Wie nett von Ihnen, uns noch ein Zimmer zu geben, obgleich wir vollkommen unangemeldet auf Ihrer Schwelle stehen. Und Ihr Garten, meine Liebe, ich muß sagen, daß mir vor Bewunderung ganz schwindlig wird. Ihre

Pfingstrosen! Ich selbst habe damit einfach kein Glück. Und Ihre Rosen, eine Pracht. Sie müssen mir unbedingt erzählen, wie Sie es anstellen, daß bei Ihnen alles so wunderbar gedeiht. Sprechen Sie mit Ihren Blumen? Ich plappere Tag und Nacht auf meine Pflanzen ein, aber noch nie hat auch nur eine von ihnen derart üppig geblüht.«

»Nun, ich ...«

»Und Sie müssen Grayson sein«, ging Iris über Briannas Ansatz einer Erwiderung hinweg. Sie zog eine ihrer Hände von Brianna zurück und packte damit die von Gray. »Was für ein ausgesprochen cleverer junger Mann Sie doch sind. Und gutaussehend obendrein. Himmel, Sie sehen aus wie ein Filmstar. Ich habe alle Ihre Bücher gelesen, jedes einzelne. Ich grusele mich immer fürchterlich, aber ich kann sie einfach nicht weglegen, bis ich weiß, wer der Mörder ist. Woher haben Sie nur immer diese tollen Ideen? Ich habe mich so darauf gefreut, Sie beide kennenzulernen«, fuhr sie fort, wobei sie ihre unfreiwilligen Gastgeber immer noch an den Händen hielt. »Wissen Sie, ich habe den armen Johnny so lange bedrängt, bis er endlich nachgegeben hat. Und jetzt sind wir hier.«

Während einer kurzen Pause strahlte Iris die beiden an.

»Ja«, sagte Brianna, denn mehr fiel ihr nicht ein. »Jetzt sind Sie hier. Äh, bitte kommen Sie doch herein. Ich hoffe, Sie hatten eine angenehme Fahrt.«

»Oh, ich reise furchtbar gern, Sie etwa nicht? Und wenn ich daran denke, daß Johnny und ich bei all der Rumtreiberei, mit der wir unsere unselige Jugend verbracht haben, nie in diese Gegend gekommen sind. Die reinste Postkartenidylle, nicht wahr, Johnny?«

»Allerdings, mein Schatz. Allerdings.«

»Und was für ein hübsches Haus. Einfach entzückend.« Ohne Brianna loszulassen, sah Iris sich um. »Ich bin sicher, daß man sich hier einfach wohl fühlen muß.«

Brianna wandte sich hilflos an Gray, doch er gab ihr mit einem Schulterzucken zu verstehen, daß er ebenso hilflos war. »Das hoffe ich. Im Wohnzimmer gibt es gerade Tee, oder, wenn Sie möchten, zeige ich Ihnen zuerst Ihr Zimmer.«

»Würden Sie das tun? Dann stellen wir vielleicht am besten als erstes unsere Taschen ab, oder, Johnny? Und hinterher findet sich bestimmt noch Zeit für ein nettes Gespräch.«

Die Treppe, der obere Flur und auch das Gästezimmer rissen Iris zu immer neuen Begeisterungsstürmen hin. War die Tagesdecke nicht hinreißend, waren die spitzenbesetzten Vorhänge nicht lieblich, war der Blick aus dem Fenster nicht wunderbar?

Innerhalb kürzester Zeit fand sich Brianna in der Küche wieder, wo sie eine Kanne frischen Tee bereitete, während ihre neuen Gäste am Tisch saßen, als wären sie bereits seit Jahren im Blackthorn Cottage daheim. Iris wippte fröhlich Liam auf ihrem Schoß, und Gray, der Brianna beim Tischdecken behilflich war, murmelte: »Was für ein Paar.«

»Sie macht mich ganz schwindlig«, flüsterte Brianna zurück. »Aber sie nicht zu mögen, ist ein Ding der Unmöglichkeit.«

»Allerdings. Man würde niemals glauben, daß sie je auch nur einen einzigen skrupellosen Gedanken hegt. Sie ist die typische Lieblingstante oder amüsante Nachbarin. Vielleicht ist es doch besser, wenn du dein nicht vorhandenes Silber versteckst.«

»Pst.« Brianna stellte die Platten auf den Tisch, und sofort griffen die beiden Carstairs begeistert zu.

»Ich hoffe, Sie leisten uns Gesellschaft«, setzte Iris an und tunkte ein süßes Brötchen in die Sahneschüssel. »Johnny, mein Lieber, am besten bringen wir den geschäftlichen Teil unseres Besuchs sofort hinter uns. Es ist einfach zu betrüblich, wenn einem das Geschäft den Tag verdirbt.«

»Das Geschäft?« fragte Brianna, während sie Liam nahm und über ihre Schulter legte.

»Das unerledigte Geschäft.« Carstairs tupfte sich den Mund mit einer Serviette ab. »Wie gesagt, Brianna, Ihr Brot ist einfach köstlich. Nimm doch auch ein Stück, Iris.«

»Johnny hat die ganze Zeit von Ihrer Kochkunst geschwärmt. Ich fürchte, daß ich sogar ein wenig eifersüchtig war. Sie müssen nämlich wissen, daß ich ebenfalls eine recht passable Köchin bin.«

»Du bist eine brillante Köchin«, verbesserte ein loyaler Carstairs, ergriff ihre Hand und hob sie an seinen Mund. »Eine wunderbare Köchin, jawohl.«

»Oh, Johnny, nun übertreib mal nicht.« Mit einem mädchenhaften Kichern versetzte sie ihm einen spielerischen Klaps, doch dann spitzte sie die Lippen und hauchte ihm eine Reihe flüchtiger Küsse zu, woraufhin Gray amüsiert mit den Brauen zu wackeln begann. »Aber jetzt verstehe ich seine Begeisterung, Brianna«, sagte sie, während sie in ihr Brötchen biß. »Wir müssen unbedingt ein paar Rezepte austauschen, solange wir hier bei Ihnen sind. Meine Spezialität ist ein Gericht mit Hühnchen und Austern. Ohne mich selbst loben zu wollen, muß ich sagen, daß es einfach köstlich ist. Der Trick besteht darin, daß man einen wirklich guten, trockenen Weißwein nimmt, wissen Sie. Und eine Spur Estragon. Aber hier schwatze ich in einem fort, obwohl der geschäftliche Teil unseres Besuchs immer noch nicht erledigt ist.«

Sie nahm sich ein weiteres Brötchen und wies auf die leeren Stühle. »Bitte setzen Sie sich doch. Es ist so viel gemütlicher, wenn man bei einem Tee über die Geschäfte spricht.«

Mit einem liebenswürdigen Lächeln setzte sich Gray an den Tisch und zog sich einen Teller heran. »Soll ich den Kleinen nehmen?« fragte er Brianna.

»Nein, so geht es sehr gut.« Liam auf dem Arm, setzte sie sich ebenfalls.

»Was für ein kleiner Engel«, säuselte Iris. »Und Sie gehen so wunderbar locker mit ihm um. Johnny und ich haben es immer bedauert, daß wir keine Kinder hatten. Aber dafür haben wir haufenweise Abenteuer erlebt, und so haben wir auch ohne Kinder ein durchaus erfülltes Leben gelebt.«

»Abenteuer«, wiederholte Brianna. Eine interessante Umschreibung, dachte sie, dafür, daß man andere Leute betrog.

»Wir waren ein schlimmes Paar.« Iris lachte, und das Blitzen in ihren Augen verriet, daß sie Briannas Gefühle durchaus verstand. »Es wäre nicht ganz richtig, wenn ich sagen würde, es tut uns leid, denn wir haben uns prächtig amüsiert. Aber irgendwann wird man älter, und dann wird es Zeit, daß man ein etwas ruhigeres Leben führt.«

»Allerdings«, pflichtete Carstairs ihr bei. »Vor allem, da man mit dem Älterwerden ein wenig den Biß verliert.« Er wandte sich an Gray. »Zehn Jahre früher, mein Junge, und Sie hätten mir nicht unbemerkt die Brieftasche geklaut.«

»Seien Sie sich da lieber nicht so sicher.« Gray nippte gelassen an seinem Tee. »Vor zehn Jahren war ich noch wesentlich besser als jetzt.«

Carstairs warf den Kopf in den Nacken und brach in lautes Lachen aus. »Habe ich dir nicht gesagt, daß er ein echter Knaller ist, Iris? Oh, ich wünschte, du hättest gesehen, wie er mir in Wales an den Kragen gegangen ist, mein Herz. Ich war voll der Bewunderung. Allerdings hoffe ich, daß Sie mir die Brieftasche zurückgeben werden, Grayson. Zumindest die Fotografien. Den Ausweis kann ich problemlos ersetzen, aber an den Fotos hänge ich sehr. Ebenso, natürlich, an dem Geld.«

Gray setzte ein wölfisches Lächeln auf. »Sie schulden mir immer noch hundert Pfund, Johnny.«

Carstairs räusperte sich. »Natürlich. Keine Frage. Wissen Sie, ich habe Ihr Geld nur genommen, damit es wie ein echter Einbruch wirkt.«

»Natürlich«, pflichtete Gray ihm bei. »Keine Frage. Ich glaube, wir hatten uns bereits in Wales über die Entschädigung geeinigt, ehe Sie so unerwartet aufgebrochen sind.«

»Wofür ich mich bei Ihnen entschuldige. Aber wissen Sie, Sie hatten mich festgenagelt, und ich wollte keine Abmachung treffen, ohne vorher Iris zu fragen, was sie davon hält.«

»Wir haben nämlich eine durch und durch gleichberechtigte Partnerschaft«, warf Iris ein.

»Allerdings.« Er tätschelte seiner Frau liebevoll die Hand. »Ich kann ehrlich sagen, daß bisher immer sämtliche Entscheidungen von uns gemeinsam getroffen worden sind. Wir sind der Meinung, daß dies neben unserer großen gegenseitigen Zuneigung der Grund für dreiundvierzig erfolgreiche, gemeinsam verbrachte Jahre ist.«

»Wobei natürlich ein gutes Liebesleben eine ebenso wichtige Rolle spielt«, stellte Iris fröhlich fest. Als sie sah, daß Brianna sich an ihrem Tee zu verschlucken drohte, lächelte sie. »Andernfalls wäre eine Ehe ja wohl eine ziemlich langweilige Angelegenheit, meinen Sie nicht?«

»Ja, ich bin sicher, Sie haben recht.« Brianna räusperte sich. »Ich denke, ich weiß, weshalb Sie gekommen sind, und ich weiß Ihre Bemühungen durchaus zu würdigen. Es tut immer gut, ungeklärte Angelegenheiten zu bereinigen.«

»Wir wollten uns bei Ihnen persönlich für jedes Leid entschuldigen, das Ihnen eventuell durch uns entstanden ist. Außerdem möchte ich Sie dafür um Verzeihung bitten, daß Ihr wunderbares Heim von Johnny auf so ungeschickte Weise und obendrein vollkommen grundlos durchsucht worden ist.« Sie bedachte ihren Gatten mit einem strengen Blick. »Du hast es an jedem Feingefühl mangeln lassen, Johnny.«

»Allerdings. Allerdings.« Er senkte betrübt den Kopf. »Und dafür schäme ich mich.«

Brianna war sich nicht ganz sicher, daß er das wirklich tat, aber trotzdem schüttelte sie den Kopf. »Nun, zumindest ist dabei ja kein wirklicher Schaden entstanden, nehme ich an.«

»Kein Schaden!« griff Iris ihre Worte auf. »Brianna, mein

liebes Kind, ich bin sicher, Sie waren außer sich, und das zu Recht. Und außerdem hat der Anblick des von Johnny angerichteten Durcheinanders Sie bestimmt entsetzlich traurig gemacht.«

»Sie hat sogar geweint.«

»Grayson.« Verlegen senkte Brianna den Kopf. »Ich denke, daß die Sache erledigt ist.«

»Ich kann mir vorstellen, wie Sie sich gefühlt haben müssen.« Iris' Stimme war weich. »Johnny weiß, wie es mir in bezug auf meine Sachen geht. Also, wenn ich nach Hause käme und feststellen müßte, daß alles auf den Kopf gestellt worden ist, wäre ich am Boden zerstört. Ich hoffe nur, daß Sie ihm seinen bedauerlichen Einfall verzeihen können. Auf eine derartige Idee kommt wohl nur ein Mann.«

»Ich habe ihm bereits verziehen. Mir ist klar, daß er in großer Bedrängnis war, und ...« Brianna unterbrach sich und hob den Kopf, als ihr klar wurde, daß sie ausgerechnet den Mann verteidigte, von dem ihr Vater betrogen und ihr Heim durchsucht worden war.

»Wie großmütig Sie doch sind«, sagte Iris gerührt. »Aber um noch ein letztes Mal auf die unselige Sache mit der Aktie zurückzukommen, möchte ich Ihnen als erstes sagen, daß ich es sehr großzügig finde, daß Sie nach den Erlebnissen in Wales nicht zur Polizei gegangen sind.«

»Gray sagte, Sie kämen zurück.«

»Cleverer Junge«, murmelte Iris.

»Und ich sah keinen Sinn darin.« Seufzend nahm Brianna ein Sandwich und knabberte daran herum. »Die Angelegenheit liegt inzwischen Jahre zurück, und das Geld, das mein Vater dabei verloren hat, hat ihm und nicht mir gehört. Es hat mir gereicht zu erfahren, was hinter der ganzen Sache steckt.«

»Siehst du, Iris, genau das habe ich dir gesagt.«

»Johnny.« Mit einem Mal bekam ihre Stimme einen geradezu herrischen Ton. Sie und ihr Mann starrten einander an, bis Carstairs sich schließlich seufzend geschlagen gab.

»Ja, Iris, natürlich. Du hast vollkommen recht.« Er holte Luft und zog aus der Tasche seiner Jacke einen Umschlag hervor. »Iris und ich haben uns lange über die Sache unterhalten, und wir wären froh, wenn sich die Sache zur allseitigen Zufriedenheit regeln ließe. Wir hoffen, Sie nehmen dies neben unserer Entschuldigung und unseren besten Wünschen an«, sagte er, wobei er Brianna den Umschlag gab.

Voller Unbehagen öffnete sie ihn, und beim Anblick des Inhalts sank ihr das Herz zunächst in die Knie und schoß dann in ihre Kehle hinauf. »Es ist Geld. Bargeld.«

»Ein Scheck hätte die Buchhaltung durcheinandergebracht«, erklärte Carstairs ihr. »Und außerdem hätten Sie dann Steuern bezahlen müssen. Durch eine Transaktion in bar bleiben uns derartige Unannehmlichkeiten erspart. Es sind zehntausend Pfund. Irische Pfund.«

»Oh, aber ich kann unmöglich ...«

»Doch, du kannst«, mischte Gray sich ein.

»Es ist nicht richtig.«

Sie hielt Carstairs den Umschlag wieder hin, und mit leuchtenden Augen streckte er die Hand danach aus. Seine Frau jedoch versetzte seinen gierigen Fingern einen rüden Klaps.

»Der junge Mann hat recht, Brianna. Es ist ganz richtig, und zwar für alle Beteiligten. Sie brauchen keine Angst zu haben, daß unser Leben ohne das Geld eine nennenswerte Veränderung erfährt. Es wäre mir eine große Freude und Erleichterung, wenn Sie es annähmen. Und«, fügte sie hinzu, »wenn Sie uns dafür die Aktie zurückgäben.«

»Rogan bewahrt sie für mich auf«, sagte Brianna.

»Nein, ich habe sie zurückgeholt.« Gray erhob sich und ging in Briannas Wohnzimmer.

»Nehmen Sie das Geld, Brianna«, sagte Iris sanft. »Sie erweisen mir damit einen großen Gefallen.«

»Ich verstehe Sie einfach nicht.«

»Das glaube ich. Johnny und ich bedauern unser früheres Leben nicht. Wir haben jede Minute in vollen Zügen genossen, aber eine kleine Entschädigung für eine der Betroffenen tut wohl niemandem weh.« Lächelnd nahm sie Briannas Hand. »Wir fänden es sehr nett, wenn Sie unsere Entschuldigung und die Summe annähmen. Wir beide, nicht wahr, Johnny?«

Er bedachte den Umschlag mit einem letzten sehnsüchtigen Blick. »Ja, meine Liebe.«

Die Aktie in der Hand, kam Gray in die Küche zurück. »Die gehört Ihnen, glaube ich.«

»Ja. Ja, genau.« Eifrig nahm Carstairs das Papier, rückte seine Brille zurecht und sah es mit zusammengekniffenen Augen an. »Iris«, sagte er voller Stolz, während er ihr die Aktie zum Lesen gab. »Wir haben wirklich hervorragende Arbeit geleistet, findest du nicht? Einfach makellos.«

»Allerdings, Johnny, mein Schatz. Das haben wir.«

22. Kapitel

In meinem ganzen Leben habe ich keine größere Befriedigung erlebt.« Maggie räkelte sich zufrieden auf dem Beifahrersitz von Briannas Wagen und warf, während ihre Schwester das Auto auf die Straße lenkte, einen letzten Blick auf das Haus ihrer Mutter zurück.

»Eine derartige Häme gehört sich nicht, Margaret Mary.«

»Ob es sich gehört oder nicht, ich genieße es.« Sie drehte sich nach hinten um und drückte Liam, der glucksend in seinem Kindersitz saß, eine Rassel in die Hand. »Hast du ihr Gesicht gesehen, Brie? Hast du es gesehen?«

»Allerdings.« Für einen kurzen Augenblick gab Brianna ihre würdevolle Haltung auf und grinste ihre Schwester fröhlich an. »Wenigstens warst du so vernünftig und hast ihr nicht noch unter die Nase gerieben, wie sehr dich die Sache freut.«

»Schließlich war abgemacht, daß wir ihr nur erzählen, daß das Geld aus einem von Dads Geschäften stammt. Aus einer Investition, deren Rendite erst jetzt fällig war. Und ich habe dir versprochen, auch wenn's mir schwerfiel, ihr nicht zu erklären, daß sie ihr Drittel aus dem Erlös gar nicht verdient, weil sie ihm stets jegliche Fähigkeiten als Geschäftsmann abgesprochen hat.«

»Ein Drittel des Geldes gehört rechtmäßig ihr, und damit sollte die Sache erledigt sein.«

»Keine Angst, ich nörgele deswegen bestimmt nicht herum, dafür habe ich mich viel zu sehr über ihr Gesicht gefreut.« Maggie summte eine fröhliche Melodie. »Und jetzt erzähl mir, was du mit deinem Teil des Geldes machen willst.«

»Ich habe ein paar Ideen, wie ich das Cottage noch ein wenig verschönern kann. Zum Beispiel möchte ich den Dachboden ausbauen, wo schließlich alles ins Rollen kam.«

Als Liam die erste Rassel fröhlich in die Ecke pfefferte, zog Maggie eine zweite hervor. »Ich dachte, wir hätten einen Einkaufsbummel in Galway geplant.«

»Wo fahre ich deiner Meinung nach wohl hin?« Grayson hatte ihnen diesen Vorschlag gemacht und sie beinahe vor die Tür gesetzt. Bei dem Gedanken daran lächelte sie. »Ich hätte gern eine von diesen professionellen Küchenmaschinen. Eine, wie man sie in Restaurants und bei den Kochvorführungen im Fernsehen immer sieht.«

»Das hätte Dad gefallen.« Maggies Grinsen machte einem weichen Lächeln Platz. »Weißt du, es ist fast, als würde er sie dir selbst schenken.«

»So sehe ich es auch, und genau deshalb scheint es genau das richtige zu sein. Und was ist mit dir?«

»Ich stecke einen Teil des Geldes in meine Werkstatt, und der Rest wird für Liam gespart. Ich denke, Dad hätte es so gewollt.« Sie strich mit den Fingern über das Armaturenbrett. »Einen schönen Wagen hast du da, Brie.«

»Allerdings.« Sie bedankte sich im stillen bei Gray für den freien Tag. Wäre sie nicht von ihm zur Tür hinausgeschoben worden, hätte sie sich den Ausflug nicht gegönnt. »Stell dir vor, jetzt fahre ich den ganzen Weg nach Galway, ohne befürchten zu müssen, daß mein Auto in seine Einzelteile zerfällt. Typisch Gray, daß er einem ein solches Geschenk macht und tut, als wäre es das Normalste von der Welt.«

»Das stimmt. Der Kerl drückte mir eine Diamantbrosche in die Hand, als wäre es ein kleiner Blumenstrauß. Er ist ein wahrhaft liebenswerter, großzügiger Mann.«

»Allerdings.«

»Da wir gerade von ihm sprechen, was macht er im Augenblick überhaupt?«

»Tja, entweder arbeitet er, oder er hört sich eine der zahllosen Geschichten der Carstairs an.«

»Die beiden sind aber auch wirklich originell. Weißt du, daß sie bei ihrem Besuch in der Galerie versucht haben, Rogan zu überreden, daß er ihnen den antiken Tisch oben im Wohnzimmer verkauft?«

»Das überrascht mich nicht. Mich hätte Iris um ein Haar überredet, unbesehen eine Lampe zu kaufen, die ihrer Meinung nach perfekt in mein Wohnzimmer paßt. Sie meinte, ich bekäme sie zu einem Freundschaftspreis.« Brianna kicherte. »Ich werde sie vermissen, wenn sie morgen weiterfahren.«

»Ich bin sicher, du hast sie nicht zum letzten Mal gesehen.« Sie machte eine Pause. »Und wann fährt Gray?«

»Wahrscheinlich nächste Woche.« Brianna blickte weiter auf die Straße und bemühte sich um einen ruhigen Ton. »Soweit ich es beurteilen kann, feilt er nur noch ein bißchen an seinem Manuskript herum.«

»Und denkst du, daß er wiederkommen wird?«

»Ich hoffe es. Aber ich verlasse mich lieber nicht darauf. Ich kann es nicht.«

»Hast du ihn gefragt, ob er bleiben will?«

»Das bringe ich einfach nicht über mich.«

»Nein«, murmelte Maggie. »Das glaube ich. Und ich an deiner Stelle könnte es ebenfalls nicht.« Trotzdem, dachte sie, war er ein Idiot, wenn er Brianna wirklich verließ. »Hättest du nicht Lust, deine Pension für ein paar Wochen zuzumachen oder Mrs. O'Malley zu bitten, nach deinen Gästen zu sehen? Dann könntest du zu uns nach Dublin kommen oder für eine Weile in die Villa ziehen.«

»Nein, obwohl das ein wirklich netter Vorschlag ist. Aber ich denke, daß ich zu Hause glücklicher bin.«

Was wahrscheinlich stimmte, dachte Maggie, so daß sie ihrer Schwester nicht widersprach. »Nun, falls du es dir anders überlegst, brauchst du es nur zu sagen.« Fest entschlossen,

Brianna aufzumuntern, fragte sie: »Was meinst du, Brie? Wollen wir nicht einfach losgehen und uns irgend etwas kaufen, was vollkommen nutzlos ist? Das erste, was uns gefällt. Irgendein sinnloses, teures Teil. Eins von den Dingen, wegen denen wir uns die Nasen an den Schaufensterscheiben plattgedrückt haben, wenn Dad mit uns in Galway war.«

»Wie die kleinen Puppen mit den hübschen Kostümen oder die Schmuckkästchen mit den Ballerinas, die sich auf den Deckeln drehen.«

»Oh, ich bin sicher, daß wir etwas finden, was unserem Alter ein bißchen angemessener ist, aber ja, genau so etwas.«

»Also gut. Abgemacht.«

Es lag an ihrem Gespräch über ihren Vater, daß sich Brianna, als sie Galway erreichten, an die Stadtbesuche ihrer Kinderjahre zu erinnern begann. Sie stellten den Wagen auf einem Parkplatz ab und stürzten sich in den Strom aus Kauflustigen, Touristen und Kindern, der sich durch die Straßen schob.

Sie sah ein kleines Mädchen, das lachend auf den Schultern seines Vaters ritt.

Auch sie hatte auf den Schultern ihres Vaters gesessen, dachte sie. Sie und Maggie hatten sich abgewechselt, und manchmal war er dann so schnell gelaufen, daß diejenige von ihnen, die oben saß, vor Vergnügen kreischend, auf und ab gehüpft war.

Oder er hatte sie fest an den Händen gehalten und ihnen irgendwelche Geschichten erzählt, während er mit ihnen durch die überfüllten Straßen gewandert war.

Wenn ich erst mal reich bin, Brianna-Schatz, dann kaufe ich dir ein hübsches Kleid, so wie das, das du hier im Schaufenster siehst.

Eines Tages werden wir mit den Taschen voller Geld hierher nach Galway kommen. Wart's nur ab, mein Herz.

Und obwohl sie schon damals gewußt hatte, daß es nur Geschichten waren, die Träume eines Mannes, der nie mit Reichtümern gesegnet gewesen war, hatte dies das Vergnügen nicht geschmälert, das sie beim Anblick all der bunten Dinge in den Schaufenstern, beim Erschnuppern all der Gerüche, beim Erlauschen all der Geräusche empfand.

Über das Durcheinander und das dichte Gedränge in der Shop Street lächelte sie noch ebenso wie als Kind. Sie genoß die fremden Sprachen, die sie neben dem irischen Singsang vernahm – die gedehnte Sprechweise, wie sie den Amerikanern zu eigen war, kehliges Deutsch und Französisch, das immer ungeduldig klang – ebenso wie den Geruch von Meer und Bratfett, der ihr in die Nase drang.

»Da.« Maggie lenkte den Kinderwagen näher an ein Schaufenster heran. »Das ist perfekt.«

Brianna schob sich durch die Menge, bis sie über Maggies Schulter sah. »Was?«

»Die riesige, fette Kuh, die da drüben steht. Genau das, was ich will.«

»Du willst eine Kuh?«

»Sieht aus wie Porzellan«, überlegte Maggie und sah sich die schimmernde schwarzweiße Figur mit dem dümmlich grinsenden Rindsgesicht genauer an. »Ich wette, daß sie sündhaft teuer ist. Um so besser. Die ist genau das richtige. Komm, gehen wir mal rein.«

»Aber was willst du mit dem Ding?«

»Ich schenke sie Rogan und zwinge ihn, sie in seinem muffigen Dubliner Büro aufzustellen. Oh, ich hoffe, daß sie mindestens eine Tonne wiegt.«

Sie war tatsächlich ziemlich schwer, so daß Maggie sie während der weiteren Einkäufe noch im Laden stehen ließ. Und nachdem sie gemütlich zu Mittag gegessen und die Vorzüge und Nachteile von mindestens einem halben Dutzend Küchenmaschinen gegeneinander abgewogen hatten, fanden sie auch etwas herrlich Sinnloses für Brianna.

Die Feen aus bemalter Bronze tanzten an Drähten von einer Kupferrute herab. Auf Briannas leichte Berührung hin begannen sie, sich mit leise klirrendem Flügelschlag zu drehen.

»Ich hänge sie in meinem Schlafzimmerfenster auf. Dann denke ich immer an all die Märchen von Elfen und Feen, die uns von Dad erzählt worden sind.«

»Perfekt.« Maggie schlang einen Arm um Briannas Hüfte. »Nein, sieh nicht nach dem Preis«, sagte sie, als Brianna nach dem kleinen Schildchen griff. »Das ist Teil des Ganzen. Egal, was es kostet, Hauptsache, daß es dir gefällt. Also kauf das Ding, und dann überlegen wir, wie sich meine Riesenkuh am besten im Auto unterbringen läßt.«

Am Ende beschlossen sie, daß Maggie mit der Kuh, Liam und all ihren Taschen im Laden warten würde, während Brianna den Wagen holen ging.

Beschwingt spazierte sie zum Parkplatz zurück. Sie würde, dachte sie, die Feen aufhängen, sobald sie nach Hause kam. Und dann würde sie ihre feine neue Küchenmaschine ausprobieren. Mit einem solchen Präzisionsinstrument wäre die Herstellung einer Lachsmousse oder das hauchfeine Schneiden von Pilzen sicher das reinste Kinderspiel.

Summend setzte sie sich hinter das Steuer ihres Wagens und drehte den Schlüssel im Zündschloß herum. Vielleicht gelänge ihr ja sogar die Kreation einer neuen Beilage zu dem für das Abendessen geplanten Fischgericht. Was würde Gray wohl besonders gerne mögen? überlegte sie, während sie in Richtung des Kassenhäuschens fuhr. Einen typisch irischen Eintopf, und zum Nachtisch eine Stachelbeercreme – falls sie genug reife Stachelbeeren fand.

Anfang Juni begänne die Beerenzeit. Im Juni wäre Gray schon nicht mehr da. Der Gedanke war schmerzlich, aber da nun einmal beinahe Juni war, dachte sie, während sie langsam vom Parkplatz fuhr, bekäme Gray, ehe er sie verließe, wenigstens einmal ihr Spezialdessert serviert.

Sie hörte einen Ruf, als sie auf die Straße bog. Erschreckt riß sie die Augen auf, aber sie selbst brachte keinen Ton mehr heraus, ehe der andere Wagen, der zu schnell und zu scharf die Kurve genommen hatte, mit ihr zusammenstieß.

Sie hörte das Knirschen sich verbiegenden Metalls, das Splittern von Glas, und dann hüllte sie vollkommene Stille ein.

»Brianna ist also einkaufen gefahren«, sagte Iris, als sie zu Gray in die Küche kam. »Wie schön für sie. Nichts hebt die Stimmung einer Frau mehr, als wenn sie ihr Geld für irgendwelchen Firlefanz zum Fenster hinauswerfen kann.«

Er konnte sich nicht vorstellen, daß die praktische Brianna irgendwelchen Firlefanz erstand. »Sie ist mit ihrer Schwester nach Galway gefahren. Ich habe ihr gesagt, wir kämen schon zurecht, falls sie es nicht schafft, zum Tee zurück zu sein.« Gray, der die Rolle des Hausherrn durchaus genoß, häufte die von Brianna vorbereiteten Köstlichkeiten auf drei Teller auf. »Außer uns dreien ist heute abend sowieso niemand da.«

»Dann können wir es uns ja richtig gemütlich machen.« Iris stellte die Teekanne auf den Tisch. »Sie hatten ganz recht, sie zu überreden, daß sie mal einen Tag mit ihrer Schwester genießt.«

»Ich mußte sie regelrecht zu ihrem Wagen zerren – am liebsten ginge sie nie von zu Hause fort.«

»Weil sie hier verwurzelt ist. Und diese Wurzeln machen sie zu einer blühenden jungen Frau. Sie erblüht hier ebenso wie ihre Blumen da draußen. In meinem ganzen Leben habe ich keinen vergleichbaren Garten gesehen. Erst heute morgen habe ich – ah, da bist du ja, Johnny. Gerade rechtzeitig.«

»Ich habe einen herrlichen Spaziergang gemacht.« Carstairs hängte seinen Hut an der Garderobe auf und rieb sich die Hände. »Meine Liebe, wußtest du, daß sie hier noch ihren eigenen Torf stechen?«

»Was du nicht sagst.«

»In der Tat. Ich habe das Moor entdeckt. Überall waren große Torfbrocken übereinandergeschichtet, die man offenbar im Wind und in der Sonne trocknen läßt. Ich hatte das Gefühl, als wäre ich plötzlich um hundert Jahre zurückversetzt.« Er zwickte seiner Frau liebevoll in die Wange, ehe er sich die Leckereien auf dem Tisch ansah. »Ah, was haben wir denn da?«

»Wasch dir die Hände, Johnny, und dann trinken wir gemütlich Tee. Ich schenke schon ein, Gray. Setzen Sie sich einfach hin.«

Da Gray das Zusammensein mit den beiden und ihren Umgang miteinander sehr genoß, zog er sich ohne Widerspruch einen Stuhl heran. »Iris, ich hoffe, Sie sind mir nicht böse, wenn ich Ihnen eine Frage stelle.«

»Lieber Junge, Sie dürfen mich fragen, was immer Sie wollen.«

»Vermissen Sie es?«

Sie tat nicht so, als verstünde sie ihn nicht, und während sie ihm den Zucker reichte, antwortete sie: »Allerdings. Manchmal vermisse ich es. Dieses Gefühl, irgendwie ständig auf der Kippe zu stehen, war immer sehr erfrischend für mich.« Sie versorgte erst ihren Gatten und dann sich selbst mit Tee. »Und Sie?« Als Gray eine Braue nach oben zog, kicherte sie. »Ich denke, daß ein Gauner den anderen immer erkennt.«

»Nein«, sagte Gray nach einer Pause. »Ich vermisse es nicht.«

»Nun, Sie haben sich relativ früh zur Ruhe gesetzt, so daß ich denke, daß Sie dieser Zeit vielleicht gefühlsmäßig nicht so verbunden sind. Oder vielleicht doch, und vielleicht ist genau das der Grund, weshalb von Ihren persönlichen Erfahrungen, wenn ich es so nennen darf, nie etwas in Ihren Büchern zu finden ist.«

Er zuckte mit den Schultern und hob seine Tasse an den

Mund. »Vielleicht sehe ich einfach keinen Sinn darin zurückzuschauen.«

»Ich denke, daß man nie einen Blick für die Zukunft bekommt, wenn man nicht hin und wieder über die eigene Schulter blickt.«

»Ich mag Überraschungen. Wenn ich heute bereits weiß, was morgen ist, was gibt es dann noch Neues für mich?«

»Das Neue und Überraschende an der Zukunft ist, daß sie nie genau so verläuft, wie man es sich denkt. Aber Sie sind noch jung«, sagte sie und sah ihn mit einem mütterlichen Lächeln an. »Und eines Tages werden Sie selbst dahinterkommen, daß es so ist. Benutzen Sie eine Karte, wenn Sie auf Reisen sind?«

»Natürlich.«

»Tja, sehen Sie, das ist dasselbe. Man kann seine Vergangenheit, seine Gegenwart und seine Zukunft als Teil einer bestimmten Wegstrecke sehen.« Die Unterlippe zwischen die Zähne geklemmt, gab sie genau einen Viertel Löffel Zucker in ihren Tee. »Man kann diese Strecke planen. Und manche Menschen weichen nie von dieser einmal geplanten Route ab. Keine Abstecher, um eine kleine Straße zu erkunden, keine ungeplanten Aufenthalte, damit man einen besonders hübschen Sonnenuntergang genießen kann. Bedauerlich«, sagte sie. »Und oh, wie sich diese Menschen beschweren, wenn sie zu einem Umweg gezwungen sind. Aber die meisten von uns genießen die kleinen Abenteuer, die man unterwegs erleben kann. Die meisten von uns sehen sich gern auch die Nebenstraßen an. Zu wissen, wohin man will, bedeutet nicht, daß man den Weg dorthin nicht genießen kann. Hier, Johnny, mein Lieber, ich habe dir deinen Tee bereits eingeschenkt.«

»Du bist einfach ein Schatz.«

»Mit einem Tropfen Sahne, wie du ihn am liebsten hast.«

»Ohne sie wäre ich vollkommen verloren«, sagte Carstairs zu Gray. »Oh, es scheint, als bekämen wir Besuch.«

Gefolgt von Murphy, schoß Con durch die Küchentür, setzte sich vor Gray und legte ihm den Kopf in den Schoß. Noch während Gray die Hand hob, um ihm die Ohren zu kraulen, bemerkte er, daß irgend etwas nicht in Ordnung war.

»Was ist los?« Er sprang so heftig auf, daß das Geschirr auf dem Tisch zu klappern begann. Murphys Augen waren zu dunkel, seine Miene war zu ernst. »Was ist passiert?«

»Es gab einen Unfall. Brianna ist verletzt.«

»Was meinst du damit, sie ist verletzt?« fragte er über Iris' bedauerndes Murmeln hinweg.

»Maggie hat mich angerufen. Brie hatte einen Unfall, als sie vom Parkplatz zu dem Laden fahren wollte, in dem Maggie mit dem Baby wartete.« Murphy nahm gewohnheitsmäßig seine Mütze ab und knetete hilflos an den Rändern herum. »Ich fahre dich nach Galway. Sie liegt dort im Krankenhaus.«

»Im Krankenhaus.« Gray stand da und spürte körperlich, wie er alle Farben verlor. »Wie schlimm? Wie schlimm ist es?«

»Maggie war sich nicht sicher. Sie meinte, es wäre wohl nicht allzu schlimm, aber sie hatte noch nichts Genaues gehört. Ich bringe dich nach Galway, Grayson. Ich dachte, wir nehmen deinen Wagen. Dann sind wir schneller dort.«

»Die Schlüssel.« Sein Hirn war wie betäubt. »Ich muß die Schlüssel holen.«

»Lassen Sie ihn nicht fahren«, sagte Iris, als Gray die Treppe hinauf in sein Zimmer schoß.

»Nein, Ma'am, ich lasse ihn nicht fahren.«

Murphy brauchte nichts zu sagen. Er nahm Gray einfach die Schlüssel aus der Hand und schob sich hinter das Steuerrad. Da Gray in tiefes Schweigen versunken war, konnte er sich ganz darauf konzentrieren, dem Mercedes die Geschwindigkeit zu entlocken, für die er gebaut worden war. Zu einem anderen Zeitpunkt hätte er die Kraft des Motors vielleicht genossen, jetzt wollte er nur schnell ans Ziel kommen.

Gray hatte das Gefühl, als kämen sie nie in Galway an. Die prächtige Landschaft rauschte links und rechts an ihnen vorbei, und dennoch schien es ihm, als kämen sie einfach nicht voran. Es war wie im Kino, dachte er verschwommen, wo vor seinen Augen etwas geschah, und er nichts tun konnte, als tatenlos dazusitzen, zuzusehen und hilflos abzuwarten.

Sie wäre nicht gefahren, wenn er sie nicht geradezu genötigt hätte, es zu tun. Aber er hatte sie so lange bedrängt, bis sie schließlich den Tag frei gemacht hatte und nach Galway gefahren war. Und jetzt war sie ... Himmel, er wußte nicht, was ihr zugestoßen war, wie es ihr ging, und er ertrug es nicht, es sich auszumalen.

»Ich hätte mitfahren sollen.«

Da der Wagen mit beinahe hundertvierzig Stundenkilometern über die Landstraße raste, wandte Murphy den Blick nicht von der Fahrbahn ab, um ihn anzusehen. »Wenn du so denkst, machst du dich damit nur krank. Wir sind fast da, also werden wir gleich wissen, wie es ihr geht.«

»Ich habe ihr das verdammte Auto gekauft.«

»Das stimmt.« Der Mann brauchte kein Mitgefühl, dachte Murphy, sondern jemanden, der die Sache von der praktischen Seite sah. »Aber du hast nicht den Wagen gefahren, der mit ihr zusammengestoßen ist. So wie ich die Sache sehe, hätte sie mit der Rostlaube, die sie vorher hatte, noch weniger Glück gehabt.«

»Wir wissen bis jetzt nicht, ob man überhaupt von Glück reden kann.«

»Aber bald werden wir es wissen. Also reiß dich zusammen, bis du es weißt.«

Sie hatten die Stadt erreicht, und so verlangsamte Murphy seine Fahrt und schob sich vorsichtig durch den dichten Verkehr. »Höchstwahrscheinlich geht es ihr blendend, und sie macht uns die Hölle heiß, weil wir extra gekommen sind.«

Er bog in den Parkplatz des Krankenhauses ein, und als sie

aus dem Wagen stiegen, erblickten sie Rogan, der das Baby spazierenfuhr.

»Brianna.« Mehr brachte Gray nicht heraus.

»Es geht ihr gut. Sie wollen sie über Nacht hierbehalten, aber es geht ihr gut.«

Grays Knie wurden so weich, daß er hilflos Rogans Arm ergriff, sonst wäre er in sich zusammengesackt. »Wo? Wo ist sie?«

»Sie haben sie in ein Zimmer in der sechsten Etage gelegt. Maggie ist bei ihr. Ich habe Mutter und Lottie mitgebracht. Sie sind ebenfalls oben. Sie ist ...« Er brach ab und versperrte Gray, der bereits zum Eingang stürmte, den Weg. »Sie ist ziemlich ramponiert, und ich denke, sie hat stärkere Schmerzen, als sie zugeben will. Aber der Arzt sagt, sie hätte großes Glück gehabt. Ein paar blaue Flecken vom Sicherheitsgurt, durch den sie allerdings vor schlimmerem Schaden bewahrt worden ist. Ihre Schulter ist verrenkt, und das tut ziemlich weh. Außerdem hat sie eine Beule am Kopf und ein paar Schnitte. Sie wollen, daß sie vierundzwanzig Stunden ruhig liegen bleibt.«

»Ich muß sie sehen.«

»Ich weiß.« Rogan rührte sich nicht vom Fleck. »Aber sie braucht nicht zu sehen, wie besorgt du bist. Sie würde es sich viel zu sehr zu Herzen nehmen, und das täte ihr bestimmt nicht gut.«

»Okay.« Gray preßte die Finger gegen die Augen und atmete tief ein. »Also gut. Ich werde Ruhe bewahren, aber ich muß sie sehen.«

»Ich komme mit«, sagte Murphy und betrat vor ihm das Krankenhaus. Ohne etwas zu sagen, wartete er neben Gray am Lift.

»Warum sind sie alle hier?« fragte Gray, als sich die Fahrstuhltür öffnete. »Warum sind sie hier – Maggie, ihre Mutter, Rogan, Lottie –, wenn alles mit ihr in Ordnung ist?«

»Sie sind ihre Familie.« Murphy drückte auf den Knopf für den sechsten Stock. »Wo sollten sie sonst sein? Vor ungefähr drei Jahren habe ich mir beim Footballspielen den Arm gebrochen und eine Gehirnerschütterung eingefangen. Sobald eine meiner Schwestern das Krankenzimmer verließ, stand bereits die nächste vor der Tür. Und meine Mutter blieb volle zwei Wochen da, egal, wie sehr ich sie drängte, wieder nach Hause zu fahren. Und um die Wahrheit zu sagen, war ich froh, die ganze Zeit von meiner Sippe umgeben zu sein. Jetzt renn nicht wie ein Verrückter los«, warnte Murphy, als der Fahrstuhl zum Stehen kam. »Irische Krankenschwestern führen ein strenges Regiment. Ah, da ist Lottie.«

»Gott der Allmächtige, ihr müßt geflogen sein.« Mit einem beruhigenden Lächeln sah sie die beiden an. »Es geht ihr gut, sie wird hier bestens versorgt. Rogan hat sich darum gekümmert, daß sie ein eigenes Zimmer bekommt, wo sie ihre Ruhe hat. Sie drängt bereits darauf, daß man sie entläßt, aber wegen der Gehirnerschütterung behalten sie sie lieber noch ein bißchen da.«

»Gehirnerschütterung?«

»Eine ganz leichte«, besänftigte sie Gray, während sie vor den beiden Männern den Flur hinunterging. »Es scheint, daß sie nur wenige Augenblicke bewußtlos war. Und immerhin war sie noch klar genug, um dem Mann auf dem Parkplatz zu sagen, wo Maggie war. Sieh nur, Brianna«, sagte sie, als sie das Zimmer betrat. »Noch mehr Besuch für dich.«

Gray sah nichts außer Brianna, die kreidebleich auf ihrem Kissen lag.

»Oh, Gray, Murphy, ihr hättet nicht extra kommen müssen. Ich bin bald wieder zu Hause.«

»Bist du nicht«, sagte Maggie in strengem Ton. »Du bleibst über Nacht.«

Brianna versuchte, den Kopf zu drehen, aber das schmerzhafte Pochen hinderte sie daran. »Ich will nicht über Nacht bleiben. Außer ein paar Kratzern und blauen Flecken habe ich schließlich nichts abgekriegt. Oh, Gray, das Auto. Es tut mir so leid. Die ganze Seite ist eingedrückt, und der Scheinwerfer ist kaputt und ...«

»Jetzt sei mal still und laß mich dich ansehen.« Er nahm ihre Hand und ließ sie nicht mehr los.

Sie war so blaß, und auf einem ihrer Wangenknochen zeichnete sich eine dicke Beule ab. Darüber saß ein sauberer, weißer Verband, und unter dem unförmigen Krankenhaushemd sah er, daß auch ihre Schulter verbunden war.

Da seine Hand zu zittern begann, zog er sie zurück und versteckte sie in der Tasche seiner Jeans. »Du hast Schmerzen. Das sehe ich dir an.«

»Mein Kopf tut weh.« Mit einem dünnen Lächeln hob sie die Hand an den Verband. »Ich habe ein bißchen das Gefühl, als wäre eine komplette Rugbymannschaft über mich hinweggestürmt.«

»Sie hätten dir etwas geben sollen.«

»Das werden sie auch, falls es erforderlich ist.«

»Sie hat furchtbare Angst vor Spritzen«, sagte Murphy, beugte sich vor und gab ihr einen sanften Kuß. Seine Erleichterung, sie relativ unbeschadet zu sehen, zeigte sich in einem breiten Grinsen. »Ich erinnere mich noch daran, wie du gebrüllt hast, Brianna Concannon, als ich in Dr. Hogans Wartezimmer saß, während du eine Spritze bekamst.«

»Dafür schäme ich mich nicht. Spritzen sind etwas Entsetzliches. Ich will nicht, daß sie noch mehr in mir herumstochern, als sie es ohnehin bereits getan haben. Ich will nach Hause.«

»Du bleibst, wo du bist«, sagte Maeve, die auf einem Stuhl neben dem Fenster saß. »Es ist wohl nicht zuviel verlangt, daß du dir ein, zwei Spritzen geben läßt, nachdem wir alle von dir derart in Angst und Schrecken versetzt worden sind.«

»Mutter, es ist wohl kaum Briannas Schuld, wenn irgend so

ein idiotischer Ami auf der falschen Straßenseite angeschossen kommt.« Maggie knirschte mit den Zähnen, denn bei dem Gedanken, was alles hätte passieren können, erschauderte sie. »Und er trägt kaum einen Kratzer davon.«

»Du darfst nicht so hart sein. Er hat einen Fehler gemacht und hat sich beinahe zu Tode erschrocken.« Bei dem Gedanken an einen Streit verstärkte sich das Dröhnen in Briannas Kopf. »Wenn es sein muß, bleibe ich, aber ich könnte den Arzt ja vielleicht wenigstens noch einmal fragen, ob ich nicht doch gehen darf.«

»Du läßt den Doktor in Frieden und ruhst dich aus.« Maeve erhob sich von ihrem Stuhl. »Obwohl du, solange wir alle hier herumstehen, wohl nie zur Ruhe kommst. Margaret Mary, es ist Zeit, daß du das Baby nach Hause bringst.«

»Ich will nicht, daß Brie alleine ist«, begann Maggie.

»Ich bleibe.« Gray drehte sich um und sah Maeve an. »Ich bleibe hier bei ihr.«

Sie zuckte mit den Schultern. »Was Sie tun, geht mich wohl kaum etwas an. Wir haben noch gar keinen Tee getrunken«, sagte sie. »Lottie und ich werden in die Cafeteria gehen, bis Rogan uns nach Hause bringt. Tu, was man dir gesagt hat, Brianna, und streite nicht mit den Ärzten herum.«

Ein wenig steif beugte sie sich vor und drückte auf Briannas unverletzte Wange einen Kuß. »Wenn du einmal krank warst, bist du immer schnell wieder gesund geworden, und ich denke nicht, daß es dieses Mal anders ist.« Ihre Finger ruhten einen kurzen Augenblick auf dem Gesicht ihrer Tochter, ehe sie kehrtmachte, und, Lottie zu sich rufend, eilig das Zimmer verließ.

»Auf dem Weg hierher hat sie zwei Rosenkränze gebetet«, murmelte Lottie. »Und jetzt ruh dich aus.« Sie gab der Kranken einen Abschiedskuß und verließ ebenfalls den Raum.

»Nun.« Maggie stieß einen abgrundtiefen Seufzer aus. »Ich denke, ich kann darauf vertrauen, daß Grayson dafür sorgt, daß du dich anständig benimmst. Dann suche ich jetzt mal Rogan und gucke, wie er uns alle in ein Auto kriegen will. Aber bevor wir fahren, komme ich noch mal, um zu sehen, ob Grayson vielleicht Hilfe braucht.«

»Ich komme mit, Maggie.« Murphy tätschelte Briannas unter der Decke liegendes Knie. »Wenn sie mit einer Spritze kommen, mach einfach die Augen zu. So mache ich es auch immer.«

Sie lachte leise, und als sie mit Gray alleine war, sagte sie: »Ich wünschte, du würdest dich endlich setzen. Ich weiß, wie aufgeregt du bist.«

»Es geht mir gut.« Er hatte Angst, daß ihn, falls er sich setzte, auch noch der letzte Rest seiner Kraft verließ. »Aber ich würde gerne wissen, was passiert ist, wenn du es mir erzählen kannst.«

»Es ging alles so schnell.« Vom Schmerz und der Müdigkeit überwältigt, machte sie einen Moment lang die Augen zu. »Wir hatten so viel gekauft, daß wir nicht alles tragen konnten, und ich wollte den Wagen holen und zu dem Laden fahren, in dem Maggie wartete. In dem Augenblick, als ich vom Parkplatz auf die Straße bog, hörte ich einen Schrei. Es war der Parkplatzwächter. Er hatte den anderen Wagen heranrasen sehen. Ich konnte nichts mehr tun. Es war einfach keine Zeit. Er hat mich voll gerammt.«

Sie bewegte sich zaghaft, und sofort wurde ihre Schulter von einem stechenden Schmerz durchzuckt. »Sie haben den Wagen abgeschleppt, aber ich weiß nicht mehr, wohin.«

»Das ist vollkommen egal. Um den Wagen kümmern wir uns später. Du hast dir den Kopf gestoßen.« Er streckte sanft die Hand aus, aber den Verband zu berühren, wagte er nicht.

»Offensichtlich. Das nächste, woran ich mich erinnere, ist die Amerikanerin, die mich weinend fragt, ob alles in Ordnung ist. Ihr Mann war bereits unterwegs, um einen Krankenwagen zu verständigen. Ich war ziemlich verwirrt. Ich glaube, ich habe darum gebeten, daß jemand meine Schwester holen geht, und dann wurden wir drei – Maggie, das Baby und ich – vom Krankenwagen abgeholt.«

Sie fügte nicht hinzu, daß alles voller Blut gewesen war und daß der Sanitäter den Fluß nur hatte stoppen können, indem er ihr dicke Kompressen auf die Wunde drückte.

»Es tut mir leid, daß Maggie dir nicht mehr erzählen konnte, als sie anrief. Wenn sie gewartet hätte, bis der Arzt mit der Untersuchung fertig war, hätte sie dir eine Menge unnötiger Sorgen erspart.«

»Ich hätte mir in jedem Fall Sorgen gemacht. Ich – ich –« Er schloß die Augen, da er um die richtigen Worte rang. »Ich kam bereits mit der Vorstellung, daß du einen Unfall hattest, nur schwer zurecht. Und dich tatsächlich verletzt zu sehen, ist noch schwerer für mich.«

»Außer ein paar blauen Flecken und Beulen habe ich doch gar nichts abgekriegt.«

»Du hast eine Gehirnerschütterung, und deine Schulter ist verrenkt.« Doch dann sagte er sich, daß es für sie beide besser wäre, wenn er sich zusammenriß. »Sag mir, ist es wahr, daß man, wenn man eine Gehirnerschütterung hat, nicht einschlafen darf, weil man sonst vielleicht nicht mehr aufwacht?«

»Nein.« Sie lächelte. »Aber vielleicht bleibe ich trotzdem vorsichtshalber ein, zwei Tage wach.«

»Dann möchtest du bestimmt Gesellschaft haben.«

»Und wie. Ich glaube, wenn ich allein, ohne etwas zu tun und ohne irgendwen zu sehen, hier liegen muß, werde ich wahnsinnig.«

»Wie wär's dann damit?« Vorsichtig setzte er sich auf den Rand ihres Betts. »Das Essen hier ist bestimmt grauenhaft. Das scheint ein eisernes Krankenhausgesetz in jedem halbwegs entwickelten Land zu sein. Also gehe ich los und besorge uns Pommes frites und ein paar anständige Hamburger. Dann können wir gemeinsam zu Abend essen, wenn du willst.«

»Das wäre schön.«

»Und falls sie kommen und dir eine Spritze geben wollen, schlage ich sie in die Flucht.«

»Das wäre ebenfalls schön. Würdest du vielleicht noch etwas für mich tun?«

»Aber klar.«

»Würdest du Mrs. O'Malley anrufen? Ich habe einen Schellfisch für das Abendessen bereitgelegt. Ich weiß, daß sich Murphy um Con kümmern wird, aber die Carstairs sind ganz allein, und für morgen haben sich noch andere Gäste angesagt.«

Gray hob ihre Hand erst an seine Lippen und dann an seine Stirn. »Mach dir darüber keine Gedanken. Ich kümmere mich darum. Aber zuerst einmal kümmere ich mich, wenn es dir recht ist, um dich.«

Nie zuvor in seinem Leben hatte er ein derartiges Bedürfnis verspürt.

23. Kapitel

Nicht lange, und Briannas Zimmer wies große Ähnlichkeit mit ihrem heimischen Garten auf. Rosen und Fresien, Lupinien und Lilien, Maßliebchen und Nelken standen auf der Fensterbank, dem Tisch und dem Nachtschränkchen herum.

Gray, der mit dem Abendessen kam, blickte mühsam über den riesigen Blumenstrauß, den er in den Händen hielt, hinweg und schüttelte den Kopf. »Sieht aus, als wären die hier überflüssig.«

»Oh, nein, das sind sie nicht. Sie sind herrlich. Was für ein Aufhebens ihr doch alle um eine kleine Beule macht.« Sie legte den Strauß wie ein Baby in ihren unverletzten Arm und vergrub das Gesicht in seinem Duft. »Aber ich genieße es. Die hier sind von Maggie und Rogan, und die hier hat Murphy noch gebracht. Und der Strauß da wurde mir von den Carstairs geschickt. Lieb von ihnen, nicht?«

»Sie haben sich ernste Sorgen um dich gemacht.« Er stellte die große Papiertüte ab, die er außer dem Blumenstrauß mitgebracht hatte. »Ich soll dir sagen, daß sie noch ein, zwei Nächte bleiben, je nachdem, wann du nach Hause kommst.«

»Das ist schön. Aber morgen bin ich hier raus, und wenn ich aus dem Fenster klettern muß.« Sie bedachte die Tüte mit einem sehnsüchtigen Blick. »Hast du wirklich etwas zu essen mitgebracht?«

»Allerdings. Ich habe es erfolgreich an der beleibten Krankenschwester mit den Adleraugen vorbeigeschmuggelt.«

»Ah, Mrs. Mannion. Sie ist wirklich furchteinflößend, nicht wahr?«

»Ich hatte richtig Angst vor ihr.« Er zog sich einen Stuhl neben das Bett, setzte sich und machte die Tüte auf. »Bon appétit«, sagte er und hielt ihr einen duftenden Hamburger hin. »Oh, laß mich die Rosen nehmen.« Er stand wieder auf und nahm ihr den Strauß aus dem Arm. »Ich schätze, sie brauchen Wasser, he? Hier, du ißt schon mal.« Er gab ihr eine Tüte Pommes frites. »Und ich sehe mich nach einer Vase um.«

Als er ging, versuchte sie, nachzusehen, was noch in der auf dem Boden stehenden Tüte war, aber ihre Schulter machte jede Bewegung zur Qual. Also lehnte sie sich, mit einem Ausdruck der Erschöpfung im Gesicht, wieder zurück und biß in den Hamburger. Als sie jedoch das Geräusch zurückkommender Fußschritte vernahm, setzte sie eilig ein Lächeln auf.

»Wo willst du sie haben?« fragte Gray.

»Oh, auf dem kleinen Tisch dort drüben. Ja, so ist es wunderbar. Dein Essen ist bestimmt schon kalt, Gray.«

Statt einer Antwort knurrte er, setzte sich und zog seinen eigenen Hamburger aus der Tüte hervor. »Und, fühlst du dich schon ein bißchen besser?«

»Ich fühle mich nicht annähernd schlecht genug, um derart verhätschelt zu werden, aber ich freue mich, daß du mit mir zusammen zu Abend ißt.«

»Das ist erst der Anfang, mein Schatz.« Er zwinkerte vergnügt und griff abermals in die Tüte hinein.

»Oh, Gray – ein Nachthemd. Ein richtiges Nachthemd.« Es war ein einfaches, weißes Baumwollgewand, aber trotzdem sah sie ihn dankbar an. »Ich kann dir gar nicht sagen, wie froh ich darüber bin. Dieses Ding, das sie mir angezogen haben, ist einfach grauenhaft.«

»Nach dem Essen helfe ich dir, dich umzuziehen. Aber ich habe noch mehr für dich.«

»Hausschuhe. Oh, eine Bürste. Gott sei Dank.«

»Wenn ich ehrlich bin, ist das nicht allein mein Verdienst. Maggie hat mich drauf gebracht.«

»Gott segne sie. Und dich ebenfalls.«

»Außerdem meinte sie, deine Bluse wäre ruiniert.« Blutverschmiert, hatte sie gesagt, und bei dem Gedanken erschauderte er. »Darum kümmern wir uns morgen, falls man dich dann entläßt. Und was haben wir sonst noch alles dabei? Eine Zahnbürste, eine kleine Dose der Creme, die du immer benutzt. Ach, und fast hätte ich die Getränke vergessen.« Er reichte ihr einen Pappbecher mit einem Plastikdeckel, der ein Loch für den Strohhalm enthielt. »Ein hervorragender Jahrgang, sagte man mir.«

»Du hast aber auch wirklich an alles gedacht.«

»Allerdings. Sogar an die Unterhaltung.«

»Oh, ein Buch.«

»Ein Liebesroman. Bei dir zu Hause habe ich eine Reihe von diesen Dingern rumstehen sehen.«

»Ich mag sie.« Sie brachte es nicht übers Herz, ihm zu erklären, daß ihr der Kopfschmerz das Lesen verbot. »Du hast dir wirklich viel Mühe gemacht.«

»Ein kurzer Einkaufsbummel, mehr nicht. Versuch, noch ein bißchen zu essen, ja?«

Gehorsam schob sie sich einen der Pommes frites in den Mund. »Wenn du nach Hause fährst, sag Mrs. O'Malley bitte vielen Dank von mir und richte ihr aus, daß sie den Abwasch einfach stehenlassen soll.«

»Ich fahre erst mit dir zusammen zurück.«

»Aber du kannst unmöglich über Nacht hierbleiben.«

»Sicher kann ich das.« Gray verschlang den Rest seines Hamburgers, knüllte das Papier zusammen und warf es in den Mülleimer. »Ich habe mir schon einen Plan zurechtgelegt.«

»Grayson, du mußt nach Hause fahren. Dich ein bißchen ausruhen.«

»Mein Plan sieht folgendermaßen aus«, ging er über ihren Einwand hinweg. »Nach dem Ende der Besuchszeit verstecke ich mich im Bad, bis die Schwester ein letztes Mal nach dir gesehen hat.«

»Das ist absurd.«

»Nein, ich bin sicher, daß es funktioniert. Dann werden die Lichter gelöscht, und ihr liegt in euren Betten und schlaft. Und dann komme ich wieder raus.«

»Und sitzt bis morgen früh in der Dunkelheit herum? Grayson, ich liege nicht auf dem Totenbett. Ich will, daß du nach Hause fährst.«

»Das kann ich nicht. Und im Dunklen sitze ich auch nicht.« Mit einem selbstzufriedenen Grinsen zog er noch etwas aus der Tüte hervor. »Siehst du das hier? Das ist eine Leselampe, so eine, wie man sie benutzt, wenn man spät nachts noch lesen will, ohne daß es den Partner stört.«

Verwundert schüttelte sie den Kopf. »Du bist verrückt geworden.«

»Ganz im Gegenteil, ich bin einfach ein unglaublich cleverer Kerl. Auf diese Weise sitze ich nicht im Cottage herum und sorge mich um dich, und du liegst nicht allein und elend hier im Krankenhaus. Ich werde dir vorlesen, bis du müde bist.«

»Mir vorlesen?« murmelte sie. »Du willst mir vorlesen?«

»Sicher. Wir können ja wohl kaum zulassen, daß du mit deiner Gehirnerschütterung selbst zu lesen versuchst.«

»Nein.« Nichts, aber auch gar nichts in ihrem Leben hatte sie je derart angerührt. »Ich sollte dich zwingen zu gehen, aber ich möchte so gern, daß du bleibst.«

»Dann haben also bereits zwei Menschen diesen Wunsch. Weißt du, dem Klappentext nach scheint das Buch ziemlich gut zu sein. ›Ein tödliches Bündnis‹«, las er vor. »›Katrina – die unbezähmbare, flammenhaarige Schönheit mit dem Gesicht einer Göttin und der Seele einer Kriegerin scheut kein Risiko, um den Mord an ihrem Vater zu rächen. Schließlich geht sie sogar so weit und heiratet zu diesem Zweck ihren größten Feind‹.« Er zog eine Braue hoch. »Ein Teufelsweib, diese Katrina. Und der Held scheint ebenfalls kein Schlappschwanz zu sein. ›Ian – der verwegene, kampferprobte Führer eines Highland-Clans, der Dunkle Lord, kämpft gegen Freund und Feind, wenn es um sein Land und um seine Liebe geht. Als eingeschworene Feinde und eingeschworene Liebende gehen sie ein Bündnis ein, das sie unweigerlich ihrem Schicksal und ihrer Leidenschaft entgegentreibt.‹«

Er drehte das Buch um, schob sich gemütlich einen seiner Pommes frites in den Mund und sah sich die Titelseite an. »Nicht übel, was? Obendrein sind die beiden ein wirklich schönes Paar. Das Ganze spielt in Schottland, im zwölften Jahrhundert. Katrina ist das einzige Kind dieses verwitweten Gutsherrn. Er hat ihr ziemlich viele Freiheiten gelassen, und so kennt sie sich in der Männerwelt bestens aus. Sie kann mit dem Schwert ebensogut umgehen wie mit dem Bogen, und außerdem ist sie eine bemerkenswerte Jägerin. Dann kommt es zu dieser Verschwörung, und er wird ermordet, so daß sie die neue Herrin über die Ländereien wird. Unser böser und leicht wahnsinniger Schurke denkt, er hätte mit ihr ein leichtes Spiel, aber unsere Katrina ist ziemlich aufgeweckt.«

Brianna griff lächelnd nach seiner Hand. »Hast du das Buch schon gelesen?«

»Ich habe es durchgeblättert, als ich an der Kasse stand. Auf Seite einundfünfzig kommt eine unglaublich erotische Szene. Nun, warten wir's ab. Wahrscheinlich taucht gleich eine Schwester auf, um deinen Blutdruck zu messen, und wir wollen doch nicht, daß er zu hoch ist. Außerdem räume ich wohl am besten erst mal die Beweismittel weg.« Er sammelte die Packungen des hereingeschmuggelten Abendessens ein.

Kaum hatte er sie in der Tüte versteckt, öffnete sich die Tür, und Schwester Mannion betrat kampflustig den Raum. »Die Besuchszeit ist bald vorüber, Mr. Thane.«

»Ja, Ma'am.«

»Und, Miss Concannon, wie geht es uns? Verspüren Sie Schwindel oder Übelkeit oder können Sie nicht richtig sehen?«

»Nein, alles in Ordnung. Ich fühle mich wirklich gut. In der Tat frage ich mich, ob ...«

»Das ist schön«, überging Schwester Mannion die erwartete Frage nach einer vorzeitigen Entlassung, während sie etwas auf die Krankenkarte am Fußende des Bettes schrieb. »Sie sollten versuchen zu schlafen. Heute nacht wird alle drei Stunden jemand nach Ihnen sehen.« Mit einer brüsken Bewegung stellte sie ein Tablett auf dem Nachtschränkchen ab.

Brianna brauchte nur einen Blick darauf zu werfen, und schon wurde sie kreidebleich. »Was ist denn das? Ich habe Ihnen doch gesagt, ich fühle mich wohl. Ich brauche keine Spritze. Ich will keine. Grayson.«

»Ich, äh ...« Ein stählerner Blick von Schwester Mannion genügte, damit der vermeintliche Held in sich zusammensank.

»Es ist keine Spritze. Wir brauchen nur ein bißchen Blut.«

»Wofür?« Brianna warf jeden Rest von Würde über Bord und zog sich in die hinterste Ecke ihres Bettes zurück. »Ich habe jede Menge Blut verloren. Nehmen Sie davon was.«

»Jetzt machen Sie mal keinen Unsinn und geben Sie mir Ihren Arm.«

»Brie. Sieh her.« Gray nahm ihre Hand. »Sieh mich an. Habe ich dir je von meiner ersten Mexikoreise erzählt? Ich habe ein paar Leute kennengelernt, und wir haben zusammen eine Bootsfahrt gemacht. Im Golf von Mexiko. Es war wunderschön. Es war warm, die Sonne schien, und unter uns war das kristallblaue Meer. Und dann entdeckten wir diesen kleinen Barracuda, der direkt neben uns schwamm.«

Aus dem Augenwinkel sah er, daß Schwester Mannion die Nadel unter Briannas Haut zu schieben begann. Sein Magen machte einen Satz.

»Tja«, fuhr er eilig fort. »Einer der Typen ging, um seine Kamera zu holen. Er kommt zurück, beugt sich über die Reling, und Mama Barracuda springt genau vor ihm aus dem Wasser. Wie in Zeitlupe. Sie blickte geradewegs in die Kamera und lächelte, so daß ihr gewaltiges Gebiß deutlich zu sehen war. Als wolle sie für ihn posieren. Dann ließ sie sich wieder ins Wasser fallen, holte ihr Baby und schwamm seelenruhig mit ihm davon.«

»Das hast du dir doch gerade ausgedacht.«

»Glaub mir, genau so war's«, log er verzweifelt. »Er hat das Foto an *National Geographic* verkauft, oder vielleicht an den *Enquirer*? Das weiß ich nicht mehr so genau. Aber das letzte, was ich von ihm hörte, war, daß er immer noch am Golf von Mexiko ist und hofft, daß er so etwas noch einmal erlebt.«

»Fertig.« Die Schwester machte ein kleines Pflaster in Briannas Armbeuge fest. »Gleich kommt Ihr Abendessen, Miss, das heißt, falls in Ihrem Magen nach dem Hamburger noch Platz dafür ist.«

»Ah, nein, aber trotzdem vielen Dank. Ich glaube, ich schlafe jetzt.«

»Fünf Minuten, Mr. Thane.«

Als sich die Tür hinter ihr schloß, kratzte sich Grayson am Kinn. »Offenbar habe ich mich bei meinem Schmuggelversuch doch nicht so geschickt angestellt.«

Brianna sah ihn schmollend an. »Du hast gesagt, du würdest mich verteidigen, falls jemand mit einer Spritze kommt.«

»Sie ist viel größer als ich.« Er beugte sich vor und gab ihr einen sanften Kuß. »Arme Brie.«

Statt einer Erwiderung klopfte sie mit dem Finger auf den Deckel des neben ihr liegenden Buchs. »Ian hätte nie einen so feigen Rückzieher gemacht.«

»Himmel, guck dir mal an, was für eine Statur er hat. Ich fürchte, für den Dunklen Lord habe ich nicht die erforderliche Qualifikation.«

»Ich nehme dich trotzdem. Grinsende Barracudas«, sagte sie und lachte. »Wie kommst du nur auf solche Dinge?«

»Talent. Reines Talent.« Er ging zur Tür und spähte vorsichtig hinaus. »Ich sehe sie nicht. Am besten mache ich jetzt das Licht aus und verstecke mich im Bad. Ich würde sagen, wir geben ihnen zehn Minuten Zeit.«

Zwei Stunden lang entführte er sie in Katrinas und Ians gefährliche und zugleich romantische Welt, und hin und wieder strich er ihr dabei sanft über die Hand.

Sie wußte, niemals vergäße sie den Klang seiner Stimme, die Art, in der er, um sie zu unterhalten, die Dialoge in einem täuschend echten schottischen Akzent vortrug. Und sein Aussehen, dachte sie, die Art, in der sein Gesicht von der kleinen Lampe beleuchtet wurde, so daß seine Augen im Dunklen lagen und sie seine Wangenknochen als markante Schatten sah.

Ihr Held, dachte sie. Jetzt und immerdar. Sie schloß die Augen und lauschte den Worten, die er sprach.

»Du gehörst mir.« Ian zog sie mit seinen starken, doch vor Verlangen zitternden Armen an seine Brust. »Nach dem Gesetz und dem Recht gehörst du mir. Und, Katrina, von diesem Tag, von dieser Stunde an, bin ich dein Mann.«

»Und, Ian, gehört Ihr mir ebenso?« Furchtlos barg sie ihre Finger in seinem Haar und schob sich enger an ihn heran. »Gehört Ihr mir, Dunkler Lord?«

»Niemals hat dich jemand mehr geliebt als ich«, versprach er ihr. »Und niemals wirst du eine größere Liebe erleben als die, in der ich dir verbunden bin.«

Brianna entschlummerte mit dem Wunsch, Gray fände selbst einmal die Worte, die er las.

Als Gray ihren langsamen, regelmäßigen Atem vernahm, wußte er, daß sie eingeschlafen war, und endlich vergrub er sein Gesicht in seiner Hand. Die Anstrengung der gespielten Munterkeit war zuviel für ihn.

Sie war nicht schwer verletzt, aber egal, wie oft er sich diese Tatsache in Erinnerung rief, hallte in seinem Inneren noch das eisige Entsetzen nach, das ihn bei Murphys Eintreffen in ihrer Küche gepackt hatte.

Er wollte nicht, daß sie zerschunden und verbunden im Krankenhaus lag. Er wollte nicht daran denken, daß sie je auch nur den geringsten Schmerz empfand. Und jetzt würde er sich auf ewig daran erinnern, würde auf ewig wissen, daß sie nicht unverwundbar war. Daß sie vielleicht nicht immer summend in ihrer Küche stehen oder ihre Blumen umsorgen würde, wie es seinem Wunsch entsprach.

Es machte ihn wütend, daß er dieses Bild von ihr mit sich herumtragen müßte. Und es machte ihn noch wütender, daß er sie zu sehr in sein Herz geschlossen hatte, als daß sich dieses Bild wie vor ihm hundert andere verdrängen ließ.

Es würde schwer für ihn zu gehen, und genau deshalb war es erforderlich, daß er es so bald wie möglich tat.

Grübelnd wartete er, daß die Nacht vorüberging. Jedesmal, wenn eine Schwester nach Brianna sah, lauschte er den leisen Fragen, auf die sie schlaftrunkene Antworten gab. Einmal, als er aus dem Badezimmer kam, rief sie nach ihm.

»Schlaf weiter.« Er strich ihr das Haar aus der Stirn. »Es ist noch Nacht.«

»Grayson.« Schläfrig nahm sie seine Hand. »Du bist noch da.«

»Ja.« Mit gerunzelter Stirn blickte er auf sie hinab. »Ich bin noch da.«

Als sie wieder wach wurde, war es draußen hell. Ohne an ihre Verletzungen zu denken, richtete sie sich auf, doch der dumpfe Schmerz in ihrer Schulter brachte die Erinnerung an die Geschehnisse unangenehm schnell zurück. Eher verärgert als betrübt strich sie mit den Fingerspitzen über ihren Kopfverband.

Gray war nirgends zu sehen.

Sie hoffte, er hatte irgendein leeres Bett oder eine Couch in einem der Wartezimmer entdeckt, auf dem er hatte schlafen können. Beim Anblick seiner Blumen lächelte sie und wünschte sich, sie hätte ihn gebeten, sie näher an ihr Bett zu stellen, denn gern hätte sie die zarten Blütenblätter berührt.

Müde zog sie das Oberteil ihres Nachthemds nach vorn und biß sich auf die Lippe, als sie ihren Oberkörper sah. Ihr Brustbein und ihr Torso wiesen dort, wo sie vom Sicherheitsgurt gehalten worden war, einen regelrechten Regenbogen an Prellungen auf. Sie war nur froh, daß Gray ihr im Dunkeln beim Wechseln der Nachthemden behilflich gewesen war.

Es war einfach nicht fair, dachte sie. Es war nicht gerecht, daß sie während ihrer letzten gemeinsamen Tage so zerschunden war. Sie wollte schön sein für ihn.

»Guten Morgen, Miss Concannon. Ah, Sie sind schon wach.« Eine Krankenschwester kam hereingefegt, die ganz aus Lächeln, Jugend und blühender Gesundheit zu bestehen schien. Fast hätte Brianna sie dafür gehaßt.

»Allerdings. Wann kommt der Arzt, damit ich endlich nach Hause gehen kann?«

»Oh, keine Sorge, ich denke, daß er bald seine Runde machen wird. Schwester Mannion sagte, Sie hätten eine ruhige Nacht gehabt.« Während sie sprach, schob sie Brianna ein Thermometer unter die Zunge und legte ihr die Manschette des Blutdruckmeßgeräts um den Arm. »Kein Schwindel?« Und auf Briannas Kopfschütteln hin. »Gut, gut.« Sie drückte die Pumpe des Blutdruckmessers, nickte, zog das Thermometer heraus und nickte ein zweites Mal. »Tja, Sie scheinen wieder recht munter zu sein.«

»Ich bin sicher, daß ich nach Hause gehen kann.«

»Ich kann verstehen, daß Sie das wollen.« Die Schwester trug die gemessenen Werte in eine Tabelle ein. »Ihre Schwester hat heute morgen bereits angerufen. Und ein Mr. Biggs. Ein Amerikaner. Er sagte, er wäre derjenige, der Ihnen ins Auto gefahren ist.«

»Ja.«

»Wir haben beiden gesagt, daß es während der Nacht keinerlei Probleme gab. Und, tut Ihnen die Schulter noch weh?«

»Ein bißchen.«

»Sie können etwas gegen die Schmerzen haben«, sagte sie, während sie die Tabelle las.

»Ich will keine Spritze.«

»Eine Tablette.« Die Krankenschwester lächelte. »Außerdem ist Ihr Frühstück bereits unterwegs. Oh, Schwester Mannion sagte, Sie bräuchten zwei Tabletts. Eins für Mr. Thane?« Sie wandte sich genüßlich grinsend dem Badezimmer zu. »Ich bin gleich wieder weg, Mr. Thane, aber kommen Sie ruhig jetzt schon raus. Sie sagt, er wäre ein wirklich gutaussehender Mann«, murmelte sie Brianna zu. »Mit einem Lächeln, das einem die Knie weich werden läßt.«

»Allerdings.«

»Sie Glückliche. Dann werde ich Ihnen jetzt mal was gegen die Schmerzen holen gehen.«

Als sich die Tür hinter der Krankenschwester schloß, kam Gray mit gerunzelter Stirn aus dem Bad. »Hat diese Frau einen Radar, oder was?«

»Dann warst du also tatsächlich im Bad? Oh, Gray, ich dachte, du hättest einen Schlafplatz gefunden. Warst du etwa die ganze Nacht über wach?«

»Das bin ich gewohnt. He, du siehst viel besser aus.« Er trat näher an ihr Bett, und sein Stirnrunzeln wurde durch einen Blick, der seine Erleichterung verriet, ersetzt. »Wirklich, viel besser.«

»Ich denke lieber nicht darüber nach, wie ich aussehe. Und du wirkst ziemlich müde.«

»Bin ich aber nicht. Ich bin halb verhungert«, sagte er und

legte sich die Hand auf den Bauch. »Aber nicht müde. Was, denkst du, servieren sie uns hier wohl?«

»O nein, du trägst mich nicht ins Haus.«

»O doch, das tue ich.« Gray umrundete seinen Wagen und öffnete die Beifahrertür. »Der Arzt sagt, du könntest nur dann nach Hause, wenn du es langsam angehen läßt, dich jeden Nachmittag hinlegst und nichts Schweres trägst.«

»Ich trage doch gar nichts.«

»Nein, aber ich.« Vorsichtig, damit er ihre verletzte Schulter nicht unnötig belastete, legte er einen Arm um ihren Rücken, den anderen unter ihre Knie. »Du solltest es als romantische Geste sehen.«

»Unter anderen Umständen vielleicht. Ich kann durchaus selber gehen, Grayson. Meine Beine sind schließlich in Ordnung.«

»Nicht in Ordnung, sondern phänomenal.« Er küßte sie auf die Nasenspitze. »Habe ich das etwa noch nie erwähnt?«

»Ich glaube nicht.« Obgleich er gegen ihre Schulter stieß und die Prellungen an ihrem Brustbein schmerzten, lächelte sie. Schließlich zählte die gute Absicht, die hinter seinen Taten stand. »Nun, wenn du unbedingt den Dunklen Lord spielen willst, trag mich ins Haus. Aber dafür erwarte ich einen Kuß. Und zwar einen vernünftigen.«

»Du bist furchtbar fordernd geworden, seit du dir den Kopf gestoßen hast.« Er trug sie den Weg hinauf. »Aber ich gebe lieber nach.«

Ehe er die Haustür öffnen konnte, riß Maggie sie von innen auf und kam ihnen entgegengerannt. »Da seid ihr ja endlich. Wir warten schon seit einer Ewigkeit. Wie geht es dir?«

»Ich werde verhätschelt wie ein kleines Kind. Und wenn ihr nicht aufpaßt, gewöhne ich mich noch daran.«

»Bring sie rein, Gray. Ist noch irgendwas im Wagen, was sie braucht?«

»Ungefähr eine Tonne Blumen.«

»Ich hole sie.« Sie stürmte davon, und in diesem Augenblick kamen auch schon die Carstairs aus dem Wohnzimmer in den Flur geeilt.

»Oh, Brianna, Sie armer Schatz. Wir haben uns solche Sorgen gemacht. Johnny und ich haben kaum ein Auge zugetan. Wir haben die ganze Zeit daran gedacht, daß Sie im Krankenhaus liegen. Krankenhäuser sind so deprimierend, finden Sie nicht? Ich verstehe einfach nicht, wie irgendein Mensch freiwillig dort arbeiten kann, Sie vielleicht? Möchten Sie einen Tee, ein schönes, kühles Tuch? Sonst etwas?«

»Nein danke, Iris«, unterbrach Brianna ihren Redefluß. »Es tut mir leid, daß Sie sich solche Sorgen gemacht haben. Dabei war es wirklich nicht schlimm.«

»Unsinn. Ein Autounfall, eine Nacht im Krankenhaus, eine Gehirnerschütterung – so etwas ist schlimm genug. Oh, tut Ihr armer Kopf sehr weh?«

Allmählich tat er das.

»Wir freuen uns, daß Sie wieder zu Hause sind«, warf Carstairs ein und tätschelte seiner Frau beruhigend die Hand.

»Ich hoffe, Mrs. O'Malley hat Ihnen etwas Feines zum Abendessen gekocht.«

»Ich versichere Ihnen, sie ist ein Schatz.«

»Wo soll ich mit all den Blumen hin, Brie?« fragte Maggie durch ein wahres Blumenmeer hindurch.

»Oh, tja ...«

»Ich stelle sie in dein Zimmer«, beschloß Maggie für sie. »Rogan kommt, sobald Liam seinen Mittagsschlaf beendet hat. Oh, das ganze Dorf hat angerufen, und die Leute haben genug Kuchen und Plätzchen für eine ganze Armee geschickt.«

»Da ist sie ja.« Lottie kam aus der Küche und wischte sich die Hände an einem Geschirrtuch ab.

»Lottie. Ich wußte gar nicht, daß du auch hier bist.«

»Natürlich bin ich das. Und als ehemalige Krankenschwester übernehme ich am besten gleich das Regiment. Grayson, bringen Sie sie sofort ins Bett. Sie muß sich ausruhen.«

»Oh, nein. Grayson, laß mich runter.«

Gray tat nichts dergleichen. »Du bist überstimmt. Und wenn du dich nicht benimmst, lese ich dir die letzten Kapitel des Buchs nicht mehr vor.«

»Unsinn.« Trotz ihrer heftigen Proteste wurde Brianna auf ihr Bett gelegt. »Hier ist es ja schlimmer als im Krankenhaus.«

»Jetzt mach keinen Zirkus. Ich koche dir erst mal eine schöne Tasse Tee.« Lottie klopfte die Kissen auf und strich die Decke glatt. »Und dann machst du ein Nickerchen. Das halbe Dorf will dich besuchen, um zu sehen, wie es dir geht, also ruhst du dich besser vorher aus.«

»Gebt mir wenigstens mein Strickzeug.«

»Vielleicht später. Gray, Sie könnten Ihr Gesellschaft leisten und dafür sorgen, daß sie liegenbleibt.«

Brianna verzog schmollend den Mund und kreuzte trotzig die Arme vor der Brust. »Geh weg«, sagte sie zu ihm. »Ich brauche dich nicht, wenn du nicht bereit bist, mich zu verteidigen.«

»Aha, jetzt kommt endlich einmal dein wahrer Charakter ans Tageslicht.« Er lehnte gemütlich im Türrahmen und sah sie mit fröhlich blitzenden Augen an. »Ich wußte gar nicht, daß du eine solche Xanthippe bist.«

»Eine Xanthippe, ja? Nur, weil ich mich darüber beschwere, daß ich bevormundet werde wie ein kleines Kind, bin ich also eine Xanthippe.«

»Du bist eine Xanthippe, weil du schmollst und dich darüber beschwerst, daß man sich um dich Sorgen macht und dich liebevoll pflegt, damit es dir bald wieder besser geht.«

Sie öffnete den Mund und klappte ihn wieder zu. »Tja, nun, dann bin ich eben eine Xanthippe.«

»Und jetzt nimmst du schön brav deine Tabletten ein.« Er

nahm die Pillenflasche aus seiner Tasche und holte ein Glas Wasser aus dem Bad.

»Sie machen mich müde«, murmelte sie, als er ihr die Tablette gab.

»Soll ich dir vielleicht die Nase zuhalten, damit du den Mund aufmachst und das Ding runterschluckst?«

Im Gedanken an diese Erniedrigung riß sie ihm wütend erst die Tablette und dann das Wasserglas aus der Hand. »So. Zufrieden?«

»Ich werde erst dann zufrieden sein, wenn du keine Schmerzen mehr hast.«

Ihre Kampflust legte sich. »Tut mir leid, Gray. Ich benehme mich einfach fürchterlich.«

»Du hast Schmerzen.« Er setzte sich auf die Bettkante und nahm ihre Hand. »Ich war selbst ein paarmal ziemlich lädiert, und ich weiß, daß der erste Tag elend und der zweite Tag die Hölle ist.«

Sie seufzte. »Ich dachte, es würde besser werden, und es macht mich wütend, daß es nicht so ist. Ich wollte dich nicht so anfahren.«

»Hier ist dein Tee, mein Lämmchen.« Lottie kam herein und drückte Brianna eine Tasse und eine Untertasse in die Hand. »Laß mich dir die Schuhe ausziehen, damit du dich richtig gemütlich hinlegen kannst.«

»Lottie. Danke, daß du gekommen bist.«

»Oh, nichts zu danken. Mrs. O'Malley und ich kümmern uns um alles, bis du wieder die alte bist. Mach dir also keine Sorgen.« Sie breitete eine leichte Decke über Briannas Beinen aus. »Grayson, Sie sorgen dafür, daß sie sich ausruht, ja?«

»Verlassen Sie sich drauf.« Spontan erhob er sich und gab Lottie einen Kuß. »Lottie Sullivan, Sie sind ein echter Schatz.«

»Aber nicht doch.« Vor Freude errötend, eilte sie in die Küche zurück.

»Genau wie du, Grayson Thane«, murmelte Brianna. »Du bist ebenfalls ein echter Schatz.«

»Aber nicht doch«, sagte er und sah sie fragend an. »Kann sie kochen?«

Wie er gehofft hatte, lachte Brianna. »Unsere Lottie ist eine wunderbare Köchin, und ich denke, daß du sie mit deinem Charme sicher dazu bewegen kannst, daß sie dir eine Fruchtpastete macht. Das heißt, wenn du überhaupt Appetit darauf hast.«

»Ich werde mal drüber nachdenken. Maggie hat das Buch mit reingebracht.« Er nahm es von Briannas Nachttisch und schlug es in der Mitte auf. »Bist du bereit für ein weiteres Kapitel glühender mittelalterlicher Leidenschaft?«

»Allerdings.«

»Als ich letzte Nacht gelesen habe, bist du eingeschlafen«, sagte er, während er in dem Buch blätterte. »Was ist das letzte, an das du dich erinnern kannst?«

»Daß er ihr gesagt hat, daß er sie liebt.«

»Nun, das engt das Feld natürlich wirklich ein.«

»Zum ersten Mal.« Sie klopfte neben sich auf das Bett. »Niemand vergißt es, wenn er so etwas zum ersten Mal gesagt bekommt.« Als er reglos verharrte, berührte sie verständnisvoll seinen Arm. »Du darfst keine Angst haben, Grayson. Ich möchte nicht, daß du dir wegen meiner Empfindungen für dich irgendwelche Sorgen machst.«

Doch natürlich tat er das. Aber es löste noch etwas anderes bei ihm aus, etwas, von dem sie verdient hatte, daß sie es erfuhr. »Es beschämt mich, Brianna.« Er hob den Kopf, und seine goldbraunen Augen sahen sie unsicher an. »Und es überwältigt mich.«

»Ich hoffe, daß du dich eines Tages darüber freuen wirst, wenn du dich daran erinnerst, wie du es zum ersten Mal gesagt bekommen hast.« Sie nippte lächelnd an ihrem Tee. »Und jetzt erzähl mir eine Geschichte, Gray.«

24. Kapitel

Er fuhr nicht, wie geplant, am ersten Juni ab. Er hätte es gekonnt. Und er wußte, er hätte es gesollt. Aber es erschien ihm falsch und vor allem feige, zu gehen, ehe er nicht wußte, daß Brianna wieder vollständig genesen war.

Die Verbände hatte sie inzwischen abgelegt. Er besah sich die Prellungen und kühlte die Schwellung an ihrer Schulter mit Eis, er litt, wenn sie sich im Schlaf bewegte und dadurch Schmerz empfand, er schalt sie, wenn sie sich übernahm. Aber er rührte sie nicht an.

Obgleich er stündlich wachsendes Begehren empfand. Zunächst hatte er Angst gehabt, selbst die sanfteste Berührung täte ihr womöglich weh. Dann beschloß er, daß es so am besten war. So gäbe es einen geradezu fließenden Übergang von der Affäre zur Freundschaft und von dort zur Erinnerung. Sicher wäre es für sie beide leichter, wenn sie die verbleibenden Tage lediglich als Freunde statt in Leidenschaft verbrächten.

Sein Buch war fertig, aber er schickte es nicht ab. Gray sagte sich, er würde vor Beginn seiner Lesereise einen eiligen Umweg über New York machen und es persönlich abgeben. Wenn er hin und wieder daran dachte, daß er Brianna gebeten hatte, eine Zeitlang mit ihm zu verreisen, dann sagte er sich nun, am besten vergäße er das Angebot.

Natürlich, weil es für sie so einfacher wäre. Natürlich dachte er dabei nicht an sich.

Er sah durch das Fenster, daß sie die Wäsche von der Leine nahm. Der kühle Westwind blies ihr die offenen Haare aus dem Gesicht. Hinter ihr glänzte das fertiggestellte Gewächshaus im Sonnenschein, und neben ihr wippten fröhlich von ihr gepflanzte Blumen hin und her. Er beobachtete, wie sie eine Wäscheklammer löste und wieder festmachte, weiterging und die sich blähenden Laken eins nach dem anderen in den Korb zu ihren Füßen legte.

Ihr Anblick, dachte er, war postkartenreif. Sie personifizierte einen Ort, eine Zeit, einen Lebensstil. Tag für Tag, dachte er, Jahr für Jahr, hängte sie ihre Wäsche dort im Wind und in der Sonne zum Trocknen auf. Und nahm sie ebenso wieder ab. Doch bei Menschen wie ihr war die ständige Wiederholung von Tätigkeiten alles andere als monoton. Es war eine Tradition – eine Tradition, die ihr Stärke und Selbstbewußtsein verlieh.

Eigenartig aufgewühlt ging er in den Garten hinaus. »Du strengst deinen Arm zu sehr an.«

»Der Arzt hat gesagt, Bewegung ist gut für ihn.« Sie blickte über die Schulter, doch das Lächeln ihres Mundes erreichte ihre Augen nicht. Er entfernte sich so schnell von ihr, daß sie einfach nicht Schritt halten konnte. »Außerdem tut er kaum noch weh. Ein herrlicher Tag, nicht wahr? Die Familie, die seit gestern bei uns wohnt, ist nach Ballybunion an den Strand gefahren. Dad war manchmal mit Maggie und mir dort, ist mit uns geschwommen und hat uns riesige Eistüten gekauft.«

»Wenn du an den Strand gewollt hättest, hättest du nur einen Ton zu sagen brauchen. Ich hätte dich hingefahren.«

Seine Stimme hatte einen derart distanzierten Klang, daß ihr ein Schauder über den Rücken lief, und so wandte sie sich eilig wieder ihrer Arbeit zu. »Das ist nett von dir, Grayson. Aber für einen Ausflug ans Meer habe ich keine Zeit. Ich habe zu tun.«

»Etwas anderes als deine Arbeit gibt es für dich wohl nicht«, explodierte er. »Du machst dich mit deiner Pension vollkommen kaputt. Wenn du nicht gerade kochst, dann liegst du auf den Knien und schrubbst, und wenn du nicht gerade schrubbst, dann hängst du irgendwelche Wäsche auf. Um Himmels willen, Brianna, es ist doch nur ein Haus.«

»Nein.« Sie faltete den Kissenbezug, den sie in den Händen hielt, und legte ihn in den Weidenkorb. »Es ist mein Zuhause, und hier koche, schrubbe und hänge ich Wäsche auf, weil es mir gefällt.«

»Ohne je darüber hinauszusehen.«

»Und was siehst du, Grayson Thane, was so verdammt wichtig ist?« Ihren Zorn verbarg sie hinter einer Stimme aus Eis. »Und mit welchem Recht kritisierst du mich, weil mir mein Zuhause wichtig ist?«

»Dein Zuhause – oder die Falle, aus der du nie entkommen wirst?«

Als sie sich zu ihm umdrehte, drückten ihre Augen weder Zorn noch Kälte, sondern Trauer aus. »Denkst du allen Ernstes, daß das dasselbe ist? Wenn ja, dann tust du mir wirklich leid.«

»Spar dir dein Mitleid«, schoß er zurück. »Ich habe nur gesagt, daß du zu hart arbeitest und zu wenig dafür bekommst.«

»Das sehe ich anders, und außerdem hast du das nicht gesagt, auch wenn es vielleicht deine Absicht war.« Sie bückte sich nach dem Korb. »Aber es ist immerhin mehr, als du in den letzten fünf Tagen mit mir gesprochen hast.«

»Red keinen Unsinn.« Er streckte die Hand aus, um ihr beim Tragen behilflich zu sein, doch sie wich vor ihm zurück. »Ich spreche die ganze Zeit mit dir. Gib mir den Korb.«

»Ich trage ihn selbst. Ich bin, verdammt noch mal, keine Invalidin.« Ungeduldig stürtzte sie den Korb auf ihrer Hüfte ab. »Du hast Worte von dir gegeben, Grayson, aber du hast mir weder deine Gedanken noch deine Gefühle mitgeteilt. Du hast nicht mit mir gesprochen, und du hast mich auch nicht berührt. Wäre es nicht ehrlicher, mir einfach zu sagen, daß du genug von mir hast?«

»Bleib hier!« Sie stapfte bereits in Richtung Haus, und am

liebsten hätte er sie am Arm gepackt, damit sie stehenblieb. »Wie kommst du denn auf die Idee?«

»Du schläfst jeden Abend in meinem Bett.« Beinahe hätte sie ihm die Tür vor der Nase zugeknallt. »Aber du berührst mich nicht. Und wenn ich mich zu dir umdrehe, drehst du dich weg.«

»Du kommst gerade erst aus dem verdammten Krankenhaus.«

»Ich bin seit beinahe zwei Wochen wieder zu Hause. Und fluch nicht in meiner Gegenwart. Oder wenn du schon fluchen mußt, dann lüg mich wenigstens nicht noch an.« Sie knallte den Korb auf den Küchentisch. »Du bist ganz versessen darauf, endlich hier wegzukommen, und weißt nicht, wie du es anstellen sollst, weil du denkst, daß ich dann furchtbar traurig bin. Außerdem hast du genug von mir.« Sie riß ein Laken aus dem Korb und legte ordentlich einen Zipfel auf den anderen. »Und du weißt nicht, wie du es mir beibringen sollst.«

»Das ist Schwachsinn. Vollkommener Schwachsinn, jawohl.«

»Eigenartig, wie sich deine Redeweise verändert, wenn du wütend bist.« Mit einer geübten Bewegung warf sie das Laken so über ihren Arm, daß die Kanten ordentlich übereinander fielen. »Und du denkst, arme Brie, bestimmt bricht ihr meinetwegen das Herz. Aber ich versichere dir, das wird's nicht.« Sie faltete das Laken ein letztes Mal und legte es auf den sauber geschrubbten Tisch zurück. »Ich bin durchaus zurechtgekommen, ehe du hier aufgetaucht bist, und ich werde ebensogut zurechtkommen, wenn du wieder gehst.«

»Ziemlich kühle Worte für jemanden, der behauptet, daß er mich liebt.«

»Ich liebe dich.« Sie nahm das zweite Laken aus dem Korb und fing wieder zu falten an. »Auch wenn es sicher idiotisch ist, einen Mann zu lieben, der Angst vor seinen eigenen Gefühlen hat. Der Angst hat zu lieben, weil er als Junge keine Liebe bekommen hat. Der Angst hat, ein Zuhause zu haben, weil es für ihn noch nie ein Zuhause gab.«

»Wir sprechen hier nicht über meine Vergangenheit«, sagte Gray in ruhigem Ton.

»Nein, denn du denkst, daß du ewig vor ihr davonlaufen kannst, indem du ständig deine Sachen packst und ein Flugzeug oder einen Zug besteigst. Nun, ich sage dir, du kannst es nicht. Ebensowenig wie ich an diesem Ort leben und so tun kann, als hätte ich hier eine glückliche Kindheit verbracht. Ich habe ebenfalls auf Liebe verzichten müssen, aber ich fürchte mich nicht, dieser Tatsache ins Auge zu sehen.«

Eine Spur gelassener als zuvor legte sie das zweite Laken auf den Tisch. »Ich habe keine Angst davor, dich zu lieben, Grayson. Ebensowenig habe ich Angst davor, dich gehen zu lassen. Aber ich habe Angst, daß es uns beiden leid tun wird, wenn wir mit einer Lüge auseinandergehen.«

Auch wenn er es nicht wollte, fesselte ihn das ruhige Verständnis, das er in ihren Augen las. »Ich weiß nicht, was du willst, Brianna.« Und zum ersten Mal, seit er erwachsen war, fürchtete er, daß er auch nicht wußte, was er wollte. Für sich.

Es fiel ihr schwer, es auszusprechen, aber sie dachte, es wäre noch schwerer, wenn sie es nicht täte. »Ich will, daß du mich berührst, daß du mit mir schläfst. Und wenn du mich nicht mehr begehrst, dann sag es mir bitte ehrlich, denn das ist weniger schmerzlich für mich als die kühle Distanziertheit, die seit ein paar Tagen zwischen uns herrscht.«

Er starrte sie wortlos an. Er konnte nicht wissen, welche Überwindung es sie gekostet hatte, derart unverblümt zu sein, denn sie stand kerzengerade vor ihm und sah ihn reglos an.

»Brianna, ich begehre dich mit jedem Atemzug.«

»Dann nimm mich, und zwar jetzt.«

Er gab sich geschlagen, trat vor und umfaßte sanft ihr Gesicht. »Ich wollte es dir leichter machen.«

»Tu es nicht. Sei einfach da. Jetzt, in diesem Augenblick.«

Er nahm sie in die Arme, und sie küßte lächelnd seinen Hals. »Genau wie in dem Buch.«

»Besser«, versprach er, während er sie in ihr Schlafzimmer trug. »Es wird besser sein als in jedem Buch.« Er stellte sie auf die Füße und strich ihr das windzerzauste Haar aus dem Gesicht, ehe er nach den Knöpfen ihrer Bluse griff. »Du ahnst gar nicht, wie sehr ich gelitten habe, wenn ich nachts neben dir lag, ohne dich zu berühren.«

»Dazu bestand keinerlei Notwendigkeit.«

»Ich dachte, doch.« Sanft fuhr er mit einer Fingerspitze über die gelblichen Flecken auf ihrer Haut. »Die Prellungen sind immer noch da.«

»Aber sie werden weniger.«

»Ich werde nie vergessen, wie sie ausgesehen haben. Und wie sich mein Magen bei ihrem Anblick zusammengezogen hat. Wie sich mir die Kehle zuschnürte, als du im Schlaf gestöhnt hast.« Beinahe verzweifelt sah er sie an. »Ich will nicht, daß mir ein Mensch so wichtig ist, Brianna.«

»Ich weiß.« Sie beugte sich vor und legte ihre Wange an sein Gesicht. »Aber mach dir darüber jetzt keine Gedanken. Im Augenblick gibt es nur uns beide, und ich habe dich so vermißt.« Mit halb geschlossenen Augen küßte sie sich einen Weg bis zu seiner Schläfe hinauf, während sie die Knöpfe seines Hemdes zu öffnen begann. »Komm ins Bett, Grayson«, murmelte sie, während das Hemd über seine Schultern glitt. »Komm mit.«

Ein Seufzen der Matratze, ein Rascheln der Laken, und sie lagen einander in den Armen. Sie hob ihr Gesicht und suchte mit den Lippen seinen Mund. Während sie den Kuß vertiefte, liefen ihr wohlige Schauder des Verlangens den Rücken hinab.

Seine Fingerspitzen lagen kühl auf ihrem Fleisch, während er sie mit zärtlichem Streicheln entkleidete. Und seine Lippen hauchten federleichte Küsse auf ihre verblassenden Prellungen, als könne er sie zum Verschwinden bringen, wenn er es sich nur sehnlich genug wünschte.

Aus dem kleinen Birnbaum im Garten drang Vogelgezwitscher zu ihnen herein, und der Wind bewegte klimpernd die Feen des Mobiles und blähte die duftige Gardine zu einer Wolke zartester Spitze auf, die über seinen Rücken strich, als er sich über ihr aufstützte und sein Gesicht an ihrem Herzen vergrub. Lächelnd fuhr sie ihm mit den Händen durchs Haar.

Es war alles so einfach. Ein goldener Augenblick, den sie hüten würde wie einen Schatz. Und als er den Kopf hob, um sie erneut zu küssen, lächelte er ebenfalls.

Beide verspürten Sehnsucht, aber keine Eile, beide empfanden Verlangen, das bar jeder Verzweiflung war. Falls dies das letzte intime Zusammensein zwischen ihnen wäre, so wollten sie es genießen, ohne jede Hast.

Sie stieß seufzend seinen Namen aus, und er erschauderte, ehe er mit schmerzlicher Langsamkeit in sie eindrang. Ihre Augen blieben geöffnet, und ihre Hände vollendeten durch das feste Verschränken der Finger die Vereinigung.

Winzige Staubkörnchen tanzten in dem durch das Fenster fallenden Sonnenstrahl. Aus dem Garten drang der Ruf eines Vogels, aus der Ferne das Bellen eines Hundes an sein Ohr. Die Luft war erfüllt vom Duft von Rosen, Geißblatt und Zitronenwachs. All diese Dinge registrierte er mit ebenso echter Deutlichkeit wie ihren warmen, feuchten Leib.

Dann allerdings empfand er nur noch Leidenschaft, das reine, simple Vergnügen, daß er sich ganz in ihr verlor.

Als sie nach der Liebe wortlos nebeneinander gelegen und beobachtet hatten, wie die Sonne durch das Fenster fiel, hatte sie gewußt, daß der Augenblick des Abschieds gekommen war, und da sie es anders nicht ertrüge, wandte sie sich wieder ihrer Arbeit zu.

Sie servierte ihren Gästen das Abendessen und lauschte ihren fröhlichen Erzählungen von ihrem Ausflug zum Meer. Wie immer räumte sie hinterher die Küche auf, wusch das Geschirr, stellte es in den Schrank, schrubbte den Herd und überlegte, daß bald ein neuer fällig war. Vielleicht im Winter. Am besten sähe sie sich schon einmal die Preise verschiedener Modelle an.

Con schnupperte an der Tür, so daß sie ihn zu seinem abendlichen Spaziergang entließ. Einen Augenblick stand sie reglos da und beobachtete, wie er im glühenden Sonnenlicht des langen Sommerabends über die Hügel sprang.

Am liebsten wäre sie ihm gefolgt, wäre ebenso wie er herumgerannt und hätte all die kleinen Arbeiten vergessen, die es abends zu verrichten galt. Hätte alles vergessen, was vor ihr lag.

Aber natürlich käme sie zurück. Hierher käme sie immer wieder zurück.

Sie drehte sich um, schloß die Tür und holte etwas aus ihrem Zimmer, ehe sie die Treppe in die obere Etage erklomm.

Als sie Grays Zimmer betrat, stand er am Fenster und blickte in den Garten hinaus. In das goldene Licht der Abendsonne getaucht, wirkte er wie bei seiner Ankunft vor so vielen Monaten, wie ein Dichter oder ein Pirat.

»Ich hatte Angst, du hättest vielleicht schon fertig gepackt.« Sie sah seinen fast vollen Koffer auf dem Bett, und ihre Finger vergruben sich in dem Pullover, den sie in den Händen hielt.

»Ich wollte gerade zu dir hinunterkommen.« Er holte tief Luft, drehte sich zu ihr um und wünschte sich, er könne erkennen, was sie empfand. Aber wie immer, wenn sie unglücklich war, verschloß sie sich vor ihm. »Ich dachte, ich schaffe es heute abend vielleicht noch bis Dublin.«

»Bis Dublin ist es ein weiter Weg, aber es dauert noch eine Weile, bis die Sonne untergeht.«

»Brianna ...«

»Den hier wollte ich dir noch geben«, sagte sie eilig. Bitte, hätte sie am liebsten gesagt, entschuldige dich nicht. »Ich habe ihn für dich gemacht.«

Er blickte auf ihre Hände und erinnerte sich an die dunkelgrüne Wolle, mit der sie gestrickt hatte, als er spätabends streitlustig in ihr Wohnzimmer gekommen war. Erinnerte sich an den Kontrast zwischen der Wolle und dem Weiß des Nachthemds, mit dem sie bekleidet gewesen war.

»Du hast ihn für mich gemacht?«

»Ja. Ich dachte, daß du im Herbst oder Winter vielleicht noch einen Pullover gebrauchen kannst.« Sie trat vor ihn und hielt ihm das Kleidungsstück vor den Bauch. »Wegen deiner langen Arme habe ich extra noch ein Stück an die Ärmel drangesetzt.«

Sein Herz zog sich zusammen, als er mit den Fingerspitzen über die weiche Wolle fuhr. In seinem ganzen Leben hatte noch nie jemand etwas für ihn gestrickt. »Ich weiß einfach nicht, was ich sagen soll.«

»Immer, wenn du mir ein Geschenk gemacht hast, hast du erklärt, daß ich einfach ›danke‹ sagen soll.«

»Das habe ich.« Er nahm den Pullover und spürte die weiche Wärme in seiner Hand. »Danke.«

»Gern geschehen. Kann ich dir vielleicht beim Packen behilflich sein?« Ohne auf eine Antwort zu warten, nahm sie ihm den Pullover wieder ab und legte ihn ordentlich zusammengefaltet auf die Kleidung, die sich bereits in seinem Koffer befand. »Ich weiß, daß du im Packen mehr Erfahrung hast als ich, aber ich denke, daß es deshalb bestimmt langweilig für dich ist.«

»Bitte nicht.« Er legte ihr eine Hand auf die Schulter, aber als sie nicht aufsah, zog er sie wieder zurück. »Du hast alles Recht der Welt, böse auf mich zu sein.«

»Nein, das habe ich nicht. Und ich bin es auch nicht. Du hast mir nichts versprochen, Grayson, weshalb du auch kein

Versprechen gebrochen hast. Ich weiß, wie wichtig dir das ist. Hast du noch mal in allen Schubladen nachgesehen? Du würdest dich wundern, wenn ich dir erzählen würde, was die Leute so alles vergessen.«

»Ich muß einfach gehen, Brianna.«

»Ich weiß.« Um ihre Hände weiter zu beschäftigen, zog sie selbst sämtliche Schubladen auf und verspürte einen schmerzlichen Stich, denn tatsächlich waren sie alle leer.

»Ich kann nicht bleiben. Je länger ich meinen Abschied hinauszögere, um so schmerzlicher würde er für uns beide. Ich kann dir nicht geben, was du brauchst oder was ich denke, daß du brauchst.«

»Als nächstes wirst du mir noch erzählen, daß du im Grunde deines Herzens ein Zigeuner bist, aber das ist nicht nötig. Ich weiß es bereits.« Sie schloß die letzte Schublade und wandte sich ihm wieder zu. »Das, was ich vorhin gesagt habe, tut mir leid. Ich möchte nicht, daß du gehst und dich an die bösen Worte zwischen uns erinnerst, denn schließlich gab es so viel mehr.«

Sie faltete die Hände, was ein sicheres Zeichen ihrer mühsamen Beherrschung war. »Soll ich dir etwas zu essen einpacken für die Fahrt, oder hättest du vielleicht gerne eine Thermoskanne mit Tee?«

»Hör auf, die großzügige Gastgeberin zu spielen. Um Himmels willen, ich verlasse dich. Ich haue ab.«

»Du hast von Anfang an gesagt, daß du wieder gehen wirst«, entgegnete sie mit kühler Stimme. »Vielleicht würde es dein Gewissen erleichtern, wenn ich heulen und dir eine Szene machen würde, aber das tue ich nicht.«

»Aha.« Er warf ein Paar Socken in den Koffer.

»Du hast deine Wahl getroffen, und ich wünsche dir nichts, als daß du glücklich bist. Natürlich bist du jederzeit herzlich willkommen, falls du einmal wieder in diese Gegend kommst.«

Er bedachte sie mit einem bösen Blick und warf den Kofferdeckel zu. »Falls es so ist, werde ich es dich wissen lassen.«

»Ich helfe dir, die Sachen runterzutragen.«

Sie streckte die Hand nach seiner Jacke aus, aber er war schneller als sie. »Ich habe meine Sachen reingetragen, und ich trage sie auch wieder raus.«

»Wie du willst.« Dann riß sie ihm das Herz aus dem Leib, als sie vor ihn trat und ihm einen Kuß auf die Wange gab. »Mach's gut, Grayson.«

»Auf Wiedersehen, Brie.« Sie gingen gemeinsam die Treppe hinunter, und erst als er an der Haustür stand, sagte er: »Ich werde dich nicht vergessen.«

»Das hoffe ich.«

Sie begleitete ihn hinaus und wartete, während er sein Gepäck in den Wagen lud und sich hinter das Lenkrad setzte. Dann hob sie lächelnd die Hand, winkte kurz und kehrte ins Haus zurück, ohne sich noch einmal umzudrehen.

Als sie eine Stunde später allein mit ihrem Nähkorb im Wohnzimmer saß, drang durch die Fenster fröhliches Lachen an ihr Ohr. Als Maggie mit Rogan und dem Baby das Zimmer betrat, biß sie einen Faden ab und blickte lächelnd auf.

»Hallo, ihr seid heute aber noch spät unterwegs.«

»Liam konnte nicht schlafen.« Maggie setzte sich und streckte die Arme aus, damit Rogan ihr das Baby gab. »Wir dachten, daß er vielleicht ein bißchen Gesellschaft haben will. Was für ein Bild, die Herrin des Hauses sitzt im Wohnzimmer und näht.«

»Ich habe schon seit einer Ewigkeit nichts mehr gestopft, so daß sich inzwischen ein richtiger Berg angesammelt hat. Möchtet ihr vielleicht was trinken? Rogan?«

»Ich würde nicht nein sagen.« Er trat an das Tischchen, auf dem die Karaffe stand. »Maggie?«

»Ein kleiner Whiskey wäre nicht schlecht.«

»Und du, Brie?«

»Danke. Gern.« Sie schob einen Faden durch das Öhr und verknotete die Enden. »Und, kommst du mit deiner Arbeit voran, Maggie?«

»Es ist einfach wunderbar, wieder etwas zu tun. Ja, ich komme sehr gut voran.« Sie gab Liam einen geräuschvollen Kuß auf den Mund. »Gerade heute habe ich ein Stück fertiggestellt. Gray hat mich mit seiner Schwärmerei von der alten Ruine auf die Idee gebracht.«

Sie nahm das Glas, das Rogan ihr hinhielt, und sprach einen Toast. »Auf eine friedliche Nacht.«

»O ja«, stimmte ihr Gatte ihr inbrünstig zu, ehe er sein Glas an die Lippen hob.

»Liam ist der Ansicht, daß man die Zeit zwischen zwei und fünf Uhr morgens am besten hellwach verbringt.« Lachend legte Maggie sich das Baby über die Schulter. »Aber Brie, eigentlich sind wir gekommen, um dir zu erzählen, daß der Detektiv Amanda Doughertys Spur weiterverfolgt. Wo ist er jetzt noch mal gelandet, Rogan?«

»In Michigan. Er scheint sowohl ihr als auch dem Mann, den sie geheiratet hat, dicht auf den Fersen zu sein.« Er bedachte seine Frau mit einem vielsagenden Blick. »Ebenso wie dem Kind.«

»Sie hat eine Tochter, Brie«, murmelte Maggie und strich ihrem eigenen Kind über den Kopf. »Er hat die Geburtsurkunde ausfindig gemacht. Amanda hat sie Shannon genannt.«

»Nach dem Fluß«, flüsterte Brianna, und hinter ihren Augen stiegen Tränen auf. »Wir haben eine Schwester, Maggie.«

»Allerdings. Und vielleicht finden wir sie bald, auch wenn ich nicht weiß, ob ich mich darüber freuen oder davor fürchten soll.«

»Ich hoffe, daß wir sie finden. Oh, ich bin so froh, daß ihr gekommen seid, um mir das zu erzählen.« Es half ihr ein wenig über ihren Schmerz hinweg. »Ein schöner Gedanke.«

»Es kann sein, daß es noch eine Weile dauern wird«, warnte Rogan sie. »Die Spur, der er folgt, ist immerhin fünfundzwanzig Jahre alt.«

»Dann werden wir eben geduldig sein«, war Briannas schlichte Erwiderung.

Vollkommen unsicher, was ihre eigenen Gefühle betraf, wandte sich Maggie einem anderen Thema zu. »Ich würde mein neues Stück gern Gray zeigen, um zu sehen, ob er es erkennt. Wo ist er? Arbeitet er etwa immer noch?«

»Er ist gefahren.« Brianna schob die Nadel durch den Stoff.

»Wohin? In den Pub?«

»Nein, nach Dublin, glaube ich, oder wohin es ihn auch immer verschlägt.«

»Du meinst, er ist weg? Richtig weg?« Maggie erhob sich so plötzlich, daß das Baby vergnügt zu glucksen begann.

»Ja, seit einer Stunde.«

»Und du sitzt hier und nähst?«

»Was soll ich denn sonst machen? Mich geißeln, weil es mir nicht gelungen ist, ihn festzuhalten?«

»Eher wohl ihn. Dieser miese Hund. Wenn ich daran denke, daß ich ihn wirklich mochte.«

»Maggie.« Rogan legte ihr warnend die Hand auf den Arm. »Ist alles in Ordnung mit dir, Brianna?«

»Ja, danke, Rogan. Reg dich nicht so auf, Maggie. Er tut, was für ihn das richtige ist.«

»Zur Hölle mit dem, was für ihn das richtige ist. Was ist mit dir? Nimm mir mal das Baby ab«, sagte sie ungeduldig zu Rogan und kniete sich vor ihre Schwester hin. »Ich weiß, was du für ihn empfindest, Brie, und ich kann einfach nicht verstehen, wie er einfach so gehen konnte. Was hat er auf deine Bitte zu bleiben gesagt?«

»Ich habe ihn nicht darum gebeten.«

»Nein? Warum, zum Teufel, nicht?«

»Weil diese Frage uns beide nur unglücklich gemacht

hätte.« Sie fluchte, als sie sich mit der Nadel in den Daumen stach. »Außerdem habe ich auch meinen Stolz.«

»Der dir eine Menge nützt. Wahrscheinlich hast du ihm sogar noch angeboten, ihm ein paar Brote zu machen für die lange Fahrt.«

»Allerdings.«

»Oh.« Angewidert stand Maggie auf und wandte sich von ihr ab. »Mit dir kann man einfach nicht vernünftig reden. Das konnte man noch nie.«

»Ich bin sicher, daß du Brianna mit deinem Wutanfall wirklich hilfst«, stellte Rogan trocken fest.

»Ich habe nur ...« Als sie seinem Blick begegnete, biß Maggie sich auf die Zunge. »Du hast natürlich recht. Tut mir leid, Brie. Wenn du möchtest, bleibe ich ein bißchen hier und leiste dir Gesellschaft. Oder ich hole ein paar Sachen für das Baby, und wir übernachten beide hier.«

»Ihr beide gehört nach Hause. Ich komme auch allein zurecht, Maggie. Das habe ich schon immer gekonnt.«

Gray hatte Dublin beinahe erreicht, und immer noch dachte er über die Szene nach. Das Ende seines Buchs, das verdammte Ende, paßte einfach nicht. Deshalb war er so gereizt.

Am besten hätte er Arlene das Manuskript geschickt und nicht länger darüber nachgedacht. Dann ginge ihm die letzte Szene nicht mehr ständig durch den Kopf und er dächte bestimmt bereits über die nächste Geschichte nach.

Aber solange er mit dem letzten Buch beschäftigt war, hatte er für das nächste noch keinen Platz in seinem Hirn.

McGee war gegangen, weil er das, weshalb er nach Irland gekommen war, erledigt hatte. Er würde in sein altes Leben zurückkehren, nähme seine Arbeit wieder auf. Er mußte fort, weil ... weil er es eben mußte, dachte Gray erbost.

Und Tullia war geblieben, weil ihr Leben aus ihrem Cottage,

aus der Umgebung und aus den Menschen im Dorf bestand. Dort war sie glücklicher als sonst irgendwo. Brianna – Tullia, verbesserte er sich, würde verkümmern, wenn man ihr die Wurzeln ausrisse.

Das Ende war stimmig. Es war plausibel, paßte zu den Charakteren und zur Stimmung des Buchs.

Weshalb also reizte es ihn wie ein schmerzender Zahn?

Sie hatte ihn nicht gebeten zu bleiben, dachte er. Hatte nicht gejammert, nicht geweint. Als er merkte, daß er schon wieder von Tullia auf Brianna gekommen war, trat er fluchend aufs Gaspedal.

Etwas anderes hätte auch nicht zu ihr gepaßt, sagte er sich. Brianna war eine vernünftige Frau. Und gerade ihre Vernunft war eine der Eigenschaften, die er an ihr bewunderte.

Er wollte nicht, daß sie ihn vermißte. Er wollte nicht, daß sie eine Lampe ins Fenster stellte, damit er stets nach Hause fand, er wollte nicht, daß sie seine Socken stopfte oder seine Hemden bügelte. Und vor allem wollte er nicht, daß sie ständig in seinen Gedanken war.

Er war wieder frei und ungebunden wie zuvor. Frei und ungebunden, wie es ihm gefiel. Es gab noch so viele Orte, an denen er nicht gewesen war, vielleicht machte er vor Beginn seiner Vorlesungstour einen kleinen Urlaub, und dann finge er mit der Erforschung neuer Horizonte an.

Das war sein Leben. Er trommelte ungeduldig mit den Fingern auf dem Lenkrad herum. Das war das Leben, das ihm gefiel. Und in dieses Leben kehrte er nun wieder zurück, genau wie McGee.

Genau wie McGee, dachte er und runzelte die Stirn.

Als er die strahlenden Lichter von Dublin sah, entspannte er sich, denn endlich hatte er sein Ziel erreicht. Der dichte Verkehr war ihm egal. Natürlich war er ihm egal. Ebenso wie der Lärm. Er hatte einfach zu lange auf dem Land gelebt.

Jetzt brauchte er nur noch ein Hotel. Nach der langen Fahrt

wollte er nur noch eine Gelegenheit, die Beine auszustrecken, und vielleicht ein, zwei Drinks.

Er fuhr an den Straßenrand und lehnte müde den Kopf gegen den Sitz. Alles, was er wollte, war ein ruhiges Zimmer, ein Bett und einen Drink.

Den Teufel wollte er.

Brianna stand bereits beim Morgengrauen auf. Es war sinnlos, im Bett zu liegen und so zu tun, als könne man schlafen, wenn es einem einfach nicht gelang. Sie knetete Brotteig, ließ ihn gehen, kochte sich eine erste Kanne Tee und ging mit einer Tasse in den Garten hinaus. Doch selbst ein Besuch in ihrem Gewächshaus machte ihr keinen Spaß, so daß sie wieder in die Küche ging und das Frühstück vorzubereiten begann.

Zum Glück reisten ihre Gäste bereits am Morgen ab, so daß sie vollauf beschäftigt war. Um acht hatte sie ihnen Lunchpakete gemacht und ihnen zum Abschied vom Gartentor aus hinterhergewinkt.

Aber nun war sie allein. Sicher, daß sie in der täglichen Routine eine gewisse Befriedigung fände, räumte sie die Küche auf, zog die Betten ab, strich die am Vortag von der Leine genommenen, frischen Laken glatt und tauschte die feuchten Handtücher in den Bädern gegen neue aus.

Und da es sinnlos wäre, noch länger damit zu warten, betrat sie entschlossen das Zimmer, in dem Gray untergebracht gewesen war. Am besten wischte sie erst einmal gründlich Staub, dachte sie und fuhr mit einem Finger über den Schreibtischrand.

Mit zusammengepreßten Lippen rückte sie den Stuhl zurecht.

Woher hätte sie wissen sollen, daß sein Fortgehen eine solche Leere in ihr hinterlassen würde?

Sie schüttelte sich. Schließlich war es nichts weiter als ein Raum. Der nun darauf wartete, daß ihn der nächste Gast bezog. Und gleich der allernächste Gast bekäme dieses Zimmer, schwor sie sich. Es wäre das Vernünftigste. Sicher würde es ihr ein wenig über das Gefühl des Verlassenseins hinweghelfen.

Sie ging weiter ins Bad und sammelte die von ihm benützten Handtücher von der Trockenstange ein.

Sie rochen noch nach ihm.

Der Schmerz kam so plötzlich und so machtvoll, daß sie beinahe zu schwanken begann, und blind stolperte sie ins Schlafzimmer zurück, setzte sich auf das Bett, vergrub das Gesicht in den Tüchern und brach in hemmungsloses Schluchzen aus.

Gray hörte sie weinen, als er die Treppe erklomm. Es war ein wildes, verzweifeltes Weinen, das ihn seine Schritte verlangsamen ließ.

Er trat durch die Tür und sah, wie sie sich, das Gesicht in die Handtücher gedrückt, wiegte wie ein verlassenes Kind.

Sie war weder kühl, dachte er, noch vernünftig, noch beherrscht.

Als ließen sich die Müdigkeit und die Schuldgefühle auf diese Art vertreiben, fuhr er sich mit den Händen durchs Gesicht.

»Tja«, sagte er mit angestrengter Fröhlichkeit. »Du hast einen ganz schönen Narren aus mir gemacht.«

Ihr Kopf schoß hoch, so daß er den Schmerz in ihrem Blick und die dunklen Augenringe sah. Als sie aufstehen wollte, winkte er ab.

»Nein, wein ruhig weiter. Es tut mir gut zu sehen, was für eine Heuchlerin du doch bist. ›Laß mich dir beim Packen behilflich sein, Gray. Soll ich dir noch etwas zu essen machen für die Fahrt? Ich komme hervorragend ohne dich zurecht.‹«

Sie kämpfte vergeblich gegen ihre Tränen an, so daß sie ihr Gesicht abermals in den Handtüchern vergrub.

»Du hast mich gehen lassen und bist ins Haus zurückgegangen, ohne dich auch nur ein einziges Mal nach mir umzudrehen. Das war es, was an der Szene nicht stimmte. Es paßte einfach nicht. Es paßte einfach nicht ins Bild.« Er trat vor sie und nahm ihr die Handtücher aus der Hand. »Du bist hoffnungslos in mich verliebt, nicht wahr, Brianna? Du liebst mich ohne jeden Vorbehalt, ohne daß du mich in die Falle locken willst, ohne daß du mir mit irgendwelchen abgedroschenen Phrasen kommst.«

»Ach, laß das doch. Warum bist du zurückgekommen?«

»Ich habe ein paar Dinge vergessen.«

»Hier ist nichts mehr.«

»Du bist hier.« Er kniete sich vor sie und zog ihr die Hände vom tränenüberströmten Gesicht. »Laß mich dir eine Geschichte erzählen. Nein, wein ruhig weiter, wenn du willst«, sagte er, als sie versuchte, sich ihm zu entziehen. »Aber hör mir zu. Ich dachte, er müßte gehen. McGee.«

»Bist du etwa zurückgekommen, weil du mit mir über dein Buch reden willst?«

»Laß mich dir eine Geschichte erzählen. Ich dachte, daß er gehen müsse. Und ich dachte, es wäre egal, daß ihm nie zuvor ein Mensch so wichtig wie Tullia gewesen war. Ich dachte, es wäre egal, daß sie ihn liebt, daß sie ihn, sein ganzes Leben verändert hat. Daß er und sein Leben erst durch sie ganz geworden sind. In jeder anderen Beziehung waren die beiden schließlich meilenweit voneinander entfernt.«

Geduldig beobachtete er, wie ihr eine weitere Träne über die Wange rann. Er wußte, sie kämpfte dagegen an. Er wußte, sie kämpfte und verlor.

»Er war ein Einzelgänger«, fuhr er fort. »Von Kindesbeinen an. Was, zum Teufel, sollte er bitte in irgendeinem kleinen Cottage in Irland anfangen? Und sie ließ ihn gehen, denn sie war zu stur, zu stolz und sie liebte ihn zu sehr, um ihn zu bitten, daß er bei ihr blieb.«

»Ich habe mir wochenlang Gedanken darüber gemacht«, erklärte er. »Es hat mich verrückt gemacht. Und den ganzen Weg nach Dublin habe ich daran herumgekaut – ich dachte, dadurch würde ich von dir abgelenkt. Und plötzlich wurde mir klar, daß er gar nicht gehen will und daß sie ihn auch nicht gehen läßt. Oh, sie würden ohne einander überleben, weil sie die geborenen Überlebenden sind. Aber sie wären niemals ganz. Nicht so, wie sie es zusammen sind. Also habe ich das Ende umgeschrieben, sobald ich im Foyer meines Hotels in Dublin saß.«

Sie schluckte, denn sie haßte die Tränen und die Scham, die sie empfand. »Dann hast du also dein Problem gelöst. Schön für dich.«

»Eins meiner Probleme, ja. Du bleibst hier, Brianna.« Er verstärkte seinen Griff, bis sie nicht mehr versuchte, sich ihm zu entziehen. »Als ich mit dem Umschreiben fertig war, dachte ich, ich würde irgendwo etwas trinken und ins Bett gehen, aber statt dessen bin ich wieder in meinen Wagen gestiegen, habe kehrtgemacht und bin zurückgekommen. Ich hatte so vieles vergessen hier. Ich hatte vergessen, daß ich hier die glücklichsten sechs Monate meines Lebens verbracht habe. Ich hatte vergessen, daß ich dich morgens in der Küche singen hören und dich von meinem Schlafzimmerfenster aus beobachten will. Ich hatte vergessen, daß überleben nicht immer reicht. Sieh mich an. Bitte.«

Als sie es tat, strich er ihr mit dem Daumen eine ihrer Tränen aus dem Gesicht, ehe er wieder ihre Hände nahm. »Und vor allem, Brianna, vor allem hatte ich vergessen, dir zu sagen, daß ich dich liebe.«

Sie brachte keinen Ton heraus, aber sie riß die Augen so weit auf, daß ein weiteres Tränenpaar auf ihre verschränkten Hände fiel.

»Was auch für mich eine Überraschung war«, murmelte er. »Oder eher noch ein Schock. Ich bin mir immer noch nicht sicher, was ich mit diesem Gefühl anfangen soll. Etwas Derartiges wollte ich nie empfinden, und bis ich dir begegnet bin, war das auch kein Problem. Liebe bedeutet Gebundensein und Verantwortung, und vielleicht bedeutet es, daß ich zwar ohne dich leben, aber ohne dich niemals ganz sein kann.«

Sanft hob er ihre Hände an seine Lippen und küßte die Tränen fort. »Ich dachte, nachdem du mich so kühl verabschiedet hattest, kämst du sicher schnell über mich hinweg. Und dieser Gedanke rief echte Panik in mir hervor. Ich hatte mich schon darauf gefaßt gemacht, um deine Liebe flehen zu müssen, als ich hereinkam und dein Weinen hörte. Ich muß sagen, in meinen Ohren klang es wie Musik.«

»Du wolltest also, daß ich unglücklich bin.«

»Vielleicht. Ja.« Er stand auf. »Wenn du gestern abend ein bißchen geschluchzt hättest, wenn du mich darum gebeten hättest, wäre ich wohl geblieben. Und dann hätte ich dir die Schuld daran geben können, wenn ich es vermasselt hätte.«

Lächelnd wischte sie sich die letzten Tränen aus dem Gesicht. »Damit hätte ich dir sicher einen großen Gefallen getan.«

»Nicht unbedingt.« Er sah sie an. Mit ihrer ordentlichen Schürze, ihrem sich aus den Nadeln lösenden Haar und ihrem tränenfeuchten Gesicht war sie einfach perfekt. »Ich mußte von selbst darauf kommen, daß ich dich will, denn nur so gebe ich nicht dir die Schuld, wenn es mir nicht gelingt, dir ein guter Partner zu sein. Aber ich möchte, daß du weißt, daß ich mein Möglichstes tun werde, damit es klappt.«

»Du willst zurückkommen.« Sie verschränkte ihre Finger ineinander, denn ernsthaft darauf zu hoffen wagte sie nicht.

»Mehr oder weniger. Nein, eigentlich eher mehr.« Er hoffte nur, daß sie nicht merkte, welche Panik er bei diesem Gedanken empfand. »Ich habe gesagt, daß ich dich liebe, Brianna.«

»Ich weiß. Ich erinnere mich noch sehr gut.« Mit einem zaghaften Lächeln stand sie auf. »Man vergißt es nicht, wenn man so etwas zum ersten Mal gesagt bekommt.«

»Du hast mir diesen Satz zum ersten Mal gesagt, als du zum ersten Mal mit mir geschlafen hast. Und ich hatte gehofft, daß du es vielleicht noch einmal sagst.«

»Ich liebe dich, Grayson. Aber das weißt du ganz genau.«

»Wir werden sehen, ob das so ist.« Er griff in seine Jackentasche und zog eine kleine Schachtel hervor.

»Du hättest mir kein Geschenk zu kaufen brauchen. Es reicht mir vollkommen, daß du nach Hause gekommen bist.«

»Auf dem Rückweg von Dublin habe ich viel darüber nachgedacht, über das Nachhausekommen. Dies ist das erste Mal für mich.« Er hielt ihr die Schachtel hin. »Aber ich hoffe, daß es mir von nun an zur Gewohnheit wird.«

Sie öffnete das Kästchen, griff haltsuchend nach dem Bett und setzte sich.

»Ich habe den Geschäftsführer des Hotels in Dublin so lange bedrängt, bis er schließlich den Andenkenladen geöffnet hat. Ihr Iren seid so sentimental, daß ich ihn noch nicht einmal bestechen mußte.« Er schluckte. »Ich dachte, mit einem traditionellen Ring hätte ich bestimmt mehr Glück bei dir. Ich möchte, daß du mich heiratest, Brianna. Ich möchte bei dir zu Hause sein.«

»Grayson ...«

»Ich weiß, ich bin nicht unbedingt erste Wahl«, fuhr er eilig fort. »Ich habe dich nicht verdient. Aber trotzdem liebst du mich. Ich kann überall arbeiten, und ich kann dir hier beim Führen deiner Pension behilflich sein.«

Als sie ihn ansah, schwoll ihr das Herz. Er liebte sie, er wollte sie, und er bliebe hier. »Grayson ...«

»Hin und wieder muß ich natürlich ein bißchen reisen«, unterbrach er sie. Er hatte entsetzliche Angst, sie nähme seinen Antrag vielleicht nicht an. »Aber es wäre anders als bisher. Und manchmal könntest du mich begleiten. Wir kämen immer wieder hierher zurück, Brie. Jedesmal. Dieser Ort bedeutet mir fast ebensoviel wie dir.«

»Ich weiß. Ich ...«

»Du kannst es nicht wissen«, unterbrach er sie abermals. »Ich wußte es selbst nicht, ehe ich ging. Dies ist mein Zuhause. Bei dir ist mein Zuhause. Es ist keine Falle«, murmelte er, »sondern ein Zufluchtsort. Eine Chance. Es ist der Ort, an dem ich eine Familie gründen will.« Als sie ihn anstarrte, fuhr er sich mit der Hand durchs Haar. »Himmel, ich will eine Familie. Kinder, langfristige Pläne. Eine Zukunft. Und wissen, daß du jeden Abend und jeden Morgen hier bei mir bist. Niemand kann dich je mehr lieben als ich, Brianna. Und ich verspreche dir, daß ich dir von diesem Tag, von dieser Stunde an« – er atmete unsicher ein – »ewig treu ergeben bin.«

»Oh, Grayson.« Sie brachte kaum einen Ton heraus. Es schien, als ob ihr größter Traum tatsächlich in Erfüllung ging. »Ich wollte ...«

»In meinem ganzen Leben habe ich vor dir nie einen Menschen geliebt, Brianna. Nie gab es einen Menschen außer dir. Ich schwöre dir, ich werde dich hüten wie einen Schatz. Und falls du ...«

»Oh, sei endlich still«, stieß sie zwischen Lachen und Weinen hervor, »damit ich endlich ja sagen kann.«

»Ja?« Er zog sie vom Bett und starrte sie mit großen Augen an. »Ohne daß du mich vorher elendig zappeln läßt?«

»Meine Antwort ist ja. Schlicht und einfach ja.« Sie schlang ihre Arme um seinen Leib, legte ihren Kopf an seine Schulter und sah ihn lächelnd an. »Willkommen zu Hause, Grayson.«

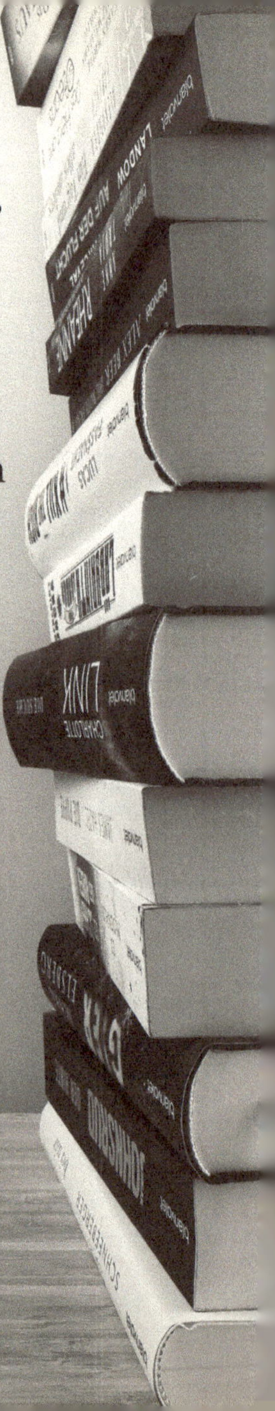